DIE LÖWIN VON MOGADOR (TEIL EINS UND ZWEI)

Julia Drosten

Julia Drosten ist ein Team aus zwei Autoren.

Wenn Ihnen unser Roman gefallen hat, empfehlen Sie uns bitte weiter. Wir freuen uns auch über ein Feedback auf Amazon, Facebook, Twitter oder wenn sie uns oder „Die Löwin von Mogador" auf Facebook besuchen.

info@juliadrosten.de, www.julia-drosten.com

Redaktion: Kathrin Stachora
Umschlaggestaltung: Horst Drosten
© Umschlagabbildungen: Castello del Trebbio, Via Santa Brigida 9, I-50060 Santa Brigida und Sunshine Art BV, Installatieweg 6, NL-8263 BS Kampen
Druck und Bindung: Print Group Sp. z o.o., ul. Księcia Witolda 7, 71-063 Szczecin (Polen)

TEIL 1
DIE BLAUE PERLE AM ATLANTIK
1835 BIS 1840

Kein Schicksal trifft ein, außer mit Allahs Erlaubnis. Und wenn du an Allah glaubst – leitet er dein Herz. Denn Allah weiß alle Dinge. (Koran)

KAPITEL EINS - LONDON IM JUNI 1835

„Wo ist mein Vater?“

Den fünfzehn Angestellten, die im Kontor der Reederei Spencer & Sohn Mittagspause machten, blieb vor Überraschung fast der Bissen im Halse stecken.

Sibylla Spencer stand sichtlich außer Atem in der Tür, drückte einen Briefumschlag an ihre Brust und blickte von einem zum anderen. Gewöhnlich kam die dreiundzwanzigjährige Tochter des Chefs nur einmal im Jahr zur Reederei, und zwar, wenn sie zusammen mit ihrer Stiefmutter Weihnachtsgeschenke an die Arbeiter und Angestellten verteilte.

Doch jetzt war nicht Weihnachten, sondern Juni. Und wenn Sibylla unangekündigt, völlig aufgelöst und offenbar ohne Begleitung in der rauen Männerwelt des Londoner Hafens auftauchte, konnte das nichts Gutes bedeuten. Das jedenfalls befürchtete Mr. Donovan, der leitende Buchhalter der Reederei. Zögernd trat er hinter seinem Pult hervor.

„Ihr Vater ist im Ledgerhaus bei einer Versammlung der Dockgesellschaft, Miss Spencer. In spätestens einer halben Stunde müsste er wieder hier sein. Wünschen Sie auf ihn zu warten? Peter“, er winkte einem der Schreiberlehrlinge, „hol Miss Spencer einen Stuhl!“

Sibylla schüttelte ungeduldig den Kopf, da ertönte von einem Pult am Fenster eine andere Stimme: „Die Angelegenheit scheint eilig. Wenn Sie erlauben, Miss Spencer, bringe ich Sie hinüber. Ich wollte ohnehin gerade zu den Docks.“ Ein hochgewachsener junger Mann mit auffallend gebundener Seidenkrawatte, modisch enger Weste und auf Hochglanz polierten Schuhen nahm eine Ledermappe von seinem Pult, ging zu Sibylla und verbeugte sich knapp, was aufgrund seiner Größe wirkte, als klappte ein Taschenmesser zusammen.

„Benjamin Hopkins", verkündete er mit leicht näselnder, arrogant klingender Stimme. „Wenn Sie erlauben, leitender Einkäufer Ihres verehrten Vaters."

Der Buchhalter zog sich erleichtert zurück. In Benjamins Rücken erhob sich Gemurmel. Er spürte die Blicke der anderen wie Nadelstiche im Rücken. Mit gerade achtundzwanzig Jahren war es Hopkins gelungen, sich zur rechten Hand des Reeders und Kaufmanns Richard Spencer hochzuarbeiten. Aber genau das machte ihn zu einem unbeliebten Kollegen. Nie versäumte er, dem Chef von Fehlern zu berichten, die einem von ihnen unterlaufen waren. Dazu kamen sein gelacktes Äußeres und seine affektierten Reden, die er wohl für vornehm hielt, die die anderen aber lächerlich fanden.

Doch wenn Benjamin jetzt unter seinem hohen weißen Hemdkragen warm wurde, lag das nicht daran, dass ihn die Feindseligkeit seiner Kollegen gestört hätte. Vielmehr musterten Sibyllas saphirblaue Augen ihn so durchdringend, dass er sich zwingen musste, ihrem Blick standzuhalten. Lange betrachtete sie ihn stumm, und gerade als er fürchtete, sie würde sein Angebot ablehnen, nickte sie. „Einverstanden, Mr. Hopkins."

Benjamin atmete auf, halb erleichtert, halb triumphierend. „Dann hoffe ich nur noch, dass Sie Ihrem verehrten Vater keine schlechten Nachrichten überbringen müssen", sagte er und blickte auf den Brief in ihrer Hand.

„Das dürfte Sie wohl kaum etwas angehen, Mr. Hopkins." Sie machte kehrt und lief die Treppe hinunter. Benjamin nahm rasch seinen Gehrock vom Haken neben der Tür und schlüpfte hinein, als er eine Stimme hörte – leise, aber doch klar und deutlich: „Schaut euch nur den

Speichellecker an! Jetzt kriecht er der Tochter vom Alten unter den Rock."

Aus dem Erdgeschoss ertönte Sibyllas Stimme. „Wo bleiben Sie, Mr. Hopkins? Ich habe es eilig!" Hocherhobenen Hauptes, schritt er durch die Tür.

Sibylla saß bereits auf der Bank ihres eleganten zweirädrigen Gigs, die Leinen in einer Hand, und klopfte mit der anderen auf den freien Sitzplatz neben sich. „Nun kommen Sie schon, Mr. Hopkins! Oder schätzen Sie es nicht, wenn eine Frau die Zügel in der Hand hält?"

„Um Gottes willen!", rief er aus und kletterte neben sie. „Es ist mir eine Ehre, von Ihnen gefahren zu werden!"

„Übertreiben Sie nicht, Mr. Hopkins!" Sie schnalzte kurz, und die braune Hackneystute zog so schwungvoll an, dass er das Gleichgewicht verlor und gegen die Rückenlehne fiel. Sibyllas Mundwinkel zuckten spöttisch. Aber so etwas konnte Benjamin nicht verunsichern.

Seit Jahren beobachtete er bei den Weihnachtsfeiern im großen Kontor der Reederei, wie Sibylla vom flachbrüstigen Backfisch zu einer reizvollen jungen Frau wurde. Anfangs hatten die Bewerber um ihre Hand Schlange gestanden. Aber mit ihrem Eigensinn und ihrem scharfen Mundwerk hatte sie einen nach dem anderen in die Flucht geschlagen. Bald eilte ihr der Ruf voraus, dass sie eine Frau wäre, die die Männer beherrschen wollte, und das schreckte viele ab. Benjamin allerdings sah darin seinen entscheidenden Vorteil. Der Reedereitratsch behauptete nämlich, dass Richard Spencer langsam fürchtete, seine Tochter könnte als alte Jungfer enden. Und je mehr er das fürchtete, desto weniger würde er gegen einen Schwiegersohn wie Benjamin einwenden, der weder einen illustren Stammbaum noch ein beeindruckendes Vermögen aufwies.

„Was ist das für eine Versammlung, an der mein Vater teilnimmt?“, fragte Sibylla, während sie ihr kleines Gefährt durch das Gewimmel von Frachtkarren, Werft- und Dockarbeitern, Matrosen, Hafenagenten, Handwerkern und Angestellten der umliegenden Kontore steuerte.

„Für eine so reizende junge Dame gibt es gewiss Amüsanteres, als sich mit Gesprächen über trockene Geschäfte zu langweilen“, erwiderte Benjamin und zeigte sein charmantestes Lächeln. Doch was bei anderen Frauen durchaus seine Wirkung hatte, brachte ihm von Sibylla einen ärgerlichen Blick ein. „Würde ich fragen, wenn es mich nicht interessiert?“

Benjamin lachte wieder, jetzt verlegen. „Nun, es geht um den Maghrebhandel, also den mit den Ländern Nord- und Westafrikas“, erklärte er dann. „Ihr Vater als Präsident der West India Dock Gesellschaft hat einen Brief vom Generalkonsul der britischen Regierung in Marokko erhalten. Der Sultan lädt europäische Kaufleute in sein Land. Seine Kassen sind nämlich leer, nachdem er jahrelang Krieg gegen seine aufsässigen Berberscheiche geführt hat. Mit den marokkanischen Juden hat er die Binnenwirtschaft angekurbelt, wir Europäer sollen den Überseehandel in Schwung bringen.“

„Ist es dort für uns nicht gefährlich? Vor den Küsten soll es Piratennester geben, die christliche Gefangene als Sklaven verkaufen“, bemerkte Sibylla nachdenklich.

„Sie kennen sich aus, Miss Spencer, meine Hochachtung!“, entgegnete Benjamin überrascht.

„Ich lese viel“, ließ sie ihn wissen, „am liebsten über fremde Länder, die ich vermutlich nie mit eigenen Augen sehen werde. Es ist eine der wenigen interessanten Beschäftigungen, mit denen ich meine reichliche freie Zeit fülle.“

Er nickte, obwohl er sich nicht vorstellen konnte, wieso eine Frau, die das sorglose Leben der Oberschicht führte, nicht damit zufrieden war, auf Teepartys oder Empfängen die neueste Mode vorzuführen und ein bisschen Klatsch und Tratsch auszutauschen.

„Mit der Piratenplage an den maghrebinischen Küsten ist es glücklicherweise vorbei“, erläuterte er. „Teilweise kauften die europäischen Regierungen die Fürsten dieser Länder, teilweise ließen wir unsere Marine vor ihren Häfen auffahren. Der Anblick von mit Kanonen bestückten Kriegsschiffen hat manchmal eine erstaunliche Wirkung. Wenn Sultan Abd Er Rahman uns Europäern in seinem Land wirklich freie Hand lässt, können wir dort lukrative Geschäfte machen.“

„Also beraten die Mitglieder der Dockgesellschaft, ob sie Kaufleute nach Marokko schicken?“

„Ja, im Gespräch sind Tanger am Mittelmeer und Mogador am Atlantik. Aber es dürfte schwierig sein, geeignete Männer zu finden, die in einem unzivilisierten arabischen Land leben wollen.“

„Mogador“, murmelte Sibylla. „Wie geheimnisvoll!“

Benjamin musterte sie heimlich. Schlank, mit geradem Rücken und für seinen Geschmack fast ein wenig zu groß, saß sie auf der Bank des Gigs. Sie hatte das Verdeck zurückgeklappt, so dass der Wind mit den bunten Bändern ihres Strohhutes spielte und den spitzenbesetzten Volant ihres Sommerkleides unter dem hellen Mantel bauschte. Blondes Haar wehte unter der Hutkrempe hervor, und im Profil sah er ihre langen Wimpern und die schmale Nase. Mit ihrer zarten weißen Haut und den vom Wind geröteten Wangen wirkte sie wie das Idealbild der „englischen Rose“, einer Frau, die in ein nobles Herrenhaus oder auf einen eleganten Ball gehörte und nicht in den lauten und dreckigen Hafen von London.

„Nun, Mr. Hopkins, wie fällt Ihr Richterspruch aus, nachdem Sie mich so eingehend gemustert haben? Beurteilen Sie mich mit dem Auge eines Kaufmanns, wenn er die Qualität seiner Rumfässer und Kaffeesäcke einschätzt, oder sehen Sie eine Frau in mir, die einem hübsch verpackten, aber überflüssigen Geschenk gleicht?“ Sie klang spöttisch, aber ihre Augen musterten ihn forschend.

„Verzeihen Sie!“, stammelte er. „Aber wenn Sie mir die Bemerkung erlauben: Sie sind eine Freude für das Auge eines jeden Mannes, und Sie mit einem Rumfass oder einem Kaffeesack zu vergleichen, würde mir gewiss nie in den Sinn kommen. Das hieße nicht nur, Ihre Schönheit zu beleidigen, sondern auch Ihren aufrechten Charakter, den Sie mir soeben wieder eindrucksvoll demonstriert haben.“

„Was sind Sie doch für ein Schmeichler, Mr. Hopkins!“, rief sie kopfschüttelnd.

Benjamin, der allmählich begriff, was andere Männer meinten, wenn sie von Miss Spencers flottem Mundwerk sprachen, beschloss, vorerst auf weitere Komplimente zu verzichten. „Sie müssen jetzt links abbiegen, und dann immer an der hohen Backsteinmauer entlang.“

Sibylla lenkte den Gig von der Zufahrtsstraße zur Reederei auf einen schmaleren Weg, der parallel zu einem Kanal verlief, der die Themse mit den West India Docks verband.

„Du meine Güte!“, rief sie beeindruckt aus, nachdem sie eine Halle passiert hatten, aus der die stampfenden Geräusche von Dampfmaschinen drangen. „Hier herrscht ja fast so viel Betrieb wie auf der Oxfordstreet zur Haupteinkaufszeit!“

„Und genau wie die Händler dort wollen die Schiffe ihre Waren loswerden – nur in viel größeren Mengen", ergänzte Benjamin.

Sie sah ihn mit glänzenden Augen an. „Jetzt verstehe ich, warum mein Vater immer sagt, der Hafen sei der Grund, warum London existiert."

Drei- und Viermastbarken, große stabile Westindiensegler, lagen in dichter Folge hintereinander bis weit in den Fluss hinaus. Die gesamte Dockanlage befand sich auf einer Halbinsel, der *Isle of Dogs*, die an drei Seiten von einer weiten Themseschleife umgeben war. Vor über dreißig Jahren, als die West India Docks gebaut wurden, war hier die erste Hafenanlage Londons außerhalb des Flusses entstanden - zwei mächtige Becken, die zusammen sechshundert Segelschiffe aufnehmen konnten und durch ein ausgeklügeltes System von Kanälen mit der Themse verbunden waren.

„Hier an der Ostseite liegt die Ein- und Ausfahrt für die Schiffe", informierte Benjamin Sibylla. „Zuerst fahren sie ins Importdock, um die Ladung zu löschen. Danach geht es weiter ins Exportdock, um neue Fracht an Bord zu nehmen, und schließlich über einen weiteren Kanal wieder hinaus in die Welt."

„Eine beeindruckende Vorstellung, dass dank dieser Schiffe Menschen in ganz England in den Genuss von Kaffee, Tee oder Zucker aus der Karibik kommen", bemerkte sie.

Benjamin nickte vage. Er wollte zu gern wissen, was in dem Brief stand, den Miss Spencer bei sich trug. „Es müssen schon sehr dringende Angelegenheiten sein, die eine unbescholtene junge Dame dazu bringen, einen Fuß in diese Gegend zu setzen", sagte er – bemüht, fürsorglich zu klingen.

„Sehr hübsch ausgedrückt, aber dennoch viel zu neugierig, finden Sie nicht?", versetzte sie spitz.

Verstimmt blickte er ein paar Möwen hinterher, die sich kreischend um einen stinkenden Fischkadaver stritten, und merkte nicht, wie Sibylla ihm einen amüsierten Seitenblick zuwarf. Stumm und ein wenig beleidigt hockte er auf der Sitzbank, die Ledermappe an die schmale Brust gepresst, aber gleichzeitig fand sie es anrührend, wie sehr er sich bemühte, sie zu beeindrucken. Sie betrachtete sein hübsches, etwas weiches Gesicht. Er hatte helle Brauen und Wimpern, wasserblaue Augen, schmale Lippen und eine vorspringende, ziemlich lange Nase. Seine glatt rasierten Wangen, die perfekt getrimmten Koteletten und das akkurat geschnittene Haar verrieten genau wie die raffiniert geknotete Krawatte und die blitzblanken Schuhe einen Hang zu Luxus und Eitelkeit.

Ihre früheren Verehrer hatten allesamt versucht, sie zu bevormunden, als wäre sie ein dummes kleines Kind. Oder sie hatten ihr ungebetene Ratschläge erteilt und sich irritiert zurückgezogen, wenn sie merkten, dass sie nicht nur eine eigene Meinung hatte, sondern diese auch vertrat. Einer hatte sogar versucht, zudringlich zu werden, und sie hatte ihn geohrfeigt. Dieser zweifelhafte Kavalier hatte später das Gerücht verbreitet, dass Sibylla Spencer die Männer beherrschen wollte.

Seit sie mit sechzehn Jahren Lady Eleanor Holles Mädchenschule verlassen hatte, wurde von ihr erwartet, dass sie heiratete und eine Familie gründete. Dass sie selbst ganz andere Wünsche hatte, das Leben in all seiner faszinierenden Vielfalt auskosten und so viel wie möglich von den Wundern dieser Erde mit eigenen Augen sehen wollte, schien niemanden zu interessieren. Wenn es nach ihr ging, würde sie noch lange nicht heiraten. Doch inzwischen war sie dreiundzwanzig. Fast all ihre Freundinnen hatten einen eigenen Hausstand gegründet. Sie hingegen lebte noch zu Hause und musste sich dort mehr Regeln und Geboten fügen als ihr sechzehnjähriger Halbbruder Oscar. Oh ja, sie hatte begriffen, dass eine unverheiratete Frau in den Augen der Gesellschaft auf einer Stufe mit einem unmündigen Kind stand, mochte ihr Verstand auch noch so gut funktionieren! Eine Heirat war vielleicht der einzige Weg, der ihr blieb, wenn sie jemals mehr Freiheit genießen wollte.

Sie dirigierte ihr Gefährt am östlichen Eingangstor zu den Docks vorbei, um hinter der großen Brandmauer, die das gesamte Areal umgab, zum Ledgerhaus an der Westseite zu fahren.

„Der Brief, den ich bekommen habe, ist von Oscar, meinem Halbbruder“, begann sie unvermittelt. „Er schreibt, dass er am Sonntag nun doch beim Cricketturnier seiner Schule Eton gegen die Herausfordererschule Harrow spielen darf. Das war sein größter Wunsch, für den er sehr hart trainiert hat. Jetzt will er natürlich, dass wir am Sonntag am Spielfeldrand stehen und ihn anfeuern.“

„Ich verstehe“, sagte Benjamin. Er fühlte sich geschmeichelt, weil Sibylla ihm nun doch den Inhalt des Briefes anvertraut hatte, aber er verstand nicht, warum diese Nachricht so wichtig war, dass sie ihre eigenmächtige Fahrt ins Hafengelände erklärte.

„Natürlich hätte ich Vater die Neuigkeit auch erst heute Abend erzählen können“, fuhr sie fort, als hätte sie seine Gedanken gelesen. „Aber wir haben Oscar so die Daumen gedrückt, dass er in die Mannschaft kommt. Er war als kleines Kind viel krank und so schwach, dass Vater lange fürchtete, die Reederei würde eines Tages ohne Erben dastehen. Und außerdem“, sie warf Benjamin ein spitzbübisches Lächeln zu, „hatte ich Lust auf ein kleines Abenteuer."

Sie schnalzte, und ihre Stute trabte an. Die Feuerwache, die Werkstätten der Fassbinder, Seilmacher und Tischler, das Wartehaus für die Passagiere, die auf den Frachtschiffen mitreisten, die Büros der Holzhändler, eine Schmiede und die Ställe für die Arbeitspferde ließen sie rasch hinter sich und hatten Ledgerhaus bald erreicht. Das Büro- und Verwaltungsgebäude der West India Dock Gesellschaft mit seinen gelben und dunkelroten Backsteinmauern und dem glänzenden kupfernen Dach war ein auffallendes Bauwerk. Im Inneren befanden sich nicht nur der Konferenzraum der Gesellschafter, sondern auch ein Schreibsaal, eine Kantine sowie die Büros der Hafenpolizei und der Dockaufsicht. Einige Herren standen vor dem säulengeschmückten Eingang und unterhielten sich angeregt. Sibylla erkannte sie als Mitglieder der Dockgesellschaft, aber ihren Vater sah sie nicht. Einer der Herren entdeckte sie, winkte heftig und eilte herbei. „Meine liebe Miss Spencer, was tun Sie denn in dieser Gegend? Ist Ihre Familie wohlauf? Zu Hause wird doch kein Unglück geschehen sein?" Er warf Benjamin einen strafenden Blick zu, ganz so, als wäre er dafür verantwortlich, dass eine Dame wie Miss Spencer im Hafengelände herumfuhr.

„Es ist alles in bester Ordnung. Machen Sie sich keine Sorgen", entgegnete Sibylla kurz angebunden. „Ist mein Vater noch im Gebäude?"

Der Mann schüttelte den Kopf. „Bedaure. Er ist mit einigen Gesellschaftern zu den Docks gegangen. Sie wollen in Speicher drei prüfen, ob wir genügend Kapazitäten für die Waren aus Marokko haben. Wenn Sie wünschen, lasse ich ihn holen."

„Bemühen Sie sich nicht, danke!" Sibylla schnalzte mit der Zunge, und ihre Stute zog an.

„Soll ich Sie hier irgendwo aussteigen lassen?", fragte Sibylla, als sie das Westtor zu den Docks erreicht hatten. Benjamin maß sie mit einem empörten Blick. „Sie glauben doch nicht allen Ernstes, dass ich Sie allein lasse? Ihr Vater würde mir den Kopf abreißen!"

Die Tagelöhner, die sich jeden Morgen vor dem Tor versammelten, um Arbeit als Lastenträger zu ergattern, waren längst fort. Dafür warteten jetzt mehrere Fuhrwerke, dass sie auf das Gelände durften. Während Sibylla in der Schlange anstand, wanderte ihr Blick zu der großen Gedenktafel in der Mauer, die an die Gründungsväter der Dockgesellschaft erinnerte. Es erfüllte sie mit Stolz, als sie den Namen ihres Großvaters Horatio Spencer las, der zu jener Gruppe von Männern gehört hatte, die Ende des letzten Jahrhunderts mit unendlich viel Ausdauer und Weitblick und unter großen finanziellen Risiken ihre Vision der größten Dockanlage Englands zum Leben erweckt hatten.

Der Wachmann am Tor musterte Sibylla und ihren eleganten kleinen Gig ungläubig, doch dann erkannte er Benjamin, nickte kurz und ließ sie passieren. Vor ihnen öffnete sich eine lange Straße. Rechts lag das Hafenbecken, in dem so viele Segler ankerten, dass Sibylla sich fragte, wie die großen Schiffe es schafften, zu rangieren, ohne sich ständig gegenseitig zu rammen. An der linken Seite befanden sich die Speicherhäuser, fünfstöckige Backsteingebäude mit Rampen, Ladeluken und Seilzügen.

„Unten lagern die schweren Waren, wie Rumfässer, darüber die Säcke mit Rohkaffee und Zucker oder Baumwollballen und ganz oben leichte Lieferungen, in der Regel Gewürze. Vom Importdock aus werden insgesamt neun Speicher befüllt. Zwei davon sind zurzeit an die

East India Company vermietet, die darin Tee deponiert", erklärte Benjamin.

Auf dem Dockgelände herrschte jede Menge Betrieb. Alle Sprachen der Welt summten an Sibyllas Ohr, Fässer wurden polternd über rauhes Pflaster zu den Speichern gerollt. Mit bauchigen braunen Jutesäcken beladene Karren holperten von hemdsärmeligen Arbeitern geschoben zwischen Kai und Lagerhäusern hin und her, die Metallketten der massiven Lastenkräne rasselten und quietschten. Eine Gruppe flachsblonder Seemänner kam lachend und singend von einem Schiff, von dessen Heck die Flagge des Königreichs Dänemark flatterte. Auf dem benachbarten Segler brüllte ein Offizier auf Portugiesisch ein paar dunkelhäutige Matrosen an, die damit beschäftigt waren, das Deck zu schrubben. Längs des Kais warteten Dutzende Fässer auf ihren Transport in einen der Speicher. Es roch nach Holzteer, dem süßlichen Aroma von Rum und dem fischigen Gestank des Brackwassers.

Sibylla hätte zu gern alle Eindrücke bis ins Kleinste aufgenommen. Doch sie hatte genug damit zu tun, ihr Pferd zu beruhigen. Die Vielzahl unbekannter Gerüche, nicht endender Lärm und allgegenwärtige Hektik machten die Stute nervös. Sie schnaubte, spitzte die Ohren und wollte immer wieder ausbrechen.

„Manchmal wünschte ich, sie hätte das Temperament der Arbeitsgäule!", rief Sibylla und schaute zum Kai, wo Dutzende von Fuhrwerken standen, deren schwerknochige Pferde angesichts des Trubels nicht die geringste Regung zeigten. „Aber keine Angst, ich habe sie im Griff!"

„Ihr Wort in Gottes Ohr", murmelte Benjamin und hielt sich an der Seitenlehne der Sitzbank fest. Sibylla betrachtete den Wald von Masten, der sich im leichten Wellengang des Hafenbassins wiegte, und dann einen

Kran, der eine Palette mit einem halben Dutzend Kaffeesäcken darauf in die Höhe zog.

„Wie lange dauert es, bis so ein Schiff leer ist?", fragte sie.

„Nun, so ein großer Westindienfahrer fasst fünfhundert Tonnen, oft sogar mehr. Dennoch vergehen höchstens vier Tage, bis die gesamte Ladung gelöscht ist", erklärte Benjamin. „Als der Frachtverkehr noch im Fluss abgewickelt wurde, dauerte es mitunter Wochen, um ein Schiff zu be- oder entladen."

„Solche Verzögerungen machen die Waren teuer", stellte Sibylla fest. „Und dann gibt es an der Themse ja auch keine Mauer, die Diebe abhält."

Benjamin staunte. „Sie wissen gut Bescheid."

Sie warf ihm einen ihrer spöttischen Blicke zu. „Danke, dass haben Sie schon einmal gesagt, Mr. Hopkins. Muss ich daraus schließen, dass Sie mir so viel kaufmännisches Verständnis nicht zugetraut haben?"

Er flüchtete sich in ein verlegenes Lachen. „Sie müssen zugeben, dass das nicht zu den Dingen gehört, die eine junge Dame normalerweise interessieren."

Sie hob eine Augenbraue und musterte ihn. „Und ich würde behaupten, Mr. Hopkins, dass Sie nicht wissen, was eine junge Dame alles interessiert."

Dieses Mal schaffte Benjamin es nicht, ihrem durchdringenden Blick standzuhalten. „Dort vorn liegt die Queen Charlotte. Sie ist heute Morgen eingelaufen, und ich muss die Ladung prüfen", erklärte er und ärgerte sich, weil er krächzte wie ein Halbwüchsiger im Stimmbruch. „Aber erst bringe ich Sie zu Ihrem Vater. Speicher drei liegt nämlich genau gegenüber. Ihren Wagen können sie so lange hierlassen. Bestimmt passt einer der Fuhrwerklenker darauf auf."

Sibylla blickte an Benjamins ausgestreckten Arm entlang zu einem prächtigen Segelschiff, das längs des Kais vertäut war. Breit und wuchtig erhoben sich die beiden reich geschnitzten und bunt bemalten Achterdecks über dem Hafenbecken. Darüber hing das rote Georgskreuz auf weißem Grund, die Fahne Englands.

„Hat sie keine Galionsfigur?“, fragte sie und warf Benjamin einen herausfordernden Blick zu. „Keine nackte Seejungfrau?“

Wieder spürte er, wie ihm der Schweiß unter seiner Hemdbrust ausbrach. Aber er spielte den Überlegenen und antwortete. „Wenn es eine gibt, dann vorn am Bug. Sollen wir nachschauen?“

Sie lächelte nur, legte den Kopf in den Nacken und betrachtete die drei himmelwärts ragenden Masten mit ihrer gerafften Takelage und den Ausgucken in schwindelerregender Höhe. Da tauchte ein stoppelbärtiger Mann neben dem Gig auf und bellte: „Gaffen können Sie anderswo! Wir müssen hier abladen!“

Sie standen direkt neben dem Kran und behinderten die Arbeiter, die die Netze mit den Rumfässern in Empfang nehmen wollten, die aus dem Bauch der Queen Charlotte befördert wurden. Sibylla schnalzte und trieb ihre Stute rasch weiter. Wieder tänzelte das Pferd nervös, doch abermals gelang es ihr, das Tier zu beruhigen. Sie hielten nun direkt vor der aus einer schmalen Planke bestehenden Gangway ungefähr in der Mitte des Schiffes. Von hier betrachtet, wirkte die Queen Charlotte noch größer. Sibylla schätzte ihre Gesamtlänge auf mindestens hundertfünfzig Fuß. Sie betrachtete den breiten Leib des Seglers, der aus dunklem Holz gefertigt, wuchtig und wehrhaft wirkte. Ein Eindruck, der von den sechs Kanonenrohren, die durch ihre Luken hindurch direkt auf Sibylla zielten, noch verstärkt wurde.

„Dort oben steht Nathaniel Brown, der Kapitän." Benjamin wies auf einen breitschultrigen Mann im dunkelblauen Uniformrock der Reederei Spencer und mit einem tief in die Stirn gedrückten schwarzen Zweispitz.

Sibylla betrachtete den Mann. Seine Gesichtszüge waren hart und ohne Regung, von Wind und Wetter scharf gegerbt. Er stand an der Reling und verfolgte aufmerksam, wie ein neues Netz mit Rumfässern über das Deck der Queen Charlotte in Richtung Kai schwebte.

Benjamin räusperte sich: „Wir sollten nun Ihren Vater suchen. Ich werde einen der Fuhrwerker fragen, ob er bereit ist, ein paar Minuten auf Ihren Wagen aufzu..."

„Achtung!", brüllte in diesem Moment Kapitän Brown und beugte sich weit über die Reling. „Weg da unten! Schnell!"

KAPITEL ZWEI

Richard Spencer trat mit zwei Begleitern aus dem Tor von Speicherhaus drei. Einer war der stellvertretende Präsident der West India Dock Company und damit nach ihm selbst der Mann, der in der Gesellschaft am meisten zu sagen hatte. Der andere war ein Ingenieur, den Spencer herbestellt hatte, damit er prüfte, ob im Lagerhaus bauliche Veränderungen vorgenommen werden mussten, um die Temperatur und Luftfeuchtigkeit zu gewährleisten, die für die Lagerung von Getreide und Leder, den Hauptausfuhrgütern Marokkos, erforderlich waren. Als keine zwanzig Meter von ihm entfernt Geschrei ertönte, blickte er kaum hin. Geschrei gehörte auf den Docks zum Alltag. Dann sah er den Gig und blinzelte irritiert. Was hatte dieses sportliche kleine Gefährt auf den Docks zu suchen? Das war doch eine Damenkutsche, wie sie auch seine Tochter besaß! Er blinzelte noch einmal, erkannte Sibylla und murmelte: „Was in Gottes Namen …"

Zwei Arbeiter rannten auf den Gig zu. Sie brüllten aus Leibeskräften und zeigten fuchtelnd nach oben. Spencer folgte ihnen mit den Augen, und ein entsetzter Ausruf entfuhr ihm: „Sibylla! Pass auf!" Er rannte los, obwohl er wusste, dass er zu spät kam.

Genau in diesem Moment hörte Benjamin das Knarren des Netzes. Als er nach oben blickte, stockte ihm der Atem. Der Greifarm des Lastenkrans schwebte fast genau über ihnen, und an der Eisenkette schaukelte von einem dicken Haken gehalten, das Netz mit den Fässern darin. Bei jeder Bewegung rieben sie knirschend aneinander. Sechs Rumfässer, von denen jedes hundert Liter fasste und einem ausgewachsenen Mann bis zur Hüfte reichte. Jetzt ruckte das Flechtwerk und neigte sich an einer Seite gefährlich abwärts. Mindestens zwei der zum Bersten gespannten Stricke waren gerissen, erkannte Benjamin, und ein eisiger Schreck durchfuhr ihn.

„Los!!“, brüllte er, beugte sich zu Sibylla und wollte ihr die Leinen aus der Hand reißen. „Fahren Sie los!“

Im gleichen Moment rutschten die obersten beiden Fässer durch das Loch im Netz. Mit einem ohrenbetäubenden Krachen knallten sie direkt hinter dem Gig auf das Pflaster. Holz splitterte, Rum spritzte über den Kai. Sibylla schrie auf, ihr Pferd legte die Ohren an, sprang mit einem Satz nach vorn und galoppierte los. Sibylla wurde gegen die Rückenlehne der Sitzbank geworfen, während Benjamin um ein Haar in den schmalen Spalt zwischen Kaimauer und Schiff geschleudert worden wäre. Mit einem Rad holperte der Gig über die Gangway, flog ein Stück in die Luft, landete wieder hart und rutschte mit dem rechten Rad über die Kaimauer. Nur die Bordwand der Queen Charlotte verhinderte, dass der schief auf der Achse hängende Wagen mitsamt Pferd und Menschen ins Hafenbecken stürzte. Sibylla zerrte an den Leinen und lehnte sich weit zurück. Doch die scheuende Stute kämpfte gegen sie an. Eisen knirschte auf Stein und sprühte Funken, als die Achse über die Kaimauer schlitterte. Wieder riss Sibylla an den Leinen. Doch schon blieb die Bordwand der Queen Charlotte hinter ihnen zurück. Ohne diese Stütze neigte der Gig sich noch weiter dem Hafenbecken zu. Sibylla schrie auf, als Benjamin den Halt verlor, und streckte automatisch eine Hand aus, um ihn festzuhalten. Wieder holperte die Kutsche auf dem unebenen Grund. Die Leinen schossen ihr aus der Hand, und sie stürzte mit Benjamin kopfüber in die Tiefe.

Kalt und schmerzhaft hart schlug das Wasser über Sibylla zusammen. Sie ruderte wild mit Armen und Beinen, um an die Oberfläche zu gelangen. Ihr rechter Fuß traf etwas Weiches. Benjamin? Rings um sie sprudelte schlammiges grünes Wasser. Sie strampelte heftig mit den Beinen, aber die Bewegungen, die sie an die Wasseroberfläche bringen sollten, kosteten sie nur Kraft. Der schwere Stoff ihres Mantels und ihre üppigen Unterröcke hatten sich mit Wasser vollgesogen und zogen sie nach unten. Ihre Lungen drohten zu bersten, Angst überkam sie, jämmerlich zu ertrinken. Unter Aufbietung all ihrer Energie kämpfte sie sich endlich an die Luft.

„Hilfe!", schrie sie keuchend. „Hilfe! Ich kann nicht schwimmen!" Nasse Haarsträhnen klebten ihr im Gesicht, so dass sie nichts sehen konnte. Sie wollte sie wegwischen, ging dabei wieder unter und schluckte stinkendes, brackiges Hafenwasser. Gleich darauf fühlte sie, wie jemand in ihre Haare griff und sie emporzog. Sie würgte und spuckte, rang nach Luft und schlug um sich. Direkt über ihr lachte wie zum Spott die Galionsfigur der Queen Charlotte.

„Hören Sie auf, verdammt noch mal!", klang Benjamins Stimme an ihr Ohr. „Sonst ertrinken wir beide!" Er stützte sie mit einer Hand unter dem Kinn, so dass ihr Kopf über Wasser blieb, und ruderte mit dem freien Arm auf die Kaimauer zu, wobei er Sibylla mit sich schleppte. Quälend langsam kämpfte er sich vorwärts, von ihr genauso behindert wie von seiner durchweichten Kleidung. Doch Sibyllas Atem wurde ruhiger. Sie merkte, wie sie der Rettung Zug um Zug näher kamen. Im Wasser neben ihr schwammen zwei Blätter aus Benjamins Schreibmappe. Die Tinte lief in kleinen Rinnsalen über das nasse Papier, bevor es unterging. Ihr Strohhut schaukelte etwas weiter entfernt vor sich hin. Grüne Algen hatten sich wie eine verunglückte Dekoration um die Krempe gewickelt.

Über sich hörte sie aufgeregte Stimmen. Sie sah ihren Vater am Rand der Kaimauer stehen, neben ihm seine entsetzten Begleiter. Außerdem erkannte sie den zu Tode erschrockenen Mann, der den Kran bedient hatte, einen Fuhrwerker und Kapitän Brown, der bewegungslos auf sie herunterblickte. Ein paar Matrosen verfolgten das Ereignis, neugierig über die Reling der Queen Charlotte hängend. Einer rief vorwitzig: „So fängt man also heute Meerjungfrauen!"

Jetzt kam Leben in den Kapitän. „Was steht ihr da oben rum und glotzt!", brüllte er. „Ab mit euch! Ihr schrubbt mir sämtliche Decks – und zwar so, dass man vom Boden essen kann!"

Das Lachen und Feixen der Männer verstummte augenblicklich. Mit eingezogenen Köpfen schlichen sie davon.

Benjamin hatte inzwischen die eiserne Leiter erreicht, von denen in regelmäßigen Abständen mehrere in die Kaimauer eingelassen waren, und schob Sibylla zu den Sprossen. So rasch es in der triefend nassen Kleidung möglich war, kletterte sie die steile Wand hinauf. Es beruhigte sie, dass Benjamin dicht hinter ihr folgte und sie im Rücken stützte. Endlich hatte sie die Kaimauer erreicht. Was für ein unbeschreibliches Gefühl es doch war, wieder festen Boden unter den Füßen zu spüren!

Ihr Vater trat mit schreckensweißem Gesicht auf sie zu und nahm sie in die Arme. Dann zog er seinen Frack aus und legte ihn um Sibyllas Schultern. „Was machst du denn hier, Kind?", fragte er immer wieder fassungslos. „Was willst du nur im Hafen?"

„Es ist wegen Oscar", flüsterte sie kleinlaut. „Ich wollte dir erzählen, dass er am Sonntag für Eaton spielen wird." Es erschien ihr nun selbst lächerlich, jetzt, da ihr Ausflug buchstäblich ins Wasser gefallen war.

Sekundenlang blickte Richard sie verständnislos an. „Verstehe ich dich richtig? Deshalb fährst du zum Hafen?

Ja bist du denn ...!“ Den Rest des Satzes schluckte er hinunter, denn sie waren von einem halben Dutzend neugieriger Zuhörer umringt. Doch sein Tadel hatte Sibylla verletzt. Vor ein paar Minuten noch war sie in Gefahr gewesen, zu ertrinken, aber seine Sorge hatte nur kurz gewährt, bevor er wieder etwas an ihr auszusetzen fand. Wenigstens kümmerte einer der Fuhrwerker sich um ihr Pferd und hielt die Stute in sicherer Entfernung zur Kaimauer am Geschirr. Auch der Gig schien heil geblieben. Die Karosserie war an der Seite, wo sie über die Kaimauer geschleift worden war, zerschrammt, aber zumindest stand der Wagen auf seinen beiden Rädern.

Inzwischen hatte auch Benjamin den Kai erreicht. Wasser tropfte aus seinem Gehrock, an seinem Hemdkragen klebten Algen, und die sorgsam polierten Schuhe waren ruiniert.

Spencer nahm Benjamins Rechte und drückte sie fest. „Sie haben meine Tochter gerettet. Dafür bin ich Ihnen zu tiefstem Dank verpflichtet, Mr. Hopkins.“

Benjamin verbeugte sich. „Eine Selbstverständlichkeit für einen Gentleman!“ Das Hafenwasser war kalt gewesen. Er klapperte mit den Zähnen und wirkte in seinem triefenden Aufzug so komisch, dass Sibylla sich ein Lächeln verkneifen musste. Sie trat neben ihren Vater: „Auch ich danke Ihnen von ganzem Herzen, Mr. Hopkins.“

„Geht es Ihnen denn gut, Miss Spencer?“, fragte Benjamin besorgt. „Brauchen Sie einen Arzt?“

Sie schüttelte den Kopf. „Ich bin unverletzt. Der Aufprall war allerdings ziemlich unsanft, und ich werde vermutlich ein paar blaue Flecken bekommen. Hatschi!“

„Eine Erkältung kommt wohl noch dazu, aber die hast du bei so viel Unvernunft auch verdient“, brummte ihr Vater. Er winkte einen der Hafenarbeiter heran, zog ein paar Münzen aus seiner Westentasche und drückte sie dem Mann in die Hand. „Besorgen Sie zwei Garnituren Arbeitskleidung, und bringen Sie sie zu Speicher drei. Sibylla, du wirst dich, bis du zu Hause bist, mit Männerkleidung begnügen müssen."

Er legte einen Arm um seine Tochter und bedeutete Benjamin, ihm zu folgen. „Kommen Sie mit, Hopkins! In Speicher drei werden wir bestimmt ein paar Kaffeesäcke finden, hinter denen Sie sich abtrocknen und umziehen können."

„Einen Augenblick noch, Sir." Benjamin zog ein Taschentuch aus seiner Weste, um ein paar Algen von seinen Schuhen zu wischen.

„Manche Netze reißen im passenden Moment, was, Hopkins?", raunte eine Stimme hinter ihm.

Benjamin blickte über die Schulter. Nathaniel Brown, der Kapitän der Queen Charlotte, stand hinter ihm und blickte ihn aus kalten schwarzen Augen an.

„Was wollen Sie damit sagen? Haben Sie etwas damit zu tun?" Benjamin rückte unwillkürlich von ihm ab.

„War doch eine gute Idee, um unser kleines Geschäft zu vertuschen."

„Benjamin schnappte nach Luft. „Um ein Haar hätten Sie uns umgebracht!"

Nathaniel Brown grinste verächtlich. „Was kann ich dafür, dass Sie und die Tochter vom Reeder im falschen Moment auftauchen? Wenn Sie schlau sind, melden Sie Spencer, dass alle sechs Fässer aus dem Netz gefallen und kaputt gegangen sind."

„Alle sechs?" Benjamin blickte verwirrt zum Kran. „Es waren doch nur ..."

„Es waren sechs, Sie Dummkopf!", unterbrach Brown ihn ungehalten. „Zwei und die vier, die schon auf der Themse von Bord gegangen sind. Spencer wird nichts merken. Er war so mit seiner Tochter beschäftigt, er hat keinen Blick auf die Netze geworfen."

Benjamin blickte sich unwillkürlich nach allen Seiten um, ob auch niemand sie gehört hatte. Doch es war viel zu laut, und Richard Spencer und seine Tochter waren längst im Lagerhaus verschwunden.

Schon lange machten er und Brown heimlich kleine Geschäfte am Reeder vorbei. Bei Nacht und Nebel, wenn das Schiff noch im Fluss lag, schafften sie ein paar Fässer Rum oder Zucker, ein paar Säcke Tabak oder Kaffee von Bord, um sie zoll- und steuerfrei unter der Hand weiterzuverkaufen. Dabei sprang für beide ein hübscher kleiner Zuverdienst heraus. Benjamin erzählte Richard Spencer später, dass die fehlende Ware verdorben, beschädigt oder irgendwo auf hoher See über Bord gegangen war.

„Wer hätte gedacht, dass wir beide heute nicht nur zusammen spazieren fahren, sondern sogar zusammen baden würden!", bemerkte Benjamin, während er seine Haare notdürftig mit einem Taschentuch abrubbelte, das ihm einer der Lagerarbeiter gegeben hatte.

„Was Sie offensichtlich in beste Laune versetzt, Mr. Hopkins. Ich für meinen Teil bade allerdings lieber zu Hause in einer richtigen Wanne mit sauberem, warmem Wasser!", konterte Sibylla. Ihr Kopf tauchte hinter einer Mauer aus prall gefüllten Jutesäcken mit der Aufschrift *dos Santos - Café da melhor qualidade* auf.

„War das Bad im Hafenbecken nicht genau das kleine Abenteuer, das Sie so gern erleben wollten?" Benjamin, der ebenfalls hinter einer Wand aus braunen Säcken stand, fühlte sich durch ihren neckenden Tonfall zu weiteren Scherzen ermutigt.

Sibyllas Blick wanderte prüfend durch die Halle, aber ihr Vater war nirgends zu sehen. Neugierig nahm sie

Benjamin genauer in Augenschein. Er war so groß, dass die Kaffeesackwand ihm nur bis zum halben Oberkörper reichte, und dieser war im Moment nackt. Seine Schultern waren schmal, die Haut blass, das nasse Haar schütter. Seine Erscheinung weckte in ihr nicht die überwältigende Lust, ihn zu berühren oder gar leidenschaftlich zu küssen, so wie bei den Heldinnen der Liebesromane, die sie manchmal von ihrer Stiefmutter Mary auslieh.

Sie nieste erneut. „Hier zieht es", stellte sie fest, wandte sich von Benjamin ab und stopfte ihr nasses Haar unter den Bowlerhut, den der Hafenarbeiter ihr zusammen mit einem gestreiften Flanellhemd, groben dunkelblauen Baumwollhosen und viel zu großen Stiefeln gebracht hatte.

„Die Luft muss zirkulieren","" erwiderte Benjamin und wies auf die Lamellenfenster an der einen Seite des Speichers. „Licht und Wärme verderben den Kaffee und zerstören sein Aroma."

Richard hatte sie in die erste Etage von Speicher drei geführt und alle Arbeiter hinausgeschickt. Nachdem er sich vergewissert hatte, dass Benjamin sich nicht hinter denselben Kaffeesäcken umzog wie seine Tochter, war er ans andere Ende der gut hundert Fuß breiten und zwanzig Fuß tiefen Halle verschwunden, um eine neue Lieferung zu inspizieren.

Sibylla bückte sich, um die derben Männerstiefel zu schnüren. Benjamin war bereits fertig umgezogen und trat hinter seinem Stapel hervor. „Es wäre mir eine Ehre, wenn ich Ihnen helfen dürfte, Miss Spencer."

Sie zögerte, doch dann lächelte sie. „Das wäre sehr nett, vielen Dank."

Er wuchtete einen Kaffeesack für sie auf den Boden, damit sie sich setzen konnte. Dann kniete er vor ihr nieder. Seine Finger berührten sie nicht, während er sich an dem Stiefel zu schaffen machte. Dennoch erschien ihr diese Handlung viel intimer als vorhin im Hafenbecken, als er ihren Körper umfasst und gestützt hatte. Als er fertig war, blickte er auf. „Sie haben noch eine Alge im Haar hängen“, sagte er leise.

„Wo?“, fragte sie ebenso leise zurück.

„Dort.“ Er streckte eine Hand aus und zog das grünliche Gewächs aus einer feuchten Haarsträhne, die sich unter dem Hut gelöst hatte.

„Hm, hm“, räusperte Richard sich hinter ihnen.

Sie fuhren zusammen. Benjamin erhob sich hastig.

Richard betrachtete seine Tochter mit gerunzelter Stirn. „Furchtbar siehst du aus! Ich werde das Verdeck des Wagens hochklappen lassen, damit dich niemand auf dem Nachhauseweg erkennt!“

Benjamin fand nicht, dass sie so furchtbar aussah. Auf den ersten Blick ähnelte sie einem Mann, doch ihre zarten Gesichtszüge waren unverkennbar weiblich. Sein Herz schlug rascher, und er beeilte sich, seinem Chef in den Gehrock zu helfen.

Das Rascheln der Papiere und Kratzen der Federn im Kontor der Reederei verstummten, als Benjamin durch die Tür trat. Fünfzehn Augenpaare musterten seinen seltsamen Aufzug mit unverhohlener Neugier.

Benjamin ließ sich davon nicht aus der Ruhe bringen. Es gefiel ihm immer, Aufmerksamkeit zu erregen.

Gleich darauf wurde er mit Fragen bestürmt: „Was ist passiert? Warum tragen Sie diese Sachen? Wo ist Miss Spencer?“

Benjamin lächelte nur und winkte ab. Er genoss es, die Kollegen auf die Folter zu spannen, aber er würde kein Wort über sein Erlebnis auf den Docks verlieren. Das sprach sich ohnehin in Windeseile herum, und er würde vor seinen Kollegen als Held dastehen, während er gleichzeitig den Spencers gegenüber die schuldige Diskretion bewahrt hatte.

Schließlich mahnte der stets korrekte Donovan: „Geht wieder an die Arbeit! Lasst Hopkins in Ruhe!"

Widerstrebend beugten die Einkäufer und Schreiber, die Buchhalter und Handelsgehilfen sich wieder über ihre Papiere.

Die Tür zum Kontor wurde geöffnet, und Richard Spencer steckte den Kopf herein. „Hopkins, kommen Sie doch bitte ein paar Minuten in mein Büro! Donovan, sorgen Sie dafür, dass wir zwei Tassen Tee bekommen!"

Ein großer quadratischer Raum diente als Büro des Chefs. Vor einem der Fenster stand ein Schreibpult mit Tintenfass, Federn und Mappen und einer Tischlampe, die im Gegensatz zu den alten Öllampen im Schreibsaal mit Gas betrieben wurde. Der Chef arbeitete auch nicht am Stehpult wie seine Angestellten, er konnte an seinem Schreibtisch bequem sitzen. An den Wänden standen Regale, in denen Akten und Papierrollen mit Schiffsentwürfen lagerten, daneben befand sich ein mit drei Schlössern gesicherter Schrank, in dem Geld und wichtige Urkunden aufbewahrt wurden. In einer Ecke gruppierten sich vier Stühle um einen einfachen eckigen Konferenztisch.

Von den Werkstätten im Hof drangen gedämpfte Stimmen, Hämmern, Klopf- und Sägegeräusche herein.

Es klopfte. Ein Schreiberlehrling kam mit einem Tablett herein, stellte Tassen, Zucker und Milch auf den Konferenztisch, goss dampfenden Tee ein und zog sich dann wieder zurück.

„Bitte", sagte Spencer und wies auf den Tisch, „nehmen Sie Platz." Er war ein fülliger Mann, dessen rote Wangen einen starken Kontrast zu dem sorgfältig gestutzten graumelierten Bart bildeten und eine Vorliebe für gutes Essen und guten Wein offenbarten. Die Augen unter der hohen Stirn und den buschigen Brauen jedoch blickten nüchtern und klar.

Benjamin folgte der Aufforderung mit feierlicher Miene. Zum ersten Mal in den dreizehn Jahren, die er für die Reederei arbeitete, durfte er mit seinem Chef Tee trinken.

Spencer rührte in seiner Tasse, nahm einen Schluck und kam ohne Umschweife zur Sache. „Wie viele Fässer sind uns bei dem Unfall auf den Docks kaputt gegangen?"

„Sechs, Sir", erwiderte Benjamin mit klopfendem Herzen. Aber als Spencer einfach nickte, setzte er mutig hinzu: „Ich werde den Schaden der Versicherung melden. Dann macht die Reederei keinen finanziellen Verlust."

„Hervorragend, Hopkins, hervorragend!" Richard wirkte hochzufrieden. „Schlagen Sie die vier Fässer von der Unicorn, die uns vor zwei Monaten verlorengegangen sind, gleich mit dazu. Wofür bezahlen wir den Halsabschneidern von Lloyd's sonst jedes Jahr horrende Summen?"

Benjamin nickte zustimmend. Insgeheim fragte er sich, warum der Chef ihn ins Büro gerufen hatte. Waren die Frachtverluste der letzten Monate zu hoch gewesen? Doch was Richard Spencer dann sagte, überraschte Benjamin völlig.

„Mein Sohn bestreitet am Sonntag sein erstes Cricketspiel, eine großartige Sache."

„Ihre Tochter erwähnte es, Sir", entgegnete Benjamin höflich.

Spencer räusperte sich. „Sie wissen also schon Bescheid. Sehr gut. Dann kommen Sie doch am Sonntag nach St. Johns Wood, und feuern Sie den Jungen mit uns an! Ich habe den Eindruck, dass Sybilla sich über Ihre Anwesenheit freuen würde."

„Es ist mir eine Ehre, Mr. Spencer!" Überwältigt schoss Benjamin von seinem Stuhl, um sich zu verbeugen. „Es wird mir eine besondere Freude sein, Ihre reizende Tochter wiederzusehen!"

Richard leerte seine Teetasse. „Ausgezeichnet! Dann sind Sie also Sonntag mit von der Partie."

KAPITEL DREI - ST. JOHNS WOOD IM JUNI 1835

Benjamin Hopkins beobachtete Sibylla, die in einem kornblumenblauen Sommerkleid, das ihre Augenfarbe betonte, sehr hübsch aussah. Ihr blondes Haar war über den Ohren zu Korkenzieherlocken gedreht, das Hutband hatte sie seitlich vom Kinn zu einer kecken Schleife gebunden. Während die Damen mit ihren Sonnenschirmen, bunten Kleidern und gemusterten Seidenschals wie Paradiesvögel aussahen, wirkten die Herren in dunklen Fräcken, Zylindern und langen engen Hosen sehr vornehm.

Dreitausend Londoner waren an diesem warmen Junisonntag zum Cricketfeld nach St. Johns Wood am Londoner Regent's Park gekommen, um bei einem der wichtigsten gesellschaftlichen Ereignisse der Saison dabei zu sein - dem alljährlichen Cricketmatch Eton gegen Harrow, den beiden besten Schulen des Landes.

Am Morgen hatte das Spiel begonnen, jetzt war es fast Teezeit, und soeben hatte Oscar, Sibyllas sieben Jahre jüngerer Bruder, der Mannschaft von Eton mit einem phantastischen Schlag zum Sieg verholfen.

Mit stolz geschwellter Brust, als wäre er bereits ein Familienmitglied, stand Benjamin neben den Spencers und nahm die Glückwünsche der anderen Zuschauer entgegen. Heute war er kein Beobachter in der Welt der Reichen, heute durfte er dabei sein.

Lächelnd verbeugte er sich vor Sibylla und führte sie zu dem Picknickplatz, den die Dienstboten im Schatten einer alten Platane nicht weit vom Spielfeld vorbereitet hatten. Decken lagen auf dem Rasen. Auf einem Klapptisch lag Besteck und standen Geschirr, ein Krug mit Lavendellimonade und eine Schale mit frischen Erdbeeren bereit. Richard entkorkte Wein- und Champagnerflaschen, die in feuchtem Zeitungspapier kühl gehalten worden waren, Sibylla verteilte Sandwiches mit Schinken und Lachs, und ihre Stiefmutter Mary schnitt den Käsekuchen an.

Das elegante Speisen unter freiem Himmel war sehr beliebt in England, seit Kronprinzessin Victoria diese Mode eingeführt hatte, und Lord's Cricketgrund, der gleichzeitig mitten in London und mitten im Grünen lag, eignete sich dafür bestens.

„Oscar, würdest du den Tee zubereiten?“, bat Mary.

„Wieso ich? Ich will feiern!“, rief Oscar und hielt dem Diener sein Champagnerglas hin, damit dieser ihm nachfüllte. Sein vorschriftsmäßiger Sportdress aus weißem Hemd und weißen Hosen war staubig, sein Haar zerzaust, er selbst verschwitzt. Aber er strahlte vor Stolz. Niemand hatte ihm, der im letzten Jahr noch Ersatzmann gewesen war, ernsthaft zugetraut, den Sieg zu holen.

„Wenn du den Champagner weiter so herunterschüttest, können wir dich sowieso nicht mehr in die Nähe des Kerosinkochers lassen“, neckte Sibylla.

„Dich vielleicht? Du bist schließlich erst kürzlich ins Hafenbecken gefallen“, konterte ihr Bruder.

„Glücklicherweise, möchte ich behaupten, denn wenn ich Ihre verehrte Schwester nicht gerettet hätte, wäre ich heute nicht hier“, mischte Benjamin sich wichtigtuerisch ein.

„Tatsächlich, ein unglaubliches Glück!“, murmelte Oscar spöttisch. Er fragte sich, ob seine Schwester diesen Hopkins, dieses lange blasse Etwas, wirklich mochte oder ob er nur ein weiterer unglücklicher Heiratskandidat war, den sie in null Komma nichts wieder vergraulen würde.

„Mr. Hopkins, dürfte ich Sie bitten, sich um den Tee zu kümmern?“, seufzte Mary, während Sibylla Anstalten machte, eine Serviette nach ihrem Bruder zu werfen.

„Und du, Sibylla, hast du deinem Vater schon ein Sandwich gebracht?"

Mary hatte Richard geheiratet, als Sibylla erst vier Jahre alt gewesen war und gerade ihre Mutter durch einen Reitunfall verloren hatte. Mary hatte Sibylla großgezogen und liebte sie nicht weniger als ihren leiblichen Sohn Oscar. Doch trotz ihrer sorgfältigen Erziehung färbte Marys sanftes Gemüt nicht auf ihre Stieftochter ab. Sibylla war wie Quecksilber, lebhaft, von raschem Verstand und schwer zu lenken. Richard gefiel dieser Eigensinn gar nicht, und er versuchte ständig, ihn zu zügeln. Aber je älter Sibylla wurde, desto verbissener kämpfte sie darum, ihre eigenen Entscheidungen zu treffen, auch wenn es deshalb zu Auseinandersetzungen mit ihrem Vater kam.

Verstohlen blickte Mary zu Mr. Hopkins. Vielleicht, dachte sie, ist das endlich der richtige Mann zum Heiraten für sie.

Insgeheim jedoch fürchtete sie Schwierigkeiten. Richard hatte ihr erzählt, dass Hopkins aus zwar ehrbaren, aber einfachen Verhältnissen stammte, und gewöhnlich war es leichter, wenn eine Frau über ihrem Stand heiratete. Ein Mann, der durch seine Eheschließung aufstieg, wurde gesellschaftlich nie wirklich geachtet.

Ein Geschäftsfreund von Richard näherte sich und schlug ihm jovial auf die Schulter. „Einen großartigen Sohn haben Sie da, Spencer! Ein ganzer Kerl ist das, der einmal in Ihre Fußstapfen treten wird."

„Das ist er", bekräftigte Richard, und sein Gesicht leuchtete vor Stolz.

Sibyllas Mundwinkel kräuselten sich. Alle führten sich auf, als hätte Oscar soeben im Alleingang die Welt von Napoleon befreit. Dabei ging es doch nur um ein Spiel, um eine Freizeitbeschäftigung! Sie merkte, wie ihre eigenen Gedanken sie bitter machten. Als Mädchen hatte sie oft mit Oscar im Hydepark Cricket gespielt. Sie war gut gewesen und hatte ehrgeizig Werfen und Schlagen geübt, bis ihr Vater und Mary fanden, dass es sich für eine junge Dame nicht gehörte, schwitzend und schreiend auf einen kleinen Ball einzuschlagen. Oscar hingegen, der das Cricketspielen nicht einmal besonders schätzte, wurde zum Training ermutigt.

Doch aufzugeben lag Sibylla nicht. Wenn sie nicht Cricket spielen durfte, versuchte sie, die Aufmerksamkeit ihres Vaters eben mit etwas anderem auf sich zu ziehen. Auch heute hatte sie für ihn eine Überraschung dabei.

„Schau, Vater", sprach sie ihn mit glänzenden Augen an und griff in einen der Weidenkörbe mit den Picknickutensilien. „Die habe ich selbst in unserem Gewächshaus gezogen!"

„Tomaten?", fragte er, und ein Hauch Ungeduld schwang in seiner Stimme mit. „Was soll ich damit?"

„Essen", erwiderte sie und biss herzhaft in eine der roten runden Früchte.

„Ja, bist du denn des Wahnsinns?!" Mit einem Satz war Richard neben ihr, riss ihr die angebissene Tomate aus der Hand und schleuderte sie ins Gebüsch. „Spuck das sofort aus, oder willst du dich vergiften, du törichtes Frauenzimmer!"

Tränen schossen Sibylla in die Augen, als sie sich abwandte, um das Tomatenstück in das Taschentuch zu spucken, das Mary ihr rasch gereicht hatte.

„Sie sind nicht giftig", erklärte sie gepresst. „Ein gewisser Colonel Gibbon Johnson hat das bewiesen, indem er sie öffentlich gegessen hat. Sie sind sogar sehr wohlschmeckend. Du könntest eine Menge Geld verdienen, wenn du sie verkaufst – zum Beispiel an Städter, die keine Zeit oder keinen Garten haben, um selbst welche anzubauen."

„Unsinn!", fuhr Richard ihr über den Mund. „Selbst wenn sie nicht giftig sind, werden die Leute immer noch denken, dass der Verzehr von Tomaten sie umbringt. Aberglaube lässt sich schwer ausrotten."

„Wenn Oscar mit dieser Idee zu dir gekommen wäre, wärst du begeistert!", erwiderte sie wütend.

„Es reicht!", dröhnte Richard. „Versuche nicht immer, mehr zu sein, als du bist! Nimm den Platz im Leben ein, der dir bestimmt ist, dann hast du genug erreicht!"

„Richard!", ermahnte Mary ihn leise, denn mehrere Leute schauten zu ihnen hinüber. Rasch signalisierte sie Benjamin, der wie erstarrt neben dem Kerosinkocher stand, dass er den Tee eingießen sollte.

„Sibylla, Liebes", begann sie sanft. „Willst du deinem Vater eine Tasse Tee bringen?"

Sibylla gehorchte mit versteinerter Miene. Die Stimmung des Sommertages hatte sich merklich abgekühlt. Oscar machte sich mit seinen Mannschaftskameraden davon, um in einem der vielen Theater von Haymarket ihren Sieg zu feiern. Marys bedrückte Miene hellte sich erst auf, als zwei ihrer Freundinnen kamen, um sie eingehend über den jungen Mann in Sibyllas Begleitung zu befragen. Richard hatte sich die Times aus dem Picknickkorb geholt und studierte einen Bericht über die Baufortschritte der London und Blackwall Eisenbahn, die den Westteil des Hafengebietes erschließen sollte.

Sibylla beobachtete Benjamin, der das Etikett einer Champagnerflasche betrachtete. Vermutlich wollte er sich den Namen merken, um sich irgendwann bei passender Gelegenheit mit seinen Kenntnissen hervorzutun. Sie hatte längst bemerkt, wie sehr er sich bemühte, ihr zu gefallen, aber sie wusste nicht, ob sie es albern oder rührend finden sollte.

Sibylla seufzte leise. Dann nahm sie ihr mitgebrachtes Buch und schlug es auf. Es war der Reisebericht eines gewissen James Curtis, der vor einigen Jahren Marokko besucht und sogar am Sultanshof zu Gast gewesen war.

Die Einladung des Herrschers an die englischen Kaufleute war ausführlich im Hause Spencer erörtert worden. Richard versprach sich gute Profite vom Handel mit Marokko und hatte einer seiner Handelsagenten, einen Mr. Fisher, der zuvor in Algerien für Spencer & Sohn tätig gewesen war, nach Mogador geschickt. Sibylla fand allein den Gedanken an ein exotisches Land wie Marokko aufregend. Sie wäre gerne an Mr. Fishers Stelle gewesen, doch das war natürlich utopisch. Stattdessen war sie zu Lackington Allen, einem großen Buchkaufhaus am Finsbury Square gefahren. Dort hatte sie nicht nur den Reisebericht von James Curtis, sondern auch den von James Grey Jackson erstanden sowie eine neu übersetzte Ausgabe der „Geschichten aus 1001 Nacht".

Sie war so vertieft in Mr. Curtis Schilderung des bunten Treibens auf dem Basar von Tanger, dass ihr Kummer über die Auseinandersetzung mit ihrem Vater dahinter verblasste.

„Würden Sie einen Spaziergang um das Cricketfeld mit mir in Erwägung ziehen, Miss Spencer? Ihre Mutter hätte nichts dagegen." Benjamin stand vor ihr und blickte sie hoffnungsvoll an. Unwillig riss sie sich von ihrer Lektüre los, drauf und dran, ihm eine Absage zu erteilen. Aber dann überlegte sie es sich anders. Sie würde nie herausfinden, ob Hopkins als künftiger Ehemann taugte, als einer, der ihr ihre Freiheit ließ und Wert auf ihre Ansichten legte, wenn sie ihm keine Chance gab. Also klappte sie ihr Buch zusammen und schenkte ihm ein strahlendes Lächeln. „Gern Mr. Hopkins. Wären Sie so freundlich, mir aufzuhelfen? Meine Beine sind vom Sitzen ganz steif."

„Selbstverständlich!" Benjamin, der sein Glück kaum fassen konnte, reichte ihr rasch seinen Arm.

„Glaubst du, dass es ihr dieses Mal ernst ist?", fragte Richard seine Frau, als die beiden sich Seite an Seite entfernten.

Mary lächelte versonnen. „Wir müssen ihnen zumindest Gelegenheit geben, es herauszufinden."

London im Februar 1836

„Wir sind ein schönes Paar, Liebes. Jeder, der uns zusammen sieht, findet das." Benjamin stand hinter Sibylla in der Halle ihres gemeinsamen Hauses und lächelte seinem Abbild in einem der hohen Kristallspiegel zufrieden zu.

Es hat doch etwas für sich, dachte er, wenn man in die Ateliers der besten Schneider, Hut- oder Handschuhmacher spazieren und bestellen kann, was das Herz begehrt. Und das alles mit dem einfachen Hinweis, die Rechnung bitte später an Hopkins, Stanhope Gate im exklusiven Stadtteil Mayfair zu schicken.

In den zehn Wochen, die seit seiner Hochzeit mit Sibylla vergangen waren, hatte Benjamin sich bereits eine beachtliche neue Garderobe zugelegt. Wenn wieder einmal Pakete angeliefert wurden, zog Sibylla ihn schon damit auf, dass es nicht mehr lange dauern würde, dass sie anbauen müssten, um alles unterzubringen.

Auch jetzt betrachtete sie ihn mit spöttisch glitzerndem Blick: „Könnte es sein, dass ich versehentlich einen Pfau geheiratet habe?"

Benjamin lächelte unsicher. Er mochte ihre Neckereien nicht, denn er konnte nie einschätzen, ob sie liebevoll oder schnippisch gemeint waren. Umso mehr schätzte er, wie seine Welt sich geändert hatte, seit er zu den Reichen gehörte. Viele Menschen begegneten ihm mit neuer Ehrfurcht. In der Reederei hatte er jetzt sein eigenes Büro, und seine einstigen Kollegen bemühten sich fast ebenso, ihm zu gefallen wie dem Chef.

An diesem Februarabend wollten sie zu Sibyllas Eltern. Richard Spencer hatte einen Gast zum Essen eingeladen, einen Schotten namens Liam Moffat, der im Auftrag der Geographischen Gesellschaft von London die maghrebinischen Länder Nordafrikas bereist hatte. Seit die Reederei Handelsbeziehungen mit Marokko unterhielt, war Richard an allen Informationen über das Land sehr interessiert.

„Der Wagen ist vorgefahren, Sir", meldete der Butler. Benjamin nahm Sibyllas Cape und legte es ihr um die Schultern. Dann zupfte er den Kragen zurecht und nickte zufrieden, als das Licht der Wandleuchten sich in ihrem Halsschmuck aus Amethysten brach. Obwohl der Anlass familiär war, hatte er es sich nicht nehmen lassen, ihr Abendkleid und ihren Schmuck auszusuchen. Sie ließ es sich gefallen, weil seine kindliche Freude am Luxus sie amüsierte. Aber als er der Zofe auch noch ihre Frisur vorschreiben wollte, hatte sie protestiert: „Du machst eine Puppe aus mir. Ich erkenne mich gar nicht wieder!" Er hatte sie so enttäuscht angeschaut, dass es ihr auf der Stelle leidtat.

Genau so hatte er an jenem Nachmittag im Juni letzten Jahres auf Lord's Cricketgrund ausgesehen. Er hatte ihr eine Limonade vom Erfrischungspavillion gekauft und sie dann gefragt, ob er sie bald besuchen dürfte. Sie hatte mit der Antwort gezögert, hin und her gerissen zwischen widerstreitenden Gefühlen. Während des Spaziergangs hatte sie nicht allzu viele Gemeinsamkeiten festgestellt. Als Eheleute, fürchtete Sibylla, würden sie nur nebeneinanderher leben. Dann fiel ihr die hässliche Auseinandersetzung mit ihrem Vater wieder ein, und sie spürte, dass sie aus ihrem viel zu behüteten Dasein ausbrechen wollte.

„Ich würde mich sehr freuen, wenn Sie mich bald besuchen", hatte sie gesagt, und Benjamins Strahlen hatte einen Teil ihrer Zweifel weggewischt.

Im August hatte er um ihre Hand angehalten. Mitte Dezember, als sie geheiratet hatten, hatte Sibylla nur eines sicher gewusst: Dass sie Benjamin nicht liebte.

Er wirkte auf sie wie ein Junge, der sich in einem riesigen Spielzeuggeschäft aussuchen durfte, was immer er wollte. Weil er es sich wünschte, hatten sie in der schicken St.-Georgs-Kapelle am Hanover Square geheiratet, obwohl Sibylla eine einfache Zeremonie in einer schlichten Kirche schöner gefunden hätte. Er hatte eine riesige Gästeliste zusammengestellt, von der sie am liebsten die Hälfte wieder gestrichen hätte. Trotzdem konnte sie seine Eltern nirgends finden.

„Du hast deine Eltern vergessen", hatte sie gesagt, als sie die Aufstellung überflog. Er hatte verlegen herumgedruckst, dass sie zurückgezogen lebten und sich nichts aus großen Festen machten.

„Schämst du dich für deine Eltern? Willst du sie gar nicht einladen?", hatte sie ungläubig gefragt.

Er hatte einen roten Kopf bekommen und nichts mehr gesagt, und Sibylla hatte sie mit den Worten „Wenn sie anständige Leute sind, sind sie mir willkommen" auf die Gästeliste gesetzt.

Dieser Vorfall ging ihr nicht mehr aus dem Kopf. Er sagte ihr eine Menge über den Charakter ihres künftigen

Ehemannes, und während Benjamin die Speisen aussuchte, Musiker vorspielen ließ und einen Tanzlehrer engagierte, der ihm Wiener Walzer beibrachte, bat Sibylla ihren Vater, ihre Mitgift in einer Stiftung anzulegen. Es war eine der wenigen Gelegenheiten, bei denen sie einer Meinung waren. Eine Stiftung stellte den einzigen Weg für eine Frau dar, ihr in die Ehe eingebrachtes Vermögen zu behalten. Sonst ging jeder Penny mit dem Jawort in den Besitz des Mannes über. Über ein Stiftungsvermögen jedoch konnte Sibylla nicht nur zu Lebzeiten Benjamins, sondern auch nach seinem Tod allein verfügen.

Die Fahrt vom Stanhope Gate zum Hamilton Place, wo Sibyllas Eltern lebten, dauerte zehn Minuten. Es schneite in London. Feuchte Kälte kroch durch das geschlossene Verdeck des Landauers. Sibylla kuschelte sich unter ihre Felldecke, die Benjamin fürsorglich rund um sie festgestopft hatte. Für solche Gesten, die unversehens und nicht allzu häufig erfolgten, mochte sie ihn. Zum Glück hatte der Butler auch für ein Kohlebecken gesorgt, sonst wäre sie in ihrem seidenen Abendkleid und den dünnen Satinslippern erfroren.

Sie legte den Kopf gegen die Rückenlehne und lauschte dem gedämpften Hufschlag der Pferde. Die Park Lane war fast leer. Niemand verließ bei diesem Wetter freiwillig sein warmes Heim. Zu dem Schnee hatte sich dichter Nebel gesellt. „Erbsensuppe" nannten die Londoner die undurchdringlichen Schwaden, die von der Themse aufstiegen und sich mit dem Rauch aus den vielen Kaminen zu einem schwefeligen Gestank vermischten.

Der Kutscher hielt vor dem Haus ihrer Eltern, einem eleganten Gebäude mit weiß verputzten Mauern und einer von Säulen flankierten schwarz lackierten Eingangstür.

„Ich bin furchtbar neugierig auf den Bericht von Mr. Moffat", gestand Sibylla, während Benjamin ihr aus dem Wagen half. „Ich habe so viel über den Orient gelesen, aber es ist doch noch interessanter, einen Augenzeugenbericht zu hören."

Benjamin dachte an die Bücher und Zeitschriften, die sich auf der Konsole an Sibyllas Seite des Bettes stapelten, und bemerkte kopfschüttelnd: „Hoffentlich spricht sich nicht herum, dass ich mit einem echten Blaustrumpf verheiratet bin! Sonst denken die Gentlemen im Club noch, ich wäre ein Pantoffelheld."

Gleich nachdem sie das Haus betreten und Sibyllas Eltern sie willkommen geheißen hatten, raunte Richard Benjamin zu: „Hopkins, ich muss Sie kurz sprechen!"

Inzwischen war auch Liam Moffat eingetroffen. Während Mary und Sibylla den schottischen Ehrengast begrüßten, zog Richard seinen Schwiegersohn in eine Ecke des Speisesaals. „Ich habe schlechte Nachrichten. Unser Mann in Mogador ist tot. Offensichtlich gab es eine Fleckfieberepidemie, der er zum Opfer gefallen ist. Es stand in einem Brief von Mr. Willshire, unserem Konsul in Mogador, den Moffat mitgebracht hat." Spencer zog einen Umschlag aus seinem Frack und reichte ihn Benjamin.

„Das ist alles sehr ungünstig für uns", fuhr er fort, während Benjamin das Schreiben überflog. „Wenn ich allein daran denke, wie viel wir in Geschenke für den Sultan und seinen Hofstaat investiert haben, damit der Handel reibungslos läuft. Und jetzt das!"

„Wir sollten auf jeden Fall wieder jemanden hinschicken", riet Benjamin. „Unsere Umsätze in Marokko sind gut. Es wäre jammerschade, wenn wir die Geschäfte einstellen müssten."

Der Butler öffnete die Flügeltüren zum Speisesaal, und Liam Moffat trat ein, Mary und Sibylla jeweils an einer Seite.

„Warum habt ihr beide die Köpfe zusammengesteckt?“, wisperte Sibylla, während Benjamin sie zu Tisch führte.

„Unser Handelsagent in Mogador ist gestorben. Dein Vater hat es mir eben berichtet.“

Sie blickte ihn nachdenklich an. „Dann brauchen wir jemand Neuen, der die Geschäfte dort wahrnimmt.“

Im Marmorkamin im Speisesaal flackerte ein Feuer und verbreitete angenehme Wärme. Auf dem Dielenboden lag ein großer Teppich. Kristallspiegel und Leuchter zierten die Wände. Der lange Esstisch bestand aus Rosenholz, und die Stühle standen auf schlanken Beinen.

In der Mitte des Tisches, rund um einen prächtigen silbernen Tafelaufsatz, waren die Speisen arrangiert. Es gab Suppe aus Karotten, Kartoffeln und Petersilie, frischen Steinbutt vom Fischmarkt in Billingsgate, Koteletts und Wildpastete, gedünstetes Gemüse, französischen Käse und zum Dessert exotische Früchte. Benjamin bediente Sibylla, und Mr. Moffat bestand darauf, der Hausherrin zu servieren.

„Gegen dieses ausgezeichnete Essen war meine Verpflegung in Marokko doch sehr einfach. Tagelang habe ich nur von Datteln, Fladenbrot und Ziegenkäse gelebt.“

„Ich wünsche mir so sehr, all die Orte, die Sie bereist haben, ebenfalls mit eigenen Augen zu sehen!“, warf Sibylla ein.

„Wahrhaftig eine romantische Idee. Ich bin sicher, dass eine so kluge und tatkräftige Lady, wie Sie es zu sein scheinen, dieses Vorhaben in die Tat umzusetzen vermag“, erklärte Moffat charmant.

„Sie würden meine Frau wohl gerne bei der Umsetzung dieses Plans unterstützen, nehme ich an", mischte Benjamin sich säuerlich ein.

Sibylla blickte erstaunt auf. Eifersucht war bisher keine Eigenschaft, die sie an ihrem Ehemann bemerkt hatte.

Moffat verneigte sich geschmeidig. „Inschallah, wie man im Orient sagt: Gottes Wille geschehe."

Benjamins Gesicht begann zu glühen. Rasch mischte Mary sich ein: „Lassen Sie uns doch noch ein wenig an Ihren Erlebnissen teilhaben, Mr. Moffat."

Während der Schotte erzählte, beugte Benjamin sich zu Sibylla und flüsterte ihr ins Ohr: „Was für ein Angeber!"

Moffat war Kartograph und Landvermesser und von der Geographischen Gesellschaft Londons auf Bitten von Sultan Moulay Abd Er Rahman nach Marokko entsandt worden, denn der Alawidenherrscher wollte sein Land modernisieren. Indem er Grenzverläufe, Flusstäler, Gebirge, Oasen und Wüsten erfasste, hatte er das geheimnisvolle Land im Nordwesten Afrikas ein wenig zugänglicher für Ausländer gemacht. Richard wollte alles über Handelswaren und Bodenschätze erfahren, und Sibylla lauschte begeistert der Beschreibung der alten Karawanenstraßen, die vom Mittelmeer durch die Sahara bis Timbuktu führten.

Als Moffat berichtete, dass einer der größten Handelsposten des Landes Sklaven waren, die aus dem Herzen Afrikas stammten, wurde es still am Tisch. Richards Vater Horatio hatte das Vermögen der Reederei ebenfalls mit Menschenhandel begründet. Seine Kapitäne hatten vor der Küste Guineas junge Frauen und Männer, die stark genug für die anstrengende Arbeit auf den Zuckerrohrplantagen der Karibik waren, für Glasperlen und bunte Baumwollstoffe von den dortigen Stammeshäuptlingen gekauft. Horatio war ein angesehener Kaufmann gewesen, aber heute sprach niemand mehr laut darüber, wie er sein Vermögen erworben hatte, denn der Sklavenhandel war in England seit fast dreißig Jahren verboten.

„Was geschieht mit den Schwarzen, die in Marokko Sklaven werden?“, fragte Sibylla schließlich.

„Von den Männern werden viele Soldaten in der Armee des Herrschers. Einige werden Landarbeiter, die Fähigsten unter ihnen erringen einflussreiche Positionen im Hofstaat des Sultans. Von den Frauen werden die Schönsten in Harems verkauft. Die anderen werden Dienstboten.“

Mary riss die Augen auf. Was ein Harem war, wusste sie aus ihren Romanen. „Haben Sie einen solchen Ort je besucht, Mr. Moffat?“

Er schüttelte den Kopf. „Das hätte mich gewiss das Leben gekostet. Kein fremder Mann darf die Frauen eines Mauren sehen.“

„Um zu wissen, wie es in einem Harem zugeht, muss man sich also selbst einen zulegen“, kicherte Benjamin, der dem Wein schon reichlich zugesprochen hatte.

„Wie Sie wissen, ist unser Handelsagent in Mogador verstorben. Kennen Sie jemanden, dem ich diese Aufgabe anvertrauen kann?“, schaltete Richard sich ein, als er merkte, dass Benjamin zu einer weiteren anzüglichen Bemerkung ansetzte.

„Bedaure, aber da fragen Sie besser den örtlichen Konsul.“ Moffat schüttelte den Kopf.

Richard zog unwillig die Stirn in Falten. „Durch Mr. Fishers Tod wird es mindestens ein halbes Jahr dauern, bis wir wieder im Geschäft sind.“

„Aber wir haben doch jemanden für Mogador, Vater“, meldete Sibylla sich zu Wort und legte eine Hand auf Benjamins Arm. „Meinen Ehemann.“

KAPITEL VIER - MOGADOR, ANFANG MAI 1836

„Das ist ja wie in London." Benjamin reichte Kapitän Brown verdrossen das Fernglas zurück. Der dichte Nebel verhinderte jede Sicht. Der Hafen von Mogador und die Befestigungsanlagen der Stadt blieben unsichtbar, obwohl sich die Queen Charlotte nach Auskunft von Brown unmittelbar vor der Hafeneinfahrt befand.

Der Kapitän schob das Instrument zusammen und steckte es in seine Manteltasche. „Nebel ist tatsächlich ein häufiges Phänomen vor dieser Küste. Der Kanarenstrom kühlt die Atlantikluft ab, und das gibt dann diese verdammte Suppe."

„Seit zwei Tagen liegen wir jetzt hier. Wie lange wird es noch dauern?" Sibylla stand zwischen Brown und ihrem Mann an der Reling und kämpfte gegen den Brechreiz an. Seit sie Ende März in London an Bord der Queen Charlotte gegangen war, litt sie an quälender Seekrankheit.

„Es klart auf. Wir werden heute in den Hafen einlaufen", erwiderte der Kapitän zu ihrer und Benjamins grenzenloser Verwunderung.

Sie blickten seinem ausgestreckten Arm nach, und tatsächlich erahnten sie in der wabernden weißen Nebelwand den Schatten eines schlanken Turmes. Vor einer halben Stunde war er noch nicht zu sehen gewesen.

„Das Minarett der Moschee von Mogador", erklärte Brown. „Jetzt kann uns nur noch der Nordostpassat von der Hafeneinfahrt abhalten. Aber ein britischer Westindiensegler wird damit fertig."

„Der Wind ist stark, das ist wahr, aber die Stürme in der Nordsee waren schlimmer." Sibylla erinnerte sich mit Schaudern an die ersten Tage ihrer Reise.

Brown ließ ein hämisches Lachen hören. „Sollten Sie keine steife Brise vertragen, sind Sie in Mogador falsch. Hier weht es das ganze Jahr über. Wenn Sie mich jetzt entschuldigen. Ich muss mit dem Steuermann besprechen, wie wir die Queen in einem Stück durch die Hafeneinfahrt manövrieren." Er verbeugte sich knapp und eilte davon.

Das Segelschiff bäumte sich in einer neuen Welle auf wie ein bockiges Pferd. Sibylla würgte und umklammerte Benjamins Rechte.

„Du solltest in die Kabine gehen und dich hinlegen", schlug er vor.

Sie schüttelte heftig den Kopf. „Auf keinen Fall! Ich habe fast die ganze Reise dort verbracht, abgesehen von den vier Tagen, die wir in Lissabon auf den richtigen Wind gewartet haben."

„Ich habe es mir viel heißer vorgestellt, so nah an der Sahara", sagte Benjamin. „Aber der englische Frühsommer ist genauso mild, nur mit Regen versetzt."

Wieder schwankte der Westindiensegler in der starken Dünung. Sibylla schloss erschöpft die Augen.

In der Nacht hatte das Geschrei der Wache sie aus dem ohnehin unruhigen Schlaf geholt. Kurz darauf waren Befehle gebrüllt worden, Füße in Stiefeln rannten über das Deck, und schrille Pfiffe ertönten. Das Schiff, das seit zwei Tagen vor Anker lag, bewegte sich wieder, aber nicht vorwärts, wie es sollte. Stattdessen schien es um sich selbst zu kreiseln. Benjamin war besorgt an Deck gerannt und einige Minuten später mit der Nachricht zurückgekommen, dass die Ankerkette gerissen war. Sie waren in eine Untiefe getrieben und drehten sich nun in dem Strudel. Aber das konnte er Sibylla nicht mehr erklären, denn sie musste sich wieder übergeben, und er hielt ihr den Blechnapf, der ständig neben ihrer Koje stand.

Wenigstens lag die Queen Charlotte im Morgengrauen wieder sicher an der Ersatzankerkette.

Über Sibyllas Kopf krächzte es heiser. Sie blickte empor und sah zwei Möwen, die in der Rah des Fockmastes gelandet waren. Über ihren weißen Köpfen war der Nebel entzweigerissen, und sie konnte ein Stückchen blauen Himmel erkennen. Das Wetter wurde tatsächlich besser.

„Hättest du dir das träumen lassen, als Mr. Moffat uns von seinen Erlebnissen in Marokko erzählt hat, dass wir zwei Monate später selbst fast dort sind?“, fragte sie Benjamin.

Richard Spencer hatte keine Einwände vorgebracht, als Sibylla Benjamins Entsendung nach Mogador vorgeschlagen hatte – im Gegenteil: Er sollte so schnell wie möglich reisen.

Allerdings war Richard strikt dagegen, dass Sibylla ihren Mann begleitete. Neuer Streit zwischen Vater und Tochter hatte gedroht. Erst als Moffat versicherte, dass er in Marokko etlichen Europäerinnen begegnet war, die in den Ausländervierteln der Städte mit ihren Männern lebten, hatte Richard zähneknirschend eingewilligt.

Sibylla und Benjamin waren die einzigen Passagiere auf der mit Tee, Baumwollstoffen und Eisenwaren beladenen Queen Charlotte. Ihre Londoner Dienstboten hatten nämlich bei der Aussicht, von nun an unter Mauren leben zu müssen, den Dienst quittiert. Außerdem reisten sie mit sehr wenig Gepäck. Sibyllas bestand hauptsächlich aus Bücherkisten, in denen sich unter anderem ihre Geschichten aus 1001 Nacht und eine englische Übersetzung des Korans befanden. Benjamin hatte sich mit französischem Wein, schottischem Whisky und geräuchertem Schweineschinken eingedeckt, wohl wissend, dass es diese Köstlichkeiten in einem muslimischen Land nicht gab. Statt

Möbeln – sie würden das bereits eingerichtete Haus von Mr. Fisher beziehen – hatten sie reichlich Geschenke dabei. Der Sultan, sein Hofstaat, der Kaid von Mogador, etliche Scheichs und arabische Händler mussten im Interesse guter Geschäfte bedacht werden.

„Der alte Seebär hatte recht", brummte Benjamin neben Sibylla. „Der Nebel verschwindet. Aber ob wir bei dem Wellengang durch dieses Nadelöhr von Hafeneinfahrt kommen, wird sich noch zeigen. Ich frage mich, ob der breitere Durchlass im Süden nicht die bessere Wahl wäre."

„Kapitän Brown wird schon wissen, was er tut. Er steuert diesen Hafen ja nicht zum ersten Mal an", erwiderte Sibylla.

Langsam kämpfte die Queen Charlotte sich gegen die Wellen vorwärts. Je näher sie der Einfahrt kamen, desto schmaler schien sie. Der mächtige Segler musste sich zwischen der Hafenmole links und einem kleinen Eiland, der Insel Mogador, rechts von ihnen hindurchquetschen. Tosend und schäumend brach das Meer sich an den Uferfelsen. Eine Festung tauchte aus den letzten Nebelfetzen auf. Dann entdeckte Sibylla zu ihrem Entsetzen das Gerippe einer Fregatte, die hier auf Grund gelaufen war. Sie umklammerte Benjamins Hand und blickte ängstlich zu Kapitän Brown. Er stand am Bug. Neben ihm lotete ein Matrose mit dem Senkblei immer wieder die Wassertiefe aus. Auf seiner anderen Seite erwartete der erste Offizier seine Befehle, der sie wiederum zum Steuermann am Heck brüllte. Sibylla hatte das Gefühl, es dauerte eine Ewigkeit, aber schließlich hatten sie die Durchfahrt überstanden, und wie eine lange schmale Sichel erstreckte sich der Hafen von Mogador vor ihnen. Weil er ziemlich versandet war, mussten sie in einiger Entfernung der Mole Anker werfen.

„Wir müssen umsteigen." Benjamin zeigte auf ein Boot, das vom Ufer her auf sie zusteuerte. Im Heck stand ein Araber und brüllte den jeweils zehn Schwarzen rechts und links an den Rudern unaufhörlich Kommandos zu. Kurz bevor das Boot längsseits ging, schrie der Maat: „Fallreep herunterlassen!"

Sibylla spähte entsetzt in die Tiefe. „Das meint er nicht ernst!"

„Ich fürchte doch", erwiderte Benjamin.

„Niemals!" Sie packte seinen Arm. „Ich könnte das Baby verlieren."

Er starrte sie an. „Welches Baby?"

Sie biss sich auf die Lippen. So hatte sie nicht geplant, ihm von ihrer Schwangerschaft zu erzählen. Tatsächlich hatte schon ihr Arzt in London ihr gesagt, dass sie guter Hoffnung war, und geraten, die anstrengende Schiffsreise nicht anzutreten. Aber sie hatte ihn zum Schweigen verpflichtet. Sie wollte unbedingt nach Mogador und sich ihr Vorhaben weder von Benjamin noch einem Arzt verbieten lassen.

Seit die Queen Charlotte aus dem Londoner Hafen ausgelaufen war, wollte sie Benjamin berichten, dass er Vater wurde. Aber aus Angst, dass er sie von einem der Häfen, in dem sie auf der Reise anlegten, um Proviant und Wasser aufzunehmen, zurückschicken würde, hatte sie bis heute geschwiegen.

„Wir bekommen ein Kind", eröffnete sie ihm so leise, dass er sie durch den Lärm von Wind und Wellen hindurch kaum hörte. „Im Herbst."

„Und wann hattest du vor, mich darüber zu informieren? Wenn es Zeit wird, die Hebamme zu holen?" Er konnte sich eine leichte Bitterkeit nicht verkneifen.

Sie errötete. „Du und Vater hättet mich diese Reise doch nie machen lassen, wenn ihr es gewusst hättet! Ich hätte es dir gesagt, sobald wir sicher in Mogador angekommen sind."

Benjamin schüttelte nur den Kopf. Nachdem er nachgedacht hatte, erklärte er: „Wir machen es wie damals in den Docks, nur umgekehrt. Ich steige zuerst hinunter. Du kommst dicht hinter mir und hältst dich an beiden Haltetauen fest." Sie nickte tapfer, aber sie war blass.

„Hab keine Angst!", ermutigte er sie. „Alles wird gut gehen."

Eine halbe Stunde später gingen sie endlich an Land. Sie waren von Gischt durchnässt, und Sibylla hatte nach vielen Tagen auf See den Eindruck, der Erdboden schwankte unter ihren Füßen. Trotzdem überkam sie ein feierliches Gefühl.

Ich bin in Afrika, dachte sie. Wie viele Europäer können so etwas von sich sagen? Und die Frauen unter ihnen kann ich bestimmt an zwei Händen abzählen!

Sie blickte zu den dicken Befestigungsmauern mit den bunten Fahnen und fremdartigen Schriftzeichen, die an Türmen und Zinnen flatterten. Hinter den Bollwerken drängte sich Mogador – die blaue Perle am Atlantik, wie die Araber die Stadt voller Überschwang nannten. Würfelförmige Häuser nicht höher als zwei Etagen standen dicht an dicht. Ihre weiß gekalkten Mauern strahlten im Sonnenlicht. Der hohe Turm eines Minaretts reckte sich in einen Himmel, der so blau war, als habe es den dichten Nebel vor kurzem nie gegeben. Dazu flatterten die Landesfahnen der ausländischen Konsulate an hohen Fahnenstangen auf den Dächern im Wind. Kreischende Möwen segelten über ihnen. Der Wind riss an Sibyllas Kleid und zerzauste ihr Haar. Winzige Sandkörner brannten auf ihrer Haut, und es roch nach Salzwasser.

Außer der Queen ankerten noch andere Hochseesegler im Hafen. Sibylla erkannte französische, amerikanische, spanische und preußische Flaggen, aber im Vergleich zu dem umtriebigen Londoner Hafen waren es nur wenige. An der Mole lagen mehrere kleine Boote. Fischer flickten am Ufer ihre Netze. Es gab auch eine kleine Werft, in der das Holzgerüst eines Fischerkahns auf seine Fertigstellung wartete. Dann bemerkte sie eine Gruppe von Männern, die aus dem dämmrigen Gewölbe eines mächtigen Stadttores auftauchten.

„Das Empfangskomitee. Man hat unsere Ankunft also gemeldet“, bemerkte Kapitän Brown, der mit ihnen gekommen war, um die Zollformalitäten abzuwickeln.

An der Spitze der kleinen Schar ging ein Araber mit einem silbergrauen, sorgsam gestutzten Bart. Er trug einen weißen Turban, eine weiße Tunika mit einem offenen schwarzen Burnus darüber und flachen Pantoffeln. Sein von Sonne und Wind gegerbtes Gesicht strahlte die Autorität eines Mannes aus, der Macht besitzt.

„Ist das der Kaid?“, fragte Sibylla.

Brown nickte kurz. „Eine hochgestellte Persönlichkeit. Er gehört dem Makhzen an, der herrschenden Elite Marokkos, und geht am Sultanshof ein und aus.“

Der andere Araber war ähnlich gekleidet, aber jünger und hielt sich im Hintergrund, ebenso ein Mann in einem schwarzen Kaftan und schwarzen Turban. Der vierte Mann, ein Europäer mittleren Alters in einem gut geschnittenen Anzug aus feinem Tuch, trat vor. „Willkommen in Mogador, Mrs. Hopkins, Mr. Hopkins.“ Er verbeugte sich. „William Willshire, britischer Konsul und stets zu Ihren Diensten. Ich werde von seiner Exzellenz Kaid Hash Hash, dem Statthalter von Mogador begleitet, seinem Übersetzter Nuri bin Kalil und Mr. Philipps, dem Hafenmeister.“ Er deutete nacheinander auf die beiden Araber und den dunkel gekleideten Mann.

Erregung stieg in Sibylla auf. Sie hatte sich vorgenommen, einen möglichst guten ersten Eindruck auf die Bewohner dieses Landes zu machen, nicht nur aus Höflichkeit, sondern auch, weil es den Geschäftsbeziehungen nützen würde.

Lächelnd wandte sie sich dem Kaid zu und sagte langsam und deutlich: „Asalamu alaikum – Friede sei mit euch."

Sie erwartete, dass der Statthalter sich freuen würde, in seiner Muttersprache begrüßt zu werden, doch zu ihrer grenzenlosen Überraschung ignorierte der Mann sie. Er blickte an ihr vorbei, als wäre sie gar nicht vorhanden, genau wie sein Übersetzer. Sibylla war verwirrt. Hatte sie etwas Falsches gesagt und den Kaid gekränkt? Sie hatte ihren Begrüßungssatz doch sorgfältig einstudiert! Hilflos drehte sie sich zu Mr. Willshire, der ebenso hilflos mit den Schultern zuckte. „Seine Exzellenz will Sie nicht beleidigen, Mrs. Hopkins, ganz im Gegenteil: Er würde sich nie herausnehmen, Ihren Gatten zu brüskieren, indem er seine Frau anstarrt oder gar das Wort an sie richtet. Er zeigt Ihnen beiden damit seine Ehrerbietung."

„Oh", flüsterte sie und dachte: Welch eine Blamage!

Benjamin ärgerte sich, dass Sibylla vorgeprescht war. Wollte sie, dass der Statthalter glaubte, in England zählte ein Mann weniger als seine Frau? Energisch, mit ausgestreckter Rechter, trat er vor: „Sehr erfreut, Exzellenz. Mein Name ist Hopkins von der Firma Spencer & Sohn."

Benjamin wurde vom Statthalter nicht wie Luft behandelt. Allerdings missachtete er die ausgestreckte Hand und verbeugte sich nur leicht. „Asalamu alaikum, Mr. Hopkins. Sie haben uns eine steife Brise mitgebracht, wie man auf See zu sagen pflegt", begann er auf Arabisch. „Manches Schiff zerschellt an unseren Wellenbrechern oder wird zu den Kanarischen Inseln getrieben. Aber nicht die Engländer, die Könige der Meere."

Bin Kalil übersetzte, und der Kaid nickte zu jedem Wort lächelnd. Doch Benjamin fühlte sich gekränkt. „Warum begrüßt er uns nicht, wie es sich gehört?", fragte er den Konsul.

„Nun", erwiderte dieser sichtlich verlegen, weil bin Kalil jedes Wort übersetzte. „Seine Exzellenz würde einen Ungläubigen niemals berühren."

Der Kaid lächelte noch etwas breiter und ließ antworten: „Seine Exzellenz hofft, dass Sie sich in Mogador so wohl fühlen wie in Ihrer Heimat, und freut sich, Sie bald in seiner Residenz zu empfangen."

Die beiden Araber verbeugten sich noch einmal und machten sich auf den Weg zurück in die Stadt. Kapitän Brown ging mit Mr. Philipps zur Zollstation, und der Rest der Gruppe begab sich langsam zum Stadttor.

Sibylla hatte inzwischen auch den letzten Rest Übelkeit überwunden und betrachtete fasziniert das bunte Treiben im Hafen. Wie in London auch wimmelte es von Matrosen. Sie be- und entluden die Schiffe, indem sie die Rah des Großmastes als Seilzug nutzten, oder waren mit Putz – oder Reparaturarbeiten beschäftigt. Überall hörte sie Hämmern und Sägen, lecke Stellen am Schiffsleib wurden neu abgedichtet und mit Teer versiegelt, in Stürmen gebrochene Masten ersetzt oder zerrissene Segel geflickt. Im Hafenbecken tummelten sich kleine Ruderboote, die Kisten und Fässer mit Waren und Proviant transportierten, die am Kai von den Schreibern des Hafenmeisters geprüft wurden, bevor sie in einem der Lagerhäuser oder im Bauch eines Schiffes verschwanden.

Auf der anderen Seite des Stadttores warteten zwei halbwüchsige Araberjungen, die je einen Esel am Zügel hielten. Mr. Willshire hatte die beiden Reittiere für die

Neuankömmlinge organisiert. Benjamin verzog das Gesicht und murmelte: „Wie die Narren ziehen wir in Mogador ein."

Er war so groß, dass er auf dem kleinen Esel ziemlich komisch aussah, doch Sibylla fühlte sich erschöpft und war dankbar, dass sie reiten durfte.

Sie hatten die Stadt von Süden betreten und ritten zuerst über einen Platz hinter dem Stadttor.

„Dieses Tor ist das Bab El Mersa", erläuterte Mr. Willshire. „Natürlich gibt es noch mehr Zugänge zur Stadt. Die Karawanen kommen von Nordosten durch das Bab Doukkala, weil sie dort auf direktem Weg zum Souk gelangen."

Sie passierten die Kasbah, die Burg der Stadt. Sibylla entdeckte Kanonen auf den Befestigungsanlagen, und auf einem der Türme nistete ein Storchenpaar. Beim Anblick der fleißig fütternden Altvögel dachte Sibylla an das Baby in ihrem Leib. Auch Benjamin hatte die Störche bemerkt. Ihre Blicke trafen sich, und sie lächelten sich zu.

An die Kasbah schloss sich die Medina an. In die engen Gassen drang kaum Sonnenlicht. Im Hochsommer würde diese Schatten spendende Bauweise die Hitze fernhalten. Zusätzlich bot sie Schutz vor dem ständigen Wind. Sibylla war überrascht, wie schmucklos die Häuser der Medina waren. Sie bestanden aus schlichten weiß gekalkten Mauern mit abweisend verschlossenen blau gestrichenen Türen ohne Fenster. Kaum ein Laut drang durch die dicken Mauern. Sibylla war ernüchtert. In den Geschichten aus 1001 Nacht hatte sie von Palmen- und Orangenhainen gelesen, von Feigenbäumen und Wasserspielen. Hier aber streunten nur Katzen um die Ecken. Kinder spielten in den Gassen aus festgestampftem Lehm, ein paar magere Bettler kauerten auf dem Boden und streckten beim Anblick der Europäer die Hände aus: „Gebt Brot im Namen Allahs!“

„Täusche ich mich, oder wurden die Straßen hier mit dem Lineal gezogen?“, bemerkte Benjamin.

„Sie haben recht“, antwortete Willshire. „Mogador wurde vor siebzig Jahren von einem französischen Architekten auf dem Reißbrett entworfen. Der Unglückliche war Gefangener des Sultans, aber nachdem sein Entwurf die Gnade des Herrschers gefunden hatte, durfte er zurück in die Heimat.“

„Und warum hat der Sultan diese Stadt gebaut?“, fragte Sibylla.

„Nun Sidi Mohammed Ben Abdallah, so hieß der Sultan, wollte Mogador zum größten Hafen seines Landes machen. Mit Erfolg: Die Hälfte des jährlichen Handels wird hier abgewickelt.“

Je weiter sie kamen, desto belebter wurden die Gassen. Sibylla bestaunte dunkelhäutige Frauen in bunten Baumwollkleidern, die auf dem Kopf Körbe mit Einkäufen vom Souk zu den Häusern ihrer Herren trugen. Araber kamen vom Gebet aus der Moschee, und bärtige Juden – in den dunklen Turbanen und schwarzen staubigen Kaftanen, die sie, erklärte Willshire, laut Befehl des Sultans tragen mussten – eilten gesenkten Hauptes vorbei. Einige Male passierten sie auch Berber in wollenen braunen Überwürfen, den Krummsäbel über die Schulter geworfen. Mr. Willshire informierte sie, dass die Berber dieser Gegend entweder zu den Stämmen der Chiadma oder der Haha gehörten. Die Chiadma waren sesshaft, betrieben Ackerbau und hatten ihre Dörfer in der Ebene, während die im Atlas beheimateten Haha nomadische Viehzüchter waren. Mitunter befehdeten sie sich auch.

Mr. Willshire erzählte weiter, dass die Häuser der europäischen Kaufleute rund um den Palast des Statthalters lagen, nicht weit von der westlichen Befestigungsmauer und dem Hafen, und bald darauf hielten sie vor einem der schmucklosen weiß gekalkten Gebäude. Die Eingangstür aus blau gestrichenen Balken war offen. Ein breitschultriger schwarzer Torwächter stand davor.

„Das ist Hamid", stellte der Konsul ihn vor.

Hamid verbeugte sich vor Willshire und den Neuankömmlingen und ließ sie dann in einen dämmrigen schmalen Gang treten.

„Wenn Sie erlauben, gehe ich voran." Willshire blickte zu Sibylla. „Meine Gattin hat für Ihre Ankunft alles putzen und herrichten lassen. Ich hoffe, Sie haben nichts dagegen. Wir sind übrigens Ihre Nachbarn zur rechten Seite. Auf der linken leben die de Silvas, eine portugiesische Kaufmannsfamilie. Aus Europa sind noch Franzosen, Spanier, Niederländer und ein paar Dänen hier. Außerdem gibt es eine Handvoll brasilianische Familien. Insgesamt sind wir knapp zweihundert Ausländer, eine eingeschworene Gemeinschaft also gegenüber den jeweils zehntausend Arabern und Juden der Stadt."

„Und wie verständigen Sie sich bei so vielen Nationalitäten?", erkundigte Sibylla sich neugierig.

„Wir sprechen von allem etwas", erwiderte Willshire lächelnd. „Aber hauptsächlich englisch, französisch und spanisch. Oh, eines sollten Sie noch wissen! Die Dienstboten Ihres Vorgängers sind noch hier. Den Torwächter haben Sie bereits gesehen. Außerdem ein arabischer Koch, ein Gärtner und ein zwei schwarze Frauen. Sie waren früher Sklavinnen in arabischen Häusern, später als Freigelassene in verschiedenen englischen Haushalten tätig. Deshalb sind sie mit unseren Sitten bestens vertraut und sprechen auch unsere Sprache. Sie müssen den Dienstboten allerdings den Lohn nachzahlen. Seit Mr. Fishers Tod haben sie keinen mehr bekommen."

„Dann sind unsere Dienstboten hier keine Sklaven?“, fragte Benjamin.

Willshire schüttelte den Kopf. „Der Koch und der Gärtner sind Araber und deshalb ohnehin keine Sklaven. Die anderen wurden freigelassen, weil der Sultan den Ausländern in seinem Land die Sklavenhaltung verboten hat. Als Christenmensch sollte man dieser barbarischen Sitte ohnehin nicht frönen“, setzte er streng hinzu und ging Sibylla und Benjamin voran durch den türenlosen Flur.

Sie gelangten in einen quadratischen Innenhof, der überraschend groß war. Ein Säulengang umrundete den Hof, von dem man über mehrere Türen ins Innere des Hauses kam. Eine mit Schnitzereien verzierte Holztreppe führte zu einem weiteren Umgang in der ersten Etage, von dem ebenfalls mehrere Türen abgingen.

Sibylla betrachtete entzückt den Hof. Endlich sah sie ihn, den arabischen Garten ihrer Phantasie, und es war sogar ihr eigener! In der Mitte befand sich ein flaches, von niedrigen Hecken umsäumtes Becken, in dem klares Wasser plätscherte. Orangen- und Zitronenbäume spendeten Schatten. Die Beete wurden von geraden, mit Marmor gefliesten Wegen begrenzt. Eidechsen hatten sich auf dem warmen Stein gewärmt und huschten davon, als die Fremden sich näherten. In den Bäumen sangen Vögel, und am Treppenaufgang rankten zarte violette Blüten empor.

„In diesem Riad werden Sie nun also leben“, sagte Willshire. „Es ist zugegebenermaßen anders als ein europäisches Haus, aber für das hiesige Klima hervorragend geeignet. Unten liegen der Küchentrakt und mehrere Wirtschaftsräume. Oben befinden sich die Schlaf- und Wohnräume, und das Dach bietet eine Terrasse mit wunderbarer Aussicht über Stadt und Meer.“

„Es ist wunderschön", raunte Sibylla andächtig, „wie in einem Märchen."

„Ich nehme an, dass man englischen Komfort nicht erwarten darf", ließ Benjamin sich vernehmen.

Willshire lächelte nur. „Es ist natürlich nicht so modern wie ein englisches Haus, aber Sie dürfen mir glauben, dass die Araber viel von Komfort verstehen. Ach, da kommt ja meine Frau!"

Eine junge Frau tauchte aus einer der Türen im Erdgeschoss auf und eilte auf sie zu. „Da sind Sie ja endlich! Wir erwarten Sie seit Tagen! Aber dieser schreckliche Nebel wollte sich einfach nicht lichten. Ich bin Sara Willshire. Herzlich willkommen in Mogador! Sie sehen aus, als würde Ihnen jetzt ein Glas Tee guttun. Ich habe ihn auf marokkanische, nicht auf englische Weise zubereiten lassen, aber keine Angst – er schmeckt köstlich!" Sara klatschte in die Hände, und eine Schwarze kam aus dem Haus. Sie trug ein silbernes Tablett mit Gläsern und einer Teekanne, aus der es nach Minze duftete.

Sibylla schmeckte der Tee hervorragend, aber Benjamin meinte: „Ein guter englischer Tee wäre mir lieber."

„Ich verstehe genau, wie Sie sich fühlen", erwiderte Sara lachend. „Hier ist wirklich alles anders als in unserem guten alten England."

KAPITEL FÜNF - MOGADOR, MITTE MAI 1836

„Allahu akbar! Aschhadu an la ilaha illa llah!“

„Verdammtes Gejaule! Wird man davon denn nie verschont?“ Benjamin fuhr in die Höhe. Genau neun Tage waren vergangen, seit sie in Mogador angekommen waren, und er regte sich über jeden der fünfmal am Tag ertönenden Gebetsrufe des Muezzins auf. Ganz besonders jedoch am frühen Morgen.

Auch Sibylla war davon geweckt geworden. Doch im Gegensatz zu Benjamin machte ihr das nichts aus.

„Zu Hause läuten die Kirchenglocken, hier ruft der Muezzin die Menschen zum Gebet. Was spielt das schon für eine Rolle?“ Sie rekelte sich unter der Decke und stellte sich vor, wie draußen ein neuer, wahrscheinlich wieder windiger, aber sonniger Tag heraufzog. Sehen konnte sie das nicht, denn die Fenster ihres Riads waren klein und wiesen auf den Innenhof. An den Abenden jedoch stand sie gern wie die Einheimischen auf dem flachen Dach des Hauses und beobachtete, wie der orangerote Sonnenball am westlichen Horizont versank. Eine lange Dämmerung, die den Tag allmählich verblassen ließ, gab es hier nicht. Fast übergangslos brach die samtblaue Nacht herein, und wenn erst der Mond aufging, schien er Sibylla viel näher als in London, umgeben von hell funkelnden Sternen.

„Vor sechs Uhr morgens reißt dieses Gejaule, das du hoffentlich nicht mit Glockenläuten vergleichen willst, harmlose Menschen aus dem Schlaf! Eine grobe Unhöflichkeit ist das!“, erregte sich Benjamin, während er eine Kerze anzündete, aus dem Bett kletterte und einen Morgenrock über sein Nachthemd warf. Griesgrämig vor sich hin schimpfend, verschwand er hinter einem Wandschirm, wo der Waschtisch stand. Er und Sibylla benutzten den Schlafraum, den zuvor Mr. Fisher bewohnt hatte. Er war wie alle Zimmer des Riads kleiner als in ihrem modernen Londoner Haus. Benjamin schlief in Mr. Fishers Bett, für Sibylla hatten die Willshires einen Diwan organisiert, den sie leidlich bequem fand. Außerdem gab es noch ein paar bunt bemalte Truhen und Kommoden, die sich neben dem massiven englischen Eichenholzschrank aus dem Nachlass Fishers sehr seltsam ausnahmen. Sibylla hatte Spiegel und Familienporträts aufgehängt. Doch noch fühlte sie sich mit der zusammengewürfelten Einrichtung nicht zu Hause.

Es klopfte, und die Haushälterin trat ein. Sie trug ein Tablett mit dampfendem Tee, stellte es auf Sibyllas Nachtkonsole und entzündete eine der Öllampen. Dass es hier kein Gaslicht gab wie in London, war auch eines der Dinge, an die sie sich noch gewöhnen mussten. Besonders Benjamin fiel es schwer, sich ohne den früheren Komfort einzuleben, und er verbarg sein Heimweh hinter schlechter Laune.

„Guten Morgen", grüßte die Haushälterin in dem melodiösen Englisch, das Sibylla so gern hörte. Sie wusste inzwischen, dass die Frau Nadira hieß. Wie jeden Tag trug sie ein Kleid aus bunt bedruckter Baumwolle, eng um die ausladenden Hüften gewickelt, einen Turban, der ihr Haar vollkommen verbarg, und schwere goldene Ohrringe, die einen funkelnden Kontrast zu ihrer ebenholzdunklen Haut bildeten.

„Danke, Nadira", sagte Sibylla, als die Dienerin ihr das dampfende Glas reichte. Der morgendliche Minztee im Bett war eine feste Gewohnheit geworden, seit sie gemerkt hatte, wie gut er gegen die Schwangerschaftsübelkeit half. Benjamin mochte das stark gesüßte Getränk nicht. Aber von Mr. Fisher waren noch einige Pakete feinsten indischen Darjeelingtees da, den er für sich reserviert hatte.

Die Dienerin verbeugte sich und verließ das Zimmer, um den Frühstückstisch zu decken. Sara Willshire hatte Sibylla erzählt, dass Nadira ihr genaues Alter nicht kannte, aber wenn Sibylla ihr glattes Gesicht und ihre raschen Bewegungen betrachtete, schätzte sie, dass sie nur wenig älter war als sie selbst. Firyal, die andere Dienerin, war etwas jünger als Sibylla.

„Ich wundere mich, dass ich ebenfalls heute zum Antrittsbesuch in den Palast gebeten wurde", äußerte sie in Richtung des Wandschirms. „Schließlich hat Kaid Hash Hash mich bei der Ankunft völlig ignoriert, und ich kann mir nicht vorstellen, dass er seine Haltung geändert hat."

„Vielleicht will er seine Unhöflichkeit dir gegenüber wiedergutmachen." Benjamin trat hinter der Trennwand hervor. Er war frisch rasiert, hatte seinen besten Frack und eine weinrote Krawatte angelegt.

„Du siehst elegant aus", bemerkte Sibylla anerkennend.

„Ich weiß auch, was sich gehört, im Gegensatz zu diesem Mauren, der uns am heiligen Sonntag einbestellt, um über Geschäfte zu sprechen."

„Hier ist der Sonntag nun mal ein Arbeitstag. Dafür ist der Freitag heilig", entgegnete Sibylla gleichmütig.

„Und der Samstag, weil dann die Juden ihren Sabbat feiern. Kein Wunder, dass die Wirtschaft dieses Landes am Boden liegt!" Benjamin verschwand durch die Tür.

Sibylla blickte ihm besorgt nach. Seit sie in Mogador angekommen waren, ließ Benjamin sie seine Unzufriedenheit spüren, als wäre es ihre Schuld, dass das Leben sich hier anders gestaltete, als er erwartet hatte. Außerdem nahm er ihr immer noch übel, dass sie ihm ihre Schwangerschaft so lange verheimlicht hatte.

Seit sie in England an Bord der Queen Charlotte gegangen waren, hatten sie keine intimen Berührungen mehr ausgetauscht. Aber Sibylla sehnte sich nach Zärtlichkeiten, sogar, wenn sie so karg und ungeschickt ausfielen wie bei Benjamin, und es kränkte sie, dass er sie zurückwies, wenn sie ihn küssen oder berühren wollte.

Schon ihre Hochzeitsnacht war enttäuschend nüchtern verlaufen. Benjamin hatte sich auf sie gelegt, ohne sie vorher zu küssen oder zu streicheln. Er hatte ihr Nachthemd nur so weit hochgeschoben wie nötig, um in sie einzudringen. Der Vorgang selbst war hastig verlaufen, hatte ihr wehgetan und sie mit dem Gefühl zurückgelassen, dass nun etwas unaussprechlich Peinliches zwischen ihnen stand. Benjamin hatte sich danach in seine Decke gewickelt, ihr den Rücken zugedreht und war bald darauf eingeschlafen. Sie jedoch hatte noch lange wach gelegen und sich gefragt, ob er eigentlich eine Frau oder ein Stück Holz in ihr sah.

In den Geschichten aus 1001 Nacht hatte sie ebenso aufregende wie rätselhafte Beschreibungen von Liebesnächten gelesen. Von Jungfrauen war die Rede, mit Brüsten wie Granatäpfel und einem flauschigen Kaninchenfell zwischen den Beinen. Von zärtlichen Bissen und Küssen, von ausschweifenden Orgien mit Dutzenden von Sklaven, denen die Gemahlinnen mächtiger Herrscher sich hingaben, kaum, dass diese ihnen den Rücken zudrehten. Sie hatte das Buch unter ihrem Kopfkissen versteckt und las heimlich darin, und manchmal ertappte sie sich dabei, wie sie im Dunkel lag und ihren sich rundenden Bauch und ihre schwellenden Brüste streichelte, während ihr Mann in Mr. Fishers schmalem Bett leise schnarchte.

Zum Frühstück gab es warme Weizenfladen mit Sirup, frische Orangen, Datteln und etwas, das Nadira „Laban“

nannte und das aus mit Zucker bestreuter Ziegenmilch bestand. Sibylla fand die süß und säuerlich zugleich schmeckende Speise köstlich. Benjamin dagegen hatte das Gesicht verzogen, gemurmelt, dass es kein Wunder wäre, dass Mr. Fisher schon nach so kurzer Zeit starb und weiter seinen mitgebrachten Schweineschinken zum Fladenbrot bevorzugt.

„Ich fühle mich völlig abgeschnitten vom Rest der Welt“, klagte er, als Sibylla das Frühstückszimmer betrat. „Die Tageszeitungen sind immer noch nicht aus England eingetroffen, die Sprache ist mir ein Rätsel und die Schrift sowieso.“

„Wir sollten Arabisch lernen“, schlug Sibylla vor. „Dann fühlen wir uns in diesem Land bald heimischer.“ Aber Benjamin sah sie nur groß an: „Warum nicht gleich Hebräisch, dann können wir noch mit den Juden reden?“

Mr. Fisher, der alleinstehend gewesen war, hatte sich nur in einigen der vielen kleinen Zimmer des Hauses eingerichtet, einem Esszimmer, einem Kontor sowie einem Empfangssalon und einem Schlafzimmer. Die Zimmerwände waren wie die Außenmauern weiß verputzt, manche mit kunstvollen arabischen Versen verziert. Die hölzernen Zimmerdecken waren mit bunt bemalten Schnitzereien geschmückt, die meisten Böden bestanden aus Holzdielen, auf denen Teppiche in roten, blauen und grünen Mustern lagen.

Man merkt, dass hier ein unverheirateter Mann gelebt hat, dachte Sibylla, wenn sie von einem Zimmer zum anderen ging. Hier passte nichts zusammen, alles wirkte leblos, fast verlassen. Aber wenn sie aus diesem Haus ein wohnliches Heim gemacht hatte, würde sich sicher auch Benjamin wohler fühlen. Besonders, wenn erst Kinder in den jetzt noch leeren Räumen spielten.

Für den Besuch beim Kaid hatte Sibylla ein grünes Kleid ausgewählt. Sie hatte nämlich gelesen, dass Grün die Lieblingsfarbe des Propheten gewesen war, und hoffte, ihren Gastgeber mit ihrer Wahl zu erfreuen. Gestern hatte sie in der Taille die Nähte herausgelassen, denn es spannte bereits beträchtlich über ihrem wachsenden Bauch.

Bis zum Palast des Statthalters waren es nur wenige Hundert Meter. Deshalb gingen sie zu Fuß. Der Kaid hatte seinen Übersetzer geschickt, um sie abzuholen. Sibylla bat Nadira, mitzukommen. Sie fühlte sich in Begleitung einer zweiten Frau, die obendrein mit Europäern wie Arabern vertraut war, wohler. Außerdem wurden sie von Hamid begleitet, der die Geschenke trug. Im letzten Moment war Sibylla aufgefallen, dass sie zwar ein Geschenk für den Kaid hatten, doch seine Familie hatten sie völlig vergessen.

„Nehmen Sie von dem indischen Tee mit, Herrin. Hier liebt man Tee genau wie in England“, hatte Nadira vorgeschlagen.

Für die Frauen des Haushalts hatte Sibylla bunte Schals und hübsche bestickte Taschentücher aus ihren Truhen gesucht.

Während sie durch die Gassen liefen, wurden sie von Passanten und Händlern am Straßenrand neugierig bestaunt. Unter den Einheimischen hatte sich in Windeseile herumgesprochen, dass zwei neue Engliz, wie sie die Engländer nannten, angekommen waren. Sibylla trug einen Hut, aber ein paar blonde Locken schauten darunter hervor, und in Windeseile liefen Schaulustige herbei. Ein paar besonders mutige Kinder versuchten sogar kichernd, sie anzufassen, bevor Nuri bin Kalil sie davonscheuchte.

Sibyllas Haar sorgte in Mogador für Aufregung und hatte sie stadtbekannt gemacht. Auch Benjamin hatte blondes Haar, doch es war kurz und sandfarben, nicht so leuchtend golden wie Sibyllas. Nadira hatte ihr erzählt, dass manche Leute überzeugt waren, sie wäre eine Dschinna, eine Dämonin; andere glaubten, ihre Haarfarbe schützte gegen bösen Zauber. Deshalb achtete sie darauf, ihr Haar zu bedecken, sobald sie das Haus verließ.

Der Kaid von Mogador lebte im vornehmsten Gebäude der Stadt. Mehrere bewaffnete Wächter standen vor einem hohen Rundbogentor und blickten den Besuchern mit steinernen Mienen entgegen. Einer führte sie in den Vorhof, der ganz mit spiegelnden Marmorplatten ausgelegt war. In die obere Etage führte eine breite steinerne Treppe, die sich in halber Höhe teilte und in einen Rundgang mit schön ziselierten Säulen mündete.

Der Kaid kam seinen Gästen zur Begrüßung entgegen. Sibylla fiel auf, dass er genauso einfach gekleidet war wie am Tag ihrer Ankunft. Allerdings hatte er jetzt einen Dolch umgeschnallt, der in einer auffallenden silberbeschlagenen Scheide steckte. Seine Exzellenz wurde von einem Gefolge aus mehreren Arabern und einem älteren Mann mit langem grauen Bart und einer runden Drahtbrille auf der vorspringenden Nase in der vorgeschriebenen schwarzen Kleidung der Juden begleitet. Die Araber stellte Nuri bin Kalil als Verwandte des Statthalters vor. Der Jude hieß Samuel Toledano und war Tujjar al-Sultan – ein Kaufmann seiner allerheiligsten Majestät Sultan Moulay Abd Er Rahman, wie bin Kalil erklärte.

Benjamin, Kaid Hash Hash und seine Verwandten verbeugten sich voreinander und tauschten Begrüßungen aus. Der Statthalter streifte Sibyllas grünes Kleid mit einem interessierten Blick, doch wie bei ihrer ersten Begegnung taten er und die anderen Männer, als wäre sie nicht vorhanden. Die kleine Gruppe begab sich in einen der Empfangssalons, und Benjamin hielt den Zeitpunkt für gekommen, sein Geschenk zu übergeben: „Exzellenz! Ich möchte mich im Auftrag der Reederei Spencer & Sohn für die wohlwollende Aufnahme in Ihrem Land bedanken und bitte Sie, diese kleine Aufmerksamkeit von mir entgegenzunehmen!"

Er winkte Hamid, nahm ein in ein Seidentuch gewickeltes Päckchen und reichte es dem Statthalter. Noch während bin Kalil übersetzte, reichte der Kaid das Päckchen ungeöffnet an einen Diener weiter.

Ist er enttäuscht, weil es so klein ist?, fragte Sibylla sich irritiert. In dem Taschentuch befand sich immerhin ein ledernes Kästchen mit einer wertvollen goldenen Uhr.

Rasch bedeutete Sibylla ihrem Mann, die Päckchen mit Tee zu verteilen. Nachdem alle Geschenke überreicht waren, klatschte der Kaid in die Hände. Sofort trat eine Sklavin ein und winkte Sibylla und Nadira, sie zu begleiten.

„Wohin gehen wir?", erkundigte Sibylla sich überrascht.

„Die Gattin von Mr. Hopkins hat die Ehre, die Frauen des Haushaltes seiner Exzellenz zu treffen, während die Männer sich über Geschäfte unterhalten", erläuterte bin Kalil.

Sibylla war verblüfft. Sie hatte sich darauf eingestellt, von den Männern wie Luft behandelt zu werden, aber sie hatte nicht erwartet, weggeschickt zu werden.

„Seine Exzellenz hat unser Geschenk so schnell beiseitegelegt", sagte sie leise zu Nadira, als sie hinter der Sklavin durch lange Zimmerfluchten eilten. „Glaubst du, dass es ihm nicht gefällt?"

„Sorgen Sie sich nicht, Herrin!", raunte die Dienerin ihr zu. „Es wäre sehr unhöflich von seiner Exzellenz, es vor den Augen der Gäste zu öffnen."

Sibylla wurde schnell klar, dass der Kaid seiner schlichten Erscheinung zum Trotz Prunk und Pracht liebte. Gemächer und Flure waren hell und luftig, die Decken mit schneeweißem Stuck verziert, die Wände mit winzigen Mosaiken gekachelt. Auf den Böden lagen dicke seidene Teppiche in leuchtenden Farben, und überall luden bestickte Kissen und niedrige geschnitzte Tische zum Verweilen ein. Bilder gab es nicht, aber Sibylla fielen die zahlreichen Waffen auf, die an Wänden und auf Truhen zur Schau gestellt wurden. Messer und Dolche, Krummsäbel und Degen in auserlesenen Scheiden aus Silber oder sogar Gold. In einem Raum wurden zwei Feuerwaffen präsentiert. Es handelte sich nur um einfache Flinten, wie sie auch Sibyllas Vater für die Rebhuhn- oder Kaninchenjagd besaß, aber daneben stand ein Diener und bewachte sie wie einen wertvollen Schatz.

„Wir verlassen nun den Empfangsbereich", erklärte Nadira. „Die Frauengemächer liegen hinter der Tür. Hier sind Männer ausgeschlossen, bis auf seine Exzellenz und einige Verwandte. Wenn eine der Frauen erkrankt, darf auch noch ein Hakim zu ihnen."

„Woher kennst du dich so gut aus?", wollte Sibylla wissen.

„Bevor ich freigelassen wurde, um christlichen Herren zu dienen, gehörte ich zum Haushalt eines Hofbeamten in Marrakesch", antwortete Nadira.

Die Wächter öffneten die Türflügel, und die Sklavin führte sie in einen großen quadratischen Raum. Sie bedeutete den Gästen, zu warten, und verschwand durch eine Seitenpforte. Sibylla sah sich neugierig um. In der Ausstattung unterschied dieser Raum sich nicht von den vorherigen. Rechteckige Fenster zeigten auf einen Innenhof. Die Läden waren zur Seite geklappt, so dass die feinen Musselinvorhänge im Wind wehten. Ein einsamer Pfau schrie irgendwo draußen, doch sonst war es still. Auf niedrigen, wunderschön geschnitzten Tischen waren Tabletts mit Rosenblättern und duftenden Kräutern verteilt. Dann öffnete sich eine Tür, und eine Gruppe Frauen kam herein. Außer den schwarzen Sklavinnen hatte Sibylla bisher nur einige tief verschleierte und damit für sie nicht zu erkennende einheimische Frauen durch die engen Gassen der Medina huschen sehen. Aber hier in ihrem Wohnbereich verhüllten die Frauen ihr Gesicht nicht. Sie erwiderten Sibyllas Lächeln mit derselben Neugier und blickten ihr aus ausdrucksvoll schwarz umrandeten Augen entgegen.

An der Spitze der Gruppe ging eine winzige alte Dame, die sich auf einen Stock aus geschnitztem Elfenbein stützte. Sie wirkte gebrechlich, ihr von Falten zerfurchtes Gesicht jedoch war von einem klugen und freundlichen Blick gekennzeichnet. Sie trug ein locker sitzendes Gewand aus silbergrauer Seide, das bis zur halben Wade fiel. Darunter sah Sibylla eine Hose aus demselben feinen Stoff und mit Perlen bestickte Pantoffeln. Arme, Hals und Ohren waren mit auffallend schönem Goldschmuck behängt. Die anderen Frauen waren weit jünger. Auch sie trugen Kaftane und Hosen in allen Farben des Regenbogens und üppigen Schmuck. Manche von ihnen hatten ihr Haar mit einem durchsichtigen Schal bedeckt, doch den meisten fiel es dunkel und glänzend bis zu den Hüften. Ein Dutzend aufgeregt schnatternder Kinder sprang um die Gruppe herum. Nur die Kleinsten wurden von ihren Ammen getragen.

Die alte Dame trat vor und sprach eine Begrüßung, die Nadira übersetzte: „El Sayyida Rusa Umm Hash Hash, die Herrin Rusa, Mutter seiner Exzellenz des Kaids Hash Hash, heißt die ehrwürdige Dame aus dem Land der Engliz willkommen."

Sibylla verneigte sich höflich und nannte ihren Namen. Danach wurde sie von der Hauptfrau des Kaids begrüßt.

„Prinzessin Lalla Jasira stammt aus der Familie des Sultans, Allah schenke ihm ein langes Leben", sagte Nadira.

Nach der Hauptfrau, die in Sibyllas Alter sein mochte, kamen die drei Nebenfrauen, die alle sehr jung und hübsch waren. Die Vierte und Jüngste von ihnen war hochschwanger und hatte die Hände stolz um ihren kugelrunden Bauch gefaltet. Auch die Konkubinen des Kaids wurden Sibylla vorgestellt.

„Sie stammen aus Abessinien, wo die Frauen als besonders schön gelten, und sind christliche Sklavinnen", erklärte Nadira.

Die Konkubinen waren tatsächlich auffallende Schönheiten. Mit ihren sanften braunen Augen und zarten Gliedmaßen erinnerten sie Sibylla an Gazellen.

Nachdem die Begrüßung vorbei war, hielt Rusa eine kleine Rede und lächelte Sibylla dabei aufmunternd zu.

„El Sayyida Rusa und die anderen Damen haben gehört, dass ihr hochverehrter Gast aus dem Land der Engliz Haare hat, deren Farbe dem Fell einer Wüstenlöwin gleichen. Sie bitten ihren Gast, ihren Hut abzunehmen, damit sie sich selbst davon überzeugen können", übersetzte Nadira und blickte ein wenig verlegen zu ihrer Herrin.

Sibylla staunte, dass ihre Haarfarbe sich sogar bis hinter die Haremsmauern herumgesprochen hatte.

Es ist ein harmloser Wunsch, und es wäre unhöflich, ihn abzuschlagen, dachte sie, löste die Schleife unter ihrem Kinn und nahm den Hut ab. Sofort ertönten von allen Seiten laute Rufe. Einige Frauen kicherten, andere schlugen sich mit der Hand auf den Mund, die Kinder kreischten von der Aufregung angesteckt.

„Sie sagen, dass sie noch nie goldene Haare gesehen haben“, rief Nadira gegen den Lärm. „Sie glauben, dass Sie ein Engel Allahs sein müssen.“

Sibylla schüttelte energisch den Kopf. „Sag ihnen, dass in meiner Heimat viele Menschen solche Haare haben.“

Ungläubiges Gemurmel wurde laut. Rusa verschaffte sich mit einiger Mühe Ruhe.

„Die ehrwürdige Sayyida Rusa fragt, ob Sie Ihr Haar öffnen würden“, gab Nadira weiter.

„Nun gut.“ Sibylla zog die Nadeln aus ihrer Frisur, so dass das Haar offen über ihre Schultern fiel. Ein andächtiges Raunen ging durch die Frauengruppe. Eine fragte, ob die Locken aus Gold gesponnen wären. Eine andere wollte wissen, ob sie mit der Zauberkraft ihres Haares einen Mann gefügig machen könnte.

Sibylla lachte, als Nadira übersetzt hatte. „Sag ihnen, dass in den Ländern des Nordens auch Männer solche Haare haben und niemand über mehr Kraft verfügt, als Gott ihm geschenkt hat.“ Darauf bedeutete sie der Frau, die die Frage gestellt hatte, näher zu kommen und ihr Haar anzufassen. Fast schüchtern strich die Frau darüber und verkündete dann stolz: „Dieses Haar ist Menschenhaar, nur seine Farbe gleicht Gold.“

„Oder dem Fell einer Löwin", ergänzte eine andere. Allmählich beruhigten sich die Frauen, und Sibylla konnte ihre Geschenke überreichen.

Danach nahmen sie im Garten des Harems Erfrischungen ein. Mit seinen Blütendüften, Wasserspielen und dem Vogelgezwitscher erschien er Sibylla paradiesisch. Sie lagerte mit den Frauen auf Brokatkissen an einem rechteckigen Bassin, in dem bunte Zierfische schwammen. Rusa, Lalla Jasira und die anderen drängten sie köstliche Pfirsiche und Melonenstückchen, Rosinen und kandierte Blüten zu probieren. Eine Dienerin hielt einen Sonnenschirm über Sibyllas Kopf, eine andere wedelte ihr mit einem Fächer Luft zu.

Unruhe kehrte erst ein, als die Frauen erfuhren, dass Sibylla schon vierundzwanzig Jahre alt war und noch kein Baby hatte. Eine schockierende Nachricht!

„Pilgern Sie zum Grab Sidi Magdouls vor den Toren der Stadt", riet ihr Hash Hashs Lieblingskonkubine Wahida. „Der Heilige verhilft Ihnen zu vielen Kindern, so wie Allah dem Propheten Ibrahim und seiner Frau Sara im hohen Alter noch Kinder geschenkt hat!"

„Sidi Magdouls Beistand brauche ich nicht mehr", versicherte Sibylla lachend und zog ihr Kleid glatt, so dass die Frauen ihren gewölbten Bauch sehen konnten. Sie jubelten und überschütteten sie mit Ratschlägen für eine glückliche Schwangerschaft und Geburt. Die vierte Ehefrau wollte ihr ihre Hebamme schicken, und die dritte schenkte ihr ein Amulett, eine kleine silberne Hand mit einem eingravierten Auge. „Tragen Sie es über dem Herzen", sagte sie zu Sibylla. „Dann wird die Hand der Fatima das Ungeborene vor dem bösen Blick schützen."

Rusa stand als Älteste und Mutter des Kaids an erster Stelle des Harems und wurde von allen Frauen hoch geachtet. An zweiter Stelle kam Lalla Jasira, die ihrem Namen „die Sanfte" alle Ehre machte. Nach ihr folgten die zweite, dritte und vierte Frau und dann erst die Konkubinen. Wahida, als Lieblingskonkubine des Kaids, nahm eine Sonderstellung ein und durfte, weil sie ihrem Herrn bereits zwei Söhne geboren hatte, den Titel „Umm Walad", Mutter ihrer Kinder, führen.

Rusa hatte sich den Schal, den Sibylla ihr geschenkt hatte, um die Schultern gelegt. Sie saß nicht auf einem

Kissen, sondern thronte in einem Sessel zur Linken des Gastes. Lalla Jasira hatte auf einem dicken runden Polster an Sibyllas anderer Seite Platz genommen. Nadira stand hinter ihrer Herrin bereit, um zu übersetzen. Rusa klatschte in die Hände. Eine Sklavin näherte sich mit einer Schale Gebäck, von dem Rusa kleine Stücke abbrach und den Fischen zuwarf. Sibylla fielen ihre anmutigen Bewegungen und ihre weichen gepflegten Hände auf.

„Die Frauen des Kaids sind wie diese Fische", sagte Rusa zu ihr. „Sie leben zusammen in einem wunderschönen Haus und werden von einem guten Herrn liebevoll versorgt. Es mangelt uns an nichts."

„Das stimmt gewiss", erwiderte Sibylla. „Aber fehlt den Fischen in diesem Becken nicht der Blick auf das freie Meer?"

Gleich darauf hätte sie sich ohrfeigen mögen. Jetzt hatte sie ihre reizenden Gastgeberinnen brüskiert. Wann lerne ich endlich, dass Schweigen seliger ist als Reden, dachte sie ärgerlich.

Aber Rusa lächelte nur, und Lalla Jasira bemerkte: „Man muss nicht auf einen Berggipfel steigen, um in die Ferne sehen zu können. Wenn wir es wünschen, kommt die Welt zu uns in den Palast. Von Ihnen zum Beispiel erfahren wir, wie die Frauen im fernen England leben, ohne selbst dorthin reisen zu müssen."

Ihre dunklen Augen glitten über Sibyllas helles Haar, das europäisch geschnittene Kleid und blieben an den dünnen Seidenstrümpfen und flachen Satinslippern hängen.

„Diese Babuschen", sagte Lalla Jasira, „sehen sehr hübsch aus. Tragen alle Frauen in Ihrem Land so etwas?"

Nadira übersetzte, und Sibylla nickte lächelnd. „Wenn Sie erlauben, werde ich Ihnen ein Paar schenken. Ich werde gleich heute Abend einen Brief schreiben und aus

England eine Lieferung für Sie und die anderen Damen schicken lassen."

Rusa und Lalla Jasira wechselten einen raschen Blick und baten, sich die Schuhe genauer besehen zu dürfen. Sibylla zog einen aus und reichte ihn der alten Dame. Mit Lalla Jasira prüfte sie die Verarbeitung des Slippers. Ein rascher Wortwechsel entspann sich zwischen den beiden Frauen, dann setzte Rusa sich in ihrem Sessel auf und richtete das Wort an Sibylla.

„El Sayyida Rusa und Prinzessin Lalla Jasira möchten der verehrten Engliziya Mrs. Hopkins ein Geschäft vorschlagen", übersetzte Nadira. „Sie wollen fünfhundert Paar der englischen Babuschen bestellen. Dafür bieten Sie Ihnen dreißig Gold-Benduqui."

„Diese Frauen dürfen Handel treiben? Besitzen sie denn eigenes Geld?", entfuhr es Sibylla überrascht.

Rusa wollte wissen, was Sibylla gefragt hatte, und nachdem Nadira übersetzt hatte, ließ sie die Dienerin antworten: „Der Prophet in seiner unendlichen Weisheit hat den Frauen ihr eigenes Vermögen und die Erlaubnis zugesichert, es selbst zu verwalten. El Sayyida Rusa und die vier Ehefrauen seiner Exzellenz verfügen frei über ihr Brautgeld. Außerdem zahlt seine Exzellenz jeder Dame seines Harems einen Falus am Tag."

„Hat denn die verehrte Mrs. Hopkins kein Brautgeld zu ihrer persönlichen Verfügung?", erkundigte Lalla Jasira sich interessiert.

„Doch", murmelte Sibylla und dachte an die Stiftung mit ihrer Mitgift. „Aber es hat mich einige Mühe gekostet, darüber selbst bestimmen zu dürfen." Sie wandte sich an die beiden Frauen, die sie erwartungsvoll ansahen: „Es ist mir eine Ehre, mit Ihnen Geschäfte zu machen. Bei dreißig Gold-Benduqui zahle ich allerdings drauf. Hundert Gold-Benduqui decken meine Unkosten gerade eben." Sie lächelte verschmitzt. Tatsächlich wusste Sibylla nicht, ob der Preis angemessen war, aber sie hatte gelesen, dass das Handeln im Orient eine Art Sport war.

Rusa und Lalla Jasira nickten beifällig, bevor sie mit vielen blumigen Worten ein Gegenangebot machten. Schließlich einigten sie sich bei sechzig Gold-Benduqui.

Lalla Jasira klatschte in die Hände und erteilte einer Sklavin einen Befehl. Die Frau eilte in den Palast und kam bald darauf mit zwei ledernen Beutelchen zurück, die Lalla Jasira wiederum mit feierlicher Miene in Sibyllas Hände legte. „Zählen Sie nach, Mrs. Hopkins, die Hälfte erhalten Sie jetzt, die andere, wenn die Babuschen eingetroffen sind."

Sibylla blickte in die Säckchen. Der Gedanke, selbst Handel zu treiben, ohne vorher die Erlaubnis ihres Vaters oder ihres Mannes einholen zu müssen, gefiel ihr. In London hätte sie nie solche Geschäfte machen können, aber hier, im fernen Marokko mit den Haremsdamen des Statthalters von Mogador wurde es möglich.

„Für wen sind die fünfhundert Paar Slipper bestimmt?", erkundigte sie sich und erhielt die Antwort: „Prinzessin Lalla Jasira ist sicher, dass die Damen seiner erhabenen Majestät Sultan Abd Er Rahman sich für diese Mode interessieren. Sie ist mit vielen der Damen gut bekannt, da sie aus dem Herrscherhaus der Alawiden stammt."

Sibylla nickte langsam. Fünfhundert Frauen für einen Mann. Wahrhaftig, dachte sie. Sara Willshire hatte recht, wenn sie behauptete, dass hier vieles anders wäre als in England.

Laut sagte sie: „Nadira, informiere die Damen, dass ich einverstanden mit ihrem Vorschlag bin. Ich werde gleich alles Nötige in die Wege leiten."

Als der Muezzin vom Turm der Moschee zum Nachmittagsgebet rief, wartete Benjamin im Empfangshof des Statthalterpalastes auf seine Frau. Der Kaid, seine Verwandten und der Übersetzer hatten sich bereits verabschiedet. Nur Samuel Toledano stand noch neben ihm.

„Von Fair Play haben Sie und die verdammten Mauren noch nichts gehört, nicht wahr, Toledano?" Benjamin war übelster Laune. „Schauen Sie nicht so unschuldig! Es ist Ihre Schuld, dass der Statthalter mir das Monopol für den Lederhandel nicht verkaufen wollte. Ich habe genau gesehen, wie Sie ihm Zeichen gemacht haben, mein Angebot abzulehnen!"

Dabei hatte das Treffen harmonisch begonnen. Kaid Hash Hash hatte seinem Gast voller Stolz seine Waffensammlung, seine Jagdfalken und seine arabischen Pferde präsentiert. Doch als sie danach bei Tee und Erfrischungen zusammengesessen und Benjamin die bereits in England vorbereiteten Verträge hervorgeholt hatte, ließ Hash Hash ihn abblitzen. „Bei dem Hebräer Toledano ist das Ledermonopol in würdigen Händen. Im Übrigen sind die Beschlüsse seiner Majestät heilig. Sie müssen nicht von einem Krämer festgeschrieben werden", hatte Hash Hash mit verächtlichem Blick auf den Vertrag erklärt.

Toledano hatte dabei so unschuldig ausgesehen, als hätte er mit alldem nichts zu tun, und auch jetzt reagierte der jüdische Kaufmann gleichmütig: „Verzagen Sie nicht, Senor Hopkins, im Orient wird man sich selten nach dem ersten Treffen handelseinig. Besuchen Sie mich in meinem Haus in der Mellah, direkt hinter dem Souk. Wir werden einen Weg finden, damit auch Sie gute Geschäfte tätigen können."

Benjamin verzog das Gesicht. Der Jude sprach Spanisch mit ihm. Das beherrschte Benjamin zwar, seit er bei Spencer & Sohn für den Karibikhandel verantwortlich war, doch dieser altmodische Dialekt irritierte ihn. Da mochte Nuri bin Kalil ihm noch so oft erklären, dass alle hiesigen Juden die Sprache ihrer spanischen Heimat beibehalten hatten, seit sie im fünfzehnten Jahrhundert vor der Inquisition nach Marokko hatten fliehen müssen.

„Ich rate Ihnen vor allem, sich nicht zu viel Zeit mit Vorschlägen zu lassen", knurrte Benjamin. Er stand unter Druck, denn in London erwartete Richard Spencer Erfolge von ihm.

Auch jetzt blieb Toledano freundlich. „Sie sind zu ungeduldig, Senor Hopkins. Wenn Sie in Marokko gute Geschäfte machen wollen, müssen Sie eines beherzigen: Ihr Europäer habt zwar die Uhr, doch wir im Orient haben die Zeit."

Kapitel sechs – Mogador und Marrakesch, September 1836

„Verzeihen Sie meine Offenheit, liebe Sibylla, aber was Sie da vorhaben, ist blanke Unvernunft!" Sara Willshire fädelte mit missbilligend gerunzelter Stirn ein Stück Garn in ihre Nähnadel.

Sibylla faltete die Windel zusammen, die sie gerade gesäumt hatte. „Das ist es nicht", widersprach sie, und ihre Stimme klang einen Hauch herausfordernd. „Wir sind doch nur zwölf Tage fort, und mir bleiben noch sechs Wochen bis zur Geburt. Im Übrigen fühle ich mich blendend!"

Die beiden jungen Frauen saßen im Innenhof des Hopkins-Hauses im Schatten eines Olivenbaumes und nähten Babywäsche. Warm und windstill war es hier, der zarte Duft von Rosen und Mimosen erfüllte die Luft, und in den Zweigen sangen die Vögel. Sibylla und Sara trafen sich fast jeden Tag und plauderten über Gott und die Welt, während der Berg Hemdchen, Höschen, Hauben und Windeln in dem geflochtenen Korb zu ihren Füßen wuchs. Gerade hatte Sibylla der Frau des Konsuls erzählt, dass sie vorhatte, ihren Mann in wenigen Tagen nach Marrakesch zu begleiten, denn Sultan Abd Er Rahman hatte die Kaufmannschaft der Stadt zu einer Audienz eingeladen.

„Seine allergnädigste Majestät will sich überzeugen, dass es den ihm zum Schutz anbefohlenen Ungläubigen in seinem Land an nichts mangelt", hatte Kaid Hash Hash behauptet, der die Gruppe ebenfalls begleitete.

Sara Willshire konnte über Sibyllas Idee nur den Kopf schütteln. „Marokko ist nicht England", warnte sie. „Wir reisen nicht in einer bequemen Postkutsche über ausgebaute Straßen. Wir sitzen im Sattel und schlafen nachts auf dem Boden in einem Zelt oder einer Karawanserei, wenn wir Glück haben! Außerdem ist es im Landesinneren heißer als an der Küste. In Marrakesch herrschen noch im September mehr als dreißig Grad. Ich habe diese Reise schon einige Male unternommen, und glauben Sie mir: Es ist kein Zuckerschlecken, fünf Tage hintereinander von früh bis spät zu reiten! Sollten bei Ihnen aufgrund der Anstrengung vorzeitig die Wehen einsetzen, gibt es keinen Arzt und kein Krankenhaus wie in London."

„Ich bin eine gute Reiterin", entgegnete Sibylla stur. „Und ich bin nicht aus Zucker. Außerdem habe ich Nadira bei mir."

Die schwarze Dienerin kam mit einem Krug Orangenblütenwasser, Gläsern und einem Teller frischer Feigen aus der Küche. Sibylla lächelte dankbar. Nadira war in den vier Monaten, die sie jetzt in Mogador lebten, unverzichtbar geworden. Durch lange Dienstjahre bei englischen Herren hatte sie ein feines Gespür für die Wünsche der Europäer entwickelt. Sibylla verbrachte mit Nadira mehr Zeit als mit jedem anderen Menschen in dieser Stadt. Durch sie lernte sie Alltag und Gebräuche kennen. Während der letzten Wochen hatte Sibylla sogar mit Nadiras Hilfe begonnen, Arabisch zu lernen. Sie zeigte auf einen Gegenstand, und die Dienerin nannte ihr den arabischen Begriff dafür.

„Ist Ihr Gatte einverstanden, dass sie ihn begleiten?", unterbrach Sara ihre Gedanken.

Die Frage ärgerte Sibylla. Es war doch allein ihre Entscheidung, ob und wohin sie reisen wollte! Leichthin antwortete sie: „Aber ja! Warum auch nicht? Wir Engländer haben doch Sportsgeist."

Tatsächlich hatte Benjamin die gleichen Einwände vorgebracht wie Sara. Als er allerdings gemerkt hatte, wie gereizt Sibylla reagierte, hatte er rasch eingelenkt. Sie sah ihren Ehemann ohnehin sehr wenig. Er hatte im Hafen oder in der Zollstation zu tun, musste sich mit den Kapitänen besprechen oder die Waren begutachten und beklagte sich jeden Tag, dass die Araber unzuverlässige Geschäftspartner wären, denen er persönlich auf die Finger schauen müsste, damit sie ihn nicht betrogen. Im Gegensatz zu Sibylla versuchte er nicht, die Eigenarten der Menschen dieses Landes zu verstehen. Aber Richard lobte ihn in langen Briefen für seinen Einsatz. Zwar war es Benjamin nicht gelungen, das Monopol für den Lederhandel zu bekommen, aber der Kaufmann Toledano vermittelte ihm gegen Provision Leder von hervorragender Qualität aus der marokkanischen Gerberstadt Fès. Außerdem handelte Benjamin mit Gummi Arabicum, das zur Herstellung von Farben und in der Medizin gebraucht wurde, und mit Getreide aus den fruchtbaren Hochebenen im Norden rund um die alte Königsstadt Meknes.

„Gestern kam das geweihte Wasser aus England für die Taufe", erzählte Sibylla. Konsul Willshire, der sonntags in seinem Haus als Ersatz für den Gottesdienst auch Bibellesungen abhielt und für das Seelenheil der Engländer in Mogador zuständig war, sollte das Baby taufen.

„Briefe von zu Hause waren auch dabei. Mein Bruder Oscar hat im Sommer die Schule beendet und arbeitet jetzt in der Reederei mit. Vater hat ihn in die Schreibstube gesetzt. Vorerst ist er nur ein einfacher Lehrjunge. Meine Stiefmutter schreibt, dass er es hasst, jeden Morgen so früh aufstehen zu müssen." Sie lächelte gedankenverloren. „Ich wollte unbedingt aus London fort, aber hier merke ich, dass ich meine Familie vermisse. Sie ist so weit weg. Manchmal sehne ich mich danach, einfach nur ihre Stimmen zu hören."

„Ach, und ich vermisse die vielen Geschäfte!", rief Sara aus. „Würden Sie sich nicht auch gern die neuesten

Schnittmuster bei Debenhams ansehen oder durch die Läden in Covent Garden bummeln?"

„Lieber würde ich ins Theater gehen", antwortete Sibylla. „Es ist doch seltsam, dass es in Marokko gar kein öffentliches Leben gibt, weder Theater- noch Opernaufführungen, weder Bälle noch Sportveranstaltungen." Sie kramte in einer Schachtel, die auf einem runden Tisch zwischen ihnen stand, bis sie einen kleinen Knopf gefunden hatte, und hielt in prüfend an ein winziges weißes Baumwolljäckchen.

„Das Familienleben hier spielt sich hinter Häusermauern ab. Mir fiel es auch schwer, mich daran zu gewöhnen", räumte Sara ein.

„Und deshalb muss ich unbedingt ein paar Tage aus dieser Enge heraus!", beharrte Sibylla. „Fast den ganzen Tag verbringe ich in diesem Haus mit seinen winzigen Fenstern oder im Hof, aus dem ich auch nicht herausschauen kann. Wenn ich ausgehe, stoße ich nach spätestens zehn Minuten auf die Stadtmauern. Vom Land habe ich überhaupt noch nichts gesehen!"

„Ich kann Sie ja verstehen, liebe Sibylla", seufzte Sara. „Aber unvernünftig ist es trotzdem."

Die europäischen Kaufleute einschließlich ihrer Konsuln, die aus England, Spanien, Portugal, Frankreich, den Niederlanden und Dänemark kamen, hatten sich einer Karawane angeschlossen, die Samuel Toledano ausgerüstet hatte. Sie bestand aus fünfzig schwer beladenen Kamelen, fünf Kamelreitern, dem Karwan-Baschi genannten Anführer und mehreren Lehrlingen, die die Tiere versorgten und den Kamelreitern zur Hand gingen. In Marrakesch würden sie sich mit anderen Karawanen aus dem Norden des Landes zu einem mehrere Hundert Tiere umfassenden Zug zusammenschließen, der durch die

Westsahara bis zur legendären Stadt Timbuktu wanderte. Die südwärts ziehenden Karawanen transportierten Datteln, Öl, Henna und Salz, Baumwollstoffe und Glasperlen, Metallerzeugnisse, Teppiche und Keramik. Bei ihrer Rückkehr brachten sie Straußenfedern, Elfenbein, Gold und vor allem Sklaven zurück in den Norden.

Die kleine Karawane von Mogador nach Marrakesch wurde zum Schutz vor Diebesbanden von dreißig Reitern aus der Kavallerie des Sultans begleitet. Der Statthalter von Mogador ritt ebenfalls mit, auf einem wunderschönen arabischen Hengst, seinen wertvollsten Jagdfalken auf dem Arm.

Die Straße nach Marrakesch – ein staubiger, von zahllosen Kamel-, Maultier- und Pferdehufen ausgetretener Weg – führte geradewegs nach Osten. Kurz hinter der Stadt durchritten sie die Arganwälder, von denen Sara Willshire behauptete, dass es sie nur hier gab. Die urtümlichen Bäume mit den ausladenden Kronen trugen pflaumenähnliche grüne Früchte, aus deren Kernen die Einheimischen ein nahrhaftes goldfarbenes Öl gewannen. Offensichtlich waren sie auch bei Ziegen beliebt, denn zu ihrem Vergnügen entdeckte Sibylla etliche, die sogar zwischen die Äste kletterten, um an diese Leckerbissen zu gelangen.

Auf die Arganwälder folgte eine Ebene, in der Wacholderbüsche und niedriges Strauchwerk wuchsen. Manchmal sahen sie verlassene, halb verfallene Lehmhütten und abgeerntete kleine Felder. Sie durchquerten Bäche, die nach einem langen Sommer fast ausgetrocknet waren und gerade noch genug Wasser für Mensch und Tier boten. An den Ufern blühte Oleander, der betörend süß duftete. Nadira machte Sibylla und Sara auf Heuschrecken und Chamäleons aufmerksam, einmal auch auf die pergamentene Haut, die eine Schlange abgestreift hatte. Je weiter ostwärts sie kamen, desto sandiger wurde der Boden, und in der Ferne tauchten die Gebirgszüge des Atlas aus dem blauen Dunst.

In den ersten beiden Nächten schlugen sie Zelte auf. Dutzende kleiner Lagerfeuer flackerten in der Dunkelheit. Nadira kochte Tee und Couscous, einen dicken nahrhaften Brei aus zerriebenem Weizen, Gerste und Hirse, unter den sie Olivenöl und Butter mischte. Sibylla saß neben ihrem Mann auf einem flachen Stein am Feuer und fand es sehr aufregend, auf eine Art zu reisen, die in Europa schon lange der Vergangenheit angehörte.

„Das ist unser zweites gemeinsames Picknick", flüsterte sie Benjamin zu, während sie den Brei nach einheimischer Sitte mit einem Stück frisch gebackenem Fladenbrot löffelte.

„Stimmt", erwiderte er und betrachtete mit trübsinniger Miene seine Blechschüssel mit Couscous. „Aber damals hatten wir besseres Essen."

In der zweiten Nacht wurden sie von lauten Rufen und Gewehrschüssen aufgeschreckt. Pferde wieherten, Kamele brüllten, und Esel schrien.

„Hyänen schleichen um das Lager", informierte Konsul Willshire Benjamin und Sibylla, als sie verschlafen und verstört aus ihrem Zelt stolperten. „Aber kein Grund zur Sorge. Die Reiter des Sultans haben ein paar erschossen und den Rest verjagt."

Am nächsten Morgen besichtigten sie die Kadaver der großen braun gescheckten Raubtiere, die die Kavallerie am Rand des Lagers ausgestellt hatte, und Sibylla erschauderte beim Anblick der mächtigen Reißzähne.

Am dritten Tag merkte sie bereits, dass die Hitze ihr zu schaffen machte. Sie fühlte sich erschöpft und staubig, als sie gegen Abend durch das bogenförmige Tor der einzigen Karawanserei auf der Strecke ritten. Die Herberge für Reisende und Handelskarawanen bestand aus einem schmucklosen Gebäude aus braunem Stampflehm, dessen vier Seiten einen Innenhof umschlossen, der genug Platz für zwei Karawanen ihrer Größe bot. Die Herberge verfügte über zwei Etagen. Unten befanden sich Lagerräume und Ställe für die Tiere. Darüber schliefen die Reisenden in einfachen Zimmern ohne Fenster. Die Türen führten auf den Umgang, der rund um den Hof verlief. Außerdem gab es noch einen kleinen Betraum. Nachts konnte der Durchlass mit einem stabilen eisenbeschlagenen Holztor verschlossen werden, und die Herberge wurde zu einer Festung, die auch Räubern und feindlichen Berberüberfällen standhielt.

Nadira war dabei, an ihrem Kochplatz das Feuer zu entfachen, als eine Gruppe Frauen in den Hof kam. Sibylla wurde sofort auf sie aufmerksam, denn sie waren nicht verschleiert. Sie gingen mit Körben zwischen den Reisenden umher und boten frisch gebackene Brotfladen, Eier, Ziegenkäse und getrocknetes Fleisch zum Kauf an. Sibylla betrachtete fasziniert ihre stolzen offenen Gesichter. Auf der Stirn und am Kinn war die sonnengegerbte Haut tätowiert. Sie gingen barfuß, ihre weiten Röcke waren mit vielfarbigen Borten und Troddeln verziert. Dazu trugen sie Blusen und bunte Kopftücher auf dem dunklen Haar.

„Diese Frauen sind Eingeborene vom Stamm der Chiadma“, erklärte Konsul Willshire Sibylla. „Sie gehören zum Berbervolk, das hier schon Jahrhunderte vor den Arabern lebte.“

„Chiadma“, wiederholte Sibylla nachdenklich. „Diesen Namen habe ich schon einmal von Ihnen gehört. Es ging um Fehden mit einem anderen Stamm, den Haha wenn ich nicht irre.“

„Das stimmt", bestätigte Willshire. „Alle Berber sind hitzköpfige Zeitgenossen. Sie erkennen keine Obrigkeit an, und man kann sich nie ganz darauf verlassen, dass ihre Absichten friedfertig sind."

„Die Frauen sind ganz allein hier, ohne Männer. Sie scheinen mehr Freiheiten zu genießen als arabische Frauen." Sibylla warf einen neugierigen Blick auf die Berberinnen. Ihre weiten Röcke schwangen um ihre Hüften, während sie sich zwischen den Reisenden bewegten. Viele Männer, besonders die europäischen, die nicht mehr an so viel unverschleierte Weiblichkeit gewöhnt waren, folgten ihnen mit begehrlichen Blicken.

Zu Sibyllas Verwunderung röteten sich die Wangen des Konsuls. Er räusperte sich. „Das kann man so sagen, verehrte Mrs. Hopkins. Das kann man wirklich so sagen." Er räusperte sich noch einmal. „Wenn Sie mich jetzt entschuldigen, verehrte Mrs. Hopkins, ich werde schauen, ob unser Boy die Maultiere auch gut versorgt hat. Man kann sich nämlich nur auf sich selbst wirklich verlassen, nicht wahr?" Er eilte davon.

„Sollen wir bei den Frauen etwas Fleisch für das Abendessen kaufen?", fragte Sibylla ihren Mann. Dieser zuckte mit den Schultern. „Wenn du unbedingt willst. Aber wundere dich nicht, wenn sie dir gekochte Katze als Kaninchenragout andrehen!" Dann ging er ebenfalls, um ihr Gepäck in die Herbergskammer zu bringen.

Die Berberfrauen beschäftigten Sibylla noch eine ganze Weile. Sie fragte Nadira, was sie über die Stämme wusste, die die ländliche Bevölkerung Marokkos bildeten. Aber Nadira hatte immer in der Stadt gelebt und war Berbern höchstens begegnet, wenn sie auf dem Souk Feldfrüchte und Schafwolle verkauften. Sie konnte auch den Dialekt der Chiadma nicht verstehen.

Als die Nacht hereinbrach, trafen noch mehr von ihnen ein. Sie waren jung und schön. In ihr langes schwarzes Haar hatten sie Gold- und Silbermünzen geflochten, um die Hüften trugen sie Gürtel, die aus noch mehr Münzen und bunten Bändern bestanden, und ihre Handgelenke zierten schwere silberne Reifen. Einige Frauen setzten sich in einem Halbkreis hin und begannen, zu singen und rhythmisch zu klatschen. Die anderen tanzten auf eine Art dazu, wie Sibylla sie noch nie gesehen hatte. Mit nackten Füßen stampften sie auf der Erde auf, ihre Hüften vibrierten, und ihre Arme bewegten sich wie Schlangen. Die Flammen des niederbrennenden Feuers spiegelten sich in ihren schwarz geschminkten Augen und ließen ihre Haut leuchten wie Bronze. Sibylla konnte den Blick nicht abwenden und war froh, dass die Dunkelheit ihre glühenden Wangen verbarg. Aufreizend waren diese Tänze, ein anderes Wort fand Sibylla nicht dafür, doch zugleich erregend und schön.

Anderen schien es ebenso zu gehen. „Como las gitanas, wie Zigeunerinnen", flüsterte einer der spanischen Kaufleute und schnalzte leise mit der Zunge.

Sara Willshire rümpfte die Nase. „Schamlos!", murmelte sie. „Einfach schamlos! Komm, William, wir wollen uns zur Ruhe begeben." Sie stand auf und raffte dabei ihre Röcke an sich, als wollte sie vermeiden, mit etwas Schmutzigem in Berührung zu kommen. Ihr Mann seufzte leise. Offensichtlich fiel es ihm nicht leicht, sich von der Vorführung loszureißen. Aber er folgte seiner Gattin gehorsam. Benjamin konnte die Augen ebenfalls nicht abwenden. Sibylla beobachtete, wie er in einer Gruppe europäischer Kaufleute stand und die Tänzerinnen mit halboffenem Mund angaffte. Es war ihr peinlich, ihn so zu sehen. Gleichzeitig fühlte sie einen kleinen Stich, da er sie in ihrer neun Monate währenden Ehe nicht ein Mal so begehrlich angeschaut hatte. Sie erhob sich und drängte sich zu ihm durch: „Ich bin müde.“

Er blickte sie an, als würde er sie gar nicht richtig erkennen. „Dann geh doch schlafen!“, gab er zurück und wandte sich wieder den aufreizenden Hüftbewegungen der Tänzerinnen zu.

Sibylla wunderte sich nicht, dass er erst spät in der Nacht kam. Wie ein Dieb schlich er sich in die kleine Herbergskammer. Sie war wach, stellte sich jedoch schlafend. Sie fragte sich, ob er einer dieser Tänzerinnen nähergekommen war, um Dinge zu tun, für die ein Mann gewisse Frauen sonst bezahlte. Gleich darauf schämte sie sich. Wie konnte sie diesen Frauen unterstellen, Liebesdienerinnen zu sein, nur weil sie für europäische Augen aufreizend tanzten?

Sie lauschte auf die leisen Geräusche, als Benjamin die Jacke ablegte und die Stiefel aufschnürte. Wenig später rollte er sich auf der schmalen harten Pritsche zusammen und zog sich die Decke bis über die Ohren. Er fühlte sich zutiefst aufgewühlt. Er ahnte nicht, dass Sibylla wach war. All seine Gedanken und Gefühle waren bei diesen fremdartigen Tänzerinnen, die er so viel erregender fand als seine eigene Frau. Verstohlen, wie von selbst wanderten seine Hände unter der Decke tiefer und massierten sein hartes Glied, während er in seiner Phantasie von den schlangengleichen Bewegungen der verführerischen jungen Chiadma träumte.

Am Morgen war Sibylla schlecht. Das Baby in ihrem Leib strampelte ohne Unterlass. Sie litt unter der Hitze, die drückender wurde, je näher sie Marrakesch kamen. Ihr Rücken schmerzte, ihre Beine fühlten sich wie gelähmt an. Benjamin musste sie stützen, als sie zur Mittagspause von ihrem Maultier steigen wollte. Nicht einmal die Rast im Schatten einiger Dattelpalmen erfrischte sie. Zum ersten Mal befürchtete sie, dass Sara Willshire vielleicht recht gehabt hatte, als sie Sibyllas Reisewunsch als unvernünftig bezeichnete. Als sie am Nachmittag weiterritten, konnte sie sich kaum noch im Sattel ihres Maultiers halten. Der Scirocco, der Wüstenwind der Sahara, nahm ihr fast den Atem. Roter Staub wirbelte unter den Hufen der Tiere auf, so dass die Karawane in eine lange Sandwolke gehüllt war. Zum Schutz hatte Sibylla sich wie die Einheimischen einen Schal um den Kopf gewickelt, der nur einen Sehschlitz für die Augen ließ, doch trotzdem drangen winzige Körner zwischen ihre Zähne, in ihre Ohren, Augen, Nasenlöcher und Haare. Nadira und Sara Willshire, die neben ihr ritten, hatten sich ebenfalls verhüllt. Sibylla fragte sich, wie Benjamin, der weit vorn in der Karawane neben Samuel Toledano ritt, sich in seiner englischen Reitkleidung hielt. Er lehnte die „muselmanische Verkleidung" ab und trug feste Lederstiefel, Reitrock und Zylinder, als befände er sich mitten im regnerischen englischen Sommer und nicht in der Hitze Südmarokkos.

„Wenn mein Kopf zerplatzt, dann ist dieser elende Scirocco schuld!", klagte Sara.

„Und mir ist übel", stöhnte Sibylla. „Nadira, was heißt mir ist schlecht auf Arabisch?" Ihre Dienerin, die sich an der borstigen kurzen Mähne ihres grauen Esels festklammerte, gab einsilbig zur Antwort: „Am bjejani batne, Herrin."

„Vielleicht sollte ich es wie Sie machen und mich wie eine Araberin kleiden. Es sieht sehr bequem aus", stellte Sara mit neidischem Blick auf Sibylla fest, die einen locker geschnittenen Seidenkaftan und weite seidene Hosen trug, mit denen sie gut im Herrensitz reiten konnte. Sie war noch nie zuvor wie ein Mann geritten, fand aber, dass sie ihr Maultier so besser dirigieren konnte. Die Kleidung war ein Geschenk von Rusa und Lalla Jasira, nachdem die „englischen Babuschen" aus London eingetroffen waren. Die Damen waren von den Schuhen begeistert gewesen, und Lalla Jasira hatte laut darüber nachgedacht, bald die schönen Seidenstrümpfe zu bestellen, die sie an den Beinen der Engliziya gesehen hatte.

„Arabische Kleidung ist in der Tat bequem. Und ich habe mich noch nicht entschlossen, ob ich nach der Geburt je wieder ein Korsett anlegen werde", erwiderte Sibylla und musterte Saras stramm über dem Mieder sitzendes Kleid mitleidig. Unter den engen langen Ärmeln zeichneten sich dunkle Schweißflecken ab. Der Rock war durch mehrere Unterröcke sicher so warm wie eine Wolldecke. Außerdem saßen Sara und Nadira seitwärts auf ihren Reittieren, genau wie der Jude Toledano.

Benjamin ritt neben ihm und Konsul Willshire. Seit dem gestrigen Abend fiel es ihm schwer, seiner schwangeren Ehefrau in die Augen zu sehen. Aus Angst, dass sie ahnte, welche Wirkung die Chiadma-Tänzerinnen auf ihn hatten, hielt er so viel Abstand zu ihr wie möglich. Außerdem konnte er sich mit Samuel Toledano und Konsul Willshire ausgezeichnet über Geschäfte unterhalten – ein Thema, das ihm weit mehr lag als Frauengespräche über Babys, Kleider und Kindererziehung.

Inzwischen wusste er, dass Toledano der mächtigste unter den jüdischen Kaufleuten Mogadors war. Wenn man den älteren Mann in dem verblichenen schwarzen Kaftan auf seinem Esel hocken sah – der Sultan gestatte den Juden nicht, Maultiere oder gar Pferde zu reiten –, war das schwer zu glauben. Aber Benjamin hatte ihn in seinem Haus in der Mellah Mogadors besucht, wo Toledano hinter unauffälligen Fassaden mit seiner Ehefrau und mehreren Kindern in europäisch anmutendem Luxus lebte.

Als am Nachmittag des nächsten Tages die Mauern von Marrakesch am Horizont auftauchten, war Sibylla so erleichtert, dass sie fast geweint hätte. Den ganzen Tag schon verspürte sie ein Ziehen im Leib, nicht stark, aber doch so beharrlich, dass sie begann, sich Sorgen zu machen. Der Boden war uneben, jeder Stein versetzte ihr einen unangenehmen Stoß. Sie biss die Zähne zusammen und versuchte, auf gar keinen Fall daran zu denken, wie es wäre, an einer Karawanenstraße ohne jede Hilfe niederzukommen.

Sie richtete den Blick nach vorn auf das eckige Minarett der Koutubia-Moschee, das ein Meer von Häusern überragte. In den vergoldeten Kugeln auf der Turmspitze glitzerte das Sonnenlicht. Dahinter erstreckten sich die blau-violetten und weißen Gebirgszüge des Hohen Atlas.

„Ist das wirklich Schnee dort oben? So kurz vor der Wüste? Was für ein fantastisches Land!", rief sie aus.

Die Karawane durchquerte die Al-Haouz-Ebene, eine fruchtbare Gegend mit Oliven- und Granatapfelhainen, die die Araber die Gärten des Sultans nannten. Sibylla sah grüne Wiesen, auf denen Ziegen, Schafe und Rinder grasten. Am Wegesrand standen Kornspeicher, die aus dem typischen roten Lehm der Gegend errichtet waren, in den Bäumen nisteten Sperlingskolonien. Tief im Boden hörte sie rätselhaftes Poltern und Rauschen.

„Gibt es hier unterirdische Bäche?", fragte sie.

„So ähnlich", erklärte Sara. „Das sind Rhetaras, Kanäle, die die Einheimischen waagerecht in den Berg treiben, bis sie auf Grundwasser treffen. Dieses Wasser wird auf die Felder und sogar bis nach Marrakesch geleitet."

Zwei Stunden später ritten Sibylla, Benjamin, die Willshires, Nadira und der Kaid mit seinem Gefolge durch das Bab Doukkala, ein im Nordwesten gelegenes Stadttor von Marrakesch. Samuel Toledano blieb mit der Karawane vor dem Tor, um das Abladen der Waren zu beaufsichtigen. Zypressen und Dattelpalmen überragten die Mauer. Sibylla war von dem mit Zinnen und massiven Basteien bewehrten gut vierundzwanzig Fuß hohen und endlos lang erscheinenden Bauwerk beeindruckt. Dann entdeckte sie direkt vor dem Tor einige Stangen, die in den lehmigen Boden gerammt waren. Auf der Spitze der Stangen saßen verschrumpelte braune Kugeln. Als sie vorbeiritten, stellte sie zu ihrem Entsetzen fest, dass es sich um menschliche Köpfe handelte, die sie aus blicklosen Augen mit entblößtem Gebiss anzugrinsen schienen. Sie merkte, dass ihr übel wurde, und hielt sich rasch eine Hand vor den Mund.

„Was hast du denn?", fragte Benjamin, der jetzt wieder neben ihr ritt.

„Hast du das nicht gesehen – dort vor dem Stadttor?" Sibyllas Stimme klang dumpf, weil sie sich immer noch eine Hand vor den Mund hielt.

Benjamin kniff die Augen zusammen. „Ich wusste immer, dass in diesem Land Sitten herrschen wie im finstersten Mittelalter!"

„Das sind die Köpfe hingerichteter Verbrecher", belehrte Konsul Willshire ihn. „Der Sultan lässt sie in Salz konservieren und zur Abschreckung ausstellen."

„Was für ein barbarischer Brauch!", keuchte Sibylla.

„Im Grunde ist er ein friedfertiger Mann", versicherte Willshire. „Aber er hat viele Neider, die ihn liebend gern vom Thron stoßen würden. Die Alawiden mögen heilig sein, aber sie sind nicht unantastbar. Die Köpfe dieser Hingerichteten warnen jeden, der versucht, gegen seine Majestät eine Verschwörung anzuzetteln."

„Hat er auch schon Christen auf diese Weise ausgestellt?“ Benjamins Stimme klang ein wenig dünn. Der Konsul beruhigte ihn: „Ich denke, Sultan Abd Er Rahman würde ein saftiges Lösegeld einem ausgewachsenen diplomatischen Konflikt mit europäischen Regierungen vorziehen. Er hat erlebt, wie die Franzosen mit Algerien wegen ein paar offener Weizenrechnungen umgesprungen sind. Für den Dey von Algier hat es im Exil geendet, und das will Abd Er Rahman auf keinen Fall riskieren.“

Hinter dem spitzen Bogentor aus rosa Stampflehm führte eine breite Straße nach Südosten bis zu einer Moschee. Dort bogen sie in die Gassen der nördlichen Medina ab. Gläubige kamen aus dem Gotteshaus und schauten der Gruppe neugierig hinterher. Sibylla fiel auf, dass die jüdischen Kaufleute, die sich noch bei ihnen befanden, eilig von ihren Eseln glitten und die Pantoffeln auszogen, als sie die Moschee erreichten.

„Anordnung vom Sultan“, flüsterte Sara ihr zu. „So müssen die marokkanischen Juden ihren Respekt vor den wahren Gläubigen bekunden. Aber für uns Christen gilt das nicht. Wir sind hier Ausländer und dürfen die heilige Gastfreundschaft des Orients genießen.“

Sibylla merkte, dass Europäer auch in dieser großen Stadt eine Attraktion darstellten, besonders wenn sie von einem arabischen Würdenträger und der Kavallerie des Sultans eskortiert wurden, und sie war froh, dass ihr blondes Haar unter dem Schal verborgen blieb. Währenddessen liefen aus den Gassen die Leute zusammen. Einige winkten freundlich, andere lächelten schüchtern. Viele umringten sie nur stumm mit undurchdringlichen Mienen, und manche machten beim Anblick der Ungläubigen sogar das Zeichen gegen den bösen Blick. Sibylla fand, dass die Menschen mager wirkten, ärmlich und schlecht gekleidet.

„Täusche ich mich, oder hat die Königsstadt des Südens ein Gutteil ihres Glanzes eingebüßt?", fragte sie Sara so leise, dass der in ihrer Nähe reitende Nuri bin Kalil es nicht hörte.

Die Gattin des Konsuls nickte. „Vor einigen Jahren wütete hier die Pest, und viele Menschen starben. Daraufhin brachen die Pocken und die Cholera aus. Deshalb wirkt die Stadt ziemlich heruntergekommen."

Eine Gruppe von Kindern versuchte, sich an Sibyllas Maultier zu drängen. Mager waren sie, in Lumpen gekleidet und streckten ihre schmutzigen Hände aus: „Dschu, gute Dame, Hunger!"

Sibylla wollte nach ihrer Börse suchen, aber Nadira trieb ihren Esel zwischen sie und die kleinen Bettler. Gleich darauf war auch Nuri bin Kalil zur Stelle und jagte sie mit wüsten Beschimpfungen davon.

„Nadira, wie kannst du so hart sein? Sie hatten doch Hunger!", empörte Sibylla sich.

„Wenn Sie ihnen Almosen geben, Herrin, sind bald so viele da, dass Sie nicht mehr weiterreiten können. Sie hängen sich an das Geschirr des Maultiers und lassen nicht eher von Ihnen ab, als bis sie Sie abgenagt haben wie Ratten einen Kadaver!"

„Ich verstehe, dass du mich schützen wolltest, aber es ist unchristlich, Hungernde zu verjagen, besonders Kinder", beharrte Sibylla.

„Der Islam verpflichtet die wahren Gläubigen ebenfalls, Almosen zu geben, Mrs. Hopkins", mischte Nuri bin Kalil sich ein. „Doch er erwartet nicht, dass sich das Lamm den Löwen opfert."

Sibylla schwieg. Aber sie schüttelte empört den Kopf. Ihr Kind, das bald das Licht der Welt erblicken würde, und alle weiteren, die Gott ihr hoffentlich noch schenkte, sollten nie um ihr Brot betteln müssen!

Durch enge Gassen gelangte die Gruppe in das Zentrum der Stadt. Die Reiter des Sultans trieben unbarmherzig jeden zur Seite, der den Weg nicht sofort frei machte. Allzu bevölkert waren die Gassen ohnehin nicht. Sibylla bemerkte verfallene Fassaden, sogar ganze Straßen schienen verlassen. Von den kleinen Geschäften standen viele leer. Ratten und streunende Hunde wühlten in dem Unrat, der sich vor den Hauseingängen häufte, und es roch so übel, dass sie sich ihren Schal noch höher vor Mund und Nase zog.

Erst als sie in die Nähe der Souks kamen, wurde die Stadt lebendiger. Hier herrschten lebhaftes Gedränge und Stimmengewirr. Sklavenhändler zogen durch die Gassen, ihre mit Stricken gefesselte „Ware“ hatten sie gleich dabei. Aus den Garküchen roch es nach frisch gebackenem Brot und gebratenem Fleisch. Vom Souk der Metallschläger erklang rhythmisches Klopfen, vor dem der Teppichhändler luden Berber zusammengerollte Teppiche aus fest gewebter Schafwolle von ihren Eseln, und aus dem Souk der Gewürzhändler stiegen Sibylla die Düfte von Zimt, Vanille und getrockneten Nelken in die Nase.

Hinter den Märkten befanden sich die Fondouks, die städtischen Herbergen. Dort kehrten auch die Reisenden aus Mogador ein. Die Fondouks waren genauso gebaut wie die Karawansereien auf dem Land. Allerdings gab es hier zusätzlich Werkstätten und Verkaufsräume, in denen die Händler ihre Waren auslegen konnten.

„Hinter unserer Herberge befindet sich ein großartiges Hamam“, erzählte Sara, als sie im Hof des Fondouk von ihren Maultieren stiegen. „Es gehört zu einer Moschee mit Koranschule, aber das Hamam steht allen offen. Ich habe es mir zur Gewohnheit gemacht, mich dort gründlich vom Reisestaub zu reinigen. Für eine Audienz bei einem Souverän sollte man immer sauber gewaschen sein, nicht wahr?" Sie zwinkerte ihrer Freundin zu.

Sibylla seufzte. „Oh ja, ein ausgiebiges Bad wäre jetzt mein sehnlichster Wunsch! Wir nehmen Nadira mit und lassen es uns richtig gut gehen!"

Wenn sie während ihres viermonatigen Aufenthalts in diesem Land etwas lieben gelernt hatte, dann war es das Hamam. In England hatte sie eine Badewanne besessen, die im Schlafzimmer hinter einem Wandschirm immer für sie bereitgestanden hatte. Doch Badewannen kannte man in Marokko nicht. Wer sich reinigen wollte, ging ins öffentliche Bad. Der Frauenbereich des Bades stellte außerdem den einzigen Ort – außer einem Harem – dar, in dem Sibylla ihren arabischen Geschlechtsgenossinnen begegnete, die sich hier hingebungsvoll der Schönheitspflege und dem Austausch von Neuigkeiten widmeten. Bei ihrem ersten Besuch war sie noch gehemmt gewesen, weil sie nicht wusste, was sie erwartete. Doch bald genoss sie die zwanglose, entspannte Atmosphäre und hatte schon nach kurzer Zeit vergessen, dass sie nichts als ein Tuch um die Hüften trug. Ihre Schwangerschaft war inzwischen deutlich sichtbar, aber an diesem Ort war sie nicht die Einzige, die guter Hoffnung war, und alle Frauen, ob schwanger oder nicht, freuten sich über ihren Zustand, erkundigten sich nach ihrem Befinden und überschütteten sie mit Ratschlägen.

Benjamin fand Sibyllas Vorliebe für das Hamam befremdlich. Er versuchte zwar nicht, sie davon abzuhalten, machte aber kein Hehl aus seiner Abneigung und behauptete, dass nicht einmal der Teufel persönlich ihn dazu bringen würde, mit unbekleideten fremden Männern zu baden. Es handelte sich nur um ein weiteres der vielen Dinge, bei denen sie gegensätzlicher Ansicht waren, und allmählich fand Sibylla sich damit ab, dass sie mehr trennte, als sie gemeinsam hatten.

KAPITEL SIEBEN

Die Audienz bei Sultan Abd Er Rahman fand am nächsten Tag statt, dem ersten Tag des sechsten Monats, Dshumada l-Achira im Jahre 1252 nach dem Auszug des Propheten von Mekka. Im gregorianischen Kalender war es der dreizehnte September 1836. Am Abend zuvor hatte Sibylla auf dem Rückweg aus dem Hamam gehört, wie die Muezzins der Stadt den neuen Monat mit dem Erscheinen der hauchdünnen Mondsichel verkündet hatten.

Für die Audienz trug sie ein Gewand aus violetter, mit Goldfäden durchwirkter Seide, die sie auf dem Souk von Mogador gefunden hatte. Es war weit wie ein arabischer Kaftan, aber lang wie ein europäisches Kleid und verbarg ihre Schwangerschaft fast völlig. Nadira hatte es nach ihrer Anweisung zusammen mit einem Schal geschneidert, unter dem Sibylla ihr Haar versteckte.

Nach dem Besuch des Hamam hatte sie tief und fest geschlafen. Sie fühlte sich erfrischt und ausgeruht und war froh, dass das Ziehen in ihrem Unterleib verschwunden war. Die Gruppe aus Mogador ging zu Fuß zum Sultanspalast, der in einer großen Gartenanlage in der südlichen Medina lag. Die Geschenke hatten sie auf Esel geladen. Nur das für den Herrscher trug Benjamin persönlich.

Nachdem die Souks hinter ihnen lagen, überquerten sie einen großen Platz, auf dem nicht nur die Scharfrichter der Stadt unter einem Baldachin sitzend auf Arbeit warteten. Auch Wanderärzte und fahrendes Volk hatten hier Zelte und Buden errichtet, in denen man sich sowohl die Zähne ziehen als auch die Zukunft weissagen lassen konnte.

Nach nicht einmal einer halben Stunde erreichten sie einen weiteren Platz, der an einer mächtigen roten Sandsteinmauer mit einem verschlossenen Holztor endete. Auf der Bastion flatterten die grünen Flaggen des Sultans. Rechts und links vor dem Tor standen Zelte mit Wachtposten. Sibylla wunderte sich, weil die Wachen nicht wie vor den königlichen Palästen in London in Habtachtstellung standen, sondern auf dem Erdboden saßen, Tee schlürften, Karten spielten und ihrer Umgebung keine besondere Aufmerksamkeit schenkten.

Die Kaufleute aus Mogador waren nicht die Einzigen, die sich auf dem Platz versammelt hatten. Auch aus Tanger, Rabat und Tétouan waren Gruppen hier, insgesamt mehrere Hundert Menschen, die dem Sultan ihre Aufwartung machen wollten. Konsul Willshire entdeckte James Butler, seinen Amtskollegen in Tétouan, und Edward Drummond-Hay, den britischen Generalkonsul in Tanger, und ging, um sie zu begrüßen. Sara machte Sibylla mit britischen Kaufmannsgattinnen aus den marokkanischen Küstenstädten bekannt. Während Mrs. Willshire und die Damen darüber sprachen, wie schlecht sie das fremde Essen und das heiße Klima vertrugen, kurz, wie sehr sie das gute alte England vermissten, sah Sibylla sich nach Benjamin um. Ihr Mann stand etwas entfernt neben Samuel Toledano und redete eifrig auf ihn ein. Sie wusste, dass er sich viel von der heutigen Audienz erwartete. Vor allem hoffte er, dass sein Geschenk für den Sultan, ein wertvolles silberbeschlagenes Jagdgewehr von einem der besten Büchsenmacher Englands, den Herrscher aller Gläubigen beeindruckte.

Neugierig betrachtete sie die Schwarze Garde, die Sklavenarmee des Sultans, die zu beiden Seiten des Tors ein Spalier bildete. Die hünenhaften Männer waren nicht nur an ihren Uniformen, dem weißen Kaftan und roten Tarbusch gut zu erkennen, sondern auch an ihrem harten, entschlossenen Gesichtsausdruck. Konsul Willshire hatte berichtet, dass die Schwarzen Garden den Alawiden seit fast zwei Jahrhunderten treu bis in den Tod dienten.

Auch Reiterei aus den stolzen Söhnen der Berbervölker war auf dem Platz anwesend. Aufrecht saßen sie auf ihren wunderschönen arabischen Pferden und stachelten die temperamentvollen Tiere zu allerlei Eskapaden an.

Hoffentlich lässt Seine Majestät uns nicht mehr lange warten, dachte Sibylla und tupfte sich mit einem Zipfel ihres Schals die Stirn ab. Inzwischen war es fast Zeit für das Mittagsgebet, die Sonne schien senkrecht auf den schattenlosen Platz.

„Ich glaube, am Tor tut sich etwas." Mrs. Butler, die Gattin des Konsuls von Tétouan, blickte zur Palastmauer.

Tatsächlich hatten die Wachen ihr Kartenspiel beendet und standen in vorbildlicher Haltung an den Torflügeln. Hinter den schnurgeraden Reihen der Schwarzen Garde hatten die Reiter Aufstellung genommen, während die Kaufleute mit erwartungsvollen Gesichtern am Ende des Platzes warteten.

„Komm mit!", flüsterte Benjamin, der plötzlich neben Sibylla auftauchte. „Diesen historischen Moment dürfen wir nicht verpassen." Er nahm ihre Hand und zog sie zwischen den Wartenden hindurch in die vorderste Reihe.

Als die mächtigen Torflügel aufschwangen, hielt Sibylla den Atem an. Sie war noch nie einem Herrscher von Angesicht zu Angesicht begegnet. Den englischen König Wilhelm IV. hatte sie einmal in der Oper in seiner Loge gesehen. Aber das ließ sich nicht mit dem feierlichen Rahmen vergleichen, in dem diese Audienz stattfand.

Ein einzelner Reiter auf einem prächtig geschmückten Schimmelhengst ritt gemessenen Schrittes durch das Tor. Neben dem Kopf des Tieres ging ein Leibgardist, dicht dahinter folgte ein Eunuch, der einen großen karmesinroten Schirm über den Souverän hielt, so dass ihn kein einziger Sonnenstrahl traf.

„Das ist er", flüsterte Benjamin Sibylla zu. Er hatte seinen Hut abgenommen, wie alle Männer der Kaufmannschaft, und klang feierlich. „Toledano hat mir gesagt, dass der Schirm sein Erkennungszeichen ist."

Sibylla musterte den Mann aufmerksam. Er war in mittleren Jahren, schien nicht besonders groß, hatte weiche, gut genährte Wangen und ein sanftes, von einem dunklen Bart umgebenes Gesicht.

Sogar sein Pferd ist prächtiger geschmückt als er, dachte sie ein wenig enttäuscht und betrachtete den einfachen weißen Kaftan des Herrschers. Er trug weder Orden noch Ringe, weder Schwert, Ketten noch sonstige Herrschaftsinsignien. Wäre nicht der rote Schirm gewesen, hätte es sich um einen beliebigen Untertan handeln können. Doch dann fielen ihr die aufgespießten Köpfe der Enthaupteten vor dem Stadttor wieder ein, und sie dachte, dass es gewiss ein Fehler wäre, diesen Mann zu unterschätzen.

„Das ist Seine kaiserliche Majestät Moulay Abd Er Rahman bin Moulay Hicham bin Sidi Mohammed bin Moulay Abdallah bin Moulay Ismail, Imam aller Gläubigen, Kalif der islamischen Gemeinschaft und Sultan von Marokko aus dem heiligen Haus der Alawiden, die von der Tochter des Propheten selbst abstammen," zählte Konsul Willshire Namen und Titel des Herrschers leise auf. Er hatte sich mit seiner Frau zu Benjamin und Sibylla vorgekämpft.

Der Sultan ritt langsam weiter, während die Menge in andächtiger Stille wartete. Dabei neigte er sich hoheitsvoll rechts und links zu seinen Soldaten und sagte mit tiefer angenehmer Stimme: „Asalamu alaikum. Allah sei mit euch."

„Allah segne das Leben unseres Herrn!“, brüllte die Leibgarde wie ein Mann. Dann sanken sie in eine tiefe Verbeugung und berührten zum Zeichen ihrer Ergebenheit das rechte Knie.

Der Sultan zügelte seinen Hengst vor der Kaufmannschaft, und erst jetzt erspähte Sibylla den Mann, der einige Meter hinter ihm ritt. Auf den ersten Blick hielt sie ihn für einen Araber, nicht nur wegen des schwarzen Haares unter dem Turban, sondern auch weil er den traditionellen Kaftan und lange Hosen trug. Doch sein braungebranntes hageres Gesicht war glatt rasiert, die Nase nicht so vorspringend, die Augen nicht so dunkel. Insgesamt wirkten seine Züge weniger raubvogelhaft als bei arabischen Männern. Auch schien er hochgewachsen wie ein Europäer. Zumindest waren seine Beine ein wenig zu lang für seine zierliche arabische Stute.

„Wer ist dieser Mann hinter dem Sultan auf dem braunen Pferd?“, wisperte sie Sara zu. Die Konsulsgattin wusste sofort, wen sie meinte, obwohl viele Hofbeamte und Würdenträger dem Sultan gefolgt waren. „Das ist Monsieur Rouston. Er ist also wieder einmal bei Hofe“, fügte sie an ihren Mann gewandt hinzu.

„Wie meinen Sie das?“, fragte Sibylla neugierig. „Ist er ein ausländischer Diplomat?“

„Eher ein französischer Sonderling“, rutschte es Willshire heraus, der wie die meisten Engländer eine tiefe Abneigung gegen die Franzosen hegte. „Rouston war früher Offizier bei den Chasseurs d'Afrique und diente in Algerien. Seit einigen Jahren allerdings zieht er es vor, bei den Chiadma in einer Lehmhütte zu hausen. Weil er sie dazu gebracht hat, ihre über Generationen gehende Fehde mit dem Herrscherhaus beizulegen, steht er beim Sultan in hohem Ansehen. Vor allem wenn es um die Reform seiner Armee geht, um die es ganz im Vertrauen gesagt erbärmlich bestellt ist, sucht Abd Er Rahman Roustons Rat."

„Bei einem Franzosen!", schnaubte Benjamin, der Willshires Abneigung gegen alles Französische teilte. „Der Sultan hat wohl noch nie von Abukir gehört, gar nicht zu reden von Waterloo! Sonst wüsste er, dass die militärische Überlegenheit bei uns Briten liegt."

Sibylla blickte wieder zu Rouston. Sie schätzte ihn auf ungefähr dreißig, also ein paar Jahre älter als sie selbst. Ruhig und selbstsicher saß er auf seiner nervös tänzelnden Stute und musterte die Menge.

Was ist das für ein Mann, der lieber bei einem Berberstamm lebt als mit den anderen Europäern hinter engen Stadtmauern, überlegte sie. Hat er eine ihrer Frauen geheiratet und eine Familie mit ihr gegründet?

Die Sonne bekommt mir nicht, dachte sie und schüttelte über sich selbst den Kopf. Wie komme ich dazu, mir so ungehörige Gedanken über einen Wildfremden zu machen?

In diesem Moment richtete Rouston den Blick auf sie, sekundenlang hielten ihre Augen einander fest. Er lächelte unmerklich, und Sibyllas Herz tat einen Sprung. Sie erschrak. Das war ihr bisher weder bei Benjamin noch einem anderen Mann passiert! Was war nur in sie gefahren? Sie war doch eine verheiratete Frau – und eine schwangere noch dazu! Rasch senkte sie den Blick und rückte dichter an Benjamins Seite.

Der Übersetzer des Sultans hatte inzwischen die Begrüßungsworte seines Herrn in den Sprachen der anwesenden Nationen wiedergegeben: „Seine kaiserliche Majestät Abd Er Rahman, Souverän aller Gläubigen, erneuert und bekräftigt feierlich das freundschaftliche Bündnis, das seine Vorfahren mit den Herrschern der europäischen Länder geschlossen haben. Seine kaiserliche

Majestät wird alles in seiner Macht Stehende tun, um diese Allianz mit der Hilfe Allahs zu vertiefen und zu erweitern!"

Auf ein Handzeichen Seiner Majestät traten nacheinander die Generalkonsuln vor und antworteten mit wohlgesetzten Worten. Nach der Rede von Generalkonsul Drummond-Hay näherte sich ein Eunuch mit mehreren Sklaven, um die Geschenke für den Sultan in Empfang zu nehmen.

„Aber ich wollte Seiner Majestät die Büchse persönlich übergeben!", wehrte Benjamin sich, als der Eunuch erwartungsvoll seine Arme ausstreckte. „So weiß ich weder, dass er sie wirklich bekommt, noch weiß er, dass sie von mir ist!"

„Sie können sicher sein, dass Seine Majestät genauestens über die Herkunft aller Geschenke unterrichtet ist", erklärte Konsul Willshire.

Aber Benjamin wollte dem Schwarzen, der ihn abweisend anblickte, das Gewehr nicht aushändigen. Die Verzögerung erregte die Aufmerksamkeit des Sultans, und Drummond-Hay sah sich gezwungen, ihm den Grund zu erklären. Daraufhin folgte ein kurzer Wortwechsel mit dem Übersetzer, der sagte: „Seine kaiserliche Majestät der Sultan gestattet dem Kaufmann Hopkins, sein Geschenk seinem Lieblingseunuchen Feradge zu überreichen!"

Benjamin wechselte einen unsicheren Blick mit Drummond-Hay, der ihm nachdrücklich zunickte. Daraufhin wickelte er die Büchse aus ihrer schützenden Decke. Doch bevor er sie dem Eunuchen gab, hob er sie in Richtung des Sultans. Ein Raunen ging durch die Soldaten, als das Sonnenlicht in den Silberbeschlägen funkelte. Sogar Seine Majestät schaute interessiert. Benjamin war zufrieden. Bestimmt würde der Sultan ihn für diese wertvolle Gabe belohnen, vielleicht sogar mit dem Exportmonopol für Leder!

Während der Eunuch seinem Herrn die Büchse überreichte und der Sultan die Verarbeitung prüfte, formulierte Benjamin im Geiste, wie er sein Anliegen vortragen sollte. Von den freundschaftlichen Beziehungen ihrer beiden Länder wollte er sprechen, von fruchtbaren Geschäften, von steigenden Exporten und steigenden Gewinnen.

Doch niemand forderte ihn auf, zu sprechen. Stattdessen begann der Übersetzer: „Seine kaiserliche Majestät Sultan Abd Er Rahman dankt dem Kaufmann Hopkins für sein wertvolles Geschenk. Nur ein Kaufmann, der über außerordentlichen Reichtum verfügt, kann außergewöhnliche Geschenke machen. Seine Majestät würdigt diese Großzügigkeit. Doch trotzdem ist das Herz Seiner Majestät betrübt, denn Sein bedauernswertes Volk leidet Hunger. Nun aber kann Seine Majestät mit Hilfe des großzügigen Kaufmanns Hopkins die Not seines Volkes lindern, indem er die Exportzölle um einen unbedeutenden zehnten Teil anpassen wird. Einen Zehnt nur, wie ihn die Kirchen der Ungläubigen erheben."

„Was?!", keuchte Benjamin. „Das ist der Dank? Dass er mir die Zölle um zehn Prozent erhöht?"

„Still, Hopkins!" Konsul Willshire packte Benjamin am Arm. „Machen Sie gute Miene zum bösen Spiel, sonst erhöht er die Zölle noch mehr!"

Benjamin erbleichte. Noch nie hatte ihn jemand so betrogen und hereingelegt! Er musste sich zusammenreißen, um dem habgierigen Herrscher der Muselmanen nicht seine ganze Wut entgegenzubrüllen.

Warte nur, dachte er und ballte die Fäuste. Wer zuletzt lacht, lacht am besten! Was du mir jetzt nimmst, hole ich mir Penny für Penny zurück!

„Komm!“, forderte Sibylla ihn leise auf und berührte seine verkrampfte Hand. „Wir gehen zurück zur Herberge.“

In diesem Moment ertönte wieder die Stimme des Übersetzers: „Seine Majestät fragt, ob sich unter seinen britischen Gästen auch die Kauffrau befindet, deren Haarfarbe dem Fell einer Wüstenlöwin gleicht.“

Sibylla traute ihren Ohren nicht. Woher wusste der Sultan, wie die Frauen des Kaids sie nannten? Und was hatte diese Frage zu bedeuten?

Zögernd trat sie vor und neigte ihren Kopf vor dem Herrscher. Sie vernahm die tiefe Stimme des Sultans, die stets sanft klang, ob er nun die Kaufleute seiner Freundschaft versicherte oder ihrem Mann die Zölle erhöhte.

„Seine kaiserliche Majestät sagt“, hörte sie jetzt den Übersetzer, „das also ist die Kauffrau mit dem Löwenhaar, die Unseren Frauen die englischen Babuschen verkauft hat. Unsere Frauen sind mit der Lieferung sehr zufrieden gewesen und lassen der Kauffrau mit dem Löwenhaar danken.“

Ein Raunen ging durch die Menge. Überrascht hob Sibylla den Kopf. Der Sultan nickte leicht und wendete sein Pferd. Wenig später hatten sich die Palasttore hinter ihm geschlossen.

Benjamin starrte seine Frau an. Sie hatte ihm von dem Geschäft mit den Slippern erzählt, aber er hatte es als Spielerei abgetan. Jetzt aber war seine Frau vom Sultan vor aller Augen gewürdigt worden, während der Herrscher ihn selbst – ebenfalls vor aller Augen – gedemütigt hatte.

„Stopp! Sofort aufhören!“ Empört trieb Sibylla ihr Maultier zwischen den Mann mit der Peitsche und die beiden Sklaven. Der Treiber zügelte sein Reittier und starrte sie wütend an, den Arm zu einem weiteren Schlag erhoben. Die beiden Schwarzen kämpften darum, wieder auf die Beine zu kommen. Blut lief ihnen über den Rücken, ihre Haut war aufgeplatzt und von Striemen überzogen. An den Handgelenken waren sie mit einem Strick gefesselt. Ihr Hals steckte jeweils in einer Astgabel, die vor der Kehle verschnürt und deren Enden zusammengebunden waren. Als einer von ihnen gestrauchelt war, hatte er den anderen unweigerlich ebenfalls zu Boden gerissen.

Sechzig männliche Sklaven und die doppelte Menge Frauen, einige sogar mit Kindern, begleiteten die Karawane, die vor eineinhalb Tagen Marrakesch in Richtung Mogador verlassen hatte. Die Frauen waren nur mit Stricken aneinandergefesselt. Genau wie die Männer trugen sie lediglich einen Lendenschurz, der ihre Nacktheit nicht einmal notdürftig bedeckte.

Gestern Abend, als die Karawane ihr Nachtlager aufgeschlagen hatte, hatten die Sklaven angefangen, zu singen, traurig und klagend in so abgrundtiefer Verzweiflung, dass Sibylla eine Gänsehaut bekommen hatte. Seither dachte sie über das Schicksal der gefangenen Männer und Frauen nach. Sie wirkten so gebrochen, so mitgenommen und erschöpft. Es versetzte sie in hilflosen Zorn, wenn sie sah, wie erbarmungslos die Treiber sie schlugen und vorwärtsjagten. Noch wütender wurde sie, wenn sie merkte, mit welch unverhohlener Gier viele der Reisenden – egal ob Europäer oder Araber – die schutzlosen nackten Frauen angafften. Am liebsten wäre sie mit ihrer Reitgerte auf sie losgegangen, so wie die Treiber mit ihren Peitschen auf die Sklaven losgingen.

Wie kann Toledano das zulassen, dachte sie angewidert, denn es waren seine Sklaven. Er hatte sie in Marrakesch von einer aus der Sahara kommenden Karawane übernommen und mit seinem Brandzeichen versehen.

Seit sie losgezogen waren, grübelte Sibylla, wie ein Mensch ohne schlechtes Gewissen mit anderen Menschen handeln konnte und dabei schlimmer mit ihnen umging als mit seinen Lastkamelen.

Der wüste Fluch eines anderen Treibers, der seine Peitsche über den Köpfen von ein paar Frauen schwang, ließ sie erneut zusammenfahren. Nadira, die mit gesenktem Kopf neben ihrer Herrin ritt, zuckte ebenfalls zusammen. Sehr still war sie geworden, seit sie Marrakesch verlassen hatten. Sibylla vermutete, dass sie nicht nur darunter litt, ihre afrikanischen Landsleute so gedemütigt und versklavt zu sehen, sondern auch an ihr eigenes Schicksal erinnert wurde.

„Woher kommen die Gefangenen?", fragte Sibylla die Dienerin. „Weißt du, welchem Stamm sie angehören? Ist es derselbe, in dem du geboren wurdest?"

Nadira erwiderte Sibyllas forschenden Blick traurig. „Diese hier sind Ibo, Herrin, ich bin eine Mandingo. Aber in unserem Leid sind wir alle Brüder und Schwestern."

Ibo und Mandingo. Sibylla hatte noch nie von ihnen gehört. Sie wusste weder wo noch wie diese Menschen lebten. Sie hatte immer gedacht, Schwarzer wäre Schwarzer. Ihr wurde bewusst, dass sie im Grunde keine Ahnung von den Bewohnern dieses Kontinents hatte.

In diesem Moment nahm sie war, wie der Treiber erneut ausholte, um zwei stolpernde Männer zu schlagen, doch bevor er dazu kam, galoppierte von hinten ein Reiter heran, packte ihn am Arm und riss ihn herum. Mit einem überraschten Aufschrei stürzte der Mann von seinem Maultier.

„Arrête-toi! Hör auf!", brüllte André Rouston und dirigierte seine braune Stute so, dass ihre Hufe nur Zentimeter vom Körper des erschrockenen Treibers entfernt aufstampften. Hastig rollte der Mann sich zur Seite und sprang auf die Beine. Aber der Franzose war sofort wieder neben ihm und packte seinen Arm. „Eure Sklaven sind eure Brüder, so befahl es der Prophet! Wenn ich noch einmal sehe, dass du oder einer deiner Kompagnons die Leute misshandelt, binde ich euch aneinander wie diese armen Teufel!", stieß er hervor.

Der Treiber starrte ihn hasserfüllt an und versuchte, sich loszureißen. Rouston stieß ihn angewidert von sich, so dass er fast noch einmal gefallen wäre.

Sibylla verfolgte die Szene mit angehaltenem Atem. Endlich fand einer in dieser großen Karawane den Mut, sich für die gefangenen Schwarzen einzusetzen!

Rouston hatte sich der Reisegruppe in Marrakesch angeschlossen, weil er zu den Chiadma zurückkehren wollte. Sie selbst hatte noch keine Gelegenheit gehabt, sich mit ihm zu unterhalten, meistens ritt er ein Stück von der Karawane entfernt.

„Gibt es Schwierigkeiten?" Toledano war auf seinem Esel von der Spitze der Karawane eilig herangetrabt. Einer der Treiber musste ihn benachrichtigt haben.

„Halten Sie Ihre Männer davon ab, diese Menschen zu misshandeln!", fuhr der Franzose ihn an.

„Mit Verlaub, Senor Rouston. Ich habe die Neger rechtmäßig erworben, und wenn sie störrisch sind, werden sie gezüchtigt. So lernen sie die Stärke des Herrn zu schätzen."

Der Kaufmann sprach ruhig. Gleichzeitig ließ sein bestimmter Tonfall keinen Zweifel, dass er sich die Einmischung verbat.

„Sie sind nicht störrisch, sondern erschöpft, Senor Toledano!", widersprach Rouston, doch der Kaufmann neigte nur höflich den Kopf und wendete seinen Esel. Er wollte keinen Streit.

Benjamin hatte sich ebenfalls genähert und zügelte sein Maultier neben Sibylla. Er merkte, wie bewundernd seine Frau den Franzosen anstarrte, und das ärgerte ihn.

„Will unser heldenhafter Vertreter der Grande Nation die Neger in den Genuss der Menschenrechte kommen lassen?“, bemerkte er süffisant.

„Du hast keinen Grund, dich aufzuspielen. Du machst schließlich mit einem Sklavenhändler Geschäfte“, bemerkte Sibylla kühl.

Er starrte sie entrüstet an. „Für jemanden, dessen Großvater mit dem Sklavenhandel ein Vermögen gemacht hat, sitzt du auf einem ziemlich hohen Ross“, erwiderte er spitz. „Im Übrigen ist Toledano Kaufmann des Sultans. Ohne ihn macht hier überhaupt keiner Geschäfte. Es sei denn, man verkauft Schuhe an Haremsdamen.“ Die öffentliche Anerkennung des Sultans für seine Frau lag ihm immer noch schwer im Magen.

„Man könnte glauben, du seist neidisch“, konterte sie.

„Neidisch? Lächerlich! Ich rate dir lediglich, dich nicht einzumischen. Die Neger gehören Toledano. Er hat für sie bezahlt und kann mit ihnen machen, was er will!“

Bevor Sibylla etwas entgegnen konnte, trieb Benjamin sein Maultier demonstrativ hinter Toledano her. Sie blickte ihm mit zusammengekniffenen Lippen nach. Seit Tagen war Benjamin ihr gegenüber kurz angebunden und gereizt. Sie hatten noch einige Zeit in Marrakesch verbracht, aber sie hatte ihn kaum zu Gesicht bekommen. Dabei hätte sie gern gemeinsam mit ihm die alte Königsstadt des Südens besichtigt. Doch er mied sie, so als wäre es ihre Schuld, dass die Audienz beim Sultan schlecht für ihn gelaufen war. Sie hatte ihm noch am selben Abend in der Kammer ihrer Herberge gesagt, wie leid es ihr täte, aber er hatte ihr das Wort abgeschnitten und war aus dem Raum gestürzt.

In wenigen Wochen sind wir eine Familie. Aber das Kind scheint uns einander nicht näher zu bringen, dachte Sibylla niedergeschlagen.

Sie hatte längst gemerkt, dass es ihr leichter fiel als ihrem Mann, sich in diesem fremden Land mit seinen fremden Sitten einzuleben. Er war so voller Ehrgeiz nach Marokko aufgebrochen, bereit, seinem Schwiegervater zu beweisen, dass er es in einem fremden Land aus eigener Kraft zu etwas bringen konnte. Sie wusste, dass er als Lohn für seine Leistungen auf einen Posten in der Geschäftsleitung der Reederei hoffte. Aber eine Enttäuschung folgte der anderen, erst mit Kaid Hash Hash, jetzt mit dem Sultan.

Vielleicht half sie Benjamin nicht genügend, hier Fuß zu fassen. War das nicht ihre Pflicht als Ehefrau, ihrem Mann zur Seite zu stehen und ihn zu unterstützen? Sie seufzte leise. Wenn sie ehrlich war, verspürte sie keine große Lust, ihn zu unterstützen. Es machte ihr viel mehr Spaß, selbst zu handeln, Waren zu kaufen, zu verkaufen und damit eigenes Geld zu verdienen. Auf dem Souk von Marrakesch hatte sie mehrere Ballen Seide erstanden, die sie einigen Händlern in London anbieten wollte. Benjamin wusste davon noch nichts, und wenn er es erfuhr, würde er nicht begeistert sein, so viel war ihr nach der jüngsten Auseinandersetzung klar.

Wenn ich nicht will, dass die Kluft zwischen meinem Mann und mir noch größer wird, sollte ich aufhören, Handel zu treiben, dachte sie und merkte jetzt schon, wie schwer ihr das fallen würde. Nur dieses eine Geschäft noch, nahm sie sich vor. Schließlich wäre es eine Sünde, viel Geld für viele Ballen Seide auszugeben, nur damit sie in einem Lagerraum herumlag, bis sie brüchig wurde. Dieses eine Geschäft bringe ich noch zu Ende. Dann ist das Kind da, und wenn ich erst Mutter bin, habe ich ohnehin keine Zeit mehr für Geschäfte!

Mit einer entschlossenen Handbewegung verscheuchte sie ein paar Fliegen, die aufdringlich summend um ihr Gesicht schwirrten. In selben Moment durchfuhr sie ein stechender Schmerz.

„Herrin? Ist Ihnen nicht gut?“ Nadira war sofort an ihrer Seite.

„Nein!“, keuchte sie und hielt sich den Leib. „Hol den Herrn! Schnell!“

KAPITEL ACHT

„Grämen Sie sich nicht, Senor Hopkins, auch der Sultan – möge der Allmächtige ihm ewiges Leben schenken – weiß, dass man einem Ochsen das Fell nicht zweimal abziehen kann." Samuel Toledano, der auf seinem Esel neben Benjamin ritt, musterte ihn durch die runde Drahtbrille. „Glauben Sie mir, werter Senor Hopkins, gute Geschäfte können Sie überall machen."

Benjamin blickte missmutig zu den Sklaven, die in einem langen Zug hintereinanderher stolperten. „Auf Ihre Neger trifft das wohl kaum zu", knurrte er unfreundlich. „Ich wette, diese mageren Gestalten bringen Ihnen auf dem Sklavenmarkt kaum etwas ein."

Der Kaufmann neigte das bärtige Haupt. „Sie haben recht, Senor Hopkins. Der Erlös lohnt kaum die Gerstengrütze, mit der ich sie mästen muss, bevor ich sie verkaufen kann", äußerte er bekümmert.

Dann blickte er sich um und trieb seinen Esel dicht neben Benjamins Maultier. „Drüben in Amerika sind die Preise noch anständig: Siebzig englische Pfund für einen gesunden Mann, fünfzig für eine Frau. Aber leider habt ihr Engländer den Verkauf nach Übersee unterbunden."

„Wollen Sie mich veralbern, Mann? Das sind doch Phantasiepreise!" Benjamin parierte sein Maultier scharf durch und starrte den Kaufmann ungläubig an. Sein Vater, der als Kassierer bei einer Bank keine schlechte Stellung innehatte, verdiente gerade die doppelte Summe in einem Jahr.

„Ganz gewiss nicht, Senor Hopkins, und wenn Sie erlauben ...", wieder sah Toledano sich nach allen Seiten um.

In diesem Moment galoppierte Nadira auf ihrem Esel heran.

„Herr, Herr!" Das Gesicht der Dienerin war von Sorge verzerrt. „Kommen Sie! Die Herrin hat große Schmerzen."

„Au! Um Himmels willen!" Sibylla schrie auf, teils vor Schreck, teils vor Schmerz, ließ die Zügel ihres Maultiers fahren und presste die Hände auf ihren Bauch. Nervös verfiel das Tier in einen unregelmäßigen Trab. Sibylla stöhnte gequält. Jeder holprige Schritt fuhr ihr wie ein Messerstich in den Leib. Sie sackte im Sattel zusammen und klammerte sich blindlings an der Mähne des Maultiers fest.

„Sibylla! Bei Gott, fallen Sie nicht herunter!" Sara Willshire trieb ihr Reittier neben das der Freundin und beugte sich vor, um die Zügel zu packen. Vergeblich – das aufgeschreckte Tier schleuderte den Kopf hin und her, so dass sie es immer wieder verfehlte.

„Hilfe! Anhalten! Wir brauchen Hilfe!", schrie Sara.

Der Schmerz in Sibyllas Bauch ebbte endlich ab, so dass es ihr gelang, die Zügel zu fassen und das Tier durchzuparieren.

„Was haben Sie denn?", fragte Sara zutiefst erschrocken.

Sibylla schüttelte den Kopf. Sie war weiß im Gesicht. „Ich hatte furchtbare Schmerzen im Bauch und im Rücken. Aber jetzt lässt es nach."

„Das Kind! Es kommt!", stellte Sara fest. „Und das hier, mitten in der Wildnis!" Sie bekreuzigte sich.

„Unsinn!", keuchte Sibylla immer noch atemlos. „Es ist noch mehr als vier Wochen zu früh."

„Sie sollten in jedem Fall sofort absteigen!", riet eine Stimme mit deutlichem französischem Akzent hinter ihnen.

Sara und Sibylla wandten gleichzeitig die Köpfe und starrten Monsieur Rouston an. Er war noch in der Nähe gewesen, als er die Schreie der beiden Frauen gehört hatte, und hatte sofort sein Pferd gewendet. Jetzt sprang er von der braunen Stute, ging zu Sibyllas Maultier und hielt es am Zügel fest.

„Madame Hopkins, n'est-ce pas? Mein Name ist André Rouston." Seine Stimme klang weich und beruhigend, trotzdem errötete sie.

„Alors, Madame, haben Sie keine Angst! Ich helfe Ihnen." Er streckte Sibylla eine Hand entgegen. Sie wollte sich in den Steigbügeln aufstellen, als eine neue Schmerzwelle sie überrollte. Ihr Gesicht verzerrte sich, hilflos schüttelte sie den Kopf.

„Ganz ruhig, Madame!", hörte sie Roustons Stimme durch den Schmerz hindurch. „Geben Sie mir Ihre Hand. Ich halte Sie fest."

Als die Krämpfe abebbten, nahm Sibylla die dargebotene Hand. Roustons Haut war warm, von der Sonne gebräunt, und an der Innenseite schwielig.

In diesem Moment stampfte das Maultier nervös mit den Vorderhufen, und sie fiel mit einem angstvollen Ausruf gegen Rouston. Er schlang rasch einen Arm um sie und fing sie auf.

„Ich werde Sie jetzt in den Schatten tragen, Madame Hopkins. Sehen Sie die Palme dort mit den zwei Stämmen, die nahe am Ufer des ausgetrockneten Bachlaufs steht?"

Sie nickte stumm und biss die Zähne vor Schmerz zusammen. Er merkte es und fuhr fort: „Sie haben sich um das Wohl der Schwarzen gesorgt und Ihr eigenes dabei vergessen."

„Aber glücklicherweise sind ja Sie, Monsieur Rouston, immer zur rechten Zeit am rechten Ort. Egal ob geschundene Schwarze Ihre Hilfe brauchen oder eine Frau, die in Not geraten ist“, erwiderte sie. Sie bemerkte, wie schnippisch sie klang, und ärgerte sich. Eigentlich hatte sie ihm zu verstehen geben wollen, wie sehr sie es schätzte, dass er ihr zu Hilfe gekommen war.

„Sie hat sich die Reise nach Mogador in den Kopf gesetzt, obwohl ich ihr gesagt habe, wie unvernünftig das ist!“, vernahm sie Sara Willshire. Sie war von ihrem Maultier gestiegen und lief mit besorgter Miene neben dem Franzosen und Sibylla her.

Sibylla schüttelte den Kopf. „Mir fehlt nichts. Das hört wieder auf. Diese Schmerzen kommen und gehen schon die ganze Zeit.“

Sara legte eine Hand auf den Arm ihrer Freundin. „Wie lange haben Sie die Beschwerden schon?“

„Seit wir aus Marrakesch aufgebrochen sind“, antwortete Sibylla leise. „Und davor auch schon ein bisschen, aber nicht so stark.“

„Und da sagen Sie nichts? In Marrakesch hätten wir wenigstens Ärzte und Hebammen gehabt!“

„In vier Wochen soll das Kind zur Welt kommen? Habe ich das vorhin richtig gehört?“, fragte Rouston. Er trug Sibylla sehr vorsichtig, als wäre sie eine Porzellanfigur, die auf keinen Fall Schaden nehmen durfte. Sie fühlte sich sicher und geborgen in seinen Armen, und die Schmerzen jagten ihr schon nicht mehr so viel Angst ein. Als sie die dreistämmige Palme erreichten, kniete Rouston nieder und bettete sie behutsam auf den harten Erdboden. Dabei achtete er darauf, dass sie ganz im Schatten des ausladenden Baumes lag. Sibylla seufzte erleichtert. Hier war sogar die Nachmittagshitze erträglicher. Der Franzose betrachtete sie nachdenklich.

„Die Reise war vielleicht zu anstrengend. Ihr Kind könnte früher kommen.“

Die beiden Frauen sahen sich erschrocken an.

„Nein! Nicht hier!" Sibylla klang fast flehend. Was für ein Alptraum, ohne Hilfe an dieser Karawanenstraße ein Kind gebären zu müssen! Sie drehte den Kopf und blickte zu den gefesselten Sklaven, zu den schwer beladenen Kamelen, zu den Treibern und den Reitern auf ihren Eseln, Maultieren und Pferden, die in langer Reihe, ohne viel Notiz von ihr zu nehmen, vorüberzogen. Auch wenn sie an ihrer Misere selbst schuld war, das durfte ihr nicht passieren! Tränen stiegen ihr in die Augen. „Ach, wäre ich doch nur schon zu Hause!", flüsterte sie.

Rouston ging zu seiner Stute, die ein paar Meter entfernt an trockenen Grashalmen knabberte. Hinter dem Sattel des Tieres war seine zusammengerollte Wolldecke für die Nacht befestigt. Er löste die Schnallen, kehrte zu Sibylla zurück und schob die Decke unter ihren Nacken.

„Sie dürfen sich nicht aufregen, Madame Hopkins. Ich fürchte, nach Hause kommen Sie erst mit Ihrem Baby im Arm, aber wir werden Sie sicher in die Karawanserei bringen. Reiten können Sie zwar nicht, aber das macht nichts. Ich werde eine Bahre für Sie bauen. Toledano muss mir vier seiner kräftigsten Männer geben, die Sie die nächsten Stunden tragen können. Halten Sie so lange durch?" Er warf ihr einen prüfenden Blick zu.

„Ich versuche es."

„Eine Trage? Wie wollen Sie die machen?", fragte Sara Willshire.

„Das habe ich beim Militär gelernt. Ein paar kräftige Äste und eine Decke sind alles, was ich brauche. Am besten, ich mache mich gleich auf die Suche. Passende Bäume zu finden, dürfte hier das Schwierigste sein." Er blickte über die fast baumlose, von Sand und Steinen übersäte Ebene. „Auf der Anhöhe dort drüben wachsen ein paar junge Jujubebäume. Vielleicht kann ich die verwenden." Er schwang sich auf sein Pferd und galoppierte los.

Sara seufzte. Dann zog sie ein Taschentuch aus ihrer Rocktasche, nahm die Wasserflasche, die am Sattel ihres Maultiers hing, goss die lauwarme Flüssigkeit auf das Tuch und setzte sich neben ihre Freundin. „Wie geht es Ihnen jetzt?" Behutsam tupfte sie über Sibyllas Stirn, Gesicht und Nacken.

„Im Moment besser, danke." Sibylla blickte der kleinen Staubwolke nach, die sich schnell in Richtung der Anhöhe bewegte. „Monsieur Rouston handelt wie ein Gentleman, nicht wahr? Ich meine wie ein echter Gentleman, nicht wie einer, der nur so tut, als sei er höflich zu einer Frau, und sie in Wahrheit bevormundet."

Sie beobachteten, wie Rouston auf der Anhöhe vom Pferd sprang, seinen am Sattel befestigten Krummsäbel nahm und damit ungeachtet der Hitze auf die Bäume einschlug.

„So wie er über die Bäume herfällt, nur um Ihnen zu Diensten zu sein, meine Liebe, könnte man fast Mitleid mit den armen Gewächsen bekommen", meinte Sara.

Sibylla kicherte. „Was reden Sie denn da!"

Rascher Hufschlag näherte sich. Gleich darauf sprang Benjamin von seinem Maultier und warf Nadira, die ihm auf dem Esel gefolgt war, die Zügel zu.

„Sibylla!" Sein Gesicht war blass vor Sorge. „Was ist passiert? Geht es dir gut? Du bist doch nicht vom Maultier gefallen?" Er hockte sich neben sie.

„Nein, aber sie hat Schmerzen im Unterleib. Vielleicht will das Kind kommen", informierte Sara ihn.

„Aber doch nicht hier, doch nicht jetzt!", stammelte Benjamin genau wie zuvor Sibylla.

„Ich fürchte, das entscheidet das Kind. Ich hoffe allerdings, dass es sich noch so lange von seinem Entschluss abhalten lässt, bis wir die Karawanserei erreicht haben.“ Sibylla lächelte schwach.

„Ich kann mir nicht vorstellen, wie du bis dahin reiten willst“, erwiderte Benjamin zweifelnd.

„Monsieur Rouston baut eine Trage für sie“, warf Sara ein. „Glücklicherweise war er in der Nähe und konnte Ihrer Frau helfen.“

Benjamin hörte den leichten Vorwurf in ihrer Stimme, und seine Miene verfinsterte sich. „Ich habe dir gesagt, du sollst nicht nach Marrakesch reisen, aber du wusstest es ja besser!“, tadelte er Sibylla.

„Du hattest ja recht.“ Sie legte eine Hand auf seinen Arm. „Ich hätte auf dich hören sollen.“

Halb besänftigt entgegnete er: „Weißt du noch, wie wir in London ins Hafenbecken gestürzt sind? Damals war ich da und habe dir geholfen. Und heute helfe ich dir, wohlbehalten in die Herberge zu kommen.“

Als die Umrisse der Karawanserei vor ihnen auf der Landstraße auftauchten, brach bereits mit der übergangslosen Schnelligkeit südlicher Gefilde die samtblaue Dunkelheit herein. Sibylla war trotz der Trage, die Rouston aus zwei stabilen jungen Jujubestämmen und einer Decke gefertigt hatte, am Ende ihrer Kräfte. Die Schmerzen im Unterleib hatten seit Stunden kaum mehr aufgehört. Sie kamen in Wellen einmal länger, einmal kürzer und taten so weh, dass es ihr den Atem nahm.

„Ihr Körper bereitet sich mit diesen Wehen auf die Geburt vor. Er dehnt sich für den großen harten Kopf des Kindes“, stellte Nadira fest. Sie wich auf ihrem Esel nicht von der Seite ihrer Herrin und fächelte ihr mit einem großen Palmenblatt Luft zu.

„Bist du Hebamme?“, fragte Sara Willshire, die ebenfalls an Sibyllas Seite ritt, erstaunt.

Die Dienerin schüttelte den Kopf. „Ich bin keine kundige Frau, doch ich habe bei vielen Geburten geholfen. Die Herrin braucht keine Angst zu haben."

„Wenn ihr und dem Kind nichts geschieht, bekommst du von mir einen Monatslohn extra", sagte Benjamin. Er fühlte sich unbehaglich, nicht nur, weil er keine Ahnung hatte, wie er seine Frau trösten sollte, sondern auch, weil er sich unentwegt um ihr Wohl und das seines ungeborenen Kindes sorgte. Um wenigstens etwas zu tun, ermahnte er in regelmäßigen Abständen die Träger, ja vorsichtig mit der Herrin zu sein, und warnte sie vor jedem Stein, der auf dem Weg lag.

Rouston hielt sich nicht bei ihnen auf. Sobald Sibylla sicher auf der Bahre gelegen hatte, hatte er sich auf sein Pferd geschwungen und war zur Karawanserei galoppiert. Er wollte dafür sorgen, dass alles für die Geburt vorbereitet war, wenn sie eintrafen. Nadira hatte ihm erklärt, dass sie eine ruhige Kammer benötigte, abgekochtes Wasser, saubere Tücher, Bindfaden, Fackeln und Kerzen, damit sie genügend Licht hatte.

Als die erschöpften Träger vier Stunden später durch das Bogentor wankten, eilte Rouston der Gruppe im Laufschritt entgegen. „Alles ist fertig. Ich habe eine Kammer in einer entlegenen Ecke belegt. Madame Hopkins kann sofort hinauf."

Benjamin hob Sibylla von der Bahre. Sie hatte die Augen geschlossen. Schweiß stand auf ihrer Stirn.

„Wie geht es dir?", fragte er besorgt.

„Ich habe Angst", flüsterte sie, ohne die Augen zu öffnen.

Ich auch, dachte er. Aber als er sprach, bemühte er sich, seiner Stimme einen zuversichtlichen Klang zu verleihen. „Jeden Tag bekommen Frauen Kinder. Meine Mutter hat fünf. Das schaffst du auch!"

Jetzt blickte sie ihn an und lächelte sogar ein wenig. „Ich hoffe nicht, dass ich diese Schmerzen fünfmal durchmachen muss."

„Ich höre seinen Herzschlag", sagte Nadira. „Er ist stark und regelmäßig."

Sibylla lag mit angezogenen Beinen in einem winzigen Raum auf der dünnen Herbergsmatratze. Die dicken fensterlosen Lehmmauern hatten die Hitze des Tages draußen gehalten. Mit der geschlossenen Tür wurde es zwar wärmer, es war aber immer noch erträglich. Nadira hatte zwei Fackeln entzündet und in Halterungen an den Wänden gesteckt. Dann hatte sie sich neben Sibylla gehockt, ihren Kaftan hochgeschoben und ein Ohr auf den gewölbten Bauch etwas oberhalb des Nabels gelegt. Jetzt hob sie den Kopf.

„Ihr Kind ist kräftig, Herrin, das ist gut. Wenn Sie erlauben, werde ich jetzt seine Lage tasten."

Sibylla nickte. Sie hatte weder einen Arzt noch eine Hebamme, die ihr halfen, aber Nadira schien zu wissen, was sie tat, und sie vertraute ihr. Auch Sara Willshires Gegenwart beruhigte sie. Die Konsulsgattin kniete neben ihr und verscheuchte unermüdlich die Mücken, die über Sibyllas Kopf tanzten. Vor zehn Minuten, als ein Schwall blutigen Wassers zwischen ihren Beinen hervorgelaufen war, hatte sie Angst bekommen, dass mit dem Kind etwas nicht stimmte. Aber Sara hatte sie beruhigt: „Das ist nur das Fruchtwasser. Es kommt immer, bevor das Kind sich aus dem Mutterleib in die Welt schiebt."

Vorerst war davon leider noch nichts zu merken. Die Wehen hatten sogar aufgehört. Aber auch das wäre normal, hatte Sara, selbst dreifache Mutter, behauptet. Sibylla sollte diese Pause nützen, um Kraft für die Geburt zu sammeln.

Nadiras Hände lagen flach auf dem Bauch ihrer Herrin und tasteten ihn Stückchen für Stückchen ab. Schließlich erläuterte sie: „Das Kind liegt falsch herum, Herrin. Sein Kopf ist oben, sein Po unten. Aber sorgen Sie sich nicht!", fügte sie rasch hinzu, als sie Sibyllas erschrockenen Gesichtsausdruck bemerkte. „Wenn der Po zuerst geboren wird, ist es für die Frau fast so, als käme der Kopf zuerst." Sie zögerte und fügte dann hinzu: „Vielleicht wird es etwas länger dauern und etwas mehr wehtun."

Sibylla nickte tapfer. „Solange du mir hilfst, habe ich keine Angst. Raus kommen sie alle, nicht wahr?"

„Ist die Herrin in Gefahr?", fragte Sara dazwischen.

Nadira schüttelte den Kopf. Sie verschwieg den Frauen, dass bei einer Steißgeburt eher das Leben des Kindes bedroht war. Wurde die Nabelschnur durch die falsche Lage abgeknickt und das Kind nicht mehr mit dem Blut der Mutter versorgt, konnte es sterben. Aber sie, Nadira würde alles tun, damit das nicht geschah.

„Ahhhh!" Sibylla stöhnte und bäumte sich vor Schmerz auf.

Sara nahm ihre Hand und hielt sie fest. Jetzt wird es laut, dachte sie. Gut, dass die Tür schon geschlossen ist!

Benjamin lief unruhig im Hof der Karawanserei hin und her und blickte immer wieder zu der verschlossenen Kammertür hinauf, hinter der seine Frau vor vielen Stunden verschwunden war. Am östlichen Himmel verblasste schon wieder die Schwärze der Nacht. Mit ihr wich die belebende Kühle, denn mit den ersten Strahlen der Sonne würde auch die Hitze zurückkehren. Auf dem Dach der Herberge begrüßten Tauben mit leisem Gurren den nahenden Morgen. Auch die Reisenden erwachten langsam. In einer Ecke der Karawanserei hatten mehrere

Araber kleine Teppiche entrollt und verrichteten mit dem Gesicht gen Mekka ihr Morgengebet.

Kameltreiber kümmerten sich um ihre Tiere. An einigen Feuerstellen züngelten kleine Flammen. Der Duft nach Minze und frisch in der Glut gebackenem Brot wehte Benjamin in die Nase. Seit gestern Mittag hatte er nichts mehr gegessen, aber er verspürte keinen Hunger.

„Immer noch nichts Neues?“ Rouston blieb neben ihm stehen. Er war im Stall gewesen, wo er sein Pferd gefüttert und getränkt hatte.

Benjamin schüttelte den Kopf. „Ich kann mir gar nicht erklären, warum es so lange dauert.“

„Ja, wir Männer muten den Frauen einiges zu“, bemerkte Rouston. Er langte in die Innentasche seiner Jacke, zog eine flache silberne Flasche hervor und reichte sie Benjamin. „Sie sehen aus, als könnten Sie eine Stärkung gebrauchen.“

Benjamin blickte ihn etwas unsicher an, aber dann schraubte er die Flasche auf und nahm einen tiefen Schluck. „Ah, das tat gut.“ Er wischte sich den Mund mit dem Handrücken ab. „Auch wenn mir Whisky besser schmeckt als Cognac.“ Er wollte dem Franzosen den Flakon zurückgeben, aber dieser winkte ab: „Trinken Sie aus, Hopkins!“

Dankbar setzte Benjamin die Flasche an. Dann fragte er: „Haben Sie Familie, Rouston?“

Der Franzose schüttelte den Kopf und grinste: „Nicht dass ich wüsste.“

„Ein Junggeselle also. Aber auch ich habe es gut getroffen. Für mich haben sich einmalige Chancen eröffnet. Ich habe nämlich sozusagen eine Reederei geheiratet. “ Benjamin kicherte. Der Alkohol löste seine Zunge.

Über ihm hinter der geschlossenen Kammertür ertönten gedämpfte Schreie, und seine Miene trübte sich wieder. „Hoffentlich geht alles gut!", murmelte er. „Das Kind ist nämlich etwas zu früh. Ich habe meiner Frau gesagt, sie soll die Reise nicht machen, aber sie kann sehr halsstarrig sein, müssen Sie wissen."

Rouston nickte unverbindlich und schwieg. Er mochte es, wenn eine Frau ihren eigenen Kopf hatte. Es verlieh ihr einen besonderen Stolz und eine Selbstsicherheit, die er sehr anziehend fand. Er dachte an Idri, die Chiadma-Frau, die seit zwei Jahren sein Leben teilte. Sie hatten sich während eines großen Moussem, eines Jahrmarktes und Volksfestes im Gebirge, getroffen, bei dem der ganze Stamm zusammenkam. Es wurde viel gefeiert, getanzt, gesungen und musiziert. Idri war Witwe, eine hübsche Witwe mit Augen wie Kohlen, Brüsten wie pralle Äpfel und schwingenden Hüften. Bei den Berbervölkern bestimmten Witwen und geschiedene Frauen selbst, wer ihr nächster Ehemann wurde und auch, wie lange er es bleiben durfte, denn Scheidungen waren bei ihnen genauso unkompliziert wie Hochzeiten. André und Idri hatten ihren Bund vor dem Kadi des Stammes vor fünf männlichen und fünf weiblichen Zeugen besiegelt. Anschließend hatte André seine Frau auf einem Esel über den Festplatz geführt. Damit hatten alle gesehen, dass sie ein Paar waren.

Er zuckte zusammen, als über ihm ein markerschütternder Schrei ertönte. Einige Sekunden herrschte Stille, und die Männer starrten sich erschrocken an. Dann hörten sie das zarte Geplärr eines Neugeborenen.

„Mein Kind", flüsterte Benjamin. „Es ist da!" Er strahlte über das ganze Gesicht. Gleich darauf flog die Tür der Herbergskammer auf. Sara Willshire kam heraus und beugte sich über das Geländer. „Kommen Sie, Mr. Hopkins! Begrüßen Sie Ihren Sohn!“

„Will haben, Tom! Gib her! Mummy!" Der Rest ging in jämmerlichem Weinen unter.

Sibylla seufzte, legte den Brief, den sie gerade geöffnet hatte, auf den Tisch und ging auf den Umgang. „Was ist denn nun schon wieder los? Tom, hast du deinen kleinen Bruder geärgert?"

Der dreijährige Thomas blickte zu seiner Mutter auf. Neben ihm stand der knapp zweijährige John und heulte erbärmlich.

„Mummy, will haben!" Anklagend zeigte er auf Tom, der sein angebissenes Gebäckstück außer Reichweite des kleinen Bruders hielt.

Sibylla musste sich ein Lächeln verkneifen. Die beiden sahen in ihren kleinen Kaftanen über den langen Hosen so süß aus, besonders Johnny, der seinen Babyspeck noch nicht verloren hatte. Alles an ihm war rund und knuddelig, und seine verheulten Augen blickten völlig verzweifelt drein. Wie sein großer Bruder hatte er hellblondes lockiges Haar und tiefblaue Augen, aber ein rundes rotbackiges Gesicht. Tom war größer und schlanker mit empfindsamen Zügen, die ihn älter als seine drei Jahre aussehen ließen.

John war nur fünfzehn Monate jünger als sein Bruder. Sibylla hatte Benjamin gedrängt, dass sie noch ein Baby wollte, am liebsten ein kleines Mädchen, und sie hatte sich gefreut, als sie kurz nach der Geburt von Thomas wieder schwanger geworden war. Das Kind war ein Junge geworden, und als Sibylla das runde rosige Baby zum ersten Mal im Arm hielt, hatte sie völlig vergessen, dass sie sich eigentlich ein Mädchen gewünscht hatte.

„Hast du deinem Bruder sein Hörnchen weggenommen, Tom?", fragte Sibylla.

„Nein, Mummy!“ Tom schüttelte heftig den Kopf. „Er hat es ins Wasserbecken fallen lassen, und Papas Karpfen haben es gefressen.“

„Stimmt das, Johnny?“ Sibylla blickte in das Becken, in dem Benjamins ganzer Stolz, fette goldfarbene Karpfen, gemächlich ihre Kreise zogen.

Der Kleine nickte unter Tränen. Essen war eine seiner liebsten Beschäftigungen, und die süßen Gazellenhörnchen mit Mandelfüllung und Puderzucker, die Nadira den Kindern gebracht hatte, mochte er besonders gern.

„Habe ich dir nicht immer wieder gesagt, dass du dich hinsetzen und in Ruhe essen sollst, John? Dann fällt dir auch nichts herunter“, ermahnte Sibylla ihren jüngeren Sohn.

„Aber Hunger, Mummy“, klagte Johnny.

„Es gibt jetzt nichts. Du musst bis zum Mittagessen warten, Liebling. Geht wieder spielen!“

Der Kleine verzog das Gesicht. Gleich würde er wieder weinen.

„Hier.“ Tom brach den Rest seines Hörnchens in zwei Teile und gab ein Stück seinem Bruder, der es sofort in den Mund stopfte. Sibylla wurde warm ums Herz. „Das war sehr lieb von dir, mein Schatz.“

Tom kümmerte sich nicht nur rührend um seinen kleinen Bruder. Er war stets darum besorgt, dass es allen um ihn herum gut ging. Seiner Mutter und seinem Vater, Firyal, Nadira und allen anderen Dienstboten. Er fragte seine Mutter sogar, ob die Bettler auf den Gassen genug zu essen und ein Bett zum Schlafen hätten, so wie er.

Sibylla war sehr dankbar, dass ihr Erstgeborener sich so gut entwickelte. Nach seiner Geburt hatte sie keine Milch gehabt. Thomas war mit Eselsmilch großgezogen worden, die sie ihm über viele Monate tröpfchenweise aus einer Schnabeltasse eingeflößt hatte. Die Eselstute hatte Rouston organisiert, noch während Sibylla sich in der Karawanserei von der Niederkunft erholte. Außerdem hatte er sie und das Neugeborene sicher nach Mogador zurückgebracht. Benjamin, der Schiffe aus London erwartet hatte, konnte nicht bei ihr bleiben. Sie hatte ihn selbst gedrängt, abzureisen, aber tief im Innern war sie enttäuscht gewesen, als er sie tatsächlich in der Karawanserei zurückgelassen hatte. Andererseits hätte sie sonst nie erfahren, was für ein amüsanter und kurzweiliger Unterhalter André Rouston war. Während sie mit dem Baby wieder auf der Bahre lag und von vier Sklaven getragen wurde, ritt er neben ihr her und plauderte. So hatte sie erfahren, dass er nach dem Ende des Krieges mit Algerien den Maghreb bereist hatte. Seine Schilderungen von Begegnungen mit kriegerischen Berberstämmen, weisen arabischen Gelehrten und orientalischen Fürsten, die in unvorstellbarem Prunk und Luxus lebten, waren so lebendig, dass Sibylla das Gefühl hatte, selbst dabei gewesen zu sein. Besonders spannend fand sie, dass er als Muslim verkleidet Moulay Idriss besucht hatte, die heiligste Stadt Marokkos, die im nördlichen Atlasgebirge auf der Pilgerroute nach Mekka lag.

„John!“, rief Sibylla und beugte sich über die Brüstung des Umgangs. „Bedank dich bei deinem Bruder, dass er dir von seinem Hörnchen abgegeben hat, hörst du?“

„Danke, Tom“, mümmelte der Kleine mit vollen Backen. Dann streckte er die zuckerverklebte Hand aus. „Will mehr!“

Tom lachte spitzbübisch. „Hol's dir doch!“ Er rannte los, John ihm auf den Fersen.

Sibylla sah ihnen zu, wie sie erst den alten Olivenbaum umrundeten und dann auf die Sonnenuhr zustürmten, die Benjamin vor mehr als zwei Jahren erworben hatte, um ein besonders lukratives Geschäft zu feiern. Zu

Sibyllas Verwunderung hatte er sogar eigenhändig ein Fundament für die Sonnenuhr gegraben. Gewöhnlich erwärmte ihr Mann sich nicht für körperliche Arbeit. Als die Uhr zusammengesetzt, poliert und richtig ausgerichtet im Innenhof des Riad stand, hatte er den blau-weißroten Union Jack daneben in die Erde gerammt und den Kaid zur Besichtigung eingeladen. Sibylla erinnerte sich noch genau, wie stolz er seine kostbare Uhr vorgeführt hatte. Für seine Söhne bildete sie vor allem ein wunderbares Klettergerüst – sehr zu Benjamins Verdruss.

„Lasst Papas Sonnenuhr in Ruhe, habt ihr gehört?“, rief Sibylla prompt, als Tom auf den Sockel sprang. Benjamin war zwar nicht da – je besser seine Geschäfte liefen, desto weniger Zeit verbrachte er mit seiner Familie –, aber sie wollte trotzdem keinen Ärger riskieren.

Zum Glück konnten die Jungen sich in Mogador das ganze Jahr über draußen austoben. Sogar jetzt, Anfang Dezember, war es hier so mild wie in England im Frühling. Im Innenhof des Riad blühten Rosen, die Bougainvillea verströmte immer noch ihren betörenden Duft, und an den Orangenbäumchen, die Sibylla rechts und links des hölzernen Treppenaufgangs hatte pflanzen lassen, hingen saftige Früchte. Sie fand es herrlich, dass sie auf Stiefel und Muff, Pelzkappe und langen Mantel verzichten konnte. Wenn sie ins Freie ging, schlang sie sich nur ein Tuch um die Schultern und fror trotzdem nicht. Dafür nahm sie gern in Kauf, dass der ständige Wind Sand und Staub ins Haus trieb.

Sie kehrte in ihr Zimmer zurück. Während in ihrer alten Heimat jetzt die Kamine rauchten, reichte hier ein kupfernes Kohlebecken, um den Raum zu wärmen. Sie ging zu einer Schale, die neben dem Becken auf einem kleinen Tisch stand, nahm ein Bröckchen Duftharz heraus und warf es in die Glut. Kurz darauf erfüllten die würzigen Aromen von Amber und Muskat den Raum. Sibylla schloss die Augen, und vor ihrem inneren Auge erwachte die geheimnisvolle Welt des Orients zum Leben. Sie liebte das Leben hier – im Gegensatz zu Benjamin, der alles mit Misstrauen betrachtete.

Sie setzte sich auf den Diwan und nahm den Brief erneut zur Hand. Er war von ihrer Stiefmutter und zusammen mit mehreren Ausgaben der Times und einer Bücherkiste mit dem gestrigen Postschiff eingetroffen. Mary stellte Sibyllas zuverlässigste Verbindung mit England dar. Sie berichtete ihrer Stieftochter alles, was sich in London ereignete. Zurzeit bereitete man sich auf das Gesellschaftsereignis des Jahrhunderts vor – die Hochzeit der jungen Königin Victoria mit dem Deutschen Prinzen Albert von Sachsen-Coburg und Gotha. Mary und Richard waren jede Woche zu Bällen und Empfängen eingeladen, die zu Ehren des Paares gegeben wurden, und Mary klagte, dass die Schneiderin und die Modistin nicht mehr mit dem Anfertigen von Schleppen, Roben, Hüten und Handschuhen nachkamen. Außerdem sorgte sie sich um Richards Gesundheit. Er hatte letztes Jahr zwar erst seinen fünfzigsten Geburtstag gefeiert, litt aber unter Schwindel, war kurzatmig und schlief schlecht. Im nächsten Sommer, schrieb sie, wollte sie mit ihm zum Kuren nach Bath fahren, das dank der neuen Eisenbahnverbindung dann viel schneller und bequemer als noch vor wenigen Jahren zu erreichen wäre.

Sibylla faltete den Brief zusammen und legte ihn auf den Tisch. Dann stand sie auf, rückte den Diwan ein Stück von der Wand weg und entfernte schließlich ein loses Brett von der Rückseite des hölzernen Rahmens. Dahinter befand sich ihr geheimes Fach. Sie langte hinein und zog ein rechteckiges Kästchen aus Rosenholz und Perlmutt hervor. An der Vorderseite war ein kleines

Schloss angebracht. In diesem Kästchen bewahrte sie das Geld auf, das sie mit ihren Handelsgeschäften verdiente. Zuerst die sechzig Gold-Benduqui, die Rusa und Lalla Jasira ihr für die englischen Slipper gezahlt hatten, inzwischen auch alle weiteren Einnahmen. Nachdem sich herumgesprochen hatte, dass die Frauen Seiner allerhöchsten Majestät ihre Füße in englische Babuschen kleideten, wollten auch die Damen wichtiger Hofbeamter, Kaids und Wesire die neue Mode mitmachen. Ohne dass Sibylla sich viel darum bemühen musste, wuchs ihr eigenes kleines Handelsgeschäft, und ihr vor der Geburt von Thomas gefasster Entschluss, zum Wohle ihrer Ehe mit dem Handeln aufzuhören war schnell vergessen.

Rusa und Lalla Jasira vermittelten ihr viele der Geschäfte und erhielten dafür jeweils eine kleine Gebühr. Mit einem Teil der Einnahmen bezahlte Sibylla Waren, die sie nach London exportierte. Dank Lalla Jasira bekam sie Kontakte zu Händlern, die Seide, Brokat und Damast in bester Qualität lieferten – Stoffe, die in England sehr begehrt waren. Benjamin beklagte sich zwar, dass sie ihm Frachtraum auf den Schiffen wegnahm, aber Sibylla machte das Handeln viel zu viel Spaß, um damit aufzuhören. Niemand außer ihr wusste von dem Kästchen, auch nicht Benjamin, der ihre Geschäfte ohnehin nur für törichte Spielereien hielt, mit denen sie ihre Mitgift verschleuderte.

Sibylla trug das Kästchen zu ihrem Schreibtisch, zog eine dünne Kette, an der ein kleiner Schlüssel hing, unter ihrem Kleid hervor, schloss es auf, nahm ein in Leder gebundenes Heft heraus und schlug es auf. Dann tauchte sie ihre Schreibfeder ins Tintenglas, schrieb „5. Dezember 1839" auf die Seite und verzeichnete darunter die Ausgaben für fünf Kisten Samtschals, die heute in Mogador eingetroffen waren und den Londoner Damen im nasskalten englischen Winter die Schultern wärmen sollten. Der Händler hatte beteuert, dass die Ware aus Kaschmir stammte – möge Allah ihn mit Blindheit schlagen, wenn er es wagen sollte, der Engliziya minderwertige Qualität zu liefern!

Sibylla streute Sand über die feuchte Tinte, klappte das Notizbuch zu, legte es wieder in den Kasten und verschloss ihn sorgfältig. Als sie den Diwan wieder an die Wand schob, klingelten die Münzen darin leise, und sie lächelte zufrieden. Wieder hatte sie sich bewiesen, dass sie gute Geschäfte machen konnte, genau wie die Männer.

Es klopfte an der Tür, und Firyal kam herein. Sie hielt ein Tablett, auf dem ein Glas warme Mandelmilch und ein Teller Sesamkonfekt standen, und stellte alles auf den flachen Tisch vor dem Diwan.

„Bitte, Herrin", sagte sie und blickte dabei unsicher auf ihre Füße. „Wünschen Sie noch etwas?"

„Danke, Firyal, das war alles", erwiderte Sibylla freundlich.

Die Dienerin entfernte sich eilig. Sibylla sah, dass sie ein neues buntes Kleid trug, das sie eng um ihre üppigen Hüften gewickelt hatte. Vermutlich war der Stoff der Lohn für die Nächte, die sie in Benjamins Schlafzimmer verbrachte.

Kurz nach Johns Geburt, als Sibylla und Benjamin getrennte Schlafzimmer bezogen hatten, hatte er die Dienerin in sein Bett geholt. Ihr war schon länger aufgefallen, wie gierig er auf Firyals Hinterteil oder ihre üppigen Brüste starrte, wenn sie sich weit vorbeugte, um ihm Tee einzugießen. Nachts hatte sie das verräterische Tappen von Füßen auf den Holzbohlen gehört und das leise Klappen von Türen, und am darauffolgenden Tag war Firyal ihr ausgewichen. Dabei war Sibylla weder ihr noch ihrem Ehemann böse – im Gegenteil: Es war ihr ganz recht, wenn Benjamin seine männlichen Gelüste bei der Dienerin auslebte. Sie hatte die körperliche Seite ihrer Ehe nie geschätzt, und es machte ihr nichts aus, ganz darauf zu verzichten. Die Zeit, als sie gehofft hatte, sie würden zu einer Familie zusammenwachsen, lag ohnehin lange zurück.

„Nun lässt der Englizy schon Pferde fliegen! Was kommt als Nächstes, ein fliegendes Schiff?“ Kaid Hash Hash legte zum Schutz gegen die Sonne eine Hand über die Augen und blinzelte das prächtige fuchsrote Tier an. Da die Gangway zu schmal war, hatten die Seeleute das Pferd mit Gurten an dem Flaschenzug festgeschnallt, der über die Rahen des Großmastes lief. Nun schwebte die wertvolle Fracht vom Deck der Queen Charlotte direkt über Benjamin, dem Kaid und dem Hafenmeister, die mit einem sich stetig vergrößernden Kreis Schaulustiger auf dem Kai standen und das Spektakel beobachteten. Nuri b in Kalil übersetzte, denn im Gegensatz zu seiner Frau sprach Benjamin auch nach mehr als drei Jahren in Marokko kaum Arabisch.

Die Bemerkung des Kaids quittierte Benjamin mit einem herzhaften Lachen. „Was als Nächstes kommt? Ein fliegender Teppich natürlich! Nichts für ungut, Exzellenz, aber da der Sultan seinen Gästen nur klapprige Maultiere zur Fortbewegung anbietet, musste ich mich selbst um ein ordentliches Pferd kümmern!“

Der Statthalter warf dem Engländer einen finsteren Blick zu. Eine auffallende Sonnenuhr, Karpfen vom anderen Teil der Welt, Kleidung, gefertigt aus den feinsten Stoffen, und jetzt dieser wundervolle Hengst – es interessierte ihn brennend, woher der Engländer die Mittel für all diese Reichtümer nahm.

Ich werde einen meiner Spitzel auf ihn ansetzen, überlegte Hash Hash und betrachtete neidisch das fuchsrote Pferd, das der Seilzug inzwischen auf dem Kai abgesetzt hatte.

Voller Besitzerstolz marschierte Benjamin darauf zu und wollte das Halfter packen, doch in diesem Moment segelte eine Möwe mit kühnem Schwung über ihnen. Das Pferd scheute, bäumte sich auf und schlug mit den Vorderhufen in die Luft.

„He! Was hast du denn? Ruhig!" Benjamin sprang zurück. Sein hoher Zylinder, der ihn unter den kleineren arabischen Männern lang und dünn wie ein Schilfrohr wirken ließ, fiel herunter.

Der Kaid lachte krächzend: „Ihr Pferd will schon wieder fliegen, Englizy. Ich glaube, es kennt den Koran. Dort steht geschrieben: Du sollst fliegen ohne Flügel!"

Aber Benjamin hörte ihn nicht. Er jagte seinem Zylinder nach, den der Wind über den Kai trieb.

Der Statthalter trat langsam auf das Pferd zu. Bei Allah, was für ein wundervoller Hengst, dachte er und beglückwünschte sich, weil er dem Engländer angeboten hatte, ihn in seinen Stallungen unterzubringen. Er würde dem prächtigen Tier einige seiner Stuten zuführen, und er würde ihn reiten, ohne dass der Englizy davon erfuhr, natürlich. Der ritt ohnehin nicht besser als ein Affe auf einem Kamel und wollte mit diesem Tier nur protzen.

„Seien Sie vorsichtig, Exzellenz!", rief Benjamin, als der Hengst nervös die feuerfarbene Mähne schüttelte, während der Statthalter sich ihm näherte.

Doch der Kaid ließ sich nicht beirren. Unaufhörlich in einem tiefen einschmeichelnden Singsang vor sich hinmurmelnd, fasste er nach dem Halfter und klopfte dem Tier beruhigend den Hals. Der Hengst schnaubte, blieb aber ruhig stehen, und Benjamin verfolgte verblüfft, wie der Araber die Flanken streichelte, sich anschließend bückte und die Beine betastete, während einer der Matrosen vorsichtig die Gurte löste.

„Er hat die Brust eines Löwen, und seine Beine sind bemuskelt wie die des wilden Straußes“, bemerkte der Kaid anerkennend.

Benjamin rückte seinen Zylinder zurecht und erwiderte geschmeichelt: „Er stammt aus der Zucht von Earl Godolphin und hat in England manches wichtige Rennen gewonnen. Ich wette hundert Pfund, dass er jedes ihrer kleinen Araberpferde hinter sich lässt.“

Die Augen des Kaids funkelten, doch leider hatte der Prophet das Glücksspiel verboten. Schweren Herzens entgegnete er: „Ihnen zuliebe verzichte ich auf den Wettstreit, Mr. Hopkins - ein arabisches Pferd ist unbesiegbar.“

„Sie scherzen!“, rief Benjamin. „Auf meinem englischen Hengst würde sogar mein dreijähriger Sohn als Erster ins Ziel kommen!“

Wütend bleckte der Kaid die Zähne. „Bevor Sie sich auf diesen Hengst setzen, werden Sie erst einmal die Einfuhrsteuer für ihn bezahlen, sonst sehe ich mich gezwungen, ihn zu beschlagnahmen.“

Benjamin schluckte eine hitzige Erwiderung hinunter. Hash Hash, diesem Halsabschneider, traute er alles zu. Es muss am Ramadan liegen, dass die Muselmänner so unleidlich sind, dachte er. Es kann ja auch nicht gesund sein, den ganzen Tag auf die elementarsten Bedürfnisse verzichten zu müssen und sich nach Sonnenuntergang den Bauch vollzuschlagen. Kein Wunder, wenn sie am Morgen mit einem verdorbenen Magen und schlechter Laune aufwachen! Er starrte dem Kaid, der grußlos davon stapfte, hinterher.

„Dieses Mal also ein edles Rennpferd, das Sie dem Araber vor die Nase setzen. Hat Ihnen niemand gesagt, dass es ziemlich dumm ist, die Backen so aufzublasen?“, raunte eine Stimme hinter Benjamin.

Erschrocken fuhr dieser herum: „Brown! Um Himmels willen! Ich habe sie gar nicht bemerkt! Müssen Sie sich so anschleichen?“

Der Kapitän der Queen Charlotte grinste. Benjamin sah seine verfaulten Zahnstümpfe und verzog angewidert das Gesicht. In seinem dunklen Gehrock, mit den strähnigen grau durchzogenen Haaren und stechenden dunklen Augen wirkte Brown wie eine verschlagene Krähe. „Wir sollten jetzt gehen“, stellte er unbeeindruckt fest. „Oder haben Sie vergessen, dass wir mit dem alten Juden verabredet sind? War übrigens eine verteufelte Tour. Aber mehr dazu bei Toledano…“

André Rouston legte beide Hände auf die steinernen Mauerreste, die einst den Glockenturm einer kleinen Kirche gebildet hatten, erbaut von Portugiesen, die hier vor dreihundert Jahren einen Handelsposten gegründet hatten. Sie war längst verlassen, und ihre halb verfallenen Mauern drückten sich an die Westbastion. Einst hatte man von dem Lehmziegelboden in das Gebälk mit der Glocke geblickt. Doch Dachstuhl und Glocke waren verschwunden, und André genoss den weiten Blick über den Atlantik. Nach morgendlichem Dunst zerrissen am Nachmittag endlich die Wolkenschleier. Weit im Südwesten wurde die fahlgoldene Dezembersonne sichtbar und überzog das Wasser wie mit funkelndem Diamantstaub. Im Norden wechselte die Färbung der Wellen von Tintenblau zu Steingrau. Auf den Wellen der Brandung tanzten weiße Schaumkronen. Es war Ebbe, das Meer zog sich langsam zurück, legte die Wracks von Fischerbooten frei, die auf den tückischen Felsnadeln vor der Hafeneinfahrt auf Grund gelaufen waren, ließ Muscheln, Treibholz und einen immer breiter werdenden welligen Abdruck auf dem nassen Sand zurück.

Immer wenn André in Mogador zu tun hatte, kam er an diesen Ort abseits des Hafens, der mit seinem Lärm und geschäftigen Treiben hinter einer vorspringenden Landzunge lag. Er beobachtete zwei Dreimaster, einen mit der rot-grünen Flagge Portugals am Heck, den anderen mit der französischen Trikolore. Sie hatten die Landzunge umrundet und nahmen nun mit geblähten Segeln Kurs aufs offene Meer.

Wenn er hier oben auf der Ruine der alten Kirche stand und dem Kreischen der Möwen, dem Raunen des Windes und dem ewigen Rauschen des Wassers lauschte, stellte er sich vor, wie die Segler ihre Fracht in jeden Winkel der Erde trugen, um dort die exotischen Waren ferner Länder an Bord zu nehmen. Die Vorstellung, dass die Seefahrt die Kontinente der Welt miteinander verband, faszinierte ihn. Vor Jahren, während seiner kurzen Zeit als Matrose, hatte er das noch nicht so gesehen. Er hatte Brutalität erlebt, Grausamkeit, bedrückende Enge und drakonische Strafen. Sobald sein Schiff den Heimathafen in Nordfrankreich erreicht hatte, war er davongelaufen, zur Armee.

Johlendes Kinderlachen ertönte unterhalb der Mauern. Dann rief die vorwurfsvolle Stimme eines kleinen Jungen auf Englisch: „Mummy, du machst alles falsch! Er fällt immer runter!"

André beugte sich neugierig über die Brüstung. Direkt unter ihm hüpften ein halbes Dutzend Araberjungen auf und ab und schrie etwas von dummen Ungläubigen. Etwas entfernt standen zwei kleine blond gelockte Jungen im Sand. Der jüngere tanzte aufgeregt um den älteren und versuchte vergeblich, eine Schnur zu erhaschen, die dieser umklammerte. Am entgegengesetzten Ende der Schnur war ein rautenförmiger Drache aus rotem und gelbem Pergamentpapier befestigt, den eine Frau in der Hand hielt.

Freude durchzuckte André, als er sie erkannte. Der Wind hatte goldblonde Strähnen aus ihrem langen geflochtenen Zopf gerissen und spielte mit dem Saum ihres Kaftans. Sie sprang in die Höhe und warf den Drachen empor, und er registrierte grinsend ihre nackten Füße. Der Papierdrache trudelte ein paar Sekunden hilflos in der Luft, sackte dann ab und stürzte zu Boden, begleitet von johlenden Pfiffen der Araberjungen.

„Neeeiiin, Mummy!“ Tom ließ sich entmutigt in den Sand fallen und schlug seine Hände vors Gesicht. Der kleine John nutzte die Gelegenheit und schnappte sich die Schnur. Sibylla hob entnervt die Arme und lief zu ihren Kindern.

Andrés Blick wanderte von dem Drachen zu der Frau. Sie kniete vor ihrem verzweifelten Sohn im Sand und versuchte, seine Tränen mit einem Taschentuch zu trocknen. Aber Tom verschränkte beide Arme vor dem Körper und drehte seiner Mutter den Rücken zu. Offensichtlich gab er ihr die Schuld, dass der Drache nicht flog.

André hatte längst erfasst, wo das Problem lag. Nicht umsonst hatte er, der Bauernsohn aus den südfranzösischen Causses, während seiner Kindheit zahllose selbst gebaute Drachen auf den windigen Hochebenen seiner Heimat in die Lüfte geschickt. Sibylla und ihre Jungs brauchten jetzt zweifellos jemanden wie ihn, der etwas vom Drachensteigen verstand! Er stieß sich von der rauhen Turmmauer ab und eilte beschwingten Schrittes durch einen schmalen Durchlass in der Mauer zum Strand.

Er ahnte, dass es pure Unvernunft war – aber er wartete schon lange auf eine Gelegenheit, Sibylla Hopkins einmal ohne Ehemann, Dienstboten oder ihre Freundin Mrs. Willshire zu treffen. Nun hatte le bon Dieu ihm diese Gelegenheit geschenkt, und wer wusste schon, wann es ihm beliebte, das wieder zu tun!

KAPITEL ZEHN

„Monsieur Rouston! Was für eine Überraschung!“ Sibylla strich sich die zerzausten Haarsträhnen glatt, aber der Wind wirbelte sie sofort wieder durcheinander. Entzückt registrierte er, dass sie errötete und versuchte, ihre nackten Füße vor ihm im Sand zu verstecken.

Er hatte sie schon damals vor über drei Jahren bemerkenswert gefunden, als sie in Marrakesch vor dem Sultan gestanden hatte. Groß und schlank, hellhaarig und hellhäutig fiel sie in diesem Land auf wie ein Regenbogen über der Wüste. Ihn jedoch fesselte besonders ihr Gesicht. Nur auf den ersten Blick glich es einer zarten Rose. Wer sie genau betrachtete, so wie er, bemerkte den eigensinnigen Zug um den Mund und ihre wachen klugen Augen. Diese Frau interessierte sich für das, was um sie vorging, und wollte den Kern der Dinge erfassen.

Er verstand sofort, warum man sie die Frau mit dem Löwenhaar nannte – nicht wegen der Farbe des Haares, sondern wegen der Willensstärke, die sie ausstrahlte. Was sonst hätte eine Hochschwangere bewegt, die anstrengende Reise von Mogador nach Marrakesch anzutreten? Sein Freund Udad bin Aziki, Scheich der Chiadma-Berber, hatte zwar versucht, seine Begeisterung zu dämpfen und gewarnt: „Wo ein großer Schatz liegt, da wartet auch eine große Schlange.“ Damit hatte er gemeint, dass Sibylla eine verheiratete Frau und Mutter war, aber das trübte Andrés Faszination nicht.

Auch jetzt fühlte er wieder diese unsinnige Freude, sie zu sehen.

„Bonjour, Madame Hopkins.“ Er streckte ihr die Rechte hin. „Ich wollte Sie nicht erschrecken. Aber es sah aus, als würden ein paar Jungs hier Rat und Hilfe brauchen." Er zwinkerte Tom zu, der sich verlegen die Tränen aus dem Gesicht wischte.

„Ich fürchte, das stimmt", bestätigte Sibylla. „Benjamin hat den Kindern den Drachen gebaut, aber er will einfach nicht fliegen. Und da er zu tun hat, kann ich ihn nicht fragen, woran es liegt."

John hatte Rouston ebenfalls entdeckt, ließ die Schnur fallen und wackelte auf seinen kurzen Beinen neugierig näher. André beugte sich zu den Kindern. „Ihr seid Tom und John, nicht wahr? Ich zeige euch jetzt, was ihr tun müsst, damit euer Drachen fliegt, einverstanden?" Die Brüder nickten einträchtig.

„Bon alors, garçons!", sagte André. „Alles hört auf mein Kommando! John, du holst den Drachen. Tom und ich schneiden inzwischen ein Stück von der Schnur ab, und ihr kleinen Haramie", er wandte sich an die Araberjungen, die das Geschehen neugierig verfolgten, „holt mir einen Armvoll von dem Halfagras, das an der Festungsmauer wächst!"

Die Jungen flitzten eifrig los, Johnny rannte, um den Drachen zu holen, und Tom durfte mit Andrés Hilfe mit dessen scharfem Messer ein Stück Schnur durchtrennen.

Sibylla hatte inzwischen ihre Schuhe angezogen und versuchte, mit den Fingern etwas Ordnung in ihr Haar zu bringen. Dabei hörte sie, wie Rouston der Kindergruppe erklärte, wie man aus Grasbüscheln, die man in regelmäßigen Abständen in einem Stück Schnur verknotete, einen Drachenschwanz baute. In seiner schwarzen Jacke, dem langen, mit einer Schärpe in der Taille gegürteten Hemd und den weiten Hosen, die in ledernen Stiefeln steckten, sah er sehr gut aus und erinnerte sie ein wenig an den osmanischen Offizier, den sie bei einer Einladung in Konsul Willshires Haus getroffen hatte.

„Ein Drache braucht einen Drachenschwanz. Der verhindert nämlich, dass er um die eigene Achse trudelt und abstürzt", erklärte André den Kindern. Er drehte den Drachen um, so dass das Kreuz, das Benjamin aus dünnen Holzstäben gebaut hatte, oben lag, und verkürzte die daran befestigte Schnur ein wenig.

„Die Schnur heißt Waageschnur, weil sie den Drachen im Gleichgewicht hält", fuhr er fort. „Jetzt müssen wir nur noch den Schwanz an den Drachen knoten, und dann sollt ihr mal sehen, wie großartig er fliegt! Bon!" Er stand auf. „Versprecht ihr mir, dass ihr nicht streitet und euch beim Halten der Schnur abwechselt?"

Die Jungen standen gerade wie die Zinnsoldaten und nickten ernst. André reichte Tom die Leine, winkte einen der Araberjungen heran und gab ihm den Drachen. „Wie heißt du, mein Junge?"

„Sabri bin Abdul bin Ibrahim bin Ridwan bin Nureddin al Mogadori", antwortete der Kleine stolz. „Aber du darfst Sabri sagen."

„Es ist mir eine Ehre, Sabri. Dieser Junge hier ist Tom Hopkins. Ihr beide bringt den Drachen jetzt zum Fliegen. Du nimmst ihn und läufst damit los, so schnell du kannst, und Tom hält die Leine. Wenn ich rufe, wirfst du den Drachen, so hoch du kannst."

Der Junge nickte ernst. Dann wetzte er den Strand entlang, so dass der Sand hinter ihm emporstob.

„Jetzt!", rief André, die Leine straffte sich in Toms Fäusten, und der bunte Drache stieg, begleitet vom Jubel der Kinder, in den blauen Himmel.

„Passt auf, dass er euch nicht ins Wasser fällt!", warnte er.

Dann ging er zu Sibylla, die ebenfalls Bravo gerufen und in die Hände geklatscht hatte, legte eine Hand über sein Herz und machte zur Belustigung der Kinder eine übertriebene Verbeugung. „Jetzt hätten wir Zeit, um ein wenig zu plaudern."

„Gut, warum nicht?", erwiderte sie. Der Wind riss an Roustons kurzgeschnittenem schwarzem Haar, und sie ertappte sich bei dem Gedanken, dass sie jetzt gern mit ihren Händen dieses Haar zerwühlen würde. Wieder errötete sie.

Was ist denn in dich gefahren, schalt sie sich. Mit solchen überflüssigen Phantasien machst du dich nur unglücklich!

Aber sie konnte nicht verhindern, dass ihr Herz heftig schlug. Sie fühlte sich hingezogen zu diesem Franzosen mit seiner sonnenverbrannten Haut, den Lachfältchen um die dunklen Augen und dem welligen schwarzen Haar, das im Moment in alle Richtungen stand, auch wenn solche Gefühle überhaupt keinen Sinn hatten.

Über die vergangenen drei Jahre war der Kontakt zu Rouston nie ganz abgerissen. Sie hatte ihn auf den Neujahrsempfängen der europäischen Konsulate getroffen und hin und wieder auf dem Souk, wo er im Frühling und Sommer die Orangenernte der Chiadma, im Herbst Datteln und im Winter Safran und Oliven verkaufte. Sie waren nie allein, immer waren andere Menschen um sie herum gewesen, doch sie konnte sich an jede einzelne dieser Begegnungen genau erinnern. Für sie war Rouston ein ganz besonderer Mensch, einer, mit dem sie sich tief verbunden fühlte, seit er ihr auf dem Rückweg von Marrakesch vor mehr als drei Jahren geholfen hatte.

Sie sprach mit niemandem über diese verwirrenden Gefühle, aber nachts, wenn sie hörte, wie Firyal in Benjamins Schlafzimmer huschte, ertappte sie sich dabei, wie sie an ihn dachte und sich fragte, ob er bei den Chiadma eine Frau hatte, vielleicht sogar Kinder, oder ob ihm ein freies Leben ohne Bindungen das Wichtigste war.

Der Wind trug Gesangsfetzen an ihr Ohr. Der Muezzin rief zum Asr, zum Nachmittagsgebet. André zog seine Jacke aus und legte sie in den Sand. „Bitte." Er lächelte Sibylla zu. „Nehmen Sie Platz!" Er selbst setzte sich neben sie auf den Boden. Dann öffnete er die Papiertüte, die er zuvor aus einer der Jackentaschen genommen hatte, und hielt sie ihr hin. „Mögen Sie geröstete Pistazien?"

„Und wie!" Sie langte in die Tüte. „Ich liebe die marokkanische Küche. All diese Knabbereien und die köstlichen Süßspeisen ... in England gibt es das nicht."

Rouston sah sie nur an, ein kleines Lächeln auf den Lippen. Auch er hatte vom ersten Moment an das unsichtbare Band gespürt, das sie beide umschlang, und es machte ihn auf eine Weise glücklich, die er nicht kannte. Gern hätte er Sibylla erzählt, dass er ihren Körper, der durch die Schwangerschaften voller und weicher geworden war, betörend fand und dass die Weiblichkeit, die ihr Gesicht ausstrahlte, seit sie Mutter geworden war, sie in seinen Augen zur schönsten Frau überhaupt machte. Aber das war natürlich nicht möglich. Es würde nie möglich sein, denn sie gehörte Hopkins – warum auch immer. Er hatte sich schon oft gefragt, warum gerade dieser Mann, der sich durch sein tölpelhaftes und großspuriges Auftreten bei den Marokkanern unbeliebt gemacht hatte, eine so außergewöhnliche Frau bekommen hatte.

„Monsieur Rouston", sprach sie ihn leise an, und an der Art, wie sie ihn ansah, merkte er, dass sie etwas zu ihm gesagt haben musste. Er räusperte sich. „Entschuldigen Sie! Es ist unhöflich, aber ich habe nicht zugehört."

„Ich habe Sie gefragt, was Sie heute nach Mogador geführt hat. Hatten Sie auf dem Souk zu tun? Ich bin selbst oft dort. Es ist ein wundervoller Ort, nicht wahr? All diese Eindrücke, diese Gerüche und Geräusche! In der einen Gasse duftet es nach Seifen und Parfüms, in der nächsten stapeln sich Teppiche aus Persien und Seide aus Indien, und in der übernächsten hängen Kamelköpfe neben frisch gehäuteten Hammeln. Es ist einfach unglaublich!"

Er riss sich von ihren tiefblauen Augen los, die vor Begeisterung leuchteten, und antwortete: „Sie haben recht, ich war auf dem Souk. Ich habe den Safran verkauft, den wir im November geerntet haben. Der Händler hat schon darauf gewartet, ebenso die Kaufleute hier. Aber zuerst habe ich natürlich den Leibkoch des Sultans beliefert."

„Das rote Gold Marokkos", sagte Sibylla lächelnd, „so nennt mein Vater es."

„Weil es das teuerste Gewürz der Welt ist", warf André ein. Normalerweise ist das ein Geheimnis, aber die Chiadma haben mir beigebracht, wie man ihn kultiviert."

„Und wie kommen ausgerechnet Sie, ein Europäer, zu dieser Ehre?"

„Ich habe zwischen den Chiadma-Scheichs und dem Sultan vermittelt und so geholfen, eine Fehde beizulegen. Zum Dank haben sie ihr kostbares Wissen um den Safrananbau mit mir geteilt. Die Fehde zwischen ihnen und den Alawiden ging nämlich über Jahrhunderte und brachte ihr Volk an den Rand des Untergangs. Jetzt zahlen sie lieber die Ushur, die Steuer auf Ernteerträge an ihn, als nach seinem Thron zu gieren."

„Vielleicht werden Sie den Safran der Chiadma eines Tages an uns verkaufen."

„Das würde ich, aber Ihr Gatte will ihn nicht haben. Er sagt, die Exportsteuern seien ihm zu hoch und er habe genug andere Waren, die er billiger ausführen könne."

Sibylla blickte ihm fest in die Augen. „Wenn Sie mit mir verhandelt hätten, hätten wir eine Lösung gefunden, die für alle befriedigend ist."

Er lächelte verschmitzt. „Das glaube ich Ihnen aufs Wort. Eines Tages - spätestens wenn ich meinen eigenen Safran anbaue - komme ich darauf zurück."

„Anfangs hatte Benjamin es sehr schwer", erzählte Sibylla, denn sie hatte das Gefühl, sich für ihren Mann entschuldigen zu müssen. „Aber kurz nach Thomas' Geburt kamen die Geschäfte in Schwung. Inzwischen hat er so viel zu tun, dass ich ihn kaum noch zu Gesicht bekomme."

Sie blickte zu den Kindern. Der kleine Sabri hielt jetzt die Leine, aber John zupfte ihn bereits ungeduldig am Kaftan.

„Eigentlich wollte Benjamin den Drachen mit den Jungen steigen lassen", sinnierte sie. „Aber dann lief die Queen Charlotte früher als erwartet ein, und er musste zum Hafen."

Sibylla nahm sich noch eine Handvoll Pistazien. „Stimmt es, dass Sultan Abd Er Rahman oft Ihren Rat sucht? Wir anderen Europäer sind für ihn nur Ungläubige."

André lachte. „Nun, vermutlich schätzt er mich, weil ich ihn beim Schach gewinnen lasse. Nein, im Ernst: Abd Er Rahman hält Napoleon für den größten Feldherrn aller Zeiten, und ich war Major bei den Chasseurs d'Afrique – wenn auch nicht unter Napoleon. Ich bin erst 1823, einige Jahre nach seinem Tod, in die Armee eingetreten. Und ob der Sultan mir wirklich vertraut, weiß ich nicht. Es wird sich aber bald herausstellen. In Algerien haben die Berber unter ihrem Anführer Abd El Kader wieder einmal den Jihad gegen uns Franzosen ausgerufen. Ich bin mir sicher, dass der Sultan mich genau beobachten lässt, um herauszufinden, ob ich wieder mit der Armee meiner alten Heimat gegen die wahren Gläubigen in den Krieg ziehen werde."

„Und? Werden Sie?" Sibyllas Herz schlug unwillkürlich schneller bei dem Gedanken, dass Rouston vielleicht bald weit weg in Algerien kämpfen würde.

„Mon Dieu, nein!" André knüllte die leere Pistazientüte zu einem Ball. „Ich habe meinen Abschied längst genommen. Wenn ich könnte, würde ich mir hier ein Stück Land kaufen und meinen eigenen Safran anbauen. Leider gestattet der Sultan Christen nicht, in Marokko Grund und Boden zu erwerben."

Sibylla musterte ihn neugierig. War jetzt der passende Moment gekommen, um ihn zu fragen, ob er auf diesem Land mit einer Frau leben wollte? Ob er vielleicht sogar schon eine Frau hatte?

Am Strand erhob sich wüstes Geschrei. John lag auf dem Bauch im Sand und heulte aus Leibeskräften. Tom hatte einen der Araberjungen am Kaftan gepackt und kreischte auf Arabisch: „Lass die Schnur los, du Hundesohn, oder der Dschinn wird dich verfluchen!"

Offensichtlich hatte der Junge John die Drachenschnur weggenommen, und Tom – wie immer bereit, seinem Bruder zu helfen – warf sich für ihn ins Zeug.

„Um Himmels willen!" Sibylla lachte peinlich berührt. „Ich glaube, ich muss den Dienstboten sagen, dass sie in Gegenwart der Kinder auf ihre Worte achten sollen! Jungs!" Sie sprang auf die Füße. „Ihr sollt doch nicht streiten!"

Gefolgt von André lief sie zu den Kindern. John hatte sich inzwischen hochgerappelt, und sie nahm ihn auf den Arm. Der Kleine war in ein Büschel Grasnelken gefallen, die klettenartigen Blüten klebten überall an seiner Kleidung und in seinem Haar. Rouston war inzwischen bei den beiden Streithähnen angekommen. Der Araberjunge zog ein bitterböses Gesicht, während der Franzose mit strenger Miene auf ihn einredete. Schließlich gab er Tom die Drachenschnur mit gesenktem Kopf zurück.

„Wie haben Sie nur so schnell für Ruhe gesorgt?", fragte Sibylla, als sie wieder im Sand saßen und den jetzt einträchtig spielenden Kindern zusahen.

„Ich habe ihm gedroht, dass ich die Geister der christlichen Sklaven freilassen würde, die beim Bau der Festung hier eingemauert wurden, damit sie ihn jagen", antwortete André grinsend.

„Was sagen Sie da?! Eingemauerte Menschen? Und damit machen Sie auch noch Kindern Angst? Das ist nicht Ihr Ernst!" Sibylla erschauderte.

„Ist es auch nicht. Ehrlich gesagt bin ich mir nicht sicher, ob dieses Ammenmärchen überhaupt wahr ist. In Wirklichkeit habe ich den Jungen gefragt, ob er so schwach ist, dass er einem Kleineren etwas wegnehmen muss. Eines ist mir allerdings doch aufgefallen", fuhr André fort und musterte sie mit gespielt strenger Miene. „Thomas kann beängstigend gut auf Arabisch fluchen."

Sibylla wirkte verlegen. „Vielleicht hat er es beim Spielen oder von den Dienstboten aufgeschnappt. Es hat auch Nachteile, die Kinder die Landessprache lernen zu lassen."

„Daraus schließe ich, dass Sie länger in Marokko bleiben wollen."

Sie lachte. „Tatsächlich zieht mich erstaunlich wenig zurück nach London. Und Sie?", fragte sie weiter. „Was hält Sie in diesem Land? Ist es eine Frau?" Das Letzte war ihr einfach so herausgerutscht. „Verzeihen Sie meine Neugier!", murmelte sie.

„Oh, da gibt es nichts zu verzeihen", versicherte er rasch. In der Tat hatte sie ihn mit diesen vier kleinen

Worten zum glücklichsten Mann Marokkos gemacht, denn es zeigte ihm, dass sie sich für ihn interessierte, vielleicht sogar eifersüchtig auf eine Gefährtin war, die sein Leben teilte.

Wenn es eine Frau gibt, die mich hier hält, dachte er, dann bist du das, Sibylla Hopkins, auch wenn ich gerade wegen dir dieses Land so schnell wie möglich verlassen sollte – denn was würden wir je haben außer gestohlene Augenblicke?

Laut aber sagte er: „Ich nehme an, Sie fragen sich, ob ich mir eine Frau bei den Chiadma genommen habe. Und die Antwort lautet: Nein, das habe ich nicht." Er registrierte erfreut, wie der angespannte Ausdruck auf ihrem Gesicht sich löste, legte eine kleine Pause ein und ergänzte spitzbübisch: „Allerdings könnte man sagen, dass eine Chiadma-Frau mich zu ihrem Mann genommen hat."

„Oh! Wirklich?" Sie konnte ihre Enttäuschung kaum verbergen. „Diese Berberfrauen scheinen recht freie Sitten zu pflegen", setzte sie ein wenig schnippisch hinzu.

„Nein", widersprach André ernst, „das stimmt keineswegs. Sie sind einfach nur anders als Europäerinnen und Araberinnen. Bei den Berbervölkern stehen die Frauen in hohem Ansehen. Sie sind stark und frei und treffen ihre eigenen Entscheidungen. Es gibt sogar berühmte Kriegerinnen unter ihnen. Haben Sie je von Al-Kahina, der Zauberin, gehört? Als die Araber vor mehr als tausend Jahren in den Maghreb einfielen, einte sie die Stämme der Zanata-Berber und führte sie gegen die Eindringlinge. Nach mehreren Siegen machten die Zanata sie zu ihrer Königin. Ein gefangener Muslim, den sie als Ziehsohn aufgenommen hatte, verriet sie an ihre Feinde. Das kostete sie das Leben."

„Sie muss eine überaus faszinierende Frau gewesen sein, eine wahre Amazone", äußerte Sibylla leise. Wie behütet und ereignislos verlief dagegen ihr eigenes Dasein – obwohl sie es geschafft hatte, der strengen Aufsicht ihres Vaters zu entfliehen. Rouston hingegen hatte bei den Berbern eine Frau geheiratet, die vermutlich eine zweite Al-Kahina war – eine Vorstellung, bei der ihre Stimmung spürbar sank.

„Warum begleitet Ihre Frau sie eigentlich nie nach Mogador? Wollen Sie sie uns Ausländern nicht vorstellen?" Sie biss sich auf die Lippen. So ungerecht und verärgert wollte sie gar nicht klingen.

„Sibylla", sagte André leise, und sie errötete, denn es war das erste Mal, das er sie beim Vornamen nannte. „Ich bin mit dieser Frau nicht mehr verheiratet. Sie ist vor einigen Monaten zu ihrer ältesten Tochter gezogen, die einen Mann aus dem Rifgebirge geheiratet hat. Sie will ihr helfen, einen Hausstand aufzubauen. Deshalb hat sie mich gebeten, der Auflösung unserer Verbindung zuzustimmen."

„Sie kann sich scheiden lassen? Einfach so? Weil sie es will?" Für Sibylla klang das höchst fragwürdig.

André nickte. „Idri war Witwe, als ich ihr auf einem Stammestreffen begegnet bin. Als Witwe hat sie das Recht, sich alle weiteren Gefährten selbst zu wählen, ohne die Zustimmung irgendeines Mannes, und genauso hat sie das Recht, sich auch wieder von ihnen zu trennen."

„Wie ungewöhnlich!", wunderte Sibylla sich. Sie schaute angestrengt auf das Blütenmuster ihres Kaftans und versuchte, jenen Gedanken zu unterdrücken, der sich in ihrem Kopf festgesetzt hatte: Könnte ich mich doch auch so einfach und unkompliziert scheiden lassen! Doch sie wusste, dass das nicht ging. Für ein wenig mehr Freiheit hatte sie ihr Leben an Benjamin verpfändet, und daran würde sich nichts ändern, bis einer von ihnen starb. Mit aller Kraft unterdrückte sie ein tiefes Seufzen.

André fasste mit den Fingerspitzen behutsam unter ihr Kinn, so dass sie ihn ansehen musste, obwohl ihre Augen in Tränen schwammen und ihr das schrecklich unangenehm war.

„Sibylla", begann er, und ihr Herz machte einen Sprung.

„Ja, André?", flüsterte sie.

„Sibylla, wenn Sie nur …"

„Mummy!! John hat ihn losgelassen!", ertönte die Stimme von Tom. „Und jetzt ist er weg! Der Drache ist weg!!"

Sibylla und André fuhren wie ertappte Diebe auseinander.

Die Kindergruppe stand nicht weit von ihnen am Strand und blickte zu dem Drachen empor. Rot und gelb tanzte er vor dem Blau des Himmels. Der kleine Sabri bin Abdul stand neben Tom. Sie waren fast gleich groß, hatten beide eine Hand über die Augen gelegt und schauten dem immer kleiner werdenden Spielzeug hinterher. „Jetzt fliegt er nach Mekka wie die Störche", stellte Sabri fest, als der Drache nur noch einen winzigen Punkt ausmachte, der auf das endlose Meer hinaustrieb. Er lächelte Tom zu, dann rannte er mit den anderen Araberjungen davon. John und Tom liefen zu ihrer Mutter.

„Mummy?", fragte Tom und schmiegte sich an sie. „Fliegt der Drache wirklich nach Mekka wie die Störche?"

„Wer hat dir das denn erzählt?", kam es erstaunt von Sibylla.

„Sabri. Er ist nämlich mein Freund", erwiderte Tom ernst.

Sibylla lachte und nahm auf jeder Seite einen ihrer Jungen an die Hand. „Nun, dann wird es wohl stimmen. Und wir gehen jetzt auch nach Hause.“

André, der inzwischen den Sand von seiner Jacke geschüttelt und sie wieder angezogen hatte, sagte rasch: „Wenn Sie erlauben, werde ich Sie begleiten, Madame Hopkins.“

Sie nickte stumm, und über die Köpfe der Kinder hinweg tauschten sie einen langen Blick.

KAPITEL ELF

„Und diese Süßigkeit reichen die Engliz, um die Geburt ihres allerhöchsten Propheten zu feiern, das Fest, das Sie Weihnachten nennen? Es ist schmackhaft, gewiss, aber müsste es nicht süßer sein, zarter? Müsste es nicht mehr dem göttlichen Anlass entsprechen?“ Lalla Jasiras Miene strafte ihr höfliches Lob Lügen.

Sibylla lächelte. „Ich verstehe sehr gut, was Sie meinen. Als Kind liebte ich Ingwerkekse. Unsere Köchin hat sie jedes Jahr zur Weihnachtszeit gebacken. Aber ich gebe zu, dass drei Jahre marokkanische Köstlichkeiten meinen Gaumen verfeinert haben.“

„Nicht doch!“, lenkte Rusa ein, die ebenfalls probiert hatte. „Dieses Gebäck ist sehr interessant. Schmecke ich nicht Nelken und Honig? Und ja, da ist noch ein Hauch Vanille.“

„Sie sind zu gütig, Rusa“, gab Sibylla zurück und legte ihren angebissenen Keks zurück auf ihren Teller. „Aber ich wollte Ihnen nur ein kleines Geschenk machen, das man in meiner Heimat mit dem Weihnachtsfest verbindet.“

„Wären Sie jetzt gern dort und würden mit Ihrer Familie das Fest der Geburt des Propheten feiern, den Sie Christus nennen?“ Rusa musterte ihren Gast mitfühlend. Mehr als drei Jahre kannte sie die Engliziya nun – eine lange Zeit, in der die Christin nicht nur eine verlässliche Geschäftspartnerin geworden war. Sie mochte die Frau mit dem Löwenhaar fast wie eine eigene Tochter.

Sibylla blickte zu den vielen Kindern des Kaids, die auf dem Rasen spielten. Ammen und Kinderfrauen saßen in der Nähe und passten auf, dass kein Streit ausbrach oder eines der Kleinen in den Fischteich fiel. Gewöhnlich nahm sie Tom und John in den Harem mit. Heute jedoch hatten beide über Bauchweh geklagt, und sie hatte sie zu Hause in Nadiras Obhut gelassen.

„Ich habe doch meine Familie hier in Mogador", antwortete Sibylla. „Ich bin glücklich."

„Vielleicht wird Ihre Familie bald noch größer, Sayyida Sibylla. Sie können el Sayyid noch viele Kinder schenken", warf Wahida ein.

Als Sibylla die schöne abessinische Favoritin des Kaids zum ersten Mal getroffen hatte, hatte diese ihrem Herrn bereits zwei Söhne geboren. In den letzten drei Jahren waren noch zwei Töchter hinzugekommen.

Sibylla dachte an Benjamin und Firyal. Sollte es in der Familie Hopkins noch Babys geben, wären sie nicht von ihr.

„Es ist gut so, wie es ist", sagte sie ohne Bitterkeit. „Meine beiden Jungs tanzen mir schon genug auf der Nase herum."

Wahida betrachtete sie nachdenklich. Es musste lange her sein, dass die Engliziya und ihr Mann das Lager miteinander geteilt hatten. Ihr jüngstes Kind war schließlich schon zwei Jahre alt. Aber wenn sie ihrem Gemahl Speisen wie dieses Ingwergebäck servierte, war es kein Wunder, wenn ihr Liebesleben trocken und ihr Schoß leer blieb!

Wahida kannte eine Menge Geheimnisse, wie eine Frau einen Mann an sich band. Sie wusste, wie berauschende Düfte wirkten und welche Zutaten eine Speise nicht nur schmackhaft machten, sondern auch das Feuer in einem Mann entfachten. „Frauennabel" zum Beispiel, ein saftiges zu einem Kringel geformtes Backwerk mit einem koketten Sahneklecks in der Mitte – oder „die Lippen der Schönheit", die süßer schmeckten als ein Kuss.

Aber die Engliziya schien nicht traurig, dass ihr Ehemann sie nicht mehr in sein Bett rief. Das konnte nur bedeuten, dass er entweder sehr ungeschickt war oder die Gesellschaft von Knaben vorzog. Oder scherte die schöne blonde Engliziya sich so wenig um ihren Gemahl, weil sie sich längst einen Geliebten genommen hatte?

Der heutige Tag war besonders gut geeignet, um das herauszufinden, denn heute feierten die Muslime das Ende des Ramadan. Gestern hatte der Muezzin das Erscheinen der silbernen Mondsichel verkündet, die den Monat Schawwal einleitete, und damit das Ende der Entbehrungen. Dreißig Tage hatten die muslimischen Ehefrauen des Kaids gefastet und gebetet, Allah gedacht, ihre Toten geehrt und Almosen gespendet. Zum Lohn hatte der Prophet ihnen in seiner unendlichen Weisheit ein Fest geschenkt, Eid ul-Fitr, das Fest des Fastenbrechens.

Als Sibylla kurz nach dem Mittagsgebet den Garten des Harems betreten hatte, herrschte dort bereits ausgelassene Stimmung. Eigentlich hatte sie nur die Seidenstrümpfe und Ingwerkekse als Geschenk für die Frauen und ihre Kinder abliefern wollen, aber Rusa und Lalla Jasira hatten sie eingeladen, mitzufeiern.

Jetzt lagerte sie zwischen den beiden wichtigsten Damen des Harems und Kaid Hash Hashs Lieblingskonkubine Wahida auf bequemen Polstern am Wasserbassin. Eine Sklavin hatte ihr Täubchenpastete und Dattelragout serviert, Lamm in Granatapfelsoße und Schwertfisch, der in frische Minzeblätter gewickelt war. Dazu trank sie nach Zimt und Kardamom duftenden Tee, und als Dessert brachte eine Dienerin Apfelsorbet mit kandierten Rosenblüten.

Wahrhaftig, dachte Sibylla, während sie sich eine Köstlichkeit nach der anderen auf der Zunge zergehen ließ. Bei diesem Essen ist es kein Wunder, dass die Frauen englische Ingwerkekse langweilig finden! Und ich muss aufpassen, dass ich nicht zu dick werde. André findet dicke Frauen bestimmt nicht attraktiv.

Seit sie den Franzosen vor drei Tagen am Strand getroffen hatte, nannte sie ihn insgeheim beim Vornamen. Immer wieder rief sie sich ihre Begegnung vor Augen. Als die Kinder sie unterbrochen hatten, weil ihnen der Drache weggeflogen war, war er kurz davor gewesen, ihr etwas Wichtiges zu sagen. Sie hatte gespürt, dass er ihr etwas ganz Persönliches enthüllen wollte, etwas, das ihn und sie betraf. Aber der kurze Moment war so rasch vorbei gewesen, und jetzt besaß sie nur die wehmütige Erinnerung an eine halb ausgesprochene Verheißung.

Sie unterdrückte ein Seufzen, nahm eine reife dunkelblaue Pflaume von der Obstplatte, die vor ihr auf einem flachen Tischchen stand, und schob sie sich in den Mund.

Wie köstlich die Früchte hier schmecken, dachte sie und schloss die Augen. So, als würden sie die goldene Wärme der Sonne, die hier jahraus, jahrein schien, in sich einschließen.

Als sie die Augen wieder öffnete, begegnete sie Wahidas Blick. Ihre kaffeebraunen Augen blitzten. Auch Lalla Jasira musterte sie mit einem kleinen Lächeln.

„Oh wie unser verehrter Gast an dieser Pflaume nascht!“, begann Wahida. „Ist es nicht, als würde sie einen Mann an seiner empfindlichsten Stelle liebkosen?“

Sibyllas Wangen wurden heiß. Sie wusste, dass die Frauen im Harem anzügliche Unterhaltungen liebten. Rusa achtete zwar darauf, dass es nie zu ungesittet, sündig oder grob zuging, aber bei einem Fest wie heute durften sie über die Stränge schlagen. Außerdem war die Mutter des Kaids nach dem reichlichen Mahl in ihrem Sessel eingenickt und hörte ohnehin nichts von der Unterhaltung.

„Errötet die Frau mit dem Löwenhaar nicht wie ein Mädchen vor der ersten Liebesnacht?", neckte Wahida weiter. „Dabei hat der Englizy ihre Rosenknospe doch geöffnet und ihr zwei starke kleine Rosenstämme geschenkt." Sie pflückte eine saftige goldene Weintraube von einer Rebe und schob sie sich mit einer anmutigen Bewegung in den Mund.

Sibylla wusste nicht, was sie darauf sagen sollte. In dieser Art von Konversation war sie vollkommen ungeübt. Vorsichtig blickte sie zu Lalla Jasira. Die erste Frau des Kaids hielt einen Zipfel ihres Schleiers vor den Mund und gluckste leise. Sibylla beschloss, so souverän wie möglich zu reagieren und auf keinen Fall zuzugeben, dass sie von Wahidas Gerede nur die Hälfte verstanden hatte. Was die Konkubine meinte, wenn sie von einer Rosenknospe sprach, konnte sie sich vorstellen, und es war ihr peinlich genug. Doch was hatte die Pflaume, die sie gerade gegessen hatte, mit Benjamins empfindlichsten Stellen zu tun? In Gedanken überflog sie die Geschichten aus 1001 Nacht. Doch sie konnte sich an keine Stelle erinnern, in der Pflaumen bei der Liebe eine Rolle spielten. In ihren wenigen intimen Nächten mit Benjamin hatte sie auch keine besonders empfindlichen Stellen bei ihm bemerkt.

Wenn jemand weiß, wo diese sich befinden oder ob er überhaupt welche besitzt, dann Firyal, dachte sie nüchtern.

„Wenn die Damen mich entschuldigen." Sie verspürte keine Lust, sich weiter von der Konkubine veralbern zu lassen, nickte Lalla Jasira und Wahida zu, stand auf und ging zu dem Podest, das unter einem bunten Seidenbaldachin aufgebaut war.

Zur Feier des Eid ul-Fitr hatte Rusa fahrendes Volk engagiert, zehn Frauen und einen blinden Mann, die musizierten, tanzten und aufreizende Lieder sangen. Sibylla gesellte sich zu einer Gruppe Frauen, die im Halbkreis um das Podest standen, fröhlich mitsangen und im Takt kleine Kupferzimbeln schlugen. Drei junge Konkubinen drängten sich mit wippenden Hüften an Sibylla vorbei auf den blinden Musiker zu, der die Al-rababa zupfte, die einsaitige Geige.

„Bist du wirklich blind oder genießt du heimlich den Anblick verbotener Früchte?", wisperte eine so nah an seinem Ohr, dass ihr Atem seinen faltigen Hals streifte. Eine andere nahm kichernd ihren Schleier und verband ihm die trüben Augen. Auch er schien seinen Spaß zu haben, denn plötzlich streckte er einen Arm aus und lief ein paar Schritte nach vorn, und die jungen Frauen stoben kreischend auseinander. Sibylla musste lachen. Was machte es schon, dass Wahida sie ein bisschen aufgezogen hatte? Heute war schließlich ein Festtag!

„Wumm! Wuwumm!"

Nicht nur Sibylla fuhr erschrocken zusammen, die Frauen unterbrachen ihre Unterhaltungen, die Kinder ihr Spiel, die Musikerinnen ihre Darbietung. Rusa fuhr aus ihrem Sessel hoch und sah sich verwirrt um.

„Das sind Gewehrschüsse! Sie kommen vom Strand!", rief eine der Frauen.

„Lasst uns aufs Dach gehen! Von dort können wir den Strand sehen", schlug eine andere vor. Alle eilten zu der Steintreppe, die nicht nur den Garten mit den Gemächern des Harems verband, sondern auch auf das Flachdach des Statthalterpalastes führte. Während die Frauen die Stufen hinaufliefen, zogen sie ihre Schleier über Haar und Gesicht, so dass sie von weitem aussahen wie eine bunte Schar Paradiesvögel. Die größeren Kinder rannten aufgeregt vorneweg, die kleineren wurden von ihren Ammen getragen. Zum Schluss folgten Sibylla mit Lalla

Jasira sowie Wahida und Rusa, die sich auf den Arm ihrer Leibsklavin stützte.

„Was für ein Lärm!", sagte die Mutter des Kaids beunruhigt. „Hoffentlich ist dort unten nichts passiert!"

„Ich glaube, ich weiß, warum sie schießen", warf Sibylla ein. „Mein Mann hat mir heute Morgen gesagt, dass er am Nachmittag zum Strand muss, weil Seine Exzellenz Gewehre ausprobieren will, die er für Seine Majestät bestellt hat."

„Wummwumm!", tönte es wie zur Bestätigung.

Wenig später stand Sibylla zwischen den anderen Frauen und Kindern an der Brüstung des Flachdachs und spähte über die Stadtmauer hinweg zum Strand. Dort unten bot sich ein aufregendes Schauspiel. Zehn Männer in wehendem Burnus, unter ihnen der Kaid, galoppierten über den Sand. Ihre Pferde waren mit prachtvollen Zäumen geschmückt, von den Satteldecken wehten lange bunte Fransen. In einer Hand hielten die Männer Gewehre, die sie geschickt über dem Kopf herumwirbelten, mit der anderen dirigierten sie ihre Pferde und stießen dabei immer wieder angriffslustige Schreie aus. Als die Gruppe sich teilte, erblickte Sibylla ein Gerüst am Strand. Es bestand aus zwei in den Sand gerammten Holzstangen über die eine dritte Stange gelegt worden war. An dieser baumelten mit Stricken festgebundene seltsame Gegenstände, die sie an Kürbisse oder Ballons erinnerten.

„Haben sie Melonen aufgehängt?", fragte Rusa neben Sibylla und blinzelte kurzsichtig.

„Ich glaube eher, dass das mit Wasser gefüllte Tiermägen sind. Vielleicht auch Tierblasen, die sie als Zielscheiben benutzen", antwortete Sibylla. „Schauen Sie nur, unter dem Gerüst ist der Sand nass. Man kann sogar die zerfetzten Überreste der Ballons erkennen." Dann entdeckte sie Benjamin. „Dort unten ist mein Gatte“, sagte sie.

Benjamin saß auf seinem fuchsroten Hengst in sicherer Entfernung vom Gerüst und den Arabern mit ihren Gewehren. Er selbst trug kein Gewehr. Sein Tier tänzelte unruhig auf der Stelle, und er hatte alle Hände voll zu tun, um es zu bändigen.

„Tragen die englischen Männer so einen Anzug, wenn sie in die Schlacht reiten?“, fragte Lalla Jasira und musterte Benjamins Zylinder, seine wippenden Frackschöße und kniehohen ledernen Stiefel interessiert.

Sibylla schüttelte den Kopf. „Die Kavallerie trägt Uniformen. Wenn Sie wünschen, lasse ich Ihnen aus England ein Bild unserer Palastwache in London schicken. Mein Mann trägt den Reitanzug eines Zivilisten, eines Gentleman, wie wir in England sagen.“

Wahida blickte durch die Öffnung in ihrem Schleier ebenfalls zu Benjamin. Sie hatte schon lange gerätselt, wie der Gemahl von Sayyida Sibylla aussah, und war ein wenig enttäuscht. Er war lang und dünn wie Schilfgras, gewiss nicht kraftvoll und ausdauernd genug, um einer Frau, die die Stärke der Löwin in sich trug, gewachsen zu sein. Die Engliziya tat ihr leid, wenn sie daran dachte, wie unbefriedigend die Liebe mit ihrem Gatten sein musste. Sie zog ihren Schleier ein Stückchen herunter und beugte sich zu Sibyllas Ohr: „Wenn Ihr Gemahl Sie ruft, dann nehmen Sie einen Becher Wein mit, den Sie mit einer Prise Safran würzen. Das stärkt seine Lenden und macht ihn hungrig.“

Doch Sibylla hatte nicht zugehört. Wie gebannt schaute sie auf den Strand. Wahida folgte ihrem Blick, und als sie begriff, verzogen ihre Lippen sich zu einem feinen Lächeln.

„Es ist also der Faransawi, den Sie begehren", flüsterte sie Sibylla zu. „Beim Allmächtigen, ein schöner Mann! Er lässt das Herz einer Frau vor Freude singen, nicht wahr?"

Sibylla hatte André Rouston nicht sofort gesehen, da er von Benjamin und seinem Pferd verdeckt worden war. Doch als er jetzt zu dem Gerüst lief – ein paar der Araberjungen, die vor drei Tagen mit ihren Söhnen gespielt hatten, im Schlepptau –, setzte ihr Herz einen Schlag aus.

Hör auf, dachte sie und presste ihre Finger gegen die steinerne Brüstung. Hör auf, dich unerfüllbaren Phantasien hinzugeben! Das ist dumm und sinnlos!

Doch sie konnte die Augen nicht abwenden, während André nacheinander sorgsam prüfte, ob die Reiter ihre Gewehre richtig geladen hatten. Auch die arabischen Reiter begegneten ihm mit Ehrerbietung und neigten respektvoll die Köpfe, wenn er ihnen die Gewehre zurückgab.

„Sayyida Sibylla." Sie zuckte zusammen, als Wahida ihre Hand berührte. „Wenn Sie es wünschen, wird meine Sklavin dem Faransawi eine Botschaft von Ihnen übermitteln."

Sibylla zog rasch ihre Hand zurück. „Sie irren sich, Wahida. Ich bin eine verheiratete Frau und Mutter!"

Doch sie fragte sich, ob ihr wirklich so deutlich ins Gesicht geschrieben stand, was sie für Rouston empfand? Unsicher blickte sie zu Rusa. Glücklicherweise hatte die Mutter des Kaids nur Augen für ihren Sohn, der gekonnt sein sich aufbäumendes Pferd bändigte. Lalla Jasiras dunkle Augen aber ruhten auf ihr, als wüsste sie genau, was gerade in ihr vorging. Vor Verlegenheit errötete Sibylla. Die Hauptfrau legte ihr ganz leicht eine Hand auf die Schulter und sagte freundlich: „Es scheint mir, als habe Ihr verehrter Gemahl den Männern dort unten ihr Lieblingsspielzeug gebracht."

Sibylla nickte nur und schaute wieder zum Strand. Die Araberjungen hatten sich in Erwartung eines großartigen Schauspiels in den Sand gesetzt. Rouston hatte seine Pistole aus dem Gürtel gezogen und entfernte sich ein Stück vom Gerüst. Er hob den rechten Arm und hielt ihn sekundenlang still. Dann feuerte er die Pistole ab, die Reiter rissen die Gewehre hoch und jagten los. Sand stob unter den Hufen auf, Geschrei erfüllte die Luft. Während die Pferde noch galoppierten, legten die Männer die Gewehre an, parierten durch und schossen.

„Wuwumm!" Mit dumpfem Knall zerplatzten die Tierblasen. Wasser spritzte, der Geruch verbrannten Schießpulvers erfüllte die Luft. Rings um Sibylla lachten und jubelten die Frauen. Die Kinder liefen aufgeregt auf dem Dach umher und ahmten Schießgeräusche nach. Sie selbst aber fühlte sich einsam und niedergeschlagen. Sie verabschiedete sich von Rusa, Lalla Jasira und Wahida und ließ sich von einer Sklavin zum Eingang des Harems bringen.

„Die Frau mit dem Löwenhaar ist eine tugendhafte Frau", sagte Lalla Jasira zu Wahida. Sie konnte nicht gehört haben, was Wahida Sibylla angeboten hatte, aber vielleicht ahnte sie es.

„Gewiss", entgegnete die Konkubine und blickte zum Strand, wo die Reiter erneut Aufstellung genommen hatten. „Aber ist es nicht so, dass der Brunnen nach Wasser dürstet, wenn er trocken ist?"

„Sibylla!"

Sie fuhr herum. André war wie aus dem Nichts vor ihr in der engen Gasse aufgetaucht.

„Was tun Sie hier? Warum sind Sie nicht am Strand?" Sie fühlte sich völlig überrumpelt.

Statt einer Antwort fasste er sie am Arm und zog sie in den Hinterhof einer kleinen Bäckerei. In der Mitte des Hofes stand der Ofen. Er sah aus wie ein großer Bienenkorb und war aus getrockneten Lehmstroh-Ziegeln gebaut. Der Ofen gehörte dem Bäcker und diente gleichzeitig als öffentlicher Ofen für das Viertel. Jeden Morgen trugen die Frauen auf großen Holzbrettern ihren frisch gekneteten Brotteig hierhin und backten daraus köstliche Fladen. Jetzt, am späten Nachmittag, war der Hof verlassen. Zwei Katzen, die auf einem Stapel Holzscheite gesessen und sich geputzt hatten, huschten davon, als sie die Menschen hörten. Aus einigen Türen auf dem Umgang klangen Stimmen, und es roch nach Essen, das die Bäckersfrau für die Abendmahlzeit kochte.

André zog Sibylla unter den Umgang. Hier war es fast dunkel. Sie sah seine Augen im Zwielicht glänzen. „Ich habe Sie auf dem Dach gesehen", ließ er sie wissen. „Sie hatten Ihr Haar nicht bedeckt. Dann waren Sie plötzlich verschwunden. Ich habe mir gedacht, dass Sie nach Hause gehen wollten, und bin sofort losgelaufen, um sie noch irgendwo auf dem Weg zu treffen." Seine Stimme klang warm und zärtlich. Immer noch hielt er sie fest. Sibylla spürte ihr Herz schneller schlagen.

„Verzeihen Sie, dass ich Ihnen aufgelauert habe", fuhr André fort. „Aber ich konnte nicht anders. Ich musste Sie sehen."

Er stand ganz nah vor ihr. Sie konnte die Wärme spüren, die sein Körper ausstrahlte, und roch den herben männlichen Duft seiner Haut.

„Und jetzt?", fragte sie leise. „Was werden Sie nun tun, da Sie mir – aufgelauert haben?" Wenn er sie in seine Arme ziehen und küssen würde, hätte sie nicht das Geringste dagegen.

„Ich möchte, dass wir uns in Ruhe treffen können, dass wir Zeit haben, um uns miteinander zu unterhalten. Weißt du noch, wo du mit deinen Kindern den Drachen hast steigen lassen? Dahinter liegt die Westbastion, und dort gibt es eine alte Kirche aus der Zeit, als die Portugiesen hier einen Handelsposten besaßen. Sie steht seit langem leer, es finden keine Gottesdienste mehr dort statt. Willst du dich dort mit mir treffen, Sibylla? Wir wären völlig ungestört." Er war einfach so zur vertrauten Anrede übergegangen, aber sie fand das schön. Sie fühlte sich ihm dadurch noch näher. Doch bei dem Gedanken, ihn in dieser verlassenen Kirche zu treffen, kamen ihr Zweifel.

„Ich bin eine verheiratete Frau. Ich kann nicht wie ein Dieb durch die Gassen schleichen, um einen anderen Mann zu treffen! Was ist, wenn uns jemand beobachtet?"

„Ich werde nach dem Nachtgebet vor deinem Haus warten", erwiderte André. „Niemand wird uns in der Dunkelheit sehen. Nicht einmal der Mond wird uns verraten. Die Sichel ist noch ganz schmal."

„Sie haben wirklich an alles gedacht, Monsieur Rouston. Aber ich habe noch nicht ja gesagt." Sie klang spöttisch. Es störte sie, dass er schon alles über ihren Kopf hinweg geplant und beschlossen hatte. Aber wenn der Franzose sie für eine Frau hielt, die leicht zu haben war, hatte er sich getäuscht!

Doch André ließ sich nicht beirren. „Hör auf mit den Förmlichkeiten, Sibylla! Ich weiß, dass du es auch gespürt hast, das Besondere zwischen uns." Er strich ihr mit den Fingern behutsam eine Haarsträhne, die sich aus ihrer Frisur gelöst hatte, hinters Ohr. Sie bekam eine Gänsehaut. Benjamin hatte ihr Bett geteilt, sie hatten zusammen Kinder, doch das alles hatte nicht gereicht, um eine wirkliche Bindung zwischen ihnen entstehen zu lassen. Bei

André genügte eine kleine Berührung, und sie war bereit, ihr Ehegelöbnis zu vergessen.

„Du hast recht“, gab sie zu. „Aber ist das Grund genug, deshalb unseren Gefühlen nachzugeben?“

„Ist es nicht das Einzige, was uns bleibt?“ Seine Stimme wurde drängend. „Zwei, drei Tage noch, dann reite ich zu den Chiadma zurück, und es wird Monate dauern, bis wir uns wiedersehen.“

Sie sah ihm in die Augen. „Wenn wir uns früher getroffen hätten, unter anderen Voraussetzungen. Aber das Schicksal hat es anders gewollt …“ Sie unterbrach sich. „Es ist gleich dunkel. Ich muss gehen. Au revoir, André.“

Rasch, bevor sie es bedauern konnte, schritt sie über den Hof davon. Im Durchgang zu der Gasse hatte er sie eingeholt. „Ich werde vor deinem Haus warten, Sibylla“, raunte er ihr eindringlich zu. „Wirst du kommen?“

Sie musterte ihn mit einem kleinen Lächeln. „Vielleicht. Aber warte nicht vor dem Haus. Dort sieht dich der Torwächter. Warte an der kleinen Pforte, die aus der Küche auf die hintere Gasse führt.“

„Allah ist groß, Allah ist groß. Ich bezeuge, dass es keinen Gott außer Allah gibt!“, rief der Muezzin.

Es war bald Mitternacht. Sibylla schlang sich einen Schal über Kopf und Schultern, nahm ihre Schuhe in die eine Hand, eine Kerze in die andere und tappte auf Zehenspitzen aus ihrem Zimmer. Auf dem Umgang blieb sie einige Augenblicke stehen. Im Haus war es still. Aber sie hörte das ferne Rauschen des Meeres und den Wind, der durch das Laub des Olivenbaumes im Hof wehte. Ihre Kerze spendete gerade so viel Licht, dass sie die Umrisse ihrer Umgebung erkennen konnte. Am Himmel funkelten ein paar Sterne, graue Wolkenschatten zogen vorbei und verbargen die silberne Mondsichel.

Ich bin siebenundzwanzig Jahre alt, dachte sie, während sie auf Zehenspitzen über die Holzbohlen tappte. Und ich bin zum ersten Mal in meinem Leben verliebt. Ein wundervolles Gefühl!

Während Benjamin ihr beim Abendessen lang und breit vom Probeschießen erzählt hatte, hatte sie ihre Bedenken über Bord geworfen. Sie hatte sich eingeredet, dass sie nur dieses eine Mal nachgeben und sich mit André treffen würde. Die Erinnerung an diese wenigen Stunden würde sie wie einen Schatz in ihrem Herzen bewahren. Was sie vorhatte, mochte unrecht sein. Aber sie wollte wenigstens ein Mal in ihrem Leben erfahren, wie es sich anfühlte, von einem Mann in den Armen gehalten zu werden, der sie wirklich begehrte und den sie begehrte.

Nachdem sie ihren Entschluss gefasst hatte, fühlte sie sich fröhlich und frei wie schon lange nicht mehr. Sie begann sogar, Spaß an der Vorstellung zu finden, etwas zu tun, das einer Frau normalerweise versagt war. Zwar war Ehebruch auch Männern verboten, aber wie wenig dieses Verbot zählte, zeigte ihr das Beispiel ihres eigenen Mannes.

Sie blieb vor der Tür von Tom und Johnny stehen, drückte die Klinke vorsichtig hinunter und spähte ins Zimmer. Als sie das gleichmäßige tiefe Atmen ihrer Söhne hörte, konnte sie nicht widerstehen und betrat den Raum. Im Kerzenlicht sah sie ihre beiden kleinen Jungen fest schlafend in ihren Betten liegen. Tom seufzte leise und runzelte im Traum die Stirn. Sie beugte sich hinunter und strich ihm behutsam über die Locken. Johnnys Wangen schimmerten rosig. Er hielt den kleinen Esel, den sie ihm aus Stoffresten genäht hatte, fest im Arm.

Sie wollte gerade gehen, als ihr siedend heiß einfiel, dass die Jungen aufwachen könnten, weil sie wieder Bauchweh hatten. Sie würden nach ihrer Mutter rufen, aber die war nicht da, weil sie leichtfertig ihrem Vergnügen nachjagte! Benjamin würde ebenfalls aufwachen, und dann würde er entdecken, dass sie mitten in der Nacht aus dem Haus verschwunden war.

Wie konnte sie nur so eine Rabenmutter sein! Ihre Ehe mochte das Papier der Heiratsurkunde nicht wert sein, aber ihre Kinder bedeuteten ihr alles!

Nein, sie konnte nicht gehen. Sie musste auf ihr eigenes kurzes kleines Glück mit André Rouston verzichten, auch wenn es sie noch so sehr schmerzte.

„Sollte ein voll beladenes Frachtschiff nicht tiefer im Wasser liegen, Philipps?" Kaid Hash Hash betrachtete mit gerunzelter Stirn das Heck der Queen Charlotte.

Der Hafenmeister blickte ebenfalls zu dem großen Segelschiff, das gerade langsam durch die schmale Hafen-ein- und -ausfahrt manövrierte, und nickte nachdenklich. „Ich stimme Ihnen zu, Exzellenz, ein voll beladenes Schiff liegt gewöhnlich tiefer im Wasser."

„Besteht die Gefahr, dass sie auf Grund läuft, wenn sie die gesamte Fracht aufnimmt, die sie fassen kann?" Der Kaid wusste nur zu gut, dass das Hafenbecken versandet war und dringend ausgebaggert werden musste. Doch bei Allah, wer sollte die Kosten für solch ein Unternehmen tragen? Der Sultan hatte bereits signalisiert, dass er keinen Dirham erübrigen konnte. Blieb noch die Kaufmannschaft. Aber diese bestand ausschließlich aus Geizhälsen, die auf ihrem Geld saßen wie das Huhn auf seinen Eiern!

„Bei Ebbe könnte es sein, dass sie auf Grund läuft, jetzt haben wir jedoch Flut. Da bleibt ihr genug Wasser unter dem Kiel", antwortete Philipps.

„Vielleicht liegt es an der Fracht?", forschte der Statthalter weiter. „Straußenfedern sind leicht, Elefantenstoßzähne nehmen eine Menge Platz weg. Das würde den mangelnden Tiefgang bei voller Ladung ebenfalls erklären."

Doch der Hafenmeister schüttelte den Kopf: „Sie hat hauptsächlich Leder und Fässer mit Palmöl an Bord, dazu noch ein paar Kisten mit Gewürzen."

„Hm." Der Kaid rieb sich unzufrieden den schwarzen Kinnbart. „Zielhafen?"

„Baltimore, Exzellenz, in den Vereinigten Staaten."

„Wissen Sie das genau?“ Die schwarzen Raubvogelaugen richteten sich auf den Hafenmeister.

„Gewiss, Exzellenz. Wieso fragen Sie? Ist etwas nicht in Ordnung?“ Philipps spürte, wie ihm trotz der frischen Dezemberbrise der Schweiß ausbrach. Blitzschnell überlegte er, ob ihm irgendein Fehler bei der Abfertigung der Queen Charlotte unterlaufen sein könnte. Kaid Hash Hash verstand diesbezüglich keinen Spaß. Schon manch einer hatte sich bei dem bloßen Verdacht des Statthalters, dass ihm Zölle oder Steuern entgangen sein könnten, in den Festungsverliesen wiedergefunden.

Der Kaid winkte den schwarzen Jungen heran, der seine Wasserpfeife hinter ihm hertrug, führte den Schlauch zum Mund und nahm einen tiefen Zug. Während er den Rauch langsam zwischen den Lippen hervorblies, blickte er erneut zu dem mächtigen Westindiensegler. Der Wind trug Pfiffe und gebrüllte Kommandofetzen an sein Ohr. Matrosen kletterten in die Takelage und rannten an Deck hin und her.

„Sie nimmt Kurs nach Süden“, hatte sein Spitzel ihm versichert, nachdem er sich den ersten Maat der Queen Charlotte vorgenommen hatte. Der Statthalter kräuselte verächtlich den Mund, wenn er daran dachte, wie bereitwillig der Mann bei der Aussicht auf ein paar Löffel geschmolzenen Bleis im Magen geredet hatte. Wohin auch immer die Queen Charlotte segelte, Baltimore war es nicht. Kap Juby im äußersten Süden Marokkos hatte der vor Angst schlotternde Maat behauptet. Und er hatte eine weitere interessante Neuigkeit ausgeplaudert: Der Zimmermann der Queen Charlotte hatte Befehl erhalten, zwei Zwischendecks einzuziehen, sobald sie das offene Meer erreicht hätten.

Hash Hash schnippte mit dem Finger, woraufhin der Junge ihm eilig den Schlauch der Shisha abnahm. „Philipps!"

Der Hafenmeister fuhr zusammen: „Exzellenz?"

„Warum segelt ein Schiff südwärts, wenn es eigentlich nach Westen segeln sollte?"

Der Hafenmeister zog die Stirn kraus. „Das kann am Wind liegen oder an der Meeresströmung, aber nicht hier in Mogador, Exzellenz, von hier segeln die Schiffe direkt westwärts. Also nimmt es vielleicht in einem anderen Hafen Fracht auf, bevor es den Atlantik überquert."

Die Nasenflügel des Kaids zuckten wie bei einem Bluthund, der Witterung aufgenommen hatte. Agadir, die einzige marokkanische Küstenstadt südlich von Mogador, fiel aus. Der Sultan hatte den dortigen Hafen schon vor Jahren geschlossen, um den aufsässigen und machthungrigen Bewohnern der Stadt eine Lektion zu erteilen, und nach Agadir begann das endlose bis an den Ozean reichende Sandmeer der Sahara.

„Welche Fracht würde ein Schiff wie die Queen Charlotte an der Küste der Sahara an Bord nehmen?", fragte Hash Hash und blickte den Hafenmeister gespannt an.

„Keine", erwiderte Philipps verständnislos. „Dort gibt es nicht einmal vernünftige Häfen. Wenn die Queen noch weiter nach Süden fährt, nach Guinea oder an die Goldküste, würde ich sagen, sie lädt Sklaven. Aber warum fragen Sie, Exzellenz?"

„Nur weil es mich interessiert, Philipps, nur weil es mich interessiert." Kaid Hash Hash verschränkte seine Hände hinter dem Rücken und blickte aufs Meer. Die Queen Charlotte hatte die enge Hafenausfahrt hinter sich gelassen. Möwen kreisten über ihren Masten. Ihre Segel blähten sich im Wind, während ihr spitz zulaufender Bug langsam nach Süden drehte.

Allmählich passt alles zusammen, dachte der Statthalter befriedigt. Die diskreten Treffen zwischen dem Kapitän der Queen Charlotte, Hopkins und dem Hebräer Toledano, das nur halb beladene Schiff, das wenig später den Hafen verließ, und die wertvollen Besitztümer, die der protzerische Engländer anhäufte – zuletzt eine seltsame Schale mit vergoldeten Löwenfüßen, die er als Badewanne bezeichnete.

Hopkins musste Einnahmen erzielen, die er weder versteuerte noch verzollte. Nur, worum es dabei ging, hatte Kaid Hash Hash nicht herausgefunden, bis die Bemerkung seines Hafenmeisters ihm den entscheidenden Hinweis lieferte: Sklavenhandel.

Nicht dass der Kaid etwas gegen den Sklavenhandel einzuwenden hatte. Er hätte sogar mit sich reden lassen, wenn ein Ungläubiger mit Sklaven handeln wollte. Aber wenn dieser Ungläubige dachte, alle Gewinne an ihm und Seiner erhabenen Majestät Sultan Moulay Abd Er Rahman vorbeischmuggeln zu können, hörte der Spaß auf! Und der verfluchte Hebräer, über den Seine Majestät stets seine schützende Hand gehalten hatte, steckte mit dem Christen unter einer Decke!

Hash Hash bebte vor Erregung, wenn er daran dachte, wie er den prahlerischen Engländer gefangen nehmen würde, damit er in den Verliesen der Kasbah mit einigen seiner ausgesuchtesten Folterinstrumente Bekanntschaft schloss! Doch dann erinnerte er sich wieder, dass Hopkins Ausländer war, ein Englizy, Untertan einer mächtigen Königin, die die halbe Welt beherrschte. Wenn er einen ihrer Bürger zu hart anfasste, würde er wahrscheinlich den Zorn dieser Königin auf Marokko ziehen. Und dann fiele er bei Seiner Majestät in Ungnade. Der Sultan achtete nämlich sehr darauf, weder die englische Königin noch die anderen Herrscher Europas zu verärgern.

Marokko sollte es nicht ergehen wie Algerien, das nur noch ein unwürdiger Vasall der Franzosen war!

Nein, dachte der Kaid und schüttelte betrübt den Kopf. Den Engländer musste er dem Sultan überlassen. Aber den verräterischen Hebräer durfte er sich vornehmen! Er wandte sich dem Hafenmeister zu, der neben ihm stand und auf weitere Befehle wartete.

„Kommen Sie diese Woche zum Palast, um eine Shisha mit mir zu teilen!", befahl er dem verwirrt blinzelnden Hafenmeister. „Ich bin sehr zufrieden mit Ihrer Treue zu Seiner allergnädigsten Majestät. Sie haben bedacht, dass ein Ungläubiger niemals größer werden darf als die wahren Kinder Allahs!"

André Rouston beugte sich zu dem Araberjungen und reichte ihm einen Korb mit süß duftenden Orangen. „Die gibst du nur der englischen Mistress, nicht dem Koch und auch keinem der Hausmädchen, hast du das verstanden?"

„Ja, Herr!" Der Junge blickte ihn treuherzig an.

„Und was wirst du der Mistress sagen, wenn du ihr die Orangen überbringst?"

„Dass sie zur Zeit des Mittagsgebetes zu dem Ort kommen soll, von dem der Faransawi ihr erzählt hat", wiederholte der Junge.

Rouston lächelte zufrieden. „Sehr gut!" Er öffnete den Lederbeutel, der an seinem Gürtel hing, zählte ein paar Münzen ab und gab sie dem Kleinen, der sie mit einem glücklichen Lächeln in den Falten seines Turbans verschwinden ließ.

„Jetzt lauf! Ich warte hier. Wenn du mir berichten kannst, dass du die Herrin angetroffen hast, bekommst du noch eine Belohnung."

Zur Mittagszeit wartete Rouston bereits zwei Stunden in der alten portugiesischen Kirche auf Sibylla. Nachdem der Araberjunge zurückgekommen war und stolz berichtet hatte, dass er alles genauso gemacht hatte, wie der Faransawi ihm aufgetragen hatte, war André vom französischen Konsulat – wo er immer wohnte, wenn er sich in Mogador aufhielt – zu der kleinen Kirche geeilt. Er wusste, dass er viel zu früh war, aber vielleicht kam auch Sibylla zu früh, und wenn sie ihn nicht antraf, ging sie womöglich gleich wieder!

Er hatte auf der rechteckigen Erhöhung direkt unter dem Glockenturm einen kleinen Teppich ausgerollt, auf dem zwei Menschen nur dicht nebeneinander Platz fanden. Dort saß er und blickte in das helle Mittagslicht, das in schmalen goldenen Streifen durch die Löcher im Dach fiel.

Im Grunde ist es lächerlich, dachte er kopfschüttelnd. Ich bin dreiunddreißig Jahre alt. Ich habe mehr von der Welt gesehen als manch anderer Mann, und ich habe genug Frauen gekannt. Trotzdem fühle ich mich genauso aufgeregt wie damals, als ich ein vierzehnjähriger Bengel war und die Tochter des Gastwirts mir erlaubte, hinter unserer Scheune in ihr Mieder zu greifen.

Er ließ den Blick durch den kleinen Kirchenraum schweifen. Der letzte Priester hatte diesen Ort verlassen, als die Portugiesen um die Mitte des sechzehnten Jahrhunderts ihren Handelsposten an der Stelle des heutigen Mogador hatten aufgeben müssen. Seither verfiel die Kirche. Hinter der Eingangstür wartete kein Weihwasserbecken mehr, in dem Gläubige ihre Finger benetzten, auf den gesprungenen Steinplatten standen keine Bänke, in denen Betende knieten, die Glasfenster waren geborsten, Spinnweben hingen von den Wänden, und in Mauernischen nisteten Tauben. Die Orgelpfeifen hatten die Piraten, die nach den Portugiesen an dieser Küste Unterschlupf gefunden hatten, eingeschmolzen, ebenso die Glocken, so dass hoch im Turm nur noch Fledermäuse hausten. Es war friedlich hier. Sonnenstrahlen fielen durch das zerstörte Dach auf André und wärmten ihn. Er hörte den Wind in den zugigen Ecken, das Gurren der Tauben und das Trippeln winziger Mäusepfoten, die über die verwitterten Bodenplatten huschten. Wären da nicht die kopflose Statue des heiligen Antonius, des Schutzpatrons Portugals, und die Figur der Nationalheiligen Isabel im Ornat der Franziskanerinnen gewesen, die rechts und links des ehemaligen Altarbereichs auf steinernen Sockeln wachten, hätte niemand mehr geahnt, dass es sich hier einst um eine Kirche gehandelt hatte.

Warum Sibylla wohl nicht gekommen war, in jener Nacht vor vier Wochen? Irgendetwas oder irgendjemand musste sie aufgehalten haben. Ihr Ehemann vielleicht, der ausgerechnet in dieser Nacht ihr Bett teilen wollte? Die Vorstellung, dass Benjamin Sibylla in den Armen hielt und liebte, war für André kaum zu ertragen. Möglicherweise hatte sie ihn auch gar nicht treffen wollen – eine Überlegung, die ihm genauso wenig gefiel. Oder hatte sie den Mut verloren? Aber eine Frau wie Sibylla verlor nicht den Mut, sondern tat, was sie für richtig hielt.

In jener Nacht, als er vergeblich gewartet hatte, hatte er beschlossen, Mogador zu verlassen, zu den Chiadma zurückzureiten und erst im Herbst wiederzukommen, wenn es Zeit wurde, die Dattelernte zu verkaufen. Bis dahin hatten sich seine Gefühle für eine verheiratete Frau, die nie wirklich seine Frau sein würde, hoffentlich abgekühlt!

Aber Tag um Tag verging, er war geblieben, und jetzt saß er hier in der Ruine dieser alten Kirche und schickte ein Stoßgebet zum Himmel, dass Sibylla ihn nicht auch dieses Mal versetzte. Neben ihm stand ein Korb mit Rotwein, dunkel und zähflüssig wie Sirup, Trüffelpastete und Schinken, der nach den Eichenwäldern seiner Heimat schmeckte – Delikatessen, die er dem Koch des französischen Konsuls abgekauft hatte, um damit die Frau zu verwöhnen, die ihn mehr fesselte als jede andere.

Doch wo blieb Sibylla? Er blickte zu dem größten Loch in der Decke des Kirchenschiffes, um den Sonnenstand abzuschätzen. Seit der Muezzin zum Mittagsgebet gerufen hatte, war mindestens eine halbe Stunde vergangen. Eine halbe Stunde werde ich noch warten, beschloss er in verzweifeltem Aufbegehren. Wenn sie bis dahin nicht kam, war es genug. Dann würde er gehen und sich ihr nie wieder aufdrängen!

Er stutzte. An der Außenseite der Eingangstür hörte er ein Klacken, als zöge jemand am Riegel, die rostigen Angeln quietschten, dann wurde die Tür geöffnet, und eine Gestalt schob sich durch den Spalt. Einen kurzen Moment fiel das Sonnenlicht in einem breiten Streifen in den Kirchenraum, und in dem Schein erkannte er die Silhouette einer Frau. Dann fiel die Tür hinter ihr zu, und die Gestalt verschwamm mit dem Zwielicht unter dem Portal.

„André?“ Leise, unsicher fragend hörte er ihre Stimme.

„Sibylla!“ Er stand auf und kam ihr entgegen. Eine Taube flatterte empor und verschwand durch eines der Löcher im Dach. Dann lagen sie sich in den Armen.

„Tu es là!“, flüsterte er. „Mon dieu, wie habe ich auf dich gewartet!“ Er nahm ihr Gesicht in beide Hände und küsste sie, und sein Glück kannte keine Grenzen, als sie ihre Arme um ihn warf und ihn ebenfalls küsste.

„Pardon“, brachte er hervor, als sie sich endlich voneinander gelöst hatten. „Aber ich konnte nicht anders.“

Sie schüttelte den Kopf und legte einen Finger auf seine Lippen. „Danke für die Orangen“, flüsterte sie.

„Ist dir jemand gefolgt? Dein Mann vielleicht?“ Er blickte besorgt zur Tür.

„Benjamin ist seit Wochen auf Geschäftsreise in Fès und Marrakesch. Hier in der Gasse waren ein paar Kaufleute, die zum portugiesischen Konsulat wollten. Ich hoffe, sie haben mich nicht erkannt.“

Er streckte eine Hand aus und zog den Schal von Sibyllas Haar. Wie immer war sie ähnlich wie die einheimischen Frauen gekleidet: In eine Tunika aus silbergrauem bestickten Damast und eine weite Hose, die Chalwars. Ihre zerzauste Frisur bildete dazu einen reizvollen Kontrast. Verheiratet oder nicht, noch nie hatte ihn eine Frau so in ihren Bann gezogen!

André räusperte sich. „Wenn irgendwelche Leute dich erkannt haben, dann nur an deinen blauen Augen. Aber sobald du sie ansiehst, wird es ihnen gehen wie mir, und sie verlieren den Verstand.“

Sie schwieg verlegen. Benjamin machte ihr nur selten Komplimente. Fand André sie wirklich schön oder gar verführerisch?

Er nahm ihre Hand, drehte sie um und bedeckte die Handfläche mit Küssen. „Ich bin so froh!“, wiederholte er noch einmal. Dann führte er sie zu dem steinernen Sockel. Sie blickte sich neugierig um.

„Ich wohne schon so lange in Mogador, aber ich habe nicht gewusst, dass es diese Kirche gibt.“

„Kaum jemand weiß es. Deshalb sind wir hier auch völlig ungestört“, versicherte er.

„Du meine Güte!“, rief sie aus, als sie den Teppich und den Korb entdeckte, aus dem der Hals der Weinflasche ragte. „Was hast du gemacht?“

Er lachte nur. Dann umfasste er sie mit einem raschen Griff und hob sie hoch.

„Huch!“ Sie schlang beide Arme um seinen Hals und strahlte ihn an, während er sie auf die Erhöhung trug und dann behutsam auf den Teppich gleiten ließ. Er setzte sich dicht neben sie und nahm die Weinflasche und einen Korkenzieher aus dem Korb.

„Worauf willst du trinken?“, fragte er und füllte zwei Gläser, die er ebenfalls mitgebracht hatte. Sie nahm ihres und hielt es ins Licht, so dass die Flüssigkeit darin wie dunkler Granat leuchtete. „Darauf, dass ich dich getroffen habe“, antwortete sie leise und blickte ihm in die Augen.

Die Sonne war fast hinter dem Westwerk der Kirche verschwunden, das Licht, das durch das zerborstene Dach der Ruine fiel, färbte sich grau, aber sie konnten sich nicht voneinander trennen. Es war, als versuchten sie, die Zeit zu vergessen und das Einzigartige zwischen ihnen für immer festzuhalten.

Sibylla saß auf dem Teppich, André lag mit dem Kopf in ihrem Schoß, und sie zerzauste seine schwarzen Locken. Sie hatten gegessen und getrunken und sich endlos geküsst. Doch André hatte keinen Versuch unternommen, sie zu mehr zu drängen, und Sibylla war deshalb froh. Sie hätte sich ihm hingegeben, denn der Wein hatte sie heiter und gelöst gemacht. Aber sie verspürte auch Angst. Es war so nüchtern gewesen, wenn Benjamin ihr Bett geteilt hatte, der Vorgang selbst hatte ihr sogar Schmerzen bereitet. Was, wenn es mit André genauso war? Sie wusste, das würde alles zwischen ihnen zerstören. Stattdessen hatte André sie ausführlich nach ihrem Leben befragt. Er interessierte sich dafür, wie sie aufgewachsen war. Sie erzählte ihm, wie sicher und beschützt sie in London gelebt hatte.

„Ich hatte es gut, aber ich war nie zufrieden", berichtete sie. „Ich habe nie verstanden, warum mein jüngerer Bruder so viele Freiheiten besaß, während ich immer zu hören bekam: Das tut eine junge Dame nicht, das schickt sich nicht. Ich wollte immer die Welt bereisen und all das, was ich nur aus Büchern kannte, mit meinen eigenen Augen sehen, mit meinen eigenen Händen berühren. Deshalb habe ich Benjamin auch so unterstützt, als er sich um den Posten eines Handelsbevollmächtigten in Marokko bemühte. Ich habe durchgesetzt, dass ich mitkommen durfte, und mir so einen Teil meiner Sehnsucht erfüllt. Ich werde später einmal behaupten können, in einem Land wie aus 1001 Nacht gelebt zu haben. Das können nicht einmal viele europäische Männer von sich sagen."

„Du könntest ein Buch darüber schreiben – die wahren und einzigartigen Abenteuer einer englischen Kaufmannsfrau in Marokko", schlug André lächelnd vor.

Sie zog ihn scherzhaft an den Haaren. „Mach dich nicht über mich lustig!"

„Ich meine es vollkommen ernst!"

„Du glaubst also, ich könnte etwas Ähnliches schreiben wie Lady Montagu, deren Mann im letzten Jahrhundert Botschafter am osmanischen Hof war?" Sibylla wurde ganz aufgeregt bei dem Gedanken.

„Ich kenne Madame Montagus Bericht nicht, aber bien sûr, warum nicht? Du hast viel gesehen und erlebt..."

Er ergriff ihre Hand und küsste jede Fingerspitze. Sie beugte sich über ihn, liebkoste mit ihren Lippen seinen Haaransatz, die Schläfen, die Ohren und den Hals. Er stöhnte auf, zog sie mit beiden Armen neben sich und presste seinen Mund hungrig auf ihre warmen weichen Lippen. Als er endlich von ihr abließ, schüttelte er den Kopf, ein kleines Lächeln im Gesicht, so als wunderte er sich über sich selbst.

„Ich erinnere mich noch genau, wie du in Marrakesch vor dem Sultan gestanden hast, mutig genug, seinen Blick zu erwidern. Schon damals habe ich mich gefragt, wer diese Frau ist, aber nie hätte ich gedacht, dass wir uns einmal so nahekommen."

Sibylla richtete sich auf und strich sich die Haare glatt. Die Heftigkeit seiner Küsse, noch mehr aber ihre eigene Unersättlichkeit hatten sie völlig verwirrt. Erneut kamen ihr Zweifel, ob der Weg, den sie gerade einschlug, der richtige war.

„Die Lieblingskonkubine des Statthalters stand neben mir auf dem Dach, als ihr die Schießübungen am Strand gemacht habt. Sie hat sofort gemerkt, dass du mir etwas bedeutest. Waren wir unvorsichtig, uns hier zu treffen?"

Er seufzte. Ein kleiner dunkler Schatten hatte sich über ihren sorglosen Nachmittag gelegt. „Es ist das Einzige, was wir tun können", sagte er wie schon in dem Hof der Bäckerei. „In den Augen der Menschen oder der Kirche tun wir etwas Unrechtes, das ist wahr. Aber ich für meinen Teil würde gern vor der ganzen Welt verkünden, dass du meine Frau bist." Und er konnte sich nicht zurückhalten, zu fragen: „Liebst du deinen Mann?"

Sibylla lachte kurz auf. Sie beugte sich über André, und er spürte ihren warmen süßen Atem auf seinen Lippen. „Du bist eifersüchtig, André Rouston, und das gefällt mir", flüsterte sie.

Er umfasste ihre Taille mit einem Arm und zog sie noch enger an sich. „Warum beantwortest du meine Frage nicht?"

Liebe, das wusste sie längst, hatten weder bei Benjamin noch bei ihr eine große Rolle gespielt, als sie beschlossen hatten, zu heiraten. „Anfangs hatte ich gehofft, wir könnten Kameraden werden", erklärte sie ihm schließlich. „Besonders hier in diesem Land, in dem es so wenige Europäer gibt. Aber je mehr Zeit vergeht, desto fremder wird Benjamin mir. Ich verstehe es selbst nicht."

Sie zupfte ein Stück von dem Fladenbrot, das André mitgebracht hatte, und steckte es sich in den Mund. „Wir haben genug über mich geredet. Erzähl mir von dir! Was für ein Mann bist du?"

Er stützte sich auf einen Ellbogen, nahm sein Weinglas und trank den letzten Schluck. Der Geschmack ließ lang vergessene Erinnerungen an Frankreich wach werden, an seine Kindheit und Jugend im ländlichen Süden.

„Ich bin nicht so behütet aufgewachsen wie du", begann er, nach Worten suchend. „Im Frankreich während der Restauration war es nicht leicht für einen armen Bauernjungen. Ihr Engländer könnt über Napoleon sagen, was ihr wollt, aber unter ihm hatten auch kleine Leute eine Chance. Nachdem Napoleon fort war, drehten die Bourbonen die Zeit wieder zurück, und das haben wir zu Hause gespürt. Bei uns war immer alles knapp, Nahrung, Kleidung, Leder für Schuhe und Stiefel, ein warmer Mantel. Dabei waren meine Eltern freie Bauern. Im Département Lot besitzt unsere Familie seit sieben Generationen einen kleinen Hof. Trotzdem wurden wir nicht immer satt, besonders wenn die Ernten schlecht ausfielen. Ich habe geschuftet, seit ich denken kann, aber ohne die schwarzen Trüffeln hätten wir manchen Winter gehungert. Mein Vater kannte die geheimen Plätze im Wald, wo sie wächst. Die Trüffeln waren für uns, was der Safran für die Chiadma ist: Unser Sparstrumpf und unser Notgroschen."

In der Kirche war es inzwischen fast dunkel. André sah nur noch den Umriss von Sibyllas Gesicht. Sie hörte ihm aufmerksam zu, und es war, als könnte er jetzt, da er einmal damit angefangen hatte, nicht aufhören, zu erzählen.

„Ich habe acht Geschwister", fuhr er fort. „Meinen Strohsack habe ich noch mit zweien meiner Brüder geteilt, da war ich schon ein junger Kerl, der mit den Mädchen zum Dorftanz ging. Ich ließ keine Gelegenheit aus, zu trinken, und dann wurde ich rauflustig. Ich war stark wie ein junger Bulle und genauso reizbar. War bestimmt nicht einfach mit mir damals. Heute weiß ich, dass ich kein schlechter Kerl war, ich war nur todunglücklich. Was wartete auch auf mich? Ein Leben als Knecht auf unserem Hof, denn erben konnte nur der älteste Sohn …"

„Aber du bist weggegangen", unterbrach Sibylla ihn leise. „Du hast dein Leben in die eigene Hand genommen."

Er lachte. „Erst sah es weiß Gott nicht danach aus! Mit sechzehn habe ich mich davongemacht, bei Nacht und Nebel. Ich hatte heimlich eine von Vaters Trüffeln zu Geld gemacht und fühlte mich reich und verwegen. Nach La Rochelle habe ich mich durchgeschlagen, wollte auf einem Schiff anheuern und die Welt erobern. – Du bist so still, Sibylla. Langweile ich dich?" Er tastete im Dunkeln nach ihrer Hand.

„Ganz und gar nicht, André. Lass mich mehr hören!", ermutigte sie ihn. Kurz dachte sie daran, dass es Zeit wurde, nach Hause zu gehen. Die Kinder warteten sicher schon. Aber sie konnte sich nicht losreißen von André und seiner weichen dunklen Stimme, die seine Vergangenheit für sie so greifbar machte, als wäre sie selbst dabei gewesen.

„Du hast also auf einem Segelschiff angeheuert?", nahm sie den Faden wieder auf.

Er räusperte sich. Seine Zeit als Matrose bildete ein düsteres Kapitel in seinem Leben, ein Jahr, auf das er alles andere als stolz war. Trotzdem wollte er Sibylla nichts verschweigen. Sie sollte ihn ganz kennenlernen, in- und auswendig und dann entscheiden, ob sie ihn wollte oder nicht.

„Weißt du, was ‚schanghaien' bedeutet?", fragte er.

Sie überlegte. „Liegt Shanghai nicht irgendwo in China? Hat es mit China zu tun?"

„Das Wort kommt von den Kuliklippern", antwortete André. „Das sind Schiffe, die chinesische Zwangsarbeiter nach Südamerika transportieren, wo sie Guano abbauen müssen."

„Das ist ja Sklaverei!", rief Sibylla aus. „Aber du bist doch nicht versklavt worden, oder?"

„In gewisser Weise schon. Ich war ein dummer Junge vom Land, obendrein einer, der Geld in der Tasche hatte. Gleich in der ersten Hafenkneipe betrank ich mich sinnlos. Ich erinnere mich noch, dass da ein Kerl war, der dafür sorgte, dass mein Glas mit Rum nie leer wurde. Das Nächste, was ich weiß, ist, dass ich draußen auf dem Meer auf einem Segelschiff wieder zu mir kam und der Maat mir ein Papier unter die Nase hielt, auf dem stand, dass ich als Matrose angeheuert hatte – nicht, dass ich mich daran erinnern konnte."

„Das also ist schanghaien? Was für eine Gemeinheit!", schnaubte Sibylla empört.

André nickte nur. Die Geschichte stimmte, bis auf ein kleines Detail, das ihm besonders peinlich war: Er war nicht in einer Hafenkneipe, sondern in einem Bordell schanghait worden. Er hatte sich eine Hure genommen, und sie hatte ihn betrunken gemacht, sein ganzes Geld gestohlen und ihn dann an ein Presskommando ausgeliefert, von dem sie sicher noch einmal kassiert hatte.

„Zuerst dachte ich mir nicht viel dabei", fuhr er fort. „Ich wollte sowieso zur See fahren. Aber dann merkte ich, dass ich auf einem Sklavenfänger gelandet war."

„Wie abscheulich!", entfuhr es Sibylla, und er hatte keine Ahnung, ob sie damit die Sklaverei meinte oder ihn.

Gepresst erwiderte er: „Freiwillig hätte ich das nie getan. Was ich auf diesem Schiff erlebt habe, wie man mit den Schwarzen, diesen armen Teufeln, umsprang … nie werde ich das vergessen! Und ich muss zu meiner Schande gestehen, dass ich mitgemacht habe, nur um nicht selbst die neunschwänzige Katze zu bekommen. Verachtest du mich jetzt?" Er tastete nach ihrer Hand.

Sibylla dachte an ihren Großvater, der mit dem Sklavenhandel beträchtlichen Reichtum angehäuft hatte, auch wenn ihr Vater das nur ungern zugab, seit der Handel mit Menschen verboten war. „Gott schenkt ihnen die Umkehr, damit sie die Wahrheit erkennen, so heißt es doch in der Bibel, nicht wahr?", sagte sie und drückte Andrés Hand.

„Ich würde meinen rechten Arm geben, wenn ich diese Zeit ungeschehen machen könnte", beteuerte er. „Als wir nach einem Jahr wieder in La Rochelle anlegten, bin ich von Bord geflohen. Ich ließ mir nicht einmal meine Heuer auszahlen."

„Und was hast du dann gemacht?"

„Nun, ich hatte genau drei Möglichkeiten: Eine Karriere als Hafengangster, mich als Knecht bei meinem Bruder zu verdingen oder zum Militär zu gehen. Ich entschied mich für das Militär, und das war gut für mich. Zum ersten Mal im Leben traf ich Menschen, die mich nicht für einen Taugenichts hielten. Nach und nach stieg ich sogar in die höheren Offiziersränge auf, die sonst dem Adel vorbehalten sind. 1830 wurde ich nach Algerien versetzt und kämpfte dort gegen Abd el Kader. Nachdem ich meinen Abschied genommen hatte, ging ich nach Marokko, und hier…"

„… haben sich unsere Wege gekreuzt", schloss Sibylla leise. „Es ist spät geworden, André, ich muss gehen."

Er stand auf. „Ich begleite dich."

Während er den Teppich zusammenrollte und schulterte, packte sie die leere Weinflasche und die Reste ihres Picknicks in den Korb.

„Ich wünschte, wir müssten uns jetzt nicht trennen!", seufzte sie, als sie an der Kirchentür standen.

„Willst du mich hier wieder treffen?", fragte er mit klopfendem Herzen.

Sie schlang den Schal um ihren Kopf, so dass ihr Haar ganz darunter verborgen war. „Gewiss möchte ich das. Aber wir können uns nicht immer heimlich in dieser alten Ruine treffen."

„Eine andere Möglichkeit gibt es im Moment nicht", erwiderte André ernst. Er breitete seine Arme aus und zog sie an seine Brust. „Lass uns unsere Zukunft in die Hände des Schicksals legen! Inschallah, wie die Araber sagen."

Sie blickte ihn an und nickte feierlich. „Inschallah. So Gott will."

KAPITEL DREIZEHN

„Weg da, du Nichtsnutz, was hast du vor meinem Haus verloren!?" Benjamin trieb seinen Hengst direkt auf den Bettler zu, der vor der Mauer kauerte. Mit einem erschrockenen Ausruf hechtete der Mann zur Seite.

Benjamin lachte nur und ließ seine Reitgerte durch die Luft zischen. „Sieh an, du bist ja noch ganz fix!"

Der Mann duckte sich gegen die Wand und zog die Kapuze seines mottenzerfressenen Umhangs vors Gesicht.

„Na, ich will mal nicht so sein, habe in Fès und Marrakesch gute Geschäfte gemacht." Er griff in seine Jackentasche, warf dem Bettler eine Handvoll Kupfermünzen hin und beobachtete kopfschüttelnd, wie der Mann die Münzen aus dem Staub kratzte.

„So seid ihr Muselmänner: Eine Bande fauler Tagediebe. Geht lieber betteln als arbeiten!"

Er schwang ein Bein über den Rücken seines Pferdes, rutschte aus dem Sattel und warf dem schwarzen Diener, der ihn während der Reise auf einem Maultier begleitet hatte, die Zügel zu. „Bring die Tiere in den Stall, und versorg sie gut! Pack dem Hengst eine Decke auf, damit er sich nicht erkältet. Wenn du es vergisst, ziehe ich dich persönlich zur Verantwortung!"

„Sehr wohl, Herr", erwiderte der Schwarze gehorsam. Dann wendete er die Tiere und ritt davon.

Benjamin verschwand fröhlich vor sich hinpfeifend im Haus. Den Bettler hatte er bereits vergessen. Hätte er sich noch einmal umgedreht, hätte er gesehen, wie der Mann verächtlich hinter ihm ausspuckte, sich umwandte und erstaunlich behände in der Gasse verschwand. Wenige Minuten später stand er vor den Mauern des Statthalterpalastes. Er blickte sich prüfend nach beiden Seiten um, bevor er an eine schmale Seitentür pochte, die sich sofort einen Spalt öffnete.

„Zum Kaid, rasch!", befahl er dem Sklaven, der ihn eingelassen hatte. „Seine Exzellenz erwartet mich!"

„Papa, Papa! Was hast du uns mitgebracht?" Seine zwei kleinen Jungen rannten über den Hof des Riads und umarmten ihren Vater stürmisch. Benjamin lachte, beugte sich hinunter und hob jeden mit einem Arm hoch. „Fasst mal in meine Jackentaschen, ihr Zwerge!"

Das ließen Tom und Johnny sich nicht noch einmal sagen. Sie quietschten begeistert, als sie zwei kleine aus Holz geschnitzte Pferdchen fanden: „Wie schön, Papa, danke!"

Benjamin blickte sich suchend um. „Wo ist eure Mutter?"

„Weiß nicht", kam es von Tom.

„Das heißt: Ich weiß es nicht", verbesserte Benjamin.

„Mummy ist weg!", schrie Johnny dazwischen.

Benjamin runzelte die Stirn. „Was soll das heißen? Nadira! Wo ist die Herrin?"

Die Dienerin, die im Hof auf die Jungen aufgepasst hatte, kam näher. „Mrs. Hopkins ist nicht zu Hause, Herr. Sie ist ausgegangen."

„Ausgegangen? Wohin?"

„Das weiß ich nicht, Herr."

Benjamin betrachtete ihr undurchdringliches ebenholzfarbenes Gesicht.

Der Teufel soll mich holen, wenn du es nicht weißt, dachte er. Aber Nadira hielt seinem Blick stand und schwieg.

„Nun, ich werde es schon noch herauskriegen." Er setzte seine Söhne auf dem Boden ab und gab ihnen einen

Klaps. „Geht spielen, Jungs! Aber werft die Pferdchen nicht in das Karpfenbecken!“

Er ging zur Treppe, die in die Wohnräume führte. „Ich will ein Bad nehmen“, informierte er Nadira. „Sorg dafür, dass alles vorbereitet wird! Und sag Firyal Bescheid, dass sie mir Seife und Handtücher bringt!“

Als die Dienerin mit dem Gewünschten erschien, stiegen bereits Dampfwolken aus der weißen Porzellanwanne in Benjamins Schlafzimmer. Er hatte sich die Badewanne aus England schicken lassen. Genau wie seine Sonnenuhr und sein Pferd hatte sie großes Aufsehen erregt, als sie im Hafen ausgeladen wurde, aber das war ihm egal. Er fand die arabische Sitte, ein öffentliches Bad zu besuchen, widernatürlich – besonders für einen Mann. Und um niemals in diese Situation zu kommen, hatte er auf dem Dach seines Hauses eine Zisterne bauen lassen, in der immer genügend Wasser zum Baden vorhanden war.

„Sayyid? Herr? Sind Sie da?“ Firyal blickte sich suchend um.

Benjamin trat hinter dem Wandschirm in einer Zimmerecke hervor. Er hatte seine Reisekleidung ausgezogen und trug nur ein Handtuch, das er sich um die Hüften gewickelt hatte. „Warum kommst du erst jetzt? Magst du mich nicht mehr?“

„Doch, Herr.“ Sie blieb in der Mitte des Zimmers stehen, den Kopf züchtig gesenkt, die Handtücher an ihren Leib gedrückt. Aber er sah das kleine Lächeln, das ihre Mundwinkel umspielte, und dachte befriedigt, dass sie sich auf ihr Zusammensein genauso freute wie er.

„Tu das Zeug weg, und komm her!“, befahl er.

Gehorsam legte sie Handtücher und Seife auf den kleinen Hocker neben der Badewanne und trat zu ihm. Er betrachtete sie stumm. Sie war nur eine Schwarze, eine ehemalige Sklavin, aber verdammt, sie war hundertmal anziehender und williger als seine eigene Frau!

Er hob eine Hand, fuhr mit zwei Fingern in das Tal zwischen ihren Brüsten und streichelte die zarte warme Haut. Dann zog er seine Finger zurück und legte die Hände über ihre Brüste. Sie waren voll und schwer, und es erregte ihn, wenn sie unter dem lose gewickelten Baumwollkleid wippten und wogten. Er spreizte seine Finger, knetete und betastete das weiche Fleisch, kniff in die Warzen, bis sie hart wurden, und spürte seine eigene wohlige Erregung.

„Hast du die Tür richtig zugemacht?", fragte er leise.

„Ja, Herr." Ihre schwarzen Augen funkelten.

„Ich habe dir Geschenke mitgebracht." Er wies mit dem Kinn zu einer Kommode, auf der ein zusammengefaltetes Päckchen aus bunt bedrucktem Stoff und ein Paar goldene Ohrringe lagen.

„Sie sind sehr großzügig, Herr." Firyal drückte sich seinen Händen entgegen. „Wollen Sie jetzt schon baden oder später? Ich glaube, das Wasser ist noch zu heiß. Es muss sich noch ein wenig abkühlen."

Er grinste. „Das muss ich auch, und du hilfst mir dabei, nicht wahr, Firyal?"

Als Antwort tastete sie nach seinem Handtuch und löste den Knoten. Er legte seine Hände auf ihre Schultern und drückte sie hinunter. „Verdammt, du Luder!", keuchte er heiser, als er ihren Mund spürte. „Ich habe dich wirklich vermisst!"

„Fester! So ist es gut!" Benjamin setzte sich in der Wanne auf, damit Firyal seine Schultern schrubben konnte. „Ah, herrlich! Du kannst dir nicht vorstellen, wie mir der Rücken schmerzt nach drei Wochen im Sattel und nachts immer auf harten Herbergspritschen!"

„Gewiss eine große Anstrengung, Herr." Die Dienerin legte den Schwamm auf den Hocker. Dann nahm sie die Seife und begann, Benjamins nasses Haar einzuschäumen.

„Seif mich gründlich ein!", befahl er. „Ich habe das Gefühl, dass der Gestank des ganzen Gerberviertels an mir klebt! Wenn die feinen Herrschaften, die Stiefel und Handschuhe aus meinem Leder tragen, wüssten, wie es bei der Gerbung riecht! Die Ausdünstungen der Hölle könnten nicht schlimmer sein! Aber was soll's – ich habe gute Geschäfte gemacht!" Er drehte sich zu Firyal. „Weißt du, was einen guten Kaufmann ausmacht?"

„Nein, Herr. Sie müssen den Kopf in den Nacken legen, ich wasche die Seife jetzt aus."

Benjamin beugte sich gehorsam nach hinten und fuhr fort:

„Ein guter Kaufmann versteht es, die beste Ware zum günstigsten Preis einzukaufen und zum besten Preis weiterzuverkaufen. So habe ich schon meinen Schwiegervater von meinen Qualitäten überzeugt, und ich- was war das?" Benjamin fuhr so unvermittelt in der Wanne auf, dass Firyal erschrak. „Hörst du das nicht? Was ist das für ein Lärm?"

„Doch, Herr. Es klingt, als versucht jemand, das Tor einzutreten."

Benjamin lauschte beunruhigt. Im unteren Stockwerk polterte es, eine Tür fiel krachend ins Schloss, Männerstimmen brüllten Befehle. Dazwischen hörte er Nadira und seine Kinder, piepsend und aufgeschreckt.

„Verdammt, was ist hier eigentlich los?! Will uns jemand überfallen?" Benjamin stand hastig auf. Wasser tropfte aus seinen Haaren und lief an seinem Körper herunter. „Los, gib mir ein Handtuch!"

Die Dienerin bückte sich ängstlich zu dem Hocker mit den Handtüchern. Doch als schwere Schritte die Treppe emporstiegen, erstarrte sie.

„Himmel, bist du schwer von Begriff?!", fuhr Benjamin auf und riss ihr das Handtuch weg.

Jetzt waren die Schritte auf dem Umgang, dann flog die Tür auf und krachte gegen die Wand. Firyal schrie auf, Benjamin ließ das Handtuch fallen und versuchte instinktiv, seine Blöße mit den Fingern zu bedecken.

Kaum drei Meter von ihm entfernt stand ein Schwarzer im roten Tarbusch, weißen Kaftan und mit dem Krummsäbel der Sultansgarde. Seine kräftige Gestalt füllte den Türrahmen aus. Er musterte Benjamin mit steinerner Miene.

„Benjamin Hopkins? Der Kaufmann?", fragte er in brüchigem Englisch.

„Genau der bin ich! Aber wer sind Sie, und was fällt Ihnen ein, hier einzudringen? Ich werde mich beim Kaid persönlich beschweren!", gab Benjamin zurück, entschlossen, sich von dem Hünen nicht ins Bockshorn jagen zu lassen.

Statt einer Antwort trat der Schwarze beiseite. Hinter ihm tauchten zwei weitere Männer auf. Benjamin verschlug es vor Verblüffung die Sprache, als er sie erkannte. Einer war der persönliche Sekretär von Kaid Hash Hash, der andere sein Übersetzer Nuri bin Kalil. Der Sekretär hielt eine Papierrolle in der Hand, die er nun dem Übersetzer reichte. Bin Kalil verbeugte sich vor Benjamin. „Asalamu alaikum, Mr. Hopkins."

„Bin Kalil!", rief Benjamin. „Was soll diese Komödie? Wie kommen diese Leute dazu, mich in meinen Privaträumen zu überfallen? Noch dazu bewaffnet!"

Er stieg aus der Wanne und bückte sich nach dem Handtuch, denn Firyal stand immer noch wie versteinert im Zimmer. Der Gardist, der den Türrahmen blockierte, legte die Rechte auf den Griff seines Krummsäbels. Benjamin zuckte zusammen, erklärte aber dennoch: „Pfeifen Sie die Wachhunde zurück, bin Kalil! Sieht so die berühmte arabische Gastlichkeit aus?“

Der Übersetzer gab dem Soldaten ein Zeichen, der sich daraufhin zwei Schritte zurückzog. Benjamin wickelte sich inzwischen notdürftig in sein Handtuch.

Nuri bin Kalil rollte das Papier auseinander, und ein prächtiges rotes Siegel am unteren Ende wurde sichtbar. „Mr. Benjamin Hopkins, im Auftrag Seiner kaiserlichen Majestät Sultan Moulay Abd Er Rahmans, Imam aller Gläubigen, Herrscher von Marrakesch, Fès und der Sous-Ebene, werden Sie wegen Hochverrats und Betrugs verhaftet“, zitierte er in klarem Englisch. „Die Verhaftung wird von Seiner Exzellenz Kaid Hash Hash durchgeführt. Bis ein Urteil ergeht, werden Sie in der Bastion der Insel Mogador gefangen gesetzt.“

Benjamin lachte schallend. „Hochverrat? Betrug? Machen Sie Witze, bin Kalil? Ich habe jetzt wirklich genug von diesem Zirkus! Schert euch davon, alle! Ich werde den britischen Generalkonsul in Tanger über diesen ganz und gar ungeheuerlichen Vorgang unterrichten. Seien Sie gewiss, dass der Generalkonsul diesbezüglich eine formelle diplomatische Beschwerde beim Sultan einreichen wird!“

Der Gardist knurrte etwas auf Arabisch, und Nuri bin Kalil nickte ihm zu. Dann sah er Benjamin fest in die Augen.

„Ziehen Sie sich etwas an, Mr. Hopkins, und kommen Sie mit! Wenn Sie Widerstand leisten, wird die Garde einschreiten. Aber glauben Sie mir: Es ist besser, einem Befehl des Sultans zu folgen.“

Sibylla hatte sich von André verabschiedet, als sie ihre Gasse erreichte. Tief in Gedanken versunken ging sie zu ihrem Haus und bemerkte die beiden Gardisten vor dem Tor erst, als sie fast mit ihnen zusammenstieß.

„Was tun Sie hier?“, fragte sie erschrocken, als die beiden vortraten. „Lassen Sie mich sofort ein!“

Mit unsicherer Miene traten die beiden Soldaten beiseite.

„Was ist hier los?“, wandte sie sich an ihren Torwächter Hamid. Er zuckte nur hilflos mit den Schultern und erwiderte: „Die Schwarze Garde wollte zum Herrn. Ich musste sie einlassen.“

„Wie bitte? Was wollen die hier?“ Rasch verschwand Sibylla im Haus. Der Flur war dunkel und leer. Ein unbestimmbares Gefühl von Angst und Sorge überkam sie, und sie eilte auf den Innenhof. Als Erstes entdeckte sie Nadira und ihre Söhne. Die Dienerin stand vor dem Wasserbecken und hatte je einen Arm um die Kinder gelegt. Alle drei drängten sich eng aneinander und blickten angespannt zum Umgang.

„Nadira! Was ist geschehen? Warum sind Soldaten im Haus?“, rief Sibylla.

„Mummy!“ Tom und Johnny rannten auf sie zu. „Die Soldaten holen Papa!“

Sibylla starrte die Dienerin an, aber diese schüttelte nur hilflos den Kopf. „Ich schwöre beim Allmächtigen, Herrin, dass ich nichts weiß!“

Auf dem Umgang klappte eine Tür, Schritte ertönten. Sibylla fuhr herum und sah, wie Benjamin hinter einem Gardisten aus seinem Schlafzimmer kam. Nach ihm tauchten der Übersetzer des Kaids und ein weiterer Araber auf. Tom klammerte sich an die Hand seiner Mutter, und Johnny begann, zu weinen.

Die kleine Gruppe stieg die Treppe hinunter. Benjamins Haar war nass, sein Hemd hing aus dem Hosenbund, und die Jacke war nicht zugeknöpft. Er wich Sibyllas Blick aus, obwohl sie ihn so unverwandt anstarrte, als könnte sie ihn hypnotisieren.

Sie ließ die Kinder los und trat dem Gardisten beherzt in den Weg.

„Lassen Sie meinen Mann in Ruhe, und verschwinden Sie aus unserem Haus!"

Doch der Soldat drängte sie wortlos zur Seite.

„Benjamin!", rief Sibylla fassungslos. „Was wollen sie von dir? Du bist englischer Staatsbürger. Sie dürfen dich nicht einfach mitnehmen!"

Er blieb stehen und sah sie zum ersten Mal direkt an. In seinen Augen flackerte Angst. „Informiere sofort Konsul Willshire! Hier handelt es sich um ein großes Missverständnis."

Der Gardist packte seinen Arm und zerrte ihn vorwärts. Wie betäubt blickte sie ihm hinterher, wie er im Dunkel des Hausflures verschwand.

„Wenn die Anschuldigungen des Kaids auch nur ein Fünkchen Wahrheit enthalten, dann geht es um den Kopf Ihres Mannes, Mrs. Hopkins!" Konsul Willshire sank erschöpft auf den Diwan in Sibyllas Salon.

Es war weit nach Mitternacht. Viele Stunden waren vergangen, seit die Schwarze Garde Benjamin abgeführt hatte, seit Sibylla völlig aufgewühlt ins Nachbarhaus gelaufen und dem Konsul von der Festnahme berichtet hatte. Willshire hatte nicht eine Sekunde gezögert und sich auf den Weg zum Statthalterpalast gemacht, um gegen die Verhaftung zu protestieren. Seine Frau hatte sich um Sibylla gekümmert und mit ihr auf Willshires Rückkehr gewartet.

„Sie werden sehen, alles wird sich aufklären. Morgen erscheint Ihnen beiden das Ganze nur noch wie ein böser Traum", hatte sie Sibylla zu trösten versucht, während diese unruhig im Salon auf und ab gelaufen war. Doch als Sara die Nachrichten ihres Mannes hörte, stieß sie einen Schreckensruf aus: „Diese Barbaren! Was fällt ihnen ein, so gegen einen unbescholtenen britischen Bürger vorzugehen!"

Sibylla blickte in das ernste Gesicht des Konsuls und sagte mit erzwungener Ruhe: „Bitte nehmen Sie erst einmal Platz, Herr Konsul. Darf ich Ihnen eine Tasse Tee anbieten? Das wird Ihnen jetzt sicher guttun." Sie nahm die Kanne und eine weitere Tasse von dem Tablett, das Nadira gebracht hatte, und stellte das dampfende Getränk vor den Konsul. Dann setzte sie sich ihm gegenüber, wartete, bis er die ersten Schlucke getrunken hatte, und fragte ernst: „Was wirft man meinem Mann vor?"

Willshire atmete tief durch und stellte die Tasse auf den Tisch. „Ich will nicht um den heißen Brei reden, Mrs. Hopkins. Ihr Gatte wird des Sklavenhandels beschuldigt. Seit nunmehr drei Jahren soll eines der Schiffe der Spencer-Reederei Schwarze an Bord nehmen und auf den Sklavenmärkten in Übersee verkaufen."

„Um Gottes willen!", entfuhr es Sara. Sie blickte Sibylla entsetzt an, die empört reagierte: „Dieser Vorwurf ist völlig unsinnig! Er hatte geschäftlich immer wieder Schwierigkeiten mit dem Kaid. Bestimmt ist alles eine Intrige, die er gegen meinen Mann gesponnen hat."

Willshire schüttelte zweifelnd den Kopf. „Offensichtlich lässt der Kaid Ihren Gatten schon längere Zeit beobachten und ist sich seiner Sache sehr sicher. Verzeihen Sie meine Direktheit, Mrs. Hopkins, aber wieso glauben Sie, dass Ihr Mann nichts mit diesen Aktivitäten zu tun hat?"

„Weil der Sklavenhandel seit über dreißig Jahren verboten ist und mein Mann das weiß! Er würde die Gesetze nicht übertreten, schon gar nicht, wenn es zum Schaden der Reederei wäre! Im Übrigen kann ich mir nicht vorstellen, dass einer unserer Kapitäne sich für so schändliche Geschäfte hergibt."

„Laut Kaid Hash Hash soll es sich um Kapitän Nathaniel Brown von der Queen Charlotte handeln."

Sara stand auf und füllte die leere Teetasse ihres Mannes auf. „Hier, William. Nach dieser Sache kannst du eine Stärkung gebrauchen." Der Konsul nickte ihr dankbar zu und sah dann Sibylla an.

„Da ist doch noch etwas", sagte diese mit klopfendem Herzen. „Was verschweigen Sie mir? Ich bitte Sie, mir alles zu sagen, was Sie wissen!"

Er räusperte sich. „Der Kadi von Mogador hat Ihren Mann verhört, und Seine Exzellenz hat mir gestattet, dabei zu sein. Ihr Mann hat natürlich alle Anschuldigungen abgestritten, aber daraufhin brachte der Statthalter einen Zeugen."

„Wen?"

„Samuel Toledano. Sein Bericht hat Ihren Gatten schwer belastet."

Sibylla schlug mit der flachen Hand auf den Tisch. „Es kann doch sein, dass Toledano nicht die Wahrheit sagt – vielleicht, um von sich selbst abzulenken!"

„Damit könnten Sie Recht haben." Willshire neigte den Kopf. „Natürlich wird er alles versuchen, um seinen Kopf aus der Schlinge zu ziehen. Ich vermute, dass er die Schwarzen besorgt hat, Kapitän Brown organisierte den Transport nach Übersee, und bei Ihrem Gatten liefen die Fäden zusammen..."

„Und doch kann es sein, dass Brown und Toledano meinen Mann grundlos zum Sündenbock machen", fiel Sibylla ein.

„Vielleicht", erwiderte Willshire zweifelnd. „Doch Brown ist auf See, und der Kaid kann ihn nicht dingfest machen. An Toledano wird er sich nicht vergreifen, weil er als Tujjar al-Sultan unter dem persönlichen Schutz des Herrschers steht. Also bleibt nur noch Ihr Gatte. Er ist für den Statthalter der Hauptschuldige. Das Einzige, was noch für seine Unschuld spricht, ist, dass Hash Hash die Einnahmen aus diesen Geschäften bisher nicht gefunden hat."

Sibylla schluckte an dem Kloß in ihrer Kehle. Welch ungeheuerliche Vorstellung, dass ihr Ehemann in den Sklavenhandel verwickelt sein sollte!

„Hash Hash wird natürlich alles daransetzen, das Geld zu finden", fuhr Willshire fort. „Wenn nur ein Fünkchen Wahrheit in der Geschichte steckt, muss es ein Vermögen sein."

Sara Willshire, die der Enthüllung schweigend gelauscht hatte, rückte ein Stück näher an ihren Ehemann heran. In ihrem Gesicht spiegelten sich Abscheu und Entsetzen. Sibylla verstand sie gut. Sie wehrte sich ja selber mit allen Mitteln, den Anschuldigungen gegen Benjamin Glauben zu schenken.

„Wie sollte es denn möglich sein", fragte sie laut, „im Hafen von Mogador heimlich Sklaven zu verladen, ohne dass irgendjemand etwas davon merkt? Das ist doch alles absurd!"

Konsul Willshire leerte seine Teetasse und seufzte. Es fiel ihm sehr schwer, Mrs. Hopkins so schlechte Nachrichten zu überbringen, umso mehr, da er die Anschuldigungen für plausibel hielt. Für Benjamin hatte er nicht viel übrig. Seine Großmäuligkeit und Angeberei stießen ihn ab, und er traute ihm eine Widerwärtigkeit wie den Sklavenhandel durchaus zu. Aber Sibylla schätzte er als aufrechte und charakterstarke Frau.

Widerwillig erklärte er: „Toledano behauptet, dass die Sklaven am Kap Juby, einem verlassenen spanischen Handelsstützpunkt, ungefähr hundert Meilen südlich von Agadir an Bord genommen wurden. Möglicherweise hat Toledanos Karwan-Baschi sie von Timbuktu durch die Sahara direkt dorthin geschafft."

Sibylla schüttelte fassungslos den Kopf. „Glauben Sie das alles? Glauben Sie das wirklich?!"

Willshire hob die Schultern. „Ehrlich gesagt weiß ich nicht, was ich glauben soll, Mrs. Hopkins. Ihr Gatte bezichtigte Toledano natürlich, zu lügen. Andererseits lockt der Überseehandel mit Schwarzen immer noch mit exorbitanten Gewinnen. Das kann so manchen braven Mann dazu verführen, sich über Verbote hinwegzusetzen."

Sibylla stützte den Kopf in ihre Hände. Wer war der wahre Schuldige? Der Kaufmann Toledano, Nathaniel Brown oder doch ihr Mann? „Mr. Willshire. Was unternehmen wir, um meinem Gatten zu helfen?"

Er zögerte. „Wenn Sie es wünschen, werde ich Generalkonsul Drummond-Hay in Tanger bitten, eine offizielle Protestnote an den Sultan zu verfassen."

Sibylla glaubte, sie hatte sich verhört. „Natürlich tun Sie das, Konsul! Aber was unternehmen Sie darüber hinaus?"

Willshire wand sich. „Ich bedaure, Mrs. Hopkins, aber wir wissen gegenwärtig nicht einmal, was wirklich passiert ist. Schon der kleinste Hinweis auf eine Schuld Ihres Gatten kann schwere diplomatische Verstimmungen zwischen Großbritannien und Marokko nach sich ziehen."

Er erhob sich, Sara stand ebenfalls auf. „Vielleicht sollten Sie mit den Kindern nach England zurückkehren, Sibylla", überlegte diese. „In England weiß man noch nichts von dieser schrecklichen Sache, und von uns soll auch niemand etwas erfahren. Aber hier in Mogador wird das Vergehen Ihres Mannes auf alle Europäer zurückfallen."

Sibylla starrte sie an, schockiert, weil Benjamin offensichtlich schon abgeurteilt worden war. Konsul Willshire reichte ihr die Hand, und sie ergriff sie mechanisch. „Auf Wiedersehen, Mrs. Hopkins. Es tut mir sehr leid für Sie."

„Es tut Ihnen leid?", erwiderte Sibylla tonlos. „Wir sind englische Staatsbürger. Es ist Ihre Aufgabe, uns in diesem Land zur Seite zu stehen!"

Er blickte sie an und konnte sein Unbehagen nicht verbergen. „Der Kaid wollte Ihren Gatten in den Kerker werfen lassen. Allein auf mein Drängen ist er nun in einem bewachten Zimmer untergebracht. Morgen in aller Früh wird er in die Bastion der Insel Mogador verlegt. Wenn Sie Ihren Gatten noch einmal sehen wollen, ist das die letzte Gelegenheit. Mehr kann ich zum jetzigen Zeitpunkt nicht für Sie tun. Es tut mir leid."

Der Morgen dämmerte gerade erst, als Sibylla nach einer schlaflosen Nacht zum Hafen eilte. Dunst hing über dem Meer, staubfeiner Regen wehte ihr ins Gesicht. Sie hatte sich in ein wollenes Tuch gewickelt. Trotzdem fror sie zum ersten Mal, seit sie in Marokko lebte. Mit gesenktem Kopf eilte sie durch die leeren Gassen und das Bab El Mersa Tor, das die Wachen gerade erst geöffnet hatten, zum Hafen. Nebelfetzen hingen über dem Wasser. Sie erkannte schemenhaft die Masten einiger Segelschiffe, die im hinteren Teil des Hafens ankerten, und weiter draußen auf dem Meer die verschwommenen Lichter der Fischerboote.

Etwas abseits lag ein einzelnes Ruderboot. Der Kapitän stand am Kiel und blickte in Richtung Stadttor, die Ruderer hatten ihre Plätze eingenommen. Offensichtlich sollte dieses Boot Benjamin auf die Insel bringen. Sibylla setzte sich auf die Kaimauer. Es war Flut, und das Wasser im Hafen stand hoch. Unter ihr schlugen die Wellen leise klatschend gegen den Kai. Über ihr segelten Möwen im Wind und stießen heisere Schreie aus. Mit Tränen in den Augen blickte sie zur Hafenausfahrt. Dort lag, ungefähr eine Meile entfernt, ein zerklüftetes kleines Eiland, von dem ein paar Türme und Festungsmauern emporragten – die Insel Mogador.

Der Klang rhythmischer Stiefeltritte zerschnitt die morgendliche Ruhe. Sibylla wandte sich um und sah fünf Männer durch das Stadttor kommen. An der Spitze ging ein Hauptmann der Schwarzen Garde, hinter ihm Benjamin. Er wurde rechts und links von Soldaten flankiert. Dann folgte noch ein Soldat. Sibylla sprang auf und rannte auf die kleine Gruppe zu. Sofort zog der Hauptmann seinen Säbel. „Zurück, Mrs. Hopkins!"

Gehorsam hielt sie Abstand, aber sie lief neben den Männern her. Benjamin wirkte zerzaust und übernächtigt. Sein Gehrock war zerdrückt, die Hose fleckig. Erschrocken bemerkte sie, dass seine Handgelenke zusammengekettet waren.

„Benjamin!", rief Sibylla. „Geht es dir gut? Was ist los? Warum haben sie dich festgenommen?" Sie hatte so viele Fragen, sie wusste gar nicht, wo sie anfangen sollte.

Er wandte den Kopf, seine Augen waren gerötet. „Hat Willshire dir das nicht erzählt?"

„Doch, aber ich kann nicht glauben, dass es wahr ist."

„Du musst mir helfen!“, stieß Benjamin hervor. „Geh zu Toledano, und sag ihm, dass er seine Aussage widerrufen muss!“

Die Gruppe hatte das Boot erreicht. Die Soldaten stießen ihn grob hinein und sprangen hinterher. Der Kapitän brüllte den Befehl zum Ablegen. Die Ruder tauchten ins Wasser, und mit schnellen Schlägen entfernte das Boot sich. Sibylla blieb am Kai stehen und blickte ihm nach, bis es im Morgendunst verschwand.

KAPITEL VIERZEHN

„Der Herr ist nicht da", beschied der Torwächter Sibylla, als sie vor dem Haus der Toledanos stand, genau wie das Mal davor und das Mal davor. Und auch heute glaubte sie, seinen dunklen Schatten hinter den Fenstern des ersten Stockwerks gesehen zu haben.

„Bitte lass mich ein! Ich muss ihn sprechen!", drängte sie und wollte dem Mann ein Säckchen mit Münzen zustecken. Doch er verschränkte die Arme vor seiner muskulösen Brust und beachtete Sibylla nicht mehr.

Niedergeschlagen ging sie nach Hause. Am liebsten hätte sie sich in ihrem Schlafzimmer eingeschlossen und ihren ganzen Kummer aus sich heraus geweint. Doch da waren die besorgten und ängstlichen Blicke der Dienstboten. Und ihre verstörten Kinder wichen ihr nicht von der Seite.

„Wo ist Papa?", fragte Johnny, und Tom wollte wissen, ob die Soldaten Papa wehtun würden. Sibylla wollte ihren Söhnen auf keinen Fall sagen, dass ihr Vater verhaftet worden war, und flüchtete sich in eine Notlüge: „Papa musste verreisen, und die Soldaten begleiten ihn. Ihr wisst doch, dass er oft verreist. Aber er kommt wieder nach Hause."

„Und dann bringt er uns etwas mit", ergänzte Johnny zufrieden. Tom aber ließ sich nicht so leicht beruhigen und schaute seine Mutter aus großen zweifelnden Augen an.

Nadira klopfte an die Tür des Salons, in dem Sibylla zwischen den Jungen auf dem Diwan saß. Sie trug ein Tablett auf dem eine Schale dampfender Couscous stand.

„Nimm das wieder mit. Ich habe keinen Hunger", sagte Sibylla und massierte ihre schmerzenden Schläfen.

Dabei hatte sie den ganzen Tag noch nichts zu sich genommen.

Nadira stellte das Tablett auf den Tisch. „Sie müssen essen, Herrin!“, ermahnte sie unbeirrt. „Und dann müssen Sie ausruhen. Kommt Kinder, in der Küche warten ein paar frisch gebackene Gazellenhörnchen auf euch!“

Nur Nadira zuliebe probierte Sybilla einen Löffel Couscous. Er schmeckte ihr überraschend gut, und sie aß die ganze Portion auf. Danach streckte sie sich müde auf dem Diwan aus. Sie musste sogar eingeschlafen sein, denn als es an ihrer Tür klopfte, schreckte sie aus wirren Träumen auf. Das Tablett mit der leeren Schüssel war verschwunden, und jemand – wahrscheinlich Nadira – hatte eine Decke über sie gebreitet.

„Was ist denn?“ Rasch setzte sie sich auf und strich mit den Händen ihr Haar glatt.

Die Tür wurde zögernd geöffnet, und Firyal erschien. „Monsieur Rouston steht unten vor dem Tor und wünscht, mit Ihnen zu sprechen, Herrin.“

André! Sibyllas Herz schlug heftig. Also hatten sich die Ereignisse schon bis zu ihm herumgesprochen. Wie gern hätte sie sich in seine Arme geflüchtet und die süße Sorglosigkeit von vor einigen Tagen noch einmal erlebt! Aber sie drängte die Erinnerung mit aller Macht zurück. „Bitte Monsieur Rouston herein!“, gab sie zurück.

Doch die junge Frau rührte sich nicht.

„Worauf wartest du noch?“, fragte Sibylla ungeduldig.

Die Dienerin kam zögernd näher. Als sie vor Sibylla stand, fiel sie auf die Knie. „Bitte Herrin!“, stammelte sie. „Wie geht es dem Herrn?“

„Du wagst es…!“, fuhr Sibylla auf. Aber dann bemerkte sie Firyals ängstlich-besorgten Gesichtsausdruck und schämte sich ihrer Unbeherrschtheit. „Der

Herr wird anständig behandelt", antwortete sie ruhiger. „Und jetzt hol Monsieur Rouston!"

André trat ein. Er wirkte sehr ernst. Der französische Konsul, der es von Willshire wusste, hatte ihm den Vorfall berichtet.

„Ich kann mir vorstellen, wie schwierig alles für dich sein muss", erklärte er.

Sie blickte in sein aufrichtiges, mitfühlendes Gesicht und hatte eine verrückte Idee: „Reite zu Abd Er Rahman! Der Sultan gibt viel auf dich. Sag ihm, dass ich eine Audienz bei ihm will, um diese Angelegenheit aufzuklären!"

„Willst du das wirklich?", stieß er hervor. Dass sie ihn bat, seine Beziehungen zum Sultan ausgerechnet für Benjamin zu nutzen, hatte er nicht erwartet, und es gefiel ihm auch nicht. „Wenn nur ein Hauch Wahrheit in den Vorwürfen steckt, kann ich deinem Mann auch nicht helfen."

Doch sie ließ sich nicht beirren. „Ich weiß, was ich von dir verlange. Aber ich muss dich um diesen Gefallen bitten! Benjamin ist der Vater meiner Kinder, und noch ist seine Schuld nicht bewiesen."

André runzelte die Stirn. Wie viele andere auch traute er Benjamin durchaus zu, mit Sklaven zu handeln. Aber es stimmte: Noch war seine Schuld nicht bewiesen. „In Ordnung. Ich werde nach Marrakesch reiten. Aber das tue ich nicht für ihn. Ich tue es für dich, weil ich nicht will, dass du unter seinen Fehlern leidest!"

„Ich danke dir", erwiderte sie ruhig.

Sibyllas Tapferkeit rührte ihn tief. Er machte einen raschen Schritt auf sie zu, zog sie in seine Arme und küsste sie leidenschaftlich. Aber ihre Lippen blieben leblos und kalt.

„André, nicht!", bat sie und befreite sich. „Ich muss mich jetzt um meine Familie kümmern – nur um meine Familie."

Er atmete tief durch. „Ich respektiere diesen Wunsch. Und damit du merkst, dass es mir ernst ist, werde ich noch heute nach Marrakesch aufbrechen. Ich werde einige Zeit fort sein. Wenn du mich brauchst, schick einen Boten. Dann komme ich sofort zurück."

Als sie nicht antwortete, hob er ihr Kinn mit einer Hand, und blickte ihr in die Augen. „Versprich es mir!"

„Ja", flüsterte sie.

„Ich verlasse mich darauf!"

Wie sollte es jetzt weitergehen? Was war richtig und was falsch? Hatte Benjamin mit Menschen gehandelt, oder war alles eine Intrige? Die Gedanken kreisten unaufhörlich in Sibyllas Kopf.

Mehrere Tage waren seit Andrés Abreise, eine Woche seit Benjamins Überführung auf die Insel Mogador vergangen. Sibylla hatte versucht, beim Kaid eine Besuchserlaubnis zu bekommen, aber der Statthalter war nicht für sie zu sprechen.

Im Hof lachten und kreischten Tom und Johnny und spielten mit den Holzpferdchen, die Benjamin ihnen mitgebracht hatte. Sie schienen Sibyllas Erklärung, dass ihr Vater verreist war, akzeptiert zu haben.

Nun saß sie am Schreibtisch in ihrem Kontor. Sie wollte eine Liste mit allen Fragen aufstellen, die sie an Benjamin hatte, aber sie konnte sich nicht konzentrieren. Ihre Gedanken wanderten zu André. Inzwischen musste er in Marrakesch angekommen sein. Ob er schon beim Sultan vorgesprochen hatte? Ob sein Bittgesuch etwas bewirkt hatte?

Toms Stimme, aufgeregt und schrill, schreckte sie auf: „Mummy! Die Soldaten sind wieder da!“

Sibylla stürzte auf den Umgang. Nur wenige Meter von ihr entfernt auf dem Treppenabsatz stand der Hauptmann der Schwarzen Garde, begleitet von zwei Gardisten.

„Mrs. Hopkins, wir haben Befehl, das Haus zu durchsuchen. Seine Exzellenz glaubt, dass Ihr Gatte das Geld, das er mit dem Sklavenhandel eingenommen hat, hier versteckt.“

Sibylla musterte den hünenhaften schwarzen Mann kühl. „Erst zeigen Sie mir den schriftlichen Befehl Seiner Exzellenz!“

Er streckte ihr wortlos den Durchsuchungsbeschluss mit dem Siegel des Statthalters entgegen. Flüchtig überlegte sie, Konsul Willshire um Hilfe zu bitten, aber seit der Nacht von Benjamins Verhaftung hatte sie ihn nicht mehr gesehen. Auch Sara hatte sich nicht erkundigt, wie es ihr ging. Es war, als würden die beiden sich vor ihr verstecken, und Sibylla bezweifelte, dass sie ihr jetzt beistehen würden. Sie atmete tief durch und gab dem Hauptmann das Papier zurück.

„Tun Sie, was Sie tun müssen!“

Erst nach dem Maghrib, dem Gebet nach Sonnenuntergang, verließen die drei Männer das Haus. Überall, besonders in Benjamins Kontor, herrschte wüstes Durcheinander. Die Gardisten hatten Kissen und Sofas aufgeschlitzt, Schubladen geleert und Möbel verschoben. Sie hatten Aktenregale umgeworfen, Bücher zerrissen und Dielen aus dem Boden gehebelt. Im Hof hatten sie unter dem Olivenbaum und rund um das Karpfenbecken Löcher gegraben und die Seerosen aus dem Wasser gerissen. Aber ein geheimes Versteck mit Geldschätzen hatten sie nicht gefunden. Dafür hatten sie in einem

Schrank Benjamins Kasse entdeckt. Die Reederei Spencer schickte regelmäßig Wechselbriefe, die er bei einem Geldwechsler und Bankier im jüdischen Viertel gegen Bargeld tauschte. Damit bezahlte er Lieferanten sowie die Beamten der Zoll- und Steuerbehörde des Sultans. Auch sein Gehalt erhielt Benjamin als Wechsel. Einen Teil davon gab er Sibylla, die damit die Dienstboten entlohnte und sämtliche Haushaltsausgaben bestritt. All das erklärte sie dem Hauptmann der Schwarzen Garde, aber er beschlagnahmte die Kasse trotzdem. Etwas später fand er auch noch das Rosenholzkästchen, in der sie die Einnahmen aus ihren Geschäften mit Rusa und Lalla Jasira aufbewahrte, und konfiszierte es ebenfalls.

Sie protestierte heftig: „Stellen Sie das wieder hin! Das ist nicht das Geld, das Sie suchen!"

Doch der Hauptmann beachtete sie nicht und übergab die beiden Kassetten seinen Soldaten.

Wenig später war der Spuk vorbei, und Sibylla sank wie ein Häufchen Elend auf einen Diwan, aus dessen aufgerissenen Polstern die Rosshaarfüllung quoll.

„Diese Barbaren haben uns nichts gelassen!", klagte sie Nadira, die sofort begonnen hatte, das Durcheinander aufzuräumen. „Wenn sie nur das Mobiliar zerstört hätten! Aber wovon soll ich jetzt etwas zu essen kaufen? Nicht einmal eure Löhne kann ich bezahlen! Wenn Benjamin nicht die Miete für dieses Haus ein Jahr im Voraus entrichtet hätte, säßen wir auch noch auf der Straße!"

Die Dienerin ließ das Kissen sinken, das sie gerade vom Boden aufgehoben hatte. „Ich habe meinen Lohn gespart", erklärte sie würdevoll. „Ich habe immer alles, was ich brauchte, von meinen Herren bekommen und musste nie etwas ausgeben. Wir können genug Essen kaufen, Herrin."

Firyal, die in einer Ecke Scherben zusammengefegt hatte, ließ ihren Besen fallen und lief hinaus. Kurz darauf kam sie zurück und streckte Sibylla schüchtern die goldenen Ohrringe entgegen, die Benjamin ihr geschenkt hatte.

„Bitte nehmen Sie die von mir, Herrin! Wenn Sie sie auf dem Souk verkaufen, bekommen sie eine Menge Weizen dafür."

Sibylla war gerührt, doch sie schüttelte den Kopf. „Ich danke euch von ganzem Herzen, aber ich möchte nicht, dass ihr mir eure Ersparnisse oder eure Besitztümer gebt. Ich finde eine andere Lösung."

Sie überlegte mit gerunzelter Stirn. „Ich werde zu Mrs. Willshire gehen und sie bitten, mir etwas zu leihen. Außerdem besitze ich eigenes Geld – meine Mitgift. Sie ist zwar in einer Stiftung angelegt, aber ich werde umgehend an meine Bank in London schreiben, damit sie mir einen Wechselbrief schicken."

„Darüber muss ich erst mit William sprechen." Sara wich Sibyllas Blick aus.

Die beiden Frauen saßen in Saras Salon. Auf dem Tisch zwischen ihnen stand auf einem Spitzendeckchen eine Vase mit blühenden Orangenzweigen. Sie nippten Tee, den eine Dienerin serviert hatte, und knabberten kleine Rosinenkuchen. Doch das äußere Bild von Frieden und Eintracht konnte nicht über die unterschwellige Spannung zwischen ihnen hinwegtäuschen.

Sibylla war tief enttäuscht, aber sie schluckte ihren Stolz hinunter. „Ich brauche das Geld nicht lange und will es auch nicht geschenkt. Sobald ich meinen Wechsel aus London erhalten habe, bekommen Sie es selbstverständlich zurück."

Sara wischte ein unsichtbares Staubkorn von der polierten Tischplatte. „Verstehen Sie doch, Sibylla, ich kann nichts für Sie tun! William verwahrt unser Geld. Ich habe nicht einmal einen Schlüssel zum Geldschrank."

Sibylla verkniff sich die Bemerkung, dass Sara ihrem Mann den Sachverhalt ja einfach nur erklären müsste. Offensichtlich wollte die Frau, die sie für ihre Freundin gehalten hatte, nicht helfen. Sie konnte ihre Bitterkeit nicht länger verbergen.

„Ich verstehe sehr gut. Sie und Ihr Gatte haben bereits Ihr Urteil über uns gefällt. Für Sie sind wir Betrüger und Menschenhändler."

Sara bekam einen roten Kopf. „William hat sich für Sie aufgeopfert", verteidigte sie sich. „Er hat sofort an Generalkonsul Drummond-Hay geschrieben, damit er eine Protestnote an den Sultan verfasst. Ist Ihnen nicht klar, dass mein Mann in größte Schwierigkeiten kommen kann, wenn sich herausstellt, dass die Anschuldigungen gegen Ihren Gatten berechtigt sind? Und bei allem Respekt, er ist immer noch auf der Insel inhaftiert!"

Sibylla stand auf. „Entschuldigen Sie, dass ich Sie belästigt habe", entgegnete sie brüsk.

Sara sprang ebenfalls auf. Sie wirkte traurig und verwirrt. „Es tut mir leid."

„Leben Sie wohl", erwiderte Sibylla eisig und ging zur Tür. „Ich finde allein hinaus."

Die nächste Zeit verbrachten Sibylla und Nadira damit, das Haus nach Bargeld zu durchstöbern.

„Dass die Leute des Kaids nichts gefunden haben, heißt nicht, dass nichts da ist", sagte Sibylla, wenn sie nachts beim Schein einer Öllampe Zimmer für Zimmer durchforsteten. Tagsüber wollte sie nicht suchen. Sibylla traute niemandem mehr außer Nadira, die ihr unerschütterlich und zuverlässig zur Seite stand.

Verbissen kramte sie in Benjamins Schreibtischschubladen. Sie brauchte so dringend Geld, um die nötigsten Ausgaben zu bestreiten, dass sie einerseits hoffte, etwas zu finden, und es andererseits fürchtete, da es für die Schuld ihres Mannes sprechen würde. Der Groll gegen Benjamin, weil er sie dieser Situation aussetzte, wuchs jeden Tag. In ihrer Phantasie malte sie sich alle möglichen Szenarien aus, was geschehen sein könnte. Dann schüttelte sie über sich selbst den Kopf. Wenn sie nicht verrückt werden wollte, musste sie aufhören, darüber zu grübeln, was sich vielleicht oder vielleicht auch nicht ereignet haben konnte!

Vier Wochen später saß Sibylla am Schreibtisch in ihrem Kontor und brütete über einem Brief an ihren Vater. Es war Ende Februar, die Tage wurden länger. Rund um Mogador kündigte sich mit zarten Kräutern und frischen Knospen der Frühling an. Zwei Briefe ihres Vaters mit Geschäftsanweisungen an Benjamin lagen vor ihr auf der Tischplatte über der hässlichen Scharte, die die Gardisten des Kaids mit ihren Krummsäbeln darin hinterlassen hatten. Richard ahnte noch nicht, dass sein Schwiegersohn des heimlichen Sklavenhandels bezichtigt wurde, aber Sibylla musste ihn endlich aufklären. Sie musste ihm schreiben. Nur was? Wenn sie ihm von den schlimmen Anschuldigungen berichtete, würde er ihr gewiss befehlen, mit den Kindern nach London zurückzukehren, aber das kam für sie nicht in Frage. Sie wollte sich nie wieder unter das Dach ihres Vaters begeben und sich vorschreiben lassen, was gut und richtig für sie war.

Schließlich beschloss sie, alles so vage wie möglich zu halten. Sie würde schreiben, dass Benjamin zurzeit verhindert wäre und sie die Geschäfte vorläufig führen würde. Natürlich würde ihr Vater nachforschen, Fragen stellen, aber bis ihr Brief ihn erreichte und seine Antwort bei ihr ankam, vergingen Monate, und bis dahin war dieser Alptraum vielleicht schon vorbei. Wenigstens blieb ihr erspart, ihm zu beichten, dass die europäischen Familien der Stadt sich seit Benjamins Verhaftung von ihr abgewandt hatten oder dass sie sich doch Geld von ihrer Dienstbotin hatte leihen müssen, damit sie ihre Kinder ernähren konnte.

Sibylla seufzte tief und tauchte die Feder ins Tintenglas, als es an ihrer Tür klopfte.

Firyal erschien. „Ein Bote ist da, Herrin. Er will den Herrn sprechen."

„Er wird wohl mit mir vorliebnehmen müssen", äußerte sie und legte die Feder beiseite. „Weißt du, was er möchte?"

Die Dienerin nickte eifrig. Sie hatte immer noch Angst, dass Sibylla ihr das Verhältnis mit dem Herrn übelnahm, und bemühte sich, alle Aufgaben besonders gewissenhaft zu erledigen. „Er sagt, die Karawane mit dem Leder, das der Herr in Fès gekauft hat, sei vor dem Bab Doukala Tor eingetroffen. Fünfzig Kamele sind es, und er sagt, der Herr müsse die Ware prüfen."

Als Sibylla wieder nach Hause kam, war das Mittagsgebet vorbei. Erst jetzt ließ ihre Anspannung nach. Sie kannte sich kaum aus, wenn es um die Qualität von Leder ging. Der Karwan-Baschi, die Kameltreiber und verschiedene anwesende Kaufleute hatten sie teils misstrauisch, teils herablassend beobachtet, während sie versucht hatte, sich so gut wie möglich zu behaupten. Aber sie hatte es geschafft, und am Ende hatte es ihr sogar Spaß gemacht, die Männer, die sich ihr so überlegen fühlten, zu verblüffen.

„Nadira, Firyal!“, rief sie. „Ich habe Riesenhunger! Gibt es in der Küche noch etwas für mich zu essen?“ Sie lief in den Innenhof des Riads. Doch dort traf sie nicht ihre Dienerinnen, sondern einen wohlbekannten dunkellockigen Mann in einem gegürteten Kaftan, weiten Hosen und derben Lederstiefeln sowie ihre Söhne. Die drei drehten ihr den Rücken zu und warfen kleine Glasmurmeln auf ein Loch, das sie in den Lehm gegraben hatten.

„Jaaa!“, schrie Tom, riss seine Arme empor und sprang in die Luft. Dann entdeckte er seine Mutter. „Mummy! Ich habe gewonnen! Jetzt gehören Johnnys Murmeln mir! Die große mit den blauen Streifen auch!“ Er rannte auf seine Mutter zu.

Sibylla fing ihn auf, hob ihn hoch und drückte ihren Mund in seine weichen blonden Locken. Dabei begegnete sie Andrés Blick. Müde sah er aus. Um seine Augen zogen sich Falten, seine Kleidung und seine Stiefel waren schmutzig. Aber sein Lächeln war voller Wärme. Einundzwanzig Tage waren seit seiner Abreise vergangen, und wie hatte sie ihn vermisst!

„Sibylla!“ Er ging auf sie zu. „Es kommt mir wie eine Ewigkeit vor, seit wir uns verabschiedet haben.“

Sie setzte Tom auf dem Boden ab, und er nahm ihre Hände. „Viel zu lange“, erwiderte sie leise.

Seine dunkelbraunen Augen glänzten. „Wie geht es dir?“

Sie dachte an die Gardisten des Kaids, die ihr gesamtes Bargeld beschlagnahmt hatten, an Sara, die sich mit Ausreden geweigert hatte, ihr zu helfen, und an ihre Söhne, die jeden Tag fragten, wann ihr Vater von seiner Reise zurückkäme, und zuckte mit den Schultern. Über all diese Dinge wollte sie nicht sprechen.

Hinter ihnen ertönten Schritte. Rasch zog Sibylla ihre Hände zurück. Nadira stand am Eingang der Küche. „Ich habe mir erlaubt, im Esszimmer für Sie und Monsieur Rouston zu decken, Herrin. Der Koch hat eine Tajine aus Kichererbsen, Tomaten und Zwiebeln zubereitet."

„Seit Benjamins Verhaftung ist unser Speisezettel einfacher geworden", sagte Sibylla entschuldigend zu André, als sie sich an dem langen Holztisch gegenübersaßen.

Die aufgeschlitzten Polster der Esstischstühle hatte er bereits entdeckt, und sie hatte ihm erzählt, dass die Gardisten des Kaids das Haus nach Geld durchsucht und auch den letzten Kupferfalus mitgenommen hatten.

„Es schmeckt ausgezeichnet", tröstete André sie mit vollem Mund. „Verzeih meine Manieren, aber ich habe seit heute Morgen nur etwas Tee und Fladenbrot zu mir genommen!"

Sie nickte und wartete, bis er seinen Teller geleert hatte. Dann konnte sie sich nicht mehr zurückhalten: „Was bringst du für Neuigkeiten vom Sultan?"

Er faltete seine Serviette zusammen. „Die gute Nachricht lautet: Du bekommst die Audienz gewährt, allerdings erst im Herbst, denn der Sultan wird den Sommer in seinem Palast in Fès verbringen."

„So lange will er Benjamin noch festhalten und mich warten lassen?!", fuhr Sibylla auf.

„Ich fürchte, im Moment hat er das Zepter in der Hand, auch wenn Drummond-Hay inzwischen seine Protestnote an ihn geschickt hat. Seine Majestät erklärte mir unmissverständlich, dass er von Benjamins Schuld überzeugt sei. Er sagte, ihm lägen unbestechliche Beweise vor, und genauso deutlich machte er mir klar, dass Christen, die entgegen seinen Gesetzen mit Sklaven handeln, dem Tod durch Enthaupten ins Auge blicken."

Sibylla war entsetzt. „Das kann nicht sein Ernst sein!"

„Das lässt sich im Moment schwer sagen", erwiderte André. „Ich kenne Abd Er Rahman schon einige Jahre und weiß, dass er im Gegensatz zu einigen seiner Vorfahren kein blutrünstiger Herrscher ist. Aber er hat innenpolitische Schwierigkeiten. Viele Berberfürsten sehen die Anwesenheit von Europäern im Land nicht gern und drängen ihn, ein Exempel zu statuieren."

„Aber Benjamin ist Engländer, nicht Marokkaner!", begehrte Sibylla auf. „Ich werde einen Brief an die Königin schreiben!"

André musterte sie mit einem seltsamen Gesichtsausdruck. Sie errötete. „Er ist der Vater meiner Kinder. Sie sollen nicht in dem Glauben aufwachsen, dass ihr Vater als Verbrecher und Menschenhändler verurteilt wurde."

„Spekulationen nützen jetzt nichts. Du musst dich bis September gedulden", gab André nach einer kurzen Pause zurück. „Und wenn alles nichts hilft, musst du versuchen, deinen Mann freizukaufen. Das wird allerdings ein teures Vergnügen, denn Toledano behauptet, dass Benjamin zwei- bis dreitausend Sklaven verschifft haben könnte."

Sibylla starrte ihn entsetzt an. „Glaubt Abd Er Rahman wirklich, dass Samuel Toledano mit der ganzen Sache nichts zu tun hat? Er ist Benjamins Geschäftspartner und spielt eine ziemlich undurchsichtige Rolle, wie ich finde. Wird er gar nicht zur Rechenschaft gezogen?"

„Doch." André grinste. „Mir ist zu Ohren gekommen, dass er auf seine Kosten das Hafenbecken von Mogador ausbaggern lässt. Darüber hinaus wird ihm wohl nichts geschehen. Er ist dem Herrscher viel zu kostbar, als dass er ihn größeren Schaden nehmen lässt."

„Hör auf!" Sie hielt sich die Ohren zu. „Ist denn in diesem Land jeder durch und durch korrupt?"

„Auf deinen Mann scheint das zumindest zuzutreffen", rutschte es André heraus. Er war eifersüchtig, dass die Frau, die er liebte, so sehr für ihren zwielichtigen Ehemann kämpfte. Als er Sibyllas entsetzten Gesichtsausdruck bemerkte, fügte er widerwillig hinzu: „Entschuldige, das war taktlos."

„Wenn ich nur endlich eine Besuchserlaubnis vom Kaid bekommen würde!", seufzte Sibylla. „Ich muss Benjamin so viel fragen." Sie benötigte Auskünfte zu Handelsgeschäften. Viel wichtiger aber war, den ungeheuerlichen Vorwurf des Sklavenhandels zu entkräften. Tommy hatte sie vor ein paar Tagen gefragt, was ein verfluchter Menschenhändler wäre. Seine Spielkameraden auf der Straße hatten seinen Vater so genannt. Aus ihrer hilflos gestotterten Antwort hatte er sich zusammengereimt, dass der Ausdruck keine Auszeichnung darstellte, und seither kam er immer wieder mit zerrissenen Hosen und blutigen Knien nach Hause.

„Ich verdresche jeden, der sagt, dass Papa ein Menschenhändler ist!", hatte er seiner entsetzten Mutter erklärt.

Sibylla stützte den Kopf in die Hände. „Oh, wie habe ich alles satt! Aber irgendwie muss es weitergehen. Die Geschäfte der Reederei führe ich schon allein."

„Was meinst du?", fragte André neugierig.

Als sie ihm erzählte, dass sie heute vor der Stadt eine fünfzig Kamele umfassende Lieferung Leder aus Fès in Empfang genommen, die Qualität geprüft, den Transport in ein Lager am Hafen veranlasst und sogar mit dem Hafenmeister über die Formalitäten der Weitersendung nach London gesprochen hatte, war er beeindruckt: „Ich wusste gar nicht, dass du etwas von Leder verstehst."

„Das tue ich auch nicht. Ich habe mich an das Wenige erinnert, was Benjamin mir über gutes Leder erzählt hat, und schaffte es irgendwie, den Eindruck zu erwecken, ich sei eine Expertin. Mein Mann hat seine Geschäftsbücher sehr gewissenhaft geführt, so dass ich aus seinen Aufzeichnungen sogar etwas über das Handeln lernen konnte."

Sie lächelte ihn traurig an. Um ihre Augen lagen tiefe Schatten. André stand vom Tisch auf, ging zu ihr und zog sie in seine Arme. Sie legte den Kopf gegen seine Schulter, spürte den rauhen Stoff seiner Jacke an ihrer Wange und dachte, wie gut es sich anfühlte, sich einige Momente anlehnen zu dürfen, nicht stark sein zu müssen. Er strich über ihr Haar.

„Wenn du möchtest, begleite ich dich im Herbst nach Marrakesch. Ich kenne den Sultan schon lange und kann dir bei den Verhandlungen helfen."

Sie schlang ihre Arme um seine Taille und drückte sich enger an ihn. „Ich stehe doch schon tief in deiner Schuld. Du bist für mich nach Marrakesch geritten, und nun bietest du an, mich zu der Audienz zu begleiten. Dabei willst du gewiss längst zu den Chiadma zurück und dich um all die Dinge kümmern, die du schon viel zu lange aufgeschoben hast."

Er küsste sanft ihre Stirn. „Dann ist es also abgemacht. Im Herbst sehen wir uns wieder, und Sibylla, vergiss nie, dass du eine starke Frau bist!"

KAPITEL FÜNFZEHN - MOGADOR IM APRIL 1840

Es war ein ungewöhnlich windstiller Apriltag, und die hoch am Himmel stehende Sonne schien warm auf die Festgesellschaft. Mehr als zweihundert Menschen hatten sich am Strand von Mogador versammelt. Auf Englisch, Französisch und Spanisch, Dänisch, Niederländisch, Italienisch und Portugiesisch summte es durcheinander. Die Kinder, die hinter Sandhaufen, unter Steinen und zwischen Grasbüscheln Eier und Süßigkeiten suchten, übertönten mit ihrem Kreischen und Lachen das Klatschen der Wellen, die an den Strand rollten.

Mit Billigung des Kaids feierten die christlichen Familien von Mogador wie jedes Jahr zusammen das Osterfest. In ihrer schönsten Kleidung trafen die Menschen sich morgens am Meer, um in der Bibel zu lesen, zu beten und zu singen, und die Besatzungen der europäischen Schiffe, die über Ostern im Hafen lagen, gesellten sich dazu. In dieser Stadt lebten so wenige Christen, dass sie alle zusammen feierten, egal, welcher Nation sie angehörten oder ob sie Katholiken, Lutheraner, Calvinisten oder Anglikaner waren.

Als André von seinem Pferd sprang, war die Andacht bereits vorüber. Er warf die Zügel einem der Araberjungen zu, die sich in gebührender Entfernung versammelt hatten und das Spektakel neugierig beobachteten, und schritt langsam durch die Menge. Manchmal blieb er stehen, begrüßte Bekannte und wechselte ein paar Worte. Doch sein Blick wanderte suchend von Grüppchen zu Grüppchen.

„Im Herbst sehen wir uns wieder“, hatte er zu Sibylla gesagt.

Jetzt war er schon acht Wochen später wieder in Mogador. Vor ein paar Tagen hatte der französische Konsul der Stadt ihn persönlich bei den Chiadma besucht. Er hatte beunruhigende Nachrichten aus dem Norden des Landes und eine große Bitte an André im Gepäck. Im Grenzgebiet zwischen Algerien und Marokko überfielen Berberstämme unter ihrem Führer Abd El Kader das französische Militär. Sie kamen aus dem Hinterhalt, schossen Soldaten nieder, steckten Garnisonen in Brand und flüchteten blitzschnell wieder über die Grenze nach Marokko zu ihren Verbündeten den Ait Bouyahi-Berbern. Deren Führer Thabit El Katthabi unterstützte Abd El Kader dabei, die Franzosen aus Algerien zu vertreiben. Danach wollte der Algerier ihm in Marokko helfen, Sultan Abd Er Rahman vom Thron zu stürzen, damit El Katthabi Herrscher werden konnte.

Der Konsul wollte nun, dass Rouston nach Marrakesch ritt und den Sultan warnte. Und er sollte ihn dazu bringen, den Franzosen dafür Abd El Kader auszuliefern. Andernfalls sollte er militärische Vergeltungsmaßnahmen gegen wichtige Handelshäfen wie Tanger oder Mogador androhen.

André hatte sich mit der schwierigen Mission einverstanden erklärt. Er war jedoch nicht sofort nach Marrakesch geritten, sondern erst nach Mogador. Er wollte Sibylla warnen und ihr und ihren Kindern für den Fall einer Bombardierung Mogadors den Schutz seiner Freunde, der Chiadma anbieten.

André erreichte ein prunkvolles Zelt aus roten und grünen Bahnen, das nahe der Stadtmauer aufgebaut war. An einer Längsseite waren die Zeltbahnen zur Seite gerafft, und er sah Menschen, die auf Teppichen auf dem Sand standen und sich lebhaft unterhielten. Andere hatten es sich auf mit Polstern und Decken verhüllten

Bänken bequem gemacht oder saßen nach europäischer Sitte auf Stühlen, die um kleine runde Tische gruppiert waren. An der rückwärtigen Längswand war aus Brettern und Böcken eine prächtige Tafel aufgebaut. Diener brachten Geschirr, Gläser und Porzellan. Andere schleppten Körbe und Tongefäße mit Speisen von Lasteseln herbei. Vor dem Zelt brannten mehrere Feuer, über denen sich an Spießen Lammbraten drehten. Köstliche Wohlgerüche von gewürztem Fleisch stiegen André in die Nase und mischten sich mit dem Duft von frischem Hefegebäck, das eine Dienerin an ihm vorübertrug.

„Felices Pascuas, Senor Rouston!" Ein spanischer Kaufmann, der schon oft Safran von ihm bezogen hatte, hielt ihn fest, und bevor André wusste, wie ihm geschah, tickte der Mann ein hart gekochtes Ei gegen seinen Kopf. „Es ist heil geblieben! Sie werden ein Jahr Glück haben!", rief der Spanier und wollte sich vor Lachen ausschütten. Dann sah er die Miene des Franzosen. „Was hat dieser ernste Blick zu bedeuten? Haben die Mäuse Ihre Safransetzlinge gefressen?"

André rang sich ein schiefes Lächeln ab: „Das wäre allerdings eine Katastrophe, aber nein, es ist alles in Ordnung. Ich suche Madame Hopkins. Ich möchte ihr ein frohes Osterfest wünschen. Haben Sie sie gesehen?"

„Lo siento." Der Spanier schüttelte bedauernd den Kopf. „Aber vielleicht ist sie bei meiner Frau. Sie sitzt irgendwo hinten im Zelt."

André fand die Senora in einer Gruppe von fünf Damen, unter denen er zwar Sara Willshire, nicht aber Sibylla entdeckte. Die Frauen saßen um einen kleinen runden Tisch und unterhielten sich angeregt. Die Gattin des französischen Konsuls, eine elegante, kapriziöse Frau, entdeckte ihn zuerst und beugte sich zu ihren Freundinnen. „Sehen Sie nur, welch seltener Gast uns beehrt!"

Ihre braunen Augen musterten wohlgefällig Andrés Gestalt. „Ein schöner Mann, nicht wahr?“, flüsterte sie ihrer spanischen Amtskollegin zu, und die Straußenfedern in ihrer hochgetürmten Frisur wippten neckisch. Die Spanierin blickte sie über den Rand ihres Fächers hinweg an. „Stimmt es, dass er auf Bitten von Madame Hopkins bis nach Marrakesch geritten ist, um sich beim Sultan persönlich für ihren Mann zu verwenden?“

„Das sagt man, oui“, nickte die Französin. „Ob dieses Engagement wohl an Madames schönen blauen Augen lag?“

„Wie meinen Sie das?“, fragte Sara Willshire pikiert dazwischen. Aber die Französin zog nur die dünn gezupften Brauen empor und schwieg.

„Seien Sie doch nicht so ein Unschuldslamm, Senora Willshire!“, mischte sich die Frau des brasilianischen Konsuls ein. „Mir haben Sie doch auch erzählt, dass der Franzose Senora Hopkins nach der Verhaftung ihres Mannes in ihrem Haus besucht hat. Man stelle sich nur vor – in ihrem Haus!“

Sara errötete. „Vielleicht hat er sich nach ihrem Wohlergehen erkundigt.“

„Gewiss, meine Liebe, gewiss“, warf die Französin spöttisch ein.

„In jedem Fall ist es ungehörig, Herrenbesuch zu empfangen, wenn der eigene Gatte nicht dabei ist“, ließ sich die Frau eines niederländischen Kaufmanns vernehmen und strich ihr hochgeschlossenes dunkles Kleid glatt. „Aber Mrs. Hopkins treibt ja auch Handel mit Maurinnen. Sie zieht sich sogar an wie eine von ihnen. Sie ist eine unmoralische Frau!“

„Wenn ein Mann wie Rouston sich für mich interessieren würde, wäre ich auch eine unmoralische Frau“, entgegnete die Französin unbeeindruckt. „Ah, bonjour,

Monsieur Rouston! Quel plaisir!", rief sie und streckte André ihre behandschuhte Rechte entgegen. „Sie haben also Ihr abgeschiedenes Heim in den Bergen verlassen, um das Osterfest mit uns zu feiern. Oder hat Ihr Besuch in der Stadt einen anderen Grund? Eine heimliche Liebe vielleicht?" Sie betrachtete ihn unter halb geschlossenen Lidern.

André ignorierte die letzten Worte und beugte sich über ihre Hand. Dann lächelte er der Runde zu: „Ich wünsche Ihnen frohe Ostern, meine Damen. Sie alle sind schöner als Paradiesvögel, wenn Sie mir die Bemerkung erlauben."

Die Frauen lachten geschmeichelt, sogar die Mundwinkel der Niederländerin zuckten. Nur Sara wirkte unbehaglich. Die Französin winkte eine Dienerin mit einem Tablett herbei.

„Gewiss trinken Sie eine Tasse Tee mit uns, Monsieur Rouston?" Sie nahm eine der weißen Porzellantassen und reichte sie ihm mit einer anmutigen Geste.

Zu ihrem Leidwesen ergriff André sie mit abwesender Miene. „Haben Sie Madame Hopkins gesehen?", fragte er Sara. „Ich war sicher, ich würde sie in Ihrer Gesellschaft finden. Sie sind doch Freundinnen."

„Bedaure, ich weiß nicht, wo Mrs. Hopkins ist. Ich habe sie schon sehr lange nicht mehr gesehen", erwiderte Sara.

André starrte sie verblüfft an.

„Wenn sie sich überhaupt traut, hier zu erscheinen", warf die Spanierin spitz ein, und die Niederländerin fügte giftig hinzu: „Es wäre zumindest besser für Sie, zu Hause zu bleiben!"

„Warum urteilen Sie so hart über Mrs. Hopkins, meine Damen? Ich bin sicher, sie hat Ihre schlechte Meinung nicht verdient!", bemerkte André.

Die Spanierin schwieg, doch die Niederländerin erklärte halsstarrig: „Wir sind hier alle dieser Meinung. Diesen Leuten verdanken wir schließlich, dass der Kaid unsere Männer verhört hat wie beliebige Kriminelle! Bei einigen Kaufleuten ließ er Hausdurchsuchungen durchführen. Dabei ist Mr. Hopkins der einzige europäische Sklavenhändler der Stadt!"

„Soweit ich weiß, ist seine Schuld noch nicht erwiesen", gab André scharf zurück.

„Er steht wohl nicht grundlos unter Verdacht, und das fällt auf die gesamte ausländische Kaufmannschaft von Mogador zurück", behauptete die Brasilianerin hitzig. „Mr. Hopkins hat ehrenwerte Bürger in Verruf gebracht. Ich für mein Teil wünsche nicht, mit Betrügern und Menschenhändlern in Verbindung gebracht zu werden!"

André konnte sich kaum noch beherrschen: „Mit ehrenwert meinen Sie vermutlich Ihren eigenen Mann. Hat er sein Vermögen in Brasilien nicht auf dem Sklavenmarkt von Salvador da Bahia gemacht?"

Die Brasilianerin funkelte ihn an. „Wie können Sie es wagen!"

„Wenn Sie ein Mann wären, würde ich noch viel mehr wagen", fuhr André sie an.

„Lassen Sie nur, Monsieur Rouston – auch wenn es Sie ehrt, dass Sie sich für uns einsetzen!"

Sibylla stand hinter ihm, weiß im Gesicht. Aber sie hielt den Rücken gerade und das Kinn erhoben. Rechts und links hatte sie die Arme um ihre Söhne gelegt. Tom und Johnny drängten sich an die Seite ihrer Mutter und blickten mit aufgerissenen Augen von einem zum anderen.

„Sie schweigen, meine Damen? Nur zu, keine Angst! Wiederholen Sie Ihre Anklagen vor mir und vor meinen Kindern!" Sibyllas Stimme klang eisig.

André machte einen Schritt auf sie zu. Er spürte, wie verletzt sie war, und wollte sie vor diesen einfältigen und selbstgerechten Frauen beschützen. Aber ihr Blick gebot ihm Einhalt.

„Ob die Vorwürfe gegen meinen Mann stimmen, wird sich bald herausstellen“, begann sie mit fester Stimme. „Sollten sie sich als wahr erweisen – was ich persönlich nicht glaube –, liegt die Verantwortung dafür allein bei ihm. Ich oder meine Kinder haben damit nicht das Geringste zu tun. Wir müssen uns vor Ihnen zwar nicht rechtfertigen, aber wenn die Lügen über uns Sie so sehr beschäftigen, dürfen Sie sich vertrauensvoll an mich wenden. Ich werde all Ihre Fragen nach bestem Wissen beantworten.“ Sibylla blickte in die Runde. „Also?“

Alle schwiegen. Die Brasilianerin hustete, Sara starrte auf ihre Hände, und die Spanierin versteckte sich hinter ihrem Fächer. Die Niederländerin blickte hochmütig drein, allein die Französin lächelte. Die unterschwelligen Spannungen zwischen Monsieur Rouston und der englischen Kaufmannsfrau interessierten sie viel mehr als der Tratsch über Sklavenhandel.

„Dann wäre das geklärt“, fuhr Sibylla fort. „Eine Neuigkeit habe ich aber noch für Sie: Solange mein Mann Gefangener des Kaids ist, führe ich die Geschäfte der Reederei Spencer in Mogador. Ich bin ab sofort für alles verantwortlich, und glauben Sie mir: Sklavenhandel gehört nicht zu diesen Geschäften!“ Etwas weicher fügte sie hinzu: „Heute ist Ostern. Wir feiern das Fest der Auferstehung unseres Herrn, und auch ich möchte etwas zu unserer alljährlichen Zusammenkunft beisteuern.“ Sie trat einen Schritt zur Seite, und erst jetzt bemerkten die anderen ihre schwarze Dienerin, die mit einem großen Henkelkorb hinter ihr gestanden hatte.

„Ich habe etwas traditionell Englisches gebacken. Andere Länder", sie nickte der Gattin des französischen Konsuls zu, „mögen eine berühmtere Küche haben. Aber frische Korinthenbrötchen zählen zu meinen schönsten Kindheitserinnerungen an Ostern. Bei Ihnen auch, Sara?"

Die andere zupfte an ihrer Ärmelrüsche und tat als habe sie nichts gehört. Sibylla hob die Schultern. Dann wandte sie sich an Nadira. „Bitte verteil die Brötchen an die Damen und an Monsieur Rouston. Wir müssen sie gleich essen, sie sind nämlich noch warm."

„Ich habe noch nie eine Frau mit deiner Courage gesehen, Sibylla! Die ganze Bande missgünstiger Hennen hast du mit deinem Charme und deinen köstlichen Korinthenbrötchen überwältigt!"

André hatte Sibylla hinter das Zelt gezogen. Drinnen spielten ihre Söhne mit der kleinen Tochter des französischen Konsuls. Aber hier waren sie abgeschirmt vom Trubel und konnten ein paar Minuten ungestört reden. Sibylla lachte. Zum ersten Mal seit Wochen fühlte sie sich befreit und unbekümmert. Die hässlichen Anschuldigungen gegen Benjamin waren noch längst nicht aus der Welt. Aber morgen durfte sie ihn endlich besuchen und ihm all die Fragen stellen, die ihr auf der Seele brannten. Rusa hatte die Erlaubnis für sie erwirkt.

„Dieser Sohn eines Esels! Ich werde ihn leeren, was Weisheit bedeutet!", hatte die Mutter des Statthalters empört gerufen, als Sibylla ihr erzählt hatte, dass der Kaid ihr seit drei Monaten verwehrte, ihren Ehemann zu sehen.

Sibylla blitzte André herausfordernd an. „Willst du mich kompromittieren, oder bist du schon wieder in Mogador, weil du solche Sehnsucht nach mir hattest?"

Er fand es wundervoll, dass sie mit ihm flirtete, aber leider musste er sie aus ihrer sorglosen Stimmung reißen.

„Ich würde dich gern auf jede erdenkliche Art kompromittieren, aber der Anlass meines Besuches ist sehr ernst. An der Grenze zu Algerien braut sich ein Krieg zusammen. Ich bin im Auftrag der französischen Regierung mit wichtigen Nachrichten zum Sultan nach Marrakesch unterwegs."

„Was für Nachrichten? Und wieso Marrakesch? Der Sultan wollte doch nach Fès." Sibylla war verwirrt.

„Er hat seinen Aufenthalt dort abgesagt. Und bei den Nachrichten geht es um Abd El Kader und einen seiner eigenen rebellischen Untertanen."

„Abd El Kader? Das ist doch der Berberführer, der in Algerien den Jihad gegen euch Franzosen ausgerufen hat?"

„Genau. Und mit diesem Jihad macht er jetzt ernst. Er hat einen marokkanischen Stammesführer auf seine Seite gezogen, um mit ihm den Sultan zu stürzen."

„Das hört sich nicht gut an. Aber was habe ich damit zu tun?", entgegnete Sibylla verständnislos.

„Der marokkanische Berberfürst gewährt Abd El Kader Unterschlupf. Nun soll ich Abd Er Rahman dazu bringen, ihn an Frankreich auszuliefern. Im Gegenzug verrate ich dem Sultan, dass die Rebellen seinen Sturz planen. Lässt Abd Er Rahman sich auf diesen Handel nicht ein, werden die Franzosen marokkanische Hafenstädte bombardieren. Du weißt, was das für Mogador bedeutet."

„Krieg", folgerte Sibylla leise, „du meine Güte!"

Beide schwiegen. Sibylla dachte über Andrés Neuigkeiten nach. „Wann reitest du nach Marrakesch?"

„Morgen in aller Früh."

„Warte noch einen Tag! Bitte! Morgen darf ich endlich Benjamin besuchen. Aber dann begleite ich dich nach Marrakesch."

„Was willst du?!" Er war völlig vor den Kopf geschlagen.

„Wenn es stimmt, was du sagst, kann ich nicht bis zum Herbst damit warten, den Sultan um Benjamins Freilassung zu bitten. Ich muss es jetzt tun."

„Niemals! Das ist ganz und gar der falsche Zeitpunkt!" André war entsetzt.

„Was für mich der falsche Zeitpunkt ist, entscheide ich selbst!", fuhr sie ihn an. „Und wenn du mich nicht mitnimmst, reite ich allein. Benjamin darf nicht weiter auf dieser Insel festsitzen. Wenn es wirklich zum Krieg kommt, gehört er zu seiner Familie!"

„Du bist ja völlig verrückt! Glaubst du, der Sultan gibt dir Benjamin umsonst? Du hast mir selbst erzählt, dass die Schergen des Kaids dir das ganze Geld genommen haben. Abd Er Rahman will mehr als eine Handvoll Dirham für das Leben deines Mannes!"

Sibylla lächelte verschmitzt. „Für dieses Problem gibt es eine sehr einfache Lösung: Wir bezahlen die Freiheit meines Mannes mit der Nachricht von der Intrige gegen den Sultan!"

Am nächsten Morgen ließ Sibylla sich von derselben Mannschaft auf die Insel Mogador rudern, die fast auf den Tag genau drei Monate zuvor ihren Mann dorthin gebracht hatte. Sie war nervös und übermüdet. Die Nacht hatte sie mit Packen verbracht und über den bevorstehenden Besuch beim Sultan nachgedacht. Jetzt ging ihr die erste Begegnung mit Benjamin seit seiner Verhaftung durch den Kopf. Sie hatte Fragen, die das Geschäft betrafen: Vereinbarungen zwischen Händlern und der Reederei, wann sie Toledano konsultieren musste oder wie sie mit dem Hafenmeister und den Kapitänen umgehen sollte. Außerdem wollte sie Benjamin informieren, dass sie jetzt die Geschäfte führte. Vor allem aber musste sie endlich hören, was er zu der Anschuldigung des Sklavenhandels sagte. Diese immer noch ungeklärte Frage raubte ihr den Seelenfrieden. Tagsüber grübelte sie darüber nach, und nachts träumte sie davon.

Wenigstens verfügte sie wieder über etwas Geld. Ein Wechsel für Benjamins Anteil an den Häuten, die er in Fès gekauft hatte, war eingetroffen. Ebenso ein Wechsel aus ihrer Mitgift, der reichte, um sie und die Kinder bis zum Jahresende zu ernähren und ihre Schulden bei Nadira zurückzuzahlen.

Gischt spritzte über die niedrige Seitenwand des Bootes und nässte Sibyllas Kleid. Sie schlang die Arme um den Korb, den sie auf ihren Knien balancierte, und blickte zurück zum Ufer. Hoch bepackte Lastenkamele zogen hinter ihren Führern in einer langen Reihe über den Sand in Richtung Süden. Dahinter erhoben sich im Sonnenlicht die weißen Mauern von Mogador. Es ergab ein so friedliches Bild. Sie konnte sich kaum vorstellen, dass der Stadt möglicherweise bald ein Krieg drohte.

Die sechs Ruderer pflügten mit gleichmäßigen Schlägen durchs Wasser, vorbei an den Fregatten und Brigantinen, die im Hafenbecken ankerten. Der Kapitän ihres Bootes stand am Kiel und brüllte Kommandos. Vor ihnen lag die Insel Mogador im Morgendunst. Mit den Zinnen der Bastion auf scharfen Felszacken und dem hohen Turm der Moschee erhob sie sich wie der dornenbewehrte Rücken eines Drachen aus dem Wasser. Hoch am Himmel stand ein Falke, winzig und fast unbeweglich. Sibylla legte eine Hand über die Augen und beobachtete, wie er plötzlich pfeilschnell auf die Insel herabstieß.

Sie fühlte sich befangen bei dem Gedanken an ihren Mann und war ehrlich genug, sich einzugestehen, dass sie ihn während der drei Monate seiner Gefangenschaft nicht sehr vermisst hatte. André, der für sie nach Marrakesch geritten war, hatte ihr weit mehr gefehlt.

Wenige Minuten später drosselten die Ruderer das Tempo und manövrierten das Boot zwischen spitz aus dem Wasser ragenden Felsnadeln auf ein sandiges Uferstück. Dort wurde Sibylla bereits vom Festungskommandanten und zwei schwarzen Gardisten erwartet. Der Kapitän half ihr beim Aussteigen.

„Kommen Sie nach dem Nachmittagsgebet zurück!", befahl sie, bevor die Barkasse wieder ablegte und sich mit raschen Ruderschlägen entfernte.

„Asalamu alaikum." Sie wandte sich dem Kommandanten zu, einem bärtigen, finster dreinblickenden Araber mit einem gewaltigen Krummsäbel am Gürtel. Er knurrte etwas, das entfernt wie „wa-alaikum salam" klang, und zeigte auf ihren Korb: „Auspacken!"

Sie unterdrückte ein Seufzen, während sie nacheinander Kleidung, Bücher, Zeitungen, Toilettenartikel und ein Paket mit frischem Brot, Früchten und Käse vor den Soldaten ausbreitete. Der Kommandant schaute blasiert drein, aber seine Soldaten betasteten Benjamins europäische Kleidung neugierig. Sein Rasiermesser beschlagnahmten sie, alles andere durfte sie behalten. Dann führten die Soldaten sie zur Festungsanlage. Sultan Sidi Mohammed Ben Abdallah hatte Ende des letzten Jahrhunderts die ersten Mauern aus grauem Stampflehm errichtet. Sein Nachfahre Moulay Abd Er Rahman hatte sie zu vier kanonenbewehrten Bastionen und einer Moschee erweitert. Sibylla fiel auf, dass es von Soldaten wimmelte. Sollten die Franzosen wirklich vorhaben, Mogador anzugreifen, würden sie auf entschiedenen Widerstand treffen.

Sie beschloss, Benjamin nichts davon zu erzählen, dass der Stadt vielleicht ein Krieg drohte. Sie wollte ihn nicht noch zusätzlich beunruhigen. Sie schlang sich ihren Schal fest um den Kopf, denn der Wind wehte hier erheblich stärker als auf dem Festland. Außer ein paar zerzausten Tujabäumen wuchsen auf der Insel noch Wacholder, Gras und niedrige Flechten, die winzige gelbe und weiße Blüten trugen. Sonst gab es nur Felsen, Sand, Kaninchenlöcher und Soldaten.

Benjamins Zelle befand sich im Innenhof der Westbastion. Zu Sibyllas Überraschung war die schwere Holztür geöffnet. Aber wohin hätte er von hier aus auch fliehen sollen? Sie stand vor einem kleinen rechteckigen Raum. Der Boden und die Wände bestanden aus festgestampftem Lehm, Tageslicht fiel außer durch die Tür noch durch ein schmales Loch, nur etwas größer als eine Schießscharte hoch oben an der Stirnseite. Sibylla erblickte einen klobigen Tisch mit einem Wasserkrug und einer Öllampe. Dann sah sie Benjamin. Er saß auf dem Bett aus einem einfachen Holzrahmen mit einer Strohmatratze darauf und balancierte eine Tonschale mit Couscous auf den Knien, sein Frühstück.

„Guten Tag, Benjamin."

„Sibylla!" Er sprang auf. Die Schale rutschte von seinen Knien und zerschellte auf dem Boden. Sibylla sah entsetzt, wie eine Maus unter dem Bett hervorsauste und sich über die Reste der einfachen Mahlzeit hermachte. Aber Benjamin achtete nicht darauf.

„Endlich kommst du! Ich dachte schon, du lässt mich hier verschimmeln. Was ist, kann ich gehen? Lässt der Kaid mich laufen?" Er stürzte auf sie zu.

„Lass dich doch erst einmal anschauen!" Sie wollte ihm nicht gleich im ersten Satz mitteilen, dass seine Gefangenschaft noch nicht zu Ende war, denn sein Anblick hatte sie erschreckt. Es fehlte nicht viel, und sie hätte ihren eigenen Mann nicht wiedererkannt! Er war so mager geworden, dass der mit Flecken übersäte Anzug an seinem Körper schlotterte. Seine Wangen waren eingefallen, die Augen lagen tief in den Höhlen. Das Haar war lang und strähnig, das halbe Gesicht von einem verfilzten Bart bedeckt. Sie roch die Ausdünstungen seines ungewaschenen Körpers und hielt unwillkürlich Ausschau nach Flöhen und Läusen. Von dem Benjamin, der maßgeschneiderte Anzüge, seidene Westen und mit Diamanten besetzte Krawattennadeln trug, der täglich badete und seine Hände maniküren ließ, bis sie weicher waren als die einer Frau, war nicht viel übrig!

„Ich habe dir etwas mitgebracht." Sie stellte ihren Korb auf den Tisch.

Hastig durchwühlte er den Inhalt. „Seife? Bücher? Wäsche? Heißt das, ich muss noch länger hierbleiben? Hast du dich überhaupt um meine Freilassung bemüht?" Er klang gereizt.

„Eigentlich habe ich die meiste Zeit Tee getrunken und gepicknickt. Leider war ich ein bisschen allein, weil ich keine Freundinnen mehr habe, seit sie glauben, dass mein Mann mit Sklaven handelt", gab sie verärgert zurück.

Rasch lenkte er ein. „Reg dich nicht auf, so habe ich es doch nicht gemeint!"

„Das Rasiermesser musste ich abgeben", fuhr sie nach einer kurzen Pause fort. „Aber der Kommandant hat mir gegen ein paar Dirham versprochen, es dir jeden Morgen zu geben, damit du dich rasieren kannst. Nötig hast du es, weiß Gott!"

Benjamin griff nach einer der Zeitungen und überflog die Schlagzeilen: „In England steigen die Eisenbahnaktien. Genau wie ich vorausgesagt habe! Wenn ich hier nicht festsitzen würde, würde ich investieren. In der Eisenbahn liegt die Zukunft, das spüre ich bis in meinen linken kleinen Zeh! Aber ich darf mich ja noch nicht einmal um die Geschäfte kümmern, und in der Karawanserei verrotten fünfzig Kamelladungen Leder. Die Firma Spencer & Sohn in Mogador wird bald bankrott sein."

„Wird sie nicht", eröffnete Sibylla stolz. „Das Leder, das du in Fès gekauft hast, habe ich geprüft und nach England weiterverschifft. Der Wechsel über deinen Anteil ist schon eingetroffen."

Er maß sie mit einem seltsamen Blick. „Willst du mich aus meiner Position drängen?"

„Ich musste etwas tun! Die Kinder und ich müssen essen, die Dienstboten müssen bezahlt werden!" Sie war enttäuscht. Warum lobte er sie nicht? Immerhin sorgte sie dafür, dass die Geschäfte weiterliefen. Doch sie zwang sich, ihre bitteren Gefühle beiseitezuschieben.

„In London weiß niemand, was passiert ist. Ich habe Vater nur geschrieben, dass ich einige Zeit für dich einspringe. Aber ich brauche deinen Rat, Benjamin. Ich habe so viele Fragen."

Er legte eine Hand auf ihren Arm. Die Haut war rauh und rissig, die Fingernägel schwarz gerändert: „Du bist so sauber", sagte er leise, „so unglaublich sauber." Er schüttelte sich, als wollte auch er schlechte Gedanken vertreiben. „Erst einmal werde ich mich waschen. Und dann besprechen wir alles." Er klatschte in die Hände. „Wo sind meine Wachhunde? Ich brauche Wasser! Viel Wasser!"

Sie saßen nebeneinander auf einem Flecken Gras am Meeresufer. Irgendwo hinter ihnen auf einer der Bastionen brüllte der Kommandant. Ratternd und quietschend wurden Kanonen vor Schießscharten positioniert. Aber vor ihnen lag glatt und silbern der Atlantik, eine endlose Fläche, leer bis auf ein paar Fischerboote.

„Weißt du, was sie dort auf der Bastion tun?", fragte Sibylla.

Benjamin schüttelte den Kopf. „Keine Ahnung. Das geht schon seit Wochen so. Vielleicht ist ihnen genauso langweilig hier wie mir."

Er hatte sich gewaschen und frische Kleidung angezogen. Sibylla hatte sein verfilztes Haar entwirrt. Abgesehen von dem langen Bart glich Benjamin schon wieder ein wenig dem Mann, den sie kannte.

„Als ich drei Tage hier war, habe ich versucht, zu fliehen", erzählte er.

Sie war entsetzt. „Wie bitte?! Als ob wir nicht schon genug Schwierigkeiten hätten!"

Er grinste sie von der Seite an. „Ich bin ins Wasser gesprungen und wollte mich zu einem englischen Handelsschiff durchschlagen, das nicht weit von hier ankerte. Ich bin ein guter Schwimmer, oder hast du unser gemeinsames Bad im Londoner Hafenbecken schon vergessen? Leider waren die Neger, die in ihrem Boot hinter mir her waren, schneller als ich. Der Kommandant hat getobt. Drei Wochen hat er mich eingeschlossen. Inzwischen lässt er mich wieder raus. Aber seit meinem Fluchtversuch bewachen sie mich besser – und das Boot auch."

Sibylla beobachtete zwei kleine smaragdgrüne Eidechsen, die sich auf dem warmen Erdboden sonnten. „Wie behandeln sie dich sonst?"

Er zuckte mit den Schultern. „Sie lassen mich in Ruhe. Wir können uns ohnehin kaum verständigen. Weder Mauren noch Neger sprechen englisch, und mein Arabisch kennst du ja."

„Und was machst du den ganzen Tag?"

„Jeden Morgen umrunde ich die Insel. Dafür brauche ich zwei Stunden. Der Rest des Tages ist ziemlich eintönig", erwiderte er unbestimmt.

Er wollte ihr nicht erzählen, dass er vor lauter Einsamkeit langsam wunderlich wurde, halblaute Gespräche mit den Kaninchen führte, die überall ihre Baue gruben, und versuchte, den Mäusen, die durch seine Kammer huschten, Kunststücke beizubringen.

„Unternimmt Willshire überhaupt etwas, um mich rauszuhauen? Ich muss von dieser Insel runter, verdammt noch mal!", brach es aus ihm hervor. „Du musst rauskriegen, was die mit mir planen! Letzte Nacht habe ich geträumt, dass der Sultan mich enthaupten lässt!"

„Willshire hat einen Brief an Generalkonsul Drummond-Hay in Tanger geschickt, damit er offiziell gegen deine Festnahme protestiert", versuchte Sibylla, ihn zu beruhigen. „Aber ein bisschen musst du noch durchhalten. Wir wissen doch, dass die Uhren im Orient anders gehen."

„Hör mir damit auf! Ich will weg von dieser Insel! Schreib deinem Vater, schreib der Königin, besteche den Kaid, aber tu etwas!"

„Der Kaid hat sich schon bedient. Seine Leute haben unser Haus durchsucht und das ganze Bargeld mitgenommen!"

„Was?!" Benjamin packte ihren Arm. „Wo haben sie gesucht? Was haben sie gefunden?"

„Au! Du tust mir weh!" Sie versuchte vergeblich, sich zu befreien. „Deine Kasse haben sie mitgenommen und das Geld, das ich durch meinen Handel mit den Frauen des Statthalters verdient habe!"

„Mehr nicht?"

„Wie meinst du das? Es war das ganze Bargeld, das wir hatten!"

„Ja, ja. Ich dachte an Möbel, Porzellan und Ähnliches", erklärte er hastig.

„Es reicht doch auch so, oder? Und jetzt lass mich endlich los! Im Übrigen reite ich morgen früh zum Sultan nach Marrakesch und werde ihn bitten, dich freizulassen. Ich setze mich also sehr wohl für dich ein!"

„Was? Wirst du denn vorgelassen?"

„Monsieur Rouston hat mir eine Audienz bei Abd Er Rahman verschafft. Er wird mich begleiten und mich dem Sultan gegenüber unterstützen. Schließlich kennt er ihn von allen Europäern in diesem Land am besten."

Benjamin blitzte sie wütend an. „Du reitest nicht mit diesem französischen Lackaffen nach Marrakesch und machst mich vor den Leuten zum Hanswurst! Das erlaube ich nicht!"

„Das wirst du wohl müssen, wenn du nicht noch länger auf dieser Insel festsitzen willst", gab sie zurück.

„Ich habe mit Rouston nichts zu schaffen", knurrte er. Aber er erhob keine weiteren Einwände gegen ihren Plan.

„Willst du mir nicht endlich sagen, was an den Vorwürfen gegen dich dran ist?", drängte Sibylla. „Hast du Menschen auf Schiffen meines Vaters von hier in die Karibik schaffen und dort in die Sklaverei verkaufen lassen? Du schuldest mir eine Erklärung, Benjamin!"

Er schluckte. „Was du mir alles unterstellst", murmelte er mit abgewandtem Kopf. „Im Grunde bist du nicht besser als der Kaid."

„Aber ich will doch nur die Wahrheit wissen!"

Benjamin drehte sich zu Sibylla und fixierte sie so eindringlich, als wollte er sie hypnotisieren. „Ich schwöre, dass ich niemals etwas tun würde, das der Reederei Spencer oder meiner Familie Schaden zufügen könnte!"

Sie runzelte die Stirn. „Dann hat dich jemand reingelegt? War es Kapitän Brown? Oder Samuel Toledano?"

„Was weiß ich! Vielleicht hat Toledano sich hinter meinem Rücken an Brown herangemacht und ihm eine

Menge Geld für das Geschäft geboten. Ich kann meine Kapitäne nicht überwachen, während die Schiffe hier im Hafen liegen. Aber sobald ich wieder frei bin, werde ich alles tun, um die Schuldigen zu finden. So wahr ich Benjamin Hopkins heiße!"

Sibylla überdachte seine Worte. Brown war ein finster wirkender Geselle. Aber das waren andere Kapitäne auch. Nicht umsonst sagte ihr Vater, dass das Leben auf See hart und einsam machte.

„Ich weiß einfach nicht mehr, was oder wem ich glauben soll", entgegnete sie leise.

Benjamin packte ihre Hand und presste sie schmerzhaft. „Denk doch einmal nach, Sibylla! Du hast mir selbst gesagt, dass die Leute des Kaids bei der Hausdurchsuchung kein Geld gefunden haben, dessen Herkunft sich nicht erklären ließ. Gibt es einen besseren Beweis für meine Unschuld?"

Bestürzt merkte sie, dass er sich an sie drängte und sie rückwärts ins Gras drückte. Bevor sie reagieren konnte, rollte er sich auf sie und befingerte ihre Brüste.

„Benjamin! Hör auf!" Sie strampelte heftig.

Sein Gesicht war gerötet. „Du bist meine Frau", keuchte er schwer atmend.

Sie wehrte sich verbissen. „Für diese Dinge hast du in den letzten Jahren Firyal gerufen. Nun brauchst du auch nicht mehr zu mir zu kommen. Und jetzt lass mich los!"

Endlich rollte er sich von ihr herunter. „Du wusstest davon?"

„Du hast nicht versucht, es vor mir zu verbergen."

Er sah sie nicht an, sondern zog mit einem Finger Figuren im Gras. „Wieso willst du mir überhaupt helfen? Wäre es dir nicht lieber, ich würde auf dieser Insel verrotten?"

Sie richtete sich auf und strich ihr Kleid glatt. „Ich tue das für unsere Kinder, Benjamin. Nur für unsere Kinder!“

KAPITEL SECHZEHN
EINIGE TAGE SPÄTER IN MARRAKESCH

Die Nachricht, dass Sibylla Hopkins in Begleitung des Franzosen Rouston am Dienstag nach Ostern in aller Frühe die Stadt verlassen hatte, ging unter den Kaufleuten von Mogador wie ein Lauffeuer herum. Während die Männer untereinander grinsend Bemerkungen machten, dass man ja gar nicht geahnt hätte, aus was für einem Holz die Engländerin geschnitzt wäre, tuschelten die Frauen hinter vorgehaltener Hand über ihr skandalöses Verhalten.

Doch Sibylla pfiff darauf, was Leute dachten, die sie seit Monaten mieden. Die Zeit drängte, deshalb hatte sie Nadira zu Hause bei den Kindern gelassen. André hatte ihr ein schnelles Pferd aus dem Stall des französischen Konsuls besorgt, und sie erreichten Marrakesch schon nach vier statt der üblichen fünf Tage.

Die Wachen vor dem Sultanspalast begrüßten Rouston wie einen alten Bekannten und ließen sie sofort durch das Haupttor. Wenig später erschien Feradge, der Chefeunuch und Vertraute des Herrschers. Seine Majestät befand sich an diesem Tag auf der Falkenjagd, erklärte er, aber er würde am Abend zurückerwartet, und er, Feradge, trüge persönlich Sorge dafür, dass Seine Majestät die Gäste gleich am nächsten Morgen empfing.

Für die Nacht wies er André einen Gästepavillon in dem wunderschönen herrscherlichen Garten zu. Sibylla durfte in den Haremsgemächern übernachten.

„Wir treffen uns nach dem Morgengebet vor meinem Gästehaus“, sagte André, als sie sich verabschiedeten. „Versuche, dich auszuruhen. Wir haben einen anstrengenden Tag vor uns.“

„Magnifique! Du bist schöner als eine Königin!“, rief er aus, als Sibylla am nächsten Morgen vor ihn trat. Sie trug ein Kleid aus königsblauer bestickter Seide. Der passende wertvolle Saphirschmuck, ein Hochzeitsgeschenk ihres Vaters, war leider den plündernden Schergen des Kaids in die Hände gefallen. Sie hatte sich für die Begegnung mit dem Herrscher Marokkos europäisch gekleidet. André behauptete, dass Abd Er Rahman sie höher achten würde, wenn er an ihrer Aufmachung gleich erkannte, dass sie eine Frau der englischen Oberschicht war.

Er selbst trug die Majorsuniform der Chasseurs d'Afrique und hatte die Medaille für seine Verdienste im Algerienkrieg an die hellblaue Jacke geheftet.

„Abd Er Rahman hält unser Militär immer noch für so gut wie die Grande Armee zu Napoleons Zeiten, und da ich heute als Gesandter der französischen Regierung vor ihn trete, werde ich einen Teufel tun und ihm diesen Glauben nehmen“, erklärte er Sibylla, ein wenig verlegen, weil sie ihn bewundernd musterte.

Wäre der Anlass nicht so ernst gewesen, hätte ihr Zusammensein ein romantisches Tête-à-Tête sein können, denn der Garten des Herrschers war bezaubernd. Wüstenwind raschelte im silbernen Laub der Olivenbäume, Vögel sangen, Wasserspiele plätscherten, und überall duftete es nach Rosen und Minze, Verbenen, Myrte und Jasmin.

Sibylla setzte sich zu André auf die niedrige Marmorbank vor dem Gästehaus. „Ich bezweifle, dass der Sultan Benjamins Freiheit so hoch bewertet wie seinen Thron“, äußerte sie besorgt.

Er hob die Schultern. „Wir müssen unsere Karten eben klug ausspielen und ihn so neugierig machen, dass er bereit ist, diesen Preis für unsere Informationen zu zahlen.“

„Ich bin so nervös!“, gestand sie. „Ich habe versucht, mich zu beruhigen, und mir eingeredet, dass diese Audienz im Grunde nichts anderes ist, als auf dem Souk mit dem Händler um den Preis für die Orangen zu feilschen – ich bin nämlich recht gut im Feilschen. Nur heute ist der Händler der Herrscher Marokkos, und die Orangen sind Benjamins Kopf!“

André grinste. „Der Kopf deines Mannes eine Orange, das gefällt mir!“

„Ich bin nicht einmal sicher, dass Abd Er Rahman mein Gastgeschenk gefallen wird.“ Sie blickte zu dem Sattel, der vor ihr im Gras lag. Es handelte sich um einen sehr teuren englischen Sattel. Benjamin hatte ihn eigens für seinen feuerfarbenen Hengst anfertigen lassen. Den Hengst hatte Kaid Hash Hash beschlagnahmt, aber den Sattel hatten seine Schergen nicht mitgenommen. Benjamin würde es nicht gefallen, wenn er freikam und erfuhr, dass sein Sattel jetzt dem Sultan gehörte. Aber sie hatte weder die Zeit noch das Geld für ein anderes Geschenk gehabt.

André erhob sich und strich seine Uniformjacke glatt. „Dort kommt Ferdage. Es ist so weit.“ Er reichte Sibylla die Hand und half ihr beim Aufstehen.

„Puh“, stöhnte sie, „ich hatte ganz vergessen, wie eng so ein Korsett ist!“

Er lächelte. „Kopf hoch und Rücken gerade! Und vergiss nicht: Ich bin an deiner Seite!“

„Seine Kaiserliche Majestät erwartet die Gäste im Löwenhof.“ Feradge verbeugte sich vor André und Sibylla. Der große fleischige Mann mit der ebenholzschwarzen Haut liebte Prunk und Pracht. Sein Brokatmantel war mit Perlen und Edelsteinen bestickt, und an den feisten Fingern glänzten goldene Ringe. Sibylla fiel siedend heiß ein, dass sie vergessen hatte, dem Lieblingseunuchen des Herrschers ein Geschenk mitzubringen, und hoffte, dass er ihr das nicht übelnahm. Doch Feradge war die Liebenswürdigkeit in Person, als er sich erkundigte, ob die Gäste Seiner Majestät sich wohlfühlten und es ihnen an nichts mangelte.

Trotz seiner Fülle bewegte er sich rasch und geschmeidig. Bald hatten sie eine Mauer und ein großes Torhaus aus rötlichem Stampflehm erreicht, das den Durchgang in einen anderen Teil des Gartens bildete. Auch hier standen Wächter der Schwarzen Garde und neigten ehrerbietig die Köpfe, als die kleine Gruppe vorübereilte.

Sie gelangten in einen Hof, der ganz von einem Säulengang umrandet und von einem großen rechteckigen Wasserbecken ausgefüllt war. Sibylla merkte, wie das Wasser die Hitze der Wüste angenehm abkühlte. „Wir sind so nahe an der Sahara, und trotzdem gibt es hier so viel Wasser!“, staunte sie.

„Seine Kaiserliche Majestät leitet es aus dem Atlas hierher. Er ehrt damit Allah, der den Menschen das Wasser geschenkt und so den unfruchtbaren Schoß der Erde zum Leben erweckt hat“, erläuterte der Eunuch würdevoll.

Sie hatten das Ende des Wasserbeckens erreicht und passierten einen achteckigen vergitterten Pavillon. Ein ausgewachsenes Löwenpaar lag darin und fixierte die Besucher aus wachsamen bernsteingelben Augen. Sibylla hatte lebendige Löwen erst ein Mal gesehen, vor vielen Jahren in London, als eine fahrende Menagerie exotische Tiere ausgestellt hatte. Als sie am Gitter entlangging, ließ das Männchen ein tiefes warnendes Grollen hören. Sie betrachtete das große starke Tier mit der schwarzgelben Mähne und den tödlichen Pranken, die wuchtiger als zwei Männerfäuste anmuteten.

„Ich hatte ja keine Ahnung, dass der Name ‚Löwenhof' so wörtlich zu nehmen ist!", flüsterte sie André zu.

„Ein dezenter Hinweis auf die Macht des Herrschers", gab er leise zurück. „Lass dich davon nicht beeindrucken!"

„Hier wird die Audienz stattfinden", unterbrach Feradge.

„Hier?", rutschte es Sibylla heraus. Sie hatte einen offiziellen Rahmen erwartet, einen Thronsaal mit Würdenträgern und Hofbeamten, aber gewiss keinen Garten. Doch der Eunuch führte die Gäste auf die andere Seite des Löwenkäfigs. Dort waren seidene Teppiche auf dem Boden ausgebreitet, und Kohlepfannen verströmten die Aromen duftender Harze. Unter einem seidenen roten Baldachin, flankiert von zwei Sklaven, die ihm mit Palmenblättern Luft zufächelten, thronte auf einem Diwan Sultan Moulay Abd Er Rahman, Imam aller wahren Gläubigen und Herrscher Marokkos aus der heiligen Dynastie der Alawiden, der letzte freie Herrscher des arabischen Nordafrika, eine weiß gekleidete Gestalt mit einem sorgsam gestutzten grau durchsetzten Bart und wachen schwarzen Augen im gut genährten rundlichen Gesicht.

Zuerst begrüßte der Sultan Rouston. Seine schwarzen Augen verharrten auf der Ehrenmedaille. Er erkannte, dass André die Uniform der Sieger des Algerienkrieges trug und es wie der Herrscher selbst verstand, Zeichen der Macht sprechen zu lassen.

Dann verneigte Sibylla sich ehrfürchtig. „Asalamu alaikum. Kaiserliche Majestät, ich bin tief gerührt, dass Ihr mich und Monsieur Rouston empfangt. Erlaubt mir, Euch diese bescheidene Gabe zu überreichen."

Sie wandte sich an André, der den Sattel getragen hatte und ihn nun dem Sultan zu Füßen legte.

Der Herrscher neigte huldvoll sein Haupt. „Wa-alaikum salam, Kauffrau. Wir danken Ihnen für die Ehre Ihres Besuches."

Er klatschte in die Hände. Ein Sklave eilte aus dem Schatten des Säulenganges, hob den Sattel auf und trug ihn davon. Abd Er Rahman hatte kein Wort zu dem Geschenk gesagt. Hätte Sibylla nicht gewusst, dass es unter Arabern als unhöflich galt, sich mehr mit seinem Geschenk als mit seinen Gästen zu beschäftigen, hätte sie befürchtet, es gefiele ihm nicht.

Der Sultan deutete auf einem weiteren Diwan ihm gegenüber. „Bitte, verehrte Gäste, nehmen Sie Platz! Machen Sie Uns die Freude, einen Mokka mit Uns zu trinken!"

Er klatschte erneut in die Hände. Weitere Sklaven tauchten wie aus dem Nichts auf. Einer brachte Wasserschalen und Tücher, damit der Herrscher und seine Gäste sich die Hände reinigen konnten. Einer trug hauchdünne Porzellantässchen. Der dritte servierte Konfekt, und der vierte reichte Seiner Majestät eine Kaffeemühle, damit er höchstpersönlich die frisch gerösteten Bohnen mahlen konnte. Danach braute einer der Sklaven den Mokka auf einem der Kohlebecken. Feradge stand währenddessen hinter dem Diwan seines Herrn und dirigierte das Zeremoniell mit winzigen Handbewegungen.

„Ihr Arabisch ist vorzüglich, Mrs. Hopkins", bemerkte der Sultan liebenswürdig, während er den frisch gebrühten Mokka in die Tassen goss.

„Ist es nicht das Geringste, die Sprache des Landes zu lernen, das meine Familie mit so viel Freundlichkeit aufgenommen hat?", erwiderte Sibylla bescheiden.

In diesem Stil ging es eine ganze Weile weiter. Moulay Abd Er Rahman und seine Gäste tauschten Nettigkeiten, als befänden sie sich bei einem Picknick.

„Gewiss gibt es einen Grund für das dringende Audienzansuchen?", fragte der Sultan schließlich.

Sibylla war sicher, dass Abd Er Rahman den Grund längst kannte, aber sie antwortete ruhig: „Euer Statthalter Kaid Hash Hash hält seit mehreren Monaten meinen Gemahl auf der Insel Mogador fest."

Der freundliche Gesichtsausdruck des Sultans wurde hart. „Der Kaufmann Hopkins hat mit Sklaven gehandelt. Wir gestatten ungläubigen Besuchern Unseres Landes diese Art von Geschäften nicht – in Übereinstimmung mit der englischen Königin, wie Sie sicher wissen."

„Mein Gemahl hat es Euch gegenüber an Respekt fehlen lassen, Kaiserliche Majestät", räumte Sibylla ein. „Aber er hat mir versichert, dass er unschuldig und selbst Opfer einer Intrige geworden ist. Wahrscheinlich hat einer seiner Kapitäne die schändlichen Geschäfte hinter seinem Rücken durchgeführt."

„Glauben Sie wirklich, Wir würden einen Unschuldigen gefangen nehmen?", erwiderte der Sultan scharf. „Wir sind gut unterrichtet, dass ihr Gemahl Sklaven von Unseren Küsten in die Karibik verschifft hat!"

Sibylla beschloss, dass es besser sei, nicht mehr auf ihrer Unschuldsvermutung zu beharren und senkte demütig den Kopf. „Ich werfe mich Euch als Mutter zweier kleiner Söhne zu Füßen, ehrwürdiger Herrscher, und bitte Euch um Gnade für meinen Gemahl. Ihr seid als weiser und großmütiger Herrscher bekannt. Verwehrt einer Mutter diese Bitte nicht!"

In Abd Er Rahmans Gesicht zuckte ein Muskel. Er winkte Feradge, der sich zu ihm beugte, und ein rascher geflüsterter Wortwechsel entspann sich.

„Ihr Gemahl hat Unser Ansehen in der Welt tief beschädigt. Wenn überhaupt lässt sich das nur mit einer

Entschädigung sühnen", ließ Abd Er Rahman sie schließlich wissen.

Da war sie, die Forderung nach dem Geld, die Sibylla so gefürchtet hatte, denn sie konnte kein Geld bieten. Sie antwortete ernst: „Ich habe einen Verdacht, welcher Kapitän diese Geschäfte zu verantworten hat, und werde persönlich dafür Sorge tragen, dass er in England seine gerechte Strafe erhält. Nicht der Schatten eines Zweifels wird auf der Ehre Eurer Kaiserlichen Majestät zurückbleiben!"

„Das genügt nicht" erklärte Abd Er Rahman kühl.

André hielt den Zeitpunkt für gekommen, um sich einzumischen: „Vielleicht genügt es Euch, dass wir Nachrichten von Abd El Kader, dem algerischen Rebellen bringen – und von Eurem Untertan Thabit El Katthabi. Die beiden haben einen Pakt geschlossen, der Eurer Majestät nicht gefallen dürfte."

Abd er Rahman erstarrte. „Was ist mit El Katthabi?"

„Diese Information ist die Freiheit von Benjamin Hopkins wert", erwiderte André. „Und nicht nur das. Sie ist es auch wert, dass Ihr meiner Regierung den Rebellen Abd El Kader ausliefert, der sich im Rif-Gebirge versteckt und Euren Schutz genießt."

Sibylla hielt die Luft an, während sie beobachtete, wie die beiden Männer sich mit Blicken maßen, als fochten sie ein Duell aus. Die schwarzen Augen des Sultans glühten, aber André fürchtete ihn nicht. Schließlich klatschte Abd Er Rahman in die Hände, ein Sklave erschien, erhielt einen kurzen geflüsterten Befehl und entfernte sich eilig.

„Der Kaufmann wird freigelassen", erklärte der Herrscher. „Unser Schreiber wird Mrs. Hopkins die Urkunde für den Kaid übergeben. Die Auslieferung Abd El Kaders hängt von Ihrer Information ab, Rouston, und jetzt sprechen Sie!"

Während André kurz und knapp das Komplott darlegte, das Abd El Kader und Thabit El Katthabi geschmiedet hatten, blieb Abd Er Rahmans Miene bewegungslos. Sibylla selbst saß wie auf glühenden Kohlen. Die Spannung war fast mit Händen zu greifen. Sogar die Raubtiere liefen hinter den Gitterstäben auf und ab und ließen ihr bedrohliches Knurren hören.

Als André schwieg, hieb der Sultan mit einer Faust auf den Diwan. „Möge Allah die Übeltäter verfluchen! Was für Schlangen haben Wir doch an Unserer Brust genährt!"

Er ging auf den Eunuchen los, der erschrocken zurückwich. „Warum haben Wir davon nichts gewusst? Warum geben Wir ein Vermögen für Spitzel aus, wenn dann ein Franzose kommt und Uns vom Verrat gegen den Thron berichtet?!"

„Kaiserliche Majestät", stammelte Feradge, „ich werde Nachforschungen anstellen lassen..."

„Bringt El Katthabi zu Uns! Wir werden ihn persönlich auspeitschen, vierteilen und seinen stinkenden Kadaver Unseren Löwen zum Fraß vorwerfen!", wütete der Sultan. „Was macht man in Ihrem Land mit einem Verräter, Mrs. Hopkins? Sagen Sie es Uns, und Wir werden es dieser Hyäne El Katthabi antun!"

„Nun, Kaiserliche Majestät, ich vermute, dass auch in England auf Hochverrat die Todesstrafe steht", stotterte die völlig überrumpelte Sibylla. „Allerdings nicht in der Löwengrube." Sie warf den Raubtieren, die fauchend ihre langen scharfen Fangzähne entblößten, einen vorsichtigen Blick zu.

Der Sultan stutzte. Sibylla hätte schwören können, dass seine Mundwinkel zuckten. Er wandte sich an André: „Ihre Information war ihren Preis wert. Aber Wir können Abd El Kader Ihrer Regierung nicht ausliefern. Er hat zu viele Freunde in Unserem Land, die die Auslieferung als Verrat betrachten und nach Rache schreien würden."

„Damit begeht Ihr einen großen Fehler, Majestät", beschwor André ihn. „Die französische Regierung will Abd El Kader – um jeden Preis."

Der Sultan nahm ein silbernes Tablett mit kandierten Datteln und bot Sibylla und André davon an. „Sagen Sie den Franzosen: Es zählt nicht die Zeit, die wir auf der Jagd verbringen, sondern die Beute, die wir erlegen. Zum richtigen Zeitpunkt wird Abd El Kader diese Beute sein." Er schob sich eine Dattel in den Mund und kaute genießerisch.

In diesem Moment huschte wieder ein Sklave aus dem Schatten des Säulengangs, näherte sich Feradge und reichte ihm ein zusammengerolltes kleines Pergament. Der Eunuch verscheuchte ihn mit einem Wink, bevor er das Schriftstück entrollte und überflog.

„Kaiserliche Majestät!" Der Leibeunuch wirkte aufgewühlt. „Soeben sind mit einer Taube Nachrichten von großer Wichtigkeit aus dem Norden des Reiches eingetroffen." Er reichte dem Sultan die Schriftrolle.

Abd Er Rahman studierte den Inhalt aufmerksam, dann rollte er das Papier zusammen und blickte zu André: „Abd El Kader ist mit den Stämmen meiner Provinz Oran, zu denen auch der Verräter El Katthabi gehört, erneut in Algerien eingefallen. Daraufhin hat die französische Marine Tanger bombardiert."

Sibylla erschrak. Waren sie zu spät gekommen? Würde der Sultan sich jetzt noch an sein Versprechen halten und Benjamin freilassen? Auch André wirkte verunsichert: „Kaiserliche Majestät, wenn Ihr es wünscht, werde ich mich persönlich beim französischen Generalkonsul für Euch verwenden."

Abd Er Rahman hob die rechte Hand. „Für Tanger kommt Ihr Angebot zu spät, Monsieur Rouston. Aber Sie, Mrs. Hopkins, brauchen sich nicht zu sorgen. Ein Herrscher aus dem Haus der Alawiden bricht sein Wort nicht. Ihr Gemahl wird seine Freiheit zurückerhalten. Aber denken Sie an meine Worte: Es ist kein Unschuldiger, der freigelassen wird!"

„Hast du es so eilig, weil du es nicht erwarten kannst, wieder mit deinem Mann vereint zu sein?", bemerkte André missmutig, während er den Sattelgurt seines Pferdes festzurrte.

„Meine Kinder waren über eine Woche ohne ihre Mutter. Ich finde, das ist genug", antwortete Sibylla. „Lass uns aufsitzen! Ich will heute Mogador erreichen."

„Vos désirs sont des ordres, Madame!" André verstaute die Reste der Mittagsmahlzeit in den Satteltaschen, schwang sich auf seine braune Stute und ließ sie galoppieren. Sibylla musste sich beeilen, um hinterherzukommen, denn er spornte das Tier immer mehr an. Wut und Eifersucht trieben ihn vorwärts. Obwohl er sich hundertmal gesagt hatte, dass Sibylla nichts dafür konnte, ließ er sie seine schlechte Laune spüren.

Vor drei Tagen waren sie von Marrakesch aufgebrochen, und seither fragte er sich, was ihn zu der unsinnigen Heldentat getrieben hatte, sich für seinen Rivalen einzusetzen. Es musste der Wunsch gewesen sein, ihr zu imponieren, sie mit seinem diplomatischen Geschick und seinem Einfluss auf den Sultan zu beeindrucken. In einem Winkel seines Herzens hatte er sogar gehofft, dass er sie in diesen wenigen Tagen und Nächten, die sie allein verbrachten, in den Armen halten, sie lieben durfte. Das Gefühl, bei ihr an dem Platz angekommen zu sein, wo er hingehörte, wurde immer stärker. Aber sie hatte ihn nicht ermutigt, und das kränkte ihn, auch wenn er sich noch so oft einredete, dass es unrecht war, diese Art von Belohnung für seine Unterstützung zu erwarten.

„Ich hätte diesen Kerl auf der Insel verschimmeln lassen sollen!“, knurrte er und drückte seiner Stute die Fersen in die Flanken.

„André, warte! Ich glaube, mein Pferd lahmt!“

Das brachte ihn zur Besinnung. Er parierte durch und wendete.

„Das rechte Vorderbein ist heiß. Wahrscheinlich ist die Sehne überanstrengt“, stellte er fest, nachdem er die Beine des Tieres untersucht hatte. „Steig ab, und setz dich auf mein Pferd. Ich werde deines führen. Zum Glück sind wir fast am Ziel.“

Sibylla rutschte aus dem Sattel. „Ich werde mein Pferd selbst führen!“

„Du glaubst doch nicht, dass ich reite und du neben mir herläufst! Setz dich auf mein Pferd, zut alors!“

„Ich verstehe französische Flüche, und befehlen lasse ich mir gar nichts, auch nicht von dir!“, fauchte sie zurück.

Sekundenlang starrten sie sich böse an, dann mussten sie gleichzeitig lachen. Er beugte sich vor und verschränkte die Hände, damit sie leichter auf seine Stute steigen konnte.

„Excuse moi! Ich benehme mich unmöglich.“

„Das bestreite ich nicht.“ Sie seufzte. „Ohne deine Hilfe hätte der Sultan Benjamins Freilassung nicht zugestimmt, und ich weiß, wie schwer das für dich gewesen sein muss. Benjamin ist nur noch auf dem Papier mein Mann. Dennoch haben er und ich uns vor Gott und dem Gesetz miteinander verbunden, und es ist fast unmöglich, diese Verbindung wieder zu lösen.“

André schluckte. Sie hatte Recht. In Frankreich war die Ehescheidung nach dem Ende Napoleons erneut verboten worden, und er vermutete, dass es in England nie anders gewesen war. Eine Frau wie Sibylla, die aus einer wohlhabenden Familie stammte, konnte sich vielleicht in einem langen und kostspieligen Prozess scheiden lassen. Aber sie verlor auf jeden Fall ihren guten Ruf, wahrscheinlich auch ihre Kinder. Und welches Recht hatte er, ihr dieses Opfer abzuverlangen?

„Ich habe dir noch gar nicht erzählt, dass Abd Er Rahman mir ein Geschenk gemacht hat", sagte er, um sich von seiner hoffnungslosen Stimmung abzulenken. „Er ließ mich am Abend vor unserer Abreise rufen und eröffnete mir, dass ich einen Wunsch frei hätte, weil ich ihn vor einer Intrige gerettet habe."

„Das ist ja wie im Märchen!", rief sie. „Was hast du dir gewünscht?"

Gedankenverloren streichelte er Sibyllas Pferd zwischen den Nüstern. „Ein Stück Land, das ich beackern, und ein eigenes Haus, in dem ich leben kann. Das ist mein sehnlichster Wunsch, seit ich alt genug war, um zu verstehen, dass mein ältester Bruder unseren Hof erben und wir Geschwister leer ausgehen werden." Er lachte. „Ich kann nicht leugnen, dass ich ein Bauernsohn bin."

„Wurde dein Wunsch erfüllt? Abd Er Rahman hat doch noch nie einem Ausländer gestattet, in seinem Land Grund und Boden zu besitzen."

„Mir schon", antwortete André stolz. „Ungefähr eine Tagesreise südöstlich von Mogador, wo der Oued Zeltenee in den Oued Igrounzar fließt, gibt es ein Anwesen in einem großen Lustgarten, in dem Abd Er Rahman oft die Wochenenden verbrachte, als er ein junger Mann und Kaid von Mogador war. Seit seiner Thronbesteigung war er nicht mehr dort, alles ist vermutlich ziemlich verwildert und verfallen."

„Aber jetzt bist du der neue Besitzer und du wirst dir dort deine Träume erfüllen. Wie wunderbar, André!"

Er war gerührt, weil sie sich ehrlich für ihn freute, und gleichzeitig niedergeschlagen. „Meine Träume haben sich erst ganz erfüllt, wenn du dort mit mir lebst."

Sibylla senkte den Blick. „Weißt du noch, was du in der portugiesischen Kirche zu mir gesagt hast?"

Er lächelte traurig. „Dass unsere Zukunft in der Hand des Schicksals liegt."

Sie nickte, und in ihren Augen lag ihre ganze Liebe für ihn. „Lass uns darauf vertrauen, André, Inschallah, Gottes Wille geschehe, auch wenn wir unsere Zukunft nicht sehen können."

KAPITEL SIEBZEHN

Je näher sie Mogador kamen, desto feuchter fühlte sich die Luft an. Als sie die Stadt am frühen Nachmittag erreichten, verschwammen die Konturen der Mauern und Häuser in den tiefhängenden Nebelschleiern und verliehen der Umgebung eine seltsam gespenstische Atmosphäre.

„Wo sind die Karawanen?“, wunderte André sich, als sie über den Platz vor dem Stadttor ritten. Sonst lagerten hier hundert und mehr Kamele, und überall herrschte geschäftiges Treiben. Heute breitete die große Fläche sich weit und leer vor ihnen aus. Es war unheimlich still, bis auf den gedämpften Hufschlag der Pferde und den Wind, der Sandwolken über den Platz trieb.

„Das Stadttor ist geschlossen!“, rief Sibylla erstaunt aus. „Obwohl es bis Sonnenuntergang noch mindestens zwei Stunden dauert!“

André musterte die Bastion. „Eigenartig, wie verlassen alles ist. Warte hier, ich werde die Lage prüfen.“ Er warf Sibylla die Zügel des Pferdes zu, ging zu dem fest verrammelten Stadttor und schlug mit dem Gewehrkolben dagegen. „Hallo! Aufmachen!“

Von drinnen ertönten gedämpfte Stiefelschritte. Dann schoben sich direkt über André Gewehrläufe aus den Schießscharten.

„Pass auf!“, schrie Sibylla.

Er zog sich ein paar Schritte zurück, legte die Hände an seinen Mund und brüllte: „Macht das Tor auf!“

„Wer seid ihr?“, bellte eine Stimme hinter den Schießscharten.

„Bürger dieser Stadt!“, antwortete André und nannte ihre Namen. Die Gewehrläufe verschwanden. Wenig später wurden Riegel und Bolzen zurückgeschoben und das Tor gerade so weit geöffnet, das Sibylla und André mit den Pferden hindurchpassten. Auf der anderen Seite wurden sie von mehreren Soldaten und dem Hauptmann der Schwarzen Garde erwartet, der schon die Hausdurchsuchung bei Sibylla durchgeführt hatte. Die Männer hielten ihre Musketen im Anschlag und starrten den Neuankömmlingen feindselig entgegen.

„Absteigen!", befahl der Hauptmann Sibylla.

Völlig verblüfft kam sie seiner Aufforderung nach. Die Soldaten griffen nach den Zügeln, aber André stellte sich rasch dazwischen. „Die Pferde werden nicht angefasst!" Er wandte sich an den Hauptmann: „Wieso werden wir wie Verbrecher empfangen?"

Dessen Miene wurde noch finsterer. „Die Pferde sind beschlagnahmt! Und jetzt mitkommen!"

„Ich will den Kaid sprechen!" André legte eine Hand auf sein Gewehr. Sofort wurde er von den Soldaten umringt, die mit ihren Musketen auf ihn zielten. Widerwillig ließ er die Waffe los, die der Hauptmann ihm sofort abnahm und knurrte: „Gnade euch Gott, wenn ihr für dieses Theater keinen guten Grund habt!"

Sibylla blickte sich besorgt um. „Ich will nach Hause! Ich will wissen, ob es meinen Kindern gut geht." Sofort hielt ihr einer der Soldaten den Gewehrlauf unter die Nase, und sie fuhr erschrocken zurück.

„Mitkommen!", wiederholte der Hauptmann drohend.

Unwillkürlich drängte sie sich an André. „Was um Himmels willen ist hier passiert, während wir fort waren?"

Sibylla erkannte die weltoffene Kaufmannsstadt fast nicht wieder, als die Gardisten sie durch Mogador trieben. Die Häuser wirkten verschlossen und abweisend, die Menschen, die ihnen begegneten, feindselig. Europäer sah

Sibylla überhaupt nicht, aber von den Souks kamen ihr viele mit Lebensmitteln beladene Einheimische entgegen. Sie zuckte zurück, als ein alter Mann vor ihnen ausspuckte. Ein anderer stieß wüste Flüche aus und ballte die Fäuste, Frauen zogen sich die Schleier tief über das Gesicht und machten das Zeichen gegen den bösen Blick. Auch die Soldaten fielen ihr auf. Es gab zwar eine Garnison auf der Insel Mogador, und sie war an den Anblick der Garde gewöhnt, aber in all den Jahren hatte Sibylla sie noch nie so kampfbereit erlebt. Es schien, als wappnete die Stadt sich gegen eine Belagerung. Ganze Kompanien marschierten bis an die Zähne bewaffnet vorbei. Geschütze und Karren mit Kanonenkugeln wurden von Eseln in Richtung der Hafenbastionen transportiert. Sklaven rollten Fässer hinterher.

„Ich glaube, da ist Schießpulver drin", flüsterte André.

„Meinst du, die Franzosen beschießen nach Tanger jetzt Mogador?", wisperte Sibylla zurück.

„Möglich."

„Uskuti, Faransawi! Schweig!" Einer der Soldaten stieß André unsanft den Gewehrlauf in die Rippen.

Sibylla vermutete, dass sie zur Kasbah gebracht wurden, aber die Soldaten bogen in eine Sackgasse hinter der westlichen Bastion.

„Was tun wir denn hier?!", rief sie erstaunt, als sie den Ort erkannte.

„Uskuti!", blaffte der Hauptmann.

André legte rasch einen Arm um sie. Sie hatten vor der kleinen portugiesischen Kirche gehalten. Sibylla traute ihren Augen kaum, aber die alte in rostigen Angeln hängende Tür wurde von mehreren schwer bewaffneten Gardisten bewacht.

„Los! Rein da!" Zwei Soldaten stießen sie unsanft ins Innere. Dann krachte die Tür hinter ihnen ins Schloss.

Furchtsames Gemurmel erhob sich im Kirchenraum. Sibylla roch die Ausdünstungen vieler Menschen, Schweiß, Erbrochenes, Exkremente. Sie unterdrückte ein Würgen und blinzelte ins Zwielicht. Männer, Frauen und Kinder kauerten aneinandergedrängt auf dem Boden. Die Ausländer Mogadors waren in der kleinen Kirche gefangen! Sibylla erkannte ihre Nachbarn, die Willshires und die de Silvas und all die anderen Konsuln und Kaufleute mit ihren Familien.

„Mais ce n'est pas possible!“, murmelte André.

Sibyllas Blick glitt suchend über die Menge, dann entdeckte sie Nadira, die am Rand unter dem Glockenturm saß, dicht neben ihr Firyal. Tom und Johnny waren bei ihnen.

„Mummy!!“ Die Jungen strampelten sich gleichzeitig aus den Armen der Dienerinnen. Sibylla stieß einen Schrei aus und rannte los.

„Wir werden hier festgehalten, seit Soldaten uns vor drei Tagen im Morgengrauen aus den Betten geholt haben“, berichtete Konsul Willshire, nachdem die Aufregung um die Neuankömmlinge sich gelegt hatte. „Wir wissen nicht, warum. Ich habe eine Erklärung vom Kaid gefordert, bis jetzt vergeblich. Sie lassen uns nicht raus, aber sie lassen uns in Ruhe. Zweimal am Tag bekommen wir Wasser und etwas zu essen…“

„…wenn man diesen Fraß als Essen bezeichnen will. Viele Kinder hier leiden an Bauchschmerzen und Durchfall!“, meldete die Frau des französischen Konsuls sich zu Wort.

„Dabei hat niemand von uns den Mauren etwas getan!“, empörte sich ein portugiesischer Kaufmann.

„Vielleicht müssen wir jetzt alle für die Taten des Sklavenhändlers büßen“, meldete eine Frau sich zu Wort und zeigte anklagend auf Sibylla. Feindseliges Gemurmel wurde laut.

Sofort stellte André sich vor sie und die Kinder. „Der Sultan persönlich hat die Freilassung von Mr. Hopkins befohlen! Er ist also unschuldig!"

„Können Sie das beweisen?", fragte Konsul Willshire.

Sibylla zog die Urkunde, die sie die ganze Zeit unter ihrer Tunika getragen hatte, hervor, entrollte sie und hielt sie empor, so dass alle das große Siegel des Sultans darauf sehen konnten. Wieder wurde Gemurmel laut, teils zweifelnd, teils zustimmend.

Rasch schaltete André sich ein: „Ich denke, ich weiß, warum wir hier gefangen gehalten werden." In kurzen Sätzen berichtete er von Abd El Kader, den Gefechten an der Grenze zwischen Marokko und Algerien und den französischen Vergeltungsmaßnahmen. „Als wir von Marrakesch losgeritten sind, erhielt der Sultan die Nachricht, dass Tanger von französischer Marine beschossen wird. In Mogador deutet alles darauf hin, dass ebenfalls ein Angriff droht. Die Stadt wird verrammelt und bewaffnet. Ich vermute, der Kaid hält uns hier als Geiseln fest."

Bei seinen letzten Worten brach wildes Durcheinander aus. Mehrere Männer wollten die Wachen überwältigen und fliehen, andere befürchteten, als lebende Schutzschilde missbraucht zu werden. Eine dritte Partei schwor laut, dass die Gefangenschaft Konsequenzen für den Sultan und seinen Kaid haben würde. Frauen weinten, Kinder plärrten. Plötzlich flog die Tür auf, einige ihrer Bewacher stürmten in den Kirchenraum, brüllten wüst und feuerten in die Luft. Staub und Steinchen regneten auf die verängstigten Menschen herab. Sibylla warf sich schützend über ihre Kinder. Sara Willshire war totenblass und bewegte die Lippen wie in einem stummen Gebet. Firyal weinte laut und hielt sich die Augen zu. Doch so schnell die Soldaten aufgetaucht waren, verschwanden sie auch wieder.

„Diese Behandlung verdanken wir also den Franzosen!“, stieß ein englischer Kaufmann hasserfüllt hervor. Aus mehreren Ecken wurde zustimmendes Gemurmel laut.

André hob um Ruhe bemüht die Arme. „Ich glaube nicht, dass uns wirklich etwas geschieht. Abd Er Rahman wird uns nicht ermorden lassen und so Krieg mit sämtlichen europäischen Großmächten riskieren. Ich schlage vor, dass wir uns einen Überblick verschaffen. Es ist noch ungefähr eine Stunde hell. Ich werde in den Glockenturm steigen. Dort oben sind bestimmt keine Wachen, und ich kann mich umsehen.“

Eine kleine braune Eule flog auf, als der Franzose die halb verfallenen Stufen erklomm.

„Das bringt Unglück“, flüsterte Firyal und barg ihr Gesicht in den Händen, aber niemand hörte ihr zu. Zweihundert Menschen blickten gebannt in das geborstene Gemäuer des Glockenturms. Was würde André dort oben sehen? Welche Nachrichten mitbringen? Und was würde aus ihnen allen werden, wenn ihn dort oben jemand entdeckte?

Sibylla dachte an jenen verzauberten Nachmittag, den sie an diesem Ort verbracht hatten. War es wirklich erst drei Monate her, dass sie sich hier in den Armen gelegen, sich geküsst und ihr Leben erzählt hatten, selbstvergessen und glücklich, als gäbe es nur sie beide auf der Welt?

„Mummy“! Tom war von Nadiras Schoß gekrabbelt und unter ihren Arm geschlüpft. „Wo ist Papa? Haben die Soldaten ihn auch gefangen?“

Sie streichelte sein lockiges Haar. „Papa ist bald wieder bei uns, mein Schatz.“

„Wirklich?“ Er strahlte sie an.

Sand und Steinchen rieselten aus dem Glockenturm herab, als André vorsichtig wieder hinunterkletterte.

„Ich habe Schiffsmasten gesehen“, verkündete er, sobald er wieder sicheren Boden unter den Füßen hatte. „Die Großmasten ragten durch den Nebel, zwölf, vielleicht fünfzehn. Es sind Franzosen, ich habe die Trikolore erkannt. Eine englische Fregatte ist auch dabei, obwohl ich die Flagge wegen des Nebels schlecht sehen konnte. Vielleicht handelt es sich um ein Beobachtungsschiff, oder sie wollten englische Bürger aus Mogador an Bord nehmen und wurden vom Kaid daran gehindert.“

Betroffenes Schweigen machte sich breit. Sara Willshire schluchzte leise.

„Könnten all diese Schiffe nicht Handelsschiffe sein?“, fragte ihr Gatte schließlich.

André schüttelte den Kopf. „Nein. Bis auf den Engländer haben sie Kriegsbeflaggung gehisst. Ich habe den Wimpel des Oberbefehlshabers erkannt. Es ist der Prinz von Joinville, der sich schon im Algerienkrieg verdient gemacht hat. Wir alle wissen, was das bedeutet: Sobald der Nebel sich lichtet, wird Mogador bombardiert.“

Sechsundzwanzig Stunden später, als die Sonne gleißend über dem bleiernen, aufgewühlten Meer stand, schwiegen die Kanonen. Die Stadt Mogador hatte sich ergeben, nachdem die Insel Mogador von fünfhundert französischen Soldaten eingenommen worden war.

André stand neben dem Kaid auf dem Dach des Statthalterpalastes und spähte durch ein Fernrohr zu der englischen Fregatte Warspite, die zwischen den französischen Kriegsschiffen vor der Hafeneinfahrt ankerte. Mehrere Beiboote voller Menschen wippten wie Nussschalen auf den Wellen um die Fregatte.

Nachdem das Feuer eingestellt worden war, hatten französische Soldaten von den Kriegsschiffen übergesetzt und die Gefangenen in der portugiesischen Kirche befreit, die glücklicherweise von Einschlägen verschont geblieben war. Nun wurden sie zur Warspite – in Sicherheit – gerudert. Von den Ausländern blieb nur André in der Stadt. Von einem der Adjutanten des französischen Oberbefehlshabers hatte er erfahren, dass die Sieger marokkanische Offiziere und Soldaten als Geiseln nehmen würden, bis der Sultan all ihren Bedingungen für die Auslieferung Abd El Kaders zugestimmt hatte. Daraufhin hatte André sich als Übersetzer und Vermittler angeboten.

Sein Blick wanderte von den Rettungsbooten zur Warspite zurück, wo Matrosen den Männern, Frauen und Kindern halfen, das schwankende Fallreep emporzuklettern. Doch sosehr er sich auch bemühte – er konnte weder Sibylla noch ihre Kinder oder die beiden Dienerinnen entdecken. Er hatte sie gedrängt, sich mit den anderen auf die Warspite zu begeben. Eigentlich hatte sie zu ihrem Haus gewollt, um nachzusehen, ob die Kanonen dort irgendwelche Schäden angerichtet hatten.

„Auf dem Schiff seid ihr sicherer", hatte André gedrängt und ihr verschwiegen, dass er Plünderungen und Übergriffe von rachedurstigen Einheimischen gegen die Ausländer befürchtete.

„Die französischen Soldaten haben die Perle des Atlantiks geschändet, jetzt rauben sie sie aus!", stieß Kaid Hash Hash neben ihm bitter hervor und blickte mit glühenden Augen zum Hafen, wo französische Soldaten Fässer mit Schießpulver ins Wasser kippten. Andere luden erbeutete Gewehre und Flaggen auf Beiboote und schoben Geschütze über den Kai, damit sie später in Paris der staunenden Bevölkerung vorgeführt werden konnten.

„Der Prinz von Joinville wird es honorieren, dass Sie den ausländischen Geiseln kein Haar gekrümmt haben, Exzellenz. Außerdem bin ich überzeugt, dass es der französischen Regierung fernliegt, Seine Kaiserliche Majestät den Sultan zu demütigen", versuchte André, den Statthalter zu beschwichtigen.

Hash Hash schnaubte verächtlich. „Glauben Sie das wirklich, Rouston? Seit Jahren ringen Engländer, Franzosen, Spanier und andere europäische Mächte um den größtmöglichen Einfluss in Marokko. Heute Morgen ist eine Brieftaube aus dem Norden mit der Nachricht eingetroffen, dass auch Tanger sich ergeben musste. Nach diesem Sieg werdet ihr Franzosen eure Bedingungen diktieren, und es ist nur noch eine Frage der Zeit, bis ihr das stolze Marokko unterworfen habt, so wie ihr Algerien unterworfen habt!"

„Algerien wurde schon im sechzehnten Jahrhundert von den Osmanen unterworfen", wagte André einzuwenden.

„Die Osmanen sind unsere Brüder. Aber unter der Herrschaft von Ungläubigen zu stehen, ist für die Kinder Allahs eine Erniedrigung!", begehrte der Kaid auf, und mehr denn je glichen seine Züge denen eines Raubvogels.

André verzichtete auf eine Antwort und richtete das Fernrohr auf die Insel. Franzosen ruderten überlebende marokkanische Soldaten auf ihre Kriegsschiffe. Er sah etliche Leichen zwischen den Felsnadeln im Wasser treiben. Der Adjutant des Prinzen von Joinville hatte ihm berichtet, dass die Verluste der Marokkaner beträchtlich waren, die Franzosen jedoch kaum Tote und Verwundete zu beklagen hatten. Diese Nachricht überraschte André nicht. Er wusste, dass die Marokkaner schlechte Waffen besaßen und noch schlechtere Schützen waren.

Der Wind trieb ihm den beißenden Gestank von Tod und Bränden in die Nase. Er spähte zur Westbastion. Dort, hatte Sibylla ihm gesagt, wurde Benjamin gefangen gehalten. Dichter Qualm waberte auch noch Stunden nach dem Ende der Beschießung über dem Areal. Dazwischen ragten verkohlte Trümmer empor. Die Franzosen mussten die Insel mit Brandgeschützen bombardiert haben.

„Der Gefangene Hopkins wurde in der Westbastion festgehalten", sagte er zu Hash Hash. „Seine Kaiserliche Majestät hat seine Freilassung befohlen. Glauben Sie, er hat überlebt?"

Der Kaid nahm André das Fernrohr ab und blickte hindurch. „Glauben Sie an Wunder, Rouston? Ihr Franzosen habt auf der Insel gewütet wie die Wölfe!"

Sibylla stand am Bug der Warspite und musterte ebenfalls die rauchenden Reste der Inselbefestigungen. Das Deck war mit Männern, Frauen und Kindern überfüllt. Die Besatzung versorgte die nach der Gefangenschaft erschöpften Menschen mit Essen, und der Schiffsarzt untersuchte sie.

„Sie wollten mich sprechen, Mrs. Hopkins?" Kapitän Wallis trat neben sie und verneigte sich höflich.

Sie wandte lächelnd den Kopf. „Danke, dass Sie sich Zeit für mich nehmen, Kapitän! Tatsächlich habe ich eine große Bitte an Sie: Können Sie herausfinden, ob sich unter den Überlebenden von der Insel mein Mann befindet? Zum Zeitpunkt der Bombardierung war er in der Westbastion." Sie verzichtete darauf, ihm die näheren Umstände zu erklären.

Der Kapitän nickte beflissen. „Ich werde sofort einen Offizier zur Suffren hinüberschicken und Informationen vom Kommandostab der Franzosen einholen. Verzagen

Sie nicht, Mrs. Hopkins, bald wissen wir mehr! Darf ich Ihnen in der Zwischenzeit eine Tasse Tee bringen lassen? Und wenn Sie mir die Bemerkung erlauben, Mrs. Hopkins: Das Schlachtfeld auf der Insel ist kein Anblick für eine Dame." Er verneigte sich, ohne zu sehen, wie Sibylla eine Grimasse zog, und ging.

Zwei Stunden später kehrte er in Begleitung eines französischen Marineoffiziers zurück. „Darf ich vorstellen, Mrs. Hopkins: Leutnant zur See de Maillard. Er ist persönlicher Adjutant von Oberbefehlshaber Joinville."

Sie begrüßte ihn und fragte: „Bringen Sie mir Nachricht von meinem Mann, Leutnant? Befindet er sich auf einem Ihrer Schiffe?"

Der junge Offizier verbeugte sich. „Ich fürchte, Madame, ich bringe keine guten Nachrichten. Ihr Mann befindet sich auf keinem unserer fünfzehn Schiffe. Er war weder unter den Kriegsgefangenen noch unter den Toten und Verwundeten."

„Dann wird er vermisst?"

„Das könnte man so sagen, Madame", erwiderte Leutnant de Maillard unbehaglich. „Allerdings wurden die Befestigungsanlagen auf der Insel restlos zerstört. Die Westbastion, wo ihr Mann sich aufhielt, ist völlig ausgebrannt ..." Er schluckte. „Ich fürchte, Madame, Sie müssen mit dem Schlimmsten rechnen."

„Dass er tot ist", flüsterte Sibylla.

Der Kapitän und der Offizier traten gleichzeitig vor, um sie zu stützen, aber sie hob abwehrend eine Hand. „Danke, meine Herren, ich komme zurecht!" Sie blickte zu den rauchenden Trümmern auf der Insel und dann wieder zu den beiden Männern. „Sind die Zerstörungen wirklich so verheerend? Kann er nicht irgendwie überlebt haben? Unter Trümmern begraben sein?"

De Maillard schüttelte bedauernd den Kopf. „Es tut mir sehr leid, Madame, aber die Wahrscheinlichkeit ist äußerst gering."

„Äußerst gering oder gleich null? Ich bitte Sie, Leutnant, sagen Sie mir die Wahrheit! Ich bin nicht aus Zucker!"

Der junge Offizier blickte hilfesuchend zum Kapitän, der ratlos die Schultern hob. „Die Westbastion wurde mit Karkassen beschossen und hat lichterloh gebrannt. Sogar Eisenbeschläge und Geschützteile sind in der Hitze geschmolzen", erläuterte de Maillard schließlich. „Niemand dort hat überlebt. Wir haben nur ein paar verkohlte Knochen in der Asche gefunden."

„Mein Gott!" Sibylla hielt sich eine Hand vor den Mund.

„Mein tief empfundenes Mitgefühl, Madame!" Der junge Offizier verbeugte sich wieder. Dann zog er sich auf ein Zeichen des Kapitäns zurück.

Wallis winkte einen Matrosen heran, befahl, ihm einen Stuhl zu besorgen, und nötigte die widerstrebende Sibylla, sich zu setzen. „Mrs. Hopkins, die Warspite wird in wenigen Tagen nach England segeln. Gewiss wollen Sie zurück zu Ihrer Familie, zurück in die Heimat, so wie viele der anderen Europäer."

Wie betäubt schüttelte Sibylla den Kopf. „Erst einmal möchte ich mit meinen Söhnen sprechen. Vielen Dank für Ihre Mühe, Kapitän."

Sie stand auf und suchte Tom und Johnny. Beide standen bei Nadira und Firyal an der Reling und stritten sich, wer weiter spucken konnte. Als sie ihre Mutter sahen, rannten sie ihr entgegen. Sie nahm sie an der Hand und führte sie in eine ruhige Ecke.

„Was machen wir hier, Mummy?" Johnny schaute sich neugierig um.

Sibylla hockte sich hin und umarmte erst ihn und dann seinen Bruder. „Thomas, Jonathan, ihr müsst jetzt große tapfere Jungen sein und mir gut zuhören!“

Eine Woche später, Insel Mogador

„Mummy, hier riecht es so komisch!“, krähte Johnny. Er stand neben seiner Mutter vor den nach beißendem Rauch stinkenden Trümmern der Westbastion und hielt sich die Nase zu.

Sein Bruder fragte besorgt: „Weinst du, Mummy?“

Sie zwang sich, zu lächeln. „Aber nein, Tom, das ist nur dieser scharfe Gestank, der in meinen Augen brennt.“

Tom war mit der Antwort zufrieden und lehnte sich an seine Mutter. Sein Bruder aber bemerkte kritisch: „Es ist so schmutzig hier, Mummy. Ich will lieber nach Hause.“

„Die Soldaten haben gesagt, dass wir heute nach Hause dürfen“, tröstete Sibylla ihn. „Lauft doch schon zu Nadira und Firyal. Ich komme gleich nach.“

Ihre Söhne rannten fröhlich lachend davon.

Sie wirken so unberührt vom Tod ihres Vaters, dachte Sibylla. Vielleicht sind sie noch zu klein, um zu verstehen, dass er dieses Mal nicht auf einer langen Geschäftsreise ist, sondern dass er nie wiederkommt.

Sie hatte sich bemüht, die Kinder zu schonen, und ihnen erzählt, dass ihr Vater auf der Insel Mogador gewesen wäre, als die Bomben fielen, und er dabei wie andere unschuldige Menschen den Tod gefunden hätte.

„Er wurde von Engeln in den Himmel getragen“, hatte sie den Jungen gesagt. Das hatten beide höchst interessant gefunden. Johnny hatte sogar gefragt, ob die Engel seinem Vater Flügel ausliehen oder ob ihm selbst welche wachsen würden. Unter der Endgültigkeit des Todes konnten sie sich noch nichts vorstellen, auch wenn Sibylla sie zu den Ruinen der Westbastion mitgenommen hatte, damit sie alle zusammen ein Vaterunser für Benjamin sprechen konnten.

Seit sechs Tagen campierten sie auf der Insel. Gerade als Matrosen der Warspite begonnen hatten, die Beiboote zu Wasser zu lassen, um die Europäer aufs Festland zurückzubringen, war eine Schaluppe von der Suffren herangerudert, und man hatte ihnen berichtet, dass Haha-Berber in Mogador eingefallen wären und die Stadt plünderten.

Da die Warspite nicht darauf eingerichtet war, so viele Menschen zusätzlich zu beherbergen, campierten die Ausländer in einem behelfsmäßigen Zeltlager aus Segelplanen und Decken auf der Insel Mogador. Aber vor wenigen Stunden hatte Oberbefehlshaber Joinville verkündet, dass die Berber abgezogen waren, vertrieben – mit Hilfe seiner Soldaten.

Von der zerstörten Westbastion stieg auch über eine Woche nach dem Ende der Bombardierung immer noch beißender Gestank auf. Sibylla hustete und hielt sich ihr Taschentuch vor die Nase.

Vielleicht finde ich doch irgendeinen Hinweis auf Benjamin, dachte sie, während sie mit gerafften Röcken über die erkalteten Trümmer stieg. Einen Knopf, einen Stiefel, irgendetwas. Es war so schwierig, sich mit Benjamins Tod abzufinden, wenn es keine Leiche gab, die sie bestatten konnte, wenn er wirklich nur noch ein Häuflein Asche war, das der Wind längst in alle Richtungen geweht hatte. Sie stutzte, als sie einen kleinen Gegenstand unter einem verkohlten Balken entdeckte. Doch als sie den Ruß abgewischt hatte, erkannte sie nur ein Klümpchen geschmolzenes Metall, das ebenso gut ein Knopf von Benjamins Jacke wie Teil eines Türbeschlages hätte sein können.

Meine Bemühungen sind zu spät gekommen, dachte Sibylla bedrückt. Wäre sie nur eine Woche früher nach Marrakesch geritten, könnte ihr Mann noch leben! Jetzt musste sie davon ausgehen, dass er hier einen qualvollen Tod gestorben war.

„Die Boote sind bereit. Wir können aufs Festland übersetzen."

Sibylla drehte sich überrascht um. Sara Willshire stand hinter ihr. Tief entsetzt blickte sie über das Trümmerfeld.

„Danke." Sibylla wollte an ihr vorbeigehen, aber Sara hielt sie fest.

„Was für ein schreckliches Unglück!", flüsterte sie. „Ich... wir alle haben Ihnen unrecht getan. Es tut mir so leid!"

Sibylla musterte sie stumm und dachte an die letzten Monate, als ihr die dringend benötigte Unterstützung verweigert worden war. Sie wollte nicht bitter sein, schließlich hatten sie alle schwere Tage hinter sich, als sie zusammengepfercht in der portugiesischen Kirche dem Tod ins Auge gesehen hatten. Aber sie konnte auch nicht einfach vergessen, wie Menschen, die sie für Freunde gehalten hatte, sie im Stich gelassen hatten.

„Niemand hat an Benjamins Unschuld geglaubt", erwiderte sie kühl. „Keiner außer Monsieur Rouston hat mir geholfen, als ich in Not war. Auch Sie und ihr Mann haben sich abgewendet."

Sara schluchzte verzweifelt. Sibylla drehte sich um und ging davon.

KAPITEL ACHTZEHN

„Allah sei gepriesen, Herrin, Sie sind wieder da!“ Es fehlte nicht viel, und Hamid wäre vor Sibylla auf die Knie gesunken. Seine Rufe hatten den Koch und die anderen Dienstboten alarmiert. Alle kamen angelaufen, und auch sie dankten Gott, dass die Herrin wohlbehalten zurück war.

Sibylla begrüßte ihre Dienerschaft erfreut: „Wie schön, dass es euch gut geht! Wie habt ihr die Bombardierung überstanden? Wart ihr die ganze Zeit im Haus?“

„Als die Franzosen geschossen haben, waren wir hier, Herrin, aber als die Haha kamen, haben wir uns auf dem Friedhof vor der Stadt versteckt. Die Haha meiden den Friedhof, weil sie die Söhne von Ochsen sind und Angst vor den Dschinni haben“, verkündete Hamid, sichtlich stolz, weil er die Idee gehabt hatte, sich zwischen den Grabmälern zu verstecken.

„Ach, es tut gut, wieder zu Hause zu sein!“, seufzte Sibylla.

„Und der Herr?“, fragte Hamid. „Ist der Herr auch wieder hier?“

Sie schüttelte den Kopf und berichtete, dass Benjamin während der Bombardierung auf der Insel Mogador ums Leben gekommen war.

Sofort begann der Torwächter laut zu wehklagen und sich die Haare zu raufen: „Inna lillahi wa inna ilaihi raji-un… Wir gehören Allah, und zu ihm kehren wir zurück…“

„Wir sollten dankbar sein, dass wir am Leben geblieben sind und das Haus von den Kanonen verschont wurde“, versuchte Sibylla, ihn zu beschwichtigen.

Doch jetzt warf der Koch beide Hände in die Höhe und lamentierte: „Vor den Kanonen hat Allah das Haus beschützt, aber nicht vor den Haha. Sie sind hier eingefallen wie ein Schwarm Heuschrecken und haben alles entzweigeschlagen! Oh, welches Unglück, Herrin!"

Bald stellte sich heraus, dass auch das Haus nicht ganz von Kanonenkugeln verschont geblieben war. Eine hatte im Innenhof nahe Benjamins Sonnenuhr eingeschlagen. Als Sibylla den Schaden besichtigte, stellte sie fest, dass sich das Fundament ein Stück gehoben hatte, so dass die Uhr mitsamt Sockel schief stand. Die bronzene Erdkugel mit den Schlangenköpfen war unversehrt geblieben, aber der Union Jack lag verbrannt und zerfetzt daneben. Dann entdeckte sie Benjamins wertvolle Karpfen im Wasserbecken fehlten.

„Die Haha haben sie mit ihren Bajonetten erstochen", sagte Hamid finster. „Und gebraten", fügte der Koch hinzu.

Im Inneren des Hauses sah es aus, als wäre ein Wirbelsturm durch die Zimmer gefegt. Möbel waren entzweigeschlagen, Bücher zerfetzt, Kleider zerrissen und Spielzeug zerstört. Alles, was auch nur etwas Wert besaß, hatten die Haha gestohlen. Sogar die Flaschen mit Benjamins Alkoholvorräten hatten sie zerschlagen. Nur eine halbleere Flasche Whisky in seinem Schreibtisch hatten sie nicht gefunden.

„Diese Halunken haben schlimmer gewütet als die Schergen des Kaids", bemerkte Sibylla grimmig. Doch sie krempelte unverzüglich die Ärmel hoch und begann, unterstützt von Nadira, Firyal und Hamid, aufzuräumen. Nur der Koch verschwand in der Küche, um aus den kläglichen Resten, die die Berber nicht mitgenommen hatten, ein Abendessen zuzubereiten. Sibyllas Söhne hatten ihre Murmeln gefunden und spielten im Innenhof.

„Mummy! Johnny hat meine schönste Murmel in das Loch vor Papas Sonnenuhr geworfen, und jetzt ist sie weg!“ Tom stand im Türrahmen von Sibyllas Zimmer und wischte sich die Tränen aus dem Gesicht.

„Kann man euch nicht einmal eine halbe Stunde allein lassen?“ Sibylla kniete, umgeben von Bücherstapeln, vor dem einzigen heilen Regal in ihrem Salon. Diejenigen ihrer geliebten Bücher, die die Zerstörungswut der Haha überlebt hatten, sortierte sie wieder auf die Regalbretter, die beschädigten legte sie in eine Kiste – nicht um sie wegzuwerfen, sondern um sie zu kleben und neu binden zu lassen.

„Aber es ist doch meine Lieblingsmurmel!“, klagte Tom.

Sibylla seufzte und folgte ihrem Sohn in den Hof. Johnny lag auf dem Bauch vor dem Kanonenloch und spähte hinein. „Sie ist ganz tief gefallen und dann weggerollt“, erzählte er bekümmert.

„Lass mich mal, Schatz.“ Sie hockte sich neben ihn und schaute ebenfalls in das Loch. Die Ziegel, aus denen Benjamin das Fundament gebaut hatte, waren großteils zerstört, der Sockel der Sonnenuhr hatte sich an einer Seite aus dem Unterbau gehoben. Irgendwo dort hinein war Toms Murmel gerollt. Sibylla seufzte. Ihr blieb nichts anderes übrig, als sich wie ihr Sohn auf den Bauch zu legen und nach der kleinen Glaskugel zu angeln. Zentimeter für Zentimeter tastete sie den Grund ab, drehte Steine um und wühlte in der Erde – ohne Erfolg. Gerade als sie ihre Hand herausziehen wollte, spürte sie eine Ausbuchtung im Fundament. Auch hier waren mehrere Ziegel aus dem Erdreich gebrochen. Vorsichtig tastete sie sich in die Öffnung vor, und berührte etwas Kühles, Glattes, Weiches – Leinen. Sie tastete weiter und stellte fest, dass es sich um einen kindskopfgroßen Beutel handelte, in dem es leise klimperte, wenn sie daran zupfte. Sie fand die Schnur, die den Beutel verschloss, und ließ die Hand ins Innere gleiten.

Das ist ja Geld, dachte sie verblüfft. Sie nahm eine der Münzen und zog ihren Arm vorsichtig zurück.

„Hast du die Murmel, Mummy?" Tom hüpfte von einem Fuß auf den anderen.

„Das nicht, aber ..." Sie öffnete die Faust – und sog scharf die Luft ein.

„Was ist das, Mummy?", fragte Tom. Auch Johnny beugte sich neugierig vor und stellte stirnrunzelnd fest: „Das ist nicht Toms Murmel."

Sibylla starrte auf die gelblich schimmernde Münze in ihrer Handfläche. Vorsichtig wischte sie mit dem Zeigefinger der anderen Hand ein paar Erdkrumen herunter, aber sie hatte bereits erkannt, dass es sich um einen englischen Sovereign handelte, eine sehr wertvolle Münze, die einen hohen Goldgehalt aufwies.

Aber wie kam ein englischer Gold-Sovereign in den Boden unter Benjamins Sonnenuhr? Sie drehte die Münze zwischen zwei Fingern hin und her und versuchte, ihre Gedanken zu sortieren. Von Mr. Fisher, dem vorigen Bewohner, konnte sie nicht stammen, denn die Münze trug die Jahreszahl 1839, war also ganz neu. Sie musste Benjamin gehört haben, genau wie die anderen Münzen im Beutel. Aber wieso hatte er sie unter seiner Sonnenuhr vergraben?

Weil er nicht wollte, dass irgendjemand von diesem Geld erfährt, gab sie sich selbst die Antwort.

Sie untersuchte das Loch noch einmal. Dort, wo sie den Beutel gefunden hatte, entdeckte sie einen Hohlraum, ungefähr drei Hand hoch, eine Armlänge breit und eine Elle tief. Als sie weitertastete, stellte sie fest, dass der ganze Hohlraum mit prall gefüllten Säckchen vollgestopft war. Der Vorwurf, dass Benjamin neben seiner Tätigkeit für die Reederei Spencer noch andere Geschäfte gemacht hatte – schreckliche verachtenswerte Geschäfte wie Menschenhandel –, erschien ihr nun in einem ganz neuen Licht.

Sibylla begriff plötzlich, warum ihr Mann bei ihrem letzten Treffen so nervös geworden war, als sie ihm von der Hausdurchsuchung des Kaids berichtet hatte. Warum er unbedingt wissen wollte, wo die Schergen gesucht und wie viel Geld sie gefunden hätten. Sie verstand jetzt auch seine Verschwendungssucht – Benjamin war plötzlich reicher geworden, als er sich je erträumt hatte, und das hatte er der ganzen Welt zeigen wollen. Aber gleichzeitig hatte er seine Frau belogen und betrogen, wie sie noch nie von einem Menschen belogen und betrogen worden war. Sie hatte für sein Leben gekämpft und seinen Tod betrauert, und er hatte sie getäuscht.

Als es Nacht war und alle schliefen, kam Sibylla zurück, verstohlen wie eine Diebin im eigenen Haus.

Sie zog so viele kleine Säcke aus dem Hohlraum und packte sie in den mitgebrachten Korb, dass sie mehrmals zwischen ihrem Schlafzimmer und dem Hof hin und her laufen musste.

Außerdem fand sie eine lederne Mappe – fleckig und feucht von der Erde –, in der Benjamin genaue Aufzeichnungen über seine schändlichen Geschäfte gemacht hatte. So erfuhr sie nicht nur, wie viele Sklavenfahrten die Queen Charlotte unternommen hatte, sondern auch, wie viele Schwarze sie jeweils an Bord genommen hatte, wie viele während der Überfahrt gestorben waren, was ihr Mann für die Verpflegung der Schwarzen bezahlt, wer Bestechungsgelder kassiert und schließlich in welchen karibischen Häfen Kapitän Brown die Menschen verkauft hatte.

Eingeschlossen in ihrem Zimmer, im flackernden Schein einer Öllampe, las Sibylla mit wachsendem Entsetzen diese Aufzeichnungen des Schreckens. Es fiel ihr sehr schwer, zu glauben, dass ihr Ehemann, der Vater ihrer Kinder, in den letzten drei Jahren rund zweitausend Menschen in die Sklaverei verkauft hatte. Hatte sie ihn wirklich so schlecht gekannt, oder war er einmal ein anderer gewesen, bis die Gier nach immer mehr Reichtum ihn verändert hatte?

Mit zitternden Fingern begann sie, das Geld zu zählen. Es waren genau 16625 englische Gold-Sovereigns, ein ungeheures Vermögen, verdient mit dem Elend unzähliger Menschen! Sie betrachtete den Fußboden ihres Schlafzimmers, der voller Münztürmchen stand, und verspürte zum ersten Mal fast so etwas wie Erleichterung, dass Benjamin tot war. Doch die Entscheidung, was mit seinem blutigen Vermögen geschehen sollte, nahm ihr das Schicksal nicht ab.

Ängstlich lauschte sie auf Geräusche im Haus, doch sie hörte nur ihr eigenes leises Atmen. Sie wollte dieses Geld nicht. Es hatte unzähligen Menschen die Freiheit geraubt und Unglück über ihre Familie gebracht. Sogar jetzt noch schwebten sie alle in größter Gefahr, wenn irgendjemand von diesem Geld erfuhr. Der Kaid würde sie schneller verhaften, als sie sich vorstellen konnte. In England würde sie sich vor Gericht für Benjamins Schandtaten verantworten müssen. Ein Prozess würde gewaltige öffentliche Wellen schlagen, der Reederei Spencer unabsehbaren Schaden zufügen und für immer einen Schatten auf die Zukunft ihrer Söhne werfen. Und es gab Menschen, die morden würden, um an diesen Schatz zu kommen!

Sibyllas Kopf schmerzte. Die halbe Flasche Whisky in Benjamins Schreibtisch fiel ihr ein. Sie hatte noch nie Whisky getrunken. Das Stärkste, was eine Dame trinken durfte, war ein Gläschen Portwein, aber das war ihr jetzt egal. Sie brauchte dringend etwas, um ihre Nerven zu beruhigen.

Eine Weile später saß sie wieder in ihrem Schlafzimmer. „Niemals!", schwor sie sich, während sie die Liste mit Benjamins Aufzeichnungen an die Flamme der Kerze hielt und zusah, wie sie zu Asche verkohlte. „Niemals darf irgendjemand etwas von diesem Schatz erfahren!"

Im Morgengrauen stand Sibylla am Ufer des Meeres, weit hinter dem Hafen, wo es nur sanft gewellte, von Halfagrasbüscheln bewachsene Dünen gab. Über dem Ozean war es noch dunkel. Sie hörte das leise Schmatzen und Platschen des Wassers und betrachtete die sanft auf den Wellen schaukelnden Lichter der Fischerboote, die vom nächtlichen Sardinenfang zurückkehrten. Sie hatte es nicht mehr ausgehalten in dem Haus, wo alles sie an Benjamin und die schrecklichen Geschäfte erinnerte, die er gemacht hatte. Aber sie spürte, wie sie hier ein wenig zur Ruhe kam.

„Allahu akbar!" Feierlich durchbrach der Ruf des Muezzins die Stille. Über der Stadt kündete ein schmaler heller Streifen vom Ende der Nacht.

Sibylla legte den Kopf in den Nacken und atmete die frische salzige Luft tief ein. Ich sollte das Geld in den Atlantik werfen, überlegte sie und verspürte plötzlich den unwiderstehlichen Drang, zu lachen. Wahrhaftig, jetzt hatte sie das aufregende Leben, das sie sich als junges Mädchen in London gewünscht hatte! Wie naiv sie doch gewesen war!

Sie wollte Benjamins Goldschatz nicht für sich verwenden, aber sie würde ihn auch nicht im Atlantik versenken. Vorläufig hatte sie das Geld unter einigen Bodendielen in ihrem Schlafzimmer versteckt, die die Haha in ihrer Zerstörungswut herausgehebelt hatten. Darüber hatte sie ihr Bett geschoben. Kein ideales Versteck, aber ihr war nichts Besseres eingefallen.

Der Muezzin war verstummt. Es wurde jetzt schnell hell. Das Meer färbte sich von Dunkelgrau in Blau. Sie konnte die Schaumkämme auf den Wellen erahnen und die Umrisse der Fischerboote auszumachen, die eins nach dem anderen die Lichter löschten. Aus dem Augenwinkel nahm sie wahr, dass sie nicht mehr allein war. Sie wandte den Kopf und erkannte den Mann, der über den Strand auf sie zukam. André! Seit sie mit den Kindern auf die Warspite übergesetzt hatte, hatte sie ihn nicht mehr gesehen. Sie hatte nicht einmal erwartet, dass er sich noch in der Stadt aufhielt.

Er hatte sie ebenfalls gesehen und winkte ihr mit beiden Armen zu. Sie rannte los, fiel ihm um den Hals und drückte einen Kuss auf seinen Mund. Jeder zufällige Passant hätte sie beobachten können, aber nach einigen Gläsern Whisky und dem Fund von Benjamins Sklavengeld kam es darauf auch nicht mehr an. „André! Dich schickt der Himmel! Woher wusstest du, dass ich hier bin?"

Etwas atemlos befreite er sich. „Ich habe am Strand geschlafen, weil das französische Konsulat zerstört ist. Und du, liebe Sibylla, hast mit Verlaub gesagt eine Fahne. Im Übrigen siehst du aus, als hättest du ein Feld umgegraben!"

Sie blickte an ihrem fleckigen Kaftan herunter und auf ihre schwarz geränderten Finger und lachte so sehr, dass sie sich beinahe verschluckte. „Kein Feld, aber du liegst trotzdem nicht so falsch!"

Er musterte sie verwundert. „Hast du etwas von deinem Mann gehört?", fragte er zögernd.

Ihr Lachen brach ab. „Er ist tot, verbrannt. Von der Westbastion, wo seine Zelle war, steht kein Stein mehr."

„Das tut mir leid", erwiderte er betroffen.

Sie sah ihn entschlossen an. „Ich will dein Mitleid nicht, André. Benjamin ist tot, aber ich lebe. Und ich schwöre dir: Von heute an beginnt für mich ein neues Leben!"

Er nahm ihre Hand, und sie liefen am Meeressaum entlang, immer weiter weg von der Stadt, schweigend und zufrieden, zusammen zu sein. Die Luft war noch kühl, aber die Sonne stieg mit jeder Minute höher. Kaninchen hoppelten über den Sand, am Himmel kreisten Störche im Aufwind.

Sibylla nahm Andrés Hand fester und führte ihn zwischen die Dünen, wo es warm und windgeschützt war.

„Was hast du vor?", fragte er neugierig.

Sie blickte ihn an. „Zeig mir, wie es wirklich ist, wenn ein Mann und eine Frau sich lieben!"

Er glaubte, sich verhört zu haben. Aber sie schlüpfte einfach aus ihren Lederpantoffeln. Als sie sich ihre Tunika über den Kopf ziehen wollte, hielt er sie fest. „Warte!" Er räusperte sich. „Das möchte ich tun."

Er streifte seine Jacke ab und legte sie in den Sand. Dann setzte er sich darauf und zog Sibylla neben sich. Er nahm ihren Kopf zwischen seine Hände und küsste sie. Ihre Stirn und ihre blonden Augenbrauen, ihre Lider, die Sommersprossen, die die Sonne auf ihre Nasenspitze gezaubert hatte, und ihren weichen feuchten Mund. Er fuhr mit seinen Händen unter ihre Kleidung, streichelte ihre zarte Haut und ertastete die Kurven ihres Körpers. Er zog ihr die Tunika über den Kopf und lächelte, als er spürte, dass sie eine Gänsehaut bekam, und er beugte sich vor und küsste ihre Brustwarzen. Dann half er ihr, die weiten Chalwars abzustreifen. Er sah sie zum ersten Mal nackt, und der Anblick ihrer schlanken Figur, ihrer kleinen Brüste, des sanft gewölbten Venushügels über ihrem Schoß erregte ihn.

Sibylla errötete. Unsicher, ob sie ihm gefiel, zog sie die Beine an und schlang ihre Arme um die Knie. Er ließ ihr Zeit, während er sich selbst entkleidete. Sie betrachtete ihn genau und dachte daran, wie seltsam es war, dass sie und Benjamin einander nie nackt gesehen hatten, obwohl sie über vier Jahre verheiratet gewesen waren und zwei Kinder zusammen hatten.

„Ist alles in Ordnung?“, fragte André.

Sie nickte stumm. Er nahm sie in seine Arme, und sie ließ sich auf den Rücken rollen, während er sich eng an sie schmiegte. Sein Körper bedeckte ihren Körper, so dass sie sich völlig geschützt und sicher fühlte. Während sie sich wieder küssten, glitten ihre Hände von seinen Schultern zu seinem Po, dann die Arme hinunter bis zu den Fingerspitzen. Er fühlte sich völlig anders an als Benjamin, breiter, stärker. Ihren Mann hatte sie immer nur durch den Stoff des Nachthemds gefühlt, aber das hatte genügt, um zu wissen, dass er einen schmalen Körper ohne Muskeln besaß. Bei André spürte sie die Kraft und das feste geschmeidige Fleisch unter seiner weichen Haut.

Ja, dachte Sibylla, es ist richtig, was wir hier tun. Richtig und gut!

Die Sonne hatte sich über die Häuser von Mogador geschoben und wärmte den Sand, auf dem sie lagen. Sibylla hatte sich eng an André geschmiegt und murmelte schläfrig: „Jetzt habe ich wirklich gespürt, wie es sich anfühlt, geliebt zu werden."

Er küsste ihr Haar. „Je t'aime, Sibylla. Ich bin froh, dass ich dir das jetzt sagen darf."

Sie hob den Kopf aus seiner Armbeuge und sah ihn an. „Ich möchte dich etwas fragen, André."

„Ja?"

Sie dachte an Benjamins Goldschatz, den sie notdürftig in ihrem Zimmer unter den Dielen versteckt hatte. „Was würdest du tun, wenn du unerwartet etwas sehr Wertvolles bekommst, das du aber nicht behalten kannst und willst."

Er erwiderte besorgt: „Ich hoffe, du redest nicht von uns und von dem, was wir füreinander empfinden."

„Gewiss nicht!"

„Wovon dann?"

Sie zögerte. „Von etwas, das Benjamin mir hinterlassen hat."

Er überlegte mit gerunzelter Stirn. „Wenn du es nicht behalten willst, gib es jemandem, der es braucht."

Sie lächelte nachdenklich. „Warum nicht? Nein wirklich, das klingt vernünftig."

Einige Minuten später löste sie sich behutsam aus seinen Armen. „Ich muss gehen. Die Haha haben unser Haus auf den Kopf gestellt. Es gibt dort jede Menge für mich zu tun."

André angelte nach seiner Jacke. „Ich werde Mogador heute verlassen. Der Kaid braucht mich nicht mehr, und ehrlich gesagt kann ich es nicht erwarten, das Land zu besichtigen, das der Sultan mir geschenkt hat." Er band die Schärpe seiner Tunika zu. „Willst du mitkommen? Vielleicht gefällt es dir dort so gut, dass du bleiben willst – mit deinen Söhnen natürlich."

Sibylla errötete. „Sei mir nicht böse, aber vorerst bleibe ich hier. Ich muss in Ruhe darüber nachdenken, wie ich mein Leben ohne Benjamin weiterführe. Ich könnte mir vorstellen, die Geschäfte von Spencer & Sohn dauerhaft zu übernehmen, wenn ich meinen Vater davon überzeugen kann."

Ein wenig enttäuscht beugte André sich hinunter, um seine Stiefel zu schnüren. „Dann reite ich allein. Ich weiß noch nicht, wie viel Arbeit auf meinem Land wartet, aber ich würde dich gern ab und zu besuchen."

Sie strahlte ihn an. „Das wäre wunderbar!"

Qasr el Bahia im Atlasgebirge im Mai 1840

André glitt aus dem Sattel, kniete sich auf den Boden, nahm einen gelbbraunen Klumpen Erde in die Hand und zerbröselte ihn. War dieses Land für seinen großen Traum vom Safran geeignet? Er ließ die Krümel durch seine Finger rieseln.

Das Geschenk Sultan Moulay Abd Er Rahmans lag auf einem vierhundert Meter hohen Plateau in den Ausläufern des Atlasgebirges. Hier wollte er die kleinen sandfarbenen Knollen des Crocus Sativus pflanzen, aus dessen Blüten der Safran gewonnen wurde. In dieser Höhe bekamen die Pflanzen noch ausreichend Wärme, ohne von der Wüstenhitze verbrannt zu werden. Gleichzeitig war es nicht so hoch, dass die wertvollen Knollen im Winter in der kalten Erde erfroren. Die Luft und der kalkhaltige Boden speicherten genügend Feuchtigkeit, obwohl die Gegend trocken und regenarm war. Für Bewässerung war ebenfalls gesorgt. Die Baumeister des Sultans hatten hier die gleichen unterirdischen Rhetaras angelegt wie an der Karawanenstraße nach Marrakesch und damit den prachtvollen Lustgarten bewässert, der hier einmal geblüht hatte. Gegen den Wind würde er niedrige Schutzmauern aus Bruchsteinen bauen, die verhinderten, dass die dünne Erdschicht davongeweht wurde. André stand auf, setzte einen Fuß in den Steigbügel und schwang sich auf seine Stute.

Ich werde es wagen, dachte er, während sein Blick über die Hochfläche schweifte, und fühlte sich durch und durch glücklich.

Voller Stolz war er vor einer Woche durch das Tor der imposanten vierflügeligen Anlage – halb Palast, halb Festung – geritten. Qasr el Bahia, Palast der Schönheit, hatte der Sultan seinen Besitz genannt, und André hatte sofort verstanden, warum.

Fast einen ganzen Tag war er geritten, dem steinigen, in vielen Schleifen erst nach Osten und dann nach Süden führenden Bett des Oued Igrounzar folgend, bis er auf den Zufluss des Oued Zeltenee getroffen war. Dort lag Qasr el Bahia. André hatte das Anwesen schon von weitem gesehen. Majestätisch thronte es auf der Anhöhe, die mächtigen Mauern rotgolden in der Abendsonne leuchtend, während die Zedernwälder auf den Hügelketten dahinter fast schwarz wirkten. Die trutzigen Befestigungsmauern aus Lehm und Bruchsteinen, die Ställe, Speicher und Wirtschaftsgebäude erinnerten ihn an einen Tighremt, eine Wohnburg, wie sie auch die Chiadma benutzten: Ein abgeschlossener Kosmos, der gut gegen Feinde verteidigt werden konnte. In den Wohngebäuden jedoch fand er die farbenfrohe Üppigkeit arabischer Architektur – oder was davon noch übrig war.

Bei näherer Besichtigung nämlich stellte er fest, dass der einstige Glanz des Palastes der Schönheit verblichen war, aber das minderte seine Begeisterung nicht. Wind, Hitze und Kälte hatten die Lehmmauern zerfressen. Das hohe zweiflüglige Tor aus massivem Zedernholz war verwittert und hing schief in den Angeln, wilde Tiere hatten die Gebäude in Besitz genommen. Als André die Ställe an der Innenseite der Begrenzungsmauern in Augenschein nahm, scheuchte er eine Schakalfamilie auf. Unter den Dachbalken nisteten Schwalben und Sperlinge, und in den beiden Wachtürmen rechts und links des Tores lebten verwilderte Tauben.

Als er die Gemächer des ehemaligen Hausherrn und seines Hofstaates betrat, stellte er fest, dass Mäuse in der aufgerissenen Polsterung zurückgelassener Kissen und Sofas hausten. In einem Raum stolperte er über einen zerborstenen Leuchter, der aus der Decke gebrochen war, in anderen fand er mottenzerfressene Teppiche. Die Bodenfliesen waren gesprungen, auf dem Dach fehlte an etlichen Stellen die Bedeckung. Es gab viel zu tun, aber seine Freunde von den Chiadma würden ihm helfen.

André war die einzige Menschenseele hier. Doch die Einsamkeit gefiel ihm. Er richtete sich einen Schlafplatz bei seinem Pferd im Stall ein und wachte mitten in der Nacht auf, weil draußen ein Raubtier knurrend und fauchend um die Mauern strich. Aber auch das schreckte ihn nicht. Er war glücklich und voller Pläne für die Zukunft.

Am nächsten Morgen sattelte er seine Stute und durchstreifte das Gelände. Bienen summten zwischen Klatschmohn und Disteln. Er entdeckte verwilderte Rosen und wuchernde Bougainvillea. Es gab sogar noch einen Olivenhain und die Reste von Wasserbecken. In der Mitte des Hofes stand das Wahrzeichen von Qasr el Bahia, eine prachtvolle Atlaszeder. Er wollte terrassenförmige Felder anlegen, damit die Safrankrokusse viel Sonnenlicht bekamen. Dazwischen würde er Granatapfelbäume pflanzen, aus deren Saft ein in Teppichmanufakturen begehrter Farbstoff gewonnen wurde, und einen neuen Blumengarten würde er außerdem anlegen. Oder noch besser: Er würde Sibylla bitten, das zu tun, um ihr zu zeigen, dass Qasr el Bahia auch ihr Heim war.

Als er gegen Mittag zu den Wohngebäuden zurückritt, begegnete er zwei mageren zerlumpten Hirtenjungen, die ihre Ziegenherde über das Gelände trieben und ihn misstrauisch musterten. Der Größere, den ein auffallendes Feuermal kennzeichnete, das vom linken Auge quer über sein Gesicht lief, starrte ihm feindselig entgegen, einen Gesteinsbrocken in der Faust. Aber als André sein Gewehr gut sichtbar vor den Sattel legte, ließ er den Stein fallen. André begrüßte sie, erst auf Arabisch, und als sie nicht reagierten, auf Tachelhit, einer Berbersprache, die vor allem südlich von Mogador verbreitet war. Jetzt antwortete der mit dem Feuermal, dass sie zu den Ait Zelten gehörten, einem Clan der Haha – jenes Stammes, der nach der Bombardierung der Franzosen Mogador geplündert hatte.

André hielt es für klug, die Besitzverhältnisse von Beginn an zu klären. „Seine kaiserliche Majestät Moulay Abd Er Rahman, der Herrscher dieses Landes, hat mir Qasr el Bahia zum Geschenk gemacht. Geht und sagt eurem Scheich, dass Qasr el Bahia nun André Rouston gehört, und richtet ihm auch aus, dass ich mich freue, mit ihm die Shisha zu rauchen.“

„Dieses Land gehörte immer meinem Volk, bis der Sultan es uns stahl. Er hat kein Recht, es zu verschenken!“, erklärte der Junge böse, und der Kleinere wandte ein: „Wo sollen unsere Ziegen jetzt Futter finden?“

André beschrieb mit einem Arm einen weiten Kreis. „Es gibt genug Land für sie rings um das Gut. Außerdem brauche ich viele tüchtige Hände, die mir helfen, Qasr el Bahia wieder aufzubauen. Von dem Geld, das ich zahle, kann euer Scheich Futter und Nahrungsmittel kaufen.“

„Die Ait Zelten sind keine verfluchten Sklaven!“ Der Ältere spuckte vor André aus. Er winkte dem Jüngeren, und die beiden zogen mit ihrer Herde weiter.

Mogador im Juni 1840

Kurz vor dem Abendessen saß Sibylla am Tisch in ihrem Salon. Sie wollte einen Brief an ihren Vater schreiben, aber ihre Gedanken wanderten immer wieder zu ihrem Treffen mit Kaid Hash Hash am Nachmittag zurück. Er ließ sich erst herab, mit ihr zu sprechen, nachdem sie ihm hatte bestellen lassen, dass sie etwas besaß, das er suchte. Natürlich hatte er gewusst, was sie meinte, und wie hatte er getobt, als sie sich geweigert hatte, ihm das Versteck von Benjamins Schatz zu verraten! Aber als sie ihm ihren Vorschlag unterbreitet hatte, war er verstummt, besonders als er hörte, dass sie das ganze Geld – unglaubliche 16625 englische Gold-Sovereigns – für den Wiederaufbau Mogadors stiften wollte und nur eine Bedingung stellte: Der Kaid persönlich müsste in der Stadt verkünden, dass Benjamin Hopkins stets ein unbescholtener Kaufmann gewesen wäre, der nie etwas mit Sklavenhandel zu tun gehabt hatte.

„Warum haben Sie das Geld nicht einfach behalten, Mrs. Hopkins?“, hatte er gefragt, als sie sich verabschiedete.

„Weil ich es jemandem geben möchte, der es wirklich braucht“, hatte sie André zitiert und hinzugefügt: „Und niemand braucht es jetzt mehr als die Bürger von Mogador.“

Und es war ein großartiges Gefühl gewesen, dachte sie mit leisem Triumph, den Respekt im Raubvogelgesicht des Statthalters zu lesen!

Sibylla tauchte die Feder ins Tintenglas und wendete sich wieder dem Brief zu. Sie wollte ihren Eltern von der Bombardierung Mogadors schreiben und auch, dass Benjamin dabei den Tod gefunden hatte. Außerdem wollte sie ihrem Vater vorschlagen, dass sie die Geschäfte von Spencer & Sohn in Mogador dauerhaft weiterführte. Nur von ihrem Fund unter der Sonnenuhr würde sie nicht berichten.

Es klopfte an der Tür.

„Ja bitte!", rief Sibylla. Nadira trat ein: „Der Kapitän vom Segelschiff der Queen Charlotte ist da, Herrin. Er will dringend den Herrn sprechen. Ich habe ihm gesagt, dass der Herr tot ist. Da wollte er mit Ihnen reden."

„Wo ist er?" Sibylla schoss wie von der Tarantel gestochen von ihrem Stuhl. Brown, endlich! Sie hatte viele Monate gewartet, jetzt konnte sie ihn mit seiner Rolle im Sklavenhandel konfrontieren.

„Ich habe ihn in das alte Büro des Herrn geführt."

„Danke, Nadira!" Sibylla rannte die wenigen Meter über die Galerie. Doch in der Tür zu Benjamins Büro blieb sie verdutzt stehen. Der rothaarige bärtige Mann dort drinnen trug zwar die Kapitänsuniform der Reederei Spencer & Sohn, aber es handelte sich nicht um Nathaniel Brown.

Als der Fremde Sibylla sah, riss er sich den Zweispitz vom Kopf und verbeugte sich ungeschickt. „Mein tief empfundenes Beileid, Mrs. Hopkins. Im Hafen habe ich von Mr. Hopkins Tod gehört. Ich bin William Comstock, Steuermann und vorläufiger Kapitän der Queen Charlotte."

Sibylla wies auf den Diwan und setzte sich selbst auf einen Stuhl. „Wieso vorläufiger Kapitän? Was ist mit Brown passiert?"

„Er ist tot, Mrs. Hopkins. Umgebracht bei einer Meuterei an Bord."

Sie war entsetzt. Meuterei stellte ein schweres Verbrechen dar, das mit dem Tod durch den Strang geahndet wurde. „Erzählen Sie mir alles ganz genau!", verlangte sie.

Comstock berichtete, dass sie bereits auf dem offenen Atlantik gewesen wären, als ein Teil der Mannschaft gemeutert hätte. Brown, alle Offiziere und der erste Maat, der versucht hatte, den Anführer zu überwältigen, waren umgebracht worden. Doch dann war Zwietracht unter den Meuterern ausgebrochen, und der Anführer hatte mehrere seiner Kumpane am Großmast hängen lassen.

„Das war unser Glück, Mrs. Hopkins. Mir und einigen anderen Getreuen gelang es, den Anführer und die restlichen Schurken zu überwältigen und zu töten. Und jetzt sind wir hier, wir waren nämlich ein gutes Stück vom Kurs abgekommen, und Mogador war der nächste erreichbare Hafen."

Sibylla brauchte einen Moment, um den Schock zu verdauen. Das einzig Gute an dieser Meuterei war, dass der Schurke Nathaniel Brown zur Hölle gefahren war!

Sie verschränkte die Arme vor ihrer Brust und musterte Comstock. „Sie haben tapfer gehandelt, Comstock, aber eines würde mich noch interessieren: Wie wurden ohne Wissen meines Vaters so viele Sklaven auf der Queen Charlotte transportiert?"

Der Mann erbleichte. „Ich verstehe nicht, Madam… was meinen Sie?"

„Verkaufen Sie mich nicht für dumm! Ich weiß, dass auf der Queen Charlotte heimlich Schwarze transportiert wurden, und das nicht nur ein Mal!" Sie schluckte und fügte hinzu: „Und ich weiß auch, welche Rolle mein Mann dabei spielte. Also, raus mit der Sprache!"

Comstock räusperte sich. „In Mogador wurde die Queen immer nur halb beladen. Nachdem sie ausgelaufen war, nahm sie nicht direkt Kurs auf den amerikanischen Zielhafen, sondern segelte südwärts bis zum Kap Juby. Dort haben wir die Schwarzen an Bord genommen und später in der Karibik verkauft. Im Logbuch wurden Stürme, Flauten, Nebel oder Ähnliches als Gründe für Kursabweichungen und zeitliche Verzögerungen eingetragen."

„Und dabei hat die ganze Mannschaft mitgemacht?", fragte Sibylla angewidert.

„Die Offiziere wurden bestochen, den einfachen Matrosen drohte Brown, dass man sie auf dem Meer über Bord werfen würde, wenn sie nicht mitmachten. Von diesen Männern haben dann einige gemeutert. Sie wollten ihren Anteil vom Sklavenhandel."

„Und Sie, Comstock? Haben Sie auch einen Anteil bekommen?"

Er senkte den Kopf. „Ich schwöre bei Gott, ich hätte nichts genommen, wenn ich es nicht für meine Frau gebraucht hätte. Sie war so krank, und die Herren Doktoren sind fürwahr räudige Halsabschneider."

Sie kaute auf ihrer Unterlippe und überdachte seine Worte. Schließlich sagte sie: „Wenigstens waren Sie jetzt offen und ehrlich. Außerdem haben Sie während der Meuterei Ihre Treue zur Reederei bewiesen. Deshalb will ich nie wieder eine Silbe über den verabscheuungswürdigen Sklavenhandel verlieren – vorausgesetzt, Sie stehen von nun an verlässlich zu Spencer & Sohn." Sie musterte Comstock eindringlich.

Dieser sprang auf und verbeugte sich tief. „Danke, Mrs. Hopkins! Das ist sehr großzügig von Ihnen, Mrs. Hopkins!"

„Gut." Sibylla erhob sich ebenfalls und begleitete ihn zur Tür. „Segeln Sie heim nach London, und unterrichten Sie meinen Vater von den Geschehnissen, aber lassen Sie den Namen meines Mannes heraus!"

KAPITEL NEUNZEHN
QASR EL BAHIA, ENDE JUNI 1840

„Du bekommst Besuch, André!“ Udad bin Aziki, Scheich der Chiadma-Berber, schirmte mit einer Hand seine Augen gegen die Sonne ab und spähte nach Osten.

„Wer kann das sein?“ André wischte sich mit dem Handrücken den Schweiß von der Stirn. Es war fast Mittag, und die Sonne brannte auf das schattenlose Flachdach des linken Wachturmes von Qasr el Bahia. Seit dem frühen Morgen waren er und Udads Söhne damit beschäftigt, die Löcher im Flachdach mit Palmblättern zu bedecken. Gerade strichen sie eine zähe Masse aus Lehm, Sand, Stroh und Tierkot auf, die bin Aziki angemischt hatte. Wenn der Lehm trocken war, würde er das Innere des Wachturmes trotz Sonnenhitze kühl halten, die gespeicherte Wärme aber in den Nächten freigeben.

„Ich sehe nur eine Staubwolke“, verkündete bin Aziki. „Sie ist nicht schnell, aber groß.“

„Wenigstens scheinen es nicht die Ait Zelten zu sein“, meinte André, der die Staubwolke ebenfalls beobachtete. „Aber wir sollten das Tor schließen.“

Seit André sich auf Qasr el Bahia niedergelassen hatte, schlichen immer wieder Männer der Ait Zelten um das Anwesen. Sie kamen nie ganz nahe, aber sie beäugten das Treiben auf dem ehemaligen Landsitz des Sultans sowohl misstrauisch als auch neugierig. Ihr Scheich hatte sich noch nicht bei André eingefunden, aber seine Leute führten immer noch ihre Herden über sein Gelände. Der Winter und das Frühjahr waren sehr trocken gewesen, so dass die tiefen Weidegründe die Herden schon jetzt nicht mehr ernährten. Da André wusste, dass die Berber abhängig von dem waren, was das karge Land ihnen gab, und ihre Ziegen und Schafe neben ihren Pferden ihren wertvollsten Besitz darstellten, ließ er sie gewähren und hoffte, dass ihr Scheich sich beizeiten an seine Großzügigkeit erinnern würde.

Nachdem André die beiden schweren Torflügel geschlossen und mit einem Querbalken von innen verriegelt hatte, stieg er wieder auf den Wachturm.

„Beim Bart des Propheten!", murmelte bin Aziki neben ihm, als die ersten Reiter zu erkennen waren. „Ist das ein Festzug?"

André legte ebenfalls eine Hand über die Augen und stutzte. „Ganz vorn reitet der Leibeunuch des Sultans. Was auch immer er will, wir können das Tor wieder öffnen. Von Feradge haben wir nichts zu befürchten!"

Eine halbe Stunde später füllten Pferde, Maultiere, Kamele, Esel und Menschen den Innenhof von Qasr el Bahia. Feradge stieg von seinem Maultier und begrüßte André. Sein schwarzes Gesicht glänzte von Schweiß, seine Brokatrobe war staubbedeckt. Trotzdem strahlte er den feierlichen Ernst eines Zeremonienmeisters aus. Er erklärte, dass Seine Allerheiligste Majestät, Sultan Moulay Abd Er Rahman, dem Franzosen bei der Instandsetzung zu helfen wünschte und ihm seine besten Mosaikleger, Schmiede und Gärtner, Zimmerleute, Kalk- und Lehmputzer schickte. Rouston sollte nach Belieben verfügen.

„Außerdem überbringe ich Ihnen im Auftrag Seiner Kaiserlichen Majestät ein weiteres Geschenk", fuhr Feradge geheimnisvoll fort. „Seine Kaiserliche Majestät dankt Ihnen damit, dass Sie sich für die Interessen Marokkos eingesetzt haben, als Ihre Landsleute nach der schmachvollen Bombardierung von Mogador und Tanger die Bedingungen diktiert haben." Der Eunuch flüsterte einem schwarzen Jungen, der in seiner Nähe gewartet hatte, einen Befehl zu. Er rannte los und kam kurz darauf mit einem erwachsenen Sklaven zurück, der ein Reitkamel am Zügel führte. Es trug silberbeschlagenes Zaumzeug, eine mit Troddeln und Fransen geschmückte Decke und darauf eine Sänfte, deren Vorhänge zu allen Seiten geschlossen waren. Hinter der Sänfte lief eine ältere Schwarze in gestreiftem Turban und bunt bedrucktem Baumwollkleid.

„Was in drei Teufels Namen…", murmelte André, aber als er Feradges irritierten Blick bemerkte, verfolgte er schweigend, wie das Kamel sich langsam niederkniete. Feradge trat neben das Tier, öffnete die Tür der Sänfte und erklärte feierlich: „Ihr Geschenk, Monsieur Rouston!"

Eine Hand erschien, klein und schmal wie die eines Kindes, aber diese Hand steckte in einem seidenen Handschuh und war mit kostbaren Ringen geschmückt. Feradge umfasste sie behutsam, und eine verhüllte kleine Gestalt glitt aus der Sänfte. Seidenschleier in Rosa und Gold, glühendem Orange und tiefem Rot umwehten sie und schienen ihre Farbe zu wechseln, so wie die Wüste unter der wandernden Sonne ihre Farbe wechselte. Goldene Arm- und Fußreifen klingelten leise, und sekundenlang sah André winzige perlenbestickte Pantoffeln. Er war wie betäubt vor Schreck, als sie sich plötzlich umwandte und ihn aus Khol umrahmten Augen mit langen geschwungenen Wimpern und darüber Augenbrauen wie Schmetterlingsflügel musterte. Erst sein Gesicht, dann seine Gestalt, und er sah Interesse in ihrem Blick aufglühen, bevor sie mit einer anmutigen Geste ihren Schleier über das Gesicht zog und sich wieder abwandte.

Feradge, befriedigt von der Reaktion, die er bei dem Franzosen beobachtet hatte, erklärte: „Seine Kaiserliche Majestät weiß, wie einsam der Palast der Schönheit ist, ohne Frauen und ohne Kinder… Deshalb sendet der Sultan Ihnen eine Blume aus seinem Garten, Aynur El

Glaoua. Ihr Vater ist das Oberhaupt der Glaoua-Berber. Er ließ sie am Hof erziehen."

Schweiß lief André den Rücken hinunter, und daran war nicht die Mittagshitze schuld. Aus dem Augenwinkel nahm er seinen Freund Udad bin Aziki wahr, dessen Miene nicht preisgab, was er dachte, während seine Söhne grinsten und feixten. Die junge Berberfrau stand ein paar Meter von ihm entfernt. Ihre Schleier bewegten sich im leichten Wind und zeichneten die Umrisse einer zarten weiblichen Figur nach. Gegen seinen Willen verspürte André ein Kribbeln in den Lenden und zwang sich, den Blick abzuwenden.

Mit einer winzigen Handbewegung befahl die Berberfrau die ältere Schwarze zu sich und murmelte etwas. Die Dienerin nickte und wandte sich an André: „El Sayyida Aynur fragt, wo die Gemächer des Harems sind. Sie möchte sich zurückziehen."

Er kämpfte gegen den Drang, laut loszulachen. „Hier gibt es keinen Harem, und ich habe auch nicht vor, mir einen zuzulegen."

„Dann lasst andere Räume für mich vorbereiten!" Er fuhr zusammen, als er ihre Stimme hörte, die melodisch und weich klang, sehr bestimmt und viel kräftiger, als er bei einer so kleinen zierlichen Person erwartet hatte. Mit wehenden Schleiern entfernte sie sich, so als gehörte Qasr el Bahia ihr, und er starrte ihr nach und brachte keinen Ton heraus.

Erst als sie mit der Dienerin im Inneren des Hauses verschwunden war, kehrte seine Stimme zurück. „Nimm sie wieder mit!", fuhr er Feradge an. „Ich will sie nicht!"

Der Leibeunuch rang entsetzt die beringten Finger. „Das wäre eine Katastrophe, Sayyid! Sie dürfen dieses Geschenk nicht ablehnen – oder wollen Sie Seine Kaiserliche Majestät beleidigen?"

„Es geht nicht, Feradge, versteh doch, es geht nicht!" André warf entnervt die Hände in die Luft. Das Ganze war eine riesige Katastrophe! Er konnte doch nicht zu Sibylla gehen und sagen: „Liebste, hast du etwas dagegen, dass der Sultan mir eine verführerische junge Frau aus seinem Harem ins Bett gelegt hat?" Qasr el Bahia war das Paradies, das er mit Sibylla teilen wollte, nur mit ihr!

Auch Feradge war verzweifelt. „Was haben Sie denn an ihr auszusetzen, Sayyid? Sie hat die Gestalt einer Gazelle. Nicht das kleinste Mal werden Sie auf ihrer Haut finden. Ihr Haar ist weich wie Seide, ihre Zähne gleichen Perlen auf einer Schnur, ihr Mund ist süßer als Honig, und ich schwöre euch bei Allah und meinem Leben, dass sie unberührt ist. Nicht einmal der Sultan hat diese Rose gebrochen!"

„Großartig – ich werde sie auch nicht brechen, weil ich sie noch heute zurückschicken werde!", rief André verärgert.

Feradge riss sich den Turban vom Kopf und zerraufte sich das krause Haar. „Verstehen Sie denn nicht, Sayyid, Sie können sie nicht zurückschicken! Sie wäre entehrt, Seine Kaiserliche Majestät würde sie töten lassen!"

„Merde!! Putain bordel de merde!" André ballte die Fäuste. Aber auch wenn er die schlimmsten Flüche ausstieß, die er kannte, änderte das nicht das Geringste daran, dass er in einer schrecklichen Falle saß. „Gibt es denn gar keine Möglichkeit?", wandte er sich fast flehentlich an den Eunuchen.

Feradge seufzte tief. „Ich will es Ihnen erklären, Monsieur Rouston, auch wenn seine Kaiserliche Majestät mich dafür seinen Löwen vorwerfen wird… Aynur ist ohne Zweifel eine der schönsten Rosen im Garten des Sultans. Aber jede Rose hat Dornen, und die von Aynur sind besonders spitz." Er blickte in die Richtung, in die die junge Berberfrau verschwunden war, und fuhr fort: „Aynurs Vater ist reicher als der Sultan. Von seiner Festung Aghmat aus kontrolliert er die einzige Karawanenstraße, die von der Sahara nach Marrakesch führt. Seine Kaiserliche Majestät der Sultan – möge Allah ihm ein langes Leben schenken – weiß, dass der Glaoua-Scheich nach Macht giert. Deshalb hat er ihn gezwungen, Aynur und ihre Geschwister am Hof erziehen zu lassen. Solange er die Kinder hat, zettelt der Glaoua keinen Aufstand an. Aber Aynur ist ihm längst eine Last, denn sie ist unbeugsam wie eine Korkeiche und verweigerte sich Seiner Majestät, als er sie besitzen wollte. Wenn Sie sie zurückschicken, wird er sie töten."

Hinter Andrés Stirn hämmerte ein stechender Schmerz. Er fühlte sich, als würde der Boden sich unter ihm auftun und das mitreißen, was er am meisten erträumt hatte: Ein gemeinsames Leben mit Sibylla auf Qasr el Bahia.

Feradge betrachtete ihn mitleidig. „Lassen Sie sie eine Weile hier", sagte er leise. „Und wenn Sie sie dann immer noch nicht behalten wollen, schicken Sie sie zu ihrer Familie zurück."

Anfang August stand André auf einem der neu angelegten Felder und blickte über sein Land. Am Südhang warteten mehrere terrassenförmige Areale darauf, bestellt zu werden. Orangenbaumsetzlinge würde er erst im nächsten Frühjahr pflanzen. Doch die Knollen des Safrankrokus, die sein Freund Udad bin Aziki ihm schicken lassen wollte, konnte er schon bald in die Erde setzen.

Morgen in aller Frühe würden die Handwerker des Sultans Qasr el Bahia verlassen. Nur ein Gärtner, ein Koch und ein Stallbursche blieben hier und waren vorerst seine einzigen Bediensteten. Mit Hilfe der Handwerker hatte André das halb verfallene und verwilderte Wochenendpalais Abd Er Rahmans in ein halbwegs bewohnbares Anwesen verwandelt. Immer noch blieb viel zu tun. Aber die Dächer waren neu gedeckt, die Ställe instand gesetzt, gebrochene Tür- und Fensterangeln ersetzt, kaputte Wandfliesen und Bodenmosaike ausgetauscht und die Feuerplätze gesäubert.

Sechs Wochen hatten sie von früh bis spät geschuftet. Sechs Wochen ohne Sibylla. André konnte es kaum erwarten, sie wiederzusehen. Morgen früh würde er endlich wieder nach Mogador reiten, und am Nachmittag würde er sie in seine Arme schließen.

„Ihr wünscht mich zu sprechen?" Die Dienerin des Berbermädchens stand hinter ihm. Er räusperte sich. Er hatte „sein Geschenk" während der letzten sechs Wochen gemieden. Aynur hatte sich mit ihrer Dienerin in die ehemaligen Haremsräume zurückgezogen, aber er hatte sie dort nicht ein einziges Mal besucht. Ganz zu Anfang hatte er sich bei Feradge erkundigt, ob die beiden Frauen alles hatten, was sie brauchten, und als der Leibeunuch mit Trauermiene genickt hatte, hatte er Aynur aus seinen Gedanken verbannt.

„Pack die Sachen deiner Herrin zusammen! Morgen früh werdet ihr beide Qasr el Bahia verlassen. Ihr kehrt nach Aghmat zurück. Scheich Udad bin Aziki von den Chiadma-Berbern wird euch begleiten."

„Sayyid…" Die alte schwarze Frau blickte ihn erschrocken an, aber er fiel ihr unwirsch ins Wort: „Geh! Sag deiner Herrin, dass sie sich bereithalten soll!"

„Sehr wohl, Herr." Sie huschte davon.

„Sie können nicht zurück nach Aghmat, Sayyida! Sie wissen, dass Ihr Vater Sie bestrafen wird!" Tamra, Aynurs

Dienerin, lief aufgeregt in dem kleinen Raum hin und her, der den beiden Frauen während der letzten sechs Wochen als Schlafkammer gedient hatte.

„Aber was soll ich denn machen?" Aynur hatte durch das Fenster in den Innenhof geblickt. Jetzt stieß sie sich mit beiden Händen vom Sims ab, so dass ihre Armreife klirrten. „Er will mich nicht! Er hat mich ja nicht ein einziges Mal angesehen!" Sie klang verzweifelt.

Sieben Jahre alt war sie gewesen, als ihr Vater sie nach Marrakesch in den Harem des Sultans geschickt hatte.

„Meine kleine Blume, du bist schöner als der volle Mond, wenn er über den Gipfeln des Atlas aufsteigt", hatte er zum Abschied gesagt. „Sorge dafür, dass deine Schönheit dem Sultan ins Auge fällt! Dann wird er dir folgen, wie ein Hündchen seiner Herrin folgt, und tun, was du willst – zum Wohle unserer Familie."

In den nächsten zehn Jahren hatte Aynur am Hof eine sorgfältige Erziehung erhalten. Sie konnte Gedichte von al Dschahiz, dem Glotzäugigen, ebenso gut vortragen wie Fabeln von Ibn al Mukaffa und die erotischen Verse des Persers Hafes. Sie spielte die Laute und sang. Sie tanzte leichtfüßig zu den Klängen von Flöte und Riq, sie konnte Mokka zubereiten und anmutig servieren, und bei dieser Tätigkeit war endlich das Auge des Herrschers auf sie gefallen. Wie ihr Vater vorhergesagt hatte, war der Sultan entzückt. Noch am selben Abend wurde sie gebadet, geschminkt, mit Juwelen und Perlen geschmückt und nach kostbaren Ölen duftend in das Schlafgemach Abd Er Rahmans geführt. Aber sie hatte versagt. Der Anblick des ältlichen Mannes, seiner teigigen Haut, seines faltigen Gesichtes und der fleckigen Zähne hatten sie geekelt. Als er sie berühren wollte, hatte sie sich wie eine ängstliche Katze hinter dem Bett versteckt, und als er sie auf die Polster gezerrt und mit gierigen Fingern betastet hatte, war es mit ihrer Beherrschung vorbei gewesen, und sie hatte sich nach Leibeskräften gewehrt.

Nach dieser misslungenen Nacht war sie am Hof eine Geächtete. Die Frauen des Harems von der Lieblingskonkubine bis zur niedrigsten Sklavin lachten sie aus. Abd Er Rahman gab Befehl, dass sie ihm nie wieder unter die Augen kommen dürfte. Ihre Familie, die fürchtete, dass nun der ganze Clan beim Herrscherhaus in Ungnade fiel, ließ sie links liegen.

Der Ausländer, ihr neuer Gebieter, bedeutete ihre letzte Chance. Auch dieser Mann war nicht mehr ganz jung, doch er war ansehnlich und von schöner Gestalt. Sie könnte Gefallen an ihm finden. Noch mehr aber gefiel ihr die Vorstellung, Herrin von Qasr el Bahia zu werden.

„Er hat mich ja noch nicht einmal angesehen", wiederholte sie jetzt ratlos. „Dabei habe ich weder schiefe Zähne noch Warzen im Gesicht, und unberührt bin ich auch!"

„Es muss eine andere Frau geben, die sein Herz gefangen hält", behauptete Tamra. „Sie müssen dafür sorgen, dass er diese Frau vergisst! Einen anderen Weg gibt es für Sie nicht." Sie betrachtete Aynur nachdenklich. „Wie weit ist Ihr monatlicher Rhythmus?"

Aynur überlegte kurz. „In vierzehn Tagen ist Vollmond. Dann beginnt er von neuem."

„Also sind Sie jetzt bereit für seinen Samen!" Die alte Dienerin wurde ganz aufgeregt. „Heute Nacht müssen Sie ihn in Ihr Bett locken. Vergessen Sie nicht: Sie haben nur diese eine Nacht, um Ihr Leben zu retten!"

Aynurs Miene hellte sich auf, als sie verstand, was Tamra meinte, und spann die Idee sogleich weiter: „Geh zu dem Ausländer, und lade ihn für heute Abend ein! Sag ihm, ich möchte ein Abschiedsmahl für ihn kochen." Sie lief zu einer Kommode, auf der ein geschnitztes Holzkästchen stand, öffnete es, nahm eine erbsengroße, mit Blattgold belegte Kugel heraus und hielt sie zwischen Daumen und Zeigefinger.

„Ich werde seine Speisen mit dem Nektar des Paradieses würzen. Und dann werde ich die fremde Frau aus seinem Herzen reißen."

Tamra nickte feierlich. „Inschallah. So soll es geschehen."

„Bitte, mein Gebieter, kosten Sie davon!" Aynur kniete sich anmutig vor André auf den Boden und streckte ihm ein silbernes Tablett entgegen.

Er richtete sich in den Polstern auf und musterte die appetitlich angerichteten Häppchen. „Hör auf, mich so zu nennen! Ich bin weder dein Herr noch dein Gebieter. Was ist das?"

Ein verlockender Duft stieg ihm in die Nase. Er hatte Aynurs Einladung zum Abendessen aus schlechtem Gewissen angenommen. Schließlich hatte er sie seit ihrer Ankunft auf Qasr el Bahia nicht besonders zuvorkommend behandelt. Er hatte sie ignoriert und gemieden, und morgen würde er sie wie ein falsch geliefertes Paket fortschicken. Aber wenn er ehrlich war, war er auch neugierig, wer die verschleierte kleine Person mit den rätselhaften dunklen Augen wirklich war.

Ihre Dienerin – Tamra, wie er inzwischen wusste – hatte ihn abgeholt, als die Sonne zwischen den Höhen des Atlas versank. Seither lag er in einem kleinen Zimmer auf einem Berg von Kissen. Aynur glitt wie ein Schatten durch den halbdunklen, von Öllämpchen beleuchteten Raum und servierte ihm eine Verlockung nach der anderen. Ihre Arm- und Fußreifen klingelten leise zu ihrer sanften, schmeichelnden Stimme, mit der sie ihm die kleinen Häppchen anbot, von denen jedes eine neue Überraschung für seinen Gaumen war. Längst hatte er vergessen, dass er nur kurz bleiben wollte. Träge lag er auf den Polstern, und in seinem Kopf verschwammen alle Gedanken wie nach einigen Gläsern schweren roten Weines. Einmal streifte ihn die Überlegung, ob sie irgendeine Droge in sein Essen gemischt hatte. Aber eigentlich war es ihm egal, denn nach jedem weiteren Bissen fühlte er sich entspannter und zufriedener.

Interessiert beobachtete er, wie Aynur das Tablett auf ihren Knien balancierte. Ihre runden Brüste zeichneten sich unter dem hauchzarten Schleiergewand ab. Täuschte er sich, oder hatte sie ihre Brustwarzen dunkel eingefärbt?

„Das sind gedünstete Quitten mit Couscous gefüllt. Eigentlich gehört Lammfleisch hinein. Aber da Sie noch kein Vieh besitzen ..." Mit einem kleinen Lächeln nahm sie eine der runden gefüllten Früchte und schob sie zwischen seine Lippen.

„Mon dieu, ist das scharf!"

Sie lächelte schelmisch. „Es enthält Chili. Je schärfer er ist, desto glücklicher macht er. Aber warten Sie! Etwas süßer Tee wird gegen die Schärfe helfen." Sie stellte das Tablett auf den Boden und klatschte in die Hände. Tamra eilte herbei und reichte ihrer Herrin ein Glas mit lauwarmem Tee. André beobachtete, wie die beiden Frauen einen raschen Blick tauschten. Als Aynur ihm das Glas reichen wollte, schüttelte er abwehrend den Kopf. „Raus mit der Sprache, was habt ihr beide ausgeheckt?"

Sie riss die schwarz umrandeten Augen auf. „Sind Sie nicht zufrieden, mein Gebieter? Schmeckt es Ihnen nicht? Trinken Sie etwas Tee, er wird Ihnen guttun." Sie beugte sich vor, um ihm das Glas zu reichen. Er roch ihren betörenden Duft nach Rosen, Vanille und Ambra und musste sich zwingen, nicht auf ihre Brüste mit den großen dunklen Monden zu starren, die jetzt ganz deutlich durch das dünne Seidengewand schienen. Hastig kippte er den Tee herunter. Als Aynur eine Hand nach dem Glas ausstreckte, umfasste er ihr schmales Handgelenk und drehte es um. „Was hast du da gemacht? Das sieht hübsch aus."

Sie blickte auf die kunstvollen Ornamente, die Tamra mit Hennapaste auf ihre Handflächen gemalt hatte, und flüsterte: „Es heißt Mehndi. Damit schmückt sich eine Braut vor der Hochzeitsnacht." Die verschlungenen Kreise und Spiralen wirbelten vor Andrés Augen. Er ließ ihre Hand los und fiel schwer auf die Kissen zurück. „Wie alt bist du, Aynur?"

„Siebzehn", antwortete sie scheu. Siebzehn und noch Jungfrau, eine Schande! Sie fürchtete, der Franzose würde sie verschmähen, weil sie schon so alt war, aber zu ihrer Verwunderung murmelte Rouston: „Du bist doch viel zu jung für mich, Aynur. Du könntest meine Tochter sein…"

Sie betrachtete die kantigen männlichen Konturen seines Gesichtes, seine Haut, die im flackernden Licht der Öllampe golden schimmerte, sein lockiges schwarzes Haar und seine Augen, deren Blick unter der Wirkung des Opiums, das sie und Tamra unter sein Essen gemischt hatten, schläfrig war. Sie merkte, dass ihre Gefühle für ihn ganz und gar nicht der einer Tochter für ihren Vater entsprachen. Sie erhob sich geschmeidig. „Wollen Sie, dass ich für Sie tanze, Monsieur Rouston?"

Er fuhr sich mit dem Handrücken über die Stirn und lachte hilflos. Sibylla tauchte vor seinem inneren Auge auf. Mühsam erinnerte er sich, dass sie die Frau war, die er liebte, nicht diese kleine siebzehnjährige Sirene.

„Du sollst nicht für mich tanzen, Aynur", wehrte er mit schwerer Zunge ab. „Geh schlafen! Lass mich allein!"

Aber schon ertönten hinter dem Wandschirm die melodischen Klänge einer Al-rababa und dazu Tamras Stimme, die tief und heiser sang. Aynur bewegte sich auf

André zu. Ihre Arme wanden sich wie Schlangen, ihre Brüste wippten, und ihre Hüften kreisten zur Musik. Fasziniert verfolgte er, wie die Spitzen ihres langen Haares den Boden streiften, wenn sie sich mit ihrem geschmeidigen, makellosen Körper zurückbeugte.

Er fühlte sich jetzt nicht mehr träge und betäubt. All seine Sinne waren geschärft. Tamra hatte die Al-rababa beiseitegelegt und schlug, immer noch hinter dem Wandschirm sitzend, die Darbouka. Trotz des dumpfen Trommelns hörte er Aynurs Füße, die im Takt auf den Boden stampften. Ihr Atem hallte in seinem Kopf wider. Ihr Duft füllte den Raum und weckte Gier in ihm, überraschend und überwältigend. Die Silberfäden ihrer Tunika blinkten wie Sternschnuppen in seinen Augen, und die Vorstellung, dass sie nicht nur ihre Brustwarzen mit Henna gefärbt hatte, sondern vermutlich auch das glatte haarlose Dreieck zwischen ihren Schenkeln, erregte ihn.

Die Gedanken an Sibylla verschwammen und lösten sich in nichts auf. Als Aynur direkt vor ihm tanzte, langte er nach ihr. Blitzschnell wich sie aus, so dass er nur ihre Tunika zu fassen bekam. Das dünne Gewebe riss und flatterte zu Boden. Jetzt trug sie nur noch eine seidene Pluderhose. Das flackernde Licht der Lampen glitzerte auf ihren Schultern, ihren Brüsten und ihrem Bauch.

„Komm her!“, befahl er heiser.

„Jawohl, mein Gebieter.“ Sie sank langsam vor ihm auf die Knie, legte eine Hand auf seine Hose, öffnete den Verschluss und umfasste sein hartes Glied.

Er fuhr stöhnend auf, aber sie legte die andere Hand auf seine Brust und drückte ihn in die Kissen zurück.

„Liegen Sie bequem, mein Gebieter?“, fragte sie sanft. „Ja? Dann bleiben Sie liegen. Ich kümmere mich um alles.“ Sie beugte sich über seinen Schoß.

Spät am nächsten Tag stolperte André auf den Hof. Qasr el Bahia war leer und still bis auf ein paar Tauben, die auf den Dächern gurrten.

„Salam, Herr." Der Stallbursche schleppte einen Wassereimer an ihm vorbei zum Stall. André unterdrückte ein Stöhnen. Sein Kopf fühlte sich an, als würde er bei der kleinsten Bewegung zerspringen. Außerdem war ihm furchtbar übel, und er konnte sich beim besten Willen nicht mehr erinnern, wie sein Stallbursche hieß.

„He, du!" Er winkte dem Jungen. „Komm her!"

Verschüchtert gehorchte der Bursche. André packte den Eimer und kippte sich den Inhalt mit einem Schwung über den Kopf. Das Wasser war eiskalt. Er schnappte nach Luft und schüttelte sich, aber wenigstens fühlte er sich jetzt etwas wacher.

„Wo ist Feradge?", fragte er den Stallburschen. „Wo sind die Chiadma und alle Handwerker?"

„Die Karawane mit den Handwerkern und dem Leibeunuchen des Sultans ist im Morgengrauen nach Marrakesch aufgebrochen, und die Chiadma sind zu ihrem Stamm zurückgeritten. Der Scheich sagte, Sie würden Prinzessin Aynur behalten. Wenn nicht, sollen Sie nach ihm schicken", berichtete der Junge lakonisch.

André starrte ihn an. Seine Erinnerungen an die gestrige Nacht endeten bei dem Moment, als er den Raum betreten hatte, wo Aynur mit dem Abschiedsmahl auf ihn wartete. Was danach geschehen war, war in einem bodenlosen schwarzen Abgrund verschwunden, aber er hatte kein gutes Gefühl. Er blinzelte in den Himmel, verspürte einen stechenden Schmerz hinter den Augen und senkte den Kopf rasch wieder. „Wie spät ist es?"

Der Stallbursche blickte ebenfalls in den Himmel. „In zwei Stunden geht die Sonne unter, Herr."

André stöhnte erneut. Was hatten Aynur und ihre Sklavin nur gestern mit ihm gemacht? Und wo steckten sie überhaupt? Er würde sie zur Rede stellen, alle beide, so viel war sicher! Aber zuerst brauchte er einen starken Tee. Vielleicht würde es ihm auch gelingen, etwas trockenes Fladenbrot zu essen. Er wollte gerade zurück zum Haus, da hörte er Hufschlag und drehte sich mühsam um. Zwei Reiter trabten durch das Tor. Zwei Frauen. Eine saß auf einem Pferd, die andere auf dem Esel folgte etwas langsamer.

„Guten Tag, André!" Die Reiterin auf dem Pferd zügelte ihr Tier direkt vor ihm. „Deine Wegbeschreibung war wirklich gut. Wir haben Qasr el Bahia ganz leicht gefunden."

Er fühlte sich, als hätte ihn der Schlag getroffen. „Sibylla! Was tust du denn hier?"

„Nachdem wir uns sechs Wochen nicht gesehen haben, scheinst du dich nicht besonders zu freuen, dass ich hier bin", erwiderte sie gekränkt. Sie drehte sich im Sattel zu ihrer Begleiterin auf dem Esel um. „Vielleicht war meine Idee, Monsieur Rouston zu besuchen, doch nicht so gut, Nadira."

„Mais oui! Natürlich!", beeilte André sich zu erwidern. Doch der Schmerz in seinem Kopf pochte heftiger.

Sibylla musterte ihn kritisch. „Du siehst krank aus. Ich werde dir einen Tee und eine gute kräftige Suppe kochen!" Sie wollte vom Pferd steigen, aber plötzlich hielt sie inne.

Langsam drehte er sich um. Kaum zwei Meter entfernt stand Aynur, jung und schön wie die aufgehende Sonne in einem perlenbestickten Gewand mit einem dünnen roten Schleier über dem schwarzen Haar. Ihre braunen Augen glitten von André zu Sibylla und dann wieder zu André.

„Wer ist das, Liebster?", fragte sie sanft. „Ist sie deine andere Ehefrau? Oder ist sie nur deine Konkubine?"

Der Schmerz in Andrés Kopf kam einem Gewitterdonner gleich. Er blickte zu Sibylla und suchte, verzweifelt nach Worten ringend, seine Erinnerungen an die letzte Nacht.

Sie musterte ihn eisig. „Jetzt verstehe ich, was dich sechs Wochen davon abgehalten hat, mich zu besuchen! Komm, Nadira, wir wollen nicht länger stören!" Sie riss ihr Pferd herum und galoppierte durch das Tor davon.

„Sie wissen es doch auch, Herrin, nicht wahr?", begann Nadira, als sie drei Tage nach ihrer Rückkehr von Qasr el Bahia mit dem Teetablett neben Sibylla stand. „Sie erwarten wieder ein Kind."

Sibylla, die an ihrem Schreibtisch saß und über Benjamins Lieferantenlisten gebrütet hatte, stützte den Kopf in ihre Hände. „Ich habe versucht, mir einzureden, dass ich mir nur den Magen verdorben habe."

Lange hatte sie die Anzeichen nicht wahrhaben wollen. Seit Benjamins Tod war sie so beschäftigt gewesen, ihr Leben neu zu ordnen. Die bleierne Müdigkeit, das Bedürfnis, den ganzen Tag zu schlafen, und das Unwohlsein hatte sie auf die viele Arbeit geschoben, allenfalls noch auf den Kummer wegen André. Sie war so bitter enttäuscht! Zum ersten Mal in ihrem Leben hatte sie sich einem Mann geöffnet, hatte sich ihm mit Körper und Seele hingegeben. Und während sie noch voller Glück gewesen war, hatte er sich eine andere ins Bett geholt!

„Ich habe mir immer gewünscht, noch ein drittes Kind zu bekommen", sagte sie leise. „Aber jetzt... ich fühle überhaupt nichts."

Nadira stellte das Tablett behutsam auf Sibyllas Schreibtisch. „Ein neues Leben ist immer ein Geschenk,

Herrin." Sie schob ihr das dampfende Teeglas hin. „Werden Sie es Monsieur Rouston sagen, Herrin?"

Sibylla starrte sie an. „Du weißt, dass es sein Kind ist?"

Nadira senkte den Kopf. „Jawohl, Herrin."

„Wer weiß es noch außer dir?"

„Die anderen Diener ahnen nichts. Sie wissen noch nicht einmal, dass Sie schwanger sind."

„Aber dir ist es doch auch aufgefallen!"

„Ich bin auch Ihre persönliche Dienerin, Herrin!" Nadira klang gekränkt. „Natürlich habe ich die Anzeichen bemerkt. Nachdem wir bei Monsieur Rouston waren, wurde mir dann alles ganz klar."

Sibylla musste gegen ihren Willen lächeln. „Ich bin froh, dich bei mir zu haben." Sie wurde wieder ernst. „Wir beide teilen jetzt ein Geheimnis, Nadira. Aber außer uns soll es niemand wissen, hörst du? Niemand! Für alle Leute, auch für meine Familie, ist Mr. Hopkins der Vater des Kindes. Kann ich dir vertrauen, Nadira?"

Das schwarze Gesicht der Dienerin wirkte wie gemeißelt. „Mein Mund ist versiegelt, Herrin."

Als Sibylla wieder allein war, widmete sie sich den Papieren auf ihrem Schreibtisch. Zum ersten Mal, seit sie von Qasr el Bahia zurückgekehrt war, fühlte sie, wie ihre Verzweiflung nachließ. Es hatte gutgetan, sich Nadira anzuvertrauen. Von nun an ging das Leben weiter. André würde sie vergessen!

Sie vertiefte sich wieder in Benjamins Listen, als sie von Lärm und lauten Stimmen auf der Straße vor dem Haus aufgeschreckt wurde.

Sibylla schlug mit der flachen Hand auf die Tischplatte. Hatte sie denn niemals Ruhe? Zornig schob sie ihren Stuhl zurück und eilte aus dem Zimmer. Als sie sich der Tür näherte hörte sie Andrés Stimme. „Wieso darfst du mich nicht hereinlassen? Was soll der Unsinn? Mach die Tür auf!"

„Es tut mir leid, Herr. Aber das darf ich nicht", antwortete der Torwächter. „Die Herrin hat es verboten."

Er wollte die Luke zuklappen, doch André stemmte sich blitzschnell dagegen. „Den Teufel werde ich tun!", schnaubte er. „Lass mich zu ihr, wenn du nicht willst, dass die ganze Straße hört, dass ich hier bin!"

Was fiel diesem Mann ein! Erst stahl er ihr Herz, dann trampelte er darauf herum, und nun besaß er noch die Stirn, hier aufzutauchen und sie zu belästigen! Brüsk schob Sibylla Hamid beiseite und blickte direkt in Andrés Gesicht. Schrecklich schlecht sah er aus, unrasiert und blass.

„Sibylla!" Er flehte: „Lass mich ein, bitte, Liebste! Ich muss mit dir reden!"

Er wirkte so am Boden zerstört, dass es ihr fast das Herz brach. Aber dann drängten sich wieder die Bilder von Qasr el Bahia in ihre Erinnerung, wie er auf dem Hof vor ihr gestanden hatte, voll des schlechten Gewissens. Und schließlich der schreckliche Moment, als sie begriff, dass er aus den Armen einer anderen kam. Und diese Frau, die die Bezeichnung „Frau" noch gar nicht verdiente, hatte Sibylla im vollen Bewusstsein ihrer Jugend und Schönheit beleidigt, während André wie ein Dummkopf dabeigestanden und nichts unternommen hatte!

„Ich will weder mit dir reden noch dich sehen!", fauchte sie. „Geh doch zurück zu deinem, deinem…" Berberflittchen, wollte sie sagen. Aber sie schluckte das Wort herunter und knallte die Luke zu

TEIL 2
DAS ROTE GOLD DES MAGHREB
1859 BIS 1862

Wer nie jagte, nie liebte, nie den Duft einer Blume suchte und nie beim Klang der Musik erbebte, der ist kein Mensch, sondern ein Esel. (Arabisches Sprichwort)

KAPITEL ZWANZIG
LONDON IM OKTOBER 1859

Sieben Mal hallte der dunkle Glockenschlag von Big Ben über das abendliche London. Dichter Regen fiel vom pechschwarzen Oktoberhimmel und prasselte geräuschvoll auf das nasse Laub, das den Gehweg vor den schmiedeeisernen Gittern des Victoria Gate am südöstlichen Hyde Park bedeckte.

Genau gegenüber, nur durch die Piccadilly Street getrennt, lag Spencer House, die eindrucksvolle dreistöckige Villa, die Oscar Spencer, Eigentümer der Reederei Spencer & Sohn, mit seiner Familie bewohnte. Gerade fuhr wieder ein Landauer vor. Butler rannten mit aufgespannten Schirmen zum Wagenschlag, um die Gäste durch das majestätische Säulenportal ins Warme zu geleiten, während der Kutscher den Wagen ans Ende der langen Reihe am Trottoir lenkte.

Die mannshohen Sprossenfenster der ersten Etage waren hell erleuchtet. Dort befand sich der Saal. Festlich gekleidete Herren in dunklem Frack mit weißer Hemdbrust oder in Uniform füllten bereits den Raum. Die Damen in ihren duftigen Ballroben flatterten wie Paradiesvögel hin und her. Ihr Schmuck glitzerte im Licht der Kristalllüster und vergoldeten Spiegel an der anderen Längswand, das Orchester spielte Walzer, und livrierte Diener boten Champagner an.

Oscar Spencer stand in einer Gruppe bei einem der Fenster. Gut gelaunt winkte er einen Diener heran, und alle nahmen sich Gläser.

„Bevor dieses Fest zu Ehren deines Erfolges beginnt, möchte ich noch einmal ganz privat mit dir, mein lieber Neffe und mit meiner Familie anstoßen“, erklärte er feierlich und hob sein Glas. „Thomas, von heute an bist du ein fertig ausgebildeter Arzt! Möge deine Kunst stets zum Wohle der Menschen beitragen!"

Der hochgewachsene junge Mann im schwarzen Talar neigte zum Dank den Kopf. Dabei fiel ihm die Quaste des Doktorhutes in die Stirn. Sein Bruder John, genauso groß und blond wie er, zog scherzhaft daran. „Hoffentlich wirst du jetzt nicht eingebildet!"

„Da passe ich schon auf", mischte sich ein weiterer Mann ein. Er war im Alter der Brüder und von schlanker athletischer Statur. Seine bronzefarbene Haut, der kurze schwarze Bart an Wangen und Kinn und der graue Turban, den er zum Frack trug, wiesen ihn als Araber aus.

Thomas grinste. „Das glaube ich dir aufs Wort, bin Abdul. Ich freue mich schon darauf, mit dir in Mogador zu praktizieren!"

Sabri bi

n Abdul und Thomas Hopkins waren beste Freunde, seit sie als Kinder am Strand zusammen hatten Drachen steigen lassen. Später hatten sie beide Medizin studiert, Tom in London und Sabri an der berühmten Qarawiyin-Universität von Fès. Die letzten zwei Jahre hatten sie zusammen am Charing Cross Hospital praktische Erfahrungen gesammelt. Jetzt wollten sie nach Mogador zurückkehren, genau wie John, der bei seinem Onkel Oscar die Geschäfte eines Reeders und Überseekaufmanns erlernt hatte.

„Ich glaube, wir können jetzt zu Tisch." Die junge Frau neben John legte vertraulich eine Hand auf seinen Arm.

Vor drei Jahren hatte er Victoria Rhodes in der neu eröffneten National PortrAit Gallery kennengelernt. Sie waren vor dem umstrittenen Chandos-Porträt von William Shakespeare zusammengestoßen, und John hatte bald festgestellt, dass sie die Ehefrau abgeben würde, die er suchte.

Mit ihrem blassen Teint und dem aschblonden Haar stellte sie keine herausragende Schönheit dar, aber sie war gebildet und wusste zu repräsentieren. Außerdem gehörten ihrer Familie im walisischen Cardiff große Eisenwerke, die John als Teil der Mitgift betrachtete. Stahl galt als der Baustoff der Zukunft, besonders in der Schifffahrt, und er lag seinem Onkel schon lange in den Ohren, die Flotte der Reederei mit den technisch noch ganz neuen Dampfern zu modernisieren.

Vierzig Menschen nahmen an der gedeckten Tafel Platz. Blumengestecke und silberne Kerzenleuchter, funkelndes Kristall und Royal-Worcester-Porzellan schmückten den langen Tisch, und in der Küche vollbrachte Oscars französischer Koch Glanzleistungen. Gelächter und leise geführte Unterhaltungen füllten den Saal. Dazwischen erhob sich immer wieder einer der Herren, um eine Rede auf den frischgebackenen Doktor Hopkins zu halten.

„Ich wünschte, dein Großvater könnte diesen Tag erleben! Ein Jahr liegt er jetzt schon unter der Erde, aber wie stolz wäre er auf den ersten Gelehrten der Familie Spencer!“, seufzte Mary und tastete nach dem Medaillon mit der Haarlocke von Richard, ihr einziger Schmuck zu der schwarzen Witwenkleidung.

„Ich bin ebenso der erste Gelehrte der Familie Hopkins“, verbesserte Thomas seine Stiefgroßmutter sanft. Er dachte dabei an seine Mutter und seine kleine Schwester, die weit weg in Mogador lebten.

Mary ahnte, was er meinte. „Natürlich“, murmelte sie. „Die arme Sibylla hat ein schweres Schicksal, fern von England, ohne die Hilfe eines Mannes. Sie kann froh und dankbar sein, dass sie euch hat. Fünf Jahre hat sie euch nicht gesehen. Gewiss ist sie außer sich vor Freude, wenn ihr zu Weihnachten wieder bei ihr in Mogador sein werdet."

„Ist es nicht unglaublich, wie schnell die Zeit vergangen ist?", mischte Oscar sich ein. „Ich weiß noch, als wäre es gestern, wie ihr in London angekommen seid – grüne Jungs, siebzehn und achtzehn Jahre alt. Ich hoffe, dass du der Reederei Ehre machst, wenn du in Mogador mein neuer Geschäftspartner bist, John!"

John lachte. „Anfangs werde ich Mutter unterstützen. Ich glaube nämlich nicht, dass sie die Geschäftsleitung schon jetzt an mich abgibt. Handel zu treiben macht ihr viel zu viel Spaß."

Oscar schüttelte den Kopf. „Meine Schwester war in dieser Hinsicht schon immer ein wenig seltsam. Benjamin – Gott hab ihn selig – hatte ganz Recht, wenn er sagte, sie wäre ein Blaustrumpf. Vermutlich steckt eine Frauenrechtlerin in ihr."

„Das ist nicht dein Ernst, Oscar!", rief Mary schockiert aus.

„Aber gewiss, Mutter. Würde sie noch in London leben, würde sie auf der Straße für das Frauenwahlrecht streiten wie diese schreckliche Mrs. Bodichon. Ah, da kommt unser Filet de Sole, wunderbar!" Er nickte beifällig, als ein Diener die in Estragonsauce schwimmende Seezunge vor ihn stellte.

Mary beugte sich zu John und fragte leise: „Stimmt es, dass deine Mutter sich in Hosen kleidet wie ein Mann?"

John biss sich auf die Lippen, um nicht laut herauszulachen. „Wer behauptet denn so etwas? Sie trägt häufig die traditionelle Kleidung der Araberinnen, zu der auch weite Hosen gehören. Aber diese Hosen sind aus bunter Seide, mit Silber- oder Goldfäden bestickt. Kennst du Männer, die bestickte Seidenhosen tragen? Ich nicht."

„Das Ganze war wohl ein Missverständnis", murmelte Mary errötend.

Thomas nahm sein Glas und stand auf: „An dieser Stelle möchte ich einen Toast auf eine außergewöhnliche Frau ausbringen – unsere Mutter. Ihre Willenskraft, ihre Fähigkeiten als Kauffrau und nicht zuletzt ihre Liebe zu uns haben es John und mir nach dem frühen Tod unseres Vaters ermöglicht, sorglos aufzuwachsen. Auf unsere Mutter Sibylla Hopkins!"

„Und auf unsere kleine Schwester Emily!", ergänzte John. „Wir freuen uns, bald wieder bei ihnen zu sein!"

Nachdem die Tischrunde angestoßen hatte, wandte Oscar sich an den jungen Araber, der Thomas gegenübersaß: „Nun, Doktor bin Abdul, wie sagt Ihnen unsere abendländische Küche nach zwei Jahren in England zu?"

Der junge Mann lächelte verschmitzt. „Wenn Sie mich nach der englischen Küche gefragt hätten, würde ich mein Urteil lieber für mich behalten. Ihr französischer Koch allerdings hat wieder einmal bewiesen, dass man seinen Künsten blind vertrauen darf."

„Welche Aufgaben erwarten einen Arzt in Mogador?", erkundigte sich Oscars Frau interessiert.

„Nun, dieselben wie hier, nehme ich an", erwiderte Thomas. „Da die ausländische Gemeinde von Mogador mich angestellt hat, werde ich mich hauptsächlich um ihr Wohl kümmern. Wenn mir darüber hinaus Zeit bleibt, werden mein Freund bin Abdul und ich uns der Bekämpfung von Epidemien wie Cholera oder Typhus widmen, die in Mogador genauso wüten wie in unseren Slums."

Sibylla hatte die ausländische Gemeinde Mogadors überzeugt, Thomas anzustellen. Er würde der erste europäische Arzt sein und sich hauptsächlich um das Wohl der ausländischen Kaufleute kümmern.

"Und wie gedenken Sie gegen diese Seuchen vorzugehen?", fragte ein Kirchenmann in schwarzem Rock und steifem weißen Kragen.

„Indem wir es mit der Göttin Hygeia halten", antwortete Thomas. „Ich bin sicher, dass sich viele Epidemien durch konsequente hygienische Maßnahmen wie sauberes Trinkwasser und gute Belüftung der Unterkünfte verhindern lassen. Stimmst du mir zu, bin Abdul?" Er schaute zu Sabri, der nachdrücklich nickte.

Während der Reverend mit gerunzelter Stirn über Thomas' Worte nachdachte, betrat die Kinderfrau der Hopkins den Festsaal. Sie führte die vierzehn Monate alte Charlotte an der Hand. Charlottes Zwillingsbruder Selwyn trug sie auf dem Arm. Johns und Victorias Mienen wurden ernst. Charlotte war robust und lebhaft, aber ihr Bruder sehr zart, fast schwächlich. Er vertrug das feuchtkalte Klima und die verschmutzte Luft Londons nicht und litt unter Asthma. Thomas drängte John und Victoria schon lange, mit ihm nach Mogador zurückzukehren. Er glaubte, dass der kleine Junge nur in der Wärme und Seeluft Afrikas gesund werden könnte.

John beugte sich zu seiner Tochter. „Na, meine Kleine, willst du mir gute Nacht sagen?" Charlotte strahlte ihn an, und er gab ihr einen Kuss. Dann wandte er sich seinem Sohn zu. Victoria hatte ihn der Kinderfrau abgenommen. Blass und müde kuschelte er sich in die Arme seiner Mutter.

Die Kinderfrau sagte leise: „Er hat heute wieder viel gehustet. Ich ließ feuchte Tücher um sein Bett hängen, wie Doktor Hopkins angeordnet hat, um ihm das Atmen zu erleichtern."

Victoria blickte zu Thomas, der den kleinen Jungen besorgt betrachtete. Als er zum ersten Mal davon geredet hatte, dass das Klima Mogadors Selwyn guttun würde, hatte sie noch gehofft, dass John mit ihr und den Kindern in England blieb. Marokko war ein unzivilisiertes, heidnisches Land, eine viele Wochen dauernde Schiffsreise von England entfernt. Doch inzwischen hatte Selwyns Zustand sich so verschlechtert, dass sie keine andere Wahl mehr hatten, als umzuziehen. Und John wünschte sich die Rückkehr in die Stadt, die er als seine wahre Heimat betrachtete. Victoria schob ihre eigenen Bedenken beiseite und beugte sich über Selwyns aschblonde Löckchen: „In Mogador wird es dir besser gehen, mein Liebling. Dort wirst du ein starker gesunder Junge werden."

Mogador im Dezember 1859

Im großen Lagerhaus der Reederei Spencer & Sohn am Hafen von Mogador roch es nach Leder und Gerbstoffen, ein leichter Lufthauch zog durch die Fensterluken und sorgte für Trockenheit und Kühle. Hier lagerten versandfertige Häute auf Holzrosten. Zum Schutz vor Rissen und Flecken waren die Stapel mit großen Baumwolllaken abgedeckt.

Sibylla schlug das Tuch über einem der Stapel zurück, ließ sich die Öllampe von ihrem Schreiber Aladdin reichen und hielt sie dicht über die oberste Haut.

„Keine Stockflecken, kein Schimmel, gut!", murmelte sie und strich mit der anderen Hand prüfend über die weiche Oberfläche. Nicht nur Flecken und Schimmel, auch Unebenheiten minderten die Qualität. Dann nahm sie die Haut, hielt sie gegen das durch die offene Tür hereinfallende Licht und betrachtete sie stirnrunzelnd. An einigen Stellen schimmerte Helligkeit hindurch. Nach mehreren auch für Marokko sehr trockenen Jahren ließ das Leder der schlecht genährten Tiere an Geschmeidigkeit und Dicke zu wünschen übrig, obwohl die Gerber in

Fès ihr Bestes taten, wenn sie die Häute bearbeiteten. Das wusste Sibylla.

„Also, fangen wir an, zu zählen!“, entschied sie. Langsam fuhr sie mit dem Zeigefinger den Stapel hinunter, während der Schreiber geduldig mit Stift und Klemmbrett neben ihr wartete.

„Dreihundertfünfzig Stück für Champion & Wilton, London“, sagte sie über ihre Schulter zu Aladdin. Kein Sack Getreide, kein Stück Leder, keine einzige Straußenfeder durfte das Land verlassen, ohne dass zuvor ein Simsar des Kaids die von den Kaufleuten erstellten Ausfuhrlisten geprüft hatte. Später errechnete er auf dieser Grundlage Ausfuhrzölle und Steuern - eine zuverlässige Einnahmequelle für die sich stets in Geldnöten befindenden Sultane von Marokko.

„Jawohl, Herrin.“ Der junge Mann nickte und machte eine Notiz.

„Ich bin nicht deine Herrin, Aladdin.“ Sibylla drehte sich kurz um. „Du sollst mich Mrs. Hopkins nennen!“

„Gewiss, Mrs. Hopkins.“ Aladdin neigte gehorsam den Kopf.

Vor zehn Jahren hatte er sich, seinen kleinen Bruder auf dem Rücken tragend, mager und erschöpft nach Mogador geschleppt, nachdem eine grausame Dürre das Getreide noch am Halm hatte verdorren lassen. Alte und Kranke waren in ihren Dörfern verhungert, wer noch genug Kraft besaß, war in der Hoffnung auf Arbeit und Brot in die Städte geströmt.

Sibylla hatte die beiden völlig entkräfteten Kinder vor ihrem Lagerhaus aufgelesen und in ihrem Haus aufgenommen. Sie hatte Aladdin und seinem Bruder Essen und ein Dach über dem Kopf gegeben. In der Schule, die sie nach der Zerstörung Mogadors durch die Franzosen hatte bauen lassen, hatten sie lesen, schreiben und rechnen gelernt, und nun verdienten sie sich ihren Lebensunterhalt als Schreiber der Engliziya.

Sie hatte darauf bestanden, dass die Schule Jungen und Mädchen, Ausländern und marokkanischen Kindern offenstand. Bis dahin hatte es nämlich nur die arabische Zaouia und die jüdische Jeschiwa gegeben. Die Europäer hatten ihre Kinder selbst unterrichtet und später auf Internate im fernen Europa geschickt. Das war nun nicht mehr nötig und Sibyllas Ansehen sehr gestiegen, obwohl es immer noch Familien gab, die es ablehnten, sich mit Angehörigen anderer Religionen oder Nationalitäten zu vermischen.

Sibylla wandte sich den nächsten Stapeln zu, zählte und sagte zu ihrem Schreiber: „Zweihundertfünfzig Häute für Tricker Schuhe, London…"

„Bonjour, Madame!"

In der offenen Lagertür zeichnete sich der Umriss eines Mannes in Reitkleidung und derben Stiefeln ab.

Sie richtete sich auf, strich ihr Haar glatt und entgegnete ein wenig förmlich: „Guten Tag, André! Wenn du in der Stadt bist, kann das nur bedeuten, dass auf Qasr el Bahia die Safranernte eingebracht ist."

Er trat näher und küsste sie auf beide Wangen. Sein Geruch nach Sonne, Erde und Pferd stieg ihr in die Nase – der Geruch, den er immer von Qasr el Bahia mitbrachte und den sie nur mit ihm verband. Rasch trat sie einen Schritt zurück. „Ich schätze diese französischen Sitten nicht!"

Obwohl sie seit längerer Zeit wieder miteinander sprachen, legte Sibylla Wert darauf, dass ihre Verbindung rein geschäftlich blieb.

Er lächelte. „Erwartest du, dass ich eine Dame mit Handschlag begrüße wie einen Mann? Und ja, ich habe das Gewürz der Götter dabei. Ein Kilo nur für die Reederei Spencer & Sohn.“ Er klopfte mit der flachen Hand auf die Satteltasche, die zusammen mit dem Gewehr über seiner rechten Schulter hing.

Seine Bewegungen waren noch genauso elastisch wie die eines jungen Mannes, seine Gestalt kraftvoll und seine Schultern gerade. Doch seine von Wind und Sonne gegerbte Haut verriet wie das grau gesträhnte Haar und der Kranz von Falten um seine Augen, dass er in der zweiten Hälfte seines Lebens stand.

Sibylla zog die Brauen empor. „Wieder nur ein Kilo? Schade! Du könntest viel mehr verdienen, wenn du deine Anbauflächen ausschließlich für Safran nutzen würdest. Ich könnte von dieser Qualität leicht ein Vielfaches verkaufen!“

Es wollte Sibylla nicht in den Kopf, dass André, der auf seinem Land die besten Voraussetzungen für Safran vorfand, auf der Hälfte der Felder Orangen, Datteln, Getreide und Gemüse anbaute und sich damit um eine Menge Geld brachte. Obendrein verkaufte er nie die ganze Ernte, sondern behielt immer etwas zurück – seinen Notgroschen, behauptete er.

„Weißt du, wie viele Hände ich brauche, um Safran zu ernten?“, erwiderte er. „Ich habe versucht, mehr Ait Zelten anzuwerben, aber nicht alle wollen für einen Ausländer arbeiten. Dein Geschäft steht doch auch auf mehreren Beinen.“

Er spielte darauf an, dass sie nicht nur mit Leder handelte, sondern mit einer Vielzahl von Produkten. Sie exportierte außer Leder und Safran auch Getreide, Straußenfedern, Gummi Arabicum, Schafwolle und Kork, das aus den Eichenwäldern nördlich von Marrakesch stammte. All das garantierte in wirtschaftlich schwierigen Zeiten Einkünfte. Darüber hinaus pflegte sie zu ihren Lieferanten gute Beziehungen, so dass sie ihr auch treu blieben, als der Sultan vor einigen Jahren den größeren und besser schiffbaren Hafen von Casablanca für den internationalen Handel geöffnet hatte.

Sibylla zog ihr verrutschtes Schultertuch zure cht. „Wir gehen am besten in mein Kontor, und du zeigst mir deinen Safran. Ich habe nämlich nicht endlos Zeit!"

André deutete spöttisch eine Verbeugung an. „À vos ordres, Madame!"

Während er ihr zu der Treppe, die ins Obergeschoss führte, folgte, musterte er ihre hochgewachsene schlanke Gestalt und dachte, dass sie für ihn über all die Jahre eine bemerkenswerte Person geblieben war, die die selbstsichere Schönheit einer lebenserfahrenen Frau ausstrahlte. Er blickte auf ihren Nacken, dessen Haut immer noch hell und zart war. Ihr früher goldenes Haar leuchtete weißblond und war im Nacken mit einer perlenbesetzten Spange zu weichen Wellen gesteckt. Wie immer trug sie ein traditionelles arabisches Frauengewand, aber Chalwars und Kaftan waren aus kostbarer Seide gearbeitet und mit kleinen Blüten bestickt. Außer ihrer Tochter Emily war sie die einzige Ausländerin, die sich wie eine Araberin kleidete, aber inzwischen zerriss sich niemand mehr darüber das Maul.

In Mogador hatte man sich daran gewöhnt, dass Sibylla Hopkins ihren eigenen Kopf hatte. Sie galt als unnahbar und eigenwillig, als eine Frau, die enger mit den Damen im Harem des Statthalters als mit den Europäerinnen befreundet war. Manche bewunderten, wie unerschrocken sie vor Jahren mit Sultan Moulay Abd Er Rahman um das Leben ihres Mannes gestritten hatte, andere lobten, wie sie nach der Zerstörung Mogadors mit viel Geld zum Wiederaufbau der Stadt beigetragen hatte. Der unbeugsame Kaid Hash Hash hatte ihre Wohltätigkeit anlässlich der von ihr gestifteten ersten Wasserleitung Mogadors sogar öffentlich gepriesen.

Hash Hash war inzwischen tot, aber Sibylla unterhielt auch mit seinem Sohn und Nachfolger Samir – der den Beinamen el Tawfiq, der vom Glück Begünstigte, trug – gute Verbindungen. Mit Samirs Mutter Wahida und Hash Hashs erster Gattin Lalla Jasira machte sie seit vielen Jahren Geschäfte. André wusste von Sibylla, dass sie Wahida und der kinderlosen Lalla Jasira geholfen hatte, die Nachfolge Samirs gegen die Söhne von Hash Hashs anderen Frauen durchzusetzen. Zum Dank sorgten die beiden dafür, dass die Frauen weiter unbehelligt miteinander handeln durften. Damals hatten die Araber begonnen, Sibylla „die Löwin von Mogador" zu nennen.

Sie brachte Andrés Herz immer noch zum Schwingen, denn sie war eine Frau wie keine andere. Bis an sein Lebensende würde er sich nicht verzeihen, dass er so dumm gewesen war, ihre Liebe zu verspielen. Als sie endlich wieder mit ihm redete, hatte sie ihm klargemacht, dass ihre Verbindung von nun an rein geschäftlicher Natur sein würde.

Er erinnerte sich noch genau, wie glücklich er gewesen war, als sie sich fünf Jahre nach dem Desaster mit Aynur zum ersten Mal wieder allein gegenübergestanden hatten. In diesen fünf Jahren hatte er mehrmals vergeblich an ihre Tür geklopft. Er hatte ihr Briefe geschrieben, auf die er nie eine Antwort erhalten hatte. Er hatte sie in ihrem neu gebauten Kontor mit Lagerhaus aufgesucht, und sie hatte ihn nicht vorgelassen. Waren sie sich zufällig in der Stadt begegnet, hatte sie ihn ignoriert. Erst der Safran hatte sie einander wieder nähergebracht.

Sie standen vor Sibyllas Bürotür. „Bitte sorge dafür, dass ich in der nächsten Stunde nicht gestört werde!", befahl sie Aladdins Bruder, bevor sie die Tür hinter sich und André schloss.

Sie drehte sich zu André, und ihr Lächeln ließ die Strenge ihres Gesichtes weicher erscheinen. „Bei dir weiß ich wenigstens, dass ich weder Ringelblumen noch Färberdisteln bekomme."

Er hängte sein Gewehr über eine Stuhllehne, nahm die Satteltasche von der Schulter und holte einen Leinensack heraus. „Hättest du damals schon bei mir gekauft statt bei diesen Halunken aus dem Hohen Atlas, wäre dir das nicht passiert. Aber Lehrgeld ist ja bekanntlich das am besten angelegte Geld."

Während er die Verschnürung löste, breitete Sibylla ein Tuch auf der Schreibtischplatte aus. André leerte den Inhalt des Sackes vorsichtig aus, dann nahm er ein paar der zarten rotgoldenen Blütenfäden und hielt sie Sibylla unter die Nase. Sie schnupperte mit geschlossenen Augen, und er erkannte an ihrem Gesichtsausdruck, dass sie mit dem Ergebnis der Ernte zufrieden war.

Als es ihm nach einigen Jahren des Experimentierens gelungen war, Safran von allerbester Qualität zu ernten, war ihm nur eine Person eingefallen, der er das Gewürz anbieten wollte. Mit einer Probe im Gepäck hatte er Sibylla förmlich aufgelauert, als sie an einem kühlen Abend kurz vor Weihnachten ihr Büro am Hafen verlassen hatte. Sie war richtig erstarrt, als er sich ihr so unvermittelt in den Weg gestellt hatte, und fuhr ihn an: „Lass mich in Ruhe, André! Geh einfach, und lass mich ein für alle Mal in Ruhe!"

Ihr bitterer Hass hatte ihm wehgetan, aber er wusste, dass er ihn verdiente. „Ich würde vor dir auf die Knie fallen und dich um Verzeihung bitten, wenn ich nicht genau wüsste, dass das bei dir nicht das Geringste ausrichtet. Also habe ich dir etwas mitgebracht, das vielleicht beim Verzeihen hilft."

„Vielleicht weißt du das nicht, aber es gibt Dinge, die zu schwer wiegen, als dass man sie verzeihen könnte!", hatte sie geblafft und wollte sich an ihm vorbeidrängen. Aber er hatte sich ihr in den Weg gestellt. „Sieh dir wenigstens an, was ich habe! Wenn du es nicht willst, werde ich dich nicht mehr behelligen."

Sie hatte nachgegeben und André in ihr Kontor geführt, und sie hatten so wie heute vor ihrem Schreibtisch gestanden. Er hatte ihr seinen Safran gezeigt und erklärt, wann man die kleinen Knollen pflanzen musste und dass unendlich viele nötig waren, um nur ein einziges Kilo Safran daraus zu gewinnen. Man konnte die wertvollen Fäden nur am ersten Tag der Blüte ernten, frühmorgens, damit die Sonne sie nicht verbrannte. Nach wenigen Worten hatte er bemerkt, wie interessiert Sibylla ihm lauschte, und als sie nach dem Preis fragte, wusste er, dass er gewonnen hatte.

„Was sagst du zur diesjährigen Ernte?", fragte er gespannt.

Sie öffnete die Augen. „Aromatisch, etwas bitter mit einer Spur Honigduft. Sehr gut! Aber das habe ich auch nicht anders von dir erwartet. Wie vereinbart biete ich dir einhundert Pfund Sterling."

„Warum hast du es so eilig?" André schob das Tuch mit dem Safran beiseite und beugte sich zu ihr über die Tischkante. „Erzähl mir lieber, wie es dir geht. Wir haben uns fast ein ganzes Jahr nicht gesehen."

Sibylla schwieg. Die steile Falte, die sich erst in ihre Stirn gegraben hatte, seit er sie so unsagbar gekränkt hatte, vertiefte sich.

„Hast du schon Vorbereitungen für Weihnachten getroffen?", wagte er einen weiteren Versuch.

Erleichtert merkte er, dass die Strenge sich löste. Sie nickte. „Dieses Jahr feiere ich ganz groß. Thomas und John kommen nach Hause. Ich erwarte sie jeden Tag zurück. John bringt seine Familie mit, seine Frau Victoria und die beiden Kleinen. Ich bin seit einem Jahr Großmutter, André, und habe meine Enkel noch nie gesehen, kannst du dir das vorstellen?" Jetzt strahlte sie sogar.

„Wenn ich dich mit meiner alten Mémé vergleiche, wie sie im Winter vor dem Feuer saß und mit gichtigen Fingern Socken strickte, ehrlich gesagt nicht", erwiderte er. „Ich denke, deine Schwiegertochter wird von dir überrascht sein – im besten Sinne natürlich."

„Du schmeichelst mir, André Rouston. Victoria kommt aus London. Vermutlich hält sie mich für rückständig und weltfremd."

„Das kann ich mir beim besten Willen nicht vorstellen!"

Entzückt bemerkte er, wie ihre Wangen sich rosig färbten, und setzte hinzu: „Ich habe übrigens gerade Emily am Hafen gesehen. Sie hat die Fischer gezeichnet. Ich muss sagen, deine Tochter wird immer schöner. Ist sie wirklich schon achtzehn?"

Sibyllas Gesicht verschloss sich. „Was ist nun mit dem Safran? Akzeptierst du meinen Preis?"

André unterdrückte ein Seufzen. Die unbeschwerte Stimmung zwischen ihnen war verschwunden. Wie immer, wenn er Emily erwähnte. Dabei wollte er Sibylla so viele Fragen über ihre Tochter stellen. Aber jedes Mal, wenn er auf dieses Thema kam, baute sie die Mauern um sich wieder auf.

KAPITEL EINUNDZWANZIG

Emily Hopkins saß auf der Kaimauer, schob sich eine getrocknete Dattel in den Mund und blickte auf das Lagerhaus, in dem André Rouston verschwunden war. Sie mochte Monsieur Rouston wirklich gern. Er interessierte sich für sie, fragte immer, wie es ihr ginge, und brachte ihr jedes Mal ein kleines Geschenk mit. Heute waren es Datteln von seinem Gut.

Als Emily jünger gewesen war, hatte sie sich manchmal vorgestellt, Monsieur Rouston wäre ihr Vater. Von ihrem wirklichen Vater Benjamin Hopkins wusste sie kaum etwas, außer dass er vor ihrer Geburt bei der Bombardierung von Mogador ums Leben gekommen war. Ihre Mutter redete nicht gern über ihn. Aber Firyal hatte ihr erzählt, dass er ein feiner Herr gewesen und wie ein Held gestorben wäre.

„El Sayyid Hopkins war sehr stattlich", hatte sie andächtig gesagt. „Es war meine Aufgabe, mich um seine Anzüge zu kümmern. Er besaß elegante Anzüge aus England, nicht die Kittel, die die arabischen Männer tragen. Er war auch größer als ein arabischer Mann und hatte nicht so struppige schwarze Haare. Die Haare des Herrn waren wie Gold."

Leider hatte Emilys Mutter Firyal dabei erwischt, wie sie vom Herrn geschwärmt hatte, und sie sofort in die Küche geschickt. Danach hatte Firyal nicht mehr von Emilys Vater gesprochen.

Die andere Dienerin, Nadira, erwähnte den Herrn auch nie. „Die Herrin will nicht, dass über den verstorbenen Herrn geredet wird", hatte sie Emily erklärt. „Es bereitet ihr Schmerz."

Ein einziges Mal hatte Emily ihre Mutter gefragt, ob ihr eigentlich aufgefallen wäre, dass sie und Monsieur

Rouston dieselben dunklen lockigen Haare hatten. Leider war ihre Mutter so ärgerlich geworden, dass Emily solche Beobachtungen nie wieder erwähnte.

Sie nahm sich noch eine Dattel und blickte zu dem Fischer, der in seinem kleinen am Kai vertäuten Kahn hockte und sein Netz flickte, ohne sich von dem leichten Schaukeln des Bootes stören zu lassen. Das Netz lag aufgewickelt neben ihm, aber er breitete es Meter für Meter auf seinem Schoß aus und untersuchte das Maschenwerk sorgfältig nach Rissen.

Emily wandte sich dem Block auf ihren Knien zu, nahm ihren Kohlestift und begann, zu zeichnen. Erst fertigte sie eine grobe Skizze an, dann widmete sie sich den Feinheiten. Sie fing die von Wind und Wetter gegerbten Züge des Fischers ein, die vom anstrengenden Leben auf dem Meer erzählten, aber auch die Konzentration, mit der er sein Arbeitswerkzeug reparierte. Sie zeichnete seinen gebeugten Rücken, seine gekrümmten Finger, die die große Holznadel mit dem Garn durch die Löcher schoben, um die Maschen neu zu verknüpfen.

Seit Emily denken konnte, hatte sie leidenschaftlich gern gemalt. Sie hatte ihre Märchenbücher vollgekritzelt, die weiß gekalkten Wandflächen ihres Zimmers, und später in der Schule hatte sie statt Zahlen und Buchstaben Figuren und Landschaften auf ihre Schiefertafel gemalt. Ihr Lehrer war sehr ungehalten gewesen, als er sein Porträt mit unschmeichelhafter Knollennase in Emilys Rechenbuch entdeckt hatte, aber ihre Mutter hatte später mit ihr darüber gelacht. Danach hatte sie ihr Buntstifte und Zeichenpapier aus England bestellt und ein Buch, aus dem Emily lernte, wie sie aus geometrischen Figuren Menschen und Tiere entwickeln konnte, wie sie Perspektiven einhielt und Größenverhältnisse anpasste.

Doch dabei handelte es sich um eine erlernte Technik. Den Ausdruck, den ihre Zeichnungen besaßen, hatte ihr niemand beigebracht. Monsieur Rouston hatte einmal gesagt, dass sie die Seele ihrer Motive erspürte und in ihren Bildern sichtbar machte, und zu ihrem fünfzehnten Geburtstag hatte er ihr eine Staffelei, Leinwände, Pinsel und Farben geschenkt.

Besonders gern zeichnete Emily am Hafen oder im Souk, dort, wo buntes Treiben herrschte. Viele Bewohner Mogadors kannten sie und ließen sich gern porträtieren, doch andere mochten es nicht, weil sie es als Frevel gegen Allah, den alleinigen Schöpfer alles Lebendigen, betrachteten.

Der Fischer an der Kaimauer hatte nichts dagegen, dass Emily ihn zeichnete. Immer wieder blickte er freundlich in ihre Richtung. Mit wenigen Strichen skizzierte sie den Faltenwurf seines Kittels und verwischte mit dem Daumen ein paar Linien, um Schatten anzudeuten. Schließlich war die Zeichnung fertig. Sie kritzelte ihren Namen und das Datum auf den unteren Rand und steckte das Bild in eine lederne Mappe, die neben ihr auf dem Kai gelegen hatte. Dann stützte sie die Hände auf den rauhen Stein der Mauer, lehnte sich zurück und genoss die Sonnenwärme auf ihrer Haut und den Wind, der mit ihren Locken spielte.

In drei Monaten wurde sie neunzehn, und sie fand, dass sie allmählich wissen sollte, was sie mit ihrem Leben anfangen wollte. Von ihren gleichaltrigen Schulkameradinnen waren die meisten mit ihren Müttern nach dem Ende der Schulausbildung nach Europa gereist, um in die Gesellschaft eingeführt zu werden und passende Ehemänner kennenzulernen. Einige hatten ihr bereits geschrieben, dass sie sich verlobt hatten. Johns Frau Victoria war nur ein Jahr älter als Emily und sogar schon

Mutter! Emily hingegen verspürte den Wunsch nach Heirat und Mutterschaft noch nicht und war froh, dass ihre eigene Mutter sie nicht dazu drängte. Ihr sehnlichster Wunsch war es, eine Kunstakademie in Europa zu besuchen und Malerei zu studieren, vielleicht auch etwas über die neue Kunst der Fotografie zu lernen.

Vor einiger Zeit hatte sie mit ihrer Mutter darüber gesprochen. „Warum nicht?", hatte Sibylla zu Emilys großer Freude geantwortet. „Aber jetzt geht es nicht. Du kannst nicht allein nach Europa reisen, und ich kann die Geschäfte hier nicht sich selbst überlassen. Wenn deine Brüder aus England zurückkommen und John mehr Arbeit für die Reederei übernehmen kann, sprechen wir noch einmal darüber."

Nun kamen Thomas und John aus England zurück, und Emily hoffte, dass ihre Mutter ihr Versprechen bald einlösen würde.

Ein Schatten fiel auf ihr Gesicht. Sie öffnete die Augen und sah Mr. Philipps, den Hafenmeister, neben sich stehen.

„Guten Tag, Miss Hopkins. Gerade habe ich Nachricht erhalten, dass die Urania durch die Hafeneinfahrt manövriert. Wenn ich nicht irre, eine gute Nachricht." Er zwinkerte ihr freundlich zu.

Emily sprang auf. „Tom und John sind zurück! Endlich! Ich sage sofort Mutter Bescheid! Vielen Dank, Mr. Philipps!"

„Unvorstellbar, dass Kaiser Nero bei seinem Triumphzug die Straßen Roms mit Safran bestreuen ließ", bemerkte André und fuhr mit seinen Fingern durch die winzigen getrockneten Stempelfäden. Vor wenigen Wochen noch waren sie im Herzen der kleinen Krokuspflanzen versteckt gewesen, die auf seinen Feldern einen dichten blasslila Blütenteppich gebildet hatten. Bald würden sie verwöhnten Gaumen in Speisezimmern und Restaurants auf der ganzen Welt schmeicheln.

„Bei den Mengen, die er dafür brauchte, vermute ich, dass er heimlich auf Ringelblumen oder Ähnliches zurückgegriffen hat“, entgegnete Sibylla trocken. Sie ergriff ihren Schlüsselbund, öffnete einen mit Vorhangschloss und Kette gesicherten schweren Holzschrank, nahm zwei runde Tongefäße und eine Waage heraus und stellte alles auf ihren Schreibtisch. Dann wog sie den Safran nach, füllte ihn in die beiden Töpfe und stellte sie wieder in den Schrank.

Sie rüttelte prüfend am Vorhängeschloss. „Darf ich dir noch eine Tasse Tee anbieten? Ich weiß, dass anlässlich unseres Geschäftsabschlusses Champagner angebracht wäre, aber wir sind in Marokko…“

„Avec plaisir“, erwiderte André erfreut. „Tee ist perfekt.“

„Und wie sind deine Geschäfte dieses Jahr gelaufen?“, erkundigte er sich, als das dampfende, von Aladdins Bruder zubereitete Getränk auf ihrem kleinen Besprechungstisch stand.

„Bitte nimm Platz!“ Sie wies auf einen niedrigen Tisch in einer Ecke des Raumes, an dem einige Stühle standen. „Wenn ich ehrlich bin, war das Jahr durchwachsen. Unter dem Strich habe ich zwar keine Verluste für Spencer & Sohn gemacht, aber wegen der Dürrejahre hat die Qualität von Leder, unserem Hauptexportartikel, doch sehr gelitten.“

Er grinste. „Die Klage ist des Kaufmanns Gruß. Ich bin sicher, dass dein Bruder in London trotzdem zufrieden sein wird. Er weiß, dass er für den Marokkohandel niemand Besseren als dich finden kann!“

„Ich glaube, da hast du recht.“ Sie war geschmeichelt.

„Natürlich habe ich das! Wäre er nicht zufrieden, hätte er jemand anders an deiner Stelle nach Mogador geschickt."

„Mein Vater hat das versucht. Und sogar er musste schließlich zugeben, dass ich einen guten Sinn fürs Geschäft habe. Apropos – wenn du nicht auf deinen halben Anbauflächen Gemüse statt Safran pflanzen würdest, könntest du einer der reichsten Männer Marokkos sein."

„Touché!" André hob die Hände. „Geld bedeutet mir eben nicht alles."

Sibylla trank einen kleinen Schluck Tee. „In diesen Zeiten verkaufen sich Luxuswaren am besten. Die Frauen von Kaid Samir fertigen die entzückendsten Stickereien für mich, die du dir vorstellen kannst." Begeisterung klang aus ihrer Stimme. „In Europa reißen sich modebewusste Damen um Taschentücher, Schals und Kissen, die von zarten Fingern in einem orientalischen Harem gefertigt wurden. Zurzeit verhandle ich mit Stickerinnen in Fès und Marrakesch, weil die Nachfrage so groß ist. Leider stehe ich in Konkurrenz mit Kaufleuten aus Casablanca, und da der dortige Hafen größer und moderner ist, habe ich keinen leichten Stand, und Sultan Sidi Mohammed ignoriert alle Eingaben, die ich wegen eines Ausbaus des hiesigen Hafens gemacht habe."

Im August war Moulay Abd Er Rahman, der Marokko siebenunddreißig Jahre lang regiert hatte, gestorben, und sein Sohn Sidi Mohammed IV war ihm auf den Thron gefolgt. Der neue Herrscher war bereits ein gesetzter Mann von siebenundfünfzig Jahren und hatte ein schweres Erbe angetreten. Sein Land war hochverschuldet, die Bevölkerung nach Missernten und einer verheerenden Cholera-Epidemie unzufrieden und zur Revolte bereit. Gleichzeitig konkurrierten Frankreich, England und seit neuestem Preußen um den größtmöglichen Einfluss in seinem Land. Ihre Konsuln in Mogador und Tanger redeten ganz offen darüber, dass es nur noch eine Frage der Zeit wäre, bis einer der drei Staaten Marokko seinem Kolonialreich einverleibte.

André hatte seine Tasse geleert und erhob sich. „Es war schön, mit dir zu plaudern, Sibylla."

Auch Sibylla stand auf. „Wie lange bist du noch in Mogador?"

„Eine Woche. Ich habe eine lange Einkaufsliste mitbekommen. Wahrscheinlich brauche ich einen Packesel, um alles nach Hause zu schaffen."

Zu spät bemerkte er, dass Sibyllas Wangen sich gerötet hatten, und er hätte sich ohrfeigen können. Er wusste doch, dass jede Erwähnung seiner Familie in Qasr el Bahia den empfindlichen Frieden zwischen ihnen ins Wanken brachte.

Kühl erklärte Sibylla: „Ich muss ohnehin ins Lager. Wenn ich dem Simsar des Kaids keine Zahlen liefere, darf ich mein Leder morgen nicht verschiffen. Auf Wiedersehen, André. Ich wünsche dir frohe Weihnachtstage."

Er wollte sich bedanken, aber sie war schon an ihm vorbei, und er blickte nur noch auf ihren Rücken.

Während Sibylla die Treppe hinunterstürmte, fragte sie sich, ob sie ihm je verzeihen würde, dass er sie mit Aynur betrogen hatte.

Ein einziges Mal hatte es einen Moment gegeben, in dem sie dazu bereit gewesen war: Als sie zum ersten Mal ihre neugeborene Tochter im Arm hielt, ein winziges Bündelchen mit dem dunklen Lockenschopf ihres Vaters. Doch ein paar Wochen später hatte Nadira ihr berichtet, dass man sich auf dem Souk erzählte, dass Andrés Frau auf Qasr el Bahia ein kleines Mädchen zur Welt gebracht hatte, nur sechs Wochen, nachdem Emily geboren war. Danach hatte Sibylla sich schlimmer betrogen denn je gefühlt. Hätte André sie nicht fünf Jahre später beinahe angebettelt, seinen Safran zu begutachten, würde sie bis heute kein Wort mit ihm wechseln.

Sibylla wollte die Lagertür öffnen, aber in diesem Moment flog sie auf, und Emily stürzte herein. „Die Urania ist da, Mutter! Tom und John sind zurück!"

André, der Sibylla gefolgt war, konnte den Blick nicht von ihr wenden. Emily war eine sehr hübsche junge Frau und eine außergewöhnliche Erscheinung. Ihr langes schwarzes Haar trug sie offen, hatte es nur mit einem bunten Tuch aus dem Gesicht gebunden. Ihre Augen waren von einem tiefen fast lila wirkenden Blau. Wie ihre Mutter bevorzugte sie arabische Frauenkleidung, aber bunt und strahlend, so wie ihre Bilder. Von weitem hätte man sie für ein Berbermädchen halten können, allerdings war sie größer und hatte diese ungewöhnliche Augenfarbe, die er bei den Einheimischen noch nie gesehen hatte.

André hatte sie von dem Moment an in sein Herz geschlossen, als er sie zum ersten Mal gesehen hatte, eine fröhliche Fünfjährige, die voller Vertrauen seine Hand genommen und ihm ihre Spielsachen gezeigt hatte. Er fühlte dieselbe starke Liebe für sie wie für seine vier Kinder mit Aynur. Doch Emily war Benjamin Hopkins Tochter - behauptete zumindest Sibylla. Er jedoch konnte rechnen und wusste, dass eine Schwangerschaft neun Monate dauerte und nicht fast elf, wenn es stimmte, dass sie Benjamin zum letzten Mal Ostern 1840 gesehen hatte. Vor Jahren hatte er vorsichtig versucht, mit Sibylla über Emilys Vater zu sprechen. Aber sie war geradezu zur Salzsäule erstarrt und hatte ihm gedroht, er dürfte Emily nie wiedersehen, wenn er ihr Flausen in den Kopf setzen wollte. Aber als Emily älter wurde, wuchs die schmerzliche Gewissheit, dass sie sein Kind war. Sie war so anders als Benjamin Hopkins, und André sehnte sich danach, dass die Wahrheit ans Tageslicht kam. Andererseits wollte er weder Sibylla in Verruf bringen noch Emilys Zukunft mit einem Skandal ruinieren. Also hielt er sich zurück und sagte sich, dass Benjamin Hopkins zumindest auf dem Papier der bestmögliche Vater für Emily war.

Sibylla riss ihn aus seinen Gedanken: „Entschuldige, wenn ich mich jetzt verabschiede, André, aber ich möchte meine Familie begrüßen."

Er nickte höflich. „Natürlich, du hast sie viel zu lange nicht gesehen. Bitte bestell ihnen meine herzlichen Grüße. Joyeux Noël à toute la famille."

„Das ist deine Mutter?", wisperte Victoria ungläubig. Sie saß neben ihrem Ehemann auf einem glitschigen Brett in einem kleinen Boot, das sie von der Urania an Land brachte.

„Ich habe meine Mutter zwar fünf Jahre nicht gesehen, aber ja, ich würde sagen, das ist sie", erwiderte John trocken. „Und daneben steht meine Schwester Emily. Der ältere Mann im schwarzen Kaftan ist der Hafenmeister, Mr. Philipps. Esel, mit denen wir heimreiten können, und Gepäckträger für uns stehen auch bereit." Er blickte zu den drei Grautieren, die mit ihrem arabischen Treiber im Hintergrund warteten.

„Wir sollen auf Eseln reiten?", rief Victoria entsetzt aus. „Das kann nicht dein Ernst sein! Hat deine Mutter denn keinen Wagen?"

John wollte sich ausschütten vor Lachen. „Eine Kutsche würde ihr hier überhaupt nichts nützen. Die Gassen der Medina sind dafür viel zu eng. Ganz abgesehen davon sind die Straßen im ganzen Land sehr schlecht. Nach hundert Yards hätten wir einen Achsenbruch. Nein, liebe Victoria, in der Stadt gehen wir gewöhnlich zu Fuß, müssen wir übers Land, reiten wir. Du wirst dich daran gewöhnen!"

Während Victoria versuchte, diese Nachricht zu verdauen, musterte sie ihre Schwiegermutter und ihre Schwägerin. Sie sahen sehr ungewöhnlich aus, was vor allem daran lag, dass sie nicht wie Victoria gekleidet waren, die ein Kleid mit Korsett und weiter Krinoline und dazu einen schicken federgeschmückten Hut gewählt hatte. Sie trugen – ja, was eigentlich? - Nachthemden mit einer Hose darunter? Hüte hatten sie ebenfalls nicht auf. Über dem Haar ihrer Schwiegermutter lag lediglich ein Schal, Emily hatte nur ein buntes Tuch um ihre Locken geschlungen. Mit dem im Wind wehenden schwarzen Haar glich sie – Victoria suchte vergeblich nach einem freundlicheren Ausdruck – einer Zigeunerin. Unfassbar, dass diese beiden Frauen einer der angesehensten Kaufmannsfamilien Englands angehörten!

Wenn ich das Mutter schreibe, wird sie es nicht glauben, dachte sie und schüttelte schockiert den Kopf.

Sie hatte noch keinen Fuß in dieses Land gesetzt und fühlte sich schon fremd hier. Da waren all die finster aussehenden Araber mit ihren schwarzen Augen und struppigen schwarzen Bärten. Und dann die halbnackten Sklaven, die ihr Boot ruderten! Ein skandalöser Anblick! Verschämt begutachtete sie die nackten Oberkörper der Männer, deren pechschwarze Haut vor Schweiß glänzte. Sie wurde schon verlegen, wenn sie ihren eigenen Mann derartig entblößt sah, aber fremde Männer…

Mit einem kleinen Ruck dockte das Boot an der Kaimauer an.

„Da wären wir!“ John erhob sich, reichte seiner Frau die Hand und half ihr an Land. Dann nahm er Charlotte auf den Arm, während die Kinderfrau Selwyn trug. Zum Schluss folgten Thomas und Sabri.

Sibylla kam mit einem strahlenden Lachen auf sie zu. Doch die Begrüßung ging in abscheulichen Klagelauten unter. Victoria bedeckte erschrocken ihre Ohren. Aber außer ihr und der Kinderfrau schien sich niemand gestört zu fühlen. Irritiert beobachtete sie, wie der Eseltreiber und die Gepäckträger, die am Kai gewartet hatten, kleine Teppiche auf dem Lehmboden ausbreiteten. Sie klaubten etwas Staub vom Boden und rieben sich damit über Gesicht und Arme, als würden sie sich waschen, und knieten sich dann auf ihre Teppiche, die Stirn auf die Erde gelegt, wobei sie leise vor sich hinmurmelten. Nach wenigen Minuten erhoben die Mauren sich wieder, rollten ihre Teppiche zusammen und fingen an, sich Kisten und Körbe aufzuladen, als wäre nichts gewesen. Victoria, die das Ganze misstrauisch verfolgt hatte, fragte sich, was für eine seltsame Beschwörung da wohl stattfand.

„Die Männer sind dem Aufruf des Muezzins zum Mittagsgebet gefolgt. Araber beten fünfmal am Tag zu ihrem Gott. Sie gehen dieser Pflicht mit Ernst und Feierlichkeit nach“, erklärte Sibylla, die sie beobachtet hatte.

Victoria sah sie nur groß an, und Sibylla fuhr fort: „Du wirst dich an die fremden Sitten hierzulande gewöhnen.“ Sie umarmte ihre Schwiegertochter. „Du bist also Johns Frau. Ich freue mich, dich endlich kennenzulernen und dir von nun an eine zweite Mutter zu sein! Hattet ihr eine angenehme Reise? Ich erinnere mich gut, wie eng und unbequem es auf einem Segelschiff ist!“

„Um ehrlich zu sein, war die Reise eine Tortur. In der Nordsee stürmte es so, dass ich Angst hatte, wir würden Schiffbruch erleiden“, berichtete Victoria.

Sibylla nickte mitfühlend. Dann wandte sie sich den beiden kleinen Kindern zu: „Und ihr seid meine Enkel, Charlotte und Selwyn. Wollt ihr eurer Großmutter guten Tag wünschen?"

Das kleine Mädchen erwiderte ihren Blick neugierig. Selwyn aber versteckte das Gesicht an der Schulter seiner Kinderfrau. Sibylla streichelte ihm über das Köpfchen.

„Du musst keine Angst vor mir haben, kleiner Mann. Schau mal, das große Storchennest dort drüben. So etwas gibt es in London nicht." Sie zeigte auf den Turm der Kasbah. Zögernd wandte der Kleine den Kopf, gleich darauf schüttelte ihn ein Hustenanfall.

„Na, na, na! Da ist noch die schmutzige Londoner Luft in deiner Lunge. Keine Sorge, in diesem Klima wirst du gesund." Sibylla nahm Selwyn aus den Armen seiner Kinderfrau und streichelte seinen Rücken.

Victoria beobachtete verblüfft, wie ihr Sohn sich vertrauensvoll an Sibylla schmiegte. „Fremden gegenüber ist er sonst sehr zurückhaltend."

„Oh, wir sind doch keine Fremden, wir verstehen uns schon sehr gut, nicht wahr, Selwyn?" Sibylla küsste den Kleinen noch einmal und reichte ihn der Kinderfrau zurück.

„Guten Tag, Mutter. Hast du jetzt endlich Zeit für deinen Sohn?", scherzte John. Der Zweiundzwanzigjährige sah er seinem Vater so ähnlich, dass Sibylla sich einige verwirrende Sekunden in die lange zurückliegende Zeit versetzt fühlte, als Benjamin ihr den Hof gemacht hatte. Mit Tränen in den Augen schloss sie ihren jüngeren Sohn in die Arme. „Ich bin so glücklich! Jetzt feiern wir doch alle zusammen Weihnachten."

Thomas und Sabri standen nebeneinander auf dem Kai. „Du betest nicht, mein Freund?", fragte Thomas verwundert.

„Für mich hat Gott keine Religion“, erwiderte der junge Araber. „Ich spreche oft zu Allah, aber nicht immer dann, wenn der Koran es vorschreibt.“

„Deinem Vater hätte diese Antwort nicht gefallen“, bemerkte Thomas nüchtern. Sabris Vater, Abdul bin Ibrahim leitete die Zaouia von Mogador. Außerdem hatte er die Pilgerreise nach Mekka absolviert und durfte sich Hadj nennen. In der Stadt zählte er zu den angesehensten Männern.

„Ich bin ein Sohn zweier Welten“, erklärte Sabri. „Wie du weißt, gehörte meine Mutter der christlich-orthodoxen Kirche ihres Landes an. Erst als sie die zweite Frau meines Vaters wurde, trat sie zum Glauben des Propheten über.“

Sabris Mutter Almaz stammte aus Abessinien. Sein Vater hatte sie während seiner Pilgerreise auf einem Sklavenmarkt bei Mekka gekauft und nach Mogador gebracht. Nachdem sie Sabri, Hadj Abduls einzigen Sohn, geboren hatte, hatte er sie zu seiner zweiten Frau genommen.

Thomas klopfte seinem Freund leicht auf die Schulter. „Da kommt meine Mutter. Sie will dich gewiss begrüßen!“

Sabri wandte lächelnd den Kopf, doch sein Blick traf nicht auf Sibylla, sondern auf Emily. Seit er nach Fès gegangen war, um dort arabische Heilkunde zu studieren, hatte er sie nicht mehr gesehen, und er erkannte sie kaum wieder. Aus dem dünnen kleinen Mädchen mit endlos langen Armen und Beinen war eine Frau geworden. Sie schaute ihn ebenfalls an und senkte aber sofort den Blick. Eine zarte Röte überzog ihre Wangen, und mit einer anmutigen Handbewegung warf sie ihr Haar zurück. Ein Sonnenstrahl blitzte in ihren Ohrringen, und Sabri fiel auf, dass sie dieselbe ungewöhnliche Farbe hatten wie ihre Augen. Er wollte unbedingt, dass sie ihn noch einmal mit ihren amethystblauen Augen ansah, und gerade als ihm dieser Wunsch durch den Kopf ging, tat sie es. Dabei lächelte sie verschmitzt, und er bewunderte ihre makellosen weißen Zähne und das zarte Grübchen in ihrem Mundwinkel.

„Doktor bin Abdul. Wie schön, dass Sie zurück in Mogador sind!", begrüßte Sibylla ihn freundlich.

Mühsam riss er sich von Emilys Anblick los und verneigte sich vor der Mutter seines Freundes. „Asalamu alaikum, Mrs. Hopkins."

Emily begrüßte inzwischen ihre Brüder. Sie schien voller Leben. Allein sie anzusehen, erfüllte Sabri mit Freude. Nachdem sie Victoria umarmt hatte, wandte sie sich endlich ihm zu: „Asalamu alaikum, Doktor bin Abdul."

Er verbeugte sich: „Miss Hopkins, sind Sie es wirklich – die kleine Emily von früher?

„Klein bin ich nun wirklich nicht mehr, Doktor bin Abdul. Ich bin erwachsen", erwiderte sie schelmisch.

Er nickte ernsthaft. „Wahrhaftig, Miss Hopkins! Sie sind eine junge Dame geworden und schöner als alle Sterne am Firmament."

Ihre Koketterie war von einer Sekunde zur anderen wie weggeblasen. Plötzlich verlegen, fehlten ihr die Worte. Sie schaute Sabri an, als hätte er sie hypnotisiert.

Sibylla entging nicht, dass der junge Araber tiefen Eindruck auf ihre Tochter machte. Sabri war ein ehrenwerter junger Mann, sein Vater eine hoch geachtete Persönlichkeit in Mogador. Aber was bedeutete es für Sabri und Emily, wenn sie sich ineinander verliebten? Ein Muslim und eine Christin. Was würde Emily erwarten, wenn sich zwischen ihr und Sabri dauerhafte Liebe und der Wunsch nach einer gemeinsamen Zukunft entwickelte? Musste sie zum Islam übertreten? Oder sogar ein Leben als rangniedere Konkubine führen?

Sibylla hatte Emily zu einer selbständigen jungen Frau erzogen. Ganz gewiss wollte sie nicht, dass ihre Tochter in einem Harem versteckt wurde. Sie legte einen Arm um Emily. „Es wird Zeit, nach Hause zu gehen, Liebes. Ma'asalama, Doktor bin Abdul. Bitte grüßen Sie Ihre verehrten Eltern.“

„Ma'asalama.“ Sabri verneigte sich zum Abschied.

Emily warf ihm einen letzten Blick zu. Ohne es zu merken, entfuhr ihr ein leises Seufzen.

Kapitel Zweiundzwanzig
Mogador im Juli 1860

„Wir werden nie eine neue Kinderfrau für Charlotte und Selwyn bekommen! In diesem Land will niemand arbeiten, und wenn wir noch so gut zahlen!“

Victoria drückte die Tür zu Johns Arbeitszimmer unsanft zu und warf einen Brief auf seinen Schreibtisch. Ihr Mann sah irritiert von seinen Papieren auf.

„Hier hast du es schwarz auf weiß: Großmutter Mary schreibt, dass sich auf ihre Anzeige zwanzig Gouvernanten mit hervorragenden Referenzen vorgestellt haben, aber wenn sie hörten, dass die Stellung in einem afrikanischen Land angetreten werden soll, haben sie ihr eine Absage erteilt!“

John wollte sich auf ein wichtiges Gespräch mit dem Hafenmeister, dem Statthalter und Konsul Willshire vorbereiten und dabei nicht gestört werden. Er wusste ja, dass Victoria in Mogador nicht glücklich war, doch das schob er darauf, dass sie sich noch nicht richtig eingelebt hatte. Seit die Gouvernante der Zwillinge Hals über Kopf gekündigt hatte und zurück nach England gereist war, genügte der geringste Anlass, damit sie sich maßlos aufregte.

„Bitte beruhige dich!“, bat er so beherrscht wie möglich. „Nadira kümmert sich doch hervorragend um die Kinder. Und meine Mutter unterstützt dich nach Kräften.“

„Dir mag es ja genügen, dass eine Schwarze unsere Kinder großzieht“, fauchte Victoria. „Aber willst du auch, dass sie Mauren aus ihnen macht? Heute Morgen ertappte ich sie dabei, wie sie Charlotte gezeigt hat, wie man hierzulande betet! Ich will eine englische Kinderfrau,

John, eine, die weiß, was sich gehört, und die unsere Kinder zu Engländern erzieht!"

„Nun übertreibst du aber! Nadira hat mich und meine Geschwister ebenfalls großgezogen, und sind wir wie Araber geworden?"

„Sie bringt den Kindern gottloses heidnisches Verhalten bei!"

„Das halte ich für völlig übertrieben!" John hätte den Klagebrief seiner Stiefgroßmutter, der hier für so viel Wirbel sorgte, am liebsten in den Papierkorb befördert, aber er legte ihn mit scheinbarem Gleichmut beiseite, packte seine Unterlagen zusammen und schob sie in eine lederne Mappe. „Ich muss das Thema leider beenden, Liebes. Ich habe gleich einen wichtigen Termin." Bis zu der Besprechung waren noch zwei Stunden Zeit, aber er würde sich im Kontor der Reederei am Hafen vorbereiten, wo er wenigstens seine Ruhe hatte.

Victoria sank mit einem Aufschluchzen auf das Sofa an der Wand. „Für mich ist das Thema keineswegs beendet. Nie hast du Zeit für mich, nie ein offenes Ohr für meine Sorgen. Manchmal habe ich den Eindruck, dass wir dir egal sind!"

John atmete tief durch. Er hasste die ständigen Szenen seiner Frau. In England war sie vernünftiger gewesen und nicht wegen Kleinigkeiten aus der Haut gefahren oder in Weinkrämpfe ausgebrochen. Hier hatte er manchmal den Eindruck, mit einer Fremden verheiratet zu sein, und er hatte keine Ahnung, wie er mit ihren Stimmungen umgehen sollte. Seine Mutter hatte ihm erklärt, dass Victoria unter Heimweh litt und er geduldig und verständnisvoll mit ihr sein müsste. Aber sie lebten schon sieben Monate in Marokko, und er fand, seine Frau hätte genug Heimweh gehabt!

„Weißt du, dass die Kinderfrau nur wegen Nadira abgereist ist?“, klagte Victoria. „Die Schwarze mischte sich ständig in ihre Erziehungsmethoden ein – man stelle sich das vor: Eine Eingeborene, die in einer Blätterhütte irgendwo in Afrika aufgewachsen ist, gibt einer ausgebildeten englischen Gouvernante Ratschläge, und du unternimmst nicht das Geringste! Ich kann verstehen, dass sie abgereist ist, und ich beneide sie, dass sie wieder in London leben darf!“

„Meine Gattin beneidet ihre Dienstboten! Warum, frage ich mich? Weil sie den ganzen Tag Befehle empfangen dürfen?“, erwiderte John ironisch. Demonstrativ zog er seine Uhr aus der Westentasche und warf einen Blick darauf.

Victoria sah ihn einen Moment fassungslos an, dann barg sie ihr Gesicht in den Händen. John hörte ihr ersticktes Weinen, ihre Schultern bebten. Schmal war sie geworden, und das Unglück, in Mogador leben zu müssen, war ihr überdeutlich anzumerken.

„Für dich ist es einfach hier“, hatte seine Mutter zu ihm gesagt. „Du bist hier geboren und aufgewachsen. Mogador ist dein Zuhause. Deine Frau kommt aus einer ganz anderen Welt. Sie hat ein großes Opfer für dich und Selwyn gebracht, indem sie alles verlassen hat, was ihr lieb und vertraut ist. Vergiss das nicht!“

John zögerte. Dann legte er seine Mappe auf den Schreibtisch zurück, setzte sich neben Victoria auf das Sofa und streichelte unbeholfen ihren Rücken. Er selbst war glücklich und zufrieden und hätte sein Leben hier um nichts in der Welt gegen das riesige, laute, nasskalte London eingetauscht.

Victoria legte zerknirscht ihre Stirn an seine Schulter. „Ach, John! Es tut mir ja so leid, dass ich wieder die

Nerven verloren habe! Aber ich fühle mich so allein hier. Ich habe mir Mogador ganz anders vorgestellt."

„Wie denn, Liebes?", fragte John, obwohl er die Antwort mindestens ein Dutzend Mal gehört hatte. Victoria fühlte sich wie eine Gefangene in dem kleinen Mogador. Ausflüge waren kaum möglich, denn in der letzten Zeit waren Reisende oft von Räuberbanden überfallen worden, die der Hunger aus ihren Heimatdörfern vertrieben hatte. Innerhalb der Stadtmauern war das Leben zwar sicher, aber auch langweilig und monoton. Es gab kaum Zerstreuungen, keine Theater, keine Ausstellungen, keine Sportereignisse. Das Haus, in dem Victoria lebte, war verglichen mit ihrer Villa im vornehmen Mayfair, altmodisch und klein. Es gab nicht einmal Gasbeleuchtung, die Zimmer waren eng, und die Dienstboten befolgten ihre Anweisungen nicht, sondern betrachteten ihre Schwiegermutter als alleinige Herrin. Sibylla hatte Victoria zwar Firyal als Zofe zugeteilt, aber die konnte nicht einmal ihr Mieder richtig schnüren.

Außerdem fürchtete Victoria sich vor ihrem dunklen undurchschaubaren Gesicht, und seit ein arabischer Händler ihr für ihre Einkäufe das Dreifache des Üblichen berechnet hatte, weil sie nicht wusste, dass man hierzulande um die Preise feilschte, hielt sie sie alle für Halunken.

„Auf den Straßen ist es so entsetzlich schmutzig!", jammerte Victoria. „Vor jedem Hauseingang sitzen Bettler und versuchen, dich festzuhalten. Ich habe noch nie so viele Entstellte und Verkrüppelte gesehen wie hier. Es ist einfach entsetzlich!"

„Entstellte und Verkrüppelte gibt es im East End auch, das wird mein Bruder dir bestätigen", warf John trocken ein, aber sie schüttelte eigensinnig den Kopf. „In England gibt es nicht solche erbärmlichen Zustände. Wir haben

Kliniken, Waisenhäuser und Hilfsorganisationen. Ich war selbst Mitglied im Komitee des Heims für verwaiste Soldatentöchter."

John nahm Victorias Hände zwischen seine. „Jetzt sieh mich einmal an, Liebes! Meinst du nicht, dass du über deinem Kummer etwas sehr Wichtiges vergessen hast? Ich rede von unserem Sohn. Ist dir nicht aufgefallen, wie gut es Selwyn geht? Seit Monaten hat er nicht mehr gehustet. Ich glaube, seine Lungen sind hier gesund geworden. Ist das denn gar nichts wert?"

„Natürlich!", beteuerte sie. „Selwyns Gesundheit ist das Einzige, was mich hier aushalten lässt."

„Ich würde meinen, das ist ein sehr guter Grund." Er zog erneut seine Taschenuhr hervor und sah darauf. „Es tut mir leid, Liebes, aber ich muss wirklich gehen. Ich bin spät dran."

Sie nickte ergeben und fuhr sich über das Haar. „Worum geht es in deiner Besprechung?"

„Wieder einmal um das Hafenbecken. Konsul Willshire und ich möchten den Kaid überzeugen, es endlich auszubauen, so dass irgendwann auch Dampfschiffe Mogador anlaufen können."

„Dampfschiffe? Nutzen die Reedereien denn bald keine Segelschiffe mehr?"

„Doch, aber ich bin überzeugt, dass Dampfschiffe die Segler ablösen werden. Schon jetzt gibt es Dampfsegler, die zwischen Europa und Amerika verkehren. Diese Entwicklung lässt sich nicht mehr aufhalten. Unser aller Zukunft hier in Mogador hängt davon ab, dass wir möglichst gut auf die neuen Zeiten vorbereitet sind." Er küsste Victoria auf den Scheitel und stand auf. „Bis heute Abend, Liebes."

„Auf Wiedersehen, und John ..."

„Ja?" Er drehte sich um, eine Hand auf der Türklinke.

„Ich bleibe nicht nur wegen Selwyn hier, sondern auch dir zuliebe."

„Wirklich, Liebes? Das ist schön." Er winkte ihr abwesend. Gleich darauf klappte die Tür hinter ihm zu.

Victoria blickte ihm mit schiefem Lächeln nach. Die Standuhr, die sie aus England mitgebracht hatten, tickte laut in der Stille. Sie schaute auf das Zifferblatt. Es war noch nicht ganz zwölf. Heute Nachmittag fand bei ihrer Nachbarin Sara Willshire der wöchentliche Damentee für die Gattinnen der ausländischen Kaufleute und Konsuln statt. Ihre Schwiegermutter ging nie zu diesen Treffen, die, wie sie behauptete, nur einen Vorwand boten, um ungestört Klatsch auszutauschen. Wenn Sibylla Tee trinken ging, dann in den Harem des Kaids, und sogar dann machte sie nebenbei Geschäfte. Sie hatte Victoria schon mehrfach eingeladen, mitzukommen, aber diese weigerte sich standhaft. Es reichte, dass der Koch, der Torwächter und der Gärtner in diesem Haus Araber waren – auch noch gesellschaftlichen Umgang mit ihnen zu pflegen, ging zu weit.

Durch die geschlossene Tür hörte sie gedämpftes Lachen. Charlotte und Selwyn spielten im Riad. Victoria merkte, dass sie Sehnsucht nach den Kindern hatte. Ich werde mit ihnen an den Strand gehen, beschloss sie. Dort konnten sie im Sand Muscheln suchen.

Vom nahen Minarett ertönte der Gesang des Muezzins, der die Gläubigen zum Mittagsgebet rief. Victoria seufzte tief. Sie hätte nie gedacht, dass sie sich einmal so nach dem Läuten von Kirchenglocken sehnen würde.

Charlotte saß neben Nadira auf einer Decke auf dem Boden. Die Sonne zauberte kleine Lichter auf ihre blonden Löckchen, sie wiegte ihre Puppe im Arm, trällerte mit piepsiger Stimme ein Liedchen und strahlte ihre Mutter zufrieden an.

Victoria gab ihr einen Kuss und sah sich dann nach Selwyn um. Er hockte auf der Schaukel, die John an einem stabilen Ast des knorrigen alten Olivenbaumes befestigt hatte. Sibylla schubste ihn sanft vor und zurück, und er kreischte vor Vergnügen. Von dem bleichen, hustenden kleinen Jungen war nichts mehr zu erkennen. Selwyn war gewachsen, seine Wangen rund und rosig, und er wurde jeden Tag kräftiger und selbstsicherer.

Doch obwohl Victoria wusste, dass sie sich hätte freuen sollen, weil es dem Kleinen so gut ging, war sie eifersüchtig. Warum strahlte ihr Sohn Sibylla an und nicht sie, seine Mutter?

Heftiger als beabsichtigt hob sie Selwyn von der Schaukel.

Prompt fing er an, zu weinen. „Will nicht!“, kreischte er und strampelte mit den Beinen. Victoria schossen Tränen in die Augen, und ihre ganze Enttäuschung entlud sich über Sibylla. „Wie kannst du ihn so wild schaukeln lassen! Er wird herunterfallen und sich wehtun!“

„Da passe ich schon auf“, erwiderte Sibylla ruhig. „Lass ihm doch den Spaß!“

„Sag mir nicht, was für meine Kinder richtig oder falsch ist!“ Victoria drückte Selwyn noch fester an sich, aber er stemmte beide Fäuste gegen ihre Schultern und bog sich brüllend zurück, so dass ihr nichts anderes übrig blieb, als ihn auf den Boden zu stellen. Sofort lief er zu Sibylla und drückte sich an ihre Beine.

„Sieh ihn dir nur an!“, schrie Victoria. „Du hast ihn mir entfremdet!“ Tränenüberströmt rannte sie ins Haus.

„Maristan“ stand in geschwungener arabischer Schrift und darunter auf englisch „Krankenhaus“ über dem Eingangsportal des zweistöckigen Riads. Die neue Praxis von Doktor Thomas Hopkins und Doktor Sabri bin Abdul lag hinter der Moschee in direkter Nachbarschaft zur Zaouia. Zur Zeit der Stadtgründung hatten die Mauern ebenfalls ein Krankenhaus beherbergt, aber während der letzten Jahre hatte das Gebäude leer gestanden und war langsam verfallen, bis Thomas und Sabri es zu neuem Leben erweckt hatten.

Emily trat durch das zweiflüglige Tor und freute sich über den Anblick der frisch gestrichenen weißen Mauern und der neuen grün glasierten Ziegel auf dem Dach. Im Innenhof hatten Thomas und Sabri den Boden neu pflastern lassen, der Brunnen plätscherte wieder, und mehrere Palmen spendeten mit ihren ausladenden Kronen Schatten. Rings um den Hof verlief ein Säulengang. An den einander gegenüberliegenden Seiten standen Bänke für die Patienten bereit. Links warteten gewöhnlich die Ausländer auf Thomas, doch seine Sprechstunde war bereits vorbei. Auf der rechten, Sabri vorbehaltenen Seite hingegen drängten sich die Menschen. Alte und Junge, Männer und Frauen, Kinder und greinende Babys hatten Platz auf den Bänken oder dem Boden gefunden. Sie waren barfuß und in schmutzige Lumpen gehüllt, mit strähnigem Haar oder verfilzten Bärten. Emily sah offene Wunden und eiternde Geschwüre, manchen fehlte ein Arm oder ein Bein. Ein dürrer Alter stand am Brunnen und trank durstig, ein einäugiger in eine räudige Decke gehüllter Mann reinigte sich für die Begegnung mit dem Hakim Hände und Füße im Wasser.

„Asalamu alaikum!“, grüßte Emily. Die Patienten kannten sie schon und winkten freundlich zurück, denn die meisten kamen jeden Freitagnachmittag in die kostenlose Armensprechstunde von Hakim bin Abdul.

Sofort rannte ein Dutzend magerer Kinder zu Emily und umringte sie. Sie griff in den Korb, den sie sich über den Arm gehängt hatte, holte einen Stapel frisch gebackenen Fladenbrotes heraus und gab es den glücklich strahlenden Kleinen.

„Lasst es euch schmecken!“, rief sie und lief beschwingt von der Aussicht, gleich Sabri zu treffen, die Treppe in den ersten Stock hinauf. Hier hatten Thomas und Sabri sich je ein Behandlungszimmer und einen kleinen Krankensaal eingerichtet. Im zweiten Stockwerk lagen die Wohnräume von Thomas. Einige Räume, für die die Freunde einen Operationssaal nach europäischem Vorbild planten, standen noch leer.

Emily ging zu einer Tür, auf der in arabischen Buchstaben das Wort „Ordination“ stand. Auf der Bank davor saß eine alte, in einen schwarzen Umhang gehüllte Frau und schenkte ihr ein breites zahnloses Lächeln.

„Asalamu alaikum, Fatma“, grüßte Emily. „Geht es dir besser?“ Die Alte hatte an den Fußsohlen schmerzhafte Warzen gehabt, die Sabri ihr herausgeschnitten hatte.

Fatma hob ihren Umhang an und zeigte stolz ihren verbundenen Fuß. „Der junge Hakim ist ein guter Doktor. Sein Messer hat besser gegen die Schmerzen in meinem Fuß geholfen als die Gebete von Sidi Hicham.“

Sidi Hicham gehörte der Regraga-Bruderschaft an, einem mystischen Orden, dem heilende, manchmal sogar magische Kräfte zugeschrieben wurden. Viele Einwohner Mogadors glaubten an Sidi Hichams besondere Fähigkeiten als Heiler und vertrauten seinen Gesängen und Gebeten mehr als den Arzneien und Salben eines Hakims, der bei den Ungläubigen studiert hatte.

„Doktor bin Abdul wird sich freuen, dass es dir wieder so gut geht.“ Emily klopfte an die Tür.

Fatma zwinkerte pfiffig. „Ay, Miss Emily. Aber er wird sich mehr freuen, Sie zu sehen!"

Emily errötete. Rasch drückte sie die Klinke herunter und trat ein. Sabris Sprechzimmer hatte schlichte weiß gekalkte Wände und war spärlich möbliert. Es gab ein Regal, in dem sich mehrere verschlossene Gläser für Arzneien sowie Körbe mit Skalpellen, Scheren, Glasspritzen und Verbandszeug befanden. Ein ganzes Brett war für medizinische Fachbücher reserviert, angefangen mit dem fünfbändigen Kanon der Medizin von Ibn Sina, dem größten Arzt der orientalischen Heilkunde, über Hippokrates und Paracelsus bis hin zu Werken über moderne Krankenpflege, Wundbehandlung und Geburtshilfe, die er aus England mitgebracht hatte. Unter dem kleinen Fenster an der Stirnseite stand ein Waschtisch mit Wasserkrug, Seife und einem Stapel Handtücher. In der Raummitte befand sich ein Sitzpult mit ein paar Stühlen. Als Emily eintrat, saß Sabri am Tisch und las. Hinter ihm an der Wand hingen sein englisches Diplom und daneben eine Photographie, die ihn und Thomas in europäischen Arztkitteln vor dem Charing Cross Hospital in London zeigte.

„As-salmu alaikum, Miss Hopkins!", begrüßte er Emily. „Wie geht es Ihnen?"

„Wa-alaikum salam, Doktor bin Abdul!" Sie strahlte und stellte ihren Korb vor ihn auf den Tisch. „Ich hoffe, Sie sind hungrig. Unser Koch hat gefüllte Auberginen mit Harissa zubereitet. Und zum Dessert habe ich Ihnen frische Feigen mitgebracht."

„Wunderbar!" Er lächelte sie an, klappte das Buch zu und schob es beiseite. Seine dunklen Augen blitzten hinter der runden Brille, die er zum Lesen trug oder wenn er Patienten behandelte. Dazu war er in der traditionellen orientalischen Arzttracht gekleidet: Eine weiße Hose, ein langes weißes Hemd, darüber eine schwarze Weste und auf dem Kopf einen weißen Turban.

Emily breitete eine Serviette auf der Tischplatte aus und legte Geschirr und Besteck darauf. Dann wollte sie den in ein Tuch gewickelten Tontopf mit dem spitz zulaufenden Deckel herausheben, aber Sabri kam ihr zuvor. „Lassen Sie mich das machen, Miss Hopkins."

„Gern, aber es ist heiß."

Sein Arm berührte ihre Schulter, als er sich vorbeugte. Sie genoss die kurze Berührung und drückte sich sogar ein wenig fester gegen ihn. Er drehte den Kopf und lächelte. „Sie essen doch mit mir, Miss Hopkins?"

„Ich habe schon mit Mutter zu Mittag gegessen. Hätte ich gewusst, dass Sie mich einladen wollen, hätte ich natürlich gewartet, aber..." sie zögerte, wandte sich wieder dem Korb zu und kramte darin. „...ich habe Ihnen noch etwas mitgebracht, Doktor." Sie wandte sich um und streckte ihm ein zusammengerolltes Papier entgegen.

Er rollte es auf und betrachtete es lange.

Emily beobachtete ihn nervös. „Gefällt es Ihnen nicht? Ist es nicht gut geworden?" Sie hatte ihm eine Zeichnung geschenkt, die ihn zeigte, wie er auf dem Hof des Maristan stand und Patienten seiner Armensprechstunde behandelte.

„Doch." Sabri nickte langsam. „Es ist sogar sehr gut. Und ich habe gar nichts davon gemerkt. Was halten Sie davon, wenn ich es hier neben dem Diplom aufhänge?" Er hielt das Papier an die Wand.

„Das passt sehr gut", erwiderte sie erfreut.

Er räusperte sich. „Hätten Sie etwas dagegen, mich Sabri zu nennen? Natürlich nur, wenn niemand dabei ist."

Sie strahlte. „Sehr gern, Doktor bin... äh ...Sabri! Aber dann müssen Sie mich Emily nennen."

„Wenn wir in London wären, würde ich Sie zum Dank für dieses Bild zum Essen ausführen. Es gibt phantastische Restaurants in London", sagte er, und seine Stimme klang ein wenig rauh.

„Ich würde Sie gern begleiten, Sabri", erwiderte Emily leise.

Ermutigt fuhr er fort: „Restaurants gibt es hier leider nicht, aber was halten Sie davon, wenn ich..."

„Bekomme ich mein Essen erst, wenn es kalt ist?" Thomas steckte den Kopf zur Tür herein. „Fatma hat mir gesagt, dass du hier steckst."

„Thomas! Ich wollte gerade zu dir! Aber Doktor bin Abdul hat gleich Sprechstunde. Deshalb bin ich zuerst zu ihm gegangen. Außerdem wollte ich ihn fragen, ob er etwas dagegen hat, wenn ich seine Patienten zeichne, nicht wahr, Doktor?"

Emily drehte sich zu Sabri und zwinkerte ihm zu. Thomas zog überrascht die Augenbrauen empor.

„Übst du für London, Emily?", erkundigte er sich. Zu Sabri gewandt fügte er hinzu: „Hat sie dir schon erzählt, dass sie einen Platz an der Royal Academy of Arts bekommen hat? Im Herbst ist es so weit."

Sabri schüttelte langsam den Kopf. „Das wusste ich noch nicht. Meinen herzlichen Glückwunsch, Miss Hopkins!"

„Danke." Emily klang bedrückt. Sie war so stolz gewesen, als der Brief eingetroffen war, der ihre Aufnahme an der ehrwürdigen Institution bestätigt hatte. Sie freute sich immer noch, aber gleichzeitig wurde ihr das Herz bei dem Gedanken schwer, bald für lange Zeit sehr weit weg von Sabri zu sein. Sie nahm den Korb und ging zur Tür. „Auf Wiedersehen, Doktor bin Abdul."

In Thomas' Sprechzimmer sah es fast so aus wie bei Sabri, nur dass neben dem Diplom ein Foto hing, das ihn mit Talar und Doktorhut inmitten seiner Londoner Verwandten zeigte. Der erste Blick der Besucher fiel allerdings unweigerlich auf Johns Examensgeschenk, ein menschliches Lehrskelett, das er der medizinischen Schule des Charing Cross Hospital abgekauft hatte. Als besonderen Scherz hatte John dem Knochenmann einen seiner alten Anzüge angezogen, bevor er Thomas damit überrascht hatte. Jetzt stand das Skelett in einer Ecke des Sprechzimmers – ohne Anzug, dafür aber mit Thomas' Hut auf dem Kopf – und erfreute damit besonders die kleinen Patienten.

„Du besuchst uns in letzter Zeit sehr oft", stellte Thomas fest, während er die Tür hinter sich schloss.

„Ich interessiere mich eben für Medizin."

Er schüttelte den Kopf. „In deinem ganzen Leben hast du dich noch nicht um diese Wissenschaft gekümmert. Ich sehe dir an der Nasenspitze an, dass du schwindelst, Schwesterchen."

„Ist dir noch nie in den Sinn gekommen, dass du dich irrst?"

Statt zu antworten, umfasste Thomas Emilys Handgelenk. „Die Diagnose ist einfach", stellte er nach einigen Sekunden fest. „Dein Puls rast, und ich wette, dein Herz schlägt genauso schnell. Diese Symptome weisen auf die ernste und gefährliche Krankheit der Verliebtheit hin. Ich glaube, Emily, diese Krankheit hast du meinem Freund bin Abdul zu verdanken."

„Du phantasierst!" Sie drehte ihm den Rücken zu und beschäftigte sich mit dem Essenskorb.

Er musterte sie nachdenklich. „Weiß Mutter davon?"

„Nein! Es gibt auch nichts, was sie wissen müsste!"

Er atmete auf. Nicht dass er seiner Schwester und seinem besten Freund kein gemeinsames Glück gegönnt hätte, aber ihre Verbindung war aussichtslos, einfach unmöglich. Er legte einen Arm um Emily.

„Du bist eine erwachsene Frau, deshalb will ich ganz offen mit dir reden. Verabschiede dich von dieser Schwärmerei! Sabri wird sie niemals erwidern."

„Woher willst du das wissen?" Sie wollte sich befreien, aber Thomas hielt sie weiter fest.

„Sabris Eltern haben für ihren Sohn schon eine Ehefrau ausgesucht, als er noch ein Kind war. Das hat er mir selbst erzählt, und du weißt so gut wie ich, dass diese Verbindungen unauflöslich sind."

„Das hast du dir ausgedacht", entgegnete sie kleinlaut. „Du willst mich ärgern." Sabri war doch im Begriff gewesen, sie um ein Rendezvous zu bitten, als Thomas hereingeplatzt war. Das hatte sie sich doch nicht eingebildet!

Thomas zog seine Schwester enger an sich. „Hältst du mich wirklich für so grausam? Du weißt, dass Sabri seinen Eltern gegenüber zu Respekt und Gehorsam verpflichtet ist. Sollte er Gefühle für dich hegen, müssten sie hinter dieser Pflicht zurücktreten."

Emily ließ sich auf den nächstbesten Stuhl fallen. Vor ein paar Minuten war sie noch so glücklich gewesen, jetzt fühlte sie sich völlig niedergeschlagen.

„Bald wirst du nach England reisen", hörte sie Thomas' Stimme. „Du wirst das Land unserer Eltern kennenlernen und Malerei studieren. Das hast du dir doch immer gewünscht."

Sie antwortete nicht. In ihren Augen standen Tränen.

„Mit etwas Abstand sieht alles nicht mehr so schlimm aus", versuchte Thomas, sie zu trösten. „In London wirst du viele interessante Menschen kennenlernen und deinen Kummer vergessen. Und es wird wieder einen netten jungen Mann geben, der dein Herz gewinnt."

„Was weißt du schon davon! Das Einzige, was du je geliebt hast, ist doch deine Arbeit!" Emily lief aus dem Zimmer und warf die Tür hinter sich zu.

KAPITEL DREIUNDZWANZIG

Auf dem Dach des englischen Konsulats herrschte eine friedliche, entspannte Stimmung. Licht fiel durch die als Sonnenschutz aufgespannten Strohmatten und malte goldene Flecken auf den Boden. Die Luft duftete nach Meersalz und frisch gebackenen Rosinenbrötchen. Sara Willshires Gäste saßen auf Korbstühlen, die um zwei Klapptische gruppiert waren. Dahinter stand jeweils ein schwarzes Mädchen und fächelte den Damen mit einem Palmwedel frische Luft zu. Sara Willshire schlug die erste Seite von Wilkie Collins' Roman „Die Frau in Weiß" auf und begann, mit klarer, deutlicher Stimme vorzulesen. Victoria hob ihre Teetasse, schnupperte mit geschlossenen Augen das Bergamotte-Aroma und fühlte sich für ein paar schmerzliche Sekunden nach England zurückversetzt.

„Ich eröffne", hörte sie die Gattin des französischen Konsuls sagen. Sie saß an einem der beiden Klapptische und spielte mit ihrer Tochter und zwei Kaufmannsfrauen aus England und Portugal Bridge. Die Gattin des italienischen Konsuls, eine junge, ebenfalls erst vor ein paar Monaten angereiste Kaufmannsfrau aus dem preußischen Hamburg und Victoria hatten Stickarbeiten mitgebracht und saßen am anderen Tisch.

In Gesellschaft dieser Frauen, Europäerinnen wie sie selbst, fühlte Victoria sich wohl. Diese Frauen kleideten sich wie sie, dachten wie sie und unterhielten sich in Sprachen, die sie verstand. Doch leider dauerten ihre Zusammenkünfte immer nur wenige Stunden. Dazwischen wartete, wie seit Wochen und Monaten, nur ein trostloser Alltag.

Widerstrebend öffnete Victoria die Augen wieder und sah gerade noch, wie das eine der beiden schwarzen

Mädchen ein gelangweiltes Gähnen unterdrückte, während das andere den beiden grün gefiederten Papageien, die in einer Ecke auf einer Stange saßen, Grimassen schnitt.

Warum ist meine Schwiegermutter so anders als diese Frauen, grübelte sie. Wie kann eine Engländerin die Gesellschaft von Araberinnen diesem kultivierten Beisammensein vorziehen? Ihre Schwägerin Emily war auch nicht besser. Genau genommen war sie für Victoria eine noch größere Enttäuschung als Sibylla. Auf der Schiffsreise hatte sie sich vorgestellt, dass sie und die fast gleichaltrige Emily Freundinnen würden. Doch Victoria war bald eines Besseren belehrt worden. Dass Emily immer sehr nett zu ihr war, konnte sie nicht bestreiten, aber sie waren beide grundverschieden. Einmal hatte Victoria versucht, Emily von London zu erzählen. Sie hatte die National PortrAit Gallery beschrieben, in der John und sie sich zum ersten Mal begegnet waren, die Oper in Covent Garden, die eleganten Läden, Kaufhäuser und Arkaden zwischen Knightsbridge und Piccadilly. Aber Emily hatte überhaupt nicht verstanden, was Victoria meinte. Ihr Kommentar hatte tatsächlich gelautet, dass es dort zuzugehen schien wie auf einem Souk!

„Ich glaube, unsere liebe Mrs. Hopkins ist gerade sehr weit weg!“ Die amüsiert klingende Stimme der italienischen Konsulsgattin riss Victoria aus ihren Gedanken. Hastig beugte sie sich über ihr Stickzeug und tat, als würde sie das Muster betrachten.

„Verraten Sie uns, was Sie so beschäftigt?“ Die Italienerin lächelte liebenswürdig.

Victoria wollte nicht zugeben, dass sie große Schwierigkeiten hatte, sich in Marokko einzuleben, und entgegnete: „Ich habe mich gerade gefragt, warum meine Schwiegermutter mich nie hierher begleitet. Ich hatte gehofft, sie würde es heute tun, aber sie hat wieder abgelehnt."

Sara ließ ihr Buch in den Schoß sinken. „Mrs. Hopkins hat gewöhnlich Wichtigeres zu tun, als an unseren harmlosen Vergnügen teilzunehmen."

Victoria blickte erstaunt. Dieser ärgerliche Tonfall passte gar nicht zu der stets freundlichen Gattin des englischen Konsuls!

Die Gattin des französischen Konsuls wippte mit ihrem Kartenblatt und erklärte: „Ich kann Madame Hopkins verstehen. Franchement, meine Damen, unsere kleinen Rendez-vous sind sterbenslangweilig. Wir sticken Deckchen, die niemand braucht, und spielen Karten in der Hoffnung, dass die Zeit schneller verstreicht."

„Sie dürfen Ihre Zeit gern anderswo verbringen, wenn es Ihnen in meinem Haus zu langweilig ist!" empörte Sara sich beleidigt.

„Mille regrets, Madame Willshire! Das war sehr unhöflich von mir", beschwichtigte die Französin. „Aber gleicht in Mogador nicht ein Tag dem anderen? Wünschen wir uns nicht alle manchmal weit fort von hier? Madame Hopkins füllt ihre Zeit mit sinnvoller Arbeit, und ich gebe zu, dass ich sie darum bisweilen beneide. Ich persönlich würde mir allerdings weniger Arbeit und mehr Amüsement wünschen…"

„Oder Mrs. Hopkins verkehrt lieber mit Maurinnen als mit uns", bemerkte ihre Tochter schnippisch.

„Sie spricht Arabisch?", staunte die preußische Kaufmannsfrau.

„Bien sûr, sogar fließend. Manche sagen, die Jahre in Mogador haben Madame Hopkins zu einer Maurin gemacht, aber ich würde das nicht so sehen", erklärte die Französin.

„Wie würden Sie es denn sehen?", erkundigte Sara sich mit säuerlicher Miene.

„Nun, sie ist bei den Mauren höher angesehen als irgendein anderer Ausländer hier. Sie haben nicht vergessen, wie sie der Stadt nach dem unglückseligen affrontement mit meinem Heimatland half."

„Mein Mann glaubt, dass sie mit ihrer Großzügigkeit ihre eigenen Schandtaten vergessen machen wollte", warf Portugiesin sie an Victoria gerichtet hinzu.

Victoria starrte sie erschüttert an und schwieg.

„Ach, was sollen denn diese alten Geschichten? Das ist doch nur dummer Klatsch", mischte die Italienerin sich ein.

„Als Klatsch würde ich das nicht bezeichnen", warf Sara spitz ein.

Victoria konnte sich nicht länger zurückhalten: „Was meinen Sie?"

„Oh, es gibt da ein sehr interessantes Geheimnis, das Ihre Schwiegermutter hütet", ließ Sara Willshire sich vernehmen. „Natürlich wird darüber nicht offen gesprochen, aber wer Augen hat, um zu sehen, und einen Kopf, um zu rechnen..."

„Was meinen Sie damit, Mrs. Willshire?", wollte nun auch die junge preußische Kaufmannsfrau wissen.

Sara beugte sich auf ihrem Stuhl vor. „Ist Ihnen noch nie aufgefallen, meine Liebe, dass Emily ganz anders aussieht als alle anderen Familienmitglieder?"

„Sie ähnelt vermutlich ihrem Vater", antwortete Victoria unsicher.

„Ganz genau, sie ähnelt ihrem Vater. Benjamin Hopkins allerdings, Sibyllas Ehemann, war blond – wie Ihr eigener Gatte und dessen Bruder. Emilys Haar aber..."

„...ist schwarz", vollendete Victoria tonlos. Niemand außer Emily, weder bei den Spencers noch bei den Hopkins, hatte dunkles Haar.

Ein Lächeln der Genugtuung breitete sich über Saras Gesicht. „Haben Sie eigentlich schon Monsieur Rouston kennengelernt, Victoria? Den Franzosen, der Ihrer Schwiegermutter seinen Safran verkauft?"

Beim Abendessen wirkten Victoria und Emily still und in sich gekehrt. Emily stocherte mit unglücklicher Miene auf ihrem Teller herum und wünschte sich und Sabri an einen Ort, wo niemand sie kannte und ihnen vorschrieb, ob sie sich lieben durften oder nicht.

Auch Victorias Gedanken überschlugen sich. Durfte sie den ungeheuerlichen Behauptungen von Mrs. Willshire und den anderen Damen Glauben schenken? Führte ihre Schwiegermutter tatsächlich ein skandalöses geheimes Liebesleben mit dem Franzosen André Rouston?

Sie selbst hatte Rouston nur ein Mal getroffen, als sie mit Sibylla zum Einkaufen auf dem Souk gewesen war. Ein liebenswürdiger gutaussehender Mann. Aber sie konnte sich nicht erinnern, dass sein Charme bei ihrer Schwiegermutter verfangen hatte – im Gegenteil: Sie hatte sich kühl und distanziert verhalten.

Sie warf Emily einen verstohlenen Blick zu. Wie Rouston hatte sie dunkle Haare und einen bräunlichen Teint. Auch die leicht gebogene Nase erinnerte sie an Rouston. Je länger Victoria darüber nachdachte, desto wahrscheinlicher erschien es ihr, dass nicht Benjamin Hopkins, sondern André Rouston Emilys Vater war.

Sie zuckte zusammen, als John ihre Hand berührte. „Wo bist du nur mit deinen Gedanken, Victoria? Ich glaube, du hast gar nicht zugehört. Mutter will mir die alleinige Verantwortung für die Geschäfte hier übertragen, wenn sie im Herbst Emily nach London begleitet. Ist das nicht großartig?"

Während Victoria Begeisterung heuchelte, schweiften ihre Gedanken bereits wieder zu Sara Willshires Enthüllungen. Angewidert kräuselte sie die Lippen. In was für eine Familie hatte sie nur eingeheiratet?

Ende September hatten Sibylla und Emily ihre Reisekisten für England gepackt, und die ganze Familie hatte sich zum Abschiedsessen getroffen. Nachdem Sibylla die Tafel aufgehoben hatte, zogen Thomas und John sich in Johns Büro zurück, um zusammen eine Zigarre zu rauchen – eine neue europäische Mode, die sie sich in London angewöhnt hatten.

Sibylla, Victoria und Emily begaben sich in den Salon. Firyal servierte Tee, kandierte Mandeln und in Rosensirup getauchte Zitronenschale. Duftharzbröckchen in den Kohlebecken verbreiteten würzige Aromen. Im Salon aber herrschte ungemütliche Stille. Sibylla warf einen verstohlenen Blick auf ihre Tochter. Emily hatte sich eines der bestickten Kissen vom Sofa genommen, umschlang es mit beiden Armen und drückte es an ihren Bauch. Sie wirkte abwesend, wie so oft in der letzten Zeit. Nicht einmal mehr das Malen schien ihr Freude zu machen. Vielleicht war sie einfach nervös angesichts der Reise ins ferne Europa. Vielleicht nagte auch ein heimlicher Kummer an ihr. Doch wenn Sibylla fragte, behauptete Emily stets, ihr fehlte nichts.

Victoria saß auf einem anderen Sofa und blickte starr in die Luft. Wie Emily wirkte sie unglücklich und in sich gekehrt. Sibylla hätte sich ein herzlicheres Verhältnis mit der Frau ihres Sohnes gewünscht, doch was sie auch versuchte – Victoria begegnete ihr abweisend. Auch zu Emily suchte sie keinen Kontakt. Dabei waren die beiden fast gleich alt und hätten gut Freundinnen werden können. Sibylla unterdrückte ein Seufzen. Sie beherbergte zwei junge Frauen unter ihrem Dach, doch statt mit Lachen und Lebensfreude füllten sie ihr Haus mit Schwermut und Missstimmung.

Die Unterhaltung schleppte sich dahin, Emily und Victoria redeten nur, wenn Sibylla sie ansprach, und auch dann antworteten sie einsilbig. Als Thomas und John endlich hereinkamen, lächelte Sibylla ihren Söhnen fast erleichtert zu.

John, ihr zupackender Jüngerer, steckte wie immer voller Tatendrang und schnitt sofort sein Lieblingsthema an: Die Vorteile der Dampfschifffahrt gegenüber den Großseglern.

Sibylla vertrat dazu eine andere Meinung. Sie sah vor allem die horrenden Kosten, die Entwicklung und Bau von kohlebetriebenen Stahlschiffen verursachten, und bald waren Mutter und Sohn in eine lebhafte Diskussion vertieft.

Thomas stand am Kaminsims, nippte an seinem dampfenden Tee und blickte zu Emily. Seit er ihr erzählt hatte, dass Sabris Eltern längst eine Braut für ihren Sohn ausgesucht hatten, war sie nicht mehr dieselbe, und er fragte sich oft, ob er diese Information nicht besser für sich behalten hätte. Vermutlich hätte ihre kleine Schwärmerei für Sabri mit ihrer Abreise nach London ganz von selbst geendet. Er setzte sich neben sie auf das Sofa und stupste sie freundschaftlich an. „Ich dachte, du freust dich auf England. Dabei schaust du drein wie sieben Tage Regenwetter."

Emily zuckte nur mit den Schultern. Sie hatte gerade daran gedacht, wie sie heute vor dem Hamam fast mit Sabri zusammengestoßen wäre. Er hatte sie gefragt, warum sie ihn nicht mehr in der Praxis besuchte, aber sie war einfach weggelaufen wie ein dummes kleines Kind.

Johns ungeduldige Stimme tönte durch den Salon: „Glaub mir, Mutter! Wenn wir jetzt investieren, werden wir allen Konkurrenten um Längen voraus sein! Vertrau mir doch! Wozu hast du mich jahrelang in London ausbilden lassen, wenn ich meine Kenntnisse jetzt nicht nutzen darf?“

„Warum schreibst du nicht Vater und bittest ihn um Unterstützung?“, mischte Victoria sich ein. „Mit den Stahlwerken meiner Familie bleiben die Kosten gewiss im Rahmen.“

Doch John wischte ihr freundlich gemeintes Angebot mit einer ungeduldigen Handbewegung beiseite. „Davon verstehst du nichts, Victoria. Ich habe deinem Vater längst geschrieben und ihn um Rat gefragt. Er ist übrigens meiner Meinung, Mutter – in der Dampfschifffahrt liegt ein Riesengeschäft. Mit Dampfschiffen aus Stahl wären wir schneller als die Konkurrenz, wir hätten mehr Frachtraum zur Verfügung und würden mehr Geld verdienen als andere Reedereien.“

Sibylla goss sich eine frische Tasse Tee ein. „Auch wenn du recht haben solltest: Der Hafen von Mogador ist für Dampfschiffe viel zu klein.“

„Darum will ich ja, dass der Kaid den Hafen ausbaut“, erwiderte ihr Sohn.

„John!“ Victorias Stimme klang schrill. „Findest du nicht, dass du gerade ziemlich unfreundlich zu mir warst?“

Überrascht wandte er sich um. „Wieso? Was hast du denn?“

„Das fragst du mich wirklich? Wenn du dich nicht immer nur um dich und deine Geschäfte kümmern würdest, würde dir vielleicht auffallen, dass du mich seit

Monaten vernachlässigst!“ Mit jedem Wort wurde sie lauter. Aber bevor John sich eine Antwort überlegen konnte, wurde die Salontür geöffnet, und Nadira kam mit den Zwillingen herein. Sie hatten ihre Nachthemden an. Charlotte trug ihre Lieblingspuppe im Arm.

„Sagt euren Eltern gute Nacht!“ Nadira gab beiden einen aufmunternden Klaps.

Victorias Miene entspannte sich ein wenig, als die Kleinen fröhlich lostrippelten. Doch sie liefen nicht zu ihr, sondern zu Sibylla. Rasch nahm Nadira sie an der Hand und führte sie zu Victoria, die die Szene starr vor Zorn beobachtet hatte. „Geht!“, zischte sie Charlotte und Selwyn an. „Geht zu eurer Großmutter! Da wolltet ihr doch sowieso hin!“ Sie fasste Charlotte, die sie verdattert anstarrte, am Arm und verpasste ihr einen kleinen Schubs. Charlotte stolperte, ihre Puppe rutschte ihr aus der kleinen Hand, fiel auf den Boden, und der Porzellankopf zersprang klirrend.

„Victoria!“, explodierte John. „Bist du völlig verrückt geworden?“

Charlotte begann, laut zu weinen. Sibylla eilte zu ihr und nahm sie auf den Arm, wo die Kleine sich schluchzend an ihre Schulter drückte.

Victoria wurde ganz heiß. Ihr Herz schlug heftig unter dem eng geschnürten Korsett. Sie hatte doch nicht grob zu ihren Kindern sein wollen! Gleichzeitig verspürte sie eine ohnmächtige Wut auf ihren Ehemann und ihre Schwiegermutter.

„Du wagst es, mir Vorwürfe zu machen?!“, fuhr sie John an. „Merkst du eigentlich gar nicht, was hier vor sich geht? Deine Mutter versucht, mir Selwyn und Charlotte wegzunehmen!“

„Victoria, das würde mir nie in den Sinn kommen“, versuchte Sibylla, sie zu beschwichtigen. Sie übergab

Charlotte wieder Nadira, die rasch mit beiden Kindern hinausging. „Ich wollte nur helfen. Wir…" Sibyllas Handbewegung schloss alle Anwesenden ein. „…sind doch eine Familie, die zusammenhält."

„Eine Familie mit einem finsteren Geheimnis!", rutschte es Victoria heraus.

„Victoria, ich glaube, es reicht jetzt!", ging John dazwischen.

Thomas, der die Szene genau wie Emily entgeistert beobachtet hatte, sagte laut: „Jetzt schuldest du uns allen eine Erklärung."

„Victoria hat es nicht so gemeint", warf Sibylla rasch ein. Sie war blass und umklammerte den Griff ihrer Teetasse so sehr, dass ihre Fingerknöchel hervortraten.

Victoria musterte sie mit einem leisen Gefühl des Triumphes. Ihr Zorn war so groß, dass sie Sara Willshires Enthüllungen einfach nicht länger für sich behalten konnte. Sollten Thomas, John und Emily ruhig erfahren, was für eine Frau ihre Mutter wirklich war!

„Bekommt ihr drei eigentlich gar nicht mit, was die Leute in Mogador sich erzählen?", wandte sie sich erregt an die Geschwister. „Nun, ich kenne die Wahrheit. Ehrbare Leute, deren Wort man vertrauen kann, haben sie mir erzählt. Ich spreche von eurer Mutter und von deinem Vater, Emily."

„Die Toten sollen in Frieden ruhen", entgegnete Sibylla tonlos.

Aber Victoria ließ sich nicht bremsen. „Oh, es geht hier keineswegs um Mr. Hopkins, sondern um den Franzosen Monsieur Rouston. Er ist doch Emilys Vater, nicht wahr, Mutter?"

Ungläubige Stille herrschte im Raum.

„Wer behauptet das?", fragte Sibylla schließlich mit brüchiger Stimme.

„Die Gattin von Konsul Willshire! Aber offensichtlich war dieser Skandal allen dort versammelten Damen gut bekannt“, erwiderte Victoria hocherhobenen Hauptes.

John packte seine Frau am Handgelenk und zerrte sie vom Sofa hoch. „Wie kannst du es wagen!“

„Lass sie!“ Emilys Stimme zitterte. „Ich will alles wissen, Victoria!“

Sibylla stand auf. „Du solltest zu Bett gehen, Emily. Du siehst müde aus. Es ist spät. Wir alle sind müde.“

„Bitte rede nicht mit mir, als wäre ich ein kleines Kind!“, erwiderte Emily angespannt. „Ich will die Wahrheit wissen, entweder von ihr“, sie blickte zu Victoria „oder von dir, Mutter.“

„Das ist keine gute Idee“, antwortete Sibylla. Ihr Gesicht wirkte wie versteinert.

Thomas meldete sich zu Wort. „Victoria hat einen schweren Vorwurf gegen dich geäußert, Mutter, und damit gegen die ganze Familie. Wir haben ein Recht, die Wahrheit zu erfahren, besonders Emily.“

Sibylla schloss die Augen. Dass die Vergangenheit sie nach so vielen Jahren einholte, noch dazu in Gestalt ihrer eigenen Schwiegertochter, hätte sie sich nicht träumen lassen. Plötzlich waren die Ereignisse von damals wieder ganz nah. Der vernichtende Schmerz, als sie entdeckt hatte, dass André sie mit der Berberfrau betrogen hatte, der Schrecken, als sie wusste, dass sie sein Kind erwartete, und die bitter enttäuschte Hoffnung auf eine glückliche Zukunft mit dem Mann, den sie so sehr geliebt hatte.

Victoria schlug das Herz bis zum Hals. Ihr Ausbruch hatte hohe Wellen geschlagen, aber sie konnte ihre Worte nicht mehr zurücknehmen, und wer weiß – vielleicht war es sogar gut, dass die Wahrheit nun endlich ans Licht kam. Vielleicht würde John so enttäuscht von seiner Mutter sein, dass er Mogador verließ und mit ihr und den

Kindern nach England zurückkehrte. Bei dieser Vorstellung kamen ihr fast die Tränen. Selwyns Lunge war auch wieder gesund. Sie hatten nichts mehr in diesem schrecklichen Land verloren! Vorsichtig schaute sie zu John, doch er erwiderte ihren Blick so zornig, dass sie erschrocken die Augen niederschlug.

Sibylla versuchte, sich zu sammeln. Sie war verzweifelt, aber sie hatte keine Wahl – sie musste ihrer Tochter und ihren Söhnen die Wahrheit gestehen. Nacheinander blickte sie Thomas, John und Emily an. „Was Victoria gesagt hat, ist wahr, Emily. André Rouston ist dein Vater."

Sekundenlang schienen alle wie erstarrt. Dann keuchte Emily erstickt.

„Ich wollte nicht, dass du es so erfährst", setztete Sibylla leise nach.

„Ich nehme an, du wolltest überhaupt nicht, dass ich es erfahre!" Emilys Feindseligkeit schnitt Sibylla ins Herz.

„Ich habe mir so sehr gewünscht, dass du glücklich und sorglos aufwächst. Der Makel einer unehelichen Geburt sollte dein Leben nicht überschatten. Benjamin war gerade gestorben, ich war allein und wusste nicht, wie es weitergehen sollte. Rouston hat mir damals Halt gegeben. Ich glaubte fest, dass wir eine gemeinsame Zukunft hätten, aber leider…" Sie schluckte schwer. „…kam alles anders. Glaub mir, Emily, ich wollte dir diesen Kummer ersparen!"

Emily stand auf. „Mein Leben lang hast du mir gesagt, mein Vater sei tot. Dabei war mein richtiger Vater die ganze Zeit da. Diese Lüge verzeihe ich dir nie!"

Kapitel vierundzwanzig – Mogador und Qasr el Bahia im Dezember 1860

André blieb vor der Tür zu Sibyllas Büro stehen, schloss die Augen und lauschte in sich hinein. Schon lange hatte er sich nicht mehr so glücklich, fast beschwingt gefühlt. Gleichzeitig war er aufgeregt bei dem Gedanken, gleich Sibylla gegenüberzutreten. Er konzentrierte sich noch ein paar Sekunden auf die vor ihm liegende Begegnung. Dann öffnete er die Augen und klopfte an.

„Ja bitte!“, hörte er ihre Stimme.

Er atmete tief durch und drückte die Klinke herunter. Sibylla stand am Fenster und blickte auf den Hafen hinaus. Ihr Schreiber wartete hinter einem Stehpult mit dem Griffel in der Hand und blickte sie erwartungsvoll an.

„Wir hoffen, dass die Lieferung Ihren Vorstellungen entspricht, und freuen uns auf eine lange und erfolgreiche Geschäftsbeziehung mit Ihnen. Hochachtungsvoll und so weiter“, diktierte sie. „Das war es vorerst, Aladdin. Lass den Brief hier, damit ich ihn noch unterschreiben kann.“

„Jawohl, Mrs. Hopkins.“

Nachdem der Schreiber das Büro verlassen hatte, begrüßte sie ihren Gast: „Guten Tag, André. Ich habe dich schon erwartet. Du hast mir wieder Safran mitgebracht?“

Bei ihrem Anblick verspürte er die vertraute Mischung aus Schmerz, Zärtlichkeit und Bewunderung. Sonnenlicht glitzerte auf ihrem weißblonden Haar und brach sich in den winzigen Diamanten in ihren Ohren. Ihre geraden Schultern und der aufgerichtete Rücken strahlten Autorität aus, aber ihm fielen auch die Sorgenfalten um ihre Augen auf.

„Wie jedes Jahr im Dezember.“ Er stellte seine Satteltasche auf das Schreibpult und nahm den Leinensack heraus. Dann drehte er sich zu ihr und musterte sie schweigend. „Du siehst schlecht aus."

„Wie liebenswürdig du heute bist! Ist das die berühmte französische Galanterie?" Sibylla öffnete den Beutel und schüttete etwas Safran auf ihre Handfläche. Doch sie prüfte die Qualität der Blütenfäden nicht mit ihrer sonstigen Sorgfalt.

„Heute könnte ich dir ohne weiteres einen Beutel Ringelblumenblüten andrehen", stellte André schmunzelnd fest.

„Darauf würde ich mich nicht verlassen." Sie schloss den Schrank auf, in dem sie den Safran bis zur Verschiffung aufbewahrte. Vom Hafen drangen gedämpfte Rufe, das Klappern von Kisten, eine Winde quietschte, und unter ihnen im Lager fiel krachend eine Tür zu.

Er nahm ihr die Tongefäße ab und stellte sie auf die Tischplatte. „Ich habe gerade Emily getroffen."

Die junge Frau hatte ihm regelrecht aufgelauert. Sie wusste, dass er um diese Zeit nach Mogador kam, und hatte einen der Bettler, die am Bab Doukala saßen, beauftragt, sie sofort zu benachrichtigen, wenn Monsieur Rouston durch das Stadttor ritt. Er war gerade erst vor dem französischen Konsulat vom Pferd gestiegen, da hatte sie schon vor ihm gestanden, so aufgeregt, dass er im ersten Moment fürchtete, Sibylla wäre etwas zugestoßen. Was Emily ihm jedoch dann erzählt hatte, hatte ihn völlig unvorbereitet getroffen.

Sibylla holte die Waage aus dem Schrank und setzte sie mit einem dumpfen Knall auf den Tisch. „Wir sollten über die Qualität deiner Ernte sprechen, nicht über meine Familie!"

„Sibylla." André legte behutsam eine Hand auf ihren Arm. „Emily hat mir erzählt, was vorgefallen ist. Meinst du nicht, fast zwanzig Jahre mit einer Lüge zu leben, sei genug?"

„Was fällt dir ein!" Sie riss ihren Arm zurück.

„Ich kann mir vorstellen, wie schmerzhaft alles für dich ist, aber gewiss war es noch schwerer, die Fassade aufrechtzuerhalten. Es ist gut, wenn Emily endlich weiß, dass ich ihr Vater bin."

Sibyllas Gesicht zuckte. Sekundenlang glaubte er, sie würde ihn mitsamt seinem Safran hinauswerfen. Doch sie stellte nur leise fest: „Du hast es vermutlich schon länger geahnt."

Er erinnerte sich an jenen Tag vor fünfzehn Jahren, als er zum ersten Mal seiner knapp fünfjährigen Tochter begegnet war. Er hatte auf der Stadtmauer von Mogador gestanden, auf das Meer geschaut und die Gedanken wie die Wolken am Himmel durch seinen Kopf ziehen lassen, als er sie gesehen hatte: Nadira und Sibylla am Strand, wie sie mit einem kleinen Mädchen gespielt hatten. So hatte er überhaupt erst erfahren, dass Sibylla eine Tochter hatte, und der erste Gedanke, der sich ihm aufgedrängt hatte, war, dass dieses schwarzlockige Kind unmöglich das Kind von Hopkins sein konnte.

Er hatte sich ein wenig in der Stadt umgehört, und als er erfahren hatte, dass sie nicht wieder geheiratet hatte, dass sie allein mit ihren Kindern lebte und die Geschäfte der Reederei führte, war seine Erleichterung grenzenlos gewesen. Aber das Kind war ihm nicht mehr aus dem Kopf gegangen. Wenig später war es ihm über seinen Safran gelungen, endlich wieder mit Sibylla in Kontakt zu treten, und es blieb nicht aus, dass er auch die Kleine kennenlernte. Von da an war das Gefühl, dass womöglich er Emilys Vater war, nicht Hopkins, wie Sibylla behauptete, immer stärker geworden.

„Du hättest es mir nie gesagt, nicht wahr?", fragte er leise. Sie bedeckte ihre Augen mit einer Hand und schwieg. Er trat vorsichtig näher und berührte ihre Schulter, aber sie zuckte zurück.

„Was hast du erwartet?", fuhr sie ihn an. „Du hast das Leben mit Aynur dem Leben mit mir vorgezogen. Sie hat dir eine Tochter geboren – nur fünf Wochen, nachdem Emily auf die Welt gekommen ist!"

„Ich hätte das Leben mit dir vorgezogen, Sibylla..." Er brach ab. Aynur hatte ihn damals mit einer List in ihre Arme gelockt. Aber später hatte er ihre Beweggründe verstanden, und sie war ihm eine gute Gefährtin geworden. Er wollte kein schlechtes Wort über sie verlieren.

„Emily hat gefragt, ob sie vorerst bei mir auf Qasr el Bahia bleiben darf. Ich habe eingewilligt", informierte er Sibylla schließlich.

Sie fuhr herum. „Das kommt überhaupt nicht in Frage! Ich erlaube es nicht!"

„Emily hat diese Entscheidung getroffen. Das musst du respektieren"

„Niemals!" Sibylla fühlte sich zutiefst verletzt – von Emily, die ihr so hart und unnachgiebig den Rücken kehrte, und von André, der ihr dabei half.

„Zwanzig Jahre hast du die Wahrheit vor mir verborgen, und ich durfte Emily kein Vater sein. Nun braucht sie einen Vater, und ich werde für sie da sein!"

„Glaubst du, ich werde Emily deiner..." Sibylla konnte sich nicht überwinden das Wort „Frau" auszusprechen. „...Aynur überlassen?! Sie wird sie allein schon deshalb ablehnen, weil sie meine Tochter ist. Sie wird ihr wehtun, sie wird..."

„Bitte beruhige dich, Sibylla! Erstens wird Aynur nichts dergleichen tun, zweitens bin ich auch noch da, und drittens ist es Emilys Wille, mich zu begleiten."

„Sie ist doch noch ein Kind und hat keine Ahnung!“, wehrte Sibylla ab.

André legte behutsam einen Arm um sie und zog sie an sich. Einige Sekunden lang waren nur das gedämpfte Rauschen der Brandung und die Geräusche vom Hafen zu hören, dann platzte Sibylla heraus: „Oh, diese Sara Willshire, ich könnte sie umbringen! Ihrem losen Mundwerk verdanke ich es, dass meine ganze Familie sich gegen mich stellt! Emily hat ihren Studienplatz an der Royal Academy of Arts aufgegeben, weil sie nicht mit mir nach London reisen will. Sie redet kaum noch ein Wort mit mir. Spreche ich sie an, dreht sie mir den Rücken zu und geht aus dem Zimmer.“

„Gib ihr Zeit. Die Nachricht war ein Schock für sie.“

„Du hast gut reden! Dich behandelt sie nicht wie eine Verbrecherin!“ Stockend berichtete Sibylla, dass nicht nur Emily ihr zürnte. Thomas war gekränkt, dass sie ihm nicht vertraut hatte, und John fühlte sich blamiert. „Allein die Vorstellung, dass offensichtlich jeder, der uns kennt, Bescheid wusste“, hatte er sich aufgeregt. „Ich stehe wie ein Dummkopf vor den anderen Kaufleuten da! Wie sollen sie mich jetzt noch als Geschäftsmann ernst nehmen?“

Victoria, die die Lawine ins Rollen gebracht hatte, verkroch sich in ihrem Zimmer. Wenn Sibylla ihr zufällig im Haus begegnete, schlug sie die Augen nieder und lief rasch weiter.

Sibylla hob den Kopf und blickte André in die Augen. „Ich habe den Eindruck, dass Victoria sich schämt. Bis jetzt hat sie mich allerdings nicht um Verzeihung gebeten. Und ehrlich gesagt bin ich auch noch nicht bereit, ihr zu verzeihen. Du bist gewiss ebenfalls ärgerlich auf mich, weil ich dir verschwiegen habe, dass Emily dein Kind ist.“

„Mon dieu, nein! Was hättest du denn tun sollen? Ich bin von uns beiden derjenige, der einen großen Fehler gemacht hat. Ich habe deine Gefühle verraten – und meine auch." Er schluckte schwer. „Ich verstehe, dass du Emily schützen wolltest, und das war auch mein Wunsch. Deshalb habe ich all die Jahre geschwiegen, obwohl es nicht immer leicht war."

„Ich habe Angst, dass die Leute Emily als Bastard bezeichnen werden, wenn du öffentlich als ihr Vater auftrittst. Das könnte ich nicht ertragen", erklärte Sibylla besorgt.

„Sollte irgendjemand dieses Wort in den Mund nehmen, bekommt er es mit mir zu tun", erwiderte André angriffslustig. „Gerade deshalb ist es gut, wenn Emily zu mir nach Qasr el Bahia kommt, bis die Wogen sich wieder geglättet haben." Nach einer kurzen Pause fügte er hinzu: „Die Leute werden klatschen, aber das tun sie immer, und wenn es ihnen zu langweilig geworden ist, über dich, mich und Emily zu klatschen, werden sie akzeptieren, dass ich Emilys wirklicher Vater bin."

Sibylla lehnte sich an ihn. „Hätte ich früher gewusst, was du denkst, wäre vieles anders gekommen", seufzte sie leise.

„Hättest du mir dann verziehen?", fragte er ernst.

Sie schwieg, aber sie ließ zu, dass er ihr behutsam über das Haar strich.

Eine Woche später ritten Sibylla und Emily bei Tagesanbruch aus der Stadt. Sie trabten durch das Bab El Mersa und schlugen dann einen weiten Bogen nach Südosten ein, bis zur Mündung des Oued Igrounzar. Dort wartete André, der Mogador durch ein anderes Tor verlassen hatte, um kein unnötiges Aufsehen zu erregen. Nach einer kurzen Begrüßung ritt er mit Emily und dem Packesel, der seine Einkäufe vom Souk trug, davon. Sibylla blieb zurück. Bevor die Reiter hinter einer Biegung verschwanden, drehte André sich noch einmal um. Sibylla hob zögernd die Hand und winkte. Sie blinzelte, nicht, weil die aufgehende Sonne sie blendete, sondern weil Tränen in ihren Augen brannten. Schließlich wendete sie ihr Pferd und ritt langsam zur Stadt zurück. Emily hatte sich nicht umgedreht, und sie hatte ihr auch nicht auf Wiedersehen gesagt.

„Wir sind bald da."

Emily fuhr hoch und richtete sich im Sattel auf. André musterte sie lächelnd. „Du bist es nicht gewohnt, den ganzen Tag zu reiten, nicht wahr? Jetzt dauert es nicht mehr lange, bis wir den Zufluss des Oued Zeltene erreicht haben, und dann sind wir in einer halben Stunde zu Hause."

Zu Hause, dachte Emily, bis jetzt war mein Zuhause in Mogador. „Es wird dunkel", sagte sie zu ihrem Vater. „Wir werden uns verirren."

„Mach dir deshalb keine Sorgen! Wir haben Vollmond, und hier kenne ich jeden Stein. Ich würde den Weg mit verbundenen Augen finden. Schau, dort ist der Abendstern aufgegangen."

Emily blickte in den lavendelblauen Himmel, wo ein einzelner heller Stern über der schwarz gezackten Linie der Berge aufblinkte.

Es war ein angenehmer Tag zum Reiten gewesen, warm, aber längst nicht so heiß wie im Sommer. Einmal hatte es leicht geregnet, jedoch nur kurz, und danach war die Luft mild und weich wie Balsam. Neben ihnen plätscherte der Oued Igrounzar durch sein steiniges Bett, nach den Regenfällen des Herbstes führte er wieder Wasser. Im niedrigen Gesträuch am Wegesrand raschelte und knisterte es, ein erster Nachtvogel rief in einem Jujubestrauch. Emilys Pferd schnaubte. Sie tätschelte seinen Hals und lauschte dem gleichmäßigen Klock-Klock der Hufe auf dem harten Boden. Mit klopfendem Herzen dachte sie an die Menschen auf Qasr el Bahia, die Familie ihres Vaters, die jetzt auch ihre Familie war.

„Vater?" Auch das fiel ihr noch nicht leicht: Den Mann, der so viele Jahre Monsieur Rouston für sie gewesen war, nun Vater zu nennen.

„Ja, ma petite?" Er drehte sich im Sattel zu ihr.

„Weiß deine Familie, dass es mich gibt?"

André hatte Emily während des Rittes von dieser Familie erzählt, dass seine Frau Aynur eine Berberin vom Stamm der Glaoua war und sie sechs Kinder hatten. Die Älteste war fast gleichaltrig mit Emily und hieß Malika. Auf Arabisch bedeutete ihr Name „Engel", aber André behauptete, dass sie alles andere als ein Engel wäre und nichts als Unsinn im Kopf hätte. Seine drei Söhne Frédéric, Christian und André, der nur André junior genannt wurde, hatten nach dem Willen Aynurs Namen aus der Heimat des Vaters bekommen. Sie waren siebzehn, vierzehn und zehn Jahre alt. Außerdem hatte es noch zwei Mädchen gegeben, die jedoch im Kleinkindalter gestorben waren.

André dachte lange über eine Antwort nach, denn er wollte nicht, dass Emily ihn falsch verstand. „Meine Familie weiß nichts von dir", räumte er schließlich ein, „was aber nur daran liegt, dass ich selbst erst seit ein paar Tagen ganz sicher weiß, dass du meine Tochter bist."

„Ich kann nicht fassen, dass Mutter dich und mich so viele Jahre angelogen hat!", entfuhr es Emily.

Er sah sie ernst an. „Allein dein Wohl war ausschlaggebend für ihre Entscheidung. Du darfst nicht so hart über sie urteilen."

Inzwischen war es fast dunkel. Riesig und zum Greifen nah ging der Mond auf. Sein blassgelber Schein spendete genug Licht, damit sie den Weg noch einigermaßen erkennen konnten. Der Wind trug den holzigen Duft der Zedernwälder vom Atlas herunter. Emily meinte, Schatten durch das Dickicht huschen zu sehen. Ihr Pferd scheute, als eine Eule mit lautlosem Flügelschlag dicht über ihren Köpfen hinwegglitt.

„Glaubst du, hier gibt es Räuber?“, fragte sie ängstlich, als sie das Tier wieder beruhigt hatte. In letzter Zeit war es immer wieder vorgekommen, dass Reisende von Wegelagerern überfallen und ausgeraubt worden waren. Die Kaufleute von Mogador heuerten deshalb schwer bewaffnete Söldner aus der Schwarzen Garde des Sultans für die Bewachung ihrer Karawanen an. Aber Emily und André hatten keinen Schutz außer das Gewehr ihres Vaters.

„Hier gibt es keine Räuber. Wir sind zu weit von der Karawanenstraße entfernt“, beruhigte André sie. „Mit den Ait Zelten, die hier leben, komme ich gut aus. Viele von ihnen arbeiten auf dem Gut.“

Während seiner Anfangsjahre auf Qasr el Bahia waren die Ait Zelten André nicht freundlich gesinnt gewesen. Die Hirten hatten ihre Herden über seine Felder getrieben, ihre Ziegen und Schafe hatten seine jungen Gerstenkeimlinge abgefressen und die Safrankrokusse zertreten. Nachts hatten die Leute Früchte von seinen Obstbäumen gestohlen und versucht, in seine Ställe und Vorratskammern einzubrechen. Erst als sein Freund Udad bin Aziki ihm mit zwei Dutzend gut bewaffneter Chiadma zu Hilfe gekommen war, gaben die Ait Zelten sich geschlagen, und ihr Scheich erkannte den Ausländer an.

Mit den Jahren waren sie gute Nachbarn geworden. In Zeiten der Dürre und des Hungers, als sie einen Großteil ihrer Herden verloren hatten, hatte André seine Vorräte mit ihnen geteilt. Im Gegenzug halfen sie, wenn Arbeiten auf den Feldern und dem Hof anstanden. Nur eine Handvoll junger Männer rebellierte gegen die unheilige Freundschaft mit dem Ungläubigen, der sich in ihrem Gebiet eingenistet hatte. Doch solange der Scheich mit dem ganzen übrigen Stamm zu André hielt, konnten sie nichts ausrichten.

Emily lauschte. Das Rauschen des Flusses schien ihr lauter als zuvor. „Haben wir den Oued Zeltene erreicht?", fragte sie.

Ihr Vater nickte und zügelte sein Pferd. „Direkt vor uns liegt Qasr el Bahia."

Sie folgte seinem ausgestreckten Arm mit den Augen und sah das Gut auf einer Anhöhe liegen. Ein eckiger Koloss mit zwei wuchtigen Türmen, der sich schwarz und majestätisch dort oben erhob. Darüber auf einem unendlichen samtblauen Himmel glitzerten winzige Sterne. Plötzlich glühten Lichter auf dem einen der beiden Türme auf, schwenkten ein paarmal von rechts nach links und verschwanden. André drehte sich zu seiner Tochter: „Das waren Signalfackeln. Man hat unsere Ankunft gehört."

Bald darauf tauchten die Lichter wieder auf und tanzten durch die Dunkelheit auf die beiden Reiter zu. Bedächtig einen Huf vor den anderen setzend, stiegen die Pferde und der Packesel ihnen entgegen. Unter ihnen rauschte Wasser durch die Rethare zu den Terassenfeldern, die rechts und links des schmalen Pfades lagen. Im fahlen Licht des Mondes erkannte Emily die buckligen grauen Steinmauern, die die Äcker begrenzten, auf denen noch die kopflosen Stengel der geernteten Safranpflanzen standen. Dazwischen wuchsen im Abstand von ungefähr einer Pferdelänge reihenweise Granatapfelbäume, deren Äste wie dünne schwarze Ärmchen emporragten.

Emily hörte die Fackelträger rufen. Nicht mehr lange, und sie würde ihre neue Familie kennenlernen.

„Wird deine Frau mich willkommen heißen, Vater?", erkundigte sie sich mit klopfendem Herzen.

André zögerte mit der Antwort. Über diese Frage dachte er nach, seit Emily ihm eröffnet hatte, dass sie bei ihm leben wollte. Er fürchtete, dass Aynurs Begrüßung nicht allzu herzlich ausfallen würde, aber das wollte er seiner Tochter nicht sagen.

Aynur war eifersüchtig. Sie mochte es nicht, wenn er nach Mogador ritt. Bei seiner Rückkehr gab sie sich kühl und unnahbar, und er musste sie neu für sich gewinnen, musste ihr beweisen, dass er sie liebte und nicht die Engliziya, der er seinen Safran verkaufte.

Was würde passieren, wenn er mit einer jungen Frau auf den Hof ritt, die sich als seine und Sibyllas Tochter entpuppte? Natürlich würde er Emily beschützen und Aynur klarmachen, dass sie auch dieses seiner Kinder respektieren müsste, aber leicht würde es nicht werden.

„Ich habe in meinem Leben gelernt, dass es keinen Sinn macht, große Pläne zu schmieden. Das Schicksal entscheidet meistens anders", sagte er zu Emily und bemühte sich, möglichst sorglos zu klingen.

„Dann lässt du also das Schicksal entscheiden, wie ich empfangen werde?"

„Nicht ganz, denn ich bin an deiner Seite." Er streckte eine Hand aus und berührte ihre Schulter. „Inschallah, meine Tochter."

„Inschallah, Vater", murmelte sie nicht ganz überzeugt.

„Baba?", vernahmen sie die Stimme eines jungen Mannes aus der Dunkelheit. „Mit wem redest du?"

Die Fackelträger hatten sie erreicht. Emily blickte gespannt zu dem Rufenden, dessen Gestalt von den

Flammen beleuchtet wurde. Sie sah einen dunkelhaarigen jungen Mann, der behände wie ein Ziegenbock den Hang heruntersprang. Einer von Andrés Söhnen, wahrscheinlich Frédéric. Hinter ihm kamen zwei Knechte, ebenfalls mit Fackeln. Emily nahm die Zügel ihres Pferdes kürzer. In Mogador hatte sie sich gegen zwei ältere Brüder behauptet. Mit drei jüngeren Brüdern, einer Schwester und deren Mutter würde sie es erst recht aufnehmen!

Aynur kniff ungläubig die Augen zusammen, als sie Emily hinter André auf den Hof reiten sah. Hatte ihr Mann aus Mogador eine zweite Frau mitgebracht?

Gefürchtet hatte sie diesen Schritt schon lange. Mit siebenunddreißig Jahren war sie nicht mehr jung, auch wenn ihr Gesicht immer noch glatt und ihr Körper trotz sechs Schwangerschaften noch schlank und geschmeidig war. Aber nach ihrer jüngsten Tochter Thiyya, deren winziger Säuglingskörper seit zwei Jahren neben ihrer Schwester Izza unter einer großen Steineiche hinter den Mauern des Gutes ruhte, war sie nicht wieder schwanger geworden. Vielleicht wünschte ihr Gatte sich noch mehr Söhne, auch wenn er ihr immer wieder versicherte, er hätte genug Kinder.

Aber musste er sie deshalb gleich mit einer Frau demütigen, die ihre Tochter hätte sein können? Schön war die Fremde, biegsam wie eine junge Zeder und stolz wie eine Königin saß sie zu Pferd. Eine Berberin war sie nicht, dass erkannte Aynur, weil sie weder die typische Kleidung noch Stammestätowierungen auf Stirn und Wangen trug. Eine arabische Frau hätte sich verschleiert. Also musste es sich um eine Ausländerin handeln.

Wieder eine Ausländerin! Eifersucht kochte in Aynur hoch. Am liebsten hätte sie die Fremde vom Pferd gerissen und mit dem Gesicht in den Staub gedrückt, bis ihr der Stolz verging! Woher auch immer sie kam, sie würde sie lehren, was es hieß, in ihr Heim einzudringen!

„Frédéric!" Sie hielt ihren Ältesten am Hemd fest und zog ihn zu sich. „Wer ist der Gast, den Baba mitgebracht hat?", zischte sie in der Sprache der Glaoua.

Fackelschein tanzte auf seinem Gesicht und ließ ihn frech und verwegen aussehen. „Er hat gesagt, dass er sie uns zum Abendessen vorstellt. Aber sie ist hübsch, nicht wahr, Imma? Vielleicht wird sie meine Braut."

Aynur versetzte ihrem Ältesten einen Stoß, insgeheim erleichtert, denn an diese Möglichkeit hatte sie noch gar nicht gedacht. „Steh nicht herum und halte dumme Reden! Hilf deinen Brüdern, den Esel abzuladen!"

André sprang von seinem Pferd und warf die Zügel einem Stallburschen zu. Dann half er der jungen Frau beim Absteigen. Aynur beobachtete aufgebracht, wie er mit einer Hand ihren Steigbügel hielt, die andere streckte er ihr hilfreich entgegen. Die junge Frau lächelte schüchtern, glitt aus dem Sattel und blieb dicht neben André stehen.

Aynur umfasste das Medaillon mit den Haarlocken all ihrer sechs Kinder darin, das an einer silbernen Kette um ihren Hals hing, und hob entschlossen das Kinn.

KAPITEL FÜNFUNDZWANZIG

Emily saß neben ihrem Vater auf einem der beiden Sofas im Esszimmer und versuchte, möglichst selbstsicher zu wirken. Sie war froh, dass sich zwischen ihr und Aynur ein flacher Tisch aus Zedernholz befand, denn die Herrin des Gutes hatte sie sehr kühl, fast schon unhöflich empfangen. Jetzt thronte sie auf der anderen Seite des Tisches, ihre Söhne demonstrativ um sich geschart. In einem Stuhl in einer Ecke kauerte die beängstigendste Gestalt: Eine uralte Schwarze, die gichtigen Finger wie Krallen in die Lehnen gebohrt und Emily unablässig fixierend. André hatte sie als Tamra vorgestellt, Aynurs Dienerin, die auf dem Gut ihren Lebensabend verbrachte. Trotzdem gruselte Emily sich beim Anblick der fast kahlen, immer wieder unfreundlich vor sich hinknurrenden Alten.

Das Esszimmer auf Qasr el Bahia war nicht wie das Zuhause in Mogador europäisch möbliert. Hier gab es niedrige Sofas mit farbigen Überwürfen. Auf dem mit blauen, grünen und roten Fliesen gekachelten Boden lag ein Teppich aus heller Wolle, in Mauernischen standen Schalen mit duftenden getrockneten Blüten, geschmiedete Lampen warfen flackernde Muster an die weiß gekalkten Wände. Die bogenförmigen Fenster waren ungewöhnlich groß für ein Berberhaus und hatten vornehme bunte Glasscheiben, die noch vom Vorbesitzer, dem verstorbenen Sultan Moulay Abd Er Rahman stammten.

In der Feuerstelle knackten Holzscheite, die Alte auf ihrem Stuhl brummelte vor sich hin. Sonst herrschte gespannte Stille. Aynur saß sehr gerade auf dem Sofa. In einer bestickten Bluse, einem weiten bunten Rock und mit ihrem üppigen Silberschmuck erinnerte sie Emily an eine hübsche Puppe, wären da nicht die zusammengepressten

Lippen und die kaum verhohlene Feindseligkeit in den braunen Augen gewesen.

Aber Emily war entschlossen, sich nicht einschüchtern zu lassen. Die entschiedene Haltung und das strenge Gebaren Aynurs waren Emily von ihrer Mutter her nur zu vertraut. Und wenn sie ihrer Mutter die Stirn geboten hatte, würde ihr das auch bei dieser Frau gelingen.

Die Tür zum Esszimmer wurde geöffnet, und Emilys Halbschwester Malika kam herein, gefolgt von zwei schwarzen Dienerinnen. Die Frauen trugen Platten mit dampfendem Couscous, frischem Fladenbrot und Schüsseln, aus denen es verführerisch nach Minze, Honig und Zitrone duftete.

Malika sah aus wie eine jüngere Ausgabe ihrer Mutter, so klein und zierlich, dass Emily sich wie eine Riesin fühlte. Ihre Haut schimmerte wie Honig, und ihr glänzendes pechschwarzes Haar reichte bis zu den Hüften. Wenn sie sich bewegte, klingelten die silbernen Reife, die sie an beiden Armen trug. Wie ihre Mutter war sie in eine Tunika, einen weiten wadenlangen Rock und weiche Lederstiefel gekleidet und erinnerte Emily an die Tänzerin auf der Spieluhr, die ihre Großmutter Mary ihr vor Jahren aus England geschickt hatte.

Malika stellte die schwere Platte mit dem Couscous anmutig auf den Tisch und warf Emily einen neugierigen Blick aus ihren wunderschönen Khol-umrandeten Augen zu. Emily mochte sie und ertappte sich bei dem Wunsch, dass sie nicht nur Schwestern, sondern Freundinnen würden.

Auf einen Wink von Aynur verließen die Dienerinnen den Raum. André legte einen Arm um Emilys Schultern und räusperte sich.

„Meine liebe Familie, ihr fragt euch sicher, wer der Gast ist, den ich mitgebracht habe."

„Ich hoffe, die Ehefrau, die du für mich ausgesucht hast", fiel Frédéric ihm vorwitzig ins Wort.

Emily wurde rot, Aynur zischte etwas Unverständliches, und André schüttelte lachend den Kopf. „Ich muss dich enttäuschen, Sohn, aber deine Braut darfst du dir selbst aussuchen. Nun, ich will euch nicht länger auf die Folter spannen..." Er blickte Aynur an und nickte ihr unmerklich zu. „Diese junge Frau hier ist meine Tochter Emily. Ich kenne sie schon sehr lange, aber erst vor ein paar Tagen habe ich erfahren, dass sie meine Tochter ist. Sie hat mich gefragt, ob sie einige Zeit bei uns leben darf, und ich möchte, dass ihr sie hier willkommen heißt. Qasr el Bahia ist von nun an genauso ihr Zuhause wie eures!"

Im Raum war es so still, dass man eine Stecknadel hätte fallen hören können. Dann stieß die Alte in ihrer Ecke einen pfeifenden Laut aus, als würde ihr alle Luft entweichen.

Emily blickte unsicher zu Aynur. Die Frau ihres Vaters hatte sich eine Hand vor den Mund geschlagen. Ihr Gesicht drückte Überraschung aus, Schmerz und gleichzeitig Erleichterung. Feindselig sah sie jedenfalls nicht mehr aus, und Emily fühlte, wie ihre Zuversicht zurückkehrte.

Malika stand als Erste auf. Mit ausgebreiteten Armen kam sie auf Emily zu und küsste sie. „Asselama ouletsma, willkommen, Schwester!", sagte sie leise in ihrer Berbersprache und wechselte dann ins Arabische. „Ich habe mir immer eine Schwester gewünscht."

Auch die Brüder umringten das neue Familienmitglied. Christian war ein wenig schüchtern, Frédéric verkündete großspurig, dass er nun auf dem nächsten Stammestreffen der Glaoua mit zwei schönen Schwestern angeben könnte, und der Kleinste zupfte verstohlen an Emilys Locken.

Tamra wackelte mit dem Kopf und grunzte. Es fiel Emily schwer, zu unterscheiden, ob sie sie begrüßte, verfluchte oder ob einfach nur das Alter sie gebrechlich gemacht hatte.

Aynur stand nun ebenfalls auf, ging auf Emily zu und umarmte sie förmlich. „Willkommen auf Qasr el Bahia, Tochter meines Mannes! Seine Gäste sind auch meine Gäste.“

Erst spät in der Nacht, als sie allein in ihrem Schlafzimmer waren, konnte Aynur ihrem Mann sagen, was sie im tiefsten Herzen fühlte. „Die Engliziya hat sich also ein Kind von dir machen lassen. Ich habe geahnt, dass uns ein Unglück bevorsteht, seit Tamra es mir aus den Flügelknochen einer Taube gelesen hat!“ Sie drehte André den Rücken zu, aber sie betrachtete ihn prüfend in ihrem silbernen Wandspiegel, während sie etwas von dem Arganöl, das er ihr aus Mogador mitgebracht hatte, in ihr Haar massierte.

Er saß auf der Kante des Bettes und zog seine Stiefel aus. Bei ihren Worten verzog sich sein Gesicht. Ärgerlich warf er die Stiefel in eine Lücke zwischen zwei geschnitzten Kleidertruhen. „Wann wirst du endlich aufhören, dem Unsinn dieser Hexe zu glauben! Im Übrigen erlaube ich weder Tamra noch dir, Emily als Unglück zu bezeichnen!“

Nach einem ganzen Tag zu Pferde war er müde, und das abergläubische Gerede der alten Dienerin und seiner Frau ging ihm gewaltig auf die Nerven. Er sehnte sich nach Ruhe und danach, Aynur nach einer Woche Abwesenheit endlich wieder in den Armen zu halten. In einem bodenlangen Hemd aus fließender Seide sah sie sinnlich und verführerisch aus. Der flackernde Schein einer Lampe malte die Linien ihrer Figur in Licht und

Schatten nach, ihre bronzefarbene Haut schimmerte. Als sie ihr langes schwarzes Haar schüttelte, so dass die Spitzen die Rundung ihres Pos streiften, merkte er, wie sein Verlangen sich regte.

„Komm her!“, raunte er ihr zu. „Der Tag war lang und anstrengend. Lass uns morgen über alles sprechen.“

Aynur drehte sich um, aber sie blieb, wo sie war. Ihre Augen glommen im Halbdunkel. „Warum hat die Engliziya dir das Kind erst jetzt gegeben? Oder wolltest du es nicht haben?“

André unterdrückte ein Stöhnen. Aynur würde keine Ruhe geben, bevor sie nicht wusste, was sie wissen wollte.

„Es ist alles sehr kompliziert, besonders für Emily“, entgegnete er vorsichtig. „Ich habe sie mitgenommen, damit sie hier zur Ruhe kommt.“

„Ich verstehe. Die Engliziya hat dir gezürnt, nachdem sie mich auf Qasr el Bahia sah. Sie muss damals schon gewusst haben, dass sie ein Kind erwartet. Ich hatte geglaubt, die Ausländerinnen wären tugendhafter.“ Ein katzenhaftes Lächeln huschte über Aynurs Gesicht. „Du hast ihre Liebe verraten. Deshalb verdienst du, dass sie dich ihren Zorn spüren ließ. Ich würde dich auch meinen Zorn spüren lassen, wenn du meine Liebe verrätst.“

Bevor André etwas erwidern konnte, blies sie die Lampe aus. Dunkelheit breitete sich über den Raum. Er hörte das leise Tappen ihrer nackten Füße. Als sie sich neben ihn setzte, streifte ihr Atem seinen Hals. Sie duftete wie die Rosen, die in ihrem Garten am Haus wuchsen.

„Hat sie dein Bett geteilt, als du in Mogador warst?“, flüsterte Aynur in sein Ohr.

In der langen Zeit ihres Zusammenseins stellte sie ihm diese Frage zum ersten Mal, aber als er das Zittern in ihrer Stimme bemerkte, wurde ihm klar, wie sehr sie sich all die Jahre mit der Ungewissheit gequält haben musste. Er tastete nach ihrer Hand. „Dass ich Emily mitgebracht habe, hat nichts mit Sibylla und mir zu tun. Es hat ausschließlich mit Emily und mir zu tun."

Sie zog ihre Hand zurück. „Du hast nicht auf meine Frage geantwortet."

„Ich habe nicht das Bett mit ihr geteilt, nie mehr, nachdem du in mein Leben getreten bist!", erwiderte er heftiger als beabsichtigt. „Bist du jetzt zufrieden?"

Aynur beugte sich zu seinem Ohr. „Das hängt davon ab..."

Er drehte sich zu ihr und zog sie in seine Arme. „Mach dir keine Sorgen! Du bist die beste Gefährtin, die ich mir vorstellen kann. Ohne dich hätte ich meine anderen wundervollen Kinder nicht, und Qasr el Bahia wäre nicht zu dem geworden, was es heute ist. Glaubst du, das könnte ich je vergessen?"

Besänftigt legte sie ihre Wange an seinen Brustkorb. „Ich glaube dir, Liebster. Deiner Tochter soll es hier an nichts fehlen. Verzeih mir, dass ich ihr gegenüber die heiligen Gesetze der Gastfreundschaft verletzt habe! Es wird nicht wieder vorkommen."

Er hob ihr Kinn mit einer Hand an und küsste sie. Sie nestelte an seinem Hemd und zog es ihm über den Kopf. Dann kniete sie sich hinter ihm auf das Bett und begann, ihn zu massieren. „Dein Rücken ist hart wie Stein. Er muss dir wehtun, Liebster. Aber ich werde den Schmerz wegmachen."

Er beugte seinen Kopf vor und gab sich ihren gleichmäßigen kräftigen Berührungen hin. „C'est merveilleux. Du hast Zauberhände, Aynur."

Sie beugte sich über ihn. Er spürte die Wärme und Sinnlichkeit ihres Körpers und merkte, wie erregt er trotz seiner Müdigkeit wurde. Ihre Hände glitten über seine

Brust und seinen Bauch, schlüpften in seinen Hosenbund und umfassten sein Glied. „Du willst mich“, stellte sie zufrieden fest.

Statt einer Antwort drehte er sich um und drückte sie sanft auf die Matratze.

Mogador, Ende April 1861

Stille senkte sich über die Menschenmenge vor dem Bab Doukala, als der Trauerzug sich dem Stadttor näherte. Vorn schritten die vier Sargträger, die eine einfache aus Brettern gezimmerte Kiste mit dem Leichnam Samuel Toledanos auf den Schultern balancierten. Dahinter kamen die Trauernden. An ihrer Spitze ging der Rabbi, gefolgt von Aaron Toledano, dem ältesten Sohn und neuen Familienoberhaupt der Toledanos von Mogador, der Witwe, die von ihren Töchtern gestützt wurde, und der restlichen Familie. Dahinter schritten weitere Verwandte, Freunde, Geschäftspartner und Nachbarn aus der jüdischen Gemeinde Mogadors.

Sibylla atmete tief durch. Der Anblick dieses langen Zuges dunkel gekleideter stiller Menschen bedrückte sie. Vor drei Wochen war André in Mogador gewesen. Er hatte ihr zwar Grüße von Emily bestellt, aber sie hatte ihn im Verdacht, dass er sich das ausgedacht hatte, um sie zu trösten. Einen Brief ihrer Tochter, nach dem sie sich so sehnte, hatte er jedenfalls nicht mitgebracht.

Vier Monate war Emily schon fort, und Sibylla konnte sich nicht erinnern, je so traurige Weihnachten erlebt, dem neuen Jahr mit so wenig Enthusiasmus entgegengesehen zu haben. Inzwischen war es Ende April, und sie fühlte sich immer noch so traurig und niedergeschlagen, als hätte das Zerwürfnis mit Emily erst gestern stattgefunden.

„Sie wird sich wieder fangen“, hatte André ihr zum Abschied versichert. „Hab Geduld, und mach dir keine Sorgen! Ich werde gut auf unsere Tochter aufpassen.“

Wenn es nur nicht so schwer wäre, geduldig zu sein, dachte Sibylla und schaute über den Trauerzug hinweg zu Kaid Samir, der auf der anderen Seite des Stadttores inmitten seines Gefolges stand, um dem toten Tujjar al-Sultan die letzte Ehre zu erweisen. Neben ihr unterhielten sich zwei Kaufleute im Flüsterton.

„Eine einfache Kiste mit einem Leichnam ist alles, was von einem der einflussreichsten Männer des Landes bleibt“, murmelte der eine und schaute auf den demütig schlichten Holzsarg, den weder Bild noch Ornamente oder Blumenschmuck zierten. Nur die Lebensdaten Toledanos, entsprechend dem jüdischen Kalender, waren in den Deckel geschnitzt.

„Der Mann war achtzig Jahre alt. Das müssen wir ihm erst einmal nachmachen“, sagte der andere und nahm ehrfürchtig seinen Hut ab.

Sibylla dachte an Benjamin. Er wäre inzwischen einundfünfzig Jahre alt und hatte im Gegensatz zu Samuel Toledano kein gesegnetes Alter erreicht. Er war einen grausamen Tod gestorben und hatte mit seinem Sklavenhandel ein Geheimnis hinterlassen, das bis heute wie ein dunkler Schatten auf Sibyllas Schultern lastete. Anders als ihr Mann war Toledano glimpflich davongekommen. Zu glimpflich, fand Sibylla und hatte es all die Jahre hartnäckig abgelehnt, mit ihm Geschäfte zu machen.

Sie drehte sich zu John, um ihm mitzuteilen, dass sie nach Hause gehen wollte, und sah gerade noch, dass Victoria rasch die Augen niederschlug.

Kurz nach dem Eklat hatte Victoria sich bei ihr entschuldigt, doch das Verhältnis der beiden Frauen zueinander blieb distanziert. Oberflächlich herrschte Frieden, aber im Herzen hatte Sibylla ihr noch nicht verziehen. Sie wusste, dass John ein sehr ernstes Gespräch mit seiner Frau geführt und ihr unmissverständlich klargemacht hatte, dass sie gegenüber Außenstehenden weder etwas über die Gründe für Emilys plötzliche Abreise erwähnen durfte noch darüber, wo sie sich aufhielt. Seither verließ Victoria das Haus kaum noch, und Sibylla vermutete, dass die junge Frau sich in Mogador einsamer und unglücklicher denn je fühlte.

Auf dem jüdischen Friedhof, einem staubigen ungepflegten Stück Erde, hatte der Trauerzug sich inzwischen um das Grab versammelt. Der Rabbi las laut aus dem Buch Genesis, und Kaid Samir ging mit seinem Gefolge in die Stadt zurück. Auch die Kaufleute brachen auf.

„Guten Tag, Mrs. Hopkins. So ein Wetter wünscht man sich zum Sterben, nicht wahr?" Sibylla drehte sich überrascht um. Direkt hinter ihr stand Sara Willshire und lächelte nervös.

Sibylla murmelte einen Gruß und wollte gehen, aber Sara sagte eilig: „Wo ist eigentlich Emily? Sie ist doch nicht krank? Ich habe sie schon lange nicht mehr gesehen."

Sibylla fühlte, wie sie wütend wurde. Was fiel dieser Frau ein, scheinheilige Fragen zu stellen! Schließlich war sie mit ihrem Tratsch schuld, dass Emily fort war!

„Habe ich das richtig verstanden? Sie fragen mich wirklich, wo meine Tochter ist?", erwiderte sie scharf.

„Ich wollte nur meiner nachbarlichen Pflicht nachkommen und mich nach Emilys Wohlergehen erkundigen", kam es gekränkt von Sara.

„Nun, wenn das so ist, will ich Ihre Frage beantworten." Sibylla maß sie mit einem vernichtenden Blick. „Emily ist bei ihrem Vater."

„Bei ihrem Vater?", stotterte Sara. „Wie meinen Sie das? Ich meine, wie ist das möglich?"

„Aber Mrs. Willshire, Sie erstaunen mich. Sie wissen doch ganz genau, wie das möglich ist. Sie haben doch selbst dazu beigetragen!"

Errötend schlug Sara die Augen nieder. „Ich habe es nur gut gemeint. Und was Sie mir vorwerfen, ist ungerecht. Jeder in Mogador kennt die Wahrheit. Über kurz oder lang hätte Ihre Schwiegertochter es ohnehin erfahren, und Emily auch."

Sibyllas Nasenflügel bebten. „Dazu habe ich nur eines zu sagen, Mrs. Willshire: Versuchen Sie nie wieder, einem Mitglied meiner Familie Gift ins Ohr zu träufeln!"

Sara wurde blass. „Sie können niemals verzeihen, nicht wahr, Sibylla?"

KAPITEL SECHSUNDZWANZIG
QASR EL BAHIA IM FRÜHSOMMER

„Die Frauen und die größeren Kinder arbeiten heute auf dem oberen Terrassenfeld“, verkündete André beim Frühstück. „Alle Pflanzen mit mehr als drei Knollen werden aus der Erde genommen, geteilt und umgesetzt.“

Nach einem halben Tag Arbeit auf dem Feld rieb Emily sich verstohlen den schmerzenden Rücken. Niemand sollte merken, wie anstrengend sie die Feldarbeit fand. Aynur jedoch entging die Geste nicht. Sie ahnte, wie das Stadtmädchen sich fühlte. Schließlich war sie selbst einst ein verzärteltes Geschöpf gewesen, dessen anstrengendste Tätigkeit darin bestanden hatte, Blumen im Garten des Harems zu pflücken.

André hatte damals auf ihre Klagen und Tränen wenig Rücksicht genommen. Auch, dass die Sonne ihren zarten Teint verbrannt und die ungewohnte Arbeit ihren weichen Händen Blasen zufügte, hatte ihn nicht interessiert.

„Du kannst jederzeit zu deinem Volk zurückkehren“, hatte er gesagt. „Aber wenn du bleiben willst, musst du mein Leben mit mir teilen. Ich brauche hier keine zimperliche Haremsprinzessin, sondern eine Frau, die dieses Gut mit mir bewirtschaftet.“

Er hatte sie nicht geschont in dieser ersten Zeit, und sie wusste, dass es seine Art gewesen war, sie zu strafen, weil sie die Engländerin vertrieben hatte. Aber sein Verhalten hatte ihren Stolz angestachelt. Sie wollte sich beweisen, und sie wollte den gutaussehenden Ausländer für sich gewinnen, auch wenn er die Engländerin in seinem Herzen trug. Nicht ein einziges Mal bekam er mit, wenn sie vor Erschöpfung oder Einsamkeit weinte. Sie biss sich durch und kämpfte um seinen Respekt. Irgendwann hatte sie gemerkt, dass ihr dieses Leben weit mehr lag als die

Langeweile des Nichtstuns im Harem. Sie besann sich auf ihr Glaoua-Erbe, auf den Stolz ihres Volkes, seinen Freiheitswillen und die Liebe zum Land, und sie fragte sich, wie sie es so viele Jahre eingesperrt hinter Mauern ausgehalten hatte.

Als ihre Schwangerschaft sichtbar wurde, änderte André sein Verhalten ihr gegenüber. Er freute sich auf das Kind, achtete darauf, dass sie sich nicht überanstrengte. Dann kam der Tag, als das Kind in ihrem Leib sich zum ersten Mal bewegte. Sie hatte seine Hand genommen und sie auf ihren Bauch gelegt, und da hatte er sie zum ersten Mal angelächelt. Aber erst als Tamra ihm die neugeborene Malika in den Arm gelegt und er das Baby mit einem zärtlichen, erstaunten Gesichtsausdruck betrachtet hatte, wusste sie, dass er sie nicht mehr wegschicken würde.

Lange noch hatte sie befürchtet, dass die Engländerin zurückkommen und André für sich fordern würde. Doch seltsamerweise war sie nie mehr auf Qasr el Bahia aufgetaucht. Dafür musste Aynur jetzt jeden Tag mitansehen, welch großen Platz die Tochter der Engländerin im Herzen ihres Mannes besaß, aber sie begehrte nicht dagegen auf. Vielleicht hatte er die Engländerin mehr geliebt als sie, aber seine Kinder liebte er alle mit der gleichen Hingabe. Außerdem wusste sie, wie unersetzlich sie für André geworden war. Die Engländerin war eine verwöhnte Städterin, die dem Leben hier draußen bestimmt nicht gewachsen war. Ihre Tochter allerdings, das musste Aynur zugeben, schlug sich wacker. Sie beklagte sich nie oder drückte sich vor der Arbeit und bemühte sich, mit ihren Halbgeschwistern mitzuhalten. Sie versuchte, Malika nachzuahmen, die sich im Gehen über die frisch gepflügte Ackerfurche beugte, ein Bündel Safranknollen herausnahm und in ihren Korb über dem Arm warf, ohne den Rhythmus ihrer Schritte zu unterbrechen.

Der kleine Crocus Sativus, dessen winzige Blütenstempel das wertvollste Gewürz der Welt abgaben, blieb vier Jahre auf demselben Feld. Dann mussten die Knollen aus der Erde genommen, geteilt und an einen neuen Standort gesetzt werden. Dafür waren, genau wie für die Ernte des Safrans und etliche andere Arbeiten auf dem Gut, viele helfende Hände nötig, die André bei den Ait Zelten anwarb.

Christian hatte ein Maultier vor einen einfachen Pflug aus einer hölzernen Stange mit einem eisernen Haken am Ende gespannt. Er ging hinter dem Pflug und dirigierte das Maultier mit Zügeln und Zurufen, während die Krokusknollen freigelegt wurden. Die Frauen klaubten sie auf und warfen sie in Körbe, die sie über dem Arm trugen. War der Korb voll, stellten sie ihn auf dem Feld ab, Kinder trugen ihn an den Rand, schütteten ihn aus und teilten die Knollen. Danach wurden sie in den Speicher gebracht, wo sie trocken, dunkel und luftig lagerten, bis sie Ende Juli, nach der Gerstenernte, an einem neuen Platz ausgepflanzt wurden.

Die Frauen vom Stamm der Ait Zelten in ihren bunten Röcken waren wie Farbtupfer über die braune Erde verstreut. Emily hatte ihre sonnengegerbten Gesichter mit Kohlestift oder Ölfarbe und Pinsel schon oft eingefangen. Mütter, die sich ihre Babys in Tragetüchern auf den Rücken gebunden hatten, und die eifrig herumwuselnden Kinder, die immer Zeit fanden, Fangen zu spielen oder das Maultier zu streicheln. Emily bedauerte, dass es ihr nicht möglich war, auch die Geräusche und Gerüche auf der Leinwand abzubilden: Den melodisch rollenden Singsang der Berbersprache, das Lachen der Kinder, das leise Klingeln des Silberschmucks der Frauen und den Geruch der Erde.

Leinwände, Farben, Kohlestifte und Zeichenblocks hatte sie als Erstes für ihren Umzug nach Qasr el Bahia eingepackt. Erst war sie unsicher gewesen, ob Andrés Familie und die Ait Zelten sich malen lassen wollten. Schließlich verbot der Islam die bildliche Darstellung von Allahs Schöpfung. Doch weder Andrés Familie noch die Ait Zelten störten sich daran, wenn Emily sie malte. Im Gegenteil: Die Menschen fanden Gefallen daran, sich auf den Bildern zu betrachten, und waren stolz, wenn sie als Modell ausgewählt wurden. Auf dem Land, weit weg von den Glaubenshütern in den Städten gestalteten die Menschen ihre Religion recht eigenwillig. Die Ait Zelten hingen dem Glauben an Naturgeister, Omen und Symbole genauso an wie dem an Allah. Andrés und Aynurs Kinder hielten die Gebetszeiten ein, aber nur ihrer Mutter zuliebe, hatte Frédéric Emily anvertraut, und André selbst sagte, dass er lieber dem gesunden Menschenverstand als irgendeinem Gott vertraute.

Sechs Monate lebte Emily nun schon hier und hatte den Alltag auf dem Gut in vielen Bildern und Zeichnungen verewigt: Ihren Vater und Frédéric, wie sie auf dem Dreschplatz vor dem Stall ein Pferd beschlugen; André junior, der stolz auf einem Ast der silberblauen Atlaszeder im Hof thronte; die alte Tamra, die in der Sonne vor dem Haus auf einer Bank döste; zwei barfüßige Berberjungen, die eine Ziegenherde entlang der trutzigen Lehmmauern des Gutes trieben.

Sie hatte Aynur gezeichnet, wie sie die Gräber ihrer kleinen Töchter unter der knorrigen alten Steineiche in ihrem Garten hinter dem Gut mit den ersten zarten Frühlingsblumen geschmückt hatte, und Malika an einem Abend im April, als eine Gruppe Gaukler und Märchenerzähler auf das Gut gekommen war und sie mit ihnen vor den Flammen des Lagerfeuers getanzt hatte.

„Diese Arbeit gehört wohl nicht zu deinen liebsten Beschäftigungen, Schwester." Malika riss Emily aus ihren Gedanken. „Warte nur, wenn erst Babas neues Feld gerodet ist! Dann wirst du nachts nicht mehr wissen, wie du vor Schmerz liegen sollst."

Im letzten Jahr hatte André als Dank für die Übersetzung eines militärischen Standardwerkes ins Arabische von Sultan Sidi Mohammed ein weiteres Stück Land erhalten, das im Osten an das Gut grenzte. Dort wollte er noch ein Safranfeld anlegen. Doch noch waren die Männer der Ait Zelten damit beschäftigt, das Gestrüpp zu roden und die Wurzelstöcke auszugraben.

„Warte nur selbst! Das viele Bücken wird dich schief und krumm machen wie die alte Tamra, und so male ich dich dann!", drohte Emily.

Malika lachte nur. Sie wusste, wie hübsch sie war. „Ich habe einen besseren Vorschlag. Aber du musst mir versprechen, dass du mit niemandem darüber redest!" Rasch sah sie sich nach ihrer Mutter um, aber Aynur tadelte gerade Christian, der geträumt hatte, statt aufzupassen, dass das Maultier gerade Furchen zog.

Emily nickte. „Worum geht es?"

Malika huschte neben sie. „Du malst mich in meinem Zimmer, wie ich auf dem Bett liege", raunte sie ihr geheimnisvoll zu.

„In Ordnung, aber musst du deshalb flüstern?"

„Es soll kein gewöhnliches Bild werden …"

„Sondern?"

„Ach, du verstehst aber auch gar nichts!" Malika blickte noch einmal zu ihrer Mutter. Dann wisperte sie: „Ich habe nichts an, höchstens einen Schal."

„Du meinst einen Akt. Warum sagst du das nicht gleich?"

Aynur drehte sich um und sah prüfend zu den Mädchen.

„Was ist ein Akt?“, wisperte Malika, als Aynur sich wieder über die Ackerfurche beugte.

„Das ist die Abbildung eines nackten Menschen“, erklärte Emily überlegen. „In der europäischen Kunst kommt so etwas häufig vor.“ Sie hatte zwar noch nie einen Akt gezeichnet, geschweige denn, einen gesehen, aber sie hatte schon alles darüber gelesen – im Handbuch der Geschichte der Malerei, das Oscar ihr aus England geschickt hatte.

„Dann machst du es?“, drängte Malika. „Und ich darf es behalten?“

Emily runzelte die Stirn. „Ich habe noch nie eines meiner Bilder verschenkt. Ich brauche sie für die Mappe, die ich meinem Lehrer an der Kunstakademie in London vorlegen werde.“

Sie brach ab, denn ihr fiel ein, dass sie ihr Studium wegen des Streits mit ihrer Mutter nicht angetreten hatte. Bei diesem Gedanken verspürte sie einen unerwarteten Stich im Herzen.

„Willst du das Bild jemandem schenken?“, fragte Emily neugierig. „Einem jungen Mann vielleicht?“

Malika schüttelte den Kopf. „Ich will es ganz allein für mich und mich noch daran erfreuen, wenn ich einmal dick und alt bin. Zur Erinnerung an dich will ich es auch, wenn du einmal eine berühmte Malerin geworden bist. Du sollst es mir auch nicht umsonst geben. Ich bezahle dich dafür.“

„Ach ja?“ Soweit Emily wusste, verfügte Malika genauso wenig über eigenes Geld wie sie selbst.

„Ich lese dir aus der Hand.“

„Oh." Emily war enttäuscht. „Weißt du, ich glaube nicht daran, dass meine Zukunft in meiner Hand geschrieben steht. Das ist Hokuspokus."

„Das kann nicht dein Ernst sein! Dein ganzes Leben, jede Wendung des Schicksals steht in den Linien deiner Hand. Du musst nur wissen, wie du sie enträtselst. Also, was sagst du?"

Emily drehte ihre Hände um und schaute darauf, aber sosehr sie sich auch anstrengte, sie sah nur lange und kurze, mehr oder weniger zerfurchte Linien und von Erde verschmutzte Finger.

„Lass mich mal!", verlangte Malika. „Dann beweise ich dir, wie gut ich bin! Tamra hat mir das Handlesen beigebracht, und sie weiß alles darüber."

Bevor Emily reagieren konnte, fasste Malika sie am Arm und zerrte sie zum Feldrand.

„Setz dich!" Als Emily zögerte, versetzte Malika ihr einen kleinen Schubs. „Nun stell dich doch nicht so an! Du willst doch auch wissen, wer der Mann ist, den das Schicksal für dich ausgesucht hat!"

Schlagartig fiel Emily Sabri ein. Ob es wider alle Vernunft doch eine Zukunft für sie beide gab, obwohl seine Eltern schon eine Braut für ihn ausgewählt hatten? Sie schluckte schwer. Dann streckte sie ihre Hände aus. „Fang an!"

Malika nahm die Linke und betrachtete sie ernst. Emily lächelte verlegen, als eine junge Berberfrau, die in der Nähe saß und ihr Kind stillte, ihr aufmunternd zunickte.

„Was ist denn nun?", fragte sie nervös, weil Malika so lange auf ihre Hand starrte. Die blickte auf, ein kleines Lächeln umspielte ihre Mundwinkel. „Wer hätte das gedacht, Schwesterchen!"

„Wer hätte was gedacht? Lass mich doch nicht um jedes Wort betteln!“

„Du hast ihn bereits gefunden, Schwester, und du hast mir kein Wort verraten. Schämst du dich nicht?“ Malika klang sehr zufrieden mit sich.

Emily riss ihre Hand zurück und versteckte sie in einer Falte ihrer Tunika. „Das kannst du unmöglich aus ein paar Linien in meiner Handfläche gelesen haben!“

„Dass ich es kann, ist so sicher wie der nächste Sonnenaufgang! Und selbst wenn ich es nicht könnte, hättest du dich jetzt verraten. Nun gib mir deine Hand zurück. Ich erkläre dir auch genau, was ich sehe.“ Malika fasste Emilys Linke, öffnete sie und strich sanft mit den Fingern darüber.

„Hier verläuft die Linie des Herzens. Aus ihr lese ich dein Schicksal in der Liebe.“ Sie deutete mit dem Zeigefinger auf die obere von zwei dünnen waagerechten Furchen in Emilys Handfläche. „Deine Linie beginnt nahe dem vierten Finger. Also wirst du eifersüchtig darüber wachen, dass dein Mann keine anderen Frauen begehrt. Aber die Linie liegt auch nahe am dritten Finger, was mir verrät, dass es dir Freude bereitet, den Körper deines Mannes zu spüren. Darin gleichst du mir.“

„Aber ich habe den Körper eines Mannes noch nicht gespürt!“, rief Emily aus. Sie war blutrot im Gesicht geworden.

„Nicht?“ Malika staunte. „Ich schon.“

„Wie bitte??“ Emily glaubte, sich verhört zu haben. „Weiß Vater davon?“

Malika streckte versonnen die Hand nach einer Eidechse aus, die sich dicht neben ihr auf einem Stein sonnte. „Gewiss weiß er es. Ich habe doch vor drei Jahren auf einem Treffen der Glaoua Hochzeit gefeiert.

Zusammen mit zwanzig anderen Paaren habe ich vor dem Kadi einen jungen Glaoua zum Mann genommen."

„Aber wo ist dein Mann jetzt?"

Malika stupste die Eidechse mit dem Zeigefinger, und sie lief blitzschnell ein paar Meter weiter. „Im Jahr darauf hat der Kadi unsere Verbindung wieder getrennt. Scheidung heißt es in der Sprache meines Vaters. Jetzt bin ich frei, mir einen neuen Ehemann zu wählen, wann immer ich das will."

„Hast du deinen Mann denn nicht geliebt?" Emily kam aus dem Staunen nicht heraus.

„Natürlich habe ich das, fast ein ganzes Jahr lang." Malika war entrüstet.

„Hast du danach denn wieder" Emily schluckte, „geheiratet?" Sie verspürte ein wenig Neid auf ihre Schwester, die ihr solche Erfahrungen voraushatte.

Malika verneinte. „Ich mag keine arabischen Männer und auch keine Berbermänner. Ich mag ihre struppigen Bärte nicht und wie sie angezogen sind, diese langen Kittel…" Sie schüttelte den Kopf. „Ich möchte einen Ausländer heiraten, aus dem Land meines Vaters, aber Ausländer kommen nicht nach Qasr el Bahia. Also müsste ich Qasr el Bahia verlassen, und das will ich nicht."

Komm doch mit mir, wenn ich nach London an die Kunstakademie gehe, wollte Emily rufen. Aber dann fiel ihr zum zweiten Mal in kurzer Zeit ein, dass sie ihren Platz an der Akademie aufgegeben hatte und es höchst unsicher war, ob sie überhaupt irgendwann dorthin reiste. Sie biss sich auf die Lippen und streckte ihre linke Hand wieder aus. „Lass uns weitermachen!"

Malika deutete auf eine Stelle unterhalb von Emilys Zeigefinger. „Hier bilden zwei Linien ein Kreuz. Das heißt, dass du deine große und ewige Liebe bereits kennst. Die Linie des Herzens ist lang, klar und von roter

Farbe. Du wirst deinem Auserwählten ewig treu sein und liebst ihn aufrichtig und leidenschaftlich." Sie hob den Kopf und lächelte Emily zu. „Wer hat dich erobert, Schwester?"

Emilys Herz schlug bis zum Hals. Unwillkürlich sah sie sich nach allen Seiten um, aber niemand nahm Notiz von ihnen. Auch die junge Berberfrau, die ihrem Baby leise etwas vorsummte, kümmerte sich nicht um sie.

„Du kennst ihn nicht, er lebt in Mogador", raunte sie Malika zu. „Er ist der Hakim der Stadt."

Malika pfiff leise. „Ein arabischer Mann!"

Emily nickte. „Aber nicht so einer, wie du denkst. Er war in England und hat dort europäische Heilkunde studiert."

Sabris Bild tauchte vor ihrem inneren Auge auf, wie er an jenem Tag in seinem Behandlungszimmer davon gesprochen hatte, dass er sie gern ausführen würde. Sie hatte sich oft gefragt, was er ihr noch alles gesagt hätte, wenn Thomas nicht hereingeplatzt wäre. Ihr Bruder hatte alles verdorben, nicht nur den wunderbaren Moment mit Sabri, er hatte ihr ganzes Glück zerstört!

Sie schluckte schwer. „Kannst du mir sagen, ob in meiner Hand eine gemeinsame Zukunft für uns steht?"

Malika beugte sich wieder vor. „Ihr werdet Schwierigkeiten haben", antwortete sie ernst. „Es wird Enttäuschungen geben, aber wenn ihr stark bleibt, wird-"

Ein Schatten fiel über die beiden Mädchen. „Hier seid ihr also - und schreckt zusammen wie ertappte Diebe in der Nacht! Ich hoffe, es liegt an eurem schlechten Gewissen, weil ihr euch vor der Arbeit drückt!" André stand vor ihnen, die Hände in die Hüften gestützt, aber in seinen Augen tanzte der Schalk.

„Vater!" Emily entzog Malika rasch ihre Hand. „Was machst du denn hier?"

„Ich wollte dich fragen, ob du Lust hast, mit mir zu kommen. Wir bringen den Männern, die das neue Feld roden, ihr Mittagessen und reiten danach aus."

„Furchtbar gern!" Emily sprang auf.

Das neue Feld lag auf einer sonnenbeschienenen Hochfläche, die an Aynurs Gemüsegarten und einen Orangenhain, in dem Bienenkörbe standen, grenzte. Dahinter stiegen die Hänge des Atlas an, bis zu den schneebedeckten Gipfeln, die in weiter Ferne bläulich schimmerten. Die Männer hatten das Gestrüpp abgebrannt, aber die Wurzeln mussten sie mühevoll aus der Erde hacken. Schon von weitem sah Emily den großen Haufen am Feldrand. Meckernde Ziegen sprangen auf der mit verkohlten Ästen, Steinen und tiefen Löchern übersäten Fläche herum, André junior und seine Spielkameraden beaufsichtigten sie. Emily dachte, dass noch viel Arbeit und Mühe nötig wären, bis die Männer diese Kraterlandschaft in einen Acker verwandelt hätten. Auch Bewässerungsgräben und Schutzmauern aus Feldstein mussten noch errichtet werden.

Sie stiegen von ihren Pferden, als die Arbeiter gerade das Mittagsgebet beendet hatten. Auf Qasr el Bahia gab es keinen Muezzin. Deshalb bestimmten die Leute ihre Gebetszeiten nach der Morgen- und Abenddämmerung, dem Stand der Sonne oder nach der Länge der Schatten.

Emily führte den Lastenesel zu ein paar Mandelbäumen, unter denen die Männer lagerten, und packte Fladenbrot, in Olivenöl eingelegtes Gemüse, Ziegenkäse, getrocknetes Fleisch und frische Orangen aus.

Nach dem Essen zog einer der Männer eine Flöte aus seinem Kittel und begann, zu spielen, ein anderer stimmte ein Lied an, der Rest klatschte im Takt und sang den Refrain. Emily verstand den Dialekt der Ait Zelten noch nicht sehr gut, aber André erklärte ihr, dass das Lied eine alte Legende der Imazighen – der „freien Menschen", wie die Berbervölker sich selbst nannten – erzählte.

„In grauer Vorzeit offenbarte Allah den freien Menschen das Wissen um Ackerbau und Weberei. Pflug und Webrahmen sind sein Geschenk an sie. In ihrem Lied besingen die Ait Zelten den Ackerbau, der eine heilige Tätigkeit darstellt, genau wie die Kunst des Webens. Wenn sie das neue Feld pflügen, wirst du merken, dass sie die Furchen immer im rechten Winkel zueinander graben. So bilden sie das Webmuster eines Teppichs aus Kettfaden und Schuss nach. Damit ehren sie Allah und schützen das Land vor den Kräften böser Dämonen." Er berührte Emilys Schulter. „Wollen wir aufbrechen?"

„Gern!" Sie stand auf.

„Baba!", rief André junior aufgeregt. „Da drüben! Schau!"

Aus dem Orangenhain galoppierte ein Trupp von sechs Reitern. Unter dem raschen Hufschlag ihrer Pferde krachten auf dem Boden liegende Äste und Zweige. Wüste Schreie ausstoßend und Gewehre schwenkend, hielten sie auf André zu. Plötzlich knallte ein Schuss. Laut hallte sein Echo von den Felsen wider. André junior hielt sich schreiend die Ohren zu. Männer und Kinder sprangen auf und rannten durcheinander.

André tastete nach seinem Gewehr und stieß einen wüsten Fluch aus, als ihm bewusst wurde, dass es mehrere Meter von ihm entfernt an seinem Sattel hing. Mit einem raschen Blick vergewisserte er sich, dass niemand getroffen worden war. Emily hatte geistesgegenwärtig ihren kleinen Bruder zu Boden gestoßen und sich über ihn geworfen. Die Männer der Ait Zelten hatten die übrigen Kinder in ihre Mitte genommen. Aber sie waren so gut wie unbewaffnet. Manche hatten sich zwar Hacken und Schaufeln geschnappt, einige ein Messer aus dem Gürtel gerissen, aber keiner trug ein Gewehr.

„Vater!", schrie Emily. „Pass auf!"

Die Reiter hielten mit unvermindertem Tempo auf André zu. Voller Angst beobachtete sie, dass er keinen Schritt zurückwich. Erst im letzten Moment parierte die Gruppe scharf durch. Ihre Pferde stiegen mit wild schlagenden Hufen, aber André wich keinen Millimeter.

Emily umschlang ihren kleinen Bruder, der sich ängstlich an sie drückte, und musterte die Störenfriede vorsichtig. Es handelte sich um junge Männer der Ait Zelten, höchstens so alt wie sie selbst. Nur der Anführer war etwas älter. Er hatte fanatisch glühende Augen und ein rotes Feuermal, das vom linken Auge quer über sein Gesicht verlief. Stolz saß er auf seinem Pferd, die Zügel in der einen Hand, in der anderen schwenkte er drohend sein Gewehr.

André trat einen Schritt auf ihn zu. „Was für eine Heldentat, auf Kinder und Unbewaffnete zu schießen!", spottete er. „Und ihr wollt Männer sein?"

„Dreckiger Ausländer!", zischte der mit dem Feuermal hasserfüllt. „Deine Gier verschlingt unser Land, wie die Wüste eine fruchtbare Oase verschlingt! Verschwinde mit deiner Brut zurück zu den Ungläubigen!"

„Schande über dich, dass du unsere Freundschaft mit dem Faransawi besudelst! Du bist kein Mann, sondern ein ehrloser Feigling! Reite heim, und kriech zurück in den Schoß deiner Mutter!" Der Scheich der Ait Zelten war neben André getreten und schüttelte angriffslustig seine erdverschmierten Fäuste.

In der Gruppe der Reiter wurde böses Gemurmel laut. Der Anführer zielte mit seiner Waffe auf den Mann. „Du Sohn eines räudigen Hundes verrätst unser Volk an einen Ungläubigen!"

„Genug!“ André reichte es. „Nehmt die Waffen runter! Die Läufe sind zwar krumm wie die Hörner einer Bergziege, aber einen Unschuldigen können sie immer noch treffen! Und jetzt“, wandte er sich an den Anführer, der widerwillig sein Gewehr senkte, „hör mir gut zu: Mehr als zwanzig Jahre leben die Ait Zelten und ich in friedlicher Nachbarschaft. Glaubst du wirklich, du könntest mir befehlen, den Grund und Boden zu verlassen, den zwei Sultane Marokkos mir geschenkt haben? Was glaubt ihr, wer ihr seid?!“

„Der Faransawi hat recht“, mischte der Scheich der Ait Zelten sich wieder ein. „Nachdem wir den größten Teil unserer Herden verloren hatten und hungerten, hat er uns geholfen. Ohne ihn wären eure erbärmlichen Knochen längst zu Staub zerfallen! Er ist ein Ungläubiger, aber er ist ein Freund, und ihr zeigt eure Dankbarkeit mit Hass! Schande über euch!“

„Hätte er sich nicht auf unserem Land ausgebreitet, wären wir nicht in Not geraten. Hier“, der Anführer beschrieb mit seinem Arm einen weiten Kreis, „haben unsere Ziegen geweidet, bevor er auftauchte. Kein Sultan kann dieses Land verschenken. Es gehörte uns, lange bevor die Araber kamen!“

„Ay, ay!“, riefen die Reiter zustimmend.

„Dieses Gerede vernahm ich bereits vor zwanzig Jahren von dir. Schon damals hat dieses Land euren Herden nicht mehr gehört“, erwiderte André. „Aber jetzt gibt es vielen Menschen Nahrung. Steigt von den Pferden, und helft, euer Volk zu ernähren, statt ihm eine Last zu sein!“

Der Anführer gestikulierte mit seinem Gewehr in Richtung der Ait Zelten, die die Auseinandersetzung wortlos verfolgten.

„Was ist mit euch? Seid ihr Freie oder alte Frauen, denen jeder befehlen darf?"

Zur Antwort scharten die Männer sich hinter André und ihren Scheich, ein stummer drohender Schutzwall in seinem Rücken.

„Schande über euch, dass ihr für den Ungläubigen den Rücken krumm macht!" Er spuckte vor André aus. Dann riss er sein Pferd herum und galoppierte, gefolgt von seiner Bande, durch den Orangenhain davon.

Nachdem die Aufregung sich gelegt und André sich vergewissert hatte, dass die jungen Aufrührer sich nicht noch irgendwo in der Nähe des Gutes herumtrieben, ritt er mit Emily zu einem Hochplateau, das sich eine halbe Stunde bergaufwärts nordöstlich von Qasr el Bahia befand.

Von dort blickte Emily über einen lichten Wald aus Zedern und Tuja bis zu der Stelle, wo der Oued Igrounzar mit dem Oued Zeltene zusammenfloss. Dazwischen lag Qasr el Bahia, das mit seinen mächtigen Wehrtürmen und dem massiven Tor auch von hier oben wuchtig und uneinnehmbar wirkte. Der eine der beiden Türme war nur mittels einziehbarer Leitern, über die man zu den hochgelegenen Türöffnungen klettern musste, erreichbar. André hatte ihr gezeigt, dass in den Kammern Schlafmatten, Fackeln, Wasser und Vorräte für mehrere Tage lagerten. Außerdem hatte er im Turm in einer verschlossenen Truhe hinter Getreidesäcken und zusammengerollten Teppichen seine Safranvorräte versteckt. Sollten Angreifer das Tor überwinden, fanden die Bewohner des Gutes im Wehrturm einen schwer einnehmbaren Schutzraum.

Rings um Qasr el Bahia breiteten sich die Terrassenfelder aus, teils braunrot, wo noch die Safranknollen in der Erde ruhten, teils golden, wo schon die reife Gerste auf dem Halm stand. Dazwischen verteilten sich die grünen Tupfer von Orangen- und Zitronen-, Granatapfel- und Olivenbäumen. Im Osten erkannte Emily das neue Feld, nur handtuchgroß aus der Entfernung. Die mit den Rodungsarbeiten beschäftigten Männer bewegten sich wie winzige Ameisen kreuz und quer.

„Ich hatte Angst“, gestand Emily.

André, der gerade die Pferde an einem Jujubebaum festgebunden hatte, drehte sich um. „Vor diesen grünen Jungs? Die kenne ich fast alle von Geburt an. Ihren Anführer habe ich bereits an meinem ersten Tag auf dem Gut in seine Schranken gewiesen. Ich habe keine Angst vor ihnen, und du musst auch keine haben.“

„Ich hatte nicht vor ihnen Angst, Vater, sondern um dich, um meinen Bruder und alle anderen.“

Er ging zu ihr und schloss sie in seine Arme. Sie schmiegte sich an ihn, und er führte sie zu einem sonnenbeschienenen Flecken Erde. „Hier können wir sitzen und reden“, schlug er vor und fegte mit der Stiefelspitze ein paar Steine beiseite. „Wir leben zwar schon ein halbes Jahr unter einem Dach, aber wir haben noch viele Jahre nachzuholen, n'est-ce pas?“

Sie ließen sich auf dem warmen trockenen Boden nieder. Er hatte zwei Orangen aus seiner Satteltasche geholt, pellte sie und reichte ihr eine. „Gefällt es dir noch auf Qasr el Bahia, oder hast du schon Heimweh nach Mogador?“ Er sah sie aufmerksam an.

Emilys erster – sehnsuchtsvoller – Gedanke galt Sabri, ihr zweiter – trauriger – ihrer Mutter. Sie runzelte die Stirn, genau wie Sibylla es immer machte. „Nein, ich habe kein Heimweh. Ich möchte gerne noch bei dir bleiben.“

„Das zu hören freut mich. Du kannst natürlich bleiben, solange du willst.“ Er schob sich einen Orangenschnitz in den Mund und kaute.

Emily legte den Kopf in den Nacken und schaute zu einem Falkenpaar, das hoch über ihnen am Himmel kreiste. Ob Sabri noch an sie dachte? Ob er sie vermisste? Es war so lange her, seit sie sich zum letzten Mal gesehen hatten, dass ihr die Begegnung schon ganz unwirklich erschien. Sie unterdrückte ein Seufzen. Etwas entfernt von ihr lag ein faustgroßer Stein mit einer spitzen Kante. Sie nahm ihn und ritzte mit wenigen Strichen ein Bild des Falkenpaares in den Boden. Dann skizzierte sie die Pferde, die friedlich unter dem Jujubebaum standen und ab und zu mit dem Schweif ein paar Fliegen vertrieben. Und schließlich, als hätte sich ihre Hand selbständig gemacht, entstanden Sabris Augen im Staub, wie sie Emily bei ihrer Begegnung im Maristan angesehen hatten: Warm und liebevoll.

„Wer ist das?“ André hatte sich vorgebeugt und betrachtete die Zeichnung neugierig.

„Niemand.“ Sie verwischte das Bild hastig mit der Handfläche.

„Ist das ein junger Mann, in den du dich verliebt hast?“, bohrte er weiter. „Weiß deine Mutter von ihm?“

Sie zögerte und schüttelte dann den Kopf. „Sei nicht böse, Vater, aber ich möchte darüber nicht reden.“

Er wechselte das Thema. „Du hast viel gemalt, seit du hier bist. Ich freue mich sehr, dass es nun so schöne Bilder von Qasr el Bahia gibt. Sie werden noch von unserem Leben hier erzählen, wenn es dich und mich schon lange nicht mehr gibt. Deshalb wäre es sehr schade, wenn du deinen Studienplatz an der Royal Academy of Arts aufgibst. Bedenke, dass es nicht viele Frauen gibt, die für gut genug befunden werden, um an dieser angesehenen Akademie zu studieren.“

Emily schwieg und kratzte mit dem Stein ein Schlangenlinienmuster in den Erdboden.

André fuhr fort: „Ich habe in meinem Leben gewiss nicht viel Kunst oder berühmte Gemälde gesehen, aber ich bin dein Vater und kenne dich lange genug, um zu wissen, dass du nicht glücklich bist, wenn du nicht malen und zeichnen kannst."

Sie verzog den Mund. „Wird das eine Standpauke?"

Er lachte. „Vielleicht. Ich will eben, dass du aus deiner Gabe etwas machst. Vergeude sie nicht!"

„Ich habe mich auf London gefreut", räumte Emily zögernd ein. „Nicht nur auf die Akademie, sondern auch darauf, den Rest meiner Familie kennenzulernen. Meine Brüder und Victoria haben mir so viel vom Leben dort berichtet – ich glaube, es ist ganz anders als hier. Aber ich darf nicht wie John und Thomas allein reisen. Mutter würde mich begleiten, und das-"

„Ich bestehe ebenfalls darauf, dass eine junge Dame auf keinen Fall allein zwischen zwei Kontinenten herumreist", unterbrach André sie. „Dir bleibt also nichts anderes übrig, als dich mit deiner Mutter zu versöhnen. Warum gibst du mir nicht einen Brief für sie mit, wenn ich das nächste Mal nach Mogador muss?" Er zwinkerte Emily aufmunternd zu, aber sie schlug die Augen nieder und schwieg.

„Willst du deiner Mutter denn bis in alle Ewigkeit böse sein?", fragte er sanft. „Jedes Mal, wenn ich in Mogador bin, fragt sie nach dir. Sie vermisst dich."

„Ich vermisse sie auch", bekannte Emily zögernd. „Ich will Mutter gewiss nicht für immer böse sein. Aber wäre nicht Victoria gewesen, würde sie mir heute noch verschweigen, dass du mein Vater bist! Sie hat mich betrogen und dich auch und hat uns so viele Jahre voneinander ferngehalten!" Emily zog einen wütenden Strich quer durch ihre Zeichnung. Dann warf sie den Stein weg.

„Das stimmt nicht ganz“, wandte André ein. „Ich habe dich oft gesehen, wenn ich in Mogador war. Zu deinen Geburtstagen habe ich dir Geschenke mitgebracht.“

„Das ist nicht dasselbe“, erwiderte Emily störrisch und sah ihn misstrauisch von der Seite an.

Scherzhaft hob er die Hände, als würde sie eine Waffe auf ihn richten, und sie mussten beide lachen.

„Ich verstehe, dass du noch ein bisschen Zeit brauchst, um deiner Mutter zu verzeihen“, sagte er schließlich. „Sie hat dich belogen. Aber du solltest nie vergessen, dass sie keine andere Wahl hatte. Was hättest du denn an ihrer Stelle getan?“

„Ich weiß es nicht“, murmelte Emily.

André legte einen Arm um ihre Schultern. „Einsicht ist zumindest schon ein Anfang.“

Sie drückte sich an ihn. „Vater?“

„Ja?“

„Hast du Mutter geliebt?“

Er räusperte sich. „Das habe ich.“

Emily dachte an Aynur, die andere Frau im Leben ihres Vaters, und an Malika, ihre Schwester, die nur fünf Wochen jünger war als sie selbst.

„Und warum hast du Aynur…?“, begann sie zögernd. Dann verließ sie der Mut.

Auch ihr Vater schwieg. Sein Gesicht verschloss sich, seine Augen starrten blicklos in eine lange zurückliegende Zeit, die sie nicht kannte. Sie bereute, dass sie überhaupt an diese Dinge gerührt hatte.

„Bitte sei nicht böse, Vater! Es geht mich ja nichts an“, sagte sie kleinlaut.

Er schüttelte sich, als wollte er sich von den quälenden Erinnerungen befreien. „Wie könnte ich dir böse sein, ma petite – du kannst doch nichts dafür! Was deine Mutter und mich und Aynur betrifft – die Araber würden sagen, lass das Wasser dorthin fließen, wo es hingehört. Aber das ist zu einfach. In Wahrheit sind Dinge passiert, an denen wir alle unseren Teil der Schuld tragen."

Kapitel Siebenundzwanzig
Mogador im Oktober 1861

Firyal träumte, dass sie Couscous aß. Sie hatte die Schale fast geleert, der Löffel schabte über den tönernen Boden, aber sie war noch längst nicht satt und kratzte hungrig die letzten Krümel zusammen, hobelte und scharrte immer ungeduldiger, bis sie schließlich von ihrem eigenen Lärm wach wurde.

Sie brauchte ein paar Sekunden, um zu begreifen, dass sie geträumt hatte. Dann wurde ihr klar, dass das Schaben und Schrappen nicht aufhörte! Verwirrt setzte sie sich im Bett auf und lauschte. Doch sie täuschte sich nicht. Die leisen beharrlichen Geräusche drangen ganz deutlich an ihr Ohr. Sie kamen vom Innenhof, aber wer oder was mochte das mitten in der Nacht sein? Vorsichtig glitt sie aus dem Bett, schlich auf Zehenspitzen zur Tür und spähte durch den Spalt, den sie immer zwei Fingerbreit offen stehen ließ, damit die frische Nachtluft in ihre Kammer flutete.

Hoch am Himmel stand der Mond, voll und rund, sein silbriges Licht fiel in den Innenhof, auf die Blätter des Olivenbaumes, die Kinderschaukel, die reglos an einem der stabilen Äste hing, und auf die matt schimmernden Bronzebänder der Sonnenuhr, die einst der ganze Stolz des toten Herrn gewesen war. Und dort direkt vor dem Fundament, das der Herr einst gebaut hatte, keine zehn Meter von Firyal entfernt, erblickte sie etwas, das ihr die Haare zu Berge stehen ließ:

Ein schwarzer Schatten duckte sich auf den Boden. Erst war er ganz still, dann wankte er plötzlich auf und nieder, vor und zurück und sank schließlich wieder auf dem Boden zusammen. Dabei wimmerte er so schaurig, dass Firyal vor Entsetzen fast das Herz stehenblieb. „Ein

Dschinn!", schrie sie. „Ein Dämon! Allah helfe diesem Haus!"

Der Schatten fuhr herum und starrte direkt in Firyals Richtung. Halb ohnmächtig vor Angst warf sie die Tür ins Schloss, schob den Riegel vor und wollte in ihr Bett flüchten. Aber in der stockfinsteren Kammer stolperte sie, fiel über einen Hocker und schlug sich die Knie auf. Als sie endlich ihr Bett erreichte, rollte sie sich unter der Decke zusammen, umklammerte das Amulett, das sie an einem Lederband um den Hals trug, und begann, mit zitternder Stimme den Koran zu beschwören: „Es gibt keinen Gott außer Allah! Er ist der Lebendige und Beständige. Ihn überkommt weder Schlummer noch Schlaf. Ihm gehört alles, was im Himmel und auf Erden ist..."

Im Haus polterte, krachte und lärmte es, und sie schrie erneut vor Angst. Gleich darauf schlugen in der ersten Etage, wo die Herrschaft wohnte, Türen, Füße liefen über den Umgang. Dann hörte Firyal die Stimme der Herrin.

„Allah sei Dank! Wir sind gerettet!", flüsterte sie und brach in Tränen aus.

„Ein böser Geist? Unsinn! Es gibt weder gute noch böse Geister!" John stand vor Firyals Kammer und schüttelte unwillig den Kopf. Mit vom Schlaf zerzausten Haar, barfuß und in einem langen weißen Nachthemd sah er selbst fast wie ein Gespenst aus. Hinter ihm schaute Victoria über seine Schulter. Unter ihrer verrutschten Nachthaube hatte sich ihr langes Haar gelöst, in einer Hand hielt sie eine flackernde Lampe. Mit vor Schreck geweiteten Augen beobachtete sie Sibylla und Nadira, die neben Firyal auf dem Bett saßen und versuchten, sie zu beruhigen. Die Dienerin schluchzte laut, und in der oberen Etage waren Charlotte und Selwyn aufgewacht und heulten ebenfalls durchdringend. „Ich schaue nach den beiden“, bemerkte Victoria eilig und verschwand.

„Kannst du mir zeigen, wo du den Geist gesehen hast?“, fragte Sibylla Firyal. Die Dienerin starrte sie nur entsetzt an und schüttelte den Kopf.

Sibylla legte ihr eine Hand auf den Arm. „Hab keine Angst, wir sind bei dir. Niemand wird dir etwas tun!“

„Ja, Herrin.“ Firyal stand ergeben auf und ging zur Kammertür. „Da“, sagte sie und zeigte auf die Sonnenuhr. „Da war er.“

Sibylla starrte sie an. „Bist du sicher?“

„Ja, Herrin.“ Firyal nickte nachdrücklich. „Dort bei der Sonnenuhr war der Dämon und hat seinen grausigen Tanz aufgeführt.“

Sibylla trat durch die Tür und starrte mit zusammengekniffenen Augen in die Dunkelheit. Auf den ersten Blick sah der Platz aus wie immer. Hatte Firyal doch nur schlecht geträumt?

In diesem Moment kam der Torwächter um die Ecke, dicht gefolgt vom Koch. „Herrin, Herr, im Haus war ein Einbrecher! Jemand hat die Küchentür zur hinteren Gasse aufgebrochen. Und das habe ich auf dem Küchenboden gefunden.“ Hamid streckte Sibylla und John ein Stemmeisen entgegen.

„Ein Einbrecher also, und damit hat er die Tür aufgehebelt!“ John nahm das Stemmeisen und drehte es prüfend in seinen Händen. „Verdammt noch mal, wozu haben wir dich eigentlich?!“, fuhr er Hamid an.

„Seine Kammer liegt auf der anderen Seite des Hauses, neben der Haupttür. Er konnte den Einbrecher genauso wenig hören wie wir“, mischte Sibylla sich ein. „Wahrscheinlich ist er geflohen, als Firyal geschrien hat.“ Sie gab sich Mühe, ruhig zu erscheinen, aber der Vorfall beunruhigte sie tief. Nächtliche Einbrüche kamen in Mogador nicht oft vor, denn die Stadttore wurden fest verriegelt und streng bewacht, aber ein zu allem entschlossener Verbrecher hätte ihnen leicht die Kehlen durchschneiden können. „Findest du es nicht seltsam, dass er nur auf dem Hof war?", fragte sie ihren Sohn. „Warum hat er keine Wertgegenstände aus den Zimmern gestohlen?"

„Du hast recht", antwortete John. „Ich werde noch einmal alles genau mit Hamid durchsuchen. Vielleicht fehlt doch etwas. Victoria schicke ich mit den Kindern zu euch herunter. Es ist sicherer, wenn ihr alle zusammenbleibt. Du bürgst mir für die Sicherheit der Frauen und Kinder!" Er zeigte auf den Koch.

Nachdem er mit Hamid verschwunden war, ging Sibylla zur Sonnenuhr und betrachtete den Boden mit gefurchter Stirn. Kein Zweifel, jemand hatte begonnen, Teile des Fundaments freizulegen. Aber warum? Etwas blinkte im Mondlicht. Sie kniete nieder und entdeckte eine kleine Handschaufel, die der Einbrecher bei seiner Flucht in der zerwühlten Erde vergessen hatte. Während sie die Schaufel in die Hand nahm und betrachtete, wurde ihr klar, dass der Einbrecher etwas ganz Bestimmtes gesucht hatte und genau wusste, wo er es fand. Eine eisige Hand kroch ihr über den Rücken, und sie hatte das Gefühl, in einen bodenlosen Abgrund zu fallen.

Das kann nicht sein, dachte sie. Nur ich weiß, was hier vergraben war, und ich habe mit keiner Seele darüber gesprochen. Der Mensch, der das Gold hier vergraben hat, der Einzige außer mir, der noch davon wusste, ist tot!

Doch die zerwühlte Erde, die vergessene Schaufel sprachen eine andere Sprache. Sibyllas Blick kreiste durch den Garten, bohrte sich in dunkle Ecken und wanderte die Hausmauern zum Flachdach empor, während eine drängende Stimme in ihr fragte: Wie kannst du so sicher sein, dass Benjamin tot ist? Hast du seine Leiche gesehen? Hast du ihn zu Grabe getragen?

Sie schaute zu der kleinen Gruppe Menschen vor Firyals Kammer, wie sie sich ängstlich nach allen Seiten umsahen, leise und besorgt über den Einbruch sprachen. Diese Menschen lagen ihr am Herzen, sie bildeten ihre Familie, und sie wollte sie vor dieser unbekannten Gefahr beschützen, die sich in ihr Haus geschlichen hatte.

Mit ganzer Willenskraft zwang sie ihre Gedanken zur Ruhe.

Sei vernünftig, beschwor sie sich. Bleib ruhig! Du hast mit eigenen Augen gesehen, dass die Festung auf der Insel Mogador nach der Bombardierung bis auf die Grundmauern niedergebrannt war. Dieses Inferno hat niemand überlebt!

Nachdenklich strich sie mit einem Finger über das glänzende kalte Blatt der kleinen Handschaufel. Wer war in ihr Haus eingedrungen? Wer außer ihr und Benjamin wusste noch von dem Sklavengold?

Mogador im November 1861

Sibylla blickte den zarten Dampfschleiern nach, die sich unter der hohen blau, weiß und grün gefliesten Kuppel sammelten und durch die Belüftungsschlitze im Mauerwerk davonschwebten. Es war eine Ehre, mit den Frauen von Kaid Samir el Tawfiq in deren eigenem Hamam baden zu dürfen. Sie genoss den Duft von Weihrauch, Nelken und Sandelholz aus den vielen Kohlebecken, die Wärme der beheizten Marmorbank, auf der sie saß, die Frauenstimmen, die wie eine leise Melodie durch den Raum plätscherten, und das gedämpfte Klappern ihrer Holzpantinen auf dem steinernen Boden. Nicht weit von ihr entfernt planschten drei junge Konkubinen des Kaids in einem großen runden Wasserbecken und bespritzten sich, ausgelassen und nackt, wie Gott sie geschaffen hatte. Alle Frauen hier bewegten sich trotz ihrer Nacktheit natürlich und ohne falsche Scham, und sie alle wirkten auf ihre Art schön. Egal ob sie jung und schlank wie eine Gazelle waren, ob ihr Körper die Zeichen des Alters oder vieler Schwangerschaften trug, ob sie Brüste wie kleine runde Äpfel oder wie große schwere Birnen hatten. Nur die Sklavinnen, die ihre Herrinnen pflegten, wuschen und umsorgten, hatten sich in dünne Baumwolltücher gewickelt.

Hinter Sibylla stand eine von ihnen und verrieb eine Paste aus Salz und duftendem Honig auf ihrem Rücken.

„Oh, das tut weh!", klagte sie, als die Sklavin sie kräftig massierte.

„Verzeihen Sie, Sayyida, aber Ihr Rücken ist härter als die Bank, auf der Sie sitzen. Sie tragen zu viele Sorgen darauf", erklärte die Sklavin und knetete mit kundigen Händen Sibyllas Muskulatur.

„Das mag wohl sein", murmelte diese und dachte an den rätselhaften Einbruch in ihrem Haus vor drei Wochen. Sie und John hatten Nachforschungen angestellt, doch bis jetzt ohne Erfolg, und die Ungewissheit lastete auf ihr.

„Lassen Sie sie nur machen, Mrs. Hopkins", warf Lalla Jasira ein, die neben Sibylla auf der Bank saß. „Sie wird Ihnen helfen, sich besser zu fühlen. Schließlich soll der Besuch des Bades nicht nur der Schönheit, sondern auch der Gesundheit dienen."

„Ich weiß nicht, wie ich jemals auf dieses Vergnügen verzichten konnte", stimmte Sibylla zu. „Es ist wie der Himmel auf Erden."

„Und der perfekte Abschluss eines guten Geschäftes, nicht wahr?", ergänzte Lalla Jasira zufrieden.

Sie hatte Sibylla gegen eine gute Provision eine Lieferung von seidenen Kissenbezügen vermittelt. Die dreihundert Frauen ihres Neffen, Sultan Sidi Mohammed, hatten sie eigenhändig nach uralten Techniken mit Perlen und Goldschnüren bestickt.

Sibylla war entzückt gewesen, als Lalla Jasira ihr die Muster vorgelegt hatte. Gewiss würde sie für diese märchenhaften Arbeiten Höchstpreise erzielen.

Das Haremsbad stellte mehr noch als ein öffentliches Frauenbad eine verborgene Welt dar. Nur ein einziges Glasfenster in der Kuppel ließ etwas Helligkeit ein. Sibylla, Lalla Jasira, alle Konkubinen und Ehefrauen, die kleinen Kinder und Sklavinnen verschmolzen wie Schatten mit dem nebligen warmen Dampf.

Hinter Lalla Jasira stand ebenfalls eine Sklavin. Sie hielt einen dünnen Baumwollfaden in der Hand, den sie zu einer Schlinge geknotet und überkreuzt hatte. Damit zupfte sie die Augenbrauen ihrer Herrin in einer Geschwindigkeit zu perfekten sanft geschwungenen Flügeln, die Sibylla staunen ließ. Die Sklavin, die sich um sie selbst kümmerte, hatte inzwischen einen Holzeimer mit warmem Wasser und einen Schwamm besorgt, und begann, ihren Rücken mit sanften gleichmäßigen Bewegungen abzuwaschen.

Sibylla blickte auf, als ein Eunuch die Tür öffnete, die das Hamam mit dem Vorraum verband, in dem die Frauen ihre Kleider ablegten. Wahida kam mit einer sehr jungen, auffallend schönen Frau herein. Sie klatschte in die Hände, und sofort eilten zwei Sklavinnen herbei.

„Reinigt und wascht dieses Kätzchen von oben bis unten und in allen Öffnungen. Mein Sohn soll eine duftende Blume in seinem Bett vorfinden!" Wahida schob ihre schüchtern zu Boden blickende Begleiterin nach vorn.

Seit dem Tod von Kaid Hash Hash war sie eine Freigelassene und als Mutter des regierenden Statthalters gleichzeitig die ranghöchste Frau seines Harems. Sie nahm ihre Position sehr wichtig und kontrollierte nicht nur das Liebesleben ihres Sohnes, sondern auch seine Frauen und Konkubinen.

„Wir hören und gehorchen, Umm Walad." Eilfertig führten die Sklavinnen die junge Frau zu einem großen Ofen, dessen flache Oberseite mit glattem Marmor und silbrig funkelnden Quarzsteinen belegt war. Sie holten eine Schale mit duftendem Seifenschaum und Schwämme aus Palmfasern und fingen an, die Konkubine, die sich inzwischen auf den warmen Ofen gelegt hatte, von oben bis unten einzuseifen.

„Das ist Bahar, die neue Favoritin unseres Gebieters", informierte Lalla Jasira Sibylla leise. „Seit drei Wochen will er nur sie in seinem Bett. Das macht einige der anderen Frauen unruhig, besonders Sukalina, die Mutter von Rami, seinem Lieblingssohn." Sie seufzte. „Ich danke Allah jeden Tag, dass diese Zeiten hinter mir liegen. Es war eine Last, immer wieder aufs Neue um die Gunst des Gebieters ringen zu müssen. Mich verlangt auch nicht danach, wie Wahida über die Ordnung im Harem zu wachen. Ich schätze meinen Frieden, meine Sammlung mit Poesie und meine Geschäfte. Da kommt übrigens Sukalina mit dem kleinen Rami. Schau dir ihr Gesicht an, wie sie grollt, weil Wahida ihre Aufmerksamkeit der neuen Favoritin widmet und nicht mehr ihr!"

Sukalina schritt wie eine Königin an der Spitze ihres Gefolges aus Sklavinnen und Verbündeten in den Baderaum. Ihre edelsteinbesetzten Holzpantinen klapperten herausfordernd. Mit einem bösen Blick auf Bahar ließ sie ihren vollendeten Körper ebenfalls auf die Ofenplatte gleiten und schnippte mit den Fingern. Eine Sklavin eilte an ihre Seite.

„Wo bleibt die Seife?“, zischte Sukalina. „Warum lässt du mich warten?“

Die Sklavin stammelte eine Entschuldigung und huschte gebückt davon. Sukalinas Sohn, der dreijährige Rami, tapste fröhlich quietschend auf Wahida zu. Sie beugte sich lächelnd zu ihm herab: „Nun, mein kleiner Prinz, willst du zu deiner Großmutter?“

„Rami! Hierher!“, befahl Sukalina von der anderen Seite des Ofens.

„Das kommt mir bekannt vor“, murmelte Sibylla. „Wahida gehört mein tief empfundenes Mitgefühl.“

Eine Sklavin näherte sich mit einem Tablett voller bunter Gläser, in denen sich eine eiskalte, Sorbet genannte, Köstlichkeit aus pürierten Früchten und klein gestoßenem Eis befand. Lalla Jasira nahm zwei Gläser vom Tablett und reichte eines Sibylla. „Was bedrückt Sie, ehrwürdige Freundin? Doch nicht unser Geschäftsabschluss?“, erkundigte sie sich freundlich.

„Aber nein, machen Sie sich keine Sorgen!“ Sibylla rührte niedergeschlagen in ihrem Sorbet. Sie hatte wieder einmal an Emily gedacht. Sie vermisste sie so sehr. Fast ein Jahr war es her, dass sie Emily gesehen hatte. Ob es ihr gut ging? Ob sie sich manchmal nach ihr sehnte? Und vor allem: Wann kam sie zurück nach Hause?

„Lalla Jasira“, Sibylla drehte sich zu der anderen Frau, „darf ich Ihnen eine Frage stellen?“

„Das wissen Sie doch.“ Lalla Jasira bedeutete den beiden Sklavinnen, die dazu übergegangen waren, die Haare der Frauen zu kämmen, sich zu entfernen. „Jetzt sind wir ungestört, ehrwürdige Freundin.“

Sibylla schluckte. Die Worte wollten ihr kaum über die Lippen. „Bin ich eine Frau, die nicht verzeihen kann?“

Lalla Jasira fuhr sich nachdenklich mit den Fingern durch ihr langes silbernes Haar. „Das zu beurteilen steht nicht in meiner Macht. Doch ich weiß, dass wir alle uns verändern können – von einem Menschen, der nicht verzeiht, zu einem Menschen, der verzeiht."

„Aber wiegen manche Dinge nicht so schwer, dass sie nicht zu verzeihen sind?", hakte Sibylla zweifelnd nach.

Lalla Jasira schaute sie mit ihren dunklen freundlichen Augen an. „Wie schwer eine Verfehlung wiegt, kann nur Allah entscheiden. Nur er kennt das innerste Wesen aller Menschen und ihrer Taten." Sie wippte mit ihren perlenverzierten Holzpantinen. „Ich spüre, dass Ihr Herz weint, ehrwürdige Freundin. Wenn Sie erlauben, werde ich Ihnen eine Geschichte über das Verzeihen erzählen."

„Au! Bei allen Heiligen!" Bahars spitzer Schmerzensschrei zerriss die Luft. Die Lieblingskonkubine von Kaid Samir war inzwischen fertig gewaschen und abgeseift und lag auf einer mit einem seidenen Teppich bedeckten Marmorbank. Eine Sklavin hatte eine Paste aus Zucker und Zitronensaft auf ihren Venushügel und rund um ihre Genitalien gestrichen. Nachdem die Paste angetrocknet war, riss die Sklavin die Kruste mitsamt den unerwünschten Schamhaaren ab.

Sibylla verspürte Mitgefühl. Sie erinnerte sich noch gut an die beißenden Schmerzen ihrer ersten Haarentfernung. Damals war sie erst kurze Zeit in Marokko gewesen und hatte keine Vorstellung gehabt, was in einem Hamam geschah. Aber es hatte sie entsetzt, als die Bademeisterin sich an ihren intimsten Körperteilen zu schaffen gemacht hatte – ein Ritual, auf das sie inzwischen nicht mehr verzichten wollte.

„Nun, nun!", besänftigte Wahida die junge Konkubine. „Ein bisschen Schmerz muss sein. Du willst doch nicht behaart wie eine Bärin vor deinen Gebieter treten!" Sie saß neben Bahar auf der Bank und schnupperte an verschiedenen Parfümfläschchen, die eine Sklavin ihr auf einem silbernen Tablett gebracht hatte. „Moschus", entschied sie zufrieden. „Wir nehmen Moschus für Bahar. Mein Sohn hält es wie der Prophet: Er liebt das Gebet, die Frauen und den Duft."

Sibylla wandte sich wieder Lalla Jasira zu: „Ich möchte Ihre Geschichte gern hören, Prinzessin. Bitte erzählen Sie!"

Lalla Jasira stellte ihr Sorbetglas neben sich auf die Marmorbank. „Vor vielen Jahren lebten zwei junge Frauen im Harem eines mächtigen Mannes. Die eine war eine Edle aus dem Haus des Herrschers, in Luxus und Reichtum aufgewachsen und zur Hauptfrau des Mannes bestimmt. Die andere war eine arme Sklavin, eine Verschleppte, die ihre Familie, ihr Land und ihren Glauben hatte zurücklassen müssen. Beide Frauen waren schön, und beide wollten die Gunst ihres Gebieters für sich gewinnen. Anfangs war der Herr gerecht. Er verteilte seine Aufmerksamkeit gleichmäßig auf beide und holte sie gleich häufig in sein Bett. Es dauerte nicht lange, und die Sklavin wurde schwanger. Der Mann war hocherfreut. Im Laufe vieler Jahre gebar sie ihm noch mehr Söhne und Töchter, und für jedes Kind, das sie ihm schenkte, liebte der Herr sie mehr.

Der Schoß der Hauptfrau aber blieb leer. Sie versuchte alles, um schwanger zu werden, suchte Rat bei Ärzten, Weisen und Hexen, reiste zu Pilgerstätten und Heiligen, aber nichts half, und sie wurde traurig und verbittert. Je verbitterter sie wurde, desto seltener holte der Herr sie in sein Schlafgemach. Schließlich wandte er sich ihr gar nicht mehr zu. In ihrem Kummer grollte sie sogar Allah, der sie so hart strafte, und aus ihrer Bitterkeit entwickelte sich Hass. Gegen sich selbst, gegen ihren Mann und gegen die Sklavin, die zur Lieblingsfrau des Herrn aufgestiegen war und alles besaß, was sie selbst sich wünschte.

Als sie alle Achtung vor sich verloren hatte, erbarmte Allah sich ihrer. In einem Traum kam er zu ihr und sagte: „Du bist hart wie trockenes Holz, das splittert und bricht, wenn zu viel Druck darauf lastet. Werde wie das Schilfrohr, das sich sanft im Wind wiegt, dann gewinnst du dein Glück zurück. Folge meinem Beispiel, denn auch ich, der Ewige, bin Verzeihung und Vergebung."

Lalla Jasira schwieg, ihr Blick verlor sich im Zwielicht des Bades. Sibylla sah zu den beiden Sklavinnen, die begonnen hatten, Bahars Augen mit zerstoßenem grünem Malachit und schwarzem Khol zu schminken. Sukalina saß mit finsterer Miene auf der entgegengesetzten Seite des Hamams und saugte an einer Wasserpfeife.

Sibylla dachte an Emily und André, an Victoria und Sara Willshire. Im Laufe der Jahre waren es immer mehr Menschen geworden, denen sie grollte. Und zum ersten Mal dachte sie darüber nach, dass es ebenso eine Menge Menschen gab, die ihr etwas zu verzeihen hatten. Sie seufzte. „Ich danke Ihnen für diese schöne Geschichte, aber sie ist sehr kompliziert, nicht wahr?"

Lalla Jasira blickte sie erstaunt an. „Hat denn nicht auch Ihr Prophet Isa ibn Maryam, den Sie Jesus Christus nennen, Liebe und Vergebung gepredigt? Ich will Ihnen erzählen, wie es weiterging, nachdem die Hauptfrau des mächtigen Mannes sich damit abgefunden hatte, dass es ihr Schicksal war, keine Kinder zu gebären. Sie vergab sich selbst und fand so ihren Frieden. Und als das geschehen war, gewann sie auch die Achtung der Frauen des Harems und ihres Gebieters zurück. Er holte sie nicht mehr oft in sein Schlafgemach, aber er schätzte ihre Klugheit und ihr gutes Herz mehr, als er früher ihren Körper geschätzt hatte, und immer öfter suchte er ihren Rat in allen Dingen."

„Und das ist das Ende?", fragte Sibylla gespannt.

Lalla Jasira schenkte ihr ein versonnenes kleines Lächeln. „Die Geschichte von Liebe und Vergebung endet nie, nicht wahr, ehrwürdige Freundin?"

„Guten Abend, Mutter. Verzeih, dass ich dich warten ließ! Es war so viel zu tun. Erst als Aladdin mich daran erinnert hat, ist mir wieder eingefallen, dass ich versprochen hatte, dich abzuholen." John beugte sich vor, um Sibylla auf die Wange zu küssen.

„Mach dir keine Sorgen. Ich hatte einen wunderbaren Nachmittag." Sie küsste ihren Sohn ebenfalls.

Er bot seiner Mutter den Arm. Während sie durch die dunklen Gassen nach Hause gingen, erzählte er ihr von seinem Tag, von den Geschäften und von den beiden Schiffen der Reederei, die heute den Hafen verlassen hatten. Dann berichtete er, dass er noch einmal mit verschiedenen Leuten wegen des Einbruchs gesprochen hätte, unter anderem mit dem Hafenmeister und mit Konsul Willshire. Aber niemand wollte etwas Ungewöhnliches bemerkt haben. Es hatte keine weiteren Einbrüche im Ausländerviertel der Stadt gegeben. Wer auch immer der Eindringling war: Er blieb wie vom Erdboden verschluckt.

„Eine höchst beunruhigende Vorstellung." Sibylla dachte an die zerwühlte Erde rund um das Fundament der Sonnenuhr.

„Nicht wahr? Hätte er nicht Spuren in unserem Garten hinterlassen, könnte man meinen, wir hätten uns alles nur eingebildet."

„Ich wünschte, es wäre so", murmelte Sibylla.

„Herrin! Endlich sind Sie zurück!“ Hamid schien sehr erleichtert, als Sibylla und John wenig später vor ihrem Haus ankamen.

„Wieso? Ist wieder etwas passiert?“, fragte Sibylla beunruhigt. „Ein weiterer Einbruch?“

„Nein, Herrin, kein Einbruch, aber-“

In diesem Moment bog Nadira in den Hausflur und rief: „Herrin! Gut, dass Sie wieder da sind!“

„Was ist geschehen?“ Sibylla musterte die beiden Diener scharf.

Nadira nahm ihr den Mantel ab. „Sie haben Besuch von Qasr el Bahia, Herrin. Er wartet im Salon.“

„Hoffentlich ist Emily nichts zugestoßen!“ Sibylla lief, gefolgt von John, los. Als sie die Tür zum Salon aufstieß, sprang der Gast hastig vom Diwan auf und verbeugte sich linkisch. Sibylla blieb stocksteif im Türrahmen stehen. „André??“

Doch nach der ersten verwirrenden Sekunde wurde ihr klar, dass dieser junge Mann zwar aussah wie André, allerdings nicht wie der André, den sie kannte, sondern wie der, der er einmal gewesen sein musste, viele Jahre, bevor ihre Wege sich gekreuzt hatten.

„Mrs. Hopkins?“ Der Fremde blickte sie unsicher an. „Ich bin Frédéric Rouston. Emily schickt mich. Sie sagte, Sie würden uns helfen. Qasr el Bahia wurde heute Morgen überfallen!“

„Mein Gott!“ Sibyllas Knie gaben nach. Sie spürte Johns stützende Hand im Rücken und hörte aus weiter Ferne seine Stimme: „Ich bin John Hopkins. Bitte setz dich, Frédéric, und berichte uns alles!“

Frédéric Rouston ließ sich wieder auf den Diwan sinken. Er sah erschöpft und verschmutzt aus und fuhr sich mit den Fingern durch das wirre schwarze Haar.

„Bring unserem Gast etwas zu essen und zu trinken!", befahl Sibylla Nadira, die an der Tür gewartet hatte. Als die Dienerin mit einem Tablett wieder hereinkam, griff Frédéric zuerst nach dem Wasserkrug, goss sich einen Becher ein und trank gierig. „Entschuldigen Sie!", sagte er und wischte sich mit dem Handrücken über den Mund. „Ich bin seit dem Morgen ohne Pause geritten."

Sibylla starrte auf die blutverkrustete Schramme auf seinem Handrücken. „Ich bin froh, dass du den Weg zu uns gefunden hast, und wenn du gegessen hast, erzählst du, was auf dem Gut passiert ist."

Frédéric schlang den Couscous, das Fleisch und das Brot gierig wie ein Wolf herunter. Dazu leerte er zwei Krüge Wasser. Schließlich schob er Teller und Schüsseln beiseite und begann dumpf: „Es war schrecklich, nur einer glücklichen Fügung des Schicksals verdanken wir, dass sie uns nicht alle umgebracht haben…"

KAPITEL ACHTUNDZWANZIG
QASR EL BAHIA AM SELBEN MORGEN

Früh am Morgen über den Gipfeln des Hohen Atlas schimmerte gerade das erste blaugraue Tageslicht, als André vor die große Atlaszeder mitten auf dem Hof des Gutes trat und in die Hände klatschte: „Heute holen wir uns zum letzten Mal für diese Saison einen krummen Rücken, und morgen feiern wir die beste Safranernte der letzten Jahre!“

„Ay! So sei es!“ Sechzig Männer, Frauen und Kinder der Ait Zelten, die auf Decken und Teppichen auf dem Erdboden saßen, lachten und klatschten zustimmend. Seit zwei Wochen campierten sie in ihren Khaimas, ihren Zelten aus Ziegenhaar, im Hof von Qasr el Bahia. Bei Tagesanbruch hatten sie wie jeden Morgen zusammen mit André und seiner Familie ein nahrhaftes Frühstück gegessen, und gleich würde es auf die Felder gehen. Sogar die alte Tamra war dabei. Frédéric und Christian hatten sie auf ihrem Lehnstuhl unter die große Zeder getragen, wo Aynur sie zum Schutz vor der frischen Morgenluft in eine wollene Decke gehüllt hatte.

„Ich trage die Teekannen in die Küche!“ André junior lief eifrig zu der großen Feuerstelle in der Mitte des Lagers, wo mehrere große Messingkannen auf den warmen Begrenzungssteinen standen.

„Ich fange dann auch mal an, mir einen krummen Rücken zu holen!“ Malika begann, leer gegessene Couscousschalen ineinanderzustapeln. „Nanu, was ist denn da vom Himmel gefallen?“ Sie hielt eine Hand in die Höhe. Zwischen Daumen und Zeigefinger zappelte ein längliches braun geflecktes Insekt mit kräftigen Sprungbeinen, runden schwarzen Augen und spinnwebzarten Flügeln.

„Eine Heuschrecke! Igitt!" Emily, die die Körbe mit den letzten Resten frischgebackenen Fladenbrotes eingesammelt hatte, verzog angewidert das Gesicht.

„Was sagst du da?" André trat neben Malika und nahm das Insekt ebenfalls in Augenschein.

„Pfui! Jetzt ist mir eine auf die Schulter gefallen!" Emily schüttelte sich. Die Heuschrecke fiel auf den Boden, und sie trat heftig mit dem Stiefelabsatz darauf.

André starrte einige Sekunden wortlos auf das tote Insekt und blickte dann zum Horizont. Über dem Hohen Atlas kündigte rosiges und goldenes Licht den Sonnenaufgang an. Zwischen den Berggipfeln aber erstreckte sich ein dünner dunkelgrauer Streifen.

Er kniff die Augen zusammen und blinzelte. Waren das noch die letzten Reste des Nachthimmels oder etwas anderes? Er konnte es nicht erkennen.

„Ist alles in Ordnung?" Aynur war neben ihn getreten und sah ihn fragend an.

„Ich bin mir nicht sicher." Er zeigte ihr die Heuschrecke, die Malika gefunden hatte und die jetzt zwischen seinen Fingern zappelte.

Aynurs Augen weiteten sich. „Die Zähne des Windes, ein schlechtes Omen." Sie schlug sich mit der Faust gegen die Brust. „Am Tage, da der Rufer ruft zu schlimmem Geschehen, kommen sie aus ihren Gräbern hervor. Allah helfe uns!"

„Hör auf damit! Willst du die Leute verängstigen?" André hielt sie fest. „Wir sollten lieber zusehen, dass wir so schnell wie möglich den restlichen Safran ernten!"

„Frédéric!" Er winkte seinem Ältesten. „Geh mit Christian das Tor öffnen! Und dann raus auf die Felder!"

Er warf die Heuschrecke auf den Boden und zertrat sie wie zuvor Emily. „Mach dir keine Sorgen!", beruhigte er Aynur, die ihn mit geweiteten Augen beobachtete. „Du bist einfach viel zu abergläubisch.“ Er legte einen Arm um sie. „Lass uns schauen, ob der Safran, den wir gestern gezupft haben, schon trocken ist!“ Zusammen liefen sie zur Scheune. Hier befand sich die Safran-Stellage, auf der die gestrige Ernte trocknete, unzählige winzige dünne Fäden, die im Schein der Öllampe, die André angezündet hatte, rotgolden glühten.

Er stellte die Öllampe auf den Boden, beugte sich über den Safran und atmete den kräftigen aromatischen Duft nach Sonne und Erde ein. Behutsam, als würde er eine Frau liebkosen, hob er ein paar der dünnen Fäden auf, zerrieb sie zwischen seinen Fingerspitzen und kostete. Der Safran schmeckte ein wenig bitter, ein wenig süß und ein wenig nach dem würzigen Rauch eines Holzfeuers.

"Wunderbar!", sagte er zufrieden zu Aynur, die neben ihm stand und ihn musterte. „Ich freue mich schon unbändig auf deine gerösteten Rindermarkknochen mit Safransoße!“

„Dann können die Fäden zu der übrigen Ernte in den Turm?“, fragte sie gespannt.

„Ja. Nächste Woche reite ich nach Mogador und verkaufe unser rotes Gold zum Höchstpreis!“ Vor lauter Freude über die außergewöhnlich gute Ernte fasste er Aynur um die Taille, hob sie hoch und drehte sich mit ihr im Kreis. „Was soll ich dir aus der Stadt mitbringen? Indische Seide für ein neues Kleid? Oder ein schönes Schmuckstück?“

„Bekomme ich auch beides?“ Sie lächelte ihm schelmisch zu. Er setzte sie behutsam wieder auf den Boden. „Alles, was du willst. Ich weiß doch genau, dass Qasr el Bahia ohne dich nicht wäre, was es ist. Du sorgst tagaus, tagein dafür, dass hier alles seinen geregelten Gang geht.“

Sie lächelte geschmeichelt, aber sie wusste, dass sein Lob gerechtfertigt war. Jeden Morgen ging sie mit den Ait

Zelten auf die Terrassenfelder und pflückte in unsagbar aufwendiger Kleinarbeit Tausende zartlila Krokusblüten, bis ihr Rücken so schmerzte, dass sie sich kaum noch aufrichten konnte. Dennoch trieb sie die Helfer unaufhörlich zur Eile an. Die Ernte musste schnell gehen. Stand erst die Sonne über den Feldern, so dass die Blüten sich in der Wärme öffneten, verloren die darin verborgenen Safranfäden ihr kostbares Aroma. Später begann der angenehme Teil der Ernte. Dann saßen alle auf dem Hof zusammen, sangen Lieder und erzählten Geschichten, während sie flink und geschickt die zarten Fäden aus den Blüten zupften. Dazwischen tummelten sich die Kinder und sammelten die leeren Blüten ein, um sie später an die Kühe und Ziegen zu verfüttern. Aynur sorgte währenddessen dafür, dass stets genug frischer stark gesüßter Pfefferminztee bereitstand, und wachte mit Argusaugen darüber, dass auch nicht ein einziger kostbarer Blütenfaden heimlich in den weiten Röcken der Berberfrauen verschwand.

„Hier." André reichte ihr einen Leinensack. Sie füllte den Safran von der Stellage hinein und verschnürte ihn sorgsam. „Dieses Jahr werde ich dich nach Mogador begleiten."

Er starrte sie verblüfft an. „Aber du warst doch noch nie dabei!"

„Ich habe meine Meinung geändert. Ich möchte mir meine Seide und mein Schmuckstück selbst aussuchen. Außerdem könnten wir Emilys Mutter einen Besuch abstatten. Wir sind ja jetzt eine Familie." Aynur klang ein wenig unsicher.

André war begeistert. „Das ist eine wundervolle Idee! Dafür bekommst du noch ein Geschenk!" Er dachte schon so lange darüber nach, wie er Emilys Familie und seine

Familie zusammenbringen konnte, aber Aynur hatte die Angelegenheit längst in die eigene Hand genommen.

„Wegen des Geschenkes werde ich dich beim Wort nehmen!“ Sie verschwand hüftschwingend durch das Scheunentor.

„Baba! Hilfe! Ahhh!“ Der Rest des Schreis ging in einem verzweifelten Schmerzenslaut unter.

„Bei Allah! Verschwindet, ihr Schurken!“, hörte André Aynur rufen. Dann wurde sie von vielstimmigem Geschrei und dem Poltern galoppierender Pferdehufe übertönt. André packte eine Schaufel, die neben der Stellage an der Wand lehnte, und stürmte los. Auf dem Boden vor dem Scheunentor lag der Sack mit dem Safran, den Aynur fallen gelassen hatte. Dann wurde André auch schon von einem heranpreschenden Reiter beseite gestoßen, er stolperte und fiel, und als er sich aufrappelte, sah er noch, wie der Reiter sich vom galoppierenden Pferd beugte und den Sack an sich riss.

„Du Schurke!“, brüllte André. Dann bemerkte er die anderen Reiter, die durch das halb geöffnete Tor jagten. Er schätzte, dass es zehn, höchstens zwölf waren. Den Anführer erkannte er sofort an dem Feuermal, das quer über sein Gesicht verlief.

Wütend rannte er los, die Schaufel in der Faust. „Verdammt! Was wollt ihr schon wieder? Könnt ihr uns nie in Ruhe lassen?!“

Auf dem Hof herrschte wildes Durcheinander. Die Berber dirigierten ihre Pferde behände zwischen den eng stehenden Zelten hindurch und ritten rücksichtslos jeden über den Haufen, der nicht schnell genug zur Seite sprang. Männer brüllten, Frauen kreischten, Kinder weinten, Schreckensrufe vermischten sich mit Schmerzensschreien, kopflos fliehende Menschen rannten sich gegenseitig um.

„Christian! Pass auf!!“ Entsetzt beobachtete André, wie sein Sohn stolperte und fiel. Aber Frédéric war dicht hinter ihm und riss ihn in letzter Sekunde vor den heranrasenden Pferdehufen zurück.

„Zum Turm! Schnell!“, brüllte André gegen den Lärm an und gestikulierte wild mit der Schaufel. Frédéric packte seinen jüngeren Bruder am Arm, hetzte mit ihm zu dem nur wenige Meter entfernten Wehrturm und stieß ihn vor sich die rettende Leiter hinauf.

André sah sich hektisch um. Wo steckten seine anderen Kinder, wo Aynur? Vergeblich versuchte er, in dem Durcheinander von rennenden Menschen, galoppierenden Pferden, zusammengestürzten Zelten, vereinzelt krachenden Schüssen und Schreien den Rest seiner Familie zu finden. Dann entdeckte er Emily und Malika. Wie gelähmt standen sie in der Nähe des Kücheneingangs und starrten auf den Tumult.

„Weg!“, schrie André verzweifelt. „Ins Haus mit euch!“

Doch sie waren viel zu weit entfernt und hörten ihn nicht.

„Imma! Imma!“ André junior hatte irgendwo im Getümmel seine Mutter entdeckt und versuchte, sich an seinen Schwestern vorbei ins Freie zu drängen. Zum Glück packten Emily und Malika den Kleinen rechtzeitig am Hemd, zerrten ihn mit sich ins Haus und warfen die Tür zu.

André sah Aynur nun ebenfalls. Sie kniete neben Tamra. Die alte Dienerin war im Tumult von ihrem Lehnstuhl gestoßen worden und lag hilflos auf dem Boden. Die beiden Reiter, die von hinten in vollem Galopp angeritten kamen, bemerkte Aynur bei ihren Bemühungen, der Alten aufzuhelfen, nicht.

„Da! Das ist die Kleine! Die will ich für mich!“, schrie der vordere der Männer und zügelte sein Tier. „Und danach…“ Er deutete eine zackige Bewegung vor seiner Kehle an. „Und dann kassieren wir unsere Belohnung!“ Lachend hieb er seinem Pferd die Fersen in die Flanken.

„Warte!“, schrie da der Zweite. „Das ist die Falsche! Wir sollen das Franzosenbalg töten!“

„Die Falsche? Auf dem verfluchten Gut sind sie alle Verräter!“ Sein Kumpan legte das Gewehr an.

André stieß einen markerschütternden Schrei aus und sprintete los. Die Angst um Aynur verlieh ihm ungeheure Schnelligkeit. Mit dem Mut der Verzweiflung warf er sich vorwärts. Es gelang ihm, dem vorderen der beiden Reiter den Weg abzuschneiden.

In diesem Moment krachte neben ihm der Schuss. Aynur schrie auf, dann sackte sie über dem immer noch am Boden liegenden Körper von Tamra zusammen.

„Nein!“, brüllte André. Er schwang die Schaufel hoch über seinem Kopf und schlug auf den Reiter, der geschossen hatte, ein. Es knirschte, als die volle Wucht des Schlages das Genick des Angreifers traf. Das Gewehr fiel ihm aus der Hand, sein Hals knickte zur Seite. Als er vom Pferd stürzte, registrierte André seinen im Tod erstarrten verblüfften Gesichtsausdruck.

„Ayyyy!!“, erscholl unmittelbar neben ihm lautes Geheul. „Das wirst du büßen, Ungläubiger!“

André fuhr herum und konnte gerade noch den Hufen eines steigenden Pferdes ausweichen. Die Fratze des Reiters war von Mordlust verzerrt, ein gezacktes Feuermal verlief quer über sein Gesicht.

André verspürte einen Hass, wie er ihn noch nie in seinem Leben empfunden hatte. Dieser Mann hatte seine Familie in Gefahr gebracht. Er war schuld, dass auf seinem Grund und Boden Menschen um ihr Leben rannten, dass Aynur von einer Gewehrkugel getroffen worden war. Er würde den Mann töten, und wenn es das Letzte war, was er tat! Mit Schwung riss er die Schaufel empor, aber der andere war schneller und drängte sein Pferd gegen ihn. André stolperte und verlor die Schaufel. Er zog sein Messer aus der Gürtelscheide. Doch da sauste schon der Gewehrkolben auf ihn herunter. Gleich darauf zuckte ein ungeheurer Schmerz durch seinen Schädel. Er riss beide Hände an seinen Kopf und schwankte rückwärts. Über ihm tauchte das Gesicht des Anführers auf, zu einer hässlichen triumphierenden Grimasse verzogen. In seinen Ohren sirrte und summte es laut und immer lauter, über ihm wogte eine flirrende tanzende Wolke, die über den Mauern von Qasr el Bahia aufzog und den Himmel verdunkelte. Heuschrecken, nicht das auch noch, dachte er, bevor er in eine bodenlose Schwärze stürzte.

Tränen liefen über Frédérics Gesicht. „Die Zähne des Windes haben zwar einen Teil unserer Ernte vernichtet, aber sie waren auch unsere Rettung. Hätte Allah sie nicht im richtigen Moment geschickt, wären wir alle tot." Fahrig griff er nach seinem Becher und trank. Sibylla nahm den Krug und schenkte ihm mit vor Entsetzen zitternder Hand nach.

Schließlich räusperte John sich und fragte: „Was meinst du mit ‚Zähnen des Windes'?"

„Wanderheuschrecken", erwiderte Frédéric. Sein Blick verlor sich, als er noch einmal die Einzelheiten dieses schlimmen Tages durchlebte. „Es war der größte Schwarm, den ich je gesehen habe. Wie eine Gewitterwolke kamen sie über die Berge und verdeckten die Sonne. Sie fielen zahlreicher vom Himmel als es Sandkörner in der Wüste gibt. Und überall war es so laut! Krähen und Raben, die sich kreischend auf die Insekten stürzten, und all die Menschen, die um Hilfe schrien. Ich und Christian waren im Wehrturm in Sicherheit, aber im Hof liefen die Leute um ihr Leben. Doch als die Heuschrecken kamen, scheuten die Pferde der Angreifer, und sie mussten fliehen. Es war wahrhaftig ein Wunder! Als alle Angreifer fort waren, kletterte ich aus dem Turm und verrammelte das Tor. Und dann habe ich meine Eltern gesehen…" Frédérics Stimme brach. „Ich weiß nicht einmal, ob sie noch leben. Mein Vater war bewusstlos, als ich weggeritten bin. Er hat eine schlimme Wunde am Kopf, meine Mutter wurde angeschossen. Tamra, unsere Dienerin, wurde von einer Kugel getötet. Ich muss zurück! Wer weiß, wie es meinen Brüdern und Schwestern geht, so ganz allein!" Frédéric stemmte sich vom Diwan empor, obwohl er vor Erschöpfung schwankte.

Sibylla stand ebenfalls auf. „Das ist keine gute Idee, Frédéric. Du warst heute sehr tapfer, ein wirklicher Held. Aber jetzt musst du ausruhen. Nadira hat ein Zimmer für dich hergerichtet."

Als er Einwände erheben wollte, legte sie ihm eine Hand auf die Schulter. „Ich würde selbst am liebsten sofort losreiten, denn meine Tochter befindet sich auf dem Gut. Aber es nützt niemandem, wenn wir im Dunkeln mit den Pferden stürzen. Ich bin sicher, dass Emily und Malika das Tor fest verrammelt haben. Diese Nacht sind die Menschen innerhalb der Gutsmauern in Sicherheit. Und morgen früh reiten wir zusammen nach Qasr el Bahia."

„Ich werde mit Nadira meine Sachen packen", verkündete Sibylla, nachdem Frédéric sich widerstrebend in das vorbereitete Zimmer zurückgezogen hatte. „Außerdem sollten wir Thomas benachrichtigen. Auf dem Gut gibt es Verletzte. Wahrscheinlich werden wir einige Zeit fort sein.

Du musst so lange ohne mich die Geschäfte führen, John."

„Das ist kein Problem", versicherte er. „Aber ihr könnt auf keinen Fall allein nach Qasr el Bahia reiten. Ich bin überzeugt, dass die Schurken sich noch in der Nähe des Gutes herumtreiben. Drei unbewaffnete Reiter sind eine willkommene Beute für sie. Ich werde den Kaid bitten, uns eine Eskorte zu stellen." Er eilte in sein Arbeitszimmer und kam wenig später mit dem versiegelten Schreiben zurück. Sibylla hatte inzwischen Hamid geholt, damit er den Brief zum Statthalterpalast brachte.

„Wenn du Nachricht vom Kaid hast, gehst du zum Haus des Doktors und holst ihn hierher!", befahl John dem Mann, der ernst nickte. Auch unter den Dienstboten hatte sich der Überfall auf das Gut herumgesprochen.

„Ich bin so froh, dass du dich um alles kümmerst!", gestand Sibylla erleichtert. „In meinem Kopf herrscht ein solches Durcheinander! Ich kann kaum einen klaren Gedanken fassen."

„Wozu hat man Familie?" John umarmte seine Mutter.

Die Tür zum Salon öffnete sich, und Victoria kam herein. Sie balancierte ein Tablett mit einer Teekanne und Tassen. „Nadira hat mir berichtet, was passiert ist. Hoffentlich geht es Emily gut", sagte sie, während sie das dampfende Getränk eingoss.

„Tee ist genau das, was ich jetzt brauche." Sibylla sah ihre Schwiegertochter dankbar an, und Victoria errötete. Sie goss auch John ein. Dann setzte sie sich auf den Diwan und blickte von einem zum anderen. „Hoffentlich wurde niemand ernsthaft verletzt!"

John rührte in seiner Tasse. „Das hoffen wir alle."

Eine halbe Stunde später war der Torwächter zurück und brachte die Nachricht, dass kurz vor Sonnenaufgang eine bewaffnete Eskorte des Kaids vor der Stadtmauer warten würde. Sie hatte den Auftrag, die kleine Reitergruppe und die Menschen auf Qasr el Bahia mit ihrem Leben zu beschützen und das Gelände nach den Angreifern abzusuchen.

Außer Thomas war auch Sabri bin Abdul mit dem Torwächter eingetroffen. Die beiden Ärzte erkundigten sich als Erstes, wie viele Verletzte es gab und welche Verwundungen sie hatten. Aber das wussten weder Sibylla noch John.

Sabri bot an: „Ich kehre zum Maristan zurück und werde ein Maultier mit Medikamenten, Verbandszeug und chirurgischen Instrumenten beladen. Dann kannst du, Thomas, bei deiner Familie bleiben. Morgen früh treffen wir uns alle am Stadttor."

„Sie wollen uns begleiten?", fragte Sibylla.

„Natürlich", antwortete Sabri, dem der Gedanke, dass Emily verletzt sein könnte, keine Ruhe ließ. „Wir wissen nicht, was uns erwartet. *Ein* Arzt ist vielleicht nicht genug."

Am frühen Abend des nächsten Tages trafen Sibylla, Frédéric, Thomas und Sabri zusammen mit sechs bewaffneten Kavalleristen aus der Stadtwache des Kaids vor den Toren von Qasr el Bahia ein. Die Sorge hatte sie vorwärtsgetrieben. Sie hatten sogar im Sattel gegessen und nur Pause gemacht, um die Pferde trinken zu lassen. Nun waren Menschen und Tiere völlig erschöpft.

Die Stimmung in der kleinen Gruppe war immer gedrückter geworden, je näher sie dem Gut kamen. Thomas und Sabri unterhielten sich leise darüber, welche medizinischen Notfälle sie möglicherweise versorgen mussten. Frédéric starrte düster vor sich hin, Sibylla war mit ihren Gedanken bei Emily und André. Dennoch entging ihr nicht, wie verwüstet das Land aussah, durch das sie ritten. Schwärme von Krähen und Raben kreisten am Himmel und fielen über die unzähligen Heuschrecken her wie über ein Festmahl. Sibylla hatte noch nie so viele dieser Insekten auf einmal gesehen und konnte ein Schaudern kaum unterdrücken. Sie saßen auf der Erde, im Gebüsch und in den Bäumen, sirrten in kleinen Schwärmen durch die Luft, fielen auf ihr Haar, in die Falten ihrer Kleidung und auf ihr zusehends nervöser werdendes Pferd. Zwei Hirten, denen sie unterwegs begegnet waren, versicherten jedoch, dass das nur der letzte Rest eines gewaltigen Schwarmes war, der auf seinem Weg nach Südwesten in Richtung Meer die Sonne verdunkelt und den Tag zur Nacht gemacht hatte. Doch die abgefressene Landschaft zeugte davon, dass hier eine Heimsuchung biblischen Ausmaßes stattgefunden hatte. Bäume und Büsche waren kahl und blattlos, und für die Pferde war nicht ein trockener Grashalm zum Fressen übrig. Zum Glück hatte John darauf bestanden, dass sie Futter mitnahmen.

Im schwindenden Tageslicht lag Qasr el Bahia abweisend und dunkel auf der Hochebene vor der kleinen Reitergruppe. Weder auf den beiden Wehrtürmen noch in den eisernen Halterungen rechts und links des Tores brannten Fackeln. Alles wirkte unheimlich still, fast unbewohnt.

Frédéric sprang vom Pferd und polterte mit beiden Fäusten ans Tor. „Ich bin es! Macht auf! Ich habe Hilfe mitgebracht! Hört ihr? Macht auf!"

Sibylla schlug das Herz bis zum Hals. Was erwartete sie im Inneren? War Emily wirklich unverletzt? Und wie ging es André? Sie mochte sich nicht ausmalen, dass sie zu spät gekommen sein könnten und er an seiner schweren Kopfverletzung gestorben war.

Auf der anderen Seite des Tores knarrte und schabte es, ein Balken wurde zurückgeschoben, dann eine Kette gelöst, und die Flügel schwangen gerade so weit auf, dass ein einzelner Reiter hindurchpasste. Kaum war der letzte auf dem Hof, verrammelte und verriegelte der schmächtige Halbwüchsige, der sie erwartete, das Tor wieder.

„Frédéric! Ich bin so froh, dass ihr zurück seid!" Der Junge wirkte verängstigt und musterte die Neuankömmlinge vorsichtig.

Frédéric sprang vom Pferd und umarmte ihn. „Christian! Hast du gut auf alle aufgepasst? Wie geht es Baba und Imma?"

„Nicht gut." Christian schüttelte verzweifelt den Kopf.

„Wo sind die Verletzten?", erkundigte Thomas sich. Sabri hatte bereits angefangen, das Gepäck des Maultiers abzuladen.

Knechte kamen, um sich um die Pferde zu kümmern.

Sibylla rutschte aus dem Sattel und sah sich um. Auf dem ganzen Hof rund um ein flackerndes Feuer standen niedrige Zelte. Männer hockten in Grüppchen zusammen und redeten leise miteinander, manche rauchten eine Wasserpfeife. Ein Diener verteilte Schüsseln mit Essen und Tee. Frauen kümmerten sich um die kleineren Kinder. Sibylla hielt nach Emily Ausschau, konnte sie jedoch nirgends entdecken. Dann kamen die Leute näher, um die Neuankömmlinge zu begrüßen. Manche hinkten, einige trugen den Arm in einer Schlinge, andere stützten sich auf einen krummen Ast, der ihnen als Krücke diente. Ein alter Mann, der einen fleckigen Verband um den Kopf gewickelt hatte, sagte erschüttert zu Sibylla: „Wie konnte unser eigen Fleisch und Blut sich so gegen uns vergehen!"

„Mummy!" Emily rannte aus dem Haus und stürzte sich in die Arme ihrer Mutter. „Endlich, Mummy! Ich habe so auf dich gewartet!"

Sibylla liefen Tränen über die Wangen. „Mummy" hatte Emily sie das letzte Mal genannt, als sie ein kleines Mädchen gewesen war. „Versprich mir, dass wir nie wieder ein ganzes Jahr vergehen lassen, ohne dass wir voneinander hören!", beschwor Sibylla sie und strich ihrer Tochter über das Haar.

„Nie wieder, Mummy!", versicherte Emily und drückte sich an sie.

„Schwesterchen, wie schön, dass es dir gut geht!" Thomas umarmte Emily ebenfalls. Dann kam Sabri. „Ich danke Allah, dass Ihnen nichts passiert ist!", sagte er leise und drückte ihre Hand.

„Die Leute sagen, dass es zwei Tote gab. Stimmt das?", mischte Thomas sich ein.

Emily nickte: „Einer gehört zu den Angreifern. Frédéric und Christian haben gesehen, wie Vater ihn mit einer Schaufel erschlagen hat, nachdem dieser Aynur angeschossen hatte. Die andere Tote ist Aynurs Dienerin Tamra. Die Kugel, die Aynur gestreift hat, traf Tamra ins Herz."

„Wo waren Sie während des Überfalls, Miss Emily?", fragte Sabri besorgt.

„Ich habe mich mit Malika und meinem jüngsten Bruder im Haus versteckt."

„Gut", entgegnete Sabri. Sekundenlang hielten ihre Augen einander fest. Dann fragte Sibylla: „Wie geht es André?"

„Vater ist immer noch bewusstlos", berichtete Emily beklommen. „Seit fast zwei Tagen schon. Ich mache mir große Sorgen."

Sabri ergriff die Initiative: „Thomas, ich schlage vor, dass du ins Haus gehst und Monsieur Rouston und seine Frau versorgst. Ich kümmere mich inzwischen um die Verletzten hier draußen."

„Eine gute Idee. Danach komme ich und helfe dir", stimmte Thomas zu. „Emily, zeigst du mir, wo ich die beiden finde?"

„Ich komme mit!", rief Sibylla eilig hinterher. „Du brauchst gewiss Hilfe."

Christian, Emily und Malika hatten ihren Vater in ein kleines Zimmer getragen, in dem sonst Besucher oder Durchreisende übernachteten. Still und reglos lag er auf dem Bett, mit einer Wolldecke zugedeckt. Seine rechte Gesichtshälfte war blaurot unterlaufen und stark geschwollen. Darüber klaffte an der Schläfe eine zwei Finger breite und einen Finger lange offene Wunde. Die Ränder waren schwarz von getrocknetem Blut, das verletzte Gewebe dick geschwollen.

„Das sieht schlimm aus", murmelte Sibylla. Sie beugte sich vor und legte eine Hand auf den unversehrten Teil von Andrés Stirn. Die Haut fühlte sich kalt und wächsern an.

„Wenn ich ihn untersuchen soll, musst du mir Platz machen, Mutter." Thomas schob sie sanft zur Seite und setzte sich auf die Bettkante. Dann tastete er Andrés Gesicht ab, während Sibylla angespannt zusah.

„Die Schädelknochen sind nicht gebrochen", stellte Thomas schließlich fest. Er nahm die Öllampe, die auf einem Tischchen neben dem Bett stand, und hielt sie dicht über Andrés Gesicht. „Die Wunde sieht nur auf den ersten Blick schlimm aus. Sie beginnt bereits, zu heilen, und der Knochen ist unversehrt. Ich werde sie reinigen und verbinden. Die Schwellungen können wir kühlen. Den Rest müssen wir der Zeit überlassen."

„Den Rest?", hakte Sibylla nach. „Meinst du damit, ob er wieder aufwacht?"

Thomas schob vorsichtig mit zwei Fingern Andrés Augenlieder hoch und beleuchtete die Pupillen. Schließlich stellte er die Lampe wieder auf das Tischchen und stand auf. „Die Bewusstlosigkeit ist sehr tief", erklärte er Sibylla und Emily. „Ob sein Gehirn Schaden genommen hat, kann ich erst sagen, wenn er aufwacht. Ich hoffe, dass das innerhalb der nächsten zwei Tage passiert."

„Und wenn nicht, Hakim?", fragte eine leise Stimme aus dem Hintergrund. „Stirbt Baba dann?"

Thomas, Sibylla und Emily drehten sich um. Im Türrahmen stand eine zierliche junge Frau in der Tracht der Berberinnen, die Emily als ihre Halbschwester Malika vorstellte. Thomas zögerte mit der Antwort. Die junge Frau hatte ein Recht, zu wissen, wie es um ihren Vater stand. Nur konnte er das im Moment selbst nicht sagen. Schließlich erläuterte er: „Je eher Ihr Vater wieder aufwacht, desto wahrscheinlicher ist es, dass er sich vollständig erholt. Aber geben Sie die Hoffnung nicht auf!", fügte er rasch hinzu, als er Malikas entsetztes Gesicht sah. „Ihr Vater ist ein kräftiger Mann, seine Chancen stehen gut. Wollen Sie mich nun zu Ihrer Mutter bringen, Mademoiselle Rouston? Ich möchte sie ebenfalls untersuchen."

Malika nickte. „Sie ist in dem Schlafzimmer, das sie mit Baba teilt."

„Können wir auch etwas tun?", erkundigte Sibylla sich.

Thomas nahm seine Arzttasche, die er auf den Boden gestellt hatte. „Besorge mir heißes und kaltes Wasser, Seife und saubere Tücher, und bring alles zu Monsieur Rouston! Ich komme, sobald ich nach seiner Frau geschaut habe."

„Ich werde dir alles zeigen, Mutter", ergriff Emily das Wort. „Und dann werde ich Sabri fragen, ob er Hilfe braucht."

Als Thomas und Malika das Schlafzimmer betraten, war es leer. Die zerdrückten Kissen und Decken zeigten zwar, dass Aynur hier gelegen hatte, aber jetzt war sie verschwunden.

„Ich habe ihr gesagt, dass sie nicht aufstehen soll!“, regte Malika sich auf. „Sie hat Fieber. Außerdem hat sie viel Blut verloren.“

„Wissen Sie, wo Ihre Mutter sein könnte?“, fragte Thomas.

„Ich glaube, sie wacht bei Tamra, ihrer Dienerin. Tamras Tod hat sie zutiefst erschüttert. Christian und ich mussten sie von der Leiche wegziehen, damit wir ihre Wunde versorgen konnten.“ Malika eilte Thomas voran in die benachbarte Kammer, ein kleines Zimmerchen mit einem schmalen Bett an der braunen Lehmwand, einem Webteppich auf dem Boden und einer Truhe unter dem kleinen Fenster. Auf dem Sims stand eine einzelne Kerze, und in ihrem flackernden Licht erkannte er den Leichnam einer sehr alten Frau auf dem Bett, und daneben auf einem Hocker saß Aynur. Sie hatte ihnen den Rücken zugekehrt. Deshalb sah Thomas von ihr kaum mehr als den langen dunkelblauen Schleier, mit dem sie ihr Haar bedeckt hatte.

„Imma“, begann Malika, „der Hakim ist da. Er möchte deine Wunde behandeln.“

Thomas trat einen Schritt vor. „Madame Rouston? Ich bin Doktor Hopkins, Arzt aus Mogador. Man sagte mir, dass Sie bei dem Überfall angeschossen wurden. Wenn Sie erlauben, würde ich die Verletzung gern sehen.“

Aynur wandte sich halb um. „Seit zwei Tagen warte ich darauf, dass Tamra endlich neben meinen beiden kleinen Töchtern in die Erde gebettet werden kann. Solange sie noch hier liegt und darauf wartet, dass ihre unsterbliche Seele zu Allah aufsteigen darf, werde ich nicht von ihrer Seite weichen, Hakim."

„Wir konnten Tamra nicht begraben, weil der Platz außerhalb der Gutsmauern liegt", erklärte Malika Thomas leise. „Wir haben Angst, dass die Angreifer sich dort noch herumtreiben." Dann wandte sie sich wieder an ihre Mutter. „Ich habe gute Nachrichten, Imma. Kaid Samir hat zu unserem Schutz Soldaten aus Mogador geschickt. Gleich morgen früh beerdigen wir Tamra. Aber jetzt lass bitte den Hakim nach deiner Wunde sehen!"

Aynur überlegte. Dann erhob sie sich. „Ich bin einverstanden, Hakim. Untersuchen Sie mich!"

Sie ging vor Thomas und Malika ins Schlafzimmer und setzte sich auf die Bettkante. Thomas fand, dass sie erschöpft wirkte, aber das führte er auf den Blutverlust und darauf zurück, dass sie seit zwei Tagen bei ihrer toten Dienerin wachte, statt sich auszuruhen. Als er die Wunde untersuchte, stellte er fest, dass Aynur tatsächlich nur einen Streifschuss abbekommen hatte. Die Kugel hatte lediglich die Innenseite des rechten Oberarms gestreift. Mit einer Pinzette zupfte er abgestorbene Hautränder und Blutkrusten ab, wusch die Verletzung mit lauwarmem Wasser und tupfte Silbersalpeterlösung darauf. Dann nahm er ein Leinensäckchen aus seiner Arzttasche, das Charpie enthielt, kleine weiche Bällchen aus Baumwollfäden, die er auf die Wunde legte und sanft andrückte. „Die Charpie polstert den verletzten Arm und saugt Eiter und Feuchtigkeit auf. Wenn Sie Schmerzen verspüren, melden Sie sich bitte, dann gebe ich Ihnen etwas Laudanum", sagte er zu Aynur, während er einen Verband aus sauberem Leintuch um die Charpie wickelte.

„Allah hilft mir, meine Schmerzen zu erdulden", erwiderte sie stolz. Thomas konnte nicht umhin, sie zu bewundern. In London hatte er kräftige Arbeiter behandelt, gestandene Männer, die in den Docks schufteten oder in Fabrikhallen gefährliche Maschinen bedienten, aber kaum einer hatte seine Verletzungen mit dem Stolz und der Entschlossenheit dieser kleinen zarten Frau ertragen.

„Wasser, Seife und Tücher stehen bereit." Sibylla stand in der offenen Tür zum Schlafzimmer. Ihr Blick flog durch den Raum. Blitzschnell erfasste sie Möbel, Spiegel, Leuchter und schließlich das breite von Seiden- und Brokatkissen bedeckte Bett. Doch ihr Gesicht gab nicht preis, was sie beim Anblick des Ortes fühlte, an dem der Mann, den sie liebte, unzählige Stunden mit der anderen Frau in seinem Leben verbracht hatte.

Ruhig und höflich grüßte sie Aynur: „Guten Abend, Madame Rouston. Ich hoffe, mein Sohn kümmert sich gut um Sie."

„Er ist ein untadeliger Hakim", erwiderte Aynur mit gleichfalls unbewegter Miene.

Sekundenlang musterten die beiden Frauen sich. Dann wandte Sibylla sich zum Gehen. „Ich wünsche Ihnen eine angenehme Nacht, Madame."

KAPITEL NEUNUNDZWANZIG

„Hakim, bitte, du musst helfen! Mein Sohn sehr verletzt!" Der Ait Zelten-Mann zupfte am Ärmel des jungen Arztes. Sein Arabisch war holprig, seine Stimme rauh von Sorge.

Sabri blickte von der tiefen Schnittwunde an der Wade einer Frau auf, die er gerade mit einem Katzendarmfaden vernäht hatte, und rückte seine Brille gerade. Längst war auf Qasr el Bahia die Nacht hereingebrochen und es war empfindlich kühl auf dem Hof geworden. Aber das spürte Sabri genauso wenig wie seine Erschöpfung. Er arbeitete unermüdlich, auch als Thomas aus dem Haus gekommen war, um ihn zu unterstützen. Emily wich nicht von Sabris Seite. Sie reichte ihm die Instrumente, die er benötigte, holte frisches Wasser und saubere Tücher und betätigte sich als Übersetzerin zwischen Sabri und den Ait Zelten.

Bei ihrer panischen Flucht vor den Angreifern hatten sich viele Leute verletzt, doch zum Glück nicht schwer. Es gab hauptsächlich Prellungen, blaue Flecken, Beulen, Schnittwunden und verrenkte Glieder. Die Menschen hatten stundenlang bei dem großen Feuer angestanden, das Frédéric und Christian mitten im Hof entfacht hatten, sich an den Flammen gewärmt und geduldig gewartet, dass der arabische und der ausländische Hakim Zeit für sie fanden.

„Was für eine Verletzung hat dein Sohn?", erkundigte Sabri sich, während er der Frau bereits den Verband anlegte, aber der Mann zeigte zu den Zelten und wiederholte drängend: „Bitte mitkommen, Hakim! Dort."

"Begleiten Sie mich, Miss Emily, obwohl es schon so spät ist? Ich fürchte, ich werde Ihre Hilfe beim Übersetzen brauchen."

„Natürlich!"

„Ich wusste, dass ich mich auf Sie verlassen kann." Er nahm seine Arzttasche vom Boden, und sie eilten dem Ait Zelten-Mann zu einem der niedrigen Zelte aus Ziegenhaar hinterher.

Emily kroch hinter Sabri und dem Mann ins Innere. Hier war es warm, es roch nach Menschen und Rauch. Neben einem kleinen Feuer lag ein Junge, höchstens acht oder zehn Jahre alt. Vor dem Überfall hatte Emily ihn oft auf den Safranfeldern gesehen, ein fröhlicher frecher Bengel, der mit André junior die kleinen Mädchen geärgert hatte. Doch jetzt lag er mit verweintem Gesicht unter seiner Decke, den rechten Arm weit abgespreizt, und wimmerte vor Schmerzen. Seine Mutter kauerte mit hilflosem Gesichtsausdruck neben ihm und streichelte sein Haar. Sie begrüßte Sabri mit einem Redeschwall, der abwechselnd besorgt und wütend klang.

„Der Junge ist gestürzt, als er vor den Eindringlingen geflohen ist", übersetzte Emily und unterschlug die zahlreichen Verwünschungen, die die Frau gegen die Angreifer ausgestoßen hatte. „Dabei ist er gefallen und kann seither die Hand nicht mehr bewegen, sein Arm ist immer mehr angeschwollen."

Sabri lächelte dem Kleinen aufmunternd zu und kniete sich neben ihn, aber als er seinen Arm vorsichtig berühren wollte, heulte der Junge laut auf.

„Es sieht tatsächlich aus, als sei der Arm gebrochen", stellte Sabri fest. „Aber es wäre gut, wenn ich ihn richtig untersuchen könnte."

Ich würde mich auch wehren, wenn so viele Erwachsene um mich herumständen und ich noch dazu große Schmerzen hätte, dachte Emily. „Können Sie ihm nicht etwas zur Beruhigung geben?"

Sabri überlegte. „Ich habe weder Äther noch Chloroform zur Verfügung und bin auch nicht sehr erfahren in der Dosierung von Narkosemitteln." Plötzlich hellte seine Miene sich auf. „Aber ich könnte dem Kleinen etwas stark verdünntes Laudanum geben, damit er die Behandlung verschläft."

Als Sabri sich dem Jungen jedoch mit dem Becher näherte, kniff dieser die Lippen zusammen und drehte den Kopf zur Seite.

„Darf ich es einmal versuchen?" Emily nahm den Becher und hockte sich neben dem Kind auf den Boden. „Warum lässt du den Hakim nicht helfen?", fragte sie auf Tachelit. „Mit dem Saft, den er für dich gemischt hat, kann er deine Schmerzen wegzaubern."

„Ist der Hakim denn ein Asahhar?", fragte der Junge halb misstrauisch, halb interessiert.

„Genau", nickte Emily, „er ist ein Zauberer." Langsam streckte sie die Hand mit dem Becher aus. „All deine Freunde werden dich bewundern, weil du so tapfer bist."

„Sie waren fantastisch!", rief Sabri aus, als der Junge wenig später eingenickt war. Emily errötete vor Freude und war froh, dass er das im Halbdunkel des Zeltes nicht bemerkte.

Er wandte sich wieder dem Jungen zu und tastete vorsichtig den Arm ab. „Ein glatter Durchbruch der Speiche. Das kommt häufig bei dieser Art von Stürzen vor. Ich muss den Knochen einrichten und einen festen Verband anlegen, der den Arm ruhigstellt. Können Sie mir assistieren, Miss Emily?"

„Was muss ich tun?", gab sie argwöhnisch zurück.

„Im Moment liegen beide Teile des gebrochenen Knochens nebeneinander. Sie müssen aber aufeinander ausgerichtet werden, damit die Bruchstellen wieder zusammenwachsen können. Dafür werde ich den Arm am unteren Ende in die Länge ziehen. Sie müssen am Oberarm gegenhalten. Es ist wichtig, dass Sie dabei Ihre ganze Kraft einsetzen, damit die Bruchstellen genau ineinanderpassen. Und haben Sie keine Angst, dem Jungen wehzutun! Er merkt davon nichts."

„In Ordnung", stimmte Emily zu, obwohl ihr etwas flau im Magen war. Aber sie tat genau, was Sabri ihr sagte, und bald hatte er die Knochen mit wenigen ruhigen Handgriffen gerade gerichtet.

„Nun lege ich den Kompressionsverband an, damit der Arm gerade zusammenwächst. Können Sie mir aus der Kiste unter dem Scheunendach Pappe und ein mit Spreu gefülltes Kissen bringen? Ich werde inzwischen den Kleister anrühren."

Als Emily zurückkehrte, hatte Sabri bereits eine klebrige Masse in einer Schüssel vorbereitet. Neben ihm lagen mehrere Blechdosen, Charpie und Leinenbinden.

Emily spähte in die Schüssel. „Das sieht aus wie Zuckerguss."

„Es ist Gummi Arabicum mit Dextrin, einer Stärkemischung, die richtig schön klebt. Bitte rühren Sie die Masse durch, damit sie sämig wird, während ich die erste Lage Verband anlege." Sabri reichte ihr einen Holzlöffel.

Während sie eifrig rührte, beobachtete sie, wie Sabri das Spreukissen unter den gebrochenen Arm des Jungen schob. Er schraubte eine Dose auf, in der sich Talg befand, und schmierte eine dünne Schicht auf den Arm des Verletzten.

„Das hält die Haut gesund und schützt vor Juckreiz. Während ich den Arm bandagiere, reißen Sie bitte die Pappe in Streifen und feuchten sie an, aber nicht zu viel!", wies er sie an. Mit wenigen geschickten Griffen legte er den Verband an, bestrich ihn mit Kleister und schiente ihn dann mit den Pappestreifen.

Die Eltern verfolgten jede seiner Handbewegungen mit ängstlich besorgten Mienen. Die Mutter strich ihrem friedlich schlafenden Kind immer wieder über das zerzauste schwarze Haar.

„Fertig“, verkündete Sabri, nachdem er eine weitere Schicht Verband und Pappe angelegt hatte. „Das Ganze muss ein bis zwei Tage trocknen. Während dieser Zeit soll der Kleine den Arm ruhig halten“, erklärte er den Eltern, während Emily übersetzte. „Dann kann der Knochen unter seinem Schutzpanzer heilen, und in sechs Wochen hat euer Sohn wieder einen gesunden Arm.“

„Rabbi Akkisellem! Vielen Dank, Doktor!“ Der Vater umarmte Sabri glücklich.

„Das war der letzte Patient“, sagte Sabri, während er neben Emily zum Haus ging. Im Lager der Ait Zelten war es still, die meisten Leute schliefen in ihren Zelten. Emily blieb neben dem niedergebrannten Feuer in der Mitte des Hofes stehen. „Sie sind ein großartiger Arzt, Doktor bin Abdul. Die Menschen haben Vertrauen zu Ihnen. Auch ich würde mich ohne Bedenken in Ihre Hände begeben, wenn ich krank würde.“

Von den Bergen wehte ein kühler Wind ins Lager. Sie fröstelte. Sabri setzte seine Tasche auf den Boden, zog seine Jacke aus und legte sie um Emilys Schultern. Dabei ließen seine Augen sie keine Sekunde los. „Würden Sie sich auch in meine Hände begeben, ohne krank zu sein?“

„Ja“, flüsterte sie.

Sabri strich die Jacke fürsorglich über Emilys Schultern glatt. „Sie waren eine großartige Assistentin, Miss Emily. Aber jetzt sollten Sie sich hinlegen und ausruhen. Sie sehen erschöpft aus.“ Er zögerte, dann hob er eine Hand und streichelte über ihre Wange.

Sie schmiegte sich in die warme weiche Fläche seiner Hand. Es stimmte, sie war müde. Aber hier mit Sabri am Feuer zu stehen, in seine Jacke gewickelt und ihm so nah, dass sie seinen Atem an ihrem Hals spürte, war wundervoll. Sie hätte die ganze Nacht so verbringen und dem Widerschein der letzten Flämmchen zuschauen können, die in seinen dunklen Augen tanzten.

„Emily“, sagte er leise. „Das ist ein Name, der wunderbar zu dir passt.“

Die beiden fuhren auseinander. Malika rannte aus dem Haus, als wären sämtliche Dämonen der Berge hinter ihr her.

Emily erstarrte vor Angst. Vater, dachte sie. Es geht ihm schlechter!

„Emily!“ Malika fasste die Hand ihrer Schwester und presste sie. „Doktor Hopkins sagt, dass Baba aufwacht! Doktor bin Abdul, gut, dass Sie da sind! Sie müssen auch mitkommen!“

Im kalten grauen Licht des heraufziehenden Morgens, drei Tage nach dem Überfall auf Qasr el Bahia, wurde Tamra unter der breit gewölbten Krone der alten Steineiche im Garten hinter dem Gut zur letzten Ruhe gebettet. Der in ein weißes Leintuch gewickelte Leichnam der Greisin wirkte winzig klein und federleicht auf der von vier Berbermännern getragenen Bahre.

So, als wollte sie lieber in den Himmel fliegen, als in der Erde begraben zu werden, dachte André. Er klammerte sich an den Knauf des Gehstocks, den Frédéric ihm aus dem gerade gewachsenen Stamm einer jungen Zeder geschnitzt hatte. Der aromatische starke Duft des Holzes stieg ihm in die Nase und reizte seinen Magen, trotz des Tees aus Ingwerwurzel, den Malika ihm gegen die Übelkeit gebraut hatte. Schwindelig war ihm auch, und entsetzliche Kopfschmerzen plagten ihn.

„Das sind Symptome der Gehirnerschütterung“, hatte Thomas ihm erklärt. „Sie nehmen bald ab. Allerdings nur, wenn Sie konsequente Bettruhe einhalten!“

Der junge Arzt war strikt dagegen gewesen, dass André zu Tamras Beerdigung aufstand, aber dieser hatte sich trotzdem aus dem Bett gequält. Er wusste, wie sehr seine Frau um Tamra trauerte, und wollte sie in der schweren Stunde des Abschieds nicht allein lassen. Die alte Dienerin hatte Aynur fast ein ganzes Leben treu zur Seite gestanden. Sie hatte ihr die Mutter ersetzt, war ihr bedingungslos ergeben gewesen und hatte sie länger und besser gekannt als jeder andere Mensch.

Mit seiner freien Hand tastete André nach Aynurs Fingern. Sie waren eiskalt. Reglos, fast erstarrt stand sie neben ihm und löste den Blick nicht von Tamras Leichnam, der gerade in sein schmales Grab gebettet wurde, neben den Kindergräbern von Thiyya und Izza.

Auf Aynurs anderer Seite standen Frédéric, Christian und André junior. Malika hatte sich zu André gesellt und stützte ihn behutsam im Rücken. Ganz langsam, damit der Schwindel ihn nicht umwarf, drehte er den Kopf zur Seite und sah zu Emily und Sibylla. Sie hielten sich im Hintergrund und warteten neben Thomas und Sabri bin Abdul unter dem aus Lehmziegeln gemauerten Bogentor, das in den Garten führte. Auch die Ait Zelten erwiesen der Toten die letzte Ehre und hatten sich in einem stummen Halbkreis rund um die Steineiche versammelt.

Vor der Beerdigung war ihr Scheich bei André gewesen. „Ich bin tief beschämt, weil Männer meines Volkes Tod und Verderben über dich und die deinen gebracht haben“, hatte er gesagt und zum Zeichen seiner Schande den Kopf vor André gesenkt. „Meine Söhne sind heute in die Berge geritten. Ich habe ihnen befohlen, erst wieder zurückzukehren, wenn sie diese feigen Schakale getötet haben!“

Auch die Soldaten von Kaid Samir hatten die Umgebung des Gutes nach den Angreifern abgesucht, allerdings ohne auch nur die geringste Spur gefunden zu haben. André erstaunte das nicht. Er kannte die Berge um Qasr el Bahia gut und wusste, wie viele unzugängliche Höhlen und versteckte Schluchten es dort gab, die ortsfremde Soldaten nie finden würden. Wäre er in besserer Verfassung gewesen, wäre er selbst losgeritten, um die Bande zu stellen, aber was den Männern von Kaid Samir nicht gelungen war, würde vielleicht den Söhnen des Scheichs gelingen.

André fuhr zusammen, als etwas auf seine linke Schulter fiel. Eine Heuschrecke. Angewidert schüttelte er das Tier ab und zertrat es auf dem Boden. Die Heuschreckenplage hatte die Menschen auf Qasr el Bahia zwar vor dem Schlimmsten bewahrt, wenn er jedoch sah, was die Insekten mit seinem Land angestellt hatten, war ihm zum Weinen zumute. Der letzte noch nicht geerntete Safran war verloren. Von den Pflanzen standen nur noch blassgrüne Stummel. Die Granatapfel-, Orangen- und Olivenbäume waren nackt, die stolze Steineiche sah wie gerupft aus.

„Wenn der Wind durch die Blätter fährt, singt der Baum", hatte Aynur immer gesagt. Sie liebte die alte Eiche sehr. Doch ihr stetiges sanftes Rauschen war mit den Heuschrecken verstummt.

Als einige Berbermänner begannen, Erde auf Tamras Leichnam zu schaufeln, erschauderte Aynur. Ein Zittern durchlief ihren Körper. Sie stöhnte und bog sich nach hinten. Im ersten Moment glaubte André, dass die Trauer sie überwältigte, dann sah er ihr schweißbedecktes Gesicht.

„Es geht dir nicht gut. Willst du dich nicht wieder hinlegen? Ich schicke Doktor Hopkins zu dir", drängte er und wollte sie stützen, obwohl er sich selbst kaum auf den Beinen halten konnte.

„Lass mich!“ Sie wand sich unwillig, als er ihr einen Arm um die Taille legte. „Ich habe nur etwas Kopfweh.“

„Baba hat recht, Imma, du gehörst ins Bett!“, mischte Malika sich ein, aber Aynur schüttelte auch ihre Hand ab. Erst als die Ait Zelten Tamras Grab ganz mit Erde bedeckt hatten, wandte sie sich um.

Sibylla hatte die Szene eifersüchtig beobachtet. „Mir ist kalt, ich hole mir einen Schal aus dem Haus“, behauptete sie und lief Richtung Haus bevor Emily oder Thomas reagieren konnten.

„Mach dir endlich klar, dass Aynur die wichtigste Frau in seinem Leben ist!“, murmelte sie mit zusammengebissenen Zähnen, stieß die Tür zu ihrem Schlafzimmer auf und scheuchte mit einer wütenden Handbewegung eine Katze von ihrem Bett. Sie würde zurückreiten nach Mogador. Gleich morgen früh. Und Emily würde mit ihr kommen. Sie war lange genug auf Qasr el Bahia gewesen!

Sabri und Thomas hatten ebenfalls bemerkt, dass es Aynur nicht gut ging. „Ich mache mir Sorgen um Sie, Madame Rouston“, sagte Thomas, als sie den Torbogen erreichte. „Ich möchte Sie noch einmal untersuchen.“

Aynur antwortete nicht. Sie lehnte sich erschöpft keuchend an die Lehmmauer. Schweiß lief ihr das Gesicht und den Körper hinunter, obwohl sie fror. Ihr Kopf schmerzte, als wollte er jeden Moment explodieren, und sie schien keine Kontrolle mehr über ihre in Krämpfen zitternde Rückenmuskulatur zu haben.

„Madame Rouston? Hören Sie mich?“ Thomas war tief beunruhigt. Während André seine Energie allmählich zurückerlangte, schien Aynurs Kraft zu schwinden.

„Ich muss mich nur ein wenig ausruhen“, erwiderte sie mit einem gezwungenen Lächeln. „Nach dem Mittagsgebet dürfen Sie mich noch einmal untersuchen.“

„Bitte, Hakim, Sie müssen sie gleich untersuchen! Es geht ihr nicht gut“, flüsterte Malika Thomas zu.

Thomas musterte Aynur, die mit staksigen, steifen Schritten zum Haus stolperte, und nickte. „Ich will nur rasch meine Tasche holen.“

Sabri runzelte die Stirn. „Willst du, dass ich mitkomme?“

Thomas schüttelte den Kopf. „Ich schaue sie mir erst einmal allein an. Geh du ruhig, und kümmere dich um deine Patienten.“

Sibylla fand André am Rande seines zerstörten Safranfeldes. Sie hatte sich fest vorgenommen, ihm zu sagen, dass sie Qasr el Bahia verlassen und nach Mogador zurückreiten würde, aber angesichts seiner niedergeschlagenen Stimmung kamen ihr die Worte nicht über die Lippen.

„Es tut mir so leid für dich“, brachte sie hervor und legte nach kurzem Zögern eine Hand auf seinen Arm.

Er wandte ihr das Gesicht zu, das verschwollen und von dunklen Blutergüssen entstellt war. Auf seinem Kinn wuchsen dunkle Bartstoppeln, und um den Kopf trug er einen dicken Verband. „Vor drei Tagen hat hier ein lila Blumenteppich geblüht, jetzt ist alles zerstört. Nicht eine einzige Pflanze haben die Heuschrecken verschont.“

„Vergiss nicht, dass du den größten Teil der Ernte bereits eingebracht hast! Bald werden auf all deinen Feldern wieder Safrankrokusse wachsen“, versuchte sie, ihn zu trösten.

„Das ist noch nicht sicher.“ André lockerte mit der Spitze seines Stocks ein paar Erdbrocken, kniete sich mit Mühe hin und nahm sie in die Hand. „Das habe ich befürchtet: Die Biester legen ihre Eier ab.“ Er streckte Sibylla die Handfläche entgegen. Etwas ratlos betrachtete sie den weißlichen Schaum, der zwischen den Erdbröckchen schwamm.

„Aus diesem Schaum schlüpfen im Frühjahr die Larven", erklärte André. „Und dann könnte alles wieder von vorn losgehen."

Er schleuderte die Erde zurück aufs Feld und versuchte vergeblich, wieder aufzustehen. Rasch stützte Sibylla ihn.

„Thomas sagt, dass du dich schonen musst. Du solltest auf seinen Rat hören. Er ist ein guter Arzt."

André blickte über sein zerstörtes Safranfeld. Schließlich seufzte er: „Ich will nicht mit dem Schicksal hadern. Es sind nur ein paar Pflanzen gewesen. Meine Familie lebt, das ist das Wichtigste! Würde ich an einen Gott glauben, würde ich jeden Tag zu ihm beten, dass er die Verbrecher mit seinem ganzen Zorn bestraft!"

Sibylla räusperte sich. „Ich werde morgen nach Mogador zurückkehren."

Er fuhr herum und unterdrückte ein schmerzvolles Stöhnen. In seinem Gesicht malte sich Überraschung und, zu Sibyllas heimlicher Freude, Bedauern.

„Ich bin strikt dagegen", erklärte er bestimmt. „Solange die Angreifer noch frei herumlaufen, ist die Gegend um Qasr el Bahia nicht sicher."

„Morgen früh reiten die Soldaten des Kaids zurück. Ich werde mich ihnen anschließen", erwiderte sie. „Und ich kann deinen Safran mitnehmen. Darüber wollte ich eigentlich mit dir reden. Du bist noch zu krank, um zu reiten, und auf dem Gut ist die Ernte nicht sicher, solange diese Verbrecher noch ihr Unwesen treiben. Also, was hältst du von meinem Angebot?"

Er schnaubte ungehalten. „Angebot, dass ich nicht lache! Dieses Vorhaben ist typisch für dich, Sibylla! Du planst alles, wie du es für richtig hältst. Was andere dabei empfinden, interessiert dich nicht!"

Sie blinzelte in die Sonne, die über den blauen Gipfeln des Atlas stand und ihr goldenes Licht über die schwarzen Zedernwälder ergoss. „Für mich gibt es hier nichts mehr zu tun, André. Emily geht es gut. Du wirst von Thomas bestens versorgt. Aber wenn ich deinen Safran nach Mogador bringe und ihn dort sicher für dich verwahre, habe ich auch etwas beigetragen, um euch nach all den schlimmen Ereignissen hier ein bisschen zu helfen."

Er starrte auf seine staubigen Stiefelspitzen. „Gut. Ich respektiere deine Entscheidung."

Sie schluckte. „Ich werde übrigens Emily mitnehmen!"

Er fuhr herum. „Will sie das denn?"

Sibylla fühlte sich herausgefordert. „Ich habe sie noch nicht gefragt, aber sie wird mit mir kommen."

„Unsere Tochter ist erwachsen. Sie weiß, was sie will, und ist alt genug, selbst zu entscheiden", widersprach er scharf.

„Willst du mir vorschreiben, wie ich mit meiner Tochter umzugehen habe?"

„Denk nach, Sibylla, dann weißt du, dass ich Recht habe! Wann willst du aufhören, sie zu bemuttern?"

Sie schwieg. Es wäre so leicht gewesen, jetzt einen Streit vom Zaun zu brechen, André all den Unwillen, die Verletztheit und Eifersucht, die sie so viele Jahre in sich vergraben hatte, an den Kopf zu werfen. Aber um Emilys willen schwieg sie.

„Ich möchte Emily wieder bei mir haben", erklärte sie widerstrebend. „Sie ist jetzt ein Jahr von zu Hause fort. Kannst du dir vorstellen, wie sehr ich sie vermisst habe?"

„Oh ja, das kann ich!", antwortete er bedeutungsvoll.

Sie wich seinem Blick aus und senkte den Kopf. Eine Weile standen sie schweigend nebeneinander. Schließlich nahm André ihre Hand und drückte sie sanft. „Wann sehen wir uns wieder?“

„In Mogador natürlich, um den Preis für deinen Safran zu verhandeln.“

„Das meine ich nicht, Sibylla. Willst du denn nie mit mir über die Dinge sprechen, die immer noch zwischen uns stehen? Können wir sie nie bereinigen?“

Tränen stiegen ihr in die Augen. „Du hast Aynur. Ich habe gesehen, wie viel sie dir bedeutet. Wir können die Zeit nicht zurückdrehen, André. Wir können nichts ungeschehen machen.“ Sie wandte sich ihm zu, hob eine Hand und strich mit den Fingerspitzen ganz vorsichtig über sein zerschundenes Gesicht. „Ich werde jetzt Emily suchen und ihr sagen, dass wir abreisen.“

„Der Kleister ist fast hart“, stellte Sabri zufrieden fest und tastete den Verband vorsichtig ab, den er dem kleinen Berberjungen angelegt hatte.

„Emily, bitte sag den Eltern, dass ihr Sohn heute noch liegen muss. Morgen darf er aufstehen. Aber es ist ausgeschlossen, dass die Familie mit den Ait Zelten in ihr Dorf zurückkehrt. Sie müssen auf dem Gut bleiben, bis der gebrochene Knochen wieder zusammengewachsen ist.“

Emily ließ den Kohlestift sinken und übersetzte der ernst lauschenden Mutter. Sabri betrachtete inzwischen die Skizze, die sie von dem kleinen Jungen mit seinem verbundenen Arm gemacht hatte. „Deine Zeichnung gefällt mir“, sagte er anerkennend.

Sie lächelte glücklich. Sie mochte es, wenn Sabri so vertraulich mit ihr redete. Das tat er allerdings nur, wenn niemand in der Nähe war oder die Anwesenden, wie die Eltern des verletzten Jungen, weder Arabisch noch Englisch verstanden. „Ich habe dem Kleinen das Bild als

Erinnerung an seine Tapferkeit versprochen." Sie strichelte weiter.

Ringsum herrschte reges Treiben. Der Scheich hatte André informiert, dass die Ait Zelten nach dem vorzeitigen Ende der Safranernte in ihr eigenes Dorf zurückkehren würden, und entrüstet abgelehnt, als André ihm trotzdem den vereinbarten Lohn zahlen wollte. Jetzt standen überall auf dem Hof Lastenesel, die mit Zelten, Teppichen, Ausrüstung und Kochgeschirren beladen wurden. Um den verletzten kleinen Berberjungen hatte sich ein Kreis Kinder geschart, die seinen Verband ehrfürchtig betrachteten.

„Emily?", fragte der Kleine.

Sie strichelte gerade konzentriert an den Falten des Kopftuches seiner Mutter. „Ja, mein Junge?"

„Warum siehst du den Hakim so komisch an, wenn er mit dir spricht?"

„Wie bitte?" Entgeistert ließ sie den Stift sinken.

„Warum du den Hakim so anschaust!", wiederholte der Kleine ungeduldig. Die anderen Kinder kicherten. Auch die Mutter lächelte Emily zu.

„Ich zeige es dir: So." Er riss die Augen auf und starrte verzückt in die Luft.

Emily musste lachen. „Das ist nicht wahr! So ein dummes Gesicht mache ich nicht!"

„Was sagt er?", mischte Sabri sich ein. „Hat er Schmerzen?"

„Aber nein! Er wollte nur wissen, wie lange er den Verband tragen muss", flunkerte Emily. In diesem Moment war sie sehr froh, dass Sabri kein Tachelit verstand.

„Sechs Wochen und keinen Tag weniger", erklärte Sabri dem Jungen mit bestimmtem Blick.

Dieser wandte sich wieder an Emily: „Meine Schwester guckt ihren Bräutigam auch so komisch an. Ist der Hakim dein Bräutigam?“

Emily schwieg verlegen und widmete sich rasch wieder ihrer Zeichnung.

„Schsch, alemzi, ruhig!“ Die Mutter gab dem Kleinen einen Klaps. Sie nestelte an ihrem Halsschmuck und überreichte Emily eine silberne Kette mit einem Anhänger aus feuerroter Koralle. „Für dich, weil du meinem Kind geholfen hast. Die Koralle glüht in der Farbe der Liebe, so wie dein Herz. Wenn du sie trägst, wird sie dir Fruchtbarkeit und viele Kinder schenken.“ Feierlich legte sie Emily die Kette um.

„Vielen Dank.“ Sie blickte verlegen zu Sabri. Was hatte er von diesem Wortwechsel verstanden? Doch er scherzte ganz unbefangen: „Was hat sie dir geschenkt? Ein Amulett, um mich zu verhexen?“

Emily war froh, dass in diesem Moment Malika aus dem Stall kam und auf sie zuging. „Gut, dass du da bist, Schwester! Kannst du für mich die Ziegen zu Ende melken? Ich möchte zu Imma. Ich will dabei sein, wenn der englische Hakim ihre Wunde untersucht.“

„Geh nur! Frag meinem Bruder Löcher in den Bauch, und mach dir keine Sorgen! Aynur wird wieder gesund, genau wie unser Vater.“ Emily umarmte Malika.

„Möge Allah dir deine Güte vergelten, Schwester!“ Sie eilte davon.

Emily packte ihre Zeichensachen zusammen und ging zum Stall. Dort standen nicht nur die Pferde und Kühe des Gutes, sondern jetzt im Winter auch die Ziegenherde in einem eigens eingezäunten Areal. Malika hatte die meisten bereits gemolken. Auf dem mit Lehmziegeln gepflasterten Milchplatz standen viele gefüllte Tonschalen. André junior goss die frische schäumende Milch durch ein Pferdehaarsieb in Zinkkannen um, die Christian zu dem rechteckigen Kühlbecken brachte, das André auf dem Hof neben dem Brunnen gebaut hatte. Über eine Pumpe lief frisches kaltes Gebirgswasser in das Becken und kühlte die warme Milch ab. Danach wurde sie vom Koch zu Laban verarbeitet, einem säuerlichen Frischkäse, der mit Olivenöl und Fladenbrot genauso gut schmeckte wie mit Honig und frischen Früchten.

„Ich glaube, eure Mutter würde sich freuen, wenn ihr sie besucht", sagte Emily zu Christian und André junior. „Geht nur, ich kümmere mich um die Milch."

Nachdem die Jungen fort waren, nahm sie eine saubere Tonschale von dem Holzregal auf dem Melkplatz, einen Strick von einem Eisenhaken an der Wand und begab sich zu der Ziegenherde. Nur fünf Tiere warteten noch mit vollem Euter und drängten sich meckernd um Emily. Sie schlang der ersten Ziege den Strick um den Hals, band sie an einem Ring in der Wand fest, stellte die Schale unter das Euter und hockte sich auf den Boden.

„Darf ich helfen?", fragte eine Stimme hinter ihr.

„Sabri!" Emily hatte gar nicht gemerkt, dass er ihr in den Stall gefolgt war. „Du kannst melken?"

Er schüttelte den Kopf. „Leider nein. Zeigst du es mir?"

„Warum nicht? Setz dich auf die andere Seite der Ziege. Eigentlich werden sie von hinten gemolken, aber wenn du es von mir lernen willst, ist es so besser. Wir nehmen jeder eine Zitze, und du machst genau das nach, was ich vormache." Langsam zeigte sie ihm, was er tun musste. Das Euter des Tieres fühlte sich angenehm warm und weich an, als sie mit den Daumen dagegendrückte und dann die Milch mit den Fingern an der Zitze ausstrich. Die Ziege drehte den Kopf und starrte Emily aus großen braunen Augen an – so, als wollte sie fragen: „Warum machst du so langsam?“

Dann versuchte Sabri sein Glück. Doch sosehr er sich auch bemühte: Nur ein paar Tropfen Milch spritzten aus dem Euter. Das Tier riss ungeduldig am Strick und trat nach ihm. Die Tonschale kippte um, und das bisschen Milch darin lief auf den Boden.

„Mit Gefühl, Sabri! Wo sind deine empfindsamen Doktorenhände geblieben?“ Emily wollte sich ausschütten vor Lachen.

„Spotte nur!“ Er blickte sie über den Rücken der Ziege hinweg hilflos an. „Kann ich ahnen, dass Melken eine Wissenschaft ist, für die man das Geschick eines Wundarztes benötigt?“

„Ich zeige es dir noch mal“, sagte Emily geduldig. Ohne den Blick von Sabri zu wenden, griff sie unter der Ziege hindurch, nahm seine Hände und legte sie an das Euter des Tieres.

„So“, fuhr sie leise fort. „Jetzt bittest du sie mit deinen Fingern, dir ihre Milch zu geben. Aber du musst es sanft tun, liebevoll. Schließlich willst du, dass sie dir die Nahrung für ihre Kinder überlässt.“

Emilys Finger lagen immer noch über denen von Sabri. Stetig und gleichmäßig führte sie ihn durch die drückenden und streichenden Bewegungen, und bald spritzte ein dünner Milchstrahl in die Tonschüssel.

„Ich kann es!“, rief Sabri begeistert.

„Wirklich? Soll ich dir nicht noch ein bisschen helfen?“

„Doch.“ Er zwinkerte ihr zu. „Das wäre schön.“

Ihre Augen trafen sich und ließen einander nicht mehr los. Langsam kamen ihre Gesichter sich näher. Als ihre Lippen sich über dem braunen Rücken des Tieres berührten, schloss Emily die Augen und tauchte in das wunderbare Gefühl ihres ersten Kusses. Irgendwo tief in ihrem

Bewusstsein erinnerte sie sich an etwas, das Thomas einmal zu ihr gesagt hatte – dass Sabri einem arabischen Mädchen in Mogador versprochen war –, aber sie schob den Gedanken beiseite, vor allem, als Sabri ihr Gesicht umfasste und sie immer weiter und weiter küsste. Erst als die Ziege laut meckerte und an ihrem Strick riss, fuhren sie auseinander.

„Das war schön", flüsterte Emily und band das Tier mit zittrigen Fingern los.

„Wir könnten das bei Gelegenheit wiederholen", schlug Sabri hoffnungsvoll vor.

Sie atmete tief durch und sah in seine warmen freundlichen Augen. Vielleicht stimmte es ja gar nicht, was Thomas erzählt hatte. Vielleicht gab es diese arabische Braut überhaupt nicht. Zumindest verhielt Sabri sich nicht, als würde irgendwo eine andere auf ihn warten.

„Warum erst bei Gelegenheit? Dort drüben sind wir jetzt schon ungestört." Sie nahm seine Hand und führte ihn zu einer ungenutzten Pferdebox in der hintersten Ecke des Stalles. Sabri zog sie an sich, und eng umschlungen sanken sie auf die dünne Strohschicht, die den Lehmboden bedeckte. In der Box neben ihnen schnaubte Andrés Pferd. Es war warm hier im Stall, roch nach Leder, Stroh und Tieren, und Emily konnte sich nicht erinnern, wann sie sich je so lebendig gefühlt hatte wie jetzt mit Sabri.

Er küsste sie lange und hingebungsvoll, und als er sagte: „Weißt du, dass ich dich liebe, Emily?", kannte ihr Glück keine Grenzen.

„Ich liebe dich auch." Sie nahm seine Hand und führte sie in den Ausschnitt ihrer Tunika. Er zuckte zurück, als seine Fingerspitzen ihre nackte Brust berührten, aber sie hielt ihn fest. „Ich möchte das mit dir tun, was verheiratete Leute tun, wenn sie sich lieben." Sie sah ihm tief in die Augen, während sie ihre Hand auf die Wölbung im Schritt seiner Hose legte.

„Emily! Was tust du da!“ Er versuchte, sie beiseitezuschieben. „Woher weißt du überhaupt, dass ein Mann hier sehr – äh – empfindlich ist?“

„Von Malika. Sie war schon einmal verheiratet und hat mir alles erzählt.“ Emily kam sich sehr abgeklärt und erfahren vor.

Sie vermutete, dass Sabris Begehren sich nicht sehr von ihrem eigenen unterschied. Zumindest hatte er das, was Malika als Liebessäule bezeichnete, an derselben Stelle, an der sie ihre Himmelslippen hatte. Auch dieser Ausdruck stammte von Malika. Emily selbst hatte überhaupt keinen Namen für den schmalen Spalt zwischen ihren Beinen. Und auch nicht für das rätselhafte kleine Organ darüber, das Malika Mandel nannte und ihr wunderbare Lust bereitete, wenn sie es sanft rieb.

„Ich wünschte, du könntest in meinen Körper kriechen und all meine Gefühle für dich erleben!“, flüsterte sie und drückte sich an Sabris Unterleib. Als sie spürte, wie er groß und hart wurde, weiteten ihre Augen sich. Deshalb also hatte Malika von einer Säule geredet! Gleich würde er damit zwischen ihre Himmelslippen gleiten und die Tiefe ihres Leibes erforschen! Sie vergaß alles um sich herum, spürte nur noch sie beide, ihre von Wärme und Leidenschaft erfüllten Körper. Erwartungsvoll hob sie Sabri ihr Becken entgegen. Aber zu ihrer Verwunderung rückte er ein Stückchen von ihr ab. „Emily, wir sollten nichts tun, was wir später bereuen.“

„Warum meinst du, dass wir es bereuen? Malika erzählte, es wäre sehr schön.“ Sie sah verwirrt und verletzt aus, und das schmerzte ihn. Er hatte Lust, mit ihr zu schlafen, er wollte ihren Körper besitzen und mit ihrer Seele verschmelzen. Doch da gab es im Hause des Kadis von Mogador jenes andere junge Mädchen – seine Braut. Er hatte sie noch nie gesehen, aber seit langem stand fest, dass sie seine Frau werden sollte. So hatten es ihre beiden Eltern beschlossen, als die Kleine gerade geboren und er ein zwölfjähriger Junge gewesen war.

„Um das zu tun, was du dir wünschst, was wir beide uns wünschen, müssen wir erst verheiratet sein", versuchte er, Emily zu beschwichtigen.

„Dann lass uns heiraten! Schließlich lieben wir uns." Sie blickte ihn an. Ihre Augen waren groß und erwartungsvoll wie die eines Kindes, wenn es ein Geschenk bekam. Aber Sabri schwieg. Er wusste, dass er sie damit kränkte, wenn er ihr offenbarte, dass es diese andere Braut gab.

Sie setzte sich auf und schlang sich die Arme um die Knie. „Willst du mich heiraten, kannst es aber nicht, weil deine Eltern dir schon eine Braut ausgesucht haben?"

„Du weißt davon?" Er war verblüfft.

Sie nickte. „Thomas hat es mir gesagt, als er merkte, dass ich dich sehr gern habe. Er wollte mich warnen. Aber so leicht verschreckt man mich nicht."

Sabri zog Emily in seine Arme, legte das Kinn auf ihren Kopf und streichelte ihre Locken. „Ich liebe dich, Emily, und es ist mein größter Wunsch, mein Leben mit dir zu verbringen. Aber es wird nicht einfach werden. Dein guter Ruf steht auf dem Spiel und der meiner Braut. Ihre Familie wird beleidigt, wenn ich die Verlobung löse, meine Eltern werden gekränkt sein. Wir müssen einen hohen Preis für unser Glück zahlen. Bist du dazu bereit?"

Sie hob den Kopf und blickte ihn stolz an. „In deiner Religion gibt es doch die Vielehe."

„Du meinst, du würdest-?" Er war völlig überrumpelt.

„Ich bestehe natürlich darauf, deine Hauptfrau zu werden!"

„Nein, Emily, so stelle ich mir das nicht vor“, entgegnete Sabri, nachdem er sich wieder gefasst hatte. „Ich liebe dich, und zwar *nur* dich. Mit dir will ich meine Zukunft teilen.“

„Emily! Wo bist du?“ Vom Hof tönte Sibyllas Stimme. Sie kam rasch näher.

Emily fühlte sich, als würde sie aus einem schönen Traum gerissen. Widerstrebend löste sie sich aus Sabris Armen. „Ich muss gehen. Warte hier noch ein bisschen, bis ich Mutter abgelenkt habe. Dann kannst du dich davonschleichen.“ Sie stand auf und schüttelte die Strohhalme von ihrem Rock.

„Warte!“ Sabri hielt sie fest. „Ich will, dass du eines weißt: Ich finde eine Lösung für uns.“

Sie beugte sich vor und küsste ihn. „Wir finden eine Lösung!“

KAPITEL DREISSIG

Als Sibylla den Stall betrat, stand Emily auf dem Melkplatz, in jeder Hand eine Kanne mit frischer Ziegenmilch. „Hallo Mutter, willst du mir tragen helfen?“

„Eigentlich möchte ich etwas mit dir besprechen.“ Sibylla nahm zwei weitere Kannen und folgte ihrer Tochter auf den Hof. Emilys Hüften schwangen direkt vor ihr aufreizend von rechts nach links, ihre langen Locken wippten. Sie sah verführerisch aus.

Meine kleine Tochter ist eine Frau geworden, eine schöne begehrenswerte Frau, dachte Sibylla halb verwundert, halb schockiert. Dann entdeckte sie die Strohhalme. „Wie kommen die denn beim Melken ins Haar?“ Sie stellte die Milchkannen ins Kühlbecken, zupfte einen Strohhalm aus Emilys Locken und hielt ihn empor.

„Du meine Güte, Mutter, wenn man im Stall arbeitet, macht man sich schmutzig!“ Emily griff nach dem Halm und warf ihn auf den Boden. „Was wolltest du überhaupt von mir?“

Sibylla runzelte die Stirn. Sie fand Emilys Erklärung nicht überzeugend, beschloss aber, das Thema vorerst auf sich beruhen zu lassen. „Du musst packen. Morgen früh reiten wir zurück nach Mogador.“

„Wie bitte?!“ Emily stemmte empört die Hände in die Hüften. „Vater ist noch nicht einmal gesund!“

„Deshalb habe ich deinem Vater auch versprochen, etwas für ihn in Mogador zu erledigen.“

„Fein“, entgegnete Emily bockig. „Ich bleibe hier.“

„Es ist nicht nötig, deinem Vater und Aynur noch länger zur Last zu fallen. Sie haben schon genug mit den Folgen des schrecklichen Überfalls zu tun.“

Emily starrte ihre Mutter finster an. Im selben Moment tauchte Sabri im Stalltor auf. Vorsichtig blickte er über den Hof, entdeckte Emily und ihre Mutter und wollte sich gerade wieder in den Stall zurückziehen, als jemand schrie: „Hakim bin Abdul!“ André junior beugte sich aus einem der Fenster des Wohnbereichs und winkte heftig.

Sabri blieb wie angewurzelt stehen. Emily biss sich auf die Lippen. Sibylla drehte sich um. Ihre Augen wurden groß, als sie den jungen Araber in der Stalltür entdeckte.

„Du musst kommen! Hakim Hopkins will dich sprechen!“, schrie André junior wieder.

Sabri straffte die Schultern, grüßte Sibylla und ging möglichst würdevoll an ihr und Emily vorbei zum Haus.

„Jetzt kann ich mir denken, warum du unbedingt hierbleiben willst“, stellte Sibylla fest. „Noch ein Grund mehr, dass du morgen mit mir abreist!“

Emily ärgerte sich. Sie war erwachsen. Was fiel ihrer Mutter ein, sie so zu bevormunden! „Du willst doch nur so schnell weg, weil du nicht ertragen kannst, dass Aynur Vaters Frau ist! Irgendetwas wirst du schon getan haben, dass er sich für sie und nicht für dich entschieden hat!“ Erschrocken über sich selbst brach Emily ab. Sie hatte schon öfter mit ihrer Mutter gestritten, aber unverschämt war sie noch nie gewesen.

Sibylla stand da wie vom Donner gerührt. Zum ersten Mal in ihrem Leben verspürte sie Lust, Emily übers Knie zu legen. Warum musste ihre Tochter sie immer herausfordern? Thomas und John waren nicht annähernd so eigensinnig. Sie atmete tief ein und zählte stumm bis zehn. Dann hatte sie ihre Fassung halbwegs wiedergewonnen. Sie blickte zu ihrer Tochter, die mit zerknirschter Miene vor ihr stand. Was hätte Lalla Jasira ihr in dieser Situation geraten? Emily den Ausbruch nachzusehen und ihr zu zeigen, dass sie sie trotzdem liebte? Sibylla schluckte. Manchmal war es leichter, zu zürnen, als zu vergeben, aber sie wollte es trotzdem versuchen:

„Ich habe dich bevormundet, Emily. Das war falsch." Sie schluckte. „Verzeihst du mir?"

„Bitte verzeih du mir!" Emily stürzte sich mit Tränen in den Augen in ihre Arme.

Sibylla streichelte ihr den Rücken. „Eigentlich will ich vor allem, dass du mich begleitest, weil ich das Gut für einen sehr unsicheren Ort halte, solange diese Verbrecher hier noch ihr Unwesen treiben."

Emily schmiegte sich an sie. „Wenn das so ist, Mutter, dann reite ich morgen mit dir zurück nach Mogador."

Als Frédéric am nächsten Morgen die Tore des Gutes öffnete, wehte ein frischer Wind vom Atlas herunter. Christian führte die Pferde aus dem Stall. Sie blähten die Nüstern und tänzelten unternehmungslustig. Emily schaute in den kristallklaren blauen Himmel, vor dem die schneebedeckten Gipfel des Hochgebirges zum Greifen nah schienen, und blinzelte ein paar Tränen aus den Augen. Nach einem Jahr fiel ihr der Abschied von ihrer anderen Familie schwer. Fast alle hatten sich im Hof eingefunden, um ihr und Sibylla Lebewohl zu sagen.

„Wann kommst du wieder?", klagte André junior, der gar nicht von Emilys Seite weichen wollte.

„Bald." Sie strich ihm tröstend über das Haar. „Ich muss euch doch wieder bei der Safranernte helfen."

Aynur war im Haus geblieben. Thomas hatte ihr strikte Bettruhe verordnet, und Malika, die nicht von der Seite ihrer Mutter weichen wollte, fehlte ebenfalls. Emily strich mit der Handfläche über das weiche Leder der Jacke, die Malika ihr zum Abschied geschenkt hatte. Sie war bunt bestickt und mit Lammfell gefüttert und würde sie während des langen Rittes warm halten. „Damit du mich nicht vergisst, Schwester", hatte Malika gesagt.

„Versprich mir, dass du mich bald in Mogador besuchst!“, hatte Emily erwidert.

„Spätestens zu deiner Hochzeit mit dem arabischen Hakim. Du weißt ja, was ich aus deiner Hand gelesen habe: Wenn ihr stark bleibt…“ Sie hatte Emily noch einmal umarmt und war wieder im Zimmer ihrer Mutter verschwunden.

„Darf ich dir beim Aufsteigen helfen?“ Frédéric stand neben Emilys Pferd. Er beugte sich vor und hielt ihr die verschränkten Finger entgegen. Sie setzte den linken Fuß hinein, legte die Hände an den Sattel, und er stemmte sie mit Leichtigkeit empor.

„Du bist stark!“ Sie setzte sich zurecht.

Er grinste schelmisch und half ihr, den Stiefel in den Steigbügel zu setzen. „Schade, dass du meine Schwester bist! Eine wie dich hätte ich gern zur Braut gehabt.“

André winkte ihm. „Frédéric, holst du die Säcke mit dem Safran aus dem Turm?“

Er lief davon und kehrte wenig später mit vier fest verschnürten Leinensäcken zurück, die er neben dem Lastenmaultier auf den Boden stellte. Mit Hilfe von Lederriemen waren an der rechten und linken Seite des Tieres zwei Holzkisten festgeschnallt, die zum Schutz vor Druckstellen mit einer Wolldecke abgepolstert waren. Frédéric packte die Säcke in die Kisten. Als er fertig war, schloss André die Deckel und prüfte, ob die Gurte festsaßen.

„Vielen Dank, dass du den Safran für mich in Sicherheit bringst! Wenn mir nicht so schwindelig wäre, würde ich selbst reiten“, wandte er sich an Sibylla.

„Ich werde dein rotes Gold unbehelligt nach Mogador bringen. Wir haben schließlich eine starke Leibgarde dabei.“ Sie blickte zu den sechs bewaffneten Reitern der Stadtwache, die bereits aufgesessen waren und am Tor warteten. André ging schwer auf seinen Stock gestützt zum Hauptmann. „Ich lege nicht nur das Leben dieser beiden Frauen in Ihre Hände, Hauptmann, sondern auch den Ertrag eines ganzen Jahres harter Arbeit", sagte er ernst.

„Die Frauen und der Safran sind bei mir so sicher wie im Schoß ihrer Mutter", versicherte der Mann und klopfte an seinen Gewehrkolben. „Können wir losreiten?"

„Sofort." André ging zurück zu Sibylla. „Es war schön, dass du da warst, auch wenn es nur kurz war." Um zu verbergen, wie nah ihm der Abschied ging, prüfte er noch einmal, ob der Sattelgurt ihres Pferdes stramm gezogen war.

Für den Bruchteil einer Sekunde legte sie ihre Hand auf seine Schulter. „Das Gut ist wunderschön. Das letzte Mal, als ich hier war, war es eine Ruine. Du und Aynur, ihr habt viel daraus gemacht."

„Qasr el Bahia sollte dein Zuhause werden", entfuhr es ihm. „Du weißt, dass ich mir das gewünscht habe."

Sibylla strich ihre Reithandschuhe glatt. „Ja, André, ich weiß. Aber das Leben hat anders entschieden. Wenn Aynur wieder gesund ist, möchte ich, dass deine ganze Familie mich in Mogador besucht. Ihr seid mir herzlich willkommen."

Sibylla hatte sich von Andrés Frau verabschiedet und ihr für ihre Gastfreundschaft gedankt. Aber sie war nicht sicher, ob Aynur sie überhaupt bemerkt hatte. Thomas hatte sie in das ruhigste Zimmer des Gutes legen lassen, so weit weg von der Unruhe auf dem Hof wie möglich, denn sie hatte hohes Fieber und litt unter starken Schmerzen. Thomas hatte seiner Mutter gestanden, dass er sich große Sorgen machte, weil die Wunde nicht heilen wollte, und Sibylla hoffte ehrlich, dass Aynur, die ihr Leiden so tapfer ertrug, bald wieder gesund wurde.

Auch Thomas und Sabri befanden sich auf dem Hof, um sich zu verabschieden. Sie winkte ihren Sohn herbei. „Gibst du deiner Mutter einen Abschiedskuss und hilfst ihr beim Aufsitzen?“

„Nanu!“, rief in diesem Moment André. „Das sind ja ganz neue Entwicklungen!“

Sibylla und Thomas drehten sich ebenfalls um und sahen Emily, die sich von ihrem Pferd beugte und Sabri vor allen Augen hingebungsvoll auf den Mund küsste.

„Da brat mir doch einer einen Storch!“, murmelte Thomas verblüfft.

André wendete sich Sibylla zu. „Hast du davon gewusst?“

Sie hob hilflos die Schultern und schwieg.

„Also doch!“, brummte er. „Und wann hattest du vor, mir davon zu erzählen?“

„Gewusst habe ich es nicht, nur vermutet“, verteidigte sie sich.

„Frauen!“, schnaubte André. „Immer müssen sie Geheimnisse haben!“ Er packte seinen Gehstock und stapfte zu Emily.

Sibylla blickte ihm besorgt nach. „Hat Doktor bin Abdul dir gegenüber eigentlich seine Absichten in Bezug auf Emily erklärt?“, fragte sie ihren Sohn.

„Darüber würde er wohl eher mit dir und mit Monsieur Rouston reden. So, ich werde wieder nach meiner Patientin sehen. Auf Wiedersehen, Mutter.“ Thomas half Sibylla beim Aufsitzen und eilte davon, bevor sie ihm noch mehr Fragen zu Sabri und Emily stellen konnte.

Emily und ihr Vater hatten sich mit Tränen in den Augen voneinander verabschiedet. André gab ihrem Pferd einen Klaps, und wenig später war der kleine Trupp davongetrabt. Langsam, auf seinen Stock gestützt, folgte André ihnen zum Tor. Sehen konnte er die Reiter nicht mehr, aber er hörte noch eine Weile Stimmen, den Hufschlag ihrer Pferde und Geröll, das den Hang hinunterkollerte. Dann war es ruhig.

Plötzlich fühlte er sich sehr allein. Nicht nur seine Tochter, auch Sibylla fehlte ihm. Er erinnerte sich an das ungläubige Glücksgefühl, als er aus seiner Bewusstlosigkeit erwacht war und sie auf seiner Bettkante gesessen hatte. Einige verwirrende Sekunden hatte er sogar vergessen, dass es Aynur gab. Aber Sibylla hatte recht: Sie konnten die Zeit nicht zurückdrehen. Er würde weiter hier auf Qasr el Bahia mit Aynur und ihren gemeinsamen Kindern leben, und manchmal auch mit Emily, während Sibylla in Mogador blieb – seine Geschäftspartnerin, die Mutter seiner Tochter Emily, die Frau, deren Liebe er verloren hatte.

Als er sich umdrehte, war der Hof fast leer. Nur Sabri bin Abdul stand noch da und starrte mit verlorenem Gesichtsausdruck in die Ferne. Kurzentschlossen steuerte André auf ihn zu. „Doktor bin Abdul, haben Sie einen Moment Zeit?"

„Natürlich, Monsieur Rouston." Sabris Blick wurde wachsam. André kam ohne Umschweife zur Sache: „Meine Tochter mag Sie, Doktor."

Sabris Augen leuchteten auf. „Ich mag sie auch – nein, richtig ist: Ich liebe sie."

„Dann meinen Sie es also ernst mit ihr?"

„Selbstverständlich, Monsieur Rouston."

„Und was würde Ihre Familie zu dieser Verbindung sagen?"

Sabri zögerte nicht eine Sekunde mit der Antwort: „Es wird nicht leicht, sie zu überzeugen, aber ich werde eine Lösung finden. Emily ist die Frau, die ich heiraten werde."

André lächelte zufrieden. Es gefiel ihm, dass der junge Mann weder Ausflüchte noch Entschuldigungen vorbrachte. „Wenn Emily Sie will – und so sah es gerade aus –, meinen Segen haben Sie." Er klopfte Sabri auf die Schulter. „Allerdings schien es mir, als müssten Sie Emilys Mutter noch überzeugen."

„Ich-", begann Sabri.

„Vater! Hakim bin Abdul!" Malika rannte quer über den Hof auf sie zu. „Ihr müsst sofort kommen! Imma geht es schlecht. Es ist, als habe der Fürst des Bösen von ihr Besitz ergriffen!"

„Du hast dich also in Doktor bin Abdul verliebt", stellte Sibylla fest und reichte ihrer Tochter ein Stück Fladenbrot.

Die Erwähnung seines Namens genügte, und Emily fing an zu strahlen. „Ja, Mutter. Und er liebt mich auch." Sie häufte sich einen Berg frischen weißen Ziegenkäse auf ihr Brot und biss herzhaft hinein.

Die kleine Reitergruppe hatte die Hälfte der Strecke unbehelligt zurückgelegt und machte jetzt am Oued Igrounzar Rast. Das steinige Ufer war von leblosen Heuschrecken übersät, die im vom Winterregen wasserreichen Fluss ertrunken und von der Strömung zurück an Land gespült worden waren. Als die Soldaten die Pferde zum Trinken führten, standen die Tiere bis über die Fesselgelenke in toten Insekten. Der Anblick ließ Emily und Sibylla erschaudern, besonders wenn der Wind durch die gepanzerten Leiber fuhr und es gespenstisch raschelte und knisterte. Auf ihrem Ritt hatten sie nur noch wenige lebende Heuschrecken gesehen. So schnell und unerwartet die Plage diesen Landstrich heimgesucht hatte, so schnell war sie auch wieder verschwunden.

Emily und Sibylla hatten es sich auf einer Decke auf dem Erdboden bequem gemacht, genossen die wärmende Mittagssonne und verzehrten eine Mahlzeit aus Fladenbrot, Ziegenkäse, Oliven und getrockneten Datteln.

Sibylla warf den Sperlingen, die in ihrer Nähe herumhüpften, ein paar Brotkrumen zu, während sie nach den richtigen Worten suchte. „Es ist schön, wenn zwei Menschen sich gefunden haben. Ich möchte aber, dass dir eines klar ist, Emily: Auch wenn ihr beide euch eurer Gefühle sicher seid, werdet ihr viele Menschen gegen euch haben."

„Dich auch, Mutter?" Emily blickte sie ernst an.

Sibylla wusste nicht, ob sie lachen oder sich ärgern sollte. Ihre Tochter hatte mit drei kleinen Worten geschafft, sie in die Enge zu treiben. Sie musste Stellung beziehen, obwohl sie sich selbst noch keine klare Meinung gebildet hatte.

„Natürlich nicht!", betonte sie. „Dennoch mache ich mir Sorgen. Ich zweifle nicht an Doktor bin Abdul. Er ist ein aufrichtiger Mann. Aber hast du schon einmal darüber nachgedacht, dass du nicht ihn allein heiratest, sondern in seine Familie? Und die hat eine andere Braut für ihren Sohn im Sinn, das ist in Mogador bekannt. Könntest du damit leben, wenn seine Familie dich ablehnt?"

„Warum malst du so schwarz, Mutter? Du weißt doch gar nicht, ob sie mich ablehnen werden!", erwiderte Emily gereizt.

Sibylla nahm ein paar getrocknete Datteln von der Serviette, die zwischen ihnen ausgebreitet lag, und bot Emily davon an. „Probier mal, sie schmecken ausgezeichnet." Versöhnlich fuhr sie fort: „Ich bin Sabris Vater einige Male im Palast des Statthalters begegnet. Hadj Abdul bin Ibrahim hält Distanz zu den Ungläubigen in diesem Land. Als Leiter der Koranschule und als Mann, der die große Pilgerfahrt nach Mekka absolviert hat, ist er seiner Religion besonders verpflichtet. Außerdem ist die Tochter des Kadis als Braut eine ausgezeichnete Wahl. Ihre Familie gehört zu den angesehensten der Stadt, und-"

„Hör auf, Mutter!" Emily hielt sich beide Ohren zu. „Hör auf, mir mein Glück kaputt zu reden!"

„Emily!" Bestürzt fasste Sibylla sie am Arm. „Das wollte ich doch gar nicht!"

„Doch, Mutter. Du versuchst, mir den Mann zu nehmen, den ich liebe. Aber das wird dir nicht gelingen!"

„Ich versuche nur, dir klarzumachen, dass für eine Ehe noch andere Dinge als Liebe wichtig sind. Die Herkunft-"

„Hast du deshalb Mr. Hopkins geheiratet und dir die Liebe für eine Affäre mit Vater aufgespart?", unterbrach Emily sie schneidend.

„Ich glaube, du vergisst dich!" Um nicht zu zeigen, wie sehr die Worte sie gekränkt hatten, widmete Sibylla sich ihrem Essen und beachtete ihre Tochter nicht mehr.

Emily schossen die Tränen in die Augen. Eben war sie noch so verliebt und glücklich gewesen, aber jetzt schlichen sich Zweifel ein. Hatten sie und Sabri wirklich eine Chance, oder flüchteten sie sich nur in eine Traumwelt?

„Sabri liebt mich", stieß sie verzweifelt hervor. „Er will keine andere, er will mich! Warum hilfst du uns nicht, glücklich zu werden, Mutter? Du könntest bei seinem Vater ein gutes Wort für uns einlegen."

„Mit dem Glück ist das so eine Sache", sinnierte Sibylla leise und dachte an André. „Heute glaubst du, ohne diesen einen Mann nie wieder glücklich sein zu können, und morgen stellst du fest, dass das Schicksal andere Pläne mit dir hatte."

„Bitte, Mutter!", wiederholte Emily flehentlich.

Der Hauptmann näherte sich. „Können wir weiter, Mrs. Hopkins?"

„Sofort." Sibylla wedelte ungeduldig mit der Hand, und der Mann zog sich zurück.

Emily packte die Essensreste in einen Lederbeutel. Während Sibylla die Decke zusammenfaltete, überlegte sie fieberhaft, wie sie ihre Tochter davon überzeugen konnte, dass sie ihr Bestes wollte. Vielleicht musste sie Sabri erst einmal eine Chance geben und nicht sofort verlangen, dass Emily ihre große Liebe aufgab.

„Wenn Doktor bin Abdul wieder in Mogador ist", setzte sie an, „werde ich ihn einladen und in Ruhe mit ihm sprechen – auch über seine arabische Braut. Wenn er mich überzeugt, dass du bei ihm gut aufgehoben bist und er dir nicht das Herz brechen wird, sehen wir weiter."

„Danke, Mummy!" Emily küsste ihre Mutter.

„Du könntest auch erst einmal nach London reisen, dein Studium aufnehmen und die Welt kennenlernen", konnte Sibylla sich nicht verkneifen, vorzuschlagen, und obwohl sie sah, wie Emilys Miene sich verfinsterte, fügte sie hoffnungsvoll hinzu: „Mit etwas Abstand erscheint so manches aus einem anderen Blickwinkel."

„Was du auch versuchst, Mutter: Du wirst Sabri und mich nicht trennen!" Emily wandte sich um und stapfte zu ihrem Pferd.

„Sabri, bitte halte die Kerze etwas näher an die Wunde!"

Thomas beugte sich über Aynur und inspizierte ihren verletzten Arm, so gut es in dem flackernden Licht möglich war. Draußen herrschte heller Tag, aber er hatte die Fensterläden der Kammer geschlossen.

„Was ist hier los? Warum ist es so dunkel? Und frische Luft bekommt sie auch nicht!", bemerkte André irritiert. Er kam erst jetzt ins Krankenzimmer, weil er wegen des Schwindels und der Kopfschmerzen nicht so schnell laufen konnte wie Sabri. Außerdem hatte er noch Malika beruhigt, die völlig aufgelöst vor der Kammer stand, weil Thomas sagte, jede Person mehr im Zimmer würde ihrer Mutter Qualen bereiten.

„Schsch, Monsieur Rouston!“, flüsterte Thomas. „Lärm verursacht ihr Schmerzen, aber Stille und Dunkelheit tun Ihnen gut, nicht wahr, Madame?“ Er lächelte Aynur zu.

Die Krämpfe, die bei Andrés Eintreten durch ihren schmalen Körper gezuckt waren, hatten nachgelassen. Sie lag ruhig. Allerdings wirkte ihr Rücken brettsteif, wie zwischen zwei Pflöcke gespannt.

André tastete sich zum Kopfende des Bettes vor. Der Anblick seiner Frau, deren hübsches Gesicht zu einer grausigen Maske erstarrt war, das Gebiss unter den hochgezogenen Lippen entblößt, versetzte ihm einen eisigen Schrecken. Diesen Ausdruck kannte er nur zu gut. Er hatte ihn bei verwundeten Kameraden im Algerienkrieg oft genug gesehen.

„Der Doktor hilft dir, ma chère“, flüsterte er. „Hab keine Angst!“ Sachte streichelte er mit seinen Fingerspitzen über ihre schweißbedeckte Stirn. Sofort verkrampfte sich ihr Nacken, ihr Kopf bog sich zurück wie auf einer Streckbank. Hastig nahm André die Finger wieder weg. Er war bis ins Mark erschüttert. Nur an den Augen erkannte er seine Frau noch. Tiefschwarze Augen, in denen die Qual stand, der sie nicht entkommen konnte. Seit er das Zimmer betreten hatte, waren ihm diese Augen gefolgt, starrten ihn unverwandt an. Sie wollte ihm etwas sagen, mit ihrem Blick, der ihn, ohne zu blinzeln, festhielt, und er ahnte auch, was es war. Aber die Erkenntnis schreckte ihn so sehr, dass er sie nicht wahrhaben wollte.

„Sabri, bitte gib mir die Flasche mit Silbersalpeter aus meiner Tasche! Ich möchte die Wunde noch einmal reinigen. Außerdem brauche ich frisches Verbandszeug“, raunte Thomas.

Der junge arabische Arzt reichte ihm das Gewünschte. „Ich habe noch das Chininpulver geholt – gegen das Fieber."

„Eine gute Idee!" Thomas versorgte Aynurs Wunde mit wenigen vorsichtigen Handgriffen, während Sabri ihm assistierte und André die Kerze in seiner zitternden Hand hielt. Er schirmte sie sorgfältig ab, um Aynur mit dem Licht keine unnötigen Qualen zu verursachen. Trotzdem wurde ihr zarter Körper von Krämpfen erschüttert, sobald Thomas sie auch nur leicht berührte.

Lang vergessene Erinnerungen suchten André heim, an hilflose Chirurgen und Wundärzte am Rande der Schlachtfelder, an fassungslose und entsetzte Soldaten, wenn sie das qualvolle Sterben ihrer Kameraden mitansehen mussten. Aynurs Augen saugten sich an ihm fest, die Pupillen geweitet, wie in einem stummen Schrei. Sie ahnte, was ihr bevorstand, und sie bat ihn um Hilfe. Tränen schossen ihm in die Augen. Er senkte den Kopf und strich ihr sachte über das Haar. „Ich weiß es doch, ma chère", flüsterte er. „Ich weiß, was du von mir willst."

Etwas später stand er mit Thomas und Sabri vor dem Krankenzimmer. Er war bleich wie der Tod und musste sich an die Wand lehnen. Malika hatte er unter dem Vorwand, dass sie Tee für ihre Mutter kochen sollte, weggeschickt. „Ich möchte, dass Sie offen mit mir reden, Doktor Hopkins und Doktor bin Abdul. Gibt es noch irgendetwas, das wir für meine Frau tun können?"

Thomas blickte zu Sabri. „Was denkst du, mein Freund?"

Der junge Mediziner wiegte skeptisch den Kopf. „Konvulsionen im verletzten Arm, Risus sardonicus und eine tonische Anspannung der Rückenmuskulatur, dazu hohes Fieber, dunkel verfärbte Wundränder und eine stark erhöhte Reizempfindlichkeit. Die Wunde hat sich infiziert."

Thomas nickte langsam. „So lautet auch meine Diagnose."

„Tetanus also", folgerte André. „Ist eine Amputation des Armes noch möglich?"

Die beiden Ärzte blickten ihn erstaunt an. „Sie kennen sich aus, Monsieur Rouston?"

Er atmete tief durch. „Im Algerienkrieg habe ich reichlich Bekanntschaft mit dem teuflischen Wundstarrkrampf gemacht. Also, meine Herren, was sagen Sie?"

Thomas räusperte sich. „Ich fürchte, es ist zu spät für eine Amputation. Ich hatte es Ihrer Frau vorgeschlagen, aber sie wollte es nicht. Jetzt haben sich die giftigen Säfte in ihrem ganzen Körper ausgebreitet."

„Davon abgesehen ist die Patientin geschwächt. Es besteht eine große Gefahr, dass sie eine solche Operation nicht überlebt", gab Sabri zu bedenken.

André senkte den Kopf. Der Kloß in seiner Kehle war so dick, dass es ihn schmerzte. Doch das war mit Sicherheit nichts gegen die Schmerzen, die Aynur aushalten musste. „Wie viel Zeit bleibt meiner Frau noch?", brachte er mühsam hervor.

„Ein Tag, höchstens zwei", antwortete Thomas, und Sabri nickte.

André dachte an die Bitte, die Aynur ihm von ihrem Krankenlager aus gesandt hatte. Es war die letzte Bitte einer Sterbenden, und er würde ihr nachkommen, so schwer ihm das auch fiel. Nacheinander blickte er beide Ärzte an: „Ich weiß, wie diese Krankheit verläuft, und habe gesehen, wie man daran stirbt. Aber Aynur wird nicht so sterben. Die Krämpfe werden ihr nicht die Knochen brechen. Sie wird nicht voller Angst und Entsetzen an ihren Lähmungen ersticken, weil niemand ihr in ihrer

Qual hilft! Meine Frau soll in Würde und ohne Schmerzen von dieser Welt gehen. Das war ihr letzter Wunsch, und ich werde dafür sorgen, dass er erfüllt wird. Meine Frage an Sie, Doktor Hopkins, und Sie, Doktor bin Abdul, lautet: Darf meine Frau auch auf Ihre Hilfe zählen?"

Angespannte Stille hing zwischen den drei Männern. Thomas und Sabri wechselten einen raschen Blick. In Thomas' Kopf überschlugen sich die Gedanken. „Ich werde niemandem ein tödliches Gift geben, auch nicht, wenn ich darum gebeten werde, und ich werde auch niemanden dabei beraten." So hatten er und Sabri einst nach dem Eid des Hippokrates gelobt, dem heiligen Schwur der Ärzte, dem Leben zu dienen, nicht dem Tod. Für Thomas hatte dieser Moment den feierlichen Höhepunkt seiner Ausbildung dargestellt, und er nahm den Eid sehr ernst. Als Arzt in den Slums von London hatte er viel Elend gesehen. Er kannte den grausamen Tod am Wundstarrkrampf aus eigener Anschauung. Manchmal hatte er sich dabei ertappt, wie er mit Gott und sich selbst haderte, weil ein Mensch langsam und qualvoll sterben musste, besonders wenn Kinder betroffen waren. Aber bis jetzt hatte er noch nie gewagt, dem Herrn über Leben und Tod ins Handwerk zu pfuschen.

„Ich weiß, was ich von Ihnen verlange." Andrés Stimme zerschnitt die Stille. „Aber meiner Frau ist der Tod gewiss, und Sie verlangen weit mehr von ihr als ich von Ihnen, wenn Sie ihr einen friedlichen Tod versagen."

Angespannt sah Thomas zu Sabri. „Ich finde, sie sollte ohne Qualen sterben dürfen, was denkst du, mein Freund?"

Wenn einer der Zeuge des anderen wurde, wie er einem Patienten zu jenem friedlichen Tod verhalf, mussten sie sich einig sein. Sie mussten für den Rest ihres

Lebens darüber schweigen und durften nie wieder davon sprechen.

Sabri hielt Thomas' Blick fest. Dann sagte er leise: „Amin, so sei es!"

Thomas fühlte tiefe Traurigkeit, weil er Roustons Frau mit all seiner ärztlichen Kunst nicht hatte helfen können. Er räusperte sich: „Ich habe Belladonna-Extrakt und Laudanum-Tinktur. Beide Mittel lösen Krämpfe und lindern Schmerzen, aber es sind, wie so viele Arzneien, Gifte. Letztlich hängt es von der Dosierung ab, wie sie wirken – wenn Sie verstehen, was ich meine."

André nickte stumm.

Thomas atmete tief durch. „Kommen Sie in einer Stunde in mein Zimmer, dann gebe ich Ihnen ein Fläschchen. Den Inhalt flößen Sie Ihrer Frau mit einem Löffel ein. Wichtig ist, dass Sie ihr alles geben, damit es", er zögerte, „wirkt."

„Ich danke Ihnen beiden." Andrés Stimme klang rauh. Er wischte sich mit dem Handrücken über die Augen. „Ich werde jetzt mit den Kindern sprechen und sie auf den Abschied von ihrer Mutter vorbereiten. Dann komme ich zu Ihnen, Doktor Hopkins."

Die Sonne versank orange glühend hinter den westlichen Hügelketten, als Aynur starb. Schmale Lichtbündel fielen durch die geschlossenen Fensterläden des Krankenzimmers und tauchten ihr wächsernes Gesicht in einen warmen Schimmer.

Kurz zuvor waren ihre Kinder bei ihr gewesen. Sie hatten sehr geweint, besonders André junior. Aber sie hatten auch gespürt, dass ihre Mutter schon nicht mehr ganz bei ihnen war, sondern unterwegs zu einem Ort, an den sie sie nicht begleiten konnten.

Jetzt harrte nur noch André bei Aynur aus. Er betrachtete sie, wie sie ruhig auf dem Rücken lag. Ihr Brustkorb hob und senkte sich schwach unter der Decke, die er über sie gebreitet hatte. Ihr Kopf lag in seinem Schoß. Er streichelte ihre Wangen, ihre Stirn, ihre Augenlider. Ihre Haut fühlte sich kalt an, aber ihre Gesichtszüge waren entspannt und friedlich. Dann legte er seine Hand an ihre Lippen und spürte, wie ihr Atem immer schwächer wurde. Als er nur noch einem Hauch gleichkam, begann André, obwohl er schon lange nicht mehr an einen Gott glaubte, leise zu beten: „Vater unser, der du bist im Himmel…“ Und als er beim Amen angelangt war, seufzte Aynur und starb.

KAPITEL EINUNDDREISSIG
MOGADOR IM DEZEMBER 1861

Konsul Willshire klappte seine Bibel zu und erhob sich. „Liebe Landsleute und Freunde, ich wünsche Ihnen einen gesegneten zweiten Advent. Auf Wiedersehen bis zum nächsten Sonntag."

„Advent unter Palmen", seufzte Victoria in das allgemeine Stühlescharren und fasste die kleine Charlotte an der Hand. „Ich würde so gern wieder einmal einen Winter mit Schnee und einen Gottesdienst in einer richtigen Kirche erleben!"

„Ich weiß gar nicht, was du schon wieder zu klagen hast", gab John zurück, während er sich zu Selwyn bückte und ihn auf den Arm nahm. „Ich feiere lieber im Dezember in Marokko unter freiem Himmel Andacht, als in England in einer kalten zugigen Kirche beim Gottesdienst zu frieren!"

Konsul Willshire und seine Gattin hielten die Andachten in ihrem Garten unter freiem Himmel ab, zwischen blühenden Orangenbäumen und duftendem Oleander. Der Sultan von Marokko duldete zwar, dass die Christen in seinem Land ihre Religion ausübten, doch es musste diskret geschehen. Gottesdienste, die Priester in Kirchen abhielten, erlaubte er nicht.

Victoria und John schlenderten langsam zum Ausgang. Direkt vor ihnen verabschiedeten Sibylla und Emily sich vom Konsul und seiner Frau. Emily trug die bunt bestickte Jacke von Malika und einen weiten Rock, der ihre Waden nur knapp bedeckte. Ihre Beine steckten in weichen Lederstiefeln, und an ihren Handgelenken klimperten zahllose Silberreife. Zwischen den Engländerinnen in ihren geschnürten schwarzen Feiertagskleidern und steifen Hüten wirkte sie wie ein fröhlicher bunter Vogel und erregte entsprechend Aufmerksamkeit. Victoria hörte, wie neben ihr eine Kaufmannsfrau einer anderen zuflüsterte: „Seit sie von Qasr el Bahia zurück ist, kleidet sie sich wie eine Berberin. Höchst unpassend, besonders am heiligen Sonntag!“

„Schauen Sie sich doch die Mutter an!“, wisperte die andere hinter vorgehaltener Hand zurück. „Der Apfel fällt nicht weit vom Stamm, wenn Sie verstehen, was ich meine.“

„Durchaus meine Liebe, durchaus.“ Beide beäugten Sibylla, die eine violette Seidenhose, ein langes seidenes Hemd und einen bestickten Schal um die Schultern trug, mit einer Mischung aus Abneigung und Faszination.

Victoria schaute zu John, doch er scherzte gerade mit Selwyn und hatte den Wortwechsel nicht gehört. Sie überlegte, wie sie sich verhalten sollte. Im Grunde ihres Herzens teilte sie die Meinung der beiden Kaufmannsfrauen. In letzter Zeit jedoch hatte sich ihr Verhältnis zu Sibylla entspannt, und es störte sie, wenn Außenstehende sich unfreundlich über ihre Schwiegermutter oder Emily äußerten.

Sie räusperte sich: „Gewiss habe ich mich verhört, meine Damen, oder haben Sie wirklich gerade abschätzig über zwei Mitglieder meiner Familie geredet?“

Die Frauen starrten sie unsicher an.

„Sie dürfen sich glücklich schätzen, dass mein Ehemann Sie nicht gehört hat“, fuhr Victoria unerbittlich fort. „Er würde es nicht dulden, wenn seine Mutter und seine Schwester beleidigt werden. Um die guten Geschäftsbeziehungen zwischen der Familie Hopkins und Ihren Gatten nicht zu gefährden, bin ich bereit, diesen Vorfall zu vergessen – vorausgesetzt, mir kommen keine weiteren Respektlosigkeiten zu Ohren.“ Victoria nickte leutselig, als sie plötzlich Sibyllas Blick bemerkte. „Gut gemacht! Danke!“, formten ihre Lippen lautlos. Sie nickte ihr lächelnd zu und ging dann weiter. Victoria errötete. Seit sie in der Familie Hopkins mit ihrer Offenbarung über Emilys wirklichen Vater für so viel Unfrieden gesorgt hatte, verging kaum ein Tag, an dem sie ihren Ausbruch nicht bereute. Jetzt hatte sie ein klein wenig wiedergutgemacht, und das erfüllte sie mit Freude und Stolz.

Sibylla verabschiedete sich inzwischen von Sara Willshire. „Es war eine schöne Andacht“, sagte sie, und Sara erwiderte eifrig: „Ich freue mich aufrichtig, dass Sie unser kleines Beisammensein nun wieder regelmäßig besuchen. Vielleicht darf ich Sie ja auch bald wieder bei unseren Teenachmittagen begrüßen, und Emily natürlich auch.“

Was man in Mogador insgeheim schon immer gewusst hatte, war nun ein offenes Geheimnis: Nicht Benjamin Hopkins, sondern André Rouston war Emilys Vater. Aber niemand regte sich noch sonderlich über einen zwanzig Jahre zurückliegenden Skandal auf. Emily war in Mogador beliebt, und jeder sah, dass ihre Familie schützend zu ihr stand. Außerdem handelte es sich bei Rouston um einen angesehenen Mann, der im Gegensatz zu Benjamin Hopkins nie in undurchsichtige Geschäfte verwickelt gewesen war.

„Danke für die Einladung. Vielleicht kommen wir bald“, erwiderte Sibylla freundlich. „Auf Wiedersehen, Sara.“

Sie traten zu John auf die Straße, der gerade Selwyn damit erfreute, wie er sich mit großer Geste den Bauch rieb: „Wir beide haben Hunger, nicht wahr, und freuen uns auf einen köstlichen Lammbraten!“

Sein Sohn nickte und imitierte die Geste kichernd.

„Geht ihr schon nach Hause", bat Sibylla. „Ich muss noch eine Mappe aus meinem Büro am Hafen holen, die ich heute Nachmittag durchsehen möchte."

„Ich begleite dich, Mutter. Ich habe Lust auf einen Spaziergang." Emily hakte sich bei Sibylla unter.

„Beeilt euch!", rief John ihnen hinterher. „Ich möchte nicht zu lange auf mein Essen warten!"

Am Hafen wehte ein stürmischer Wind vom Meer herein, vertrieb die letzten Wolkenfetzen vom strahlend blauen Himmel und wirbelte Emilys Locken durcheinander.

Heute können keine Schiffe einlaufen, dachte Sibylla und hielt ihren Schal fest. Am Morgen hatte John ihr wieder einmal erklärt, dass es Tage wie diese im windigen Mogador viel zu oft gäbe und Verzögerungen im Frachtverkehr zur Folge hätten, die die Kaufleute und Reeder viel Geld kosteten.

„In Tanger würde uns das nicht passieren. Dort ist es weder so oft stürmisch noch so oft neblig, und der Hafen dort wird Pazifik und Atlantik verbinden, wenn der Sueskanal erst eröffnet ist", hatte er betont.

Vielleicht hat er doch recht, überlegte Sibylla. Der Hafen von Mogador ist wirklich zu klein für moderne Schiffe, besonders wenn die Zukunft der Seefahrt tatsächlich in den Dampfschiffen liegt. Obendrein kamen immer weniger Karawanen aus Zentralafrika nach Mogador. Sie zogen von Marrakesch direkt nach Rabat, Casablanca und Tanger weiter.

Sie blickte zur Hafeneinfahrt, wo sich die Wogen weiß schäumend an den scharfen Felsnadeln brachen. Was wurde aus ihr, wenn John die Geschäfte nach Tanger verlegte? Ihre Kinder waren erwachsen und führten ihr eigenes Leben. Bliebe sie allein in Mogador, würde nicht einmal mehr die Arbeit für die Reederei ihre Tage füllen.

Und in Tanger bist du weit weg von André, flüsterte eine innere Stimme ihr zu. Am liebsten hätte Sibylla sie beiseitegeschoben. Doch seit ihrer Rückkehr von Qasr el Bahia ging Seltsames mit ihr vor. Sie hatte die zerlesene Ausgabe ihrer Erzählungen aus 1001 Nacht, die sie nach dem Zerwürfnis mit André unter einem Berg alter Akten vergraben hatte, wieder hervorgekramt. Wenn sie abends allein in ihrem Bett lag, blätterte sie verstohlen durch die Geschichten und stellte fest, dass sie heute genau wie vor mehr als zwanzig Jahren verwirrende Phantasien in ihr weckten. Rauschhafte Bilder von Lust und Vereinigung, die sie bis in den Schlaf verfolgten und ihr am Morgen die Schamesröte ins Gesicht trieben. Dann nahm sie sich vor, das Buch wegzupacken, irgendwohin, wo sie es nicht vor Augen hatte. Aber am Abend las sie wieder darin, gierig und mit heißen Wangen, wie ein Trinker, der seine Sucht nach Schnaps befriedigen musste.

Sibylla seufzte und blickte zu den Fischerbooten, die wegen des Sturms fest vertäut an der Mole schaukelten. Einige Fischer nutzten die Zeit, um ihre Netze auszubessern, anderen reparierten ihre Boote. Der Rest stand zusammen, rauchte Wasserpfeife und klagte zum Allmächtigen, dem es gefiel, ehrbaren Fischern, die ihrem Beruf nachgehen wollten, dieses Wetter zu senden.

„Die Leute dort draußen tun mir leid", rief Emily gegen das Fauchen des Windes an und zeigte auf ein paar Handelsschiffe, die wie Nussschalen auf dem aufgewühlten Meer tanzten und darauf warteten, dass der Sturm sich legte und sie in den Hafen einlaufen konnten.

„Als ich nach Mogador kam, herrschte auch Sturm", erzählte Sibylla, „und Nebel. Wir mussten zwei Tage warten, bis wir an Land konnten. Das Schiff, mit dem wir damals segelten, die Queen Charlotte, liegt zurzeit sogar im Hafen. Wenn sie voll beladen ist, wird sie direkt nach

London zurücksegeln. Du könntest mitfahren – mit Victoria als Begleitung, wenn du das lieber möchtest." Der Gedanke, dass sie ihrer Schwiegertochter damit eine Freude machen könnte, war Sibylla gekommen, als sie gehört hatte, wie Victoria sie und Emily verteidigt hatte.

Emily war jedoch nicht begeistert. „Du willst mich doch nur von Sabri fernhalten", entgegnete sie misstrauisch.

Mutter und Tochter standen inzwischen vor dem Lagerhaus der Reederei Spencer & Sohn. Sibylla nahm ihren Schlüssel, um aufzuschließen, doch das schwere Tor war bereits offen. „Seltsam", murmelte sie und blickte sich prüfend um. Aber im Halbdunkel der Lagerhalle war es still und leer, alles schien unverändert.

„Was hast du denn?", fragte Emily hinter ihr neugierig.

„Ach, nichts. Wahrscheinlich ist Aladdin da und arbeitet. Für ihn ist der Sonntag ja ein normaler Werktag. Wartest du hier? Ich bin sofort wieder unten."

Als die Schritte ihrer Mutter auf den hölzernen Stufen verklungen waren, wanderte Emily müßig durch die große Halle und betrachtete die Vielfalt der Waren, die hier lagerten. Vorn am Tor wartete stapelweise Leder aus Fès, das als Erstes verschifft werden sollte. Dahinter standen mehrere Reihen Holzfässer mit Palmöl, und auf der anderen Seite des Tores befanden sich Kisten, in denen kleinere Bestellungen transportiert wurden. Emily studierte gerade neugierig die Beschriftungen, als ein markerschütternder Schrei von Sibylla ertönte: „Einbrecher! Diebe! Der ganze Safran und das ganze Geld! Diese Schurken!"

Ohne zu zögern, schnappte Emily sich eine Eisenstange, die sonst benutzt wurde, um das Tor offen zu halten, und stürmte die Treppe hinauf. „Mummy! Wo bist du? Brauchst du Hilfe?"

Sie fand ihre Mutter in ihrem Büro vor dem großen Eichenschrank. Die Flügeltüren standen sperrangelweit offen. Der eine der beiden Tonkrüge, in denen Sibylla den Safran bis zum Versand aufbewahrte, lag zerbrochen auf dem Boden, den anderen hielt sie in der Hand.

„Der ganze Safran wurde gestohlen!", keuchte sie. Sie drehte den Krug kopfüber und eine letzte vertrocknete Blüte schwebte auf den Boden. „Alles, was sich in den Tonkrügen befand, und die vier Säcke von André auch! Ich wollte ihm helfen, seine Ernte hier sicher aufzubewahren. Und jetzt das! Die Geldkassette hat der Dieb ebenfalls mitgenommen – fast tausend englische Pfund und ebenso viele Peseten und Dukaten! Ich wollte sie Comstock auf der Queen Charlotte mitgeben." Sibyllas Stimme verlor sich. „Aber der Verlust des Safrans ist viel schlimmer. Natürlich werde ich André-"

„Mummy", unterbrach Emily sie und sah sich unruhig nach allen Seiten um. „Vielleicht verstecken sich die Diebe noch hier in der Nähe. Wir sollten schnellstens von hier verschwinden!"

Als beide eine halbe Stunde später nach Hause kamen, wartete Thomas im Salon. Sibyllas überreizte Nerven wähnten sofort neues Unglück. „Du bist schon zurück? Geht es Monsieur Rouston schlechter?"

„Wäre ich dann hier, Mutter?" Thomas klang erstaunt. „Nein, ich kann dich beruhigen. Monsieur Rouston geht es gut. Er befindet sich auf dem Wege der Besserung. Aber seine Frau…" Er machte eine Pause, denn die Erinnerung an Aynurs grausames Schicksal verfolgte ihn ständig. „Sie ist gestorben."

„Mein Gott!“, murmelte Sibylla betroffen. „Ihre armen Kinder sind jetzt ganz allein.“

„Monsieur Rouston auch“, bemerkte Thomas. „Er trauert sehr um seine Frau.“

„Natürlich.“ Sibylla fuhr sich mit einer Hand über die Stirn. Ihr Kopf schmerzte. Sie sehnte sich nach André, danach, dass er sie in die Arme nahm und tröstete. Aber André trauerte um Aynur, und Sibylla hatte niemanden, der sie tröstete.

Thomas hatte sich Emily zugewandt und küsste sie auf die Wangen. „Guten Tag, kleine Schwester.“ Er hielt sie auf Armeslänge von sich und musterte sie genau. „Du siehst seltsam aus. Was ist geschehen?“

Sibylla hatte gesagt, dass sie der Familie von dem Diebstahl berichten wollte, deshalb fragte Emily nur: „Ist Sabri auch wieder in Mogador?“

Thomas nickte. „Er ist bei seiner Familie. Aber er hat mir drei Mal aufgetragen, dich herzlich zu grüßen. Außerdem hat er euren kleinen Patienten mit dem gebrochenen Arm und seine Eltern mitgebracht. Sie wohnen im Maristan, und wir versorgen den Kleinen, bis er wieder gesund ist.“

Die Salontür wurde geöffnet, und John schaute herein. „Können wir endlich essen? Wenn ich noch länger auf meinen Braten warten muss, werde ich ungemütlich!“

Sibylla räusperte sich. „Vorher muss ich euch etwas sagen. John, bitte hol Victoria! Am Hafen ist etwas passiert.“

Wenige Minuten später hatte sich die Familie im Salon versammelt. John, der hinter Victorias Stuhl stand, die Hände rechts und links auf die Lehne gelegt, brummte missgelaunt: „Ich bin gespannt, was so wichtig ist, dass du mich von meinem köstlichen Sonntagsbraten fernhältst!“

Sibylla verschränkte ihre Hände im Schoß, blickte erst zu Thomas, dann zu John und begann: „Jemand hat den Schrank in meinem Büro aufgebrochen. Der ganze Safran und die Geldkassette wurden gestohlen."

„Gütiger Himmel!" Victoria schlug sich die Hand vor den Mund. „Was hätte euch passieren können, wenn ihr den Einbrecher auf frischer Tat ertappt hättet!"

„Sie hat völlig Recht. Ihr solltet auf keinen Fall mehr ohne Begleitung zum Hafen gehen", ermahnte Thomas sie.

Sibylla nickte stumm. Auch sie mochte sich gar nicht ausmalen, was ihr und Emily hätte zustoßen können, wenn sie den Verbrechern in die Arme gelaufen wären.

„Ich werde zum Kaid gehen und verlangen, dass er eine Untersuchung durchführt", beschloss John. „Vielleicht besteht ein Zusammenhang mit dem Überfall auf Qasr el Bahia. Die Verbrecher hatten es möglicherweise auf Roustons Safran abgesehen, aber sie wurden von dem Heuschreckenschwarm verjagt. Jetzt haben sie es hier versucht."

„Woher sollten sie denn wissen, dass ich den Safran mitgenommen habe?", wandte Sibylla ein.

„Stimmt." John überlegte mit gefurchter Stirn. „Aber dann bliebe immer noch die Möglichkeit, dass es derselbe Mann war, der vor ein paar Monaten hier einbrach."

Sibylla starrte ihn an. Warum hatte sie daran noch nicht gedacht? Gänsehaut kroch ihr den Rücken empor, wie in jener Nacht, als sie vor dem aufgewühlten Boden rund um das Fundament der Sonnenuhr gestanden hatte.

„Man könnte fast glauben, wir hätten einen Feind, der uns Böses will", flüsterte Victoria.

Vorsichtig, als hätte er Angst vor Verfolgern, schaute der Mann sich über die Schulter. Dann drückte er behutsam die Klinke der blau gestrichenen Holztür herunter, die in die Küche der Familie Hopkins führte, aber natürlich war sie so spät am Abend fest verschlossen. Der Mann zog sich die Kapuze seiner Djellaba noch tiefer ins Gesicht, presste sich eng an die Hausmauer und wartete.

Ein paar Minuten vergingen, dann hörte er ein leises Geräusch hinter der Tür. Metall schabte gegen Holz, ein schwerer Riegel wurde zurückgeschoben, die Tür schwang einen Spalt auf, und Emily steckte den Kopf heraus. „Sabri? Bist du da?"

„Hier!", wisperte er zurück und löste sich von der Mauer.

„Ich bin so froh!" Sie stürzte sich in seine Arme und bedeckte sein Gesicht mit Küssen. Er zog sie eng an sich, schmiegte sein Gesicht in ihre warme Halsbeuge und sog den süßen Duft ihrer Haut ein. „Dir geht es gut! Allah sei Dank!"

Seit ein Bote am Nachmittag einen Brief von Emily mit den neuesten Nachrichten gebracht hatte, regte er sich auf. Hätte sie nicht geschrieben, dass sie ihn nach dem Nachtgebet am Hintereingang des Hauses treffen würde, wäre er schon vorher gekommen, um sich mit eigenen Augen von ihrem Wohlergehen zu überzeugen.

„Komm, lass uns hinsetzen!" Sie hatte zwei Kissen mitgebracht, die sie im Türrahmen auf den Boden legte. Darauf setzten sie sich dicht nebeneinander. Emily schmiegte sich an Sabris Schulter. „Ich bin so froh, dass du da bist!", wiederholte sie. „Die Stimmung zu Hause ist furchtbar. Alle sind angespannt."

„Ich verstehe das. Ich habe auch keine ruhige Minute, solange der oder die Verbrecher noch frei herumlaufen." Sabri betrachtete Emily lange. „Du siehst hübsch aus."

Sie hatte nur ein langes Nachthemd an, Pantoffeln und gegen die Kühle der Nacht einen Schal um die Schultern gelegt. Bei der Umarmung hatte er ihren Körper unter der dünnen Kleidung so deutlich gefühlt, als wäre sie nackt, und das erregte ihn, wenn er nur daran dachte.

„Findest du? Sollte ich versuchen, dich zu verführen?“ Kokett zog sie den Saum ihres Nachthemdes ein Stück empor.

„Hör auf damit!“, entgegnete er rauh. „Du bringst mich ganz durcheinander.“

Sie lächelte und ließ den Saum los. „Hast du inzwischen mit deiner Familie über uns gesprochen?“ Ihre großen dunkelblauen Augen blickten ihn erwartungsvoll an.

„Ja.“

„Und? Was haben sie gesagt?“

Er starrte vor sich auf den Boden und schwieg.

„Oh“, murmelte sie. „Es lief wohl nicht so gut.“

„Was erwartest du? Es ist in ganz Marokko noch nie vorgekommen, dass ein Muslim und eine Christin heiraten wollen!“

„Können wir denn hoffen, die Ersten zu werden?“ Emily klang verzagt.

Er legte einen Arm um ihre Schultern. „Wenn die Hoffnung nicht wäre, hätten wir kein Leben mehr.“

Tatsächlich fühlte Sabri sich zutiefst mutlos, wenn er daran dachte, wie schlecht es gelaufen war, als er mit seiner Familie über seine Liebe zu Emily und den Wunsch, die arrangierte Verlobung aufzulösen, sprechen wollte.

„Aus Liebe heiraten! Du unseliger Narr!“, hatte sein Vater getobt. „Wer hat jemals gehört, dass eine gute Ehe von der Liebe gedeiht! Die Frau ist das Saatfeld des Mannes, so steht es geschrieben. Sie muss dir gehorchen, Söhne als Erben gebären und Töchter, die im Alter für dich sorgen! Diese Ungläubige, diese Tochter der Sünde, hat dir den Verstand geraubt! Ich verbiete dir, ihren Namen in diesem Haus jemals wieder zu erwähnen!"

Sabri hatte angedeutet, dass der Koran die Ehe zwischen einem Mann der Rechtgläubigen und einer Frau aus dem Volk der Schriftbesitzer, wie die Juden und Christen auch genannt wurden, erlaubte. Schließlich hatte auch sein Vater eine als Christin geborene Abessinierin geheiratet – Sabris Mutter.

Doch sein Vater war rot angelaufen. „Du Unverschämter! Du wagst es, dich gegen mich zu stellen?! Deine Mutter war eine Sklavin. Es war meine Pflicht, sie zu heiraten, denn es steht geschrieben: Und verheiratet die noch ledigen Frauen unter euch und die Rechtschaffenen von euren Sklaven und euren Sklavinnen. Aber jetzt straft Allah mich dafür, dass ich meinen einzigen Sohn, den Augapfel meines Lebens, bei den Ungläubigen studieren ließ! Oh Herr, lass mich auf der Stelle tot umfallen, damit ich nicht länger ertragen muss, wie er die Ehre seiner Familie beschmutzt!"

Der Lärm hatte Sabris Mutter und Großmutter, seine unverheirateten Tanten und Schwestern und die Hauptfrau seines Vaters angelockt. Als sie von dem ungeheuerlichen Wunsch des einzigen Sohnes des Hauses erfuhren, stimmten sie lautstark in das Wehklagen ein. Sabris Mutter vergoss bittere Tränen der Scham, seine Tanten rieten, ihn zu züchtigen, seine unverheirateten Schwestern jammerten, dass kein ehrbarer Mann sie mehr heiraten würde, und die Hauptfrau durchbohrte die Abessinierin mit Blicken und behauptete, dass sie die Katastrophe hätte kommen sehen.

Es hatte Sabri seine ganze Kraft und innere Stärke gekostet, sich gegen diesen Ansturm zu behaupten, aber er war hart geblieben: Er würde Emily heiraten, nicht ein Kind, das er noch nie gesehen hatte und wenn sie hundertmal die Tochter des Richters und von makelloser Tugend war.

Als Hadj Abdul gemerkt hatte, dass all sein Klagen nicht half, war er mit einem Mal ganz ruhig geworden. „Morgen früh werde ich den Kadi aufsuchen und mit ihm den Ehevertrag festlegen. Und vor Ablauf eines Monats wird geheiratet. Wenn du es wagst, dich zu widersetzen", hatte er mit einem unheilvollen Funkeln in den Augen verkündet, „bist du nicht länger mein Sohn!"

Sabri merkte jetzt noch, wie es ihm angesichts dieser Drohung die Kehle zuschnürte. Er liebte seine Familie, er liebte es, mit ihnen zusammen zu sein, zu essen, zu singen, Geschichten zu erzählen, alle Freuden und alle Kümmernisse des Lebens mit ihnen zu teilen, und er wünschte sich, dass Emily in dieser großen, lebendigen und bunten Familie willkommen war. Er konnte ihr unmöglich erzählen, dass sie sie nicht mit offenen Armen aufnahmen, sondern sie kaltherzig von sich stießen.

Doch sie hatte längst gemerkt, wie niedergeschlagen er wirkte. „Das Gespräch war wohl ziemlich schlimm", hakte sie leise nach und legte den Kopf auf seine Schulter.

Wolken waren am Nachthimmel aufgezogen und schoben sich vor den Mond, der hoch über den Häusern stand. Sie fröstelte bei dem Gedanken an die Schwierigkeiten, die vor ihnen lagen. „Wirst du mich jetzt verlassen?", fragte sie ängstlich.

„Niemals! Daran denke ich nicht einmal!" Er küsste sie heftig auf den Mund.

„Dann bin ich froh", flüsterte sie.

„Weißt du, dass es mir immer gut gefallen hat, dass bei euch Christen aus Liebe geheiratet wird?", offenbarte er ihr.

„Nicht immer." Emily dachte an ihre Mutter und Mr. Hopkins.

„Trotzdem ist es anders als bei uns Muslimen", beharrte Sabri. „Bei uns kommt die Ehe einem Vertrag zwischen zwei Familien gleich, bei euch ist sie ein heiliges Versprechen."

„Aber was hilft uns das?"

Er zwang sich ein Lachen ab. „Ich könnte dich entführen. Bei uns gibt es diesen Brauch. Wenn die Familien der Brautleute der Ehe nicht zustimmen, kann der Bräutigam die Braut entführen, und sie heiraten heimlich."

„Sie brennen also zusammen durch", erwiderte Emily trocken. Plötzlich richtete sie sich auf und packte Sabris Arm. „Das ist *die* Idee! Du entführst mich! Wir fliehen zusammen, dann können wir heiraten, und niemand bringt uns mehr auseinander."

Sabris Augen wurden groß. „Es wäre tatsächlich eine Möglichkeit – nicht die beste, aber…"

„…aber man lässt uns keine Wahl!", vollendete Emily.

Eine Zeitlang beratschlagten sie, wohin sie fliehen sollten. Qasr el Bahia schied aus, weil man dort zuerst nach ihnen suchen würde. Auch im Atlas wagten sie nicht, sich zu verstecken, solange die Berber, die das Gut überfallen hatten, noch dort ihr Unwesen trieben. Schließlich schlug Sabri Kairo vor. „Die Mutter aller Städte ist so groß, dass uns niemand findet. Und es gibt genug Arbeit für einen Arzt."

Aber Emily hatte noch eine bessere Idee. „Was hältst du von London? Mutter will mich sowieso nach England schicken. Ich weiß, dass eines unserer Schiffe, die Queen Charlotte, in der nächsten Zeit nach London segelt."

Sabri ließ sich den Vorschlag durch den Kopf gehen. Nach seinen Erlebnissen als Arzt auf Qasr el Bahia hatte er mit dem Gedanken gespielt, noch einmal ans Charing Cross Hospital zurückzugehen, um die Kunst der Wundpflege und den Umgang mit gebrochenen Gliedmaßen richtig zu erlernen.

„London ist gut", stimmte er schließlich zu. „Aber ist dir klar, dass wir vielleicht nie wieder hierher zurückkommen können?"

Emily schluckte schwer. „Ja."

„Und du willst trotzdem mit mir fliehen?"

„Morgen werde ich Mutter sagen, dass ich mit der Queen Charlotte nach England reisen werde. Am besten, du besorgst dir dort gleich eine Kabine. Sie haben nicht viel Platz für Passagiere."

Sabri erhob sich und zog sie mit sich empor. „Ich werde jetzt gehen. Wenn uns jemand entdeckt, ist unser Plan nämlich gescheitert." Er umarmte sie.

Ihre Augen wanderten forschend über sein Gesicht. „Du meinst es doch ernst, Sabri, nicht wahr?"

Er küsste sie ein letztes Mal in dieser Nacht. „Schick mir Nachricht, und ich werde am Hafen sein!"

KAPITEL ZWEIUNDDREISSIG

Am nächsten Nachmittag tranken Sibylla, Emily und Victoria auf dem Umgang des Riads Tee. Sie saßen auf Faltstühlen, die sie im Sommer für Picknickausflüge am Strand benutzten, auf einem Klapptisch standen frisch gekochter Tee und kleine mit Ingwergelee und kandierten Orangen gefüllte Kuchen.

Sibylla massierte erschöpft mit den Fingerspitzen ihre Schläfen und schaute zu ihrer Tochter, die Charlotte und Selwyn die Zeichnungen zeigte, die sie auf Qasr el Bahia angefertigt hatte. Die ganze Nacht hatte sie sich schlaflos im Bett hin und her gewälzt, unfähig, die Angst vor der Gefahr, die sie nicht einordnen konnte, abzuschütteln.

Emily war genauso nervös wie ihre Mutter. Der Entschluss, mit Sabri zu fliehen, lag ihr schwer im Magen. Bestimmt hatte er schon seine Passage auf der Queen Charlotte gekauft. Aber Emily fühlte sich bei dem Gedanken, ihrer Mutter zu sagen, dass sie nun doch nach England wollte, wie eine Betrügerin. Wieder startete sie einen Versuch und öffnete den Mund, aber sie brachte kein Wort heraus. Charlotte drängte sich an ihre Knie und tippte mit einem kleinen Finger auf die Zeichnung in ihrem Schoß. „Ohhh, das ist aber ein großes Haus!"

Erleichtert über die Ablenkung erklärte Emily: „Das Haus heißt Qasr el Bahia und liegt in den Bergen. Siehst du die Gipfel? Ich habe sie weiß gelassen, weil dort Schnee liegt."

„Was ist Schnee?", fragte Selwyn, der das Bild ebenfalls neugierig betrachtete.

Victoria sah lächelnd von ihrer Stickerei auf. „In London gab es im Winter manchmal Schnee, und wenn es sehr kalt war, lag sogar Eis auf der Themse. Aber daran erinnerst du dich nicht mehr, nicht wahr?"

Selwyn schüttelte mit großen Augen den Kopf. In Mogador war es immer warm, auch im Winter.

„Mutter“, begann Emily erneut, und wieder zögerte sie.

Ihre Mutter sah so müde aus, die Sorge war ihr ins Gesicht geschrieben. Wie enttäuscht würde sie sein, wenn sie erfuhr, dass ihre eigene Tochter sie hintergangen hatte, dass die Reise nach England als Vorwand für ihre Flucht mit Sabri diente. Mit dem Mut der Verzweiflung sprudelte sie los: „Ich habe nachgedacht, Mutter, und ich glaube, du hast recht. Ich werde nach London reisen und mein Malstudium aufnehmen. Wenn die Queen Charlotte ausläuft, fahre ich mit.“

„Das wäre ja schon morgen!“, rief Sibylla aus. „Wie sollen wir bis dahin alles vorbereiten?“

„Wir müssen uns eben beeilen“, erwiderte Emily mit klopfendem Herzen. Wie sehr wünschte sie sich, ihrer Mutter die Wahrheit sagen zu können!

Sibylla begann, froh über die Ablenkung, die Abreise zu planen, lief voller Tatendrang hin und her und überlegte, was sie in der Kürze der Zeit noch alles organisieren musste. „Nadira, hol Firyal! Sie wird Emily nach Europa begleiten. Außerdem soll sie dir beim Packen helfen!“

„Sofort, Herrin! Ich werde auch Reisekisten aus der Abstellkammer holen und sauber machen.“ Nadira eilte davon.

Victoria lauschte mit gemischten Gefühlen. Während Sibylla Papier und Tinte holte, um eine Liste all der Dinge, die Emily mitnehmen sollte, zu schreiben, formte sich eine Idee in ihrem Kopf, ein utopischer, unvernünftiger Einfall, doch er übte eine unwiderstehliche Anziehungskraft auf sie aus.

„Wer wird Emily begleiten?“, erkundigte Victoria sich vorsichtig. „Du, Mutter?“

Sibylla blickte lächelnd von ihrer Liste auf. „Ehrlich gesagt wollte ich dich bitten, das zu tun. Du würdest mir einen großen Gefallen tun, Victoria. Ich sehne mich nicht nach England, aber ich weiß, dass du es tust.“

Victorias Augen schwammen in Tränen. „*Du* tust *mir* einen großen Gefallen, Mutter“, brachte sie leise hervor.

Doch dann fielen ihr Charlotte und Selwyn ein, und sie wusste, dass ihr Wunsch ein unerfüllter Traum bleiben würde. „Ich kann nicht reisen“, sagte sie traurig. „Was wird aus den Kindern?“

Männerschritte näherten sich auf der Holztreppe, wenig später erschien John. Er war bei Kaid Samir gewesen, um sich zu erkundigen, ob der oder die Diebe schon gefunden waren, und hörte Victorias Worte. „Was ist mit den Kindern?“, erkundigte er sich neugierig und wuschelte Selwyn durch die Haare. Dann entdeckte er den Teetisch. „Sind das nicht meine Lieblingskuchen? Die wollt ihr doch nicht allein essen!“

Sibylla nahm einen Teller, häufte Kuchenstücke darauf und goss ihm Tee ein: „Hier, mein Sohn. Lass es dir schmecken!“

„Versuchst du, mich zu bestechen?“, fragte er halb scherzhaft, halb misstrauisch. „Heraus mit der Sprache: Was heckt ihr Frauen aus?“

Sibylla lachte verlegen. „Emily hat sich entschlossen, morgen früh nach England abzureisen, und ich habe Victoria gebeten, sie zu begleiten.“

„Wie bitte?!“ Johns Hand mit dem Kuchenstück verharrte auf halbem Weg zu seinem Mund. „Wie stellt ihr euch das vor? Wer wird sich um die Kinder kümmern? Es ist ausgeschlossen, dass Victoria sie mitnimmt. Der Winter in England ist nichts für Selwyns Lunge!“

„Victoria geht doch nicht für immer. Emilys Malstudium dauert nur ein Jahr. Charlotte und Selwyn sind hier gut versorgt, und Emily kann nun einmal nicht allein reisen.“

John schüttelte entschieden den Kopf. „Nein, damit bin ich nicht einverstanden.“

„Aber John“, versuchte Sibylla zu beschwichtigen.

„Ich reise!“

Alle Köpfe flogen herum. Charlotte und Selwyn, die zwischen den Stühlen fangen spielten, blieben abrupt stehen. Victoria war von ihrem Stuhl aufgesprungen. Ihr Stickzeug lag auf dem Boden, aber sie achtete nicht darauf. „Ich begleite Emily nach England. Morgen früh!“, verkündete sie. „Deine Mutter hat völlig recht, John. Die Kinder sind hier gut versorgt. Ich werde sie vermissen, ja.“ Ihre Stimme zitterte, und sie fuhr sich rasch mit dem Handrücken über die Augen. „Aber ich verlasse sie ja nicht für immer. Ich komme wieder.“

„Du weißt nicht, was du redest!“ John war erschüttert. Noch nie hatte seine Frau sich so entschlossen gegen ihn gestellt.

„Oh doch, John Hopkins, das weiß ich genau!“ Victorias Wangen brannten. „Seit zwei Jahren vergeht kein Tag, an dem ich mich nicht krank vor Heimweh fühle. Jetzt habe ich die Gelegenheit, England wiederzusehen, und ich werde reisen, ob du damit einverstanden bist oder nicht!“

John starrte sie sprachlos an. Sibylla musste sich auf die Lippen beißen, um ihr Lächeln zu verbergen, aber Emily klatschte in die Hände und rief: „Bravo, Victoria!“

„Haltet ihr Frauen nur zusammen!“, fuhr John sie böse an.

Victoria ging zu ihm und legte eine Hand auf seinen Arm. „Ich glaube, dass mir das Leben in Mogador leichter fallen wird, wenn ich wenigstens für einige Zeit nach Hause zurückkann", erklärte sie leise.

„Dein Zuhause ist hier", knurrte er, und als sie schwieg, fügte er unsicher hinzu: „Wer weiß, ob du zurückkommst, wenn du erst wieder in England bist."

„Natürlich komme ich wieder! Du glaubst doch nicht wirklich, dass ich dich und die Kinder verlassen will!"

John rang sichtlich mit sich. Dann presste er hervor: „Also gut, fahr in Gottes Namen!"

Einige Sekunden herrschte angespannte Stille. Dann fragte Sibylla: „Was hat Kaid Samir eigentlich gesagt? Hat er schon einen Hinweis auf die Diebe?"

„Er hat an allen Stadttoren und am Hafen Wachen postiert, doch bis jetzt keine Spur. Ich habe noch zu arbeiten, wenn ihr mich entschuldigt!" Wenig später fiel unten die Haustür ins Schloss.

„Vielleicht sollte ich doch nicht…", begann Victoria betreten.

„Natürlich sollst du!", fiel Sibylla ihr ins Wort. „Mein Sohn wird sich an den Gedanken gewöhnen, dass seine Frau hin und wieder eigene Entscheidungen trifft."

Spät in der Nacht klopfte es leise an Sibyllas Schlafzimmertür. Emilys verzagte Stimme wisperte: „Bist du noch wach, Mummy?"

„Komm herein!" Hastig stopfte Sibylla ihr zerfleddertes Buch mit den Erzählungen aus 1001 Nacht in die Schublade ihrer Nachtkonsole und setzte sich in den Kissen auf. Gleich darauf schob Emily sich herein. Sie war barfuß und erinnerte Sibylla trotz ihrer fast einundzwanzig Jahre in dem weiten Nachtgewand und den langen offenen Locken so sehr an das kleine Mädchen von früher, dass ihr ganz wehmütig zumute wurde bei dem

Gedanken, sie morgen früh ins ferne England abreisen zu lassen.

Der Tag war hektisch zu Ende gegangen. Firyal hatte die Ankündigung, Emily und Victoria zu begleiten, in heillose Angst versetzt. „Tun Sie mir das nicht an, Herrin, ich bitte Sie!", hatte sie gefleht. „Die bösen Geister des Meeres werden unser Schiff verschlingen, und wir werden alle ertrinken!"

Erst nach viel gutem Zureden, einem energischen Machtwort von Sibylla und dem Versprechen eines guten Extraverdienstes hatte Firyal sich, wenn auch tränenreich, in ihr Schicksal gefügt.

Dann hatte sich herausgestellt, dass weder Emily noch die Dienerin passende Kleidung für den englischen Winter besaßen. Sibylla und Victoria hatten mit Kleidern und Mänteln ausgeholfen, die Nadira notdürftig geändert hatte. Dennoch war Emilys Kleid zu kurz und das von Firyal zu eng. Irgendwie mussten sie sich damit auf See behelfen, bis sie in London neue Garderobe kaufen konnten.

Schließlich war der Dienstbote, den Sibylla zur Queen Charlotte geschickt hatte, um zwei Kabinen zu reservieren, mit schlechten Nachrichten zurückgekehrt. Als Frachtschiff verfügte die Queen Charlotte nur über sehr wenige Passagierkabinen. Emily, Victoria und Firyal mussten sich während der mehrwöchigen Fahrt eine Kabine teilen. Sibylla, die wusste, wie beengt es auf einem Schiff zuging, hoffte, dass die beiden ungleichen Schwägerinnen nicht bis zum Anlegen in London völlig zerstritten waren. Aber da sie die Abreise keinesfalls in Frage stellen wollte, behielt sie ihre Bedenken für sich.

„Du bist aufgeregt, nicht wahr?", fragte sie ihre Tochter.

Emily nickte stumm.

„Mir geht es genauso.“ Sibylla schlug ihre Bettdecke zurück und klopfte mit der flachen Hand auf die Matratze. „Komm her, meine Kleine!“

Das ließ Emily sich nicht zweimal sagen. Rasch schlüpfte sie neben ihre Mutter. Sibylla stopfte die Decke um sie beide fest und legte einen Arm um ihre Tochter. Das schwach flackernde Licht der Öllampe tanzte über die dunklen Wände und Möbel.

Emily schmiegte sich an ihre Mutter. „Fast wie früher, nicht wahr, Mummy?“

Sibylla lächelte. „Du meinst, so wie damals, wenn Firyal dir wieder Märchen von den Dschinni erzählt hatte, die nachts ums Haus spuken, und du dann vor lauter Angst bei mir schlafen wolltest?“

„Das hat sie gemacht, um mich zu bestrafen, wenn ich heimlich genascht hatte. Aber jetzt fürchtet sie selbst, dass Satans Sohn Zalamur sie vom Schiff direkt in die Hölle schleppt“, kicherte Emily.

„Und du?“, wollte Sibylla wissen und strich ihrer Tochter über das Haar. „Hast du auch Angst vor der Reise nach England?“

Emily schwieg. Sie hatte Tränen in den Augen. Sibylla staunte. Sie hatte gedacht, Emilys Neugier und Abenteuerlust wären stärker als die Furcht vor der Fremde.

„Du wirst eine schöne Zeit in England verleben, meine Kleine“, versuchte sie, Emily zu trösten. „Ich gebe dir noch einen Brief für deinen Onkel Oscar mit, in dem ich ihm die Gründe für euren überraschenden Besuch erkläre, aber ich bin sicher, die Familie wird außer sich vor Freude sein, dich kennenzulernen. Deinen Vater werde ich ebenfalls über deine Abreise informieren.“

Emily begann, zu weinen. „Ach, Mummy. Ich werde dich und Vater so vermissen!“

„Ich bin auch traurig, dass ich dich ein Jahr nicht sehen werde. Aber ich weiß, dass du eine Menge wunderbare Erlebnisse haben wirst. Es gibt keinen Grund, zu weinen.“ Sibylla öffnete die Nachttischschublade, zog ein Taschentuch heraus und wollte Emily wie früher die Nase abputzen.

„Lass das, Mummy! Ich bin doch kein Kind mehr!“ Emily gelang ein schiefes Lächeln. Sie nahm ihrer Mutter das Taschentuch weg und schnäuzte sich geräuschvoll. „Ich habe eine Bitte, Mummy. Versprichst du mir, dass du mir nicht böse bist, egal, was geschieht?“ Sie wirkte angespannt.

„Was sollte denn geschehen? Was brennt dir auf der Seele?“

Emily wich ihrem Blick aus. „Es ist nichts. Ich frage nur so. Es kann doch eine Menge passieren in einem Jahr.“

Sibylla schloss Emily in die Arme. „Mach dir keine Sorgen! Du und deine Brüder, ihr seid mir das Wichtigste auf der Welt, und das kann nichts und niemand ändern.“

Auf der Queen Charlotte im Dezember 1861

Sabri trat aus der Tür der Messe, wo er ein Frühstück aus hartem trockenem Zwieback, Tee und Corned Beef zu sich genommen hatte, auf das Deck der Queen Charlotte und blickte in den azurblauen Himmel. Der Wind wehte immer noch stark und trieb bauschige weiße Wolken vor sich her. Der Atlantik rauschte, hob das Schiff auf die Wellenkämme und sank mit ihm wieder ins nächste Wassertal. Sabri drückte seinen Turban mit einer Hand fest in die Stirn, damit er nicht fortgeblasen wurde. Mit der anderen umklammerte er die Reling und blickte sich suchend um.

Es war der dritte Tag auf See, und er hatte Emily noch nicht zu Gesicht bekommen. Aber der Stewart, der sich um die wohlhabenden Passagiere kümmerte, die auf dem Oberdeck im Heck wohnten, hatte ihm versichert, dass Miss Rouston und Mrs. Hopkins an Bord gegangen waren.

„Wie den meisten Passagieren bei diesem Seegang ist auch den Ladys nicht wohl", hatte er ihn bedauernd wissen lassen und geprüft, ob er die Tür zur Kabine der beiden Frauen auch wieder fest verschlossen hatte. Dann war er mit seinem Blecheimer, aus dem es verdächtig nach Erbrochenem gerochen hatte über das auf und ab schaukelnde Schiff davon gewankt.

Die Queen Charlotte war gerade erst ein paar Stunden ausgelaufen, da hatten sich die Passatwinde zu einem neuen Sturm gesteigert, der das Schiff zwei Tage auf haushohen Wellen hin und her geworfen hatte. Die Matrosen hatten es gerade noch geschafft, alles, was verrutschen oder abstürzen konnte, festzuzurren. Aber die Kuh, die die Versorgung der dreißig Passagiere mit frischer Milch gewährleisten sollte, hatte in ihrem Verschlag vor Angst gebockt und sich ein Bein gebrochen, und Sabri hatte dem Schiffsarzt in heftigem Sturm bei der Notschlachtung des Tieres assistiert.

Er hatte zu den wenigen Passagieren gehört, die nicht an Seekrankheit litten. Tagsüber hatte er in seiner Kabine gesessen, dem Ächzen und Knarren des hölzernen Schiffsleibes gelauscht, dem Tosen des Windes, dem Schlagen der Wellen und dem Schrillen der Bootsmannspfeifen. Nachts hatte er wachgelegen und versucht, den Schmerz über den Bruch mit seiner Familie zu vergessen. Wenn er doch eingenickt war, hatte ihn wenig später der Glasenschlag der Schiffsglocke, mit dem die Wachwechsel verkündet wurden, wieder aus seinem unruhigen Schlaf gerissen.

Die Mahlzeiten boten eine willkommene Abwechslung, auch wenn sich nur eine Handvoll Passagiere am Kapitänstisch einfand. Über den Tischdecken hatte der Stewart Baumwollstreifen kreuz und quer über die Platte gezogen und zusammengebunden. Wenn das Schiff im schweren Seegang Schlagseite bekam, hatten die Stoffbahnen verhindert, dass Geschirr und Gläser rutschten und ihr Inhalt sich auf den Schoß eines Passagiers ergoss.

Heute Morgen waren deutlich mehr Menschen zum Frühstück gekommen, aber Emily und Victoria waren nicht dabei gewesen. Kapitän Comstock jedoch hatte gutgelaunt verkündet, dass die Stürme hinter ihnen lagen, denn sie hätten endlich den gemäßigteren Westwindgürtel erreicht.

Sabri sah den Kapitän am Heck neben einem Matrosen stehen, der gerade mit dem Logscheit die Geschwindigkeit des Schiffes maß. Dazu ließ er ein mit einem Holzscheit beschwertes Seil, das in festen Abständen geknotet war, ins Wasser hinab. Ein zweiter Matrose, der eine Sanduhr in der Hand hielt, stand auf der anderen Seite des Kapitäns.

„Vier Knoten!“, rief der Matrose mit dem Logscheit, als die Sanduhr durchgelaufen war.

„Hm“, brummte Comstock und kaute auf dem Mundstück seiner Tabakspfeife. „Bei diesem Wetter sollte die Queen leicht neun Knoten schaffen.“ Er rieb seine Handflächen gegeneinander. „In die Wanten, Männer, Segel setzen! Wir nehmen Fahrt auf! Die Truppe, die zuerst fertig ist, kriegt am Abend eine Extraportion Rum!“

Der Bootsmann schrillte mit seiner Pfeife, Stiefel polterten über das Deck. Matrosen kletterten rasch und behände in die Masten.

Sabri rieb sich grinsend das Kinn. Viele Jahre auf See hatten den Kapitän der Queen Charlotte hart und knorrig wie eine alte Atlaszeder gemacht. Doch ganz offensichtlich genoss er den Respekt seiner Mannschaft. Die Passagiere erzählten sich, dass er vor vielen Jahren durch sein beherztes Eingreifen eine Meuterei auf diesem Schiff niedergeschlagen hatte. Sie hatte den alten Kapitän das Leben gekostet, aber Comstock, damals noch Steuermann, war vom Reeder für seinen Mut mit dem Kommando über die Queen belohnt worden.

Sabri legte den Kopf in den Nacken und blickte zu den Matrosen, die in schwindelerregender Höhe über ihm balancierten. Schon rollten die ersten Segel herab und blähten sich knatternd im Wind. Der wachhabende Matrose drehte das Stundenglas um und läutete dreimal die Schiffsglocke: Halb zehn, und noch immer keine Spur von Emily. Sabri seufzte sehnsüchtig und blickte aufs Meer hinaus.

„Wohin gehst du?", fragte Victoria ihre Schwägerin. Sie saß in Nachthemd und Schlafrock auf der Kante ihres Bettes und bürstete ihr Haar.

Die Kabinen der Passagiere, die sich die Unterbringung auf dem Achterdeck leisten konnten, waren durch dünne mit Segeltuch bespannte Zwischenwände voneinander getrennt. Es war eng. Die Betten hingen an Seilen von der Kabinendecke, um die Bewegungen des Schiffes besser auszugleichen. Tisch, Stuhl, Schrank und Waschtisch hingegen waren fest am Boden verschraubt. Dennoch war das Reisen hier wesentlich bequemer als in den unteren Decks, wo die ärmeren Passagiere neben Vieh und Fracht in muffigen, engen und feuchten Verschlägen hausten.

Emily, die Hand schon auf der Türklinke, drehte sich um. „Ich möchte hinaus an Deck. Wenn drei Personen sich zwei Tage auf engstem Raum übergeben, braucht man irgendwann frische Luft. Außerdem will ich den Stewart bitten, uns etwas zu essen zu bringen."

„Vielleicht kannst du uns auch Tee kochen lassen", schlug Victoria vor. Genau wie Emily war sie noch ziemlich blass und hatte Ringe unter den Augen, aber verglichen mit Firyal ging es den beiden Frauen blendend.

Die Dienerin litt von allen dreien am schlimmsten unter der Seekrankheit und war außerstande gewesen, ihren Herrinnen zu helfen. Wenn sie sich nicht übergeben musste, hatte sie sich zusammengerollt, während sie Gebete und Koranverse vor sich hinwimmerte, überzeugt, dass ihrer aller letzte Stunde geschlagen hatte. Nach zwei Tagen war sie endlich vor Erschöpfung eingeschlafen und schnarchte leise auf ihrer Pritsche.

Emily schlüpfte durch die Tür. Essen zu organisieren und frische Luft zu schnappen stellten natürlich nicht ihr vordringlichstes Anliegen dar. Sie wollte Sabri suchen. Sie hatte ihn noch nicht gesehen und sich die letzten zwei Tage voller Angst ausgemalt, dass er sich doch noch anders entschieden hatte, dass er doch nicht mit ihr fliehen wollte, sondern dem Wunsch seiner Eltern entsprechend die Tochter des Kadis heiraten würde.

Die Luft roch nach Salzwasser und half Emily gegen das flaue Gefühl im Magen. Doch an das schwankende Auf und Ab des Schiffes hatte sie sich noch nicht gewöhnt. Ängstlich drückte sie sich an die Kabinenwand in ihrem Rücken, während ihr Blick suchend über das Deck wanderte. Matrosen brachten die Queen Charlotte nach dem Sturm wieder auf Hochglanz. Mit Eimern und Wurzelbürsten ausgerüstet knieten sie auf dem Boden und schrubbten die hölzernen Planken, andere polierten die Messingbeschläge an der Reling, und wieder andere betätigten die Pumpen, um das Wasser, das während des Sturms in die unteren Decks eingedrungen war, aus dem Schiff zu befördern. Dann sah Emily Sabri, und ihr Herz schlug vor Freude schneller. Er stand einige Meter von ihr entfernt an der Reling und blickte über das Meer in Richtung Osten, wo irgendwo hinter dem blauen Dunst die Küste Marokkos lag. Er hatte Emily nicht bemerkt, und sie nahm die Wehmut in seinem Ausdruck wahr. Sie verstand so gut, was in ihm vorging. Auch sie war traurig, weil sie ihre Familie und ihr Heimatland vielleicht für immer hinter sich ließ.

Überwältigt von dem Wunsch, bei ihm zu sein und seine Arme um sich zu spüren, lief sie los. Aber das Schiff schwankte, und der Holzboden unter ihr war glitschig von Gischt und Seifenlauge. Sie rutschte aus und fiel mit einem Aufschrei auf ihr Hinterteil. Sabri fuhr herum, sah sie und eilte zu ihr. Fast wäre er auf dem glatten Boden ebenfalls gestürzt, aber er fing sich gerade noch und half Emily auf die Beine. Die Matrosen lachten dröhnend.

„Endlich!“ Sabri legte einen Arm um Emilys Schultern und führte sie fort von den Seemännern, die die beiden Landratten erbarmungslos verspotteten, zum Fockmast am Bug, der mit seinem baumdicken Mast und den großen Segeln ein wenig Schutz vor Blicken bot.

Sabri zog Emily an seine Brust. „Wie geht es dir? Du bist ziemlich blass.“

Statt zu antworten, schlang sie beide Arme um seinen Hals und küsste ihn. „Nun kann nichts und niemand uns mehr trennen!“ In diesem Moment überwogen die Freude und Erleichterung, bei ihm zu sein, ihr schlechtes Gewissen, weil sie ihre Familie belogen hatte. Sie musterte ihn prüfend. „Du siehst gut aus. Hat der Sturm dir gar nichts ausgemacht?“

„Abgesehen davon, dass sich der Schutzschirm vor meiner Fensterluke in der Nacht löste und ich einen Schwall eiskaltes Atlantikwasser ins Gesicht bekommen habe, geht es mir gut."

„Oje, du Armer!" Sie küsste ihn auf die Nasenspitze.

Er strahlte sie an. „Dein Anblick macht mich so glücklich, dass ich laut singen möchte. Allerdings siehst du in dieser westlichen Kleidung etwas ungewohnt aus."

„So fühle ich mich auch", erwiderte sie lachend und schaute an sich hinunter. Unter Victorias enganliegendem blauem Wollmantel lugten ein paar lederne Knöpfstiefel hervor, die von ihrer Mutter stammten. Außerdem trug sie ihr Haar nicht offen, so wie sie es gewohnt war, sondern hatte es mit ein paar Nadeln zu einem Dutt am Hinterkopf zusammengewunden. „Diese europäische Kleidung ist ziemlich steif, kratzig und unbequem." Emily zog eine Grimasse.

„Jetzt bist du an der Reihe, bedauert zu werden!" Er küsste sie innig.

„Deshalb wolltest du so plötzlich nach England!", stellte jemand pikiert hinter ihnen fest.

Erschrocken fuhren Emily und Sabri auseinander und starrten Victoria an, die keine drei Meter von ihnen entfernt stand, beide Hände in die Hüften gestützt. „Gehe ich recht in der Annahme, dass ihr beide, und besonders du, Emily, hier ein Komplott geschmiedet habt?"

„Du übertreibst! Schließlich war dir selbst jeder Vorwand recht, um nach England zu kommen!", wehrte Emily sich.

Victoria ignorierte diesen Einwand. „Ich nehme an, Mutter weiß nicht, dass Mr. bin Abdul auch an Bord gegangen ist?", fragte sie eisig, und als Emily betreten schwieg, zog sie vielsagend die Augenbrauen empor.

„Und was habt ihr beide euch gedacht, wie es weitergehen soll?“

„Ich verstehe Ihren Zorn, Mrs. Hopkins“, ergriff Sabri das Wort. „Aber es ist nicht Emilys Schuld. Ich habe sie überredet, mit mir zu fliehen. Meine Familie ist nämlich strikt gegen unsere Verbindung.“ Dass er für sie log, rührte Emily, immerhin war die Flucht ihre Idee gewesen.

„Sabris Familie will ihn verstoßen, wenn er nicht die Braut heiratet, die sie für ihn ausgewählt haben“, ergänzte sie. „Wir hatten gar keine andere Wahl, als zu fliehen.“

Victoria schluckte. Wie grausam von Sabris Familie, ihn zu verstoßen, nur weil er das falsche Mädchen liebte!

„Wollt ihr denn nie wieder nach Mogador zurückkehren?“, erkundigte sie sich erschüttert.

Sabri hob hilflos die Schultern. Emily nickte stumm und konnte nicht verhindern, dass ihr bei diesem Gedanken die Tränen kamen.

„Das gefällt mir gar nicht“, murmelte Victoria. Damit meinte sie sowohl Emilys und Sabris heimliche Flucht als auch deren Plan, nie nach Mogador zurückzukehren. Sibylla hatte ihr auf dieser Reise nun einmal die Rolle der Anstandsdame zugedacht, und diese wollte Victoria erfüllen.

„Ich habe keine Ahnung, wie ich Mutter die ganze Geschichte erklären soll. Es wird ihr das Herz brechen, wenn du nicht wieder nach Hause kommst. Hast du darüber schon einmal nachgedacht?“, wollte sie wissen.

„Daran denke ich die ganze Zeit.“ Emily wischte sich über die Augen. „Aber was sollen wir denn tun?“

„Nun, zuerst einmal wirst du ihr schreiben und ihr alles beichten. Deine Mutter wird enttäuscht sein, aber ich bin mir sicher, dass sie trotzdem tun wird, was sie kann, damit ihr wieder nach Hause könnt. Aber zuerst“, schloss sie mit all der Autorität, die einer Anstandsdame zukam, „werdet ihr beide heiraten!"

„Wir hatten ohnehin vor, uns in London von einem englischen Geistlichen trauen zu lassen", versicherte Sabri.

„Und bis dahin soll ich auf euch beide aufpassen?" Victoria stemmte erneut beide Hände in die Hüften.

„Bei meiner Ehre, Sie können sich auf mich verlassen, Mrs. Hopkins!", erwiderte Sabri würdevoll.

Victoria dachte an die leidenschaftlichen Küsse, die die beiden vor ihren Augen ausgetauscht hatten, und schüttelte entschieden den Kopf. „Nein, das gefällt mir nicht, aber" sie warf ihnen einen pfiffigen Blick zu, „ich habe eine andere Idee. Rührt euch nicht von der Stelle - ich bin gleich wieder zurück!"

KAPITEL DREIUNDDREISSIG
MOGADOR IM FEBRUAR 1862

„Glauben Sie, Miss Emily und Miss Victoria sind inzwischen in London angekommen, Herrin?“, fragte Nadira.

„Wie bitte?“, erwiderte Sibylla abwesend und trank einen Schluck Minztee.

Es war noch früh am Morgen, und über Mogador ging gerade eine blassgelbe Februarsonne auf. Sibylla war bereits angekleidet und saß vor ihrem Frisiertisch, während Nadira dabei war, ihr das Haar hochzustecken.

Für ihr Spiegelbild interessierte Sibylla sich jedoch nicht. Sie hatte Tiegel, Flakons und Haarbürste beiseitegeschoben, um für einen dicken Katalog Platz zu schaffen. Die Londoner Buchhandlung Lackington Allen schickte ihr regelmäßig das neue Verzeichnis all ihrer Bücher, und Sibylla wartete stets sehnsüchtig auf das dickleibige Werk vom Umfang eines Bandes der Encyclopaedia Britannica.

Gestern war der Katalog endlich eingetroffen, zusammen mit ihrer Bücherkiste und mehreren Ausgaben der London Times. Seither blätterte sie in jeder freien Minute darin und kreuzte mit einem Bleistift alle Titel an, die sie interessierten.

Die Dienerin wusste, dass ihre Herrin in ihrer eigenen Welt weilte, wenn sie sich mit dem Katalog von Lackington Allen beschäftigte. Aber das Leben im Haus war seit der Abreise von Emily, Victoria und Firyal ein anderes geworden. Es war stiller und leerer, und Nadira vermisste die vertrauten Gesichter.

„Heute vor zwei Monaten sind Miss Emily und Miss Victoria an Bord gegangen“, setzte sie erneut an, während sie die beiden auf dem Tisch bereitliegenden Perlmuttkämme nahm und in Sibyllas Frisur schob. „Wie lange dauert es noch, bis sie in London eintreffen?“

„Bei guten Wetterverhältnissen müssten sie in diesen Tagen ankommen. Emily wird mir sicherlich sofort schreiben. Aber bis ihr Brief Mogador erreicht, vergehen einige Wochen." Sibylla beugte sich wieder über ihren Katalog.

„Die Soldaten des Kaids haben den Safrandieb immer noch nicht gefunden. Gewiss ist er mit seiner Beute schon über alle Berge", bemerkte Nadira.

Sibylla hob den Kopf. „Ich hoffe und bete, dass er gefasst wird und seine gerechte Strafe empfängt!", sagte sie ernst. Weder der Einbruch in ihrem Riad noch der in ihrem Büro waren aufgeklärt und bereiteten ihr schreckliches Kopfzerbrechen. Fast jede Nacht quälten sie beängstigende Alpträume von einem schwarzen Schatten, der sie durch die Gassen von Mogador verfolgte und ihr in den Zimmern ihres Hauses auflauerte.

„Wer bist du? Was willst du von mir?", bedrängte sie den Schatten im Traum. Er drehte sich um und schlug die Kapuze seines Umhangs zurück, aber bevor sie ihn erkennen konnte, löste er sich in nichts auf, und sie erwachte schweißgebadet. Danach konnte sie nicht mehr schlafen, sondern wanderte ruhelos durchs Haus, schaute in jedes Zimmer und prüfte, ob alle Türen verriegelt waren.

„Sie sind fertig, Herrin." Nadira strich noch ein paar Fältchen im Stoff von Sibyllas Tunika glatt, da klopfte es an der Schlafzimmertür. Sibylla klappte den Katalog zu und stand auf. „Das wird John sein. Wir wollten zusammen frühstücken und dann zum Hafen."

Doch es war die Stimme des Torwächters, der rief: „Herrin, ein Bote hat einen Brief für Sie gebracht!"

Sibyllas Herz schlug schneller. Vielleicht hatte André endlich geschrieben! Sie wartete sehnsüchtig auf Nachrichten von Qasr el Bahia. Aber seit Aynurs Tod schien André sich völlig zurückgezogen zu haben.

„Ich werde öffnen, Herrin.“ Nadira ging zur Tür und nahm den Brief von Hamid entgegen, der respektvoll im Türrahmen wartete.

„Er ist von Emily! Sie hat ihn in Lissabon aufgegeben“, rief Sibylla verwundert, als sie den Umschlag in Händen hielt. Sie öffnete ihn, entfaltete den eng beschriebenen Bogen und überflog ihn voll freudiger Erwartung. Doch während sie las, wurden ihre Augen immer größer.

„Herrin! Haben Sie schlechte Nachrichten?“, fragte Nadira besorgt.

Sibylla starrte sie an, als würde sie sie gar nicht richtig wahrnehmen. „Gute Nachrichten sind es jedenfalls nicht“, murmelte sie benommen.

„Wie meinen Sie das, Herrin?“

Sibylla schluckte. Es fiel ihr schwer, Worte für diese ungeheuerlichen Neuigkeiten zu finden. „Emily und Doktor bin Abdul haben geheiratet. Der Kapitän der Queen Charlotte hat sie getraut – drei Tage, nachdem sie aus Mogador ausgelaufen sind.“

„Gepriesen sei Allah!“, freute Nadira sich, aber als sie die Miene ihrer Herrin sah, verstummte sie. Sibylla sah nicht glücklich aus – im Gegenteil: Sie wirkte erschüttert.

„Sie freuen sich nicht, Herrin“, stelle Nadira fest.

Sibylla hob die Schultern. „Ist es ein Grund zur Freude, wenn meine Tochter mit Doktor bin Abdul heimlich Pläne schmiedet, als hätte sie kein Vertrauen mehr zu mir? Ist es ein Grund zur Freude, wenn sie heimlich heiratet und mich vor vollendete Tatsachen stellt? Und Kapitän Comstock hilft ihr auch noch dabei! Wenn er wieder in Mogador einläuft, werde ich ein ernstes Wort mit ihm reden!“

Sie blickte erneut auf den Briefbogen. Die Buchstaben tanzten vor ihren Augen, und das nicht nur, weil die Tinte von Emilys Tränen verschmiert war, sondern auch, weil dort, direkt vor ihr, noch mehr Ungeheuerliches stand. Sie hörte, wie Nadira mit dem Teegeschirr klapperte. Gleich darauf stellte die Dienerin eine dampfende Tasse vor sie, aber Sibylla rührte sie nicht an.

Emily hatte ihr nicht nur offenbart, dass sie und Sabri heimlich geheiratet hatten, sondern auch, dass sie nicht wagten, nach Mogador zurückzukehren, weil Sabris Familie ihre Verbindung strikt ablehnte.

Der Abend vor Emilys Abreise fiel ihr ein. Sie hatte gemerkt, dass ihre Tochter etwas bedrückt hatte. Jetzt bereute sie bitter, nicht beharrlicher nachgefragt zu haben. Vielleicht hätte sie Emilys überstürzte Flucht so verhindern können.

Noch einmal überflog sie die Worte ihrer Tochter: „Sabri und ich haben die Queen Charlotte in Lissabon verlassen. Wir ertragen den Gedanken einfach nicht, für immer von euch getrennt zu sein. Wir hoffen so sehr, dass wir zusammen glücklich werden dürfen, Mummy, und dafür bitte ich dich, uns zu helfen, auch wenn ich weiß, dass ich dich schrecklich enttäuscht habe. Aber wenn du zu Sabris Familie gehst und für uns ein gutes Wort einlegst, können wir wieder nach Hause kommen. Wenn es jemand schafft, sie zu überzeugen, dann du, Mummy. Bitte, hilf uns! Sabri und ich lieben uns doch nur, wir haben doch kein Verbrechen begangen!

Liebste Mummy, ich werde mit Sabri in Lissabon warten und beten, dass du uns bald gute Nachrichten sendest!

P.S. Victoria ist auch bei uns. Sie will ebenfalls wieder nach Hause, weil sie solches Heimweh nach Charlotte und Selwyn hat, aber sie hat gesagt, dass sie bei uns bleibt, bis wir Antwort haben."

Sibylla schluchzte trocken, faltete den Brief zusammen und schob ihn von sich. Emilys Worte taten ihr zu weh.

„Herrin!", rief Nadira alarmiert aus. „Was beunruhigt Sie noch?"

„Emily schreibt, dass sie vielleicht nie wieder nach Hause kann", offenbarte Sibylla leise.

„Beim Allmächtigen!", keuchte Nadira. „Unsere Kleine kann doch ihre Familie nicht verlassen!"

Sibylla überlegte krampfhaft. „Ich frage mich", überlegte sie schließlich halblaut, „ob die Familie Abdul bin Ibrahim einen ähnlichen Brief erhalten hat. Sabri ist der einzige Sohn des Hauses. Ich kann mir nicht vorstellen, dass sie leichten Herzens auf ihn verzichten, nur weil er ein christliches Mädchen geheiratet hat. Auch Sabri hat eine Mutter, die gerade im Begriff ist, ihr Kind zu verlieren, und gewiss will sie sich damit ebenso wenig abfinden wie ich!" Energisch schob Sibylla ihren Stuhl zurück und stand auf. „Ich werde mit Sabris Mutter sprechen. Nadira, du kommst mit mir! Gemeinsam werden wir einen Weg finden, unseren Kindern zu helfen!"

„Ich habe immer geglaubt, Mogador zu kennen, aber in dieser Gasse bin ich noch nie gewesen", sagte Nadira zu ihrer Herrin.

Obwohl sie es eilig hatten, zum Haus von Sabris Familie zu gelangen, schauten Sibylla und Nadira auf ihrem Weg immer wieder neugierig nach rechts und links.

Je näher sie der Moschee kamen, desto deutlicher wurde, dass sie sich im Viertel der Religion und Gelehrsamkeit befanden. Buchhändler und Buchbinder, Kalligraphen und Miniaturmaler hatten hier kleine Läden und Werkstätten. Vor dem Eingang zum Gotteshaus bot ein

Händler Gebetsteppiche und bestickte Gebetskappen an. Ihm gegenüber hatte ein Instrumentenbauer seinen Stand. Zufrieden eine Wasserpfeife rauchend, stand er zwischen großen und kleinen Trommeln, Flöten, Zithern und Lauten, die Gläubige für Feiertagsprozessionen erwerben konnten.

Die beiden Frauen umrundeten die Moschee und kamen zu einem Haus, dessen Tür und Dachziegel im heiligen Grün des Islam anzeigten, dass sich hier die Zaouia der Stadt befand. Ein Schild neben der Tür ermahnte den Besucher, diesen erhabenen Ort nur den religiösen Vorschriften entsprechend gereinigt und in respektvoller Haltung zu betreten. Durch ein offenes Fenster im oberen Stockwerk hörten Sibylla und Nadira eine tiefe Männerstimme, die aus den Hadithen zitierte: „Manchmal kommt die Offenbarung zu mir wie der Klang einer Glocke, und dies ist für mich die schwerste Art…"

„Wenn Hadj Abdul wüsste, wie wahr seine Worte sind", bemerkte Sibylla trocken und schaute zum Fenster, wo über ihr nun der Chor heller Jungenstimmen den Text des Lehrers wiederholte.

Das Haus der Familie Abdul bin Ibrahim lag direkt neben der Zaouia. Ganz ähnlich wie Sibyllas Haus war es zweistöckig, strahlend weiß gekalkt, besaß zur Straßenseite hin keine Fenster und hatte eine blau gestrichene Holztür.

Nadira trat vor und pochte an die Tür. „El Sayyida Sibylla wünscht el Sayyida Almaz zu sprechen", erklärte sie dem Wächter, der aus der Luke schaute.

Er verschwand, und wenig später wurden sie von einer Sklavin in Empfang genommen, die sie quer über den Innenhof zum Wohnbereich der Frauen des Hauses Abdul bin Ibrahim führte.

Im Gegensatz zum Harem des Kaids zeigte der private Bereich der Frauen hier sich einfach und schmucklos. Ihr Wohnraum war quadratisch und nicht besonders groß. Von der Decke hing ein schwerer geschmiedeter Leuchter, Koranzitate auf den weiß gekalkten Mauern bewiesen, dass man sich im Haus tief gläubiger Menschen befand. Auf dem dunklen Holzboden lagen gewebte Läufer, an den Wänden standen Sofas, davor befand sich ein niedriger Tisch mit einer Keramikschale, in der Datteln und kandierte Mandeln angerichtet waren. Ein kunstvoll geschnitzter Zedernholztisch, auf dem eine in Leder und Gold geprägte Ausgabe des heiligen Buches der Muslime lag, verkörperte den einzigen Luxus. Seidene Teppiche, silberne Leuchter, aufwendig glasierte Wandkacheln oder Kristallspiegel, die den Harem von Kaid Samir so heiter und sorglos erscheinen ließen, fehlten hier völlig.

Sibylla erkannte Sabris Mutter sofort, denn sie kennzeichnete die karamellbraune Haut, die großen dunklen Augen und klassisch schönen Gesichtszüge einer Abessinierin. Folglich musste die rundliche kleine Araberin, deren mit goldenen Ringen geschmückte Finger ihr demütiges schwarzes Gewand Lügen straften, Hadj Abduls erste Frau sein. Die beiden Ehefrauen des Hausherrn saßen so weit voneinander entfernt, wie es in dem kleinen Raum möglich war, und würdigten sich keines Blickes.

Auf einem Diwan zwischen ihnen lagerten drei junge Frauen. Sie trugen farbenfrohere Gewänder und blickten den Besucherinnen aus Khol-umrahmten Augen neugierig entgegen. Sibylla vermutete, dass es sich um drei von Sabris sechs Schwestern handelte. Die Älteste von ihnen mochte so alt wie Emily sein. Sie hatte ein Baby auf dem Schoß. Zu ihren Füßen saß ein Kleinkind und lutschte vergnügt an einer kandierten Dattel. Schließlich gab es in einem Lehnstuhl noch eine in eine Decke gehüllte Alte, die Sibylla aus milchigen blinden Augen entgegenstarrte – Sabris Großmutter. Ihre Nasenflügel vibrierten misstrauisch, als versuchte sie, zu riechen, ob von den fremden Besucherinnen Gefahr ausging.

Die Frauen empfingen Sibylla schweigend und gemessen an der überschwenglichen Freundlichkeit, die ihr sonst in arabischen Häusern begegnete, reserviert. Schließlich stand die Mutter des Mädchens vor ihnen, das dem Sohn des Hauses so sehr den Kopf verdreht hatte, dass er Ehre und Anstand vergaß. Doch Sibylla war entschlossen, sich von dem kühlen Empfang nicht entmutigen zu lassen.

„As-salmu alaikum", grüßte sie freundlich und trat vor den Lehnstuhl der Alten, um ihr als Erster die Ehre zu erweisen. Dabei stolperte sie über eine Kinderrassel, die auf dem Boden lag. Sabris Schwestern kicherten hinter vorgehaltenen Händen, und endlich erhob sich die erste Frau und ging Sibylla entgegen. „Wa-alaikum salam, Sayyida Sibylla. Mein Haus ist auch Ihr Haus", erwiderte sie höflich.

„Bitte erweisen Sie mir die Ehre, meine bescheidenen Gaben anzunehmen." Sibylla gab Nadira einen Wink, damit sie die Pakete mit den bunten Seidenschals überreichte, die sie als Gastgeschenke mitgebracht hatte. Befriedigt merkte sie, wie Interesse in den Augen der Frauen aufflackerte. Am liebsten hätten sie die Schals sofort umgelegt, statt sie, wie es die Höflichkeit gebot, zur Seite zu legen.

„Bitte erlauben Sie mir, zum Dank die Speisen meines Hauses mit Ihnen zu teilen." Die erste Frau klatschte in die feisten Hände und befahl den Sklavinnen, Tee und Erfrischungen zu bringen. Dann lud sie Sibylla ein, an ihrer Seite Platz zu nehmen. Nadira blieb neben der Tür stehen.

Während zwei Dienerinnen duftenden Tee, süße Mandelhörnchen und frischen Laban mit Granatapfelmus auftrugen, brachte eine andere ein Becken mit Wasser und Tücher zum Reinigen der Hände.

Die Frauen aßen, tranken Tee und ergingen sich im Austausch von allerlei Höflichkeitsfloskeln, aber Sibylla wusste, dass Gastfreundschaft im Orient ein heiliges Gut darstellte. War der Form Genüge getan, würde man sie ohne Umschweife nach ihrem Anliegen fragen.

Tatsächlich richtete die erste Frau kurz darauf ihre schwarzen Augen auf sie: „Was verschafft mir die Ehre Ihres Besuches, Sayyida Sibylla?“

Bedächtig stellte diese ihr Teeglas auf den Tisch. Sie hatte sich genau überlegt, wie sie ihr Ziel am ehesten erreichen würde, und war zu dem Schluss gelangt, dass sie von Mutter zu Mutter sprechen musste, auch wenn es unhöflich war, die erste Frau zu übergehen.

„Verehrungswürdige Sayyida Almaz.“ Sie sah Sabris Mutter direkt an. „Meine Tochter ist fort, und ich habe Angst, sie nie wiederzusehen.“

Almaz' Augen weiteten sich. Sie saß kerzengerade auf dem Sofa, und Sibylla hatte das Gefühl, dass sie genau verstand, was sie ihr sagen wollte.

„Hier ist sie nicht“, kam es schnippisch von der ersten Frau, die beleidigt war, weil der Gast sie übersehen hatte.

Auch Sabris Großmutter mischte sich ein: „Das ungläubige Mädchen hat den Frieden dieses Hauses gestört!“ Sie schlug mit der knochigen Hand auf die Armlehne ihres Stuhles.

Die drei Töchter des Hauses schwiegen, ihre Augen flogen neugierig zwischen Sibylla und Almaz hin und her.

Endlich sprach Almaz. Ihre Stimme war nicht laut, aber ruhig und würdevoll. „Keine Mutter sollte auf ihr Kind verzichten müssen, Sayyida Sibylla. Aber was hat mein Sohn damit zu tun, dass Sie fürchten, Ihre Tochter zu verlieren?"

„Meine Tochter Emily und Ihr Sohn Sabri haben sich zusammen auf ein Segelschiff nach England begeben. Sie haben auf diesem Schiff geheiratet. Nun sind sie in Lissabon und fürchten den Zorn ihrer Familien."

Die erste Frau keuchte überrascht, die Alte klagte: „Oh, diese Verführerin! Trügerischer als eine Fata Morgana im Wüstensand hat sie den Sohn dieses Hauses in sein Verderben gelockt!"

Almaz stieß einen erschütterten Ausruf aus, aber eine von Sabris unverheirateten Schwestern seufzte sehnsüchtig: „Bei Allah, wie groß muss diese Liebe sein!"

Sibylla sah Almaz an. „Haben Sie von den Plänen gewusst?"

Sabris Mutter schüttelte den Kopf. „Mein Sohn hat seinem Vater einen Brief hinterlassen, in dem er ihm mitteilt, dass er nach England reisen würde, um sich als Arzt fortzubilden. Er hat geschrieben, dass er die Braut, die sein Vater ausgewählt hat, nicht heiraten wird. Aber er hat nichts von einer anderen Hochzeit erwähnt."

„Unser Gebieter ist sehr erzürnt über diesen Brief", warf die erste Frau mit einem Hauch von Triumph in der Stimme ein. „Es war sehr demütigend für ihn, dem Kadi diese Nachricht zu überbringen. Unser Gebieter hat es geschafft, den Termin für die Hochzeit zu verschieben, aber er musste der Mahr für die Braut viele Dirham hinzufügen."

„Sabri ist bereits verheiratet. Die Hochzeit mit der Tochter des Kadis wird nicht mehr stattfinden", entgegnete Sibylla bestimmt. „Stimmen Sie mir zu, Sayyida Almaz?“

„Die Meinung der abessinischen Konkubine zählt nicht. Der Herr dieses Hauses entscheidet!“, warf die Alte mit knarziger Stimme ein.

„Dann werde ich meine Tochter nie wiedersehen und Sie, Sayyida Almaz, werden Ihren Sohn nie wiedersehen. Meine Tochter hat mir geschrieben, dass sie und Sabri nur nach Hause zurückkehren, wenn Hadj Abdul ihrer Verbindung zustimmt.“ Sibylla gab Nadira einen Wink. Diese reichte ihr Emilys Brief, und sie las ihn vor.

Danach herrschte tiefe Stille. Dann schluchzte Almaz laut auf. Sabris Schwestern saßen wie erstarrt auf ihren Plätzen. Nur das Baby gluckste unberührt von der allgemeinen Anspannung und angelte mit den Fingern nach den Ohrringen seiner Mutter.

Sibylla sagte eindringlich: „Unsere Kinder lieben sich, und wenn wir ihnen nicht zeigen, dass wir sie auch lieben, werden sie uns verlassen!“

„Liebe! Ein großes Wort!“, rief die erste Frau aus. „Aber Ehre ist auch ein großes Wort. Und die Ehre der Tochter des Kadis wurde durch diese beiden Unseligen beschmutzt!“

„Bitte, Sayyida Almaz!“, drängte Sibylla, die plötzlich fürchtete, dass Sabris Mutter sich der Meinung der ersten Frau anschließen würde. „Sie wollen doch Ihren Sohn wiedersehen, und ich will nicht auf meine Tochter verzichten. Bitte schreiben Sie mit mir an unsere Kinder, und versichern Sie ihnen, dass sie bei ihren Eltern immer willkommen sind!“

„Wir wollen unseren Bruder nicht verlieren“, ergriff die älteste Schwester plötzlich laut das Wort, und die anderen nickten nachdrücklich.

Almaz wischte sich mit einem Zipfel ihres Schleiers über die Augen. „Sie haben recht, Sayyida Sibylla", brachte sie schließlich hervor. „Ich will meinen Sohn wiedersehen. Wir werden unseren Kindern sofort einen Brief schreiben!"

„Die Hochzeit unseres Sohnes Sabri mit der Tochter des Kadis wird nicht stattfinden, mein Gemahl. Aber es wird eine andere Hochzeit geben", verkündete Almaz am selben Abend. Sibylla hatte ihr geraten, den Herrn des Hauses vor vollendete Tatsachen zu stellen, und sie gab sich alle Mühe, entschlossen zu klingen.

Hadj Abdul lag bereits bequem auf dem mit vielen Kissen bedeckten Bett, nackt unter seinem langen weißen Hemd hatte er seiner Lieblingsfrau voller Vorfreude beim Entkleiden zugesehen und eine Shisha geraucht.

Jetzt allerdings wuchs ihm eine irritierte Falte zwischen den Brauen. „Hat Allah dir den Verstand geraubt, Frau? Was redest du da?!"

Über seinen Sohn wollte er zurzeit nicht nachdenken. Dass Sabri wegen der bevorstehenden Hochzeit mit der Tochter des Kadis nach England geflohen war, kränkte ihn sehr. Davon abgesehen hatte die Flucht ihm eine Menge Unannehmlichkeiten eingebracht. Auf dem Souk, im Hamam, in der Moschee – egal, wo er erschien, bedachten die anderen Männer ihn mit geringschätzigen Blicken. Er hatte das Gefühl, sie tuschelten über ihn, sobald er ihnen den Rücken zuwandte, und der Kadi hatte nach dem letzten Freitagsgebet in der Teestube sogar verlauten lassen, dass ein anderer Bräutigam vielleicht passender für seine Tochter wäre.

Dass er das wagt, nachdem ich die Mahr für seine Tochter verdoppelt habe, dachte Hadj Abdul und saugte grimmig an seiner Pfeife. Und jetzt kam auch noch Almaz und redete dummes Zeug!

„Schweig Frau, und komm zu mir!“, verlangte er und klopfte mit seiner freien Hand einladend auf das Bett.

Aber Almaz, seine sanfte Lieblingsfrau, dachte nicht daran. Sie ließ die Haarbürste sinken und schaute ihn eindringlich an. Das flackernde Kerzenlicht ließ ihr schönes Gesicht wie eine steinerne Maske wirken. „Heute hatte ich Besuch von der ehrenwerten Sayyida Sibylla. Wir haben von Mutter zu Mutter über unsere Kinder gesprochen und beschlossen, dass sie, sobald sie aus Lissabon zurück sind, eine große Hochzeit feiern werden.“

„Wie bitte?!“ Hadj Abdul war verwirrt. „Wer feiert Hochzeit? Und wieso Lissabon? Sabri ist in England.“

„Dein Sohn und das englische Mädchen Emily werden heiraten.“

„Schweig!“ Hadj Abdul hob die Hand. „Was erzählst du mir da? Hast du Fieber?“

Almaz verschränkte beide Arme vor ihrer Brust. „Sabri und Emily sind zusammen geflohen. Sie haben keinen anderen Ausweg gesehen, weil es Väter gibt, die starrsinniger als ein Esel und bockiger als ein Kamel sind! Jetzt warten sie in Lissabon, dass sie in den Schoß ihrer Familien zurückkehren dürfen.“

Hadj Abdul brummte. Er versuchte immer noch, zu begreifen, was seine Frau ihm gerade enthüllte. Doch es kam noch schlimmer. Offensichtlich hatte sein einziger Sohn nicht nur die Ungläubige zur Frau genommen – er drohte außerdem, für immer mit ihr im Ausland zu leben! Dieser Gedanke brach ihm fast das Herz. Aber er war auch wütend, weil offensichtlich jeder in seinem Haushalt tat, was ihm passte, und keiner mehr Rücksicht auf Anstand und Sitte nahm.

„Niemals!“, schrie er, als Almaz ihm berichtete, wie die Frauen seines Hauses, einschließlich seiner eigenen Mutter, mit der ungläubigen Kaufmannsfrau entschieden hatten, für ihre Kinder eine große Hochzeit in Mogador auszurichten. „Niemals werde ich diesen Wahnsinn erlauben!“

„Dafür ist es zu spät. Nach dem Gesetz der Ungläubigen sind sie nämlich schon verheiratet. Aber Sayyida Sibylla und ich wollen unsere Kinder nicht verlieren. Wir haben einen Brief geschrieben, in dem wir sie bitten, zurückzukommen und mit dem Segen ihrer Eltern in Mogador eine richtige Hochzeitszeremonie zu feiern, nach unseren Bräuchen. Die ehrwürdige erste Frau hat bereits einen Astrologen bestellt, um den richtigen Zeitpunkt für die Hochzeit zu bestimmen, und deine Töchter wollen morgen auf dem Souk Kleiderstoffe aussuchen. Da willst du doch keine Zweifel mehr vorbringen!“

„Keine Zweifel?!“, bellte Hadj Abdul. „Unser Sohn hat eine Braut! Gerade erst musste ich die Mahr verdoppeln, damit sie ihn noch nimmt!“

„Sie wird ihn nicht nehmen, mein Gebieter“, beschied Almaz ihm sanft. „Du musst zum Kadi gehen und mit ihm sprechen. Wenn er in Mogador verkündet, dass seine Tochter die Verlobung löst, weil er einen besseren Ehemann für sie gefunden hat, fällt kein Schatten auf ihre Ehre.“

Diesen Ausweg hatte die erste Frau ersonnen. Nachdem alle die ungeheuerlichen Neuigkeiten verdaut hatten, hatten Sabris Schwestern verkündet, dass ihr Bruder und seine Frau eine richtige Hochzeit feiern müssten, so wie es in arabischen Familien Brauch war. Diese Idee hatte alle begeistert, auch die erste Frau und Sabris Großmutter. Ein Hochzeitsfest bildete eine willkommene Abwechslung in ihrem eintönigen, auf den häuslichen

Bereich beschränkten Leben. Als Sibylla am Nachmittag ging, war das Fest in großen Teilen geplant.

Almaz hatte die Aufgabe übernommen, den Herrn des Hauses zu informieren. Aber als sie ihn jetzt so vor sich sah, verwirrt, verärgert und gekränkt, tat er ihr leid. Ihr Gebieter war kein schlechter Ehemann. Er hatte immer gut für sie gesorgt, sie nie geschlagen, auch nicht, als sie noch seine Sklavin gewesen war, und er war ein zärtlicher und umsichtiger Liebhaber. Wie schön wäre es, wenn er sich auch auf dieses große Ereignis freuen könnte!

Hadj Abdul jedoch schnaubte zornig: „Ihr Frauen seid wie Katzen, die ihrer Beute auflauern, um damit nach Belieben zu spielen. Wenn ihr glaubt, ich gehe schon wieder zum Kadi und mache dort einen Narren aus mir, habt ihr euch getäuscht!"

„Aber es gibt keinen anderen Weg, mein Gebieter." Almaz setzte sich auf die Bettkante. „Willst du, dass die Familie zerfällt? Willst du deinen einzigen Sohn verlieren? Nie seine Kinder auf deinem Schoß schaukeln? Nie sehen, wie sie groß werden?"

Hadj Abdul saugte an seiner Pfeife und schwieg. Seine Familie bedeutete ihm alles. Er war so stolz auf Sabri gewesen, weil er Arzt wurde, aber jetzt war er bitter enttäuscht. Seit Jahren beobachtete er, wie die Ungläubigen versuchten, sich in Marokko festzusetzen, mit ihren Konsulaten und Handelsniederlassungen, mit ihrem Geld, ihren modernen Waffen und Kriegsflotten. Zweiundzwanzig Jahre war es her, dass die Franzosen ihre Kanonen auf Mogador abgeschossen hatten, und vor zwei Jahren hatten die Spanier sich nach blutigen Kämpfen die Stadt Tétouan im Norden einverleibt. Wie Ratten nagten die Ungläubigen an seinem geliebten Land und diktierten dem Herrscher jeden Schritt. In Mogador begegnete er ihnen überall, am Hof des Kaids, im Hamam, sogar in die

Moschee waren einige von ihnen eingedrungen, und nun hatte sein eigener Sohn sie in seine Familie gebracht! Und seine Frauen hatten ihm dabei geholfen!

Almaz hatte ihn stumm beobachtet. Sanft umfasste sie seinen rechten Fuß, legte ihn in ihren Schoß und begann, ihn behutsam zu massieren. „Allah ist barmherzig. Er will, dass du unserem Sohn und seiner Ehefrau vergibst. Du weißt doch: Der schlimmste Mensch ist der, der keine Entschuldigung annimmt, keine Sünde deckt und keinen Fehler vergibt."

„Belehre du mich nicht mit Weisheiten, du Tochter von Ungläubigen!", knurrte er.

Almaz erwiderte nichts und massierte weiter seinen Fuß. Hadj Abdul seufzte. „Du wirst schon sehen, was du vom Ränkeschmieden hast, Frau!", brummte er und legte auch seinen anderen Fuß in Almaz' Schoß. „Jede Schwiegermutter bekommt die Schwiegertochter, die sie verdient!"

Qasr el Bahia im Mai 1862

André hockte sich neben die Ackerfurche, die Christian gerade gepflügt hatte, und zerkrümelte eine Handvoll Erde. „Auch hier - keine Larve. Es sieht tatsächlich aus, als hätten wir die Plage überstanden." Über sein abgemagertes Gesicht zog ein Lächeln der Erleichterung. Er stand auf und klopfte seinem zweitältesten Sohn auf die Schulter. „Das muss gefeiert werden! Malika hat etwas besonders Gutes gekocht: Lammschulter mit karamellisierten Zwiebeln."

Der Fünfzehnjährige wandte ihm den Rücken zu und machte sich am Geschirr des Maultiers zu schaffen. „Dieses Essen hat Imma auch oft gekocht, und bei ihr hat es besser geschmeckt."

André legte ihm eine Hand auf den Rücken. „Wir trinken ein Glas Wein zum Essen. Ich stifte eine Flasche von meinen französischen Vorräten. Du arbeitest auf dem Gut wie ein Mann, das muss belohnt werden."

Christian drehte sich nicht um. „Sind wir hier fertig, Baba? Kann ich das Maultier abschirren?"

„Geh nur!" André sah dem Jungen nach, wie er mit hochgezogenen Schultern neben dem Maultier in Richtung Hoftor stapfte.

Der Überfall auf Qasr el Bahia vor einem halben Jahr hatte sie alle verändert. Christian war still und in sich gekehrt, Frédéric stürzte sich mit verbissener Wut in die Arbeit auf dem Gut, André junior hatte seine kindliche Fröhlichkeit verloren, und Malika versuchte nach Kräften, Aynur zu ersetzen.

André blickte am Gut vorbei zu der alten Steineiche. Jeden Morgen stattete Malika den Gräbern von ihrer Mutter, ihren Schwestern und Tamra einen Besuch ab und verteilte kleine Sträuße mit duftenden Kräutern und Blumen darauf, die André junior gepflückt hatte. Der Kleine hielt sich viel bei seiner Schwester auf. Zusammen hatten sie auch die Grabeinfassungen aus Feldsteinen angelegt.

Irgendwie versuchen wir alle, ins Leben zurückzufinden, dachte André. Und früher oder später wird uns das auch gelingen.

Auch bei ihm hatten die schlimmen Ereignisse Spuren hinterlassen. Äußerlich sah man nicht mehr viel außer einer schmalen Narbe an seiner Stirn. Wie sein ältester Sohn suchte er Vergessen in der Arbeit. Aynur fehlte nicht nur seinen Kindern, sondern auch ihm. Er vermisste es, sich mit ihr über die Belange des Alltags auszutauschen, mit ihr zu lachen oder zu streiten, und nachts vermisste er die Wärme und die Nähe ihres Körpers.

André wusste, dass er nie seinen Frieden mit ihrem qualvollen Tod machen würde. Aber er hoffte, dass endlich wieder der Alltag auf Qasr el Bahia einkehrte. Jetzt, da auch die letzten Larven, die der Heuschreckenschwarm in seinen Feldern abgelegt hatte, geschlüpft und davongeflogen waren.

Normalerweise hätten sie im nächsten Monat mit der Gerstenernte begonnen, aber dieses Jahr hatte er nicht ausgesät, um den Heuschreckenlarven keine Nahrung zu bieten. Im späten Frühling, als es warm wurde und die Luft feucht vom Regen war, waren sie in Mengen geschlüpft und hatten die Menschen auf Qasr el Bahia wieder an die große Plage des letzten Herbstes erinnert. Aber nach wenigen Tagen hatte die Heimsuchung geendet. Ohne ausreichend Nahrung mussten sie weiterziehen, und bald waren sie wie der große Schwarm im letzten Herbst mit dem Wind in Richtung Atlantik verschwunden.

„Ist es wahr, dass ihr keine Larven mehr gefunden habt?" Frédéric war von den Ställen gekommen, um sich zu vergewissern, dass es wirklich stimmte. Er war jetzt achtzehn Jahre alt, größer als sein Vater, breitschultrig und muskulös.

André nickte lächelnd. „Wir sollten bald die Safranknollen in die Erde bringen."

„Das ist gut." Frédéric stemmte sich die Fäuste in die Hüften. „Wir können nicht ewig von unseren Ersparnissen leben."

Im Winter hatte er seinen Vater nach Mogador begleitet. Sie hatten einen Teil ihres Safranvorrates auf dem Souk gegen Lebensmittel, Saatgut und ein paar Säcke Getreide für die Pferde getauscht. Danach waren sie sofort nach Qasr el Bahia zurückgeritten. André hatte Sibylla nicht aufgesucht. Er wollte weder ihre Fragen beantworten noch ihre prüfenden mitleidigen Blicke ertragen. Er wollte allein sein, sich fern von den Menschen um seine Kinder und sein Land kümmern.

„Wir bekommen Besuch." Frédéric schaute angespannt nach Süden. Ein Reiter kam den Hang hinauf, noch zu weit entfernt, als dass man ihn hätte erkennen können. André tastete automatisch nach dem Gewehr über seiner Schulter. Seit dem Überfall achtete er genau darauf, die Waffe immer in Reichweite zu haben, auch wenn sich in den letzten Monaten kaum eine Menschenseele hierher verirrt hatte. Aber als der Reiter näher kam, ließ er das Gewehr sinken und ging ihm entgegen. „Asselama en ouen", grüßte er den Scheich der Ait Zelten.

„Asselama." Der Scheich musterte André kritisch. „Du siehst schlecht aus, mein Freund. Wenn ein Mann zu lange ohne Frau lebt, trocknen seine Lenden aus. Ich habe dir doch immer gesagt, dass *eine* Frau für einen Mann zu wenig ist. Du", sagte er und richtete einen knochigen Finger auf Frédéric, „nimm dir gleich zwei! In meinem Dorf sind viele schöne Mädchen, die gern einen jungen starken Kerl hätten!"

„Ein guter Rat!" Frédéric grinste geschmeichelt.

„Hast du uns etwas mitgebracht?" André wies auf den bauchigen Leinensack, der vom Sattel des Scheichs hing.

Das sonnengegerbte Gesicht des Mannes wurde ernst. „Lange schon stehe ich in deiner Schuld, weil unwürdige Bastarde aus meinem Volk dein Haus überfallen und Unglück über deine Familie gebracht haben. Ich habe dir geschworen, diese Schuld zu sühnen, und heute ist endlich der Tag gekommen: Meine Söhne haben das Schicksal dieser nichtsnutzigen Verbrecher vollendet. Sie haben sie aufgespürt und getötet, so wie sie es verdient haben. Nun nagen Geier das Fleisch von ihren Knochen, und ihre Seelen werden ewig in den Feuergruben der Hölle schmoren!" Er winkte André, näherzutreten: „Hier, mein Freund, ich will dir beweisen, dass meine Worte wahr sind." Er löste die Verschnürung des Leinenbeutels, André sah vorsichtig hinein und fuhr sofort wieder zurück: „Das stinkt ja bestialisch!"

Doch er hatte den Kopf des Anführers des Überfalls erkannt, trotz des verwesenden Fleisches und der Würmer, die aus den leeren Augenhöhlen krochen. Tränen traten ihm in die Augen, und er musste sich mit einer Hand an der Schulter des Pferdes abstützen. Sein Brustkorb zitterte, als er tief Luft holte, und er spürte, wie sich die bleierne Schwere, die seit dem Überfall auf seinen Schultern lastete, langsam hob.

„Ich danke dir, mein Freund!", raunte er heiser. „Du hast meiner Seele ihren Frieden zurückgegeben."

„Was ist in dem Sack?", erkundigte Frédéric sich naserümpfend. „Es riecht wie drei Wochen altes Aas."

André trat beiseite, damit sein Sohn ebenfalls in den Beutel sehen konnte. Grimmige Befriedigung malte sich auf Frédérics Gesicht. „Allahs Gerechtigkeit sei Dank!" Er hob seine geballte Rechte gen Himmel.

„Wo hat die Verbrecherbande sich versteckt?", fragte André.

„Die Schurken hatten sich in einer Höhle hoch im Gebirge verkrochen, aber nicht hoch genug für meine Söhne", erklärte der Scheich stolz.

André lächelte. „Du hast uns gute Nachrichten gebracht, mein Freund. Sei heute unser Gast! Malika hat einen köstlichen Lammbraten zubereitet. Und das da", er zeigte auf den Leinensack, „werfen wir den Geiern zum Fraß vor."

Frédéric lachte dröhnend, doch der Scheich hob Einhalt gebietend eine Hand. „Ich habe noch mehr wichtige Neuigkeiten für euch: Unter der Folter haben die Bastarde gestanden, dass es noch jemanden gibt. Jemanden, der sie zum Überfall auf dein Gut angestiftet hat."

„Was sagst du da?!" André packte das Pferd des Mannes am Zügel. „Wer war es? Lebt er noch? Wo versteckt diese Kanaille sich?"

Der Scheich hob bekümmert die Schultern. „Bevor meine Söhne das aus den Schurken herausprügeln konnten, waren die verweichlichten Säuglinge tot! Sie haben nur noch gestanden, dass der Fremde aus Mogador kam."

„Aus Mogador! Und ich habe gedacht, die Gruppe hat uns überfallen, weil sie uns von unserem Land vertreiben wollte!" Die Offenbarung des Scheichs änderte alles. In Windeseile überlegte André, wen er sich in Mogador zum Feind gemacht hatte, doch ihm fiel niemand ein. Verwirrt schüttelte er den Kopf. Was, wenn der Unbekannte noch einmal zuschlug? Auf jeden Fall musste er ihn finden, und zwar so schnell wie möglich.

„Frédéric!", wandte er sich an seinen Ältesten. „Du wirst ein paar Tage auf deine Geschwister aufpassen. Haltet das Tor immer geschlossen, geht nie allein und ohne Waffe aus dem Haus! Ich reite nach Mogador, um diesen Hurensohn, wer auch immer es ist, zur Strecke zu bringen!"

Kapitel Vierunddreissig
Mogador im Mai 1862

„Mein Bruder hat mir geschrieben, dass Sie Ihren wohlverdienten Ruhestand antreten, wenn Sie wieder in London sind, Kapitän Comstock." Sibylla stand neben dem altgedienten Seebären an der Hafenmole. Beide blickten zur Queen Charlotte, die weit draußen im Hafenbecken ankerte.

Von der See wehte ein beständiger leichter Wind und milderte die sommerliche Hitze. Über ihnen türmten sich graue regenschwere Wolken. Dazwischen tauchte immer wieder die Sonne auf und verzauberte das Wasser in eine silberne Spiegelfläche. Längsseits des großen Westindienseglers schaukelte ein Ruderboot auf den Wellen, das die letzten Frachtstücke für die Queen an Bord brachte: Wandteppiche aus Fès, Tonamphoren, silberne Teekannen, bunte Teegläser und filigrane geschmiedete Lampen. Alles hatte Sibylla durch Lalla Jasiras Vermittlung erworben, die sich freute, dank der ständig steigenden Lust europäischer Damen auf einen orientalischen Lebensstil gute Provisionen zu verdienen.

Kapitän Comstock nahm seine Pfeife aus dem Mund und strich sich über den eisengrauen Backenbart. „Ja, es heißt Abschied nehmen, Mrs. Hopkins, und zwar doppelt. Meine treue alte Queen und ich, wir werden abgewrackt. In der modernen Welt zählt die Geschwindigkeit. Zeit ist Geld, das sagte Ihr verehrter Herr Bruder zu mir, bevor wir das letzte Mal aus London ausliefen. Sentimentalitäten kann ich mir nicht leisten, meinte er. Wenn wir mit der Konkurrenz mithalten wollen, müssen wir modernere Schiffe einsetzen." Comstock seufzte traurig. „Ich weiß wohl, was der Reeder meinte: Bald werden von Kohle getriebene Kolosse aus Stahl die Meere regieren, anstelle von stolz geblähten Segeln und wahrer Seemannskunst."

„Der Fortschritt bringt auch viel Gutes für die Menschen", versuchte Sibylla, ihn zu trösten, aber auch sie empfand Wehmut. War es wirklich mehr als zwanzig Jahre her, dass sie mit der Queen Charlotte in Mogador angekommen war? Jetzt wurde das Segelschiff außer Dienst gestellt, und das zeigte, dass die Zeit an niemandem spurlos vorüberging.

Comstock blickte zu dem Ruderboot im Hafenbecken, das nun entladen war und wieder Kurs auf den Kai nahm, um ihn an Bord zu bringen. „Es wird Zeit, Ahoi Mogador zu sagen."

„Hoffentlich wird Ihnen das Leben an Land nicht allzu fremd sein", bemerkte Sibylla schmunzelnd.

„Wenn mich die Sehnsucht nach dem Meer packt, gehe ich an die Themse, sage den Schiffen guten Tag, die aus aller Welt in unser großes London kommen, und freue mich, dass ich mich nicht mehr über widrige Winde oder faule Matrosen ärgern muss." Er betrachtete Sibylla nachdenklich. „Haben Sie kein Heimweh nach England, Mrs. Hopkins? Wollen Sie nie nach Hause zurück?"

Sie schüttelte lächelnd den Kopf. „Mein guter Comstock, ich lebe schon so lange hier. Mogador ist mein Zuhause."

Mit einem leisen Poltern gegen die Kaimauer legte das Ruderboot an. Während der Steuermann das Haltetau auswarf, näherte sich der Hafenmeister. „Ihr Schiff ist fertig zum Auslaufen, Kapitän. Hier sind Ihre Zollpapiere." Er reichte Comstock eine lederne Mappe, nickte Sibylla höflich zu und entfernte sich wieder.

Der Kapitän der Queen Charlotte rückte seinen Zweispitz gerade und straffte die Schultern. „Nun denn, Mrs.

Hopkins…“ Er wollte sich verbeugen, aber Sibylla hob eine Hand.

„Einen Moment noch, Comstock.“ Sie reichte dem alten Seemann eine flache Schatulle, die sie bisher hinter ihrem Rücken versteckt hatte. „Zur Erinnerung an Ihre Jahre bei Spencer & Sohn.“

Als er die Schatulle öffnete, lag darin eine schöne Taschenuhr an einer goldenen Kette. Auf den Deckel der Uhr hatte Sibylla seine Dienstjahre gravieren lassen.

„Mrs. Hopkins, die ist viel zu elegant für einen alten Seebären wie mich.“ Die Stimme versagte ihm, er zog den Zweispitz vom Kopf und drückte ihn an seine Brust.

Sibylla widersprach: „Als einer der treuesten Kapitäne der Reederei, besonders nach der Meuterei auf der Queen Charlotte, haben Sie sie wahrlich verdient. Allerdings“, setzte sie streng hinzu, „haben Sie mir am Ende doch noch Kummer bereitet.“

Er sah sie so betreten an, dass ihm das amüsierte Funkeln in ihren Augen entging. „Sprechen Sie von Miss Emily? Ich habe es nur gut gemeint, Mrs. Hopkins, das müssen Sie mir glauben! Und mit Verlaub – es war mir eine Ehre, Ihr Fräulein Tochter und den arabischen Gentleman zu trauen. Das Leben an Bord ist ja eher hart, kein Platz für Gefühle, wenn Sie verstehen, was ich meine. Wenn man dann unverhofft zu so viel Glück beitragen kann…“, er räusperte sich. „Das vergisst man nicht so schnell.“

„Ich werde das auch nicht so schnell vergessen“, erwiderte Sibylla trocken. „Zum Glück findet alles nun ein gutes Ende.“

Seit zehn Tagen waren Emily, Sabri und Victoria wieder in Mogador, und Emily überschlug sich mit begeisterten Berichten.

Als die Queen Charlotte in Lissabon angelegt hatte, waren die nebligen verregneten Wintermonate gerade vorüber, und die hügelige Stadt über dem Tejo hatte sie im Frühlingskleid empfangen. Emily war hingerissen gewesen von den blumengeschmückten Balkonen der Bürgerhäuser, von den grünen Parkanlagen und den Boulevards mit moderner Gasbeleuchtung. Sie hatte die Pracht des Königsschlosses und die eleganten Adelspaläste bewundert und erstmals Kirchen, Klöster und Kathedralen besucht. Victoria hatte sie in Ausstellungen und elegante Geschäfte geschleppt, abends hatten sie zu dritt Theaterstücke und Opernaufführungen angeschaut. An einem Wochenende hatten sie einen Ausflug in den mondänen Badeort Estoril unternommen und an einem anderen eine Fahrt mit der Eisenbahn, so dass Emily während ihres zweimonatigen Aufenthalts in der portugiesischen Hauptstadt unzählige Eindrücke von Dingen gewann, die sie zum allerersten Mal erlebte.

Doch jetzt war sie glücklich, wieder zu Hause zu sein, und bereitete sich mit Hingabe und der Unterstützung sämtlicher Frauen der Familien Hopkins und bin Ibrahim auf ihr arabisches Hochzeitsfest vor. Heute war sie mit Victoria gleich nach dem Frühstück zu den Näherinnen und Stickerinnen gegangen, um ihre Hochzeitskleider anzuprobieren. Victoria war fast neidisch geworden, als sie erfuhr, dass ihre Schwägerin nicht nur eines, sondern zehn Kleider für die dreitägigen Feiern bekam. Aber Sabris Schwestern hatten ihr erklärt, dass das bei einer Hochzeit hierzulande üblich wäre. Am Tag ihrer Eheschließung sollte eine arabische Braut sich fühlen wie eine Prinzessin aus 1001 Nacht.

Während Emily ihre Brautkleider probiert hatte, hatte Sibylla sich Musikantinnen angehört, die auf der Feier spielen sollten. Nach dem Freitagsgebet waren Emily und sie mit Almaz und der ersten Frau Hadj Abduls verabredet, um aus der Fülle der Speisen, die auf dem Fest serviert werden sollten, einige zu kosten. Dazwischen hatte sie sich kurz frei gemacht, um Kapitän Comstock zu verabschieden, und jetzt wollte sie noch ein paar Unterlagen aus ihrem Büro holen.

„Mummy, hier bist du!“, rief eine vertraute Stimme hinter Sibylla. „Wir müssen uns beeilen, wenn wir rechtzeitig bei Almaz und der ersten Frau von Sabris Vater sein wollen!“

Sie schüttelte dem altgedienten Seemann die Hand. „Mast und Schotbruch, Kapitän, so sagt man doch in der Seefahrt, nicht wahr? Ich wünsche Ihnen alles Gute und noch viele glückliche Jahre mit Ihrer Frau!“

Er strahlte und verbeugte sich ungelenk. „Es war mir immer eine Ehre, bei Ihnen in Mogador vor Anker zu gehen, Mrs. Hopkins.“

Nebeneinander gingen Mutter und Tochter zum Lagerhaus. Es war fast Mittag, gleich würde der Muezzin zum Freitagsgebet rufen, doch noch herrschte am Kai das übliche bunte Treiben. Schiffe wurden be- und entladen. Matrosen scheuerten Decks, flickten Segel, prüften Ankerketten und Taue. Lastenträger schleppten Säcke und rollten Fässer zwischen Schiffen und Lagerhäusern hin und her, und der Hafenmeister stand neben dem Kapitän einer amerikanischen Fregatte und prüfte, ob die auf den Papieren deklarierte Anzahl Baumwollballen mit der tatsächlich gelieferten Menge übereinstimmte.

„Ich vermisse Sabri“, seufzte Emily. Seit ihrer Rückkehr von Lissabon bestand seine Familie darauf, dass sie nach arabischem Brauch bis zur Hochzeit getrennt voneinander in ihren Elternhäusern lebten. Sie durften sich nicht einmal besuchen.

„Wenn du mit deiner künftigen Familie in gutem Einvernehmen leben willst, musst du die Sehnsucht wohl oder übel aushalten - Vorsicht!“ Sibylla griff Emilys Arm und zog sie unter einer gefährlich trudelnden Kiste weg, die direkt über ihnen von einem dänischen Segler schwebte.

„Ich freue mich so, dass Onkel Oscar und seine Familie zu unserem Fest anreisen!“, sagte Emily, als sie die Gefahr passiert hatten. „Nur für Großmutter Mary ist die lange Fahrt zu anstrengend, aber ich werde sie ja bald kennenlernen.“ Emily und Sabri wollten ihre Hochzeitsreise nämlich nach London machen und ein Jahr dort bleiben, damit Sabri sich als Arzt weiterbilden und Emily ihr Malstudium absolvieren konnte.

„Die Zimmer für Oscars Familie müssen auch noch hergerichtet werden. Ich weiß wirklich nicht, wie wir alles rechtzeitig schaffen sollen!“, seufzte Sibylla, als sie, gefolgt von Emily, die Lagerhalle betrat. „Wartest du? Ich bin gleich wieder da.“

Während Sibylla die Treppe in den ersten Stock hinauflief, ertönte vom Minarett der Ruf des Muezzins, und die Halle leerte sich, wie das ganze Hafengebiet, von wenigen christlichen Seeleuten abgesehen, in Windeseile.

Emily lehnte sich gegen einen Stapel Lederhäute und strich verträumt mit den Handflächen über das glatte weiche Material. Sie dachte an Sabri und daran, wie sehr sie ihn liebte. So sehr, dass sie auch das Schlimmste ausgehalten hätte, und das bedeutete für Emily, für immer von Mogador und ihrer Familie getrennt sein zu müssen.

Schon als sie ihm nach seiner Rückkehr aus London hier am Hafen gegenübergestanden hatte, und er sie mit seinen dunklen Augen so durchdringend angesehen hatte, hatte sie gespürt, dass er der Richtige war. Seit sie geheiratet hatten, war sie ganz sicher. Sie hätte nie erwartet, dass es so wunderbar war, Mann und Frau zu sein – ein Fleisch, wie Kapitän Comstock es bei der Trauung aus der Bibel vorgelesen hatte. Sie schloss die Augen und erinnerte sich an ihre erste gemeinsame Nacht in der Kapitänskajüte, die Comstock ihnen überlassen hatte. Sie dachte an Sabris Arme, die sie fest umschlungen hatten und ihr sagten, dass sie von nun an ihm gehörte; an seinen Mund, der nicht nur ihren Mund mit Lippen und Zunge liebkost hatte, sondern auch alle anderen Stellen ihres Körpers, besonders die, wo ihre überwältigendsten Empfindungen wohnten. Seltsam gierige Lust hatte sie gepackt, als er sie voller Zärtlichkeit an diesen verborgenen Stellen berührt und dann sein Glied in sie geschoben hatte, bis es sie ganz ausgefüllt hatte…

Das Tor zur Lagerhalle knarrte leise in den Angeln. Emily drehte sich um und bemerkte, wie es langsam und vorsichtig aufgezogen wurde. Ein menschlicher Schatten fiel durch den Spalt, verharrte einen Moment und schob sich dann ganz hindurch. Ein hochgewachsener Mann in schwarzer Djellaba und schwarzem Turban durchquerte die Halle und stieg die Holztreppe hinauf, so rasch und zielstrebig, dass er Emily nicht bemerkte. Er eilte den Gang entlang bis zur Bürotür ihrer Mutter. Dort blieb er stehen und blickte noch einmal über die Schulter in die Halle. Emily verharrte mucksmäuschenstill im Halbdunkel neben der Palette. Ihre Nackenhärchen sträubten sich, als sie entdeckte, dass der Fremde sein Gesicht bis auf einen schmalen Schlitz für die Augen verhüllt hatte. Wer war der Mann? Er trug arabische Kleidung und befand sich doch nicht beim Freitagsgebet in der Moschee. Mit angehaltenem Atem verfolgte sie, wie der Fremde eine Hand hob und an die Bürotür pochte. Sie hörte gedämpft die Stimme ihrer Mutter, die den Mann hereinbat. Er öffnete die Tür und verschwand im Büro.

In Emilys Bauch kribbelte es, halb ängstlich, halb neugierig. Lautlos huschte sie zur Treppe, stieg die Stufen empor und tappte auf Zehenspitzen zu der verschlossenen Tür, hinter der das Büro ihrer Mutter lag. Drinnen hörte sie undeutliches Stimmengemurmel. Sie zögerte, wohl wissend, dass es sich nicht gehörte, andere Menschen zu belauschen, doch dann siegte die Neugier. Sie bückte sich und spähte durchs Schlüsselloch. Der Fremde stand ein Stück von der Tür entfernt und drehte ihr den Rücken zu, so dass sie nur seinen schwarzen Umhang und seinen schwarzen Turban sah. Hinter ihm, halb verdeckt von seiner dunkel verhüllten Gestalt, entdeckte Emily ihre Mutter, und sogar durch den eingeschränkten Blick des Schlüssellochs bemerkte sie den namenlosen Schrecken in ihrem Gesicht.

„Guten Tag, Sibylla. Wieso schaust du mich so an? Erkennst du deinen Ehemann nicht mehr?“ Der Fremde zog sich den Schal herunter.

„Benjamin?!“, stammelte Sibylla, und dann noch einmal: „Benjamin?“ Sie hatte ihn an der Stimme erkannt, seiner leicht näselnden, hochmütigen Stimme, die wie das Echo einer fernen Zeit in ihr widerhallte, und an dem Blick seiner eisblauen Augen. Doch richtig glauben konnte sie es nicht – immerhin hatte sie zweiundzwanzig Jahre geglaubt, er wäre tot, verbrannt in einem Feuer, das niemand überlebt haben konnte. Doch dort stand er vor ihr, bleich und eingefallen, das Gesicht von Narben und Wülsten bedeckt, als wäre flüssiges Wachs darauf erstarrt, ohne Wimpern, Brauen und richtige Nase. Sie hatte das Gefühl, einem Geist gegenüberzustehen, einer plötzlich über sie hereinbrechenden Gefahr und erschauderte vor Angst.

Wissend verzog Benjamin seinen lippenlosen Mund zu einem hässlichen Grinsen. „Ich habe mich ziemlich verändert, nicht wahr, meine Liebe? Aber das gilt auch für dich. Du bist älter geworden." Bevor sie zurückweichen konnte, war er bei ihr und berührte ihr mehr weißes als blondes Haar mit Fingern, die Klauen glichen, schwulstig und zerklüftet. Voller Abscheu schreckte sie zurück, aber er packte sie blitzschnell am Handgelenk. „Schau sie dir nur an, meine neue Haut! Ein Jahr hat es gedauert, bis ich hineingewachsen bin."

„Lass mich sofort los!" Mit einem Ruck befreite Sibylla sich und wich hinter ihr Schreibpult zurück – ein geringer Schutz nur, aber wenigstens ein Schutz.

„Beruhige dich, Sibylla! Dein Geld war für mich schon immer attraktiver als du. Aber du hast auch immer deine Bücher mehr geliebt als mich."

Er trat zu dem Abakus, ihrem Rechenapparat, der in einem großen Holzrahmen auf einem Rollgestell vor einer Wand stand, und schob müßig ein paar Kugeln über die Drähte.

„Wie hast du das Feuer überlebt? Ich habe die Ruinen gesehen. Niemand konnte es da herausschaffen." Sie starrte auf seinen Rücken, versuchte immer noch, zu begreifen, dass das wirklich und wahrhaftig Benjamin war, der dort stand.

Er bewegte sich unbehaglich, nicht wegen ihrer Frage, sondern weil der Stoff des Umhangs auf seiner vernarbten Haut schabte. Nie würde er sich an dieses Gefühl der Enge gewöhnen, als wäre er in einen zu kleinen Anzug eingenäht worden. Erneut schubste er eine der Holzkugeln an. Leise sirrend sauste sie über den Draht und prallte klickend an den Rahmen des Abakus.

Nicht nur seine Entstellungen quälten ihn. Auch die schrecklichen Bilder der Bombardierung verfolgten ihn so klar und deutlich, als wäre er dem Inferno erst gestern entronnen und nicht vor vielen Jahren. Immer noch hörte er das markerschütternde Krachen der Kanonenkugeln, den Einschlag der Brandkarkasse, der seine Angstschreie verschluckt hatte. Immer noch spürte er wie Sand und Staub, Mörtel und kleine Gesteinsbrocken auf ihn herabregneten, immer noch musste er sich zusammenreißen, um nicht wimmernd auf die Knie zu fallen, die Arme schützend über den Kopf gerissen, während rings um ihn die Luft vor Hitze flirrte und nach Schießpulver und Schwefel stank.

Er dachte, dass er Sibylla allein dafür hasste, dass sie mit ihren Fragen an all dies rührte. Seine Finger sich um den Holzrahmen des Abakus krampften.

„Wo bist du all die Jahre gewesen?“, wollte Sibylla wissen. „Warum hast du dich nie gemeldet, bist nie zurückgekommen?“

„Sei still!“ Er fuhr herum, sein Umhang flog, und sie zuckte erschrocken zusammen. „Willst du mir vormachen, dass du mich vermisst hast? Das kannst du bleiben lassen! Ich weiß, dass du dich mit dem Franzosen getröstet hast, bevor auch nur der erste Monat der Trauer um deinen so grausam umgekommenen Ehemann herum war. Und ich weiß noch einiges mehr!“

Sie umklammerte die Kante des Schreibpultes, und ihr wurde eiskalt, als sie daran dachte, dass Emily jeden Moment hereinkommen könnte, um nachzusehen, warum ihre Mutter so lange brauchte, um ein paar Unterlagen zu holen. Sie mochte sich gar nicht ausmalen, was Benjamin tun würde, wenn er Emily entdeckte und anfing, Fragen zu stellen.

Aber vorläufig fragte Benjamin nichts. Er war in bittere Erinnerungen versunken. Zwischen seinem alten Leben als angesehener Kaufmann Benjamin Hopkins und seinem neuen Dasein als vom Feuer gezeichneter Niemand lag fast ein Jahr der Dunkelheit. Begonnen hatte dieses neue Leben mit unsagbaren Schmerzen im Marinehospital auf Gibraltar. Militärärzte und Pfleger hatten ihm erzählt, was er selbst nicht mehr wusste: Französische Soldaten hatten ihn nach der Bombardierung der Insel Mogador am Strand gefunden. Bewusstlos, nackt und von furchtbaren Verbrennungen bedeckt, hatte er zwischen toten Kameraden gelegen. Die Franzosen hatten ihn für einen der ihren gehalten, auf eines ihrer Kriegsschiffe geschafft und ihn mit anderen Verwundeten nach Gibraltar gebracht. Dort hatte man ihn nur zum Sterben behalten, doch er hatte sich zur Verwunderung aller verbissen an sein letztes bisschen Leben geklammert.

Als es ihm endlich besser ging und die Ärzte vorsichtig davon sprachen, dass er überleben könnte, wusste er längst, dass das ein ganz neues Leben sein musste. Nach Marokko konnte er nicht zurück, denn dort würde man ihn sofort wieder verhaften. Also verkroch er sich in London, tauchte in dieser riesigen Stadt unter und baute sich mit einem kleinen Im- und Exporthandel eine neue Existenz auf. Sein Talent als Kaufmann war das Einzige, was ihm geblieben war. Er machte gute Geschäfte und hätte unbehelligt bis ans Ende seiner Tage weiterleben können. Der Gedanke an sein Vermögen jedoch, das unter der Sonnenuhr in seinem Riad in Mogador schlummerte, ließ ihn nie los. Aber erst nach zwanzig Jahren hatte er die Kraft und den Mut, es zu holen.

„Du hättest zurückkommen können, Benjamin." Sibyllas Stimme drang in seine Erinnerungen. „Ich war doch bei Abd Er Rahman, erinnerst du dich nicht mehr? Er hat dich begnadigt. Du warst frei!"

Sekundenlang schwankte der Boden unter ihm, als er begriff, dass er sich fast sein halbes Leben umsonst versteckt hatte.

„Ist das wahr?“, fragte er tonlos. „Hast du das wirklich geschafft?“

„Ich hatte Hilfe.“ Sie dachte an André.

„Richtig!“, höhnte er. „Du warst ja mit Rouston beim Sultan. Ich bin sicher, dass du ihn gut für seinen Beistand entlohnt hast!“

„Was fällt dir ein?!“

„Plötzlich so tugendhaft, meine Liebe?“ Der Saum seiner Djellaba schlängelte durch die Luft, als er mit raschen Schritten auf sie zukam. „Stimmt es etwa nicht, was man sich in Mogador erzählt?“

Vor Schreck verschlug es Sibylla die Sprache, aber er redete schon weiter: „Dass du mein Gold den Mauren in den nichtsnutzigen Rachen geworfen hast? Häuser, Schulen, sogar eine Wasserleitung hast du für die gebaut, die mich einst verhaften ließen. Dass du so dumm und sentimental sein kannst, habe ich dir wirklich nicht zugetraut!“

Zornig hieb Benjamin mit den Fäusten auf das Schreibpult. Wie hatte er nach seinem Schatz gegraben, erst mit der Schaufel, dann mit bloßen Händen, nur um zu entdecken, dass alles verschwunden war, dass nicht ein einziger Gold-Sovereign mehr unter der Sonnenuhr lag! Danach hatte er in dem winzigen Zimmer, das er im Fondouk gemietet hatte, gesessen und gegrübelt, bis ihm klar wurde, dass nur Sibylla sein Gold gefunden haben konnte. Er selbst hatte ihr damals bei ihrem Besuch auf seinem Inselgefängnis den Hinweis gegeben, als er sie gefragt hatte, wie viel Geld die Soldaten von Kaid Hash Hash gefunden und wo sie gesucht hätten. Sie musste das ganze Haus auf den Kopf gestellt haben, aber schließlich hatte sie sein Gold gefunden.

„Du warst der Einbrecher in meinem Haus!“, flüsterte sie. „Du wolltest dir dein blutiges Sklavengold holen.“

Er musterte sie hasserfüllt. „Genug geredet! Kommen wir zum Geschäft: Wie willst du mich für meinen Verlust entschädigen?“

Verzweifelt suchte Sibylla nach einer Antwort, nach einem Ausweg aus diesem Alptraum. Dann fiel ihr die Waffe in der Lade ihres Schreibpultes ein, Andrés alter Armeerevolver, den er ihr gegeben hatte, weil er fand, dass sie in dem prall gefüllten Lagerhaus viel zu ungeschützt war. Wenn sie ihn unbemerkt in die Hand bekam, konnte sie Benjamin in Schach halten und gleichzeitig nach Emily rufen, damit sie Hilfe holte. Es war riskant, aber ihre einzige Möglichkeit. Ihre Finger suchten nach dem Griff der Schublade. Als sie daran zog, knarrte das Holz. Sie erstarrte, aber Benjamin schien nichts gehört zu haben, er sonnte sich in seinem Triumph.

„16625 englische Gold-Sovereigns will ich von dir! Nicht einen Penny weniger. Und du kannst dich glücklich schätzen, wenn ich dir nicht noch Zinsen berechne. Leih dir das Geld bei den Toledanos oder einem der anderen Juden der Stadt! Du hast bis morgen früh Zeit.“

Die Schublade stand jetzt eine Handbreit offen. Behutsam ließ Sibylla die Rechte hineingleiten, bis ihre Finger das kalte Metall der Waffe berührten.

„Warum nur bis morgen früh?“, fragte sie, um ihn abzulenken.

„Weil dann mein Schiff ausläuft.“

„Dein Schiff?“ Vor Überraschung hätte sie fast den Revolvergriff losgelassen.

„Wenn alles nach Plan gelaufen wäre, wäre ich schon längst wieder weg. Nur weil du mein Gold den nichtsnutzigen Mauren geschenkt hast, hänge ich hier fest. Immerhin habe ich während meiner Wartezeit interessante Neuigkeiten erfahren." Er wiegte spöttisch den Kopf. „Ts, ts, ts, Sibylla, wer hätte gedacht, dass du so lüstern sein kannst! Lässt dir von dem Franzosen ein Balg andrehen und verkaufst es den Leuten als mein Kind! Da staunst du, nicht wahr, Sibylla?" Er weidete sich an ihrem entsetzten Gesichtsausdruck. „Ich habe mich ein wenig umgehört, wollte erfahren, was du mit meinem Gold angestellt hast, und für ein paar Dirham erzählen die Leute dir mehr, als du dir träumen lässt. Zum Beispiel, dass Rouston Ärger mit ein paar Berbern hat, weil er sich auf ihrem Land breitmacht. Für ein paar Gewehre und Munition waren sie gern bereit, sein Gut zu überfallen und dein Balg zu erschießen. Du verstehst doch, dass ich nicht dulden kann, dass du es als mein Kind ausgibst, während ganz Mogador vom Kaid bis zum Bettler vor der Stadtmauer darüber lacht, wie meine Frau mir Hörner aufgesetzt hat!" Er lachte selbstgefällig. So lange hatte er auf seine Rache gewartet, hatte sie sich tausendmal vorgestellt, aber die Wirklichkeit war süßer als jede Phantasie.

„*Du* steckst hinter dem Überfall auf Qasr el Bahia?", stammelte Sibylla. „Du hast Mörder beauftragt, um meine Tochter zu erschießen? Nein, das kann nicht sein! Dazu bist du nicht fähig!"

Er zuckte nicht mit der Wimper. „Du bist selbst schuld. Hättest du mein Gold unter der Sonnenuhr gelassen, wäre ich abgereist, ohne von deinen Eskapaden zu erfahren. Nun ja, ich will dich nicht länger aufhalten, dir bleibt nicht mehr viel Zeit, um mein Geld zu beschaffen. Und trauere nicht zu sehr um das Kind. Es war nur ein Bastard!" Er deutete eine Verbeugung an und wandte sich zum Gehen.

„Bleib stehen!“ Sibyllas Stimme peitschte durch den Raum. Überrascht drehte Benjamin sich um und blickte in einen Revolverlauf. Der Hahn der Waffe klickte, als Sibylla sie entsicherte. Doch bevor sie feuern konnte, hechtete er mit einem Satz vorwärts. Sie stolperte, prallte mit dem Rücken gegen das Pult, und der Revolver entglitt ihrer Hand. Es knallte ohrenbetäubend, als er auf den Boden fiel und der Schuss losging, Holz splitterte, als die Kugel ins Pult krachte. Dann knallte es wieder, die Tür flog auf, und Emily stürmte herein. Sibylla wollte sich nach dem Revolver bücken, aber der Schmerz im Rücken machte sie fast bewegungsunfähig. Benjamin war schneller, packte die Waffe und richtete den rauchenden Lauf auf Emily.

„Lauf!“, keuchte Sibylla, obwohl der Schmerz ihr fast den Atem nahm. „Hol Hilfe, schnell!“

Aber Emily stand da wie erstarrt. Sie sah nur ihre Mutter, die sich mit verzerrtem Gesicht krümmte, so als hätte der Schuss sie getroffen. „Mummy!“, schrie sie, da hatte Benjamin sie schon mit der freien Hand am Haar gepackt und zurückgerissen, so dass sie auf die Knie fiel.

„Mummy?“ Er beugte sich über sie und starrte ihr ins Gesicht. „Du bist gar nicht tot? Wen zum Teufel haben diese Nichtsnutze dann erschossen?“

Emily wand sich. „Hil…!“, brüllte sie, aber er verpasste ihr mit der Waffe einen Schlag in den Nacken, und sie sackte mit einem Stöhnen zusammen.

„Bitte, Benjamin!“, flehte Sibylla. „Ich tue alles. Alles, was du willst, aber tu ihr nichts!“

Er drehte sich um, ohne Emily loszulassen, und grinste sie an. „Alle Muselmänner sind in der Moschee und beten. Niemand wird euch helfen.“

Einen Moment lang herrschte Stille. Sibylla rang um Worte. Dann rasten unter ihnen mehrere Paar Stiefel über den Steinboden. Eine Männerstimme rief: „Sibylla, Emily! Was ist da los?“

Die Stiefel polterten die Holztreppe hinauf. Benjamins Grinsen löste sich in Luft auf. Er wusste, dass es zu spät war, um zu fliehen. Er schaute zu Emily, die reglos auf dem Boden lag, und biss sich auf die Lippen. Dann atmete er tief durch, spannte den Revolver erneut und presste den Lauf an Emilys Kopf.

„Neeiin!!!“ André stürmte durch die offen stehende Bürotür, sein Gebrüll gellte durch die ganze Lagerhalle.

Benjamin fuhr herum und richtete die Waffe auf den Franzosen.

„André, pass auf!“, schrie Sibylla.

Er stutzte, konnte jedoch nicht mehr ausweichen, und Benjamin drückte den Abzug.

Sibylla schlug sich beide Hände vor die Augen, aber der Schuss blieb aus. Als die Waffe bei ihrer Rangelei mit Benjamin auf den Boden gefallen war, hatte sich der Abzugshahn verschoben, nun klemmte der Bolzen. Mit einem Zornesruf schleuderte Benjamin sie von sich. Sie schlitterte einige Meter über den Boden, außerhalb seiner Reichweite.

Sibylla ließ ihre Hände sinken und sah gerade noch, wie André sich auf Benjamin warf, ihn an der Kapuze der Djellaba hochriss und auf den Gang katapultierte. Sabri, der André dicht gefolgt war, konnte sich gerade noch zur Seite ducken, und Benjamin prallte ungebremst gegen die Brüstung der Empore. Krachend zerbarst das hölzerne Geländer, und mit markerschütterndem Geheul stürzte er in die Tiefe. Sein schwarzer Umhang blähte sich hinter ihm in der Luft, dann schlug er mit einem dumpfen Laut fünf Meter tiefer auf dem steinernen Grund der Lagerhalle auf. John und Thomas, die sich noch auf dem Treppenabsatz befunden hatten, starrten fassungslos auf den bewegungslosen Körper, über den sich der schwarze Umhang wie ein Fächer gebreitet hatte.

„Du siehst nach Mutter und Emily!", stieß Thomas hervor. „Ich schaue, ob er noch lebt."

John rannte los, aber in der Bürotür blieb er abrupt stehen. Kaum zwei Meter vor ihm lag seine Schwester auf den Dielen, genauso reglos wie der Fremde unten im Lager. Seine Mutter hielt ihren Kopf und streichelte ihr bleiches Gesicht mit den geschlossenen Augenlidern, André drückte eine ihrer schlaffen Hände, und Sabri hatte zwei Finger an ihren Hals gelegt und schien mit konzentrierter Miene zu lauschen.

„Ist sie…?" John schluckte, unfähig, das Schlimmste auszusprechen.

Sabri nahm die Finger von Emilys Hals und wischte sich über die Stirn. „Sie lebt", sagte er mit erstickter Stimme.

„Dieu merci!" Andrés Stimme brach.

„Dir sei Dank." Sibylla legte eine Hand an seine tränennasse Wange. „Wärst du nicht gewesen, hätte Benjamin uns beide getötet."

„Benjamin?" André starrte sie an. „Sprichst du von…"

„…unserem Vater?", vollendete John tonlos.

In diesem Moment stöhnte Emily leise. Sie bewegte den Kopf und stieß einen leisen Schmerzenslaut aus. Dann schlug sie die Augen auf und blickte verwirrt die vier Menschen an, die sie mit tief besorgten Mienen umringten. „Wieso seid ihr alle hier?" Dann erinnerte sie sich wieder. „Mummy! Er hat dich nicht getroffen!"

Schritte näherten sich dem Büro. Ängstlich zuckte Emily zusammen „Wir müssen weg! Er hat eine Waffe!" Sie versuchte vergeblich, sich aufzusetzen.

„Beruhige dich!" André hielt sie fest. „Die Waffe ist bei mir." Er hatte sie aufgehoben und eingesteckt, noch bevor er sich um Emily gekümmert hatte – eine Vorsichtsmaßnahme, falls der Eindringling nicht allein gewesen wäre.

„Emily! Um Gottes willen!" Thomas stand im Türrahmen und blickte genauso erschrocken drein wie zuvor John.

„Es geht ihr gut. Ein Schlag in den Nacken mit dem Revolver, aber mehr als einen Bluterguss wird sie nicht bekommen", versicherte Sabri rasch.

„Der Fremde, der ihr diesen Schlag verpasst hat, war unser Vater", informierte John seinen Bruder mit belegter Stimme.

Thomas starrte erst ihn, dann seine Mutter an. Sibylla nickte stumm.

„Lebt er noch?", erkundigte André sich ernst.

Langsam, wie in Trance schüttelte Thomas den Kopf. „Der Sturz hat ihm das Genick gebrochen."

Thomas untersuchte seine Mutter und diagnostizierte eine Prellung am Rücken durch den Sturz gegen die Pultkante. Während er sie behutsam abtastete, informierte Sibylla die anderen, dass Benjamin nicht nur hinter dem heutigen Überfall steckte, sondern auch den Einbruch in den Riad begangen und den Überfall auf Qasr el Bahia angezettelt hatte und dass die Schüsse, die Tamra und Aynur das Leben gekostet hatten, auf seinen Befehl hin Emily gegolten hatten.

„Maudit soit le diable!", fluchte André. „Dieser Teufel! Ich bereue nicht, dass er durch meine Hand gestorben ist! Auch wenn er euer Vater war", fügte er an John und Thomas gerichtet hinzu.

Einige Sekunden schwiegen alle. Dann erklärte John ruhig: „Der Verbrecher, der unsere Schwester umbringen wollte, ist nicht länger mein Vater." Thomas nickte nachdrücklich, aber in seinen Augen lag tiefer Schmerz.

Für Sibylla war es schrecklich, ihre Söhne durch die Taten des eigenen Vaters so verwirrt und gedemütigt zu sehen. Sie wollte sie umarmen und trösten, ihre Tränen trocknen so wie damals, als sie kleine Jungen gewesen waren, aber John wandte sich wortlos ab, und Thomas schob sie sanft von sich.

„Eines Tages wird es uns vielleicht möglich sein, uns nur noch an den Vater unserer Kindheit zu erinnern, nicht an den, der er geworden ist. Bitte versteh das, Mutter!"

In diesem Moment beschloss sie, ihrer Familie Benjamins letztes Geheimnis zu enthüllen. Sie fühlte, dass keiner von ihnen sonst mit den schlimmen Ereignissen abschließen konnte. Doch das würde sie zu Hause tun, denn auch Victoria als Johns Frau musste die ganze Wahrheit erfahren.

Sie tastete nach Andrés Arm, der sie sofort behutsam stützte. „Lasst uns gehen! Ich möchte nicht länger als nötig hierbleiben."

Beim Anblick des zersplitterten Geländers drückte Emily entsetzt das Gesicht an Sabris Schulter, und als sie Benjamins reglose Gestalt auf dem Boden des Lagers sah, unter der Decke, die Thomas über den Leichnam gebreitet hatte, keuchte sie unterdrückt.

John räusperte sich. „Wir müssen die Halle abschließen. Mutter, gib mir bitte den Schlüssel! Danach werde ich den Kaid informieren."

Die friedliche Stimmung, die sie auf dem Vorplatz empfing, mutete fast unwirklich an. In ihrer Lagerhalle lag Benjamin mit gebrochenem Genick, aber hier draußen schien die Sonne vom azurblauen Himmel, Möwen segelten heiser krächzend über dem Hafenbecken, und die

Masten der vor Anker liegenden Segelschiffe wippten in der leichten Brise.

Als dicht neben ihnen eine Kinderstimme piepste: „Kommt der Herr auch gleich?“, fuhren alle zusammen.

Ein kleiner Araberjunge näherte sich. Er hielt ein mit zwei Packkisten beladenes Maultier am Zaumzeug.

„Welchen Herrn meinst du?“, fragte André.

„Den Großen in der schwarzen Djellaba natürlich. Ich passe auf sein Maultier auf“, verkündete der Kleine wichtig. „Warum war es so laut da drinnen?“ Neugierig versuchte er, durch die Hallentür zu sehen. Emily sog erschrocken die Luft ein. John entgegnete: „Da ist nur etwas umgefallen“, und schloss rasch die Tür ab.

Sibylla betrachtete das Maultier. „Benjamin erwähnte, dass er Mogador morgen früh verlassen wollte. Das hier muss sein Gepäck sein.“

„Dann sollten wir einen Blick darauf werfen“, bemerkte André.

„Das übernehme ich.“ John nestelte ein paar Münzen aus seiner Jackentasche und hielt sie dem Jungen hin. „Der Herr kommt nicht mehr. Aber die gebe ich dir, wenn du für mich zum Statthalterpalast läufst. Sag der Wache, dass John Hopkins Kaid Samir in einer dringenden Angelegenheit am Hafen sprechen muss.“

„Aber das Maultier“, wandte der Junge ein.

„Darauf passe ich auf“, erwiderte John. „Jetzt lauf los!“

„Es muss Vorsehung gewesen sein, dass ihr vier genau im richtigen Moment gekommen seid“, sagte Sibylla, als sie bei Tee und Gebäck in ihrem Salon auf John warteten. Sie saß, von mehreren Kissen gestützt, auf dem Diwan, neben sich Emily, der Sabri eine kühle Kompresse in den Nacken gelegt hatte. Der junge Arzt wich nicht von Emilys Seite und warf ihr ständig besorgte Blicke zu.

Victoria hatte auf einem Stuhl Platz genommen. Sie saß sehr gerade, um Haltung bemüht. Nur ihre Finger, die unablässig die Teetasse drehten, verrieten, wie schwer es ihr fiel, das Ungeheuerliche, das sie gerade gehört hatte, zu begreifen.

„Die Vorsehung waren Sie, Monsieur Rouston." Thomas warf dem Franzosen einen dankbaren Blick zu.

Als Sibylla ihn fragend ansah, erklärte er: „Monsieur Rouston kam hierher, um Emily zu besuchen. Als er nur mich und John antraf, machte er den Vorschlag, euch abzuholen. Unterwegs begegneten wir bin Abdul, der gerade seine Sprechstunde beendet hatte." Thomas nickte in Sabris Richtung.

„Ich hatte solche Sehnsucht nach dir, dass mir ganz egal war, ob wir uns sehen dürfen oder nicht", gab Sabri zu und strich zärtlich über Emilys Locken.

„Zum Glück!", erwiderte sie leise.

Sibylla rührte in ihrem Tee. „Hat es einen bestimmten Grund, dass du kurz vor der Hochzeit noch einmal nach Mogador gekommen bist?", fragte sie André.

„Allerdings!" Er nickte nachdrücklich. „Der Scheich der Ait Zelten war bei mir, um mir zu sagen, dass seine Söhne die Männer, die das Gut überfallen hatten, getötet haben. Außerdem haben sie erfahren, dass es einen Drahtzieher des Überfalls gibt, der sich irgendwo in Mogador versteckt. Ich bin umgehend zum Kaid geritten und habe ihn um Hilfe gebeten, aber die brauchen wir nicht mehr, der Drahtzieher ist tot."

Vor der Tür ertönten Stimmen und Schritte. Gleich darauf trat John ein. „Die Packkisten bargen einige Überraschungen", verkündete er und wies mit bedeutungsvoller Miene auf Hamid, der hinter ihm kam. Der Torwächter trug vier Leinensäcke, die er in die Raummitte stellte.

„Das darf doch nicht wahr sein!" André war bei den Säcken, bevor John die Tür ganz hinter Hamid geschlossen hatte. „Benjamin hat meinen Safran aus deinem Büro gestohlen!" Er hatte nämlich den Aufdruck von Qasr el Bahia auf den Säcken erkannt. Rasch löste er die Verschnürung eines Sackes, griff hinein und holte kopfschüttelnd eine Handvoll rotgoldener winziger Blütenfäden heraus.

Sibylla war wie vom Donner gerührt. Schon wieder war eine Schandtat ihres Mannes ans Licht gekommen! Gleich darauf stellte John die Geldkassette, die bei dem Einbruch ebenfalls gestohlen worden war, auf den Tisch vor seine Mutter. „Das Schloss ist aufgebrochen, aber ich habe das Geld nachgezählt. Das meiste ist noch da. Außerdem habe ich noch das hier gefunden." Er griff in die Innentasche seiner Jacke, zog eine lederne Mappe heraus und reichte sie seiner Mutter.

„Hoffentlich nicht wieder etwas Schlimmes!", murmelte sie.

„Schau es dir in Ruhe an", erwiderte er nur.

Sie schlug die Mappe auf und fand mehrere Papiere mit dem Aufdruck einer bekannten Londoner Anwaltskanzlei. Das oberste Blatt war groß mit „Kaufvertrag" überschrieben und trug viele Stempel und Unterschriften. Diejenige von Benjamin erkannte sie sofort.

„Und, was ist es, Mutter?", fragte Thomas besorgt.

Sie hatte das Schriftstück bereits überfolgen. „Ein Kaufvertrag über eine Zuckerrohrplantage, die Benjamin auf Kuba erworben hat." Sie nahm ein weiteres Papier mit einer Umrisszeichnung von Kuba, auf dem die Plantage mit einem dicken Kreuz eingezeichnet war, und reichte es Thomas. Außerdem befanden sich Listen über Inventar, Gerätschaften und Sklaven in der Mappe.

„Es muss sich um eine große Plantage handeln. Allerdings ist sie erst angezahlt“, stellte Sibylla fest, nachdem sie alle Unterlagen studiert hatte. „Den größten Teil der Kaufsumme wollte Benjamin bei seiner Ankunft auf Kuba entrichten.“

„Ich habe mir erlaubt, diese Papiere ebenfalls durchzusehen, Mutter“, warf John ein, „und habe gleich ein paar Seeleute am Hafen befragt. Zurzeit liegt nur ein Segler mit Ziel Kuba vor Anker: die Infanta Isabella, ein spanisches Schiff, das morgen früh in See sticht.“

„Ich weiß, welches Schiff du meinst!“, rief Sibylla aufgeregt. „Sie ist schon einmal kurz vor Weihnachten ausgelaufen, in einen Sturm geraten und hat sich mit letzter Kraft zurück nach Mogador gerettet. Ein Mast war gebrochen, die Segel zerrissen. Außerdem war sie leckgeschlagen. Es hat den ganzen Winter gedauert, sie wieder seetüchtig zu machen. Vermutlich war Benjamin damals schon an Bord.“

„Und wenn er hier nicht hätte warten müssen, bis sein Schiff wieder flott ist, wäre der heutige Vorfall nie passiert“, ergänzte André. „Ich frage mich nur, wo er so lange Unterschlupf gefunden hat.“

„Kaid Samir lässt diesbezüglich Erkundigungen anstellen“, versicherte John. „Außerdem wird er die Leiche anonym auf dem christlichen Friedhof vor der Stadtmauer beisetzen lassen. Das ist doch in deinem Sinne, Mutter?“

Sibylla räusperte sich. „Natürlich. Das hast du richtig entschieden.“

„Durch den Tod unseres Vaters bist du jetzt also Besitzerin einer Zuckerrohrplantage auf Kuba“, stellte Thomas fest.

„Einer Zuckerrohrplantage, die noch nicht bezahlt ist“, korrigierte Sibylla nüchtern.

„Warum ist Hopkins nicht direkt von London nach Kuba gereist?“, meldete Sabri sich zu Wort. „Wollte er hier Geld auftreiben, um die Plantage zu bezahlen?“

„Ich glaube, das kann ich erklären.“ Der Moment, in dem Sibylla auch die letzte Wahrheit über ihren Ehemann enthüllen musste, war gekommen, auch wenn sie gerade diese Wahrheit gern für immer begraben hätte. „Euer Vater handelte nicht nur mit Leder, Gewürzen und Elfenbein, sondern auch mit Menschen.“

Nach und nach offenbarte sie die ganze Geschichte. Sie begann mit Benjamins Verhaftung durch Kaid Hash Hash, erzählte dann, wie sie mit André bei Sultan Abd Er Rahman für seine Freilassung gekämpft hatte, weil sie an seine Unschuld geglaubt hatte, nur um wenig später durch eine Spielzeugmurmel, die unter das zerstörte Fundament der Sonnenuhr gerollt war, die schreckliche Wahrheit herauszufinden.

„Euer Vater musste das Geld aus seinen schändlichen Geschäften verstecken, da ihm der Sklavenhandel sowohl nach englischen als auch nach marokkanischen Gesetzen verboten war. Aber im letzten Oktober ist er zurückgekommen und hat es gesucht.“

„Du hast uns damals erzählt, dass unser Vater auf Geschäftsreise war“, murmelte Thomas. „Dabei saß er im Gefängnis.“ Erschöpft fuhr er sich mit den Fingern durchs Haar. „Was hast du eigentlich mit dem Geld gemacht, Mutter?“

„Ihr wart damals so klein, ich wollte euch vor der Wahrheit schützen. Das Geld wollte ich nicht behalten, zu viel Elend und Unglück klebte daran. Deshalb habe ich es für den Wiederaufbau von Mogador gestiftet. Im Gegenzug hat Kaid Hash Hash verbreitet, dass sämtliche Vorwürfe über den Sklavenhandel eures Vaters falsch waren.“

„Und ich habe mich immer gefragt, woher du das ganze Geld für den Wiederaufbau genommen hast!", bemerkte John kopfschüttelnd.

„Ihr solltet unbelastet aufwachsen und euren Vater in guter Erinnerung behalten. Leider ist mir das nicht gelungen", erwiderte Sibylla traurig.

„Für mich bist du die beste Mutter, die es gibt", erklärte Emily fest und küsste sie.

„Auch ich hätte versucht, meinen Kindern diese Dinge zu ersparen!", bekräftigte Victoria.

„Du hast all die Jahre eine große Last für uns getragen", ergänzte Thomas, und John nickte nachdrücklich.

Sibylla wischte sich mit einem Zipfel ihres Schals die Augen trocken. Mehr als zwanzig Jahre hatte sie Benjamins schmutziges Geheimnis bewahrt, hatte nie ein Wort darüber verloren. Aber erst jetzt merkte sie, wie anstrengend das gewesen war.

André ging zu ihr, nahm ihre Hände und zog sie vom Diwan empor. „Die Vergangenheit liegt hinter dir", sagte er und schloss sie zärtlich in seine Arme. „Du bist frei."

KAPITEL FÜNFUNDDREISSIG
MOGADOR IM JUNI 1862

„Ich will nicht ins Bett gehen, Mummy!" Charlotte zog ein Gesicht. Selwyn machte es ihr nach und maulte: „Ich bin auch überhaupt nicht müde, Mummy!"

Seit Victorias Rückkehr aus Lissabon hatten sie es schon ein paarmal geschafft, ihre Mutter mit ausdauerndem Jammern zu erweichen, doch heute war sie unerbittlich. „Wenn ihr jetzt nicht schlaft, dürft ihr morgen nicht mit Hochzeit feiern. Und nun sagt Tante Emily gute Nacht!"

Nadira kam, um die Zwillinge zu übernehmen, aber Victoria winkte ab. Sie wollte ihre Kinder selbst ins Bett bringen. Während der sechsmonatigen Reise hatte sie sie furchtbar vermisst und verbrachte nun jede Minute mit ihnen.

Sie nahm Charlotte an der rechten und Selwyn an der linken Hand und ging über die Dachterrasse von Sibyllas Riad zu Emily, die auf einem Kissen saß, umringt von Sabris Schwestern und Malika.

Charlotte betrachtete sie neugierig. „Warum hältst du die Finger so komisch, Tante Emily?"

„Weil die Muster auf meinen Händen noch trocknen müssen. Seht ihr?" Emily streckte ihre von der Hennaya mit kunstvollen Mustern bemalten Handrücken aus.

„Das sieht schön aus", piepste Selwyn. „Wie die Prinzessin aus meinem Märchenbuch."

Emily lachte. „An meinem Hochzeitsfest morgen bin ich auch eine Prinzessin. Jetzt aber gute Nacht, ihr zwei!" Sie winkte den Zwillingen nach. „Träumt schön!"

„Hast du Durst? Möchtest du Tee?", fragte Malika.

Emilys Halbschwester und Sabris älteste Schwester waren ihre Negafas, ihre unentbehrlichen Helferinnen während der dreitägigen Feierlichkeiten, die gestern mit dem Besuch des Hamam begonnen hatten und morgen Nacht mit einem rauschenden Fest am Strand enden würden.

Emily nickte dankbar, und Malika lief zu Firyal und Nadira, die neben einem Tisch mit Kuchen, Früchten und süßen Sorbets standen, und ließ sich ein Glas goldgrünen Tee geben.

„Bitte schön, Schwester!“ Sie reichte Emily das Glas. „Aber nicht zu viel, du weißt ja, dass du einen gewissen Ort nicht aufsuchen kannst, solange das Henna auf deinen Händen noch feucht ist.“

Sabris unverheiratete Schwestern kicherten, und Emily seufzte: „Ich bezweifle, dass Sabri auch so viel Unbequemlichkeiten und Schmerzen ertragen muss, um mich zu heiraten!“

Sie spielte auf den gestrigen Hamambesuch an. Die Bademeisterinnen hatten sie von Kopf bis Fuß gereinigt, geschrubbt, von allen Haaren, außer denen auf ihrem Kopf, befreit und ihr zum Schluss die Extrabehandlung für jede Braut zuteil werden lassen – ein Bad in Eselsmilch, um den Bräutigam mit einer besonders zarten Haut zu bezaubern.

Heute fand die Beberiska, das Hennafest, statt. Männer waren nicht zugelassen. Sie hatten sich bei Konsul Willshire versammelt, um mit Sabri, soweit es ihre Religion erlaubte, auf den Bräutigam anzustoßen, während die weiblichen Hochzeitsgäste – eine bunte Mischung aus Araberinnen, europäischen und jüdischen Kaufmannsfrauen sowie Emilys Halbschwester Malika – auf Sibyllas Dachterrasse feierten. Emily freute sich besonders über die Anwesenheit ihrer englischen Verwandtschaft. Oscar hatte die Geschicke der Reederei in die Hände seines Sohnes Edward gelegt und war mit seiner Frau Eugenie und der halbwüchsigen Tochter Arabella zur ersten Reise seines Lebens aufgebrochen. Alle drei genossen das Abenteuer in vollen Zügen und schmiedeten bereits Pläne für eine ausgedehnte Tour durch Marokko.

Seit dem Vormittag saßen die Frauen zusammen und vertrieben der Braut die lange Zeit, die sie bewegungslos auf einem Polster ausharren musste, während die Hennaya die uralten Glücks- und Zaubersymbole auf ihre Hände und Füße auftrug. Über Tee und köstlichen Speisen, Musik, Tanz und Gesang war es Abend geworden, der Himmel über Mogador färbte sich tiefblau, und die Sterne funkelten in der immer noch warmen Luft der ersten Junitage. Während Nadira und Firyal Fackeln anzündeten, tönten Stimmen, Lachen und eine Vielzahl von Instrumenten durcheinander, begleitet von der heiser singenden Greisinnenstimme von Sabris Großmutter.

Die Hennaya hatte inzwischen aus den geriebenen Blättern des Hennastrauches, schwarzem Tee und Tamarindensaft eine frische, Paradieserde genannte Paste angerührt und in eine Papiertülle gefüllt. Sie war eine alte Araberin, eine Witwe, die in einer bescheidenen Hütte an der Stadtmauer lebte und ihren Lebensunterhalt nicht nur als Hennamalerin verdiente, sondern auch als Kupplerin, indem sie Ehen zwischen den heiratsfähigen Kindern der wohlhabenden arabischen Familien Mogadors anbahnte. Während Malika eine Lampe hielt, damit die Meisterin genug Licht für ihre Arbeit hatte, badete die Hennaya Emilys Füße in einer Schale mit Orangenblütenwasser.

„Die Bademeisterinnen im Hamam waren fleißig. Deine Haut ist glatt wie Seide, mein Täubchen“, lobte die Hennaya zufrieden.

„Du solltest erst einmal ihren Liebeshügel sehen!“, rief die erste Frau von Hadj Abdul anzüglich aus. „Zart und duftend wie eine Rosenblüte. Aber gequiekt hat sie, als die Dienerin die Zuckerpaste abgerissen hat, wie ein Welpe, dem die Zitze weggenommen wird!“

„Ihr hättet mich erst in Lissabon sehen müssen, dort gibt es nämlich keine Hamams“, konterte Emily lachend.

„Mein armer Sohn!“, rief Almaz übertrieben kummervoll aus. „Hat er deine Spalte unter dem dornigen Gestrüpp überhaupt gefunden?“

Es gehörte zum Berberiska-Fest, dass die verheirateten Frauen die Braut mit derben Scherzen in die Geheimnisse der Liebe „einweihten“. Dass Emily diese Geheimnisse bereits kannte, tat dem Spaß keinen Abbruch – ganz im Gegenteil: Die Frauen genossen es, sie mit anzüglichen Bemerkungen aufzuziehen.

Als das Gelächter langsam verstummte, sagte die Hennaya: „Wenn du gestattest, mein Täubchen, werde ich die magischen Zeichen für Glück, Liebe und Wohlstand auf deine Füße malen und sie mit dem Namen deines Liebsten verweben.“

„Male ihr lieber die Zeichen für Begehren und Fruchtbarkeit“, mischte Sabris älteste Schwester sich ein. „Monatelang haben sie schon das Lager geteilt, und sie hat keinen dicken Bauch bekommen!“

„Wie auch, da ich seit unserer Rückkehr von meinem Ehemann getrennt bin?“, gab Emily keck zurück. „Zum Glück hat der Astrologe den Hochzeitstermin im Frühsommer errechnet. Länger könnten wir gewiss nicht auf die Freuden der Liebe verzichten.“

Ihre Schlagfertigkeit erntete anerkennendes Gelächter und lenkte die Frauen zu Emilys Erleichterung von ihrer Kinderlosigkeit ab. Dafür gab es nämlich einen ganz einfachen Grund: kleine mit Zitronensaft getränkte Schwämmchen, die sie vor der Liebe in ihre Vagina schob. Malika hatte ihr dieses Geheimnis verraten, als Emily auf Qasr el Bahia gelebt hatte.

„Erzähl uns von deiner ersten Nacht!", bat Sabris jüngste noch unverheiratete Schwester mit einem verstohlenen Blick auf ihre Mutter. Doch Hadj Abduls erste Frau war in eine Unterhaltung mit Sibylla, Eugenie und Almaz vertieft und schenkte ihr keine Aufmerksamkeit.

Ein verträumtes Lächeln spielte um Emilys Lippen. „Es war sehr romantisch. Alle Passagiere freuten sich mit uns und gratulierten uns. Die Matrosen haben ein Ständchen gesungen, und der Kapitän hat uns für die erste Nacht seine Kajüte überlassen. Mehr werde ich dir aber nicht verraten."

Sabris jüngste Schwester sah sie tief enttäuscht an.

„Wenn du deine eigene Hochzeit feierst, wirst du mich verstehen", tröstete Emily. „Die Erinnerung an unsere erste Nacht gehört meinem Mann und mir. Ich kann dir nur so viel verraten: Sie hat unsere Liebe inniger besiegelt, als jedes eheliche Versprechen das könnte."

„Und jetzt müsst ihr Turteltäubchen schon einen Monat enthaltsam leben, oje, oje! Nun müsst ihr umso mehr aufpassen, dass ihr morgen Nacht nicht in eurem Feuer verglüht", scherzte die älteste Schwester.

Almaz ergänzte würdevoll: „Möge das Feuer eurer Liebe stets stärker sein als der Holzscheit, der zu Asche verglüht, und mögest du, Emily, das Wasser für meinen Sohn sein, ohne das er verdursten müsste."

Sibylla lächelte verstohlen. Noch vor einem Monat wäre Almaz ein solcher Wunsch nicht über die Lippen gekommen, aber seit Benjamin versucht hatte, Emily zu töten, hatte Sabris Familie alle Vorbehalte gegenüber der christlichen Braut und der Hochzeit vergessen. Almaz und die erste Frau von Sabris Vater nannten Emily sogar ihre geliebte Tochter. Hadj Abdul wiederum hatte sich sehr beeindruckt von Andrés entschlossener Tatkraft gezeigt. Immer wieder ließ er sich von Sabri schildern, wie André Benjamin gepackt und durch das Geländer der Empore geschleudert hatte. Dabei nickte er mit dem Kopf und verkündete feierlich: „Die Tochter eines solchen Mannes wird starke und gesunde Söhne gebären. Es war eine weise Entscheidung, mein Sohn, diese Frau zu wählen!“

Früh am Morgen des 10. Dhu l-Hiddscha im Jahre 1278 nach dem Auszug des Propheten von Mekka, dem 8. Juni 1862 nach abendländischer Zeitrechnung, lockten Musik und Gesang die Bewohner der Medina vor ihre Türen. Eine Schar Frauen, von dünnen Musselinschleiern umweht wie vom silbrigen Morgennebel, tanzte durch die Gassen zu Sibyllas Haus, um, wie es von alters her Brauch war, die Braut zu holen und für das große Fest ihrer Hochzeit zu schmücken.

Musikanten spielten auf Flöten und Vihuelas, schlugen Tambourine und zupften die Laute. Junge Mädchen sangen davon, dass die Braut süßer als Honig und schöner als der Vollmond wäre, und Kinder streuten Rosenblätter und Jasminblüten auf den Weg. Vier kräftige Eunuchen in Pluderhosen und bunten Turbanen trugen eine leere Sänfte auf ihren Schultern. Hinter ihnen schritten feierlich der Bräutigam und sein Vater, beide in einer weißen Djellaba, den Gürtel mit dem edelsteinbesetzten Schmuckdolch an der Hüfte, auf dem Kopf den roten Tarbusch mit der schwarzen Quaste. Dann folgten Diener, die in Körben und Kisten die Morgengabe für die Braut trugen, Sabris Onkel, seine Schwager und Cousins.

Victoria, die vom Flachdach aus das Nahen des Festzuges beobachtet hatte, rannte zu Emilys Schlafzimmer und riss die Tür auf. „Sie kommen! Beeilt euch!“

„Konntest du Sabri erkennen? Wie sieht er aus?“, rief Emily von der Bettkante. Sie konnte nicht aufstehen, denn

Malika wickelte gerade die Mullbinden von ihren Händen und Füßen, die während der Nacht die Hennamalereien vor dem Verwischen geschützt hatten.

„Wunderbar!“, versicherte Victoria aufgeregt. „Alle Leute schauen ihn an.“

Unten wurde laut an die Tür gepocht, Stimmen riefen: „Lasst uns herein, wir wollen die Braut holen!“

„Freust du dich?“, fragte Malika, und Victoria wollte gleichzeitig wissen: „Hast du Angst?“

Emilys Augen glänzten, und ihre Wangen leuchteten rosig. „Natürlich freue ich mich! Was glaubt ihr nur!“

Wieder ging die Tür auf, und Sibylla trat ein. Sie trug ihr schönstes Kleid aus saphirblauer Seide und einen Schal mit Fransen, die in allen Farben des Himmels schimmerten, und wirkte genauso aufgeregt wie ihre Tochter. „Guten Morgen, meine Kleine!“ Sie gab Emily einen Kuss. „Du hast bestimmt gehört, dass die bin Ibrahim-Frauen da sind. Nadira versorgt sie gerade mit Tee, aber sie werden dich gleich holen. Du solltest dir also schleunigst etwas anziehen, wenn du nicht im Nachthemd durch Mogador getragen werden willst!“

André stand inzwischen – unterstützt von seinen drei Söhnen und von John, Thomas und Oscar – im großen Salon und empfing die Männer. Sabri strahlte über das ganze Gesicht und umarmte jeden einzeln, während sein Vater ihn mit stolzgeschwellter Brust beobachtete. Die Onkel und Cousins beaufsichtigten derweil die Träger, die Emilys Morgengabe auspackten und auf Tischen in der Raummitte zur Schau stellten.

Als die Tür aufschwang und Sibylla mit Eugenie und Victoria eintrat, schlug Andrés Herz schneller. Er fand, dass Sibylla mit ihrem silbrigen Haar und ihren funkelnden blauen Augen die beeindruckendste Persönlichkeit im Raum und für ihn ohnehin die schönste aller Frauen war. Er freute sich unbändig, als sie ihm ein langes warmes Lächeln schenkte, bevor sie die anderen begrüßte: „As-salamu alaikum, meine Herren! Darf ich Ihnen eine kleine Erfrischung anbieten?"

Sie gab Firyal, die neben einem an der Wand aufgebauten Büffet gewartet hatte, einen Wink, und die Dienerin begann, Tee einzugießen. Ein kleiner Araberjunge, der sonst in der Küche half, bot Fladenbrot, frischen Joghurt, Datteln und Pflaumen an.

Eugenie und Victoria begutachteten inzwischen Emilys Mahr. Ihre Augen wurden groß, als sie den wertvollen Goldschmuck in die Hand nahmen, an Flakons mit kostbarem Parfüm schnupperten, bunte Kleiderstoffe betasteten, seidene Teppiche, Porzellan und silberne Leuchter betrachteten. Hadj Abdul hatte sich nicht lumpen lassen, denn er kam nach arabischer Sitte nicht nur für die Mahr auf, sondern auch für die Kosten des Festes. André und Sibylla durften sich nicht daran beteiligen, denn das hätte die Tugend der Braut in Frage gestellt. Ihr Hochzeitsgeschenk bestand in einem eigenen Zuhause für Emily und Sabri. Konsul Willshire und seine Frau kehrten nämlich in ein paar Wochen nach England zurück, und André hatte seine guten Verbindungen zu Sultan Sidi Mohammed genutzt, um das Haus der Willshires zu kaufen.

Das Ganze war aber noch eine Überraschung, von der weder Sabri noch Emily etwas ahnten.

Nachdem die Gäste gegessen und getrunken und André Hadj Abdul überschwenglich für seine Großzügigkeit gedankt hatte, gingen Sabri und André zum Kadi, um den Ehevertrag zu unterzeichnen. Sibylla begab sich zum Festzelt am Strand, um dort die letzten Vorbereitungen zu überwachen.

Das Zelt bot zweihundert Gästen Platz. Türkisblau wie der Atlantik, mit wehenden Wimpeln und Bändern und einer hohen runden Kuppel glich es einem orientalischen Märchenpalast. Auf dem Boden lagen dicke Teppiche, längs der Wände luden weiche Sofas, Kissen und runde lederne Polster zum Sitzen ein. Auf niedrigen Tischen standen Kohlebecken, aus denen es nach Weihrauch und Amber, Zimt und Nelken duftete.

Nach und nach trafen die Gäste ein, lauschten der Kapelle, plauderten oder kosteten aus einer überwältigenden Fülle von Köstlichkeiten.

Vor dem Zelt brieten an Spießen drei mit Honig und Gewürzen bestrichene Hammel und ein großer Schwertfisch, und für die, denen ihr Glaube es nicht verbot, gab es neben Orangenblütenwasser, Mandelmilch und Tee auch Wein und Champagner, den André vom französischen Konsul gekauft hatte. Das andere Zugeständnis an die vielen christlichen und jüdischen Gäste der Hochzeit bestand darin, dass Männer und Frauen zusammen feierten. Noch war davon allerdings nicht viel zu merken. Die arabischen Frauen verbargen sich scheu hinter den Wandschirmen, die in der linken Zelthälfte für sie aufgestellt worden waren, und die meisten Christinnen und Jüdinnen leisteten ihnen Gesellschaft, während die Männer in der rechten Zelthälfte den Bräutigam umschwirrten, ihm auf die Schulter klopften und Witze über die Tücken des Ehelebens machten.

Sabri hatte sich umgezogen und saß in seinem prächtigsten Jabador und einem bestickten Tarbusch auf einem der beiden geschmückten Sessel, die für ihn und Emily in der Mitte des Zeltes aufgestellt worden waren, und bemühte sich, möglichst würdevoll und gelassen auszusehen. Es war das Vorrecht der Braut, den Bräutigam warten zu lassen, aber er war so nervös, dass er die Anspannung kaum noch aushielt. Um sich zu beruhigen, zählte er die Eier, die seine Schwestern auf einem Tischchen zu einer kunstvollen Pyramide gestapelt hatten – eines der vielen Symbole für Fruchtbarkeit und Glück, die die Feier begleiteten. Hinter den Wandschirmen hörte er die Frauen plaudern, vor ihm marschierte André in seiner Majorsuniform der Chasseurs d'Afrique im Zelt auf und ab – angespannt, als wollte er eine Parade abnehmen. Vor dem Zelt rannte eine Horde Kinder hin und her und schrie, dass sie den Brautzug immer noch nicht sehen konnten.

„Trink das! Du siehst aus, als könntest du etwas zur Beruhigung deiner Nerven gebrauchen." Thomas hielt Sabri eine Porzellantasse hin.

„Das ist nett von dir, aber ich habe keine Lust auf Tee", wehrte er ab.

„Nimm es, und trink!"

„Ist das eine ärztliche Anordnung?"

Thomas grinste. „Sozusagen."

Sabri führte die Tasse zum Mund und schnupperte. „Jetzt verstehe ich", sagte er und grinste ebenfalls.

„Ein wenig Wein entspannt und beruhigt. Aber du solltest dich beeilen. Dort hinten steht dein Vater."

Sabri setzte die Tasse an und leerte sie in einem Zug. „Ah! Das hat gutgetan! Ich danke dir, mein Freund."

Wieder stürmte die Kindergruppe mit André junior an der Spitze ins Zelt. „Sie ist da! Sie ist da!", kreischten sie durcheinander und zerrten Sabri von seinem Sessel. „Komm mit! Emily sieht wunderschön aus!"

Die Negafas hatten Emily geholfen, ihr kostbarstes Gewand anzulegen, eine Takchita aus bodenlangem roten

Brokat, den Stickerinnen in Fès mit Spitzen, Perlen und Bordüren in ein wahres Kunstwerk verwandelt hatten. Das Gewand besaß weite lange Ärmel, aber am Oberkörper lag es eng an und war in der Taille mit einer breiten Schärpe gegürtet.

Darüber ringelten sich Emilys schwarze Locken, von ihren Ohren baumelten schwere goldene Gehänge, und um den Hals trug sie die Glück verheißende Korallenkette, die die Mutter des kleinen Berberjungen mit dem gebrochenen Arm ihr geschenkt hatte.

In der von den vier prachtvoll herausgeputzten Schwarzen getragenen Sänfte war sie eine Attraktion, wie man sie in Mogador schon lange nicht mehr gesehen hatte. Die vielen Schaulustigen, die ihr zum Strand gefolgt waren, klatschten und jubelten, ohne zu ahnen, dass das Kleid so schwer war, dass sie nicht ohne die Hilfe der Negafas in die Sänfte hatte steigen können. Jetzt gingen Malika und Sabris älteste Schwester Koranverse singend direkt hinter ihr, gefolgt von Almaz, Sabris anderen Schwestern und der ersten Frau Hadj Abduls.

Gleich ist es so weit, dachte Emily, als der Zug den Strand erreichte und die Mittagssonne die Kuppel des Festzeltes wie flüssiges Gold erstrahlen ließ. Verstohlen blickte sie in ihre linke Handfläche auf das feine Linienkreuz unter dem Zeigefinger. Vor fast zwei Jahren hatte Malika ihr aus diesen beiden dünnen Linien die große leidenschaftliche Liebe prophezeit. Sabri und sie hatten Schwierigkeiten und Hindernisse überwunden, so wie Malika es vorausgesagt hatte, aber heute ging die Weissagung wirklich und wahrhaftig in Erfüllung.

Die vier Eunuchen betraten das Festzelt, um Emily zu ihrem geschmückten Sessel zu tragen, und nun kamen auch die Frauen hinter den Wandschirmen hervor und jubelten ihr zu. Emily sah ihre Mutter und ihren Vater, ihre Brüder und Sabris Schwestern, Victoria, Oscar, Eugenie und Arabella, viele Freunde und Bekannte, und alle freuten sich mit ihr.

Dann entdeckte sie Sabri, der vor den geschmückten Sesseln auf sie wartete und ihr die Hände entgegenstreckte, um ihr aus der Sänfte zu helfen. Neben ihm stand Nadira mit einem Krug Mandelmilch. Nachdem Emily ausgestiegen war, nahm Sabri ihre rechte Hand und drehte sie behutsam nach oben, so dass sie eine Schale bildete. Nadira reichte ihm den Krug, und er goss einen Schluck Mandelmilch in Emilys Handfläche, beugte sich darüber und trank. Dann nahm sie seine Hand und wiederholte die Zeremonie.

„Jetzt sind wir für immer verbunden", flüsterte Sabri ihr zu.

„Ana behibak, ich liebe dich", erwiderte sie überglücklich.

Danach halfen die Negafas Emily, hinter den Wandschirmen eine weitere ihrer zehn Roben anzuziehen. Währenddessen wurden draußen die Hammel und der Schwertfisch vom Feuer genommen und zerteilt. Sabris Schwestern amüsierten sich über Eugenies und Victorias ungeschickte Versuche, ihr Essen mit Hilfe eines Stückchens Fladenbrot zum Mund zu führen statt mit einer Gabel, und Hadj Abdul hielt eine lange Rede über die Tugenden einer Ehefrau, die scherzhaft klang, aber ernst gemeint war. Danach erhob sich André und verkündete, dass die Braut nun nach christlichem Brauch ihre Mitgift bekommen würde.

Er bedachte Sibylla, die auf einem Sofa neben ihm saß, mit einem langen innigen Blick und verkündete: „Wir, Emilys Eltern, haben beschlossen, euch ein Zuhause zu schenken."

Er machte eine Kunstpause, um sich an den entgeisterten Gesichtern von Emily und Sabri zu weiden, bevor er fortfuhr: „Habt ihr wirklich geglaubt, wir lassen euch ohne die geringste Unterstützung ins Leben gehen?"

„Ihr bekommt das Haus von Konsul Willshire, und es gehört euch wirklich. Sultan Sidi Mohammed hat es uns verkauft", ergänzte Sibylla und lächelte Sara zu, die fast so gerührt aussah wie das Brautpaar. „Wenn ihr von eurer Hochzeitsreise nach London zurückkehrt, ist alles fertig, und ihr könnt einziehen."

„Bei Allah, das ist ein großes Geschenk!", murmelte Sabri ergriffen.

„Ihr hättet uns kein Schöneres machen können!" Emily kämpfte mit den Tränen. Sie hatte befürchtet, auf unbestimmte Zeit in Hadj Abduls Haus wohnen zu müssen, wo sie sich nicht nur der Herrschaft von Sabris Großmutter, sondern auch der seiner Mutter und der ersten Frau ihres Schwiegervaters hätte unterwerfen müssen. Jetzt bekam sie ihr eigenes Haus, in dem sie schalten und walten konnte, wie sie wollte!

Hadj Abduls Miene war unergründlich. Ich hätte Sabri damals nicht erlauben dürfen, ins Land der Engländer zu reisen, dachte er traurig. Seit damals nimmt er immer mehr Sitten der Ausländer an. Seine christliche Braut wird ihm eine gute Frau sein, aber ob sie seine Söhne fernab vom Elternhaus zum wahren Glauben erziehen wird?

Er zuckte zusammen, als plötzlich Almaz neben ihm stand. Er sah sie unter dem dünnen Musselinschleier lächeln, der ihr Gesicht bedeckte. „Ein eigenes Haus, wie wundervoll!", freute sie sich. „Ob Emily es europäisch einrichten wird? Ich werde ihr natürlich mit Rat und Tat zur Seite stehen…"

„Dein Platz ist in meinem Haus!", unterbrach er sie harscher als beabsichtigt.

Almaz war entrüstet. „Willst du mir das Herz brechen? Willst du einer Mutter verwehren, ihren Sohn zu besuchen?“

Mit finsterer Miene wandte er sich ab und hielt nach seiner anderen Ehefrau Ausschau. Als rechtgläubig Geborene wusste wenigstens sie noch, was sich nach den Gesetzen Allahs gehört, dachte er und erstarrte im selben Moment. Da stand seine erste Ehefrau neben der Engliziya, scherte sich nicht im Geringsten darum, dass sie den Blicken sämtlicher Männer ausgesetzt war, und reichte dem Brautpaar lachend ein Glas Tee, in dem ein großer Zuckerblock schwamm!

„Trinkt!“, rief sie so laut, dass es im ganzen Zelt zu hören war. „Trinkt, auf dass euer Mund nur süße Worte füreinander findet!“

Gnawa-Musikanten zogen unter dem ohrenbetäubenden Klappern von Qarqabas und Fasstrommeln ins Zelt und wurden begeistert begrüßt. Es handelte sich um eine Gruppe freigelassener Sklaven, die in Erdhöhlen vor den Toren der Stadt hausten und die Leute bei Festen und Prozessionen mit Tanz und Gesang erfreuten. Die Kinder umkreisten sie wie ein aufgeregter Bienenschwarm, stopften Silbermünzen in die Taschen ihrer mit Kaurimuscheln bestickten Gewänder und schrien „Yalla, yalla! Schneller schneller!“, wenn die Männer sich rhythmisch im Kreis drehten.

Nach den Gnawa-Musikern trat eine Gruppe Marrakchi auf, fahrendes Volk, das die Leute als Feuerspucker und Schwertschlucker unterhielt. Sie wurden von Berberfrauen begleitet, die mit schlangengleicher Gewandtheit tanzten. Malika sprang auf und gesellte sich zu ihnen. Die Silbermünzen, die sie in ihr Haar geflochten hatte, klingelten, ihr bunt bestickter Rock flog um ihre Beine, und sie zog bewundernde Blicke von den Männern und schockierte von den Frauen auf sich.

Emily tanzte nicht, obwohl sie große Lust verspürte, aber ihr Kleid war zu schwer. Sie hatte sich auf ein rundes ledernes Polster neben den Stuhl von Sabris Großmutter gesetzt und half ihr, Quittenmus und Lammhack mit kleinen Stückchen Fladenbrot zu löffeln.

„Mein Enkel hatte recht, dich zu nehmen“, sagte die Alte und tätschelte mit zittrigen Fingern Emilys Wange.

Sabri hielt sich bei Oscar, André, John und Thomas im hinteren Bereich des Zeltes auf. Oscar hatte dem schweren französischen Wein bereits reichlich zugesprochen und erzählte ausschweifend, wie er mit sechzehn Jahren als letzter Schlagmann das legendäre Match Eton gegen Harrow für Eton gewonnen hatte.

„Cricket ist ein Sport, den ihr im Orient auch spielen solltet“, fand er und schlug Sabri auf die Schulter. „Da lernt ein Mann Teamgeist, Fair Play und im richtigen Moment seine Chance zu nutzen. Genau das, was ein guter Geschäftsmann braucht!“

„Schön und gut, Onkel Oscar, aber Sabri ist Arzt“, mischte Thomas sich ein. „Hat er dir schon erzählt, dass wir in den leer stehenden Räumen des Maristan einen Operationssaal nach europäischem Vorbild einrichten wollen?“

„Und hat Onkel Oscar euch schon erzählt, dass wir beide eine Reise nach Tanger unternehmen werden?“, rief John dazwischen.

Thomas hielt einem Diener seinen Champagnerkelch hin, damit er ihn neu füllte. „Dann ist es dir also ernst? Du willst Mogador verlassen?“

Sein Bruder zuckte gleichmütig mit den Schultern. „Kaufleute müssen dort sein, wo sie gute Geschäfte machen können, und das wird hier immer schwieriger. Der Handel verschiebt sich in den Norden Marokkos, wo sich die Verbindungswege zwischen Europa und Afrika, Atlantik und Pazifik kreuzen."

Oscar nickte bekräftigend. „Wir werden in Tanger alle Möglichkeiten prüfen, dort eine Handelsniederlassung zu gründen."

„Zum Beispiel, ob der Hafen für Dampfschiffe aus Stahl geeignet ist", ergänzte John mit funkelnden Augen.

Seit sein Schwiegervater zugesichert hatte, den Bau des ersten Dampfschiffes der Reederei Spencer mit Stahl aus seinen Werken zu unterstützen, kannte John kein anderes Thema mehr.

Aber Thomas zweifelte: „Weiß Mutter von deinen Plänen? Ich kann mir nicht vorstellen, dass sie einverstanden ist."

„Unsere Mutter ist eine kluge Frau", erwiderte John nachdrücklich. „Sie weiß sehr gut, dass die Europäer den Sultan drängen, sein Land noch mehr dem internationalen Handel zu öffnen. Natürlich geschieht das zuerst in den Städten des Nordens, wo der Einfluss der europäischen Großmächte am stärksten ist."

„So stehen wir also alle vor neuen Herausforderungen", stellte Sabri fest und blickte zu André, der sich an dem Gespräch bisher nicht beteiligt hatte. „Wie sehen deine Pläne aus, Ab?" Seit seiner Rückkehr aus Lissabon redete er André mit dem arabischen Wort für Vater an.

„Ich werde Frédéric und Christian mehr Pflichten auf dem Gut übertragen und sie auf die Zeit vorbereiten, wenn sie Qasr el Bahia einmal allein führen. André junior möchte ich in Mogador zur Schule schicken. Er ist nämlich ein richtig kluger Kopf. Und darüber hinaus..." Er brach ab. Seit dem Überfall auf das Gut und dem Tod Aynurs hatte er keine Pläne mehr geschmiedet, sondern von Tag zu Tag gelebt, erledigt, was erledigt werden musste, und es vermieden, an die Zukunft zu denken. Es war, als hätte er seinen Platz im Leben verloren und noch keinen neuen gefunden.

Sein Blick fiel auf Sibylla, die in einem Kreis Frauen stand und der Vorstellung der Marrakchi zusah. Sie lachte und klatschte und wirkte fröhlich und lebendig. Er dachte daran, wie schön es gewesen war, vor der Hochzeit ein paar Tage und Nächte als Gast unter ihrem Dach zu verbringen. Die ganze Zeit war er sich ihrer Nähe bewusst gewesen, auch wenn sie sich in einem anderen Zimmer befunden hatte. Er unterdrückte ein Seufzen, als ihm klar wurde, wie sehr er sie vermissen würde, wenn er wieder nach Qasr el Bahia zurückritt.

In diesem Moment drehte sie sich um und sah ihn an, ein kleines Lächeln in den Mundwinkeln, und plötzlich wusste er, was er sich für die Zukunft wünschte.

Als die Sonne unterging, schlichen sich Emily und Sabri unbemerkt davon. Während im Zelt das Fest mit Musik, Tanz und Gesang in vollem Gange war, standen sie nebeneinander am Strand und schauten zu, wie der orangegoldene Sonnenball vor dem rosa leuchtenden Himmel im Meer versank. Schließlich schimmerte nur noch ein letzter Streifen Licht auf dem schwarzen Wasser.

Emily hatte die Schuhe ausgezogen und drückte ihre Fußsohlen in den angenehm feuchten Sand. Der Wind roch nach Salz, aus dem Festzelt drangen Fetzen von Gelächter und Musik und mischten sich mit dem ewigen gleichmäßigen Rauschen des Atlantiks.

Sabri legte einen Arm um sie und zog sie an sich. „Bist du glücklich, Emily?“

„Natürlich.“ Sie schmiegte sich an ihn. „Jetzt fängt doch alles erst richtig an!“

André nahm eine Flasche Wein, zwei Gläser und eine Öllampe von einem Tisch im hinteren Teil des Zeltes. Es war derselbe schwere dunkle Wein, den er vor vielen Jahren mit Sibylla getrunken hatte, bei ihrem heimlichen Rendezvous in der Ruine der portugiesischen Kirche. Er steckte die Flasche und die Gläser in seine Jackentaschen und ging zu ihr.

„Ich möchte dir etwas zeigen, aber dafür musst du mitkommen", sagte er. „Willst du?"

Sie sah ihn von der Seite an und bemerkte den Kranz von Fältchen, der um seine Augen tanzte und sich vertiefte, wenn er lächelte, das lockige Haar, das nicht mehr dunkel, sondern von vielen grauen Strähnen durchzogen war, und die schmale Narbe an seiner Schläfe. Die letzten zwei Jahre hatten ihre Spuren hinterlassen, aber gerade deshalb fühlte sie sich ihm noch verbundener als früher.

„Gern", antwortete sie. Sein Lächeln vertiefte sich. Er legte eine Hand auf ihren Rücken und schob sie durch die Menge der Feiernden ins Freie.

Draußen war es fast dunkel. Fackeln brannten rund um das Zelt. Im letzten schwachen Licht des Tages sah Sibylla einen Mann und eine Frau, die dicht nebeneinander auf dem Strand standen. Sie stieß André leicht in die Seite und flüsterte: „Schau, dort sind Emily und Sabri."

Er folgte ihrem Blick. „Es sieht aus, als brauchten sie uns zumindest heute nicht mehr."

„Und du?", fragte sie mit klopfendem Herzen. „Was willst du mir zeigen?"

Mit einem verlegenen Grinsen zeigte er auf den Hals der Weinflasche, der aus seiner Jackentasche ragte. Dann drehte er sich vom Strand weg und wies mit der anderen Hand auf die Stadtmauer, wo sich zwischen den flachen Dächern der Häuser die Ruinen der alten portugiesischen

Kirche erhoben. Die zerborstenen Mauern des Glockenturmes ragten schwarz vor dem dunkelblauen Nachthimmel empor. „Erinnerst du dich, dass wir beide dort einmal sehr glücklich waren?“

„Wie könnte ich das je vergessen!“, flüsterte sie.

Er nahm ihre Hand und hob sie an seine Lippen. Dann zog er sie mit sich fort vom Strand und dem Zelt, in dem die Festgäste noch bis zum Morgengrauen das neue gemeinsame Leben von Emily und Sabri feiern würden.

Die Türangeln der alten Kirche quietschten leise, als André sie öffnete. Im Inneren war es ganz dunkel. Es roch nach Steinen und Staub, und vom Boden stieg nach der Hitze des Tages eine erfrischende Kühle auf. Zwischen dem zerborstenen Dachgebälk des Kirchturms glitzerten die Sterne. André streifte seine Jacke ab, legte sie auf den Boden und zog Sibylla zu sich herunter. Im schwach flackernden Licht der Öllampe sah sie ihn schemenhaft hantieren. Sie hörte einen Korken ploppen. Es plätscherte leise, dann roch sie das feine Aroma des Weines.

Er reichte ihr eines der Gläser. „Ich möchte mit dir anstoßen, Sibylla. Auf die kommenden Jahre, die Zukunft und auf das Leben, was auch immer es noch bringen mag.“

„Ich weiß gar nicht genau, was das für mich sein wird“, erwiderte sie grüblerisch, nachdem sie einen Schluck des schweren Weines gekostet hatte. „Meine Kinder sind erwachsen und haben ihre eigenen Pläne. Ich werde viel Zeit haben.“ Sie trank noch einen Schluck. „Ich könnte meine Geschichte aufschreiben. Du weißt schon, die wahren und einzigartigen Abenteuer einer englischen Kaufmannsfrau in Marokko.“

„Das kannst du später machen“, entgegnete er. „Ich finde, du solltest eine Reise unternehmen.“

„Eine Reise?", echote sie. „Wohin?"

„Du hast eine Plantage auf Kuba geerbt."

„Oh Gott ja!", rief sie aus. „Eine Plantage und Sklaven! Aber warum willst du, dass ich dort hinfahre? Ich sollte lieber alles so schnell wie möglich loswerden."

„Manchmal ist es besser, sich erst alles anzusehen und dann eine Entscheidung zu treffen."

„Vielleicht hast du recht", erwiderte sie. „Aber ich sehe mich wirklich nicht als Sklavenbesitzerin."

„Man kann eine Plantage auch mit Lohnarbeitern bewirtschaften."

„Das ist keine leichte Entscheidung", murmelte sie.

Mit angehaltenem Atem wartete André, dass sie weiterredete, aber sie schwieg, trank nur hin und wieder einen Schluck Wein.

Er merkte, wie ihm das Herz eng wurde, da fragte sie leise: „Angenommen, ich reise nach Kuba. Würdest du mich begleiten, André?"

„Ich dachte schon, das fragst du nie! Du willst mich wirklich noch, Sibylla?"

Sie legte eine Hand an seine Wange. „Ich vermisse dich doch schon mein ganzes Leben."

NACHWORT UND DANK

Mogador, das heutige Essaouira, wurde 1506 als portugiesische Festung Magdoura gegründet und ist heute eine kleinere Küstenstadt. 1765 baute Sultan Sidi Mohamed Ben Abdallah es zum damals größten Seehafen Marokkos aus. Bis zur Mitte des 19. Jahrhunderts war es Marokkos Tor zur Welt, über das circa vierzig Prozent der marokkanischen Handelsgüter exportiert wurden. Doch mit der aufkommenden Dampfschifffahrt und dem Ausbleiben der Karawanen Ende des 19. Jahrhunderts verlor es an Bedeutung.

Im Roman wurden einige historische Tatsachen zugunsten des Handlungsflusses verändert, vor allem die Bombardierung Mogadors durch die Franzosen, die nicht 1840, sondern erst 1844 stattfand.

Wir bedanken uns bei den wissenschaftlichen Mitarbeitern des Überseemuseums Bremen und des Deutschen Schifffahrtmuseums, die uns bei vielen fachlichen Fragen sehr geholfen haben sowie bei Henk J. Vroom von Sunshine Art BV und bei Dott. Alberto Peroni vom Castello del Trebbio, die uns erlaubt haben ihr Bildmaterial für das Cover zu verwenden. Ganz besonders danken möchten wir auch Zahira Efeturk, die die arabische Sprache ein bisschen für uns erhellt hat. Sollten die Leser dennoch auf Fehler stoßen, bitten wir, das zu entschuldigen. Sie gehen allein auf unser Konto.

Printed in Poland
by Amazon Fulfillment
Poland Sp. z o.o., Wrocław

29331970R00328